教育部人文社会科学研究规划基金项目资助（12YJA751011）

SHIJIE
WENXUE CHONGGOU YU
ZHONGGUO
HUAYU CHUANGJIAN

世界文学重构与中国话语创建

主　编　方汉文
副主编　史元辉　陈红玉　王晓燕　张龙龙

图书在版编目（CIP）数据

世界文学重构与中国话语创建 ／ 方汉文主编.
—北京：中央编译出版社，2015.3
ISBN 978－7－5117－2427－4

Ⅰ．①世…
Ⅱ．①方…
Ⅲ．①世界文学－文学研究－文集
Ⅳ．①I106－53

中国版本图书馆 CIP 数据核字（2014）第 298785 号

世界文学重构与中国话语创建

出 版 人：	刘明清
责任编辑：	邓　彤
责任印制：	尹　珺
出版发行：	中央编译出版社
地　　址：	北京西城区车公庄大街乙 5 号鸿儒大厦 B 座（100044）
电　　话：	（010）52612345（总编室）　　（010）52612352（编辑室）
	（010）52612316（发行部）　　（010）52612317（网络销售）
	（010）52612346（馆配部）　　（010）55626985（读者服务部）
传　　真：	（010）66515838
经　　销：	全国新华书店
印　　刷：	北京京华虎彩印刷有限公司
开　　本：	787 毫米×1092 毫米　1/16
字　　数：	325 千字
印　　张：	25.75
版　　次：	2015 年 3 月第 1 版第 1 次印刷
定　　价：	78.00 元

网　　址：	www.cctphome.com　　邮　箱：cctp@cctphome.com
新浪微博：	@中央编译出版社　　微　信：中央编译出版社（ID：cctphome）
淘宝店铺：	中央编译出版社直销店（http://shop108367160.taobao.com）

本社常年法律顾问：北京市吴栾赵阎律师事务所律师　闫军　梁勤
凡有印装质量问题，本社负责调换。电话：010－55626985

世界文学重构与中国话语创建

方汉文　主编

教育部人文社会科学研究规划基金项目（12YJA751011）

Reconstructing the World Literature and Establishing the Chinese Discourse

主　编：方汉文
副主编：史元辉　陈红玉　王晓燕　张龙龙

目 录

第一编　重构理论的语境分析

美国爱默生超验主义对中国儒学人文思想的阐释与再建
　　方汉文　徐　文 ·· 3
法国现代主义文学想象中国的方式论
　　赵小琪　张益伟 ·· 17
讲授世界文学
　　大卫·达姆若什 ·· 33
世界体系与中国文明复兴
　　方汉文　徐　文 ·· 41
世界性文学的讲授
　　马丁·普契纳 ·· 55
比较的世界主义
　　布鲁斯·鲁宾斯 ·· 66
晚期资本主义时期的"民族寓言"
　　张荣兴 ··· 75
世界文学的伦理性
　　柳士军编译 ··· 85
更上层楼凭远处
　　胡　程　王际超 ·· 94
世界文学史上的三大"中国潮"
　　徐　文 ··· 102

第二编　世界文学重构理论观念

"文学世界体系"观念的评骘
　　吴雨平　方汉文 ………………………………………… 117

大人文主义：宋明理学的欧洲启蒙
　　方汉文　徐文 …………………………………………… 125

"新文学进化论"与世界文学史观
　　吴雨平　方汉文 ………………………………………… 133

困境与出路：世界文学史的新建构
　　黄晖 ……………………………………………………… 147

朱生豪翻译的"神韵说"与中国古代诗学
　　朱安博 …………………………………………………… 154

"世界文学史新建构"中的多元文学观与中国话语
　　杜明业 …………………………………………………… 166

新辩证论：世界文学重构的中国话语
　　黄晖 ……………………………………………………… 175

理论的乌托邦
　　杜明业 …………………………………………………… 182

方汉文教授新著《比较文学理论》观念抉微
　　史元辉　刘娇 …………………………………………… 191

第三编　世界文学名作的编选原则

走入世界经典的中国文学
　　方汉文 …………………………………………………… 205

普实克与夏志清中国现代诗学权力关系论
　　赵小琪 …………………………………………………… 214

"世界文学史新建构"与中国文学经典
　　方汉文 …………………………………………………… 234

第四编　世界文学的文化批评

略谈东南亚的史诗表演艺术
　　张玉安 ……………………………………………………… 253
世界文学视域中的莫言本土文化寓言
　　方汉文　徐　文　邹　婷 ……………………………… 263
戏剧行动与完美假象
　　李伟民 ……………………………………………………… 273
莫言与马尔克斯：跨文化的神话叙事
　　王　文　公荣伟 ………………………………………… 282
日本平安文学中"和风"兴起与文化语境的重构
　　吴雨平 ……………………………………………………… 293
文学何为？
　　李永平 ……………………………………………………… 301
文学思维与科学思维的统一性
　　李永平 ……………………………………………………… 312
《耻》：后殖民语境中的权利与暴力书写
　　黄　晖 ……………………………………………………… 329
中上健次：日本文学中的魔幻现实主义
　　李东军 ……………………………………………………… 338
《红高粱》："民族寓言"学说的归位与突围
　　杜明业 ……………………………………………………… 347
后结构精神分析视阈中的《到灯塔去》
　　张海蓉 ……………………………………………………… 357
民族文学与世界文学：莎士比亚历史剧阐释的宗教之维
　　胡　程 ……………………………………………………… 368
朗费罗与世界文学
　　柳士军 ……………………………………………………… 377
从美国禅宗诗到"残缺苹果"的视觉符号
　　徐　文　陈李萍 ………………………………………… 386
避世与担当：艾丽斯·门罗的后女性无意识叙事
　　姜深洁　方华文 ………………………………………… 399

第一编　重构理论的语境分析

美国爱默生超验主义对中国儒学人文思想的阐释与再建[①]

方汉文　徐　文

　　世界文学史上一种重要的人文美学思潮的价值一直未能得到恰如其分的评价,我们称之为"大人文主义"（Large Humanism）的思想——19世纪初期起,中国以宋明理学为中心的儒家人文主义思想经过"美国文艺复兴"（American Renaissance）中的接受与再建——成为一种世界性的思想潮流,向西欧和俄罗斯、印度等国家传播。其肇始是美国思想家爱默生（Ralph Waldo Emerson,1803—1882）的"超验主义"（transcendentalism）及受到他思想一定影响的梭罗（Henry David Thoreau,1817—1862）,20世纪初期又有白璧德（Irving Babbitt）、艾略特（T. S. Eliot）的"新人文派"（New Humanists）,也包括俄国的"托尔斯泰主义"、印度的"甘地主义"等,甚至直到尼采哲学和美国的"新批评"[②]等重要思潮,都明显可见这种大人文主义思想的影响。当然20世纪20—30年代,中国的"学衡派"宣传白璧德的"新人文派"学说作为一种在中国的"回流",实质上也是这种思潮的延续与更替,就更值得注意了。

　　这种在近一个世纪中跨越欧亚大陆与新大陆,虽然没有共同宣言和纲领、却有着一定的理论观念关联的宏大历史叙事,在全球化时代有条件进行一种整体性的描述。虽然各国学术界对于这种思潮的不同时期的局部研究都取得一定成就,但是缺少对其起源与历程的总体描述,缺少像斯皮瓦克所说的"跨界"（crossing border）包括文学、哲学与美学之间的共同的研究,而这种思潮本身就正是跨学科与跨文明界限的。

　　[①]　本文原载于《广东社会科学》2014年第2期。
　　[②]　Irving Babbitt, Romantic Morality: *The Real*, *Criticism*: *The Major Texts*, Edited by Walter Jackson Bate, New York: Harcourt Brace, 1952, p.548.

而且这种研究的必要性在全球化时代日益紧迫,当代美国人文主义批评家哈罗德·布卢姆等人的批评观念,美国诗人斯奈德、默尔温等人的诗歌创作等,特别是在21世纪十余年间相当活跃的文学思潮中,处处可以看到这种人文主义观念的存在。

并非是出于搜罗放佚,更不是探幽索微的目标,而是出于历史叙事"整体性"(unit)的需要,中国作为儒家学说宋明理学的"放送者",更有必要梳理这种人文美学观念的线索,要对其中理论观念的阐释或再建进行评价。

一、爱默生与宋明理学的美国接受

自17世纪西方传教士大批入华到20世纪中国新文化运动,中国与欧美之间进行了前所未有的文明交往,这是自佛经东传以后最大的一次东西方间的文化交往。1593年,利玛窦在广州时,就将《四书》译成拉丁文传回意大利,立即在欧洲引起大的反响,这是欧洲主要语言中较早翻译的中国理学著作。1626年,金尼阁在杭州翻译了《五经》,这也是一种拉丁文译本,这个译本传回欧洲后,激发了欧洲重要语言如法、英、德语中《四书五经》的翻译热潮。这里要注意的是,即使对欧洲学者而言,选择中国文本时,主要是选用宋明理学家朱熹编的"四书五经",较少直接选用中国经学中的儒家其他文本。正如中国学者朱谦之所说:"在18世纪法德学者,无论反对或欢迎中国哲学的人,都是以宋儒的'理气说'来做对象。"① 而欧洲同一时期的国家如英法学者们大多选择译介以十三经为代表的中国古代儒学经典,为什么美国人偏偏要选择宋明理学这种被冯友兰称为"新儒学"的经典呢?

中国儒学特别是宋明理学思想进入欧洲之时,正是启蒙主义思想最为活跃的时期,所以德国莱布尼兹、法国伏尔泰、魁奈等思想家高度评价中国文明,借鉴中国古代科技与道德伦理以及社会思想等,李约瑟等学者曾经说:"当余发现18世纪西洋思潮多系溯源于中国之事实,余极感欣忭。"② 以笔者之见,这种评价足以反映出这种历史影响的深远程度,也表现出作者的远见卓识。

---

① 朱谦之:《中国哲学对欧洲的影响》,上海:上海人民出版社,2005年,第204页。
② 这是剑桥大学教授李约瑟(Needhem)的讲演《中国文明》,发表于1942年8月31日的中国《大公报》(重庆)上。

事实上中国理学思想并没有在古老的欧洲真正产生出具有创新性的本土化思潮，相反，在部分接受"孔子"或是"儒学"的同时，对宋明理学的批判却相当深入而强劲。从传教士罗明坚的《天主实录》（1586）、利玛窦的《天主实义》（1603）起直到18世纪孙璋的《性理真诠》（1753）等，集中批判了宋明理学的"天"、"理"、"心性"与"气"等范畴，认为这些范畴及原理与基督教原理相冲突，是"俗儒"的学说，进而对宋明理学家的宇宙起源论、认识论和本体论观念逐一批驳，特别是对"理"的贬斥极为尖锐。这些传教士的批评既影响了中国部分士大夫，也对欧洲各国特别是英国的儒学传播作用极大。

历史把理论再建的契机给予了美洲新大陆，被视为美国"新文化"初潮的"美国文艺复兴"适逢其时，急于冲破欧洲清教思想束缚的思想家们对中国的儒学特别是宋明理学这样的思想体系，如大旱之望甘霖的渴求，拿来作为自己思想创造的基础。但同时也由于美国移民以英国为主体，英国清教（或如韦伯所说是理性化的基督教流派）在美国占重要地位，英国人对理学的批判不可能不随着"四书五经"的批判而进入美国；而美国的实用主义哲学与经济自由主义思想，这就形成了较迟接受理学影响的美国独特的"前倨后恭"或是相反的微妙态势。中国学者探讨美国的传统儒学接受已经取得了相当的成就，但是如果从大人文主义思潮的接受与再建的角度来看理学，则有可能得到新的阐释。①

戴卫·科利耶（David Collie）翻译的《中国古代经典四书》（*The Chinese Classical Work, Commonly Called the Four Books*）于1828年出版，这是美国作者独立翻译的中国理学家重要著作。1861年在中国香港出版的《中国经典》（*The Chinese Classical Works*）传入美国，这是一部由汉学家杰姆斯·莱格（James Legge）翻译并注释的儒学与道家思想的文集。以上译作出版后立即吸引了美国思想家爱默生（Ralph Waldo Emerson，1803—1882）和梭罗（Henry David Thoreau，1817—1862）等人，而他们所创立的超验主义思想与文学，则正是美国新文化与"美国文艺复兴"的初潮之一。

宋明理学本质上是一种以人为中心的理论，其代表性观念"内圣外王"、"心

---

① 从常耀信教授的《爱默生和孔子论人性》（济南：《美国文学》1987年第1期）到钱满素教授《爱默生和中国——对个人主义的反思》（北京：三联书店，1996年）已经基本勾勒出这一课题的大轮廓，所谓"前修未密，后出转精"乃是学术替变的规则，近年来杨金才教授的《美国文艺复兴经典作家的政治文化阐释》（上海：上海外语教育出版社，2009年）从"东方主义"理论推进这一领域的新范围，本文则是"旧学商量加邃密，新知培养转深沉"的努力，期待进一步的商量与对话。

具众理而应万事"、"理之在物者为性"、"天理人欲"、"天地之性"等,在认识论、价值论与伦理论上都是基于儒学人文主义(也有部分人本主义 Anthropologismus 或广义的人道主义)的新建树,虽然融入了道家与佛学的思想(程朱近道,陆王近禅,即前人所说"朱子道,陆子禅"),但是本质上却并不是一种标准意义上的宗教,更没有西方意义上的"神"(God)的概念与神学的教义。而美国则是西方基督教国家,特别是清教思想一直在美国占据主导地位。清教徒是 16 世纪英国国教圣公会内部的加尔文宗教改革派,有多种教派,主张清洗烦琐的宗教仪式,遵守《圣经》的道德标准,抨击奢侈生活,在 10 世纪资产阶级革命中势力大增,17 世纪后大批清教徒移居美国,成为美国宗教的主流教派。19 世纪前 30 年代的中期,美国"新文化"运动兴起,理学成为爱默生等人的"超验主义"反清教思想的一种利器。爱默生是"超验主义"的代表人物,属于美国基督教神学的革新派。爱默生本人就是波士顿地区的牧师,他的"超验"观念正是针对加尔文教派与唯一理派而提出的,关于"超验"的哲学来源,他曾作过简单的说明:

  我们今天所使用的理想主义的"超验"来自于柯尼斯堡的哲学家伊曼纽尔·康德,——这个流行于欧美的,非同寻常的人类观念的充满着奥妙与精微的术语,其范围是关于人类直觉的思想层次,就是我们今日所谓的"超验主义"。①

  无可怀疑,康德的理性批判的"先验"正是他所谓"超验"思想的来源。康德曾经表达过这样的观念,认为自己所处的时代是一个批判的时代,任何东西都无法逃避这种批判,宗教即使躲在神的背后也无法逃脱这种批判。而用什么来批判基督教?多数启蒙主义者包括康德在内,始终未能从东方文化或是所谓的"异教"来寻求武器,直到爱默生可以说是迈出了第一步,这也正是爱默生被尊崇为美国伟大的思想家与"上帝"的真正原因。

  美国当代著名文学批评家哈诺尔德·布鲁姆(Harold Bloom)在一次谈话中说"爱默生是上帝。"(Emerson is God),这其实并非哗众取宠。以笔者之见,有两个显而易见的原因,一是布鲁姆在《影响的焦虑》中所说到的,爱默生是"浪

---

① Ralph Waldo Emerson, *The Collected Works of Ralph Waldo Emerson*, Ed. by Robert Spiller, Alfred Ferguson, et al. 3 vols. Cambridge Ma: Harvard University Press, 1971, vol I, pp. 206 - 207.

漫主义预言式的人文主义美国始祖"①。另一方面则是超出文学批评之外的，是他对爱默生在美国新文化运动中以"超越灵魂"（Over-Soul）"成为上帝"，取代清教，他直接把爱默生当成了救世主。② 实际上爱默生本人承认他的人文精神创新是多元的，除了康德之外，斯维登堡（Swedenborg）和杰弗逊等人的学说对他影响相当大。可以说爱默生一直徘徊于多种思想的冲突之中，特别是其思想来源中的东方与西方的文化对立，使得他很少直接承认自己的思想观念来自于中国理学（虽然他有时也赞扬孔孟等思想家），这与梭罗极不相同。由于两人的观念与生活环境不同，梭罗《瓦尔登湖》等著作中往往直接引用来自于中国学术的言论。

因此，就形成了一种相当奇怪的局面，一方面是对东方异教思想武器的迫切需要，另一方面则是恪守基督教一神教理论的投鼠忌器，成为一种首尾两端的艰难选择。爱默生在《神学院讲演》中借助于对古代犹太教的批评来抨击当时的清教，并且说：

> 如果大家同意我用古代教义来回应，那么就是诚实与克制同时也是一种明显的罪过，如果它们不是以基督教的名义，每个人毋宁是做一个：
> A pagan, suckled in a creed outworn.
> （在那种腐朽的教条下成长的异教徒。）③

最后的一句是引自他所喜爱的华兹华斯的诗《这个世界让我们受不了》，其中公开宣称宁愿作一个"异教徒"也不愿成为清教戒律的牺牲品。这篇讲演被哈佛大学教授霍姆斯高度评价为美国"思想独立的宣言"，其中的异端思想却让当地教会大为愤怒，视为离经叛道的说教。

爱默生研究的主要资料集中于三个方面：第一是他的论著，主要是散文，也有部分诗歌，散文从1830年到1870年间陆续出版，包括中国人所熟悉的《论自然》（1836）、《随笔一》（1841）、《随笔二》（1844）、《生活的准则》（1860）、

---

① Vencent B. Leitch, General Editor The Norton Anthology of Theory and Criticism, New York: W. W. Norton & Company, 2001, p. 717.

② 世界宗教史上，"他者的上帝"是古代犹太教的一种观念，虽然犹太人是一神教，但是古代犹太教学者却承认世界其他民族可能有自己的神，这就是"他者的上帝"的观念来源。这种观念在基督教被罗马人立为国教之后，以耶和华为唯一神与救世主之后就不复出现。

③ Ralph Waldo Emerson, Essays and English Traits, Part 5 Harvard Classics, New York: P. F. Collier & Son Company(1909 – 1914), New York: Bartieby Com, 2001, p. 24, pp. 20 – 31, pp. 21 – 22, p. 207, p. 75.

《群居与独处》(1870)，以及《诗集》(1846)。第二类是他的《日记》(爱默生从1820年起记日记，出版于1909—1914)。第三类是他编辑的同人刊物《日晷》，主要给超验主义者们阅读。在日记与刊物中，他多次提到孔子，并且将其列为世界四大伟人，位居第二位。但他公开发表关于中国理学家的著作是在1843年，在这一年出版的《日晷》第10期上，共列出了英文《四书》中的40余条语录。如果从他对东方思想的看法来划分，大致经历了三个阶段，第一个阶段是从1820年前后到1836年，他对东方国家与中国了解不多，在其表述中含有一定的"东方主义"的轻视与贬抑。① 第二阶段则主要是40至60年代末，这个阶段的是其思想发展最活跃的时期，大量论著中阐发了关于中国理学或是相近的观点。本文中所论及的主要思想大多出于这一时期。第三个阶段是从60年代末期到逝世的最后十余年，这是他对中国思想评价最高的时期。

其实其中的主要观念都可以找出爱默生超验主义与中国理学思想的对应点：其一，世界是"理"与"心"的产物，心对于自然是无所不在的。其二，人类的天性就是道德，这是把上帝引入个人灵魂的法则而不是教义。其三，主张修心悟性，认为根治教会种种不道德行为的唯一方式是灵魂的觉悟。爱默生强调：这种悟解曾经"陶醉过东方人，特别是希伯来人"。② 这一说法中隐含有深意，因为包括中国在内的东方思想当然与西方基督教观念是有根本差异的，在传统基督教教义中，把东方宗教说成是多神教与自然崇拜，而希伯来宗教则不同，希伯来宗教是基督教的前身。爱默生强调希伯来宗教，其实是为东方宗教进行辩护，这与他所对"异教"的赞扬是一致的，这也就使得这些观念与中国理学的"理"与道，甚至与心性之学之间的关系有更深入的关联。

19世纪美国经济发展迅速，实际上已经取代英国成为世界最大工业化强国，但是美国的意识形态与文学艺术却长期处于英国影响之下。美国人对此深感忧虑，极力要张扬美国文化的创造性。对于这种情形，如果以布鲁姆的名著《影响的焦虑》一书的书名来描绘美国新文化与英国传统之间的关系其实恰当，美国人最终要抛弃这种影响，再建具有创新性的美国新文化。可以说直到爱默生的超验

---

① 关于爱默生与东方主义的关系，可以参阅杨金才教授的《美国文艺复兴经典作家的政治文化阐释》(上海：上海外语教育出版社，2009)中的较全面的论述，其中并不只限于爱默生的早期活动，也阐明了爱默生对东方文化的矛盾态度。

② Ralph Waldo Emerson, *Essays and English Traits*, Part 5 Harvard Classics, New York: P. F. Collier & Son Company(1909 - 1914), New York: Bartieby Com, 2001, pp. 20 - 31.

主义树起美国文艺复兴的旗帜,才真正建立了美国化的人文精神的思想体系。而在这种新文化精神与理学中的心性之学恰形成一种对流,宋明理学成为了美国新文化的精神资源。更重要的是,这种理学思想在美国本土化,融合了多种观念,建立了一种适应西方工业化语境的宏大人文主义叙事,影响遍及哲学、神学、道德伦理、文学艺术等各个领域,并且向世界扩展,当然,其中也包括了20世纪中,爱默生的人文主义又向中国返流,使中美之间的文化交流具有前所未见的丰富性。

二、"超灵"与"理"的认识论(epistomology)

爱默生思想的核心观念是"超灵"(Over-Soul)。这是一个相对复杂的概念,在基督教传统中一直有人与上帝直接交流的观念,但是这种传统在中世纪神学中被异化,世俗教会垄断了神的权威。从路德宗教改革之后,特别是清教中,人与上帝直接交流的观念再次得到注目。但是爱默生的思想并非仅仅如此,相当多的学者在介绍爱默生思想时错误地理解了文本,将爱默生说成是人与上帝可以直接交流的观念倡导者。其实这是无意中抹煞了爱默生思想的意义与价值,他所提出的观念是:自然是人心灵的镜像,而人的心灵与上帝是一体的,一体并不是交流,而是相同一。

> 所有这些事实一直向人们展示这样一个神圣的存在:世界不是各种力量的产物,而仅仅只是一种心愿产物,一个观念的产物。而这种观念则是无所不在的。——这种观念通常是深藏于充满热情与深思的东方人的灵魂深处,不光是在巴勒斯坦,虽然它在那里表达最标准。同时也在埃及、印度和中国。欧洲的神圣观念往往来自于东方的圣贤们。①

爱默生的观念是发展的,他以后用一个词来表达这种至高无上的观念,就是"总体"(unity)。

其实欧洲学者早就讨论过这个问题,就是所谓"第一原则",西方哲学家与中国一样,是从宇宙发生论与认识论层次来研究这一问题的。亚里士多德与柏拉

---

① Ralph Waldo Emerson, *Essays and English Traits*, *Part 5 Harvard Classics*, New York: P. F. Collier & Son Company(1909 – 1914), New York: Bartieby Com, 2001, pp. 20 – 31.

图都讨论过第一推动力等，只是到爱默生有了一种综合。当然，中国老子也有过宇宙生成理论的描述，但是中国哲学中最完整的认识论体系是宋明理学家所提出的。所以说中美双方的思想观念体系形成都具有各自独特的历史进程。

最常见的解释是将爱默生的"总体"与中国孔孟之"道"进行认证，从中看出二者的同一性。这种看法并非错误，但是从思想理论概念而言，"道"是客观精神的代表，同时具有事物发展规律的含义。如果从超验主义的本体论与认识论来看，爱默生的"总体"强调人、世界（自然）与上帝的通灵，其产生于人类心理的直觉，不同于西方的理性，更为接近宋明理学中的感悟的"理"。

程颢曾经不无自豪地说："吾学虽有所受，天理二字却是自家体贴出来。"① 事实上确实如此，理学的中心概念"理"是理学家们的一大理论创新，在理学体系中居于中心地位，而且是一个综合性概念。"理"也称为"天理"，是指生成万物的，无形无体，居于超越世界存在的最高层次的理念，它既是万物产生的本原，也是人类精神的最高观念，世界与人类通过理来共生共存。

从理的本体而言，它是"理一分殊"，就是理是统一的，也是唯一的，而事物的性质也是理，只不过是理的特殊性。比如牛、马、树、人各有其性理，而人与动物的特性是天理的分殊。"所谓'人者天地之心'及'天聪明自我民聪明'，止谓只是一理，而天人所为，各自有分。"②

在发生认识的层次，理也就是孔孟之"道"的再建。二程认为："'人心惟危'人欲也。'道心惟微'，天理也。"③ 人类学习和认知的目的就是"穷理尽性以至于命"。而且"理"与性、气之间形成了有机联系，朱熹说：

> 伊川"性即理也"，自孔孟后，无人见得到此。亦是从古无人敢如此道。伊川"性即理也"四字，撷扑不灭，实自己上见得出来。
> ——
> "论性不论气，不备；论气不论性，不明。"④

如果将理学思想与爱默生的超验主义理论相比较，从理论概念的深化，思想体系的完整都是更为相宜的。

---

① [宋]程颢、程颐著：《二程集》，北京：中华书局，1981年，第424页。
② [宋]程颢、程颐著：《二程集》，北京：中华书局，1981年，第158页。
③ [宋]程颢、程颐著：《二程集》，北京：中华书局，1981年，第126页。
④ [宋]黎靖德编：《朱子语类》，北京：中华书局，1986年，第1387页。

在《论自然》一文的结尾处,爱默生再次阐发自己的理论:

> 自然只是一种观念的代表物,嗣后再次化身为一种观念,如同冰会变成水和气一样。世界是气化的精神,极易于蒸发的精髓则会不停地反复进入人类自由的思想。从而成为了有机物与无机物对思想的作用。①

这里明显可以看出对理学的借鉴,并且有了新的创造,某种程度上突破了神的桎梏,吸收了儒学认识论的一些观念。其实从17世纪以来,欧洲就一直把中国理学看成是自然神论,因为其中"理"与"气"等观念与西方神学或哲学相左,而爱默生对"气"的肯定,其实与理学家有共同的来源——孟子的"养吾浩然之气"——可以说是同源的。而这种观念在基督教神学与西方哲学(特别是笛卡尔理性理论之后)几乎是绝无仅有的。

多位中国学者都注意到:在爱默生的散文《经验》(*Experience*)② 中曾经引用了《孟子·公孙丑上》中的一段话:"孟子曰:'吾知言,吾善养吾浩然之气。'对曰:'敢问何谓浩然之气?'孟子答:'曰,难言也。其为气也,至大至刚,以直养而无害,则塞于天地之间。其为气也,配于义与道,无是馁也。'"③ 对于这里的"气",爱默生说:"我们可以将其表达为存在,这是我们所能到达的最高界限。"④ 除了"存在"这一层意义外,常耀信先生根据爱默生的论述,将其表达为"我们的生命",究其本,仍然是浩然之气的一种表现。⑤

如果仅仅根据《孟子》的文本,爱默生是不可能有这样的理解的。这种阐释来自于朱熹等宋明理学家对《孟子》的注释,朱熹在注释《孟子》中这一段话时有大量的论述,核心观念正是说明,气作为天地之本与个人生命之意义:

---

① Ralph Waldo Emerson,*Essays and English Traits*,*Part 5 Harvard Classics*,New York:P. F. Collier & Son Company(1909 - 1914),New York:Bartieby Com,2001,p. 207.

② 值得注意的是:这篇散文写于1843—1844年间,此时爱默生的小儿子不幸逝世,散文笔调沉郁,有的版本没有收入或是有所不同,所以部分中文译文中没有孟子的话,本文引自美国诺顿丛书(Nina Baym,General Editor,*The Norton Anthology of American Literature*,Volume B,New York:W W Norton & Co Inc,2003)中所选用的版本。

③ 《孟子集注卷三》,见《新编诸子集成 四书章句集注》第一辑,北京:中华书局,1983年,第231页。

④ Ralph Waldo Emerson:Experience,*The Norton Anthology of American Literature*,Nina Baym,General Editor,Volume B,New York:W W Norton & Co Inc,2003,p. 1202.

⑤ 参见常耀信《爱默生和孔子论人性》,济南:《美国文学》1987年第1期,第123页。

气,一气,浩然之气,义理之所发也。——气只是一个气,但从义理中出来者,即浩然之气;从血肉身中出来者,为血气之气耳。①

二程则强调气与性的关系,提出:

"生之谓性",性即气,气即性,生之谓也。——浩然之气,天地之正气,大则无所不在,刚则无所屈,以直道顺理而养,则充塞于天地之间。②

将气的概念与理、性相联系,认为理即气,气即性,也就是从存在—义理和个性生命两重意义上来看待气。道破这一重联系的实质,是理学家们的功劳,也是对孟子"浩然之气"的发挥。这恰恰也是爱默生对孟子"浩然之气"的阐释,爱默生也是从形而上学的意义与生命存在的双重意义来阐释的。这里我们并不认为其是一种偶合或是无意中的相同。当然更为重要的是思想方法上的相通。共同的思想方法可以超越时空,所谓"寂然凝虑,思接千载;悄焉动容,视通万里",③ 形成了一种视界融合。这种相通能产生的主要动因在于:"超验"方法是超越了西方的形而上学思维的,将直觉作为理解人类生命与存在的方法。气,正是天理与生性之间的介质,这个范畴的性质具有从形而上学到经验之间的特性,所以最宜于代表"超验"方法的特性。所以爱默生选用这一范畴,与中国理学家的具有辩证理性的、将形而上学与经验论相结合的方法别无二致,可谓殊途同归。对于爱默生而言,这种方法论其实是他思想转折时期一种表现,说明他从早期的超验思考逐步向中国的道德伦理观念的思考转化。

三、"心境"与"心性"的核心观念

爱默生超验主义思想的文化价值在全球化语境中正在被普遍地关注,受到承认。其中一个重要原因是,近年来在美国式的生态批评中,将爱默生与更接近生态批评理想人物标准的梭罗看成是美国田园生活或是自然生态保护的前驱者,当然,这种观念是符合生态学理论体系化的需要的。但是,对于庞大的爱默生思想体系来说,生态批评的意义只是"尝鼎于一脔"。在对美国新文化与"文艺复兴"

---

① [宋]黎靖德编:《朱子语类》,北京:中华书局,1986年,第1242—1243页。
② [宋]程颢、程颐著:《二程集》,北京:中华书局,1981年,第10—11页。
③ 范文澜注:《文心雕龙注》(下),北京:人民文学出版社,1958年,第493页。

的文化价值评判上,哈罗德·布鲁姆则是更为深入的阐发者,他指出:

> 美国式的崇高(这总是一种反向的崇高)的前无古人后无来者的先知爱默生总是对我们的悲观不满"无论如何,仍然有死亡的世界,我们的世界",发出有力的抨击:"被你们称为世界的一切其实不过是你们这种物质——意念力量的永恒创造——的一个影像——你们以为我是我的境况的之子——其实是,我创造了我的境况。"①

布鲁姆把美国浪漫主义的崇高称为"反向崇高"(the Counter-sublime),其中含有一定的诙谐成分,因为爱默生的崇高与当时的工业化大背景是背道而驰的,却有一种处于没落中的精神人文主义的"崇高"。作为美国主流思想的对立人物,爱默生与梭罗在当时确实有不合时宜的悲剧色彩,这里关键是要理解什么是爱默生所"创造"的"境况"(circumstance)?

19世纪美国式的实用主义与工业理性是时代的核心价值观念,与其对立的、同样是美国式的自然观念与个人精神自由则被压抑,所以爱默生在《美国学者》中引用《哈姆雷特》中的名言:"蒙上了惨白的一层思想的病容"来形容当时的美国时代精神。针对这个时代,爱默生创造的"反向崇高"是一种"境况",其形而上学的方面当然是超验主义思想,实践方面则是自然与人类精神的关系,这种超验论的主张一种以心性为中心的"境况",其实只是一种"心境"。

爱默生对时代进行批判的武器是灵魂的自由,就是所谓的"心",心的世界就是爱默生的环境,他所对抗的是物的世界,在他看来工业理性的物质世界只不过人类精神的一个影子,而真实的力量是人的灵魂。人的灵魂是唯一能尽知自然与理性的,也是能贯通三者关联的中枢。所以不能因为他颂扬个性灵魂就简单地把他定性为一个"个人主义者",如果这样就容易产生误读,遗憾的是,当前相当多的论著中就是这样评价他的。

爱默生的哲学中心是自然、统一体与个性灵魂三者之间的关系,他的理论创造价值也是在于,是他首次将这三者关系建构于一个新的结构之中。虽然他高度赞扬柏拉图和瑞典神学家斯维登堡等西方哲学家,但是从他的理论建构模式而言,却是神学与东方哲学的融合,特别是与中国理学的"心性"学说完全对应。

---

① Harold Bloom, *The Anxiety of Influence A Theory of Poetry*, New York: Oxford University Press, 1997, p. 103.

他所说的灵魂分为两种：一种是伟大的统一体，即"超灵"。它是联结大自然与人类心灵的存在，这也是自然的目的，是人类的能动性。另一种则是个体的心灵，这两者并不对立，特别在他后期的思想中，个性灵魂的意义与价值变得愈加崇高，或是像布鲁姆所说，是变得愈加"反向崇高"的"心境"。

但这种"反向崇高"的原则，亦即所谓心性与天理之间关联，恰恰早就是宋明理学家们的理论精华，心性之学是理学的基本构成，从程朱到陆王，心性的理论是一贯的。

> 子曰：心具天德，心有不尽，则于天德不尽，其于知天难矣。①

"知天难"是孔孟的遗训之一，程朱集中力量发展理学中的认识论。朱熹将程颐的"性即理也"二分，一是天地之性就是理本身，另一个则是气质之性，二者有区分又有联系。心是联系二者之间的中介，"性便是心之所有之理，心便是理之所会之地。"② 说到这里，我们当然可以看出，爱默生的"灵魂"其实与理学家的"心"简直是完全相同，它们都是上联天理下接个性的中介。我们当然有理由推测，爱默生的"心境"可能是来自理学家的"心性"的启示。

当然也要看到，理学家们的理论也是一个不断进化的过程，宋明理学发展中直到王阳明才进一步发展了这一体系。王阳明认为儒学的传承必须做到"讲之以身心，行著习察，实有诸己者也。知此，则知孔门之学矣。"③ 关于理、性与心的关系，他认为：

> 理一而已，以其理之凝聚而言则谓之性，以其凝聚之主宰而言谓之心，以其主宰之发动而言谓之意，以其发动之明觉而言谓之知，以其明觉之感应而言则谓之物。④

王阳明的"格物致知"就是一种发展，是从心到物的世界关系的进展。而爱默生同样有认识论的观念创造，他在关于自然与灵魂和世界三者的关系的论述中，强调重视灵魂的作用。爱默生关于灵魂的论述并不是从宗教角度，而是从人类精神

---

① [宋] 程颢、程颐著：《二程集》，北京：中华书局，1981年，第1260页。
② [宋] 黎靖德编：《朱子语类》，北京：中华书局，1986年，第88页。
③ [明] 王阳明：《传习录》，南京：江苏古籍出版社，2001年，第197页。
④ [明] 王阳明：《传习录》，南京：江苏古籍出版社，2001年，第199—200页。

与生活这些极为普通的层次来阐发的,这一点尤其像中国宋明理学家们,他们的论述与佛教讲经一样,采用通俗、"活泼泼地"话语来讲述。爱默生在《报偿》(*Compensation*)一文中写道:

> 正因为如此,所以宇宙其实是活生生的。世间万物都是有自己道德的。灵魂,从我们体内而言,就是一种情感而已,而它在我们身外时,就成为了规律。①

灵魂,这就是我们的心,它在我们体内就是"性",而它在我们之外时,就会成为"运行"万物的"规律",也就是理学家们所说的"理"。这里我们当然会想到朱熹的名言:性即理也。在心唤作性,在事唤作理。②

古今中外的超越时空对话中,能够契合得这般密无间隙者,确实并不多见。当然我们也不必为它感到惊奇。因为,并不仅是思想家思维方式的合一会产生这种相通,而实际上,决定性的因素仍然是跨越文明的"理"本身的存在。

更为重要的是,并非个别观念的近似或是偶然相重合,而在于学说构架的同一性。爱默生与理学家理性心三者相对应。他们共同建构了一个以心为中心的结构,这个结构是三个世界的互相联系,第一个是上帝或是天理作为最高存在的世界。第二个是个性与人生,这是现实的社会世界。第三个是个人的内心世界,就是心与灵魂,这个世界居于中心地位,而这也就是"心境"与"心"的意义与价值所在。在说明理学家的哲学系统时,冯友兰曾经比较过程朱与王阳明的学说,认为两者其实仍然有所不同,"根据朱熹的系统,一切理都是永恒地在那里,无论有没有心,理照样在那里。根据王守仁的系统,则如果没有心,也就没有理。如此,则心是宇宙的立法者,也是一切理的立法者。"③ 如果进一步追问:爱默生哲学更接近二者之中的哪一种,或许从对个性与心的作用强调而言,爱默生可能更接近于王阳明(守仁)的学说。当然这种判断只是相对的,因为从学说的总体结构而言,爱默生与理学之间是基本可以认同的。

至此,爱默生学说与中国理学之间的关系已经从最初的直接材料的求证进入到理论架构的探讨,如果从双方联系的研究而言,无论是初步的材料验证还是理

---

① Ralph Waldo Emerson, *Essays and English Traits*, *Part 5 Harvard Classics*, New York: P. F. Collier & Son Company(1909-1914), New York: Bartieby Com, 2001, p.75.

② [宋]黎靖德编:《朱子语类》,北京:中华书局,1986年,第88页。

③ 冯友兰:《中国哲学简史》,涂又光译,北京:北京大学出版社,1985年,第355页。

念分析都缺一不可，但真正说明理论实质关系的，仍然依靠理念观念的关联。正如多位研究者所指出，爱默生学说来源是多元的，中国的宋明理学充其量只是其中的因素之一，正因为如此，我们当然重视作为理论概念的逐一对应与比照，但是，却更为注重思想结构共同理性阐释的可能性。

无论如何，爱默生学说与宋明理学的关系梳理其实仅是一个开端，是从新语境来阐释的模式，对于东西方的大人文主义交往这样一种全球化时代的更受重视的文化关系，则有待于进一步的开拓。

作者简介

方汉文，苏州大学文学院教授、博士生导师，文学博士。

徐文，苏州大学文学院在读博士研究生。

法国现代主义文学想象中国的方式论[①]

赵小琪　张益伟

法国现代主义文学作为西方现代文学的一个重要组成部分，其产生和演变都与西方启蒙以来的现代化进程和哲学思潮有着紧密的联系。19世纪中叶，就在尼采宣告"上帝死了"的同时，西方已进入帝国主义海外殖民与扩张的白热化阶段。在文化上，自笛卡尔以来的欧陆理性思潮经过康德对理性的思辨与改造再到黑格尔"绝对理性"概念的生成，一个逻各斯中心体系已渐趋完备。西方文明机制在创造了人类前所未有的奇迹的同时，自身能量也已发挥至极限，如强弩之末，它似乎再也不能于自身文化圈中实现资源的更新与开拓。瓦莱里在《精神的危机》中说："并非一切都已逝去，然而一切都已感到正在消亡"。[②] 著名思想家埃利希·弗洛姆说："在整个工业化的世界中，异化达到了近似于精神病的地步，它动摇和摧毁着这个世界宗教的、精神的和政治的传统。"[③] 从历史发展的角度看，许多西方现代主义作家在20世纪初之所以将希望的眼光投放在中国之上，绝不是一种偶发性的、孤立的现象，而是作为"自我"的西方现代主义作家与作为"他者"的中国之间的复杂的互动过程。一方面，作为"他者"的中国必须建构在它有实现西方文化资源的更新的优势基础之上；另一方面，作为"自我"的西方作家又总是受到西方文化现实语境的制约。具体来说，西方现代主义作家之所以引入中国文化来重建西方文学和文化，一个很重要的原因，就在于"重主观"、"重感悟"、"重想象"的中国文化满足了他们的期待视野，反映了西方现代主义文学的某种特定的现实需要。其中，法国现代主义作家对中国的想象尤其值得我

[①] 本文原载于《安徽大学学报》（哲学社会科学版）2014年第3期。
[②] 谢大光主编：《法国散文经典》，上海：学林出版社，2010年，第145页。
[③] 埃利希·弗洛姆：《在幻想锁链的彼岸》，张燕译，长沙：湖南人民出版社，1986年，第62页。

们关注。中国既是剧作家克洛岱尔诠释天主教真谛的神器；也是诗人谢阁兰拓展"自我帝国"的意识疆域的触媒和亨利·米修拯救西方"野蛮人"[①] 的一个良方。可以说，法国现代主义文学中的"中国"一方面构成了克洛岱尔、谢阁兰等现代主义作家反思文化传统的重要资源，另一方面也拓展了他们的艺术视野和思维。而在我们看来，法国现代主义文学中的"中国"之所以具有如此强大的功能，是与法国现代主义作家想象中国的方式紧密联系在一起的。就此而论，我们考察法国现代主义文学想象中国的方式并梳理这些方式在文学形象生成过程中的作用和功能便有着重要的理论价值和学术意义。根据现代心理学理论，结合对法国现代主义文学想象中国文本的考察，我们将其想象的方式分为以下三种：相似性想象、接近性想象、相反性想象。

一、相似性想象

从思维结构上讲，相似性想象往往是指作家基于一种审美对象，联想到形态、结构、特征与其相似的第二种审美对象。当这两种审美材料一旦被思维激活并联结起来，便获得了一种想象层面上的意义关联性作用，由此，对象便由最初的单数转为复数甚至扩充至审美对象链条上的多个个体，不同的对象个体在"相似性关系"的牵引下构成了一种类比式的结构形态。而这种"相似性"既可以是常规性的客观化相似性，如"脸蛋像苹果"，还可以是再造性的主观化相似性，如"寂寞是一条蛇"。第一种想象模块强调想象主体对现实语境中不同个体外在特征相似程度的捕捉，第二种想象模块突出了想象主体对主观的思想情绪和客观对象之间相似度的发现，从而在不同类属个体之间再造出新的相似性。由于相似性想象对不同事物之间"相似"关系的强调，这便构成了世界上不同主体之间实现某种通约的可能性，从而为作家以想象作为观察世界和认识世界的突破口打下基础。正因如此，相似性想象作为艺术生成的方式在实践层面一向为许多法国现代主义作家所青睐。在他们的作品中，这种相似性想象主要表现为两种方式：物象与物象的相似、人与物象的相似。

法国现代主义文学是欧洲文学的一个组成部分，作为基督教文化圈中的一种文学样态，从产生到发展与西方的人本主义思潮和非理性主义哲学思潮有着不可

---

① 刘阳：《米修：对中国智慧的追寻》，南京：南京大学出版社，2007年，第119页。

分割的联系。传统的"西方哲学注重的是主客的对立,以之为基础的西方诗学历来推崇细分明析,重视理性和秩序。从古希腊的柏拉图、亚里士多德到近代的笛卡尔、斯宾诺莎再到19世纪的黑格尔,西方哲学史建构的是一座座明晰化、理性化的思想体系大厦,在这些大厦中,每一个命题与范畴作为整体建筑的部分都获得了理性的分析和科学的确定。"① 正因如此,无论是伏尔泰、狄德罗、杜阁、魁奈建构的公平、仁义的中国形象还是孟德斯鸠、卢梭建构的奴性、封闭的中国形象,都没有超出西方传统那种根深蒂固的注重理智与秩序的理性思维的制约。然而,"在19世纪末20世纪初,这种认识论遭到了怀疑和否定,尼采宣称:'上帝死了',要求'对一切价值作重新评价'。事物与事物之间的区别不再被看成绝对的,而是相对的。"② 正如詹姆斯·麦克法兰所说:"主体和客体之间的障碍,认知者和外界之间的障碍,观察人和被观察的自然之间的障碍,逐渐被排除了。"③ "随着人们对事物关系的重新认识,人们对用以指称事物的词与词的关系的认识也发生了变异,传统文学那种依照事理逻辑对语言的组织和安排,限制了人们对事物多样性联系的认识,已经远远不能与人们发展着的自由意志相适应。"④ 由此,波德莱尔提出了万物"感应"说,在他看来,"自然像一座神殿","互相混成幽昧而深邃的统一体"⑤。艾略特则认为:"当诗人的心智为创作做好安全准备后,它不断地聚合各种不同的经验;……这些经验总是在形成新的整体"⑥。在法国现代主义作家的中国想象中,物与物、物与人通过相似性规则组合在一起的现象随处可见。

作家由此物想到与此物相似的彼物,是法国现代主义文学想象中国时经常运用的一种方法。在谢阁兰的小说《勒内·莱斯》中,作家描绘了20世纪初类似于卡夫卡笔下"城堡"一样具有神秘特征的北京紫禁城。彼时西方对中国的殖民

---

① 赵小琪:《20世纪中国现代主义诗学知性话语的理论维度》,载《广东社会科学》2009年第1期,第130—131页。
② 赵小琪:《西方话语与中国新诗现代化》,北京:中国社会科学出版社,2012年,第196页。
③ 詹姆斯·麦克法兰:《现代主义思想》,载《现代主义》,上海:上海外语教育出版社,1992年,第65页。
④ 赵小琪:《蓝星诗社对西方象征派诗美建构策略的化用》,载《外国文学研究》2003年第3期,第128页。
⑤ 黄晋凯等编:《象征主义·意象派》,北京:中国人民大学出版社,1989年,第232页。
⑥ 艾略特:《艾略特诗学文集》,王恩衷编译,北京:北京国际文化出版公司,1989年,第31页。

扩张热潮愈演愈烈,中国已处于被帝国主义瓜分的紧要关头。谢阁兰却始终钟情于一个渐去渐远的古代中国。为了能够进入"内廷",① 叙述者"我"拜师于勒内·莱斯这位在清宫中做官的比利时人,亲眼目睹或听说宫廷中的系列政变和清廷故事。雄伟的紫禁城威武、神秘而又巨大,对"我"来说,是一个永远的谜团,但"我"只能在远观紫禁城时通过相似性认知规律来完成对中国皇宫秘密的破解。

  房屋,庭院,空间,皇宫的所有宫殿,都被图解在这儿,像蜂房一般,彼此对称;意思是一样的:蜂群在蜡膜里为它们居民中的一个——唯一的雌性,即蜂王工作。四万万人在此以及它的四周,彼此之间与蜂群的工蜂相差无几,密密麻麻堆积了这些棋盘型的方格,垂直坚硬的模型,与无数的小房间,它们构成的几何图形——除去屋顶的尖角之外,——与直角的'平行六面体'简直毫无区别!②

  "怎样辨认出此处,即人们应候之处,入宫之处呢……,——犹如神明之龙微微张开的口,'此处'简直成了一种文明,神秘、幽静、深邃而且令人神往的洞穴。"③

在这里,宫殿与"蜂房"、"平行六面体",宫门与"神明之龙"、"洞穴"等被作家运用相似性想象组合在了一起。它们虽然属于不同种类的物体,但在形态上又具有极大的相似性。作家对这种不同种类的物体的相似性的发现,既突出了紫禁城外在结构的神秘复杂,也表现了清宫政治生活的诡谲叵测和统治阶级至高无上的权力的辐射效应,生成了一个威严、复杂、匪夷所思的政治中国形象。

较之谢阁兰,克洛岱尔在中国居住的时间更长。他在中国的法国领事馆担任十多年的外交官职务。在华期间,他始终对神秘的中国事物充满着好奇感。在他的散文集《认识东方》中,到处充满着他对奇异的中国景与物的相似性想象。"我进入山石中间,穿过一座漫长的迷宫,山势幽邃深杳,蜿蜒回转,上下起伏,扩大并增加了景观。环绕湖石,恍如梦境,于是我登上了峰顶,……但见寺院楼台耸立于万树丛中,宛然一屋宇之诗章。"④(《园林》)"那个园子的门状若胆瓶,

---

① 谢阁兰:《勒内·莱斯》,梅斌译,北京:生活·读书·新知三联书店,1991年,第15页。
② 谢阁兰:《勒内·莱斯》,梅斌译,北京:生活·读书·新知三联书店,1991年,第114页。
③ 谢阁兰:《勒内·莱斯》,梅斌译,北京:生活·读书·新知三联书店,1991年,第110页。
④ 克洛岱尔《认识东方》,徐知免译,上海:上海人民出版社,2007年,第32页。

还有的像一张开喷烟的嘴巴，或是像水天一线时的落日，或是像刚刚升起的月亮。"①（《门》）这里，克洛岱尔从相似性想象的角度切入，以悖理的语言令人称奇地将"园林"与"迷宫"、"寺院"与"诗章"、"门"与"胆瓶"、"落日"、"月亮"等分属于不同的物类的概念组接在一起，极大地强化了中国的景与物的原始化与诗意化。这种原始化的景与物构成的世界是生活在人与自然极端对立的社会中的克洛岱尔等现代主义作家极为憧憬的理想彼岸，它极大地安抚了克洛岱尔那颗遭受现代物质文明挤压而倍感焦虑的灵魂，满足了他在走入、亲近大自然中找回自己的生命活力的深层需求。

作家由此人想到与此人相似的物或由此物想到与此物相似的人，同样是法国现代主义文学想象中国时经常运用的一种方法。克洛岱尔的《正午的分界》以20世纪初中国南方港口城市为背景，描述了中国义民起义中的几位外国人的情感纠葛。克洛岱尔在戏剧中常常通过人物与物象的相似性想象来构建中国形象。在伊瑟的眼中，死去的中国人的"黄皮肤的尸体""全都堆集在一起，像是一块生了蛆的烘饼！"而黄种人的血，她则认为其像"乳胶"，是些"可怕的垃圾植物的乳液"。② 在西方长期被视为自然的中心和主宰的人，在这里竟然不仅与自然的中心和主宰无缘，而且与自然万物中最为低贱的"蛆"、"垃圾"相等同，这既显示着西方人看待自己与看待他者的不同标准，也显现了克洛岱尔想象中国后面极为复杂的意念。一方面，纯朴、美丽的自然中国可以极大地满足他返归自然、追求诗意的人生愿望；另一方面，贫瘠的经济中国，专制、腐败的政治中国，满目疮痍的社会中国又极大地强化了他作为富裕、开明、繁荣、进步的西方社会的一员的自豪感和优越感。超现实主义诗人亨利·米修的《一个野蛮人在亚洲》同样擅长发现人物和物象之间的某种相似性。在一些人物身上，他总能想到其与某些事物具有的某种相似性因素，而在一些事物上，他也可以想到人类的某些特性。"中国女人，非黄皮肤，但是萎黄，苍白如月光／在戏院里，男人以尖嗓门歌唱，伴奏的是同样尖利的琴声。"③ 在这里，作家将中国女人的面容与月光进行类比，突出了中国女人纤柔脆弱的特征。而作家将歌唱声音和尖利的琴声做类比则突出了中

---

① 克洛岱尔《认识东方》，徐知免译，上海：上海人民出版社，2007年，第78页。
② 克洛岱尔：《正午的分界》，余中先译，长春：吉林出版集团有限责任公司，2010年，第234页。
③ 刘阳：《米修：对中国智慧的追寻》附录"一个野蛮人在中国"，南京：南京大学出版社，2007年，第121页。

国音乐的独特性。在描摹中国女人的性情时，他这样写道："中国女人就好比印度榕树的根，到处延伸，甚至延伸到树叶里。……你需要好几天才能摆脱她。"①"她始终缠住你，如同不知道独立存在的常春藤。""她这只蚂蚁也寻找活儿，瞧，她专心致志、有条不紊地整理你的衣箱。这是真正的中国艺术课。"②"月亮使他愉悦，中国妇女与月亮惊人地相似。这种不引人注目的月亮，这种清晰的轮廓，与他兄弟般地谈心。而且，许多方面，受月光影响。他们不重视太阳这个炫耀者，他们很喜欢焰火，灯笼，它像月亮，只照清它们自身，而不发出任何强烈的光线。"③ 在诗人眼中，中国女人与印度榕树、常春藤有着本性上的相似：执着与坚韧，对他者的依赖。而中国女人与蚂蚁、月亮的相似性描述则凸显了中国女人自我奉献和甘做绿叶的牺牲精神。这样，诗歌借助于一组组类比式的相似性想象既生成了中国女人温润如玉、多情执着、甘于奉献的美好形象，也表现出中国浓郁的伦理文化和现实化生活习俗，透射出中国人对土地的强烈依恋和倚重。而这种借助于相似性想象建构的中国人形象或中国文化形象，既表现了萨义德所说的西方人对他者的意识形态式的轻蔑与不屑，也融入了诗人偏离西方对中国的社会集体化想象之外的独特的见解与思考。

作家马尔罗也善于借助人物与物象的相似性想象来构建中国形象。他的小说《人的境遇》以1927年中国上海工人武装起义和汉口工人运动为题材，描写了革命英雄陈、强矢、加托夫等中外人士联合工人组织谋杀蒋介石的一系列革命行动。作为一部典型的革命题材的政治小说，作家期望通过对这些置身在中国革命洪流中的英雄们如何被外在力量所压迫以及他们对这种异己力量的抗争的描写，表现人类共有的难逃的劫运。在表现这一主题时，作家运用了人物与物象的相似性想象。"上海是中国怦怦搏击的心脏，一切滋养它的东西流过时都令它搏击。包括在遥远的乡间（地主多半依赖银行），条条血脉莫不如江河沟渠，一齐汇向这正在决定中国命运的大都会。"④ 作家将上海喻为人体的重要生理器官"心

---

① 刘阳：《米修：对中国智慧的追寻》附录"一个野蛮人在中国"，南京：南京大学出版社，2007年，第125页。

② 刘阳：《米修：对中国智慧的追寻》附录"一个野蛮人在中国"，南京：南京大学出版社，2007年，第125页。

③ 刘阳：《米修：对中国智慧的追寻》附录"一个野蛮人在中国"，南京：南京大学出版社，2007年，第122页。

④ 马尔罗：《人的境遇》，丁世中译，北京：外国文学出版社，1999年，第95页。

脏",将革命进程中各种交织的力量隐喻为心脏周围涌动的"血脉"。由此,上海仿佛是人体各大动脉的枢纽中心,它的每一次跳动和搏击都影响着整个中国的生死存亡。上海的非比寻常的地理位置和战略意义被这一隐喻极大地突显出来,从而为小说人物的革命活动提供了一个高度紧张又极具可视性的画面空间。在书写刺杀蒋介石的行动革命党人强矢的内心活动时,作家同样运用了人物与物象的相似性想象:"或许陈就是一只自己会发光的蜉蝣,它将在那光照中毁灭自身……或许人类本身……",① 强矢将陈喻为蜉蝣,有着非常深刻的用意。蜉蝣虽小,却既能"在那光照中毁灭自身",也能毁灭"人类本身"。这是对个体的力量和作用的极大强调,也同时是对这种力量和作用的担忧与反思。它们在表现了人物存在的焦灼感和荒诞感的同时,也突显了一个让人绝望的、恐惧的"死亡之国"与"绝望之国"的形象。这一形象的生成在一定程度上满足了现代主义作家马尔罗表现荒诞主题的需要。

与西方现实主义、浪漫主义作家相比,法国现代主义作家突破了那种习惯上将世界上万事万物放在对象的位置上分门别类地给以概念化、逻辑化的认知方式,更为注重世界上万事万物之间的纵向联系,这极大地拓展了他们作品中形象的意义纵深度。同是运用相似性想象建构中国形象,以往的法国文学乃至整个西方文学或是从西方中心意识出发极力搜寻中国物与物、人与物落后于西方的物与物、人与物的相似性层面,或是从肯定他者的意识出发极力发掘中国物与物、人与物优于西方的物与物、人与物的相似性层面。与之相比,法国现代主义文学运用相似性想象方式建构的中国形象更为丰富、立体,无论是谢阁兰,还是克洛岱尔、米修、马尔罗等作家笔下的中国,都既带有强烈的乌托邦色彩,也具有强烈的意识形态化色彩。前者是这些法国现代主义作家否定西方现代工业文明的结果,后者是西方传统的意识形态的延伸与扩展。

二、接近性想象

法国现代主义文学崛起之时,也是欧陆文化对传统进行摒弃、对文明进行重新反思之际。西方浪漫主义思潮之后的现代主义一方面企图竭力甩掉西方"物欲化"的累赘,另一方面,艺术家也在实验中渴盼觅到另一个上帝,重建一个新的

---

① 马尔罗:《人的境遇》,丁世中译,北京:外国文学出版社,1999年,第129—130页。

乐园，找到让身体和灵魂均可栖居的理想场所。从现代主义文学地理图景上来看，不管是波德莱尔笔下病态的"忧郁的巴黎"，还是叶芝希冀驶向的"拜占庭"；不管是克洛岱尔笔下让人向往的中国园林，还是圣－琼·佩斯笔下让人憧憬的"广袤的沙漠"，其中都注满了现代主义作家对彼岸世界的焦渴和向往之情，这些地理空间因其浓郁的现代主体精神的植入自然就构成了现代作家的一座座精神大厦。而这些文学空间的建构既离不开实体性的物象的选择，也离不开现代主义作家内心的志趣与追求。从法国文学想象中国的谱系来看，法国现代主义作家比以往作家更有条件深入中国并从中获取经验。如克洛岱尔、佩斯均在中国做过外交官，马尔罗与越南的华人华侨都有过接触，谢阁兰和米修有过在中国旅游与考古的经历。不过，克洛岱尔、佩斯、马尔罗等法国现代主义作家作品中的中国形象"不仅仅是过去经验的再现，而是一种具有特定情感指向的活动。"① 当他们"运用意识的电光照射由记忆所领略而保存的经验世界的形象时"②，他们遵循着接近性想象的原则，"对浮现在意识表层的记忆进行调整、综合，使其成为合规律性、合目的性的记忆形象。"③ 那么，法国现代主义作家在建构中国形象时运用了哪几种相近性想象方式？它们建构的中国形象又有什么独特之处呢？要回答这些问题，我们首先必须对相近性想象与相似性想象进行严格的辨析。我们知道，接近性想象有着自身的特殊运作机制。如果说相似性想象强调了对"相似性"关系的寻觅，进而重视在思维纵轴上开启想象的阀门，获取差异对象间的"共同性"经验，那么接近性想象则突出了想象主体对事物间"毗邻性关系"的认知把握。它强调将想象思维的运作聚焦于不同对象之间的横轴组合关系层面，在对经验领域不断进行横向的拓展中为主体提供想象的资源。这样，不同事物之间即使没有"相似性"因素的存在也可以因其在时间和空间上的"毗邻性"排列而被想象主体捕获从而构成想象的材料。譬如"一叶落而天下知秋"一句中的"叶落"与"秋"构成的是时间上先与后的"毗邻性"关系，而"他看着那把青龙偃月刀时便想着当年关羽何其威猛"一句中的"青龙偃月刀"与"关羽"构成的则是空

---

① 赵小琪：《跨区域华文诗歌中国形象的再现想象论》，载《贵州社会科学》2013年第3期，第33页。

② 赵小琪：《跨区域华文诗歌中国形象的再现想象论》，载《贵州社会科学》2013年第3期，第33页。

③ 赵小琪：《跨区域华文诗歌中国形象的再现想象论》，载《贵州社会科学》2013年第3期，第33页。

间上的"毗邻性"关系。就法国现代主义文学来说,这种接近性想象主要表现在想象的两种逻辑转换上:由物想到与其有关的人、由人想到与其有关的物或事。

  作家由此物想到与此物有关的人,进而在思维的组合轴上不断地进行拓展是法国现代主义文学想象中国时经常运用的一种方法。在散文集《认识东方》中,克洛岱尔在看到南京观象台神殿里的大钟时想到了与钟有关的一个传说:"只要用手轻叩钟的内壁,哪怕只要稍微触动一下,这六指厚的大钟就不断发出嗡嗡巨响,当我久久侧耳谛听时,不禁想起古代一位筑钟大将的故事。"[①] 故事中的筑钟大将为了铸造第三座大钟终其一生不惜一切代价。就在大将垂垂老矣却夙愿未偿之时,女儿对其滋生了怜悯之心。最后她穿上吉日盛装"跳进了火光熊熊的金水","把自己奉献给了大钟"。用筑钟大将女儿的生命铸成的大钟发出了非同寻常的声音,"声音里洋溢着这位女性和童贞的风韵,以及那不可言喻的流动性",[②]而筑钟大将却在这声音中"倏然死去"。诗人用一则神秘传说将眼前的大钟与筑钟大将及其女儿联结起来,赋予了这座中国大钟无限的神性色彩。在作家构建的这个飞跃式的联想层级中,"钟"——"人"——"声音"这一符号结构已经成为诗人表现心志的一种渠道,它既蕴含着无穷的生命能量和人文色彩,也表现了诗人对充满着神性的中国事物的迷恋与热爱。同样的想象方式也体现在诗人对中国陵墓的描绘上。诗人由明孝陵皇家陵墓想到已死的明代帝王,进而生发对死亡这一永恒存在的思考。在诗人看来,帝王死后进入陵墓既是进入了"原始的土地"(《陵墓》),也是"肉体和无生命的坚实台阶基部的会合"。正因为"人和帝王永远凝定在死亡之中",诗人由此便获得死亡之永恒性和生命之短暂性这一重要认识。除了在散文中对中国进行接近性想象之外,在戏剧中,克洛岱尔也常常通过由物象群到人的相近性想象传达个人的宗教神秘主义思想。在《五大颂歌》之"神灵和水"一节中,克洛岱尔由中国富有标志性的物象联想到帝国皇帝。

  身边是颜色忧虑的皇宫,树木丛中,屋脊群立,掩映着一尊腐朽的御座。远离自由、纯洁的大海,身处土中之黄土,这里,土就是人们呼吸的元素,空气和水也被广漠的土质玷污。这里,汇集着龌龊的水渠、失修的古道、驴和骆驼的行迹。这里,主宰土地的帝王开出犁沟,而后举起双臂,求

[①] 克洛岱尔:《认识东方》,徐知免译,上海:上海人民出版社,2007年,第97—98页。
[②] 克洛岱尔:《认识东方》,徐知免译,上海:上海人民出版社,2007年,第99页。

助于呼风唤雨的皇天上帝。①

诗人由破败的中国物象群如皇宫、御座等进一步联想到愚昧的帝王与可以呼风唤雨的上帝,极大地强化了一个肮脏混乱、破败停滞、日趋走向末路的古老中国形象。同样是在接近性想象这一链条上,诗人米修捕捉到了中国绘画中的"空无"特征与中国人懂得"浓缩事物"的本领之间的巧妙关系,进而他又延伸至中国人在戏曲中的表现:"假如要表现一次逃跑,一切都可以表现,唯独不表现逃跑,写出汗、左顾右盼,唯独不写逃跑。"② 可以说,由中国"绘画"对缺席事物的表现到中国人的一种节制性格之间,米修建立了一种转喻性的联络关系,从而生成他笔下"无中生有"的艺术化中国特征。

作家由此人想到与此人有关的物,也是法国现代主义文学想象中国时经常运用的一种方法。在这种想象逻辑中,作家往往在"毗邻性"原则的导引下,由某个中国人想到与此人有关的物象,从而将人和事物的联系进行了一种转喻式的链接,由此生成关于中国人和中国物象的丰富性人文景观。象征主义诗人马拉美的《倦怠》写道:

　　我要放弃残忍国度贪婪的艺术/对朋友的陈词滥调的谴责报以微笑/放弃过去,天才/和那知我颓唐的明灯/模仿有着清彻、细腻之心的中国人/他们醉心于在雪白的夜光杯上/描绘那染香澄彻人生的/奇卉异葩/那香气扑鼻的花卉从孩提时代/就印进了我灵魂的蓝色水印。③

在诗歌中,"我"要放弃贪婪的艺术,去模仿有着"清彻"、"细腻"之心的中国人,并由此联想到用优质的祁连山玉和武山鸳鸯玉共同制成的"雪白的夜光杯"这一独具中国色彩的器具。中国盛唐诗人王翰《凉州词》中"葡萄美酒夜光杯/欲饮琵琶马上催"的诗句,写出了西部边塞征途中的万种风情。作为一个独特的中国文化符号,夜光杯兼具了技艺的高超和温馨、光明的象征意义的特性。马拉美正是借助于"人——物"这一接近性联想链条生成了一幅精致、优雅的中

---

① 克洛岱尔:《克洛代尔:神灵和水》(节译),秦海鹰译,载《国外文学》1991年第2期,第238页。
② 刘阳:《米修:对中国智慧的追寻》附录"一个野蛮人在中国",南京:南京大学出版社,2007年,第127页。
③ 马拉美:《马拉美诗全集》,葛雷、梁栋译,杭州:浙江文艺出版社,1997年,第19—20页。

国人形象。米修的《一个野蛮人在亚洲》同样借助于"人——物"这一接近性联想链条建构了"中国"与"中国人"形象。由中国人的"工巧",诗人联想到独轮车、印刷术、雕版、火药、风筝、针灸、指南针、中国文字、筷子。独轮车、印刷术、雕版、火药等物都为中国人发明。它们的共同出现,极大地彰显了中国人的聪明睿智。不过,在米修看来,中国人除了有聪明睿智的一面以外,也有"某种强大、沉重的"一面。由中国人"强大、沉重的"一面,他想到了一系列与中国人生活相关的物象。如"既粗且肥的灯笼"、"像癞蛤蟆的狮子"、"低矮的家具"。① 这里,他借物象在空间上的低沉性与形态上的粗陋性烘托中国人性格的粗率性以及中国人习俗的原始性。"中华帝国以长城与中国的其他小国隔开,首先要做的,是要受保护/中国建筑物以屋顶相隔。首先要做的,是要受保护/处处有巨大的屏障,随后还有屏风,当然是三重迷宫。"② 这里,作家通过相近性想象,将中国人普通家庭中具有防护和遮蔽作用的屏障和屏风组合在一起,极大地强化了中国人强烈的自我防卫和封闭意识。谢阁兰的《碑》中也有非常突出的由人想到与其相近的物或事的想象。在"音乐石"一节中,作家先描述了"灵巧的郎君,沉醉的少女"③ 这对同恋排箫的情侣引来了孔雀、仙鹤、凤凰,接着写道:"抚摸我吧:所有这些声音都居住在我的音乐石中。"④ "音乐石"在中国文化语境中有着特殊涵义。据《列仙传》记载,秦穆公把一块玉石做成了箫送给女儿弄玉,同爱吹箫的萧史和弄玉因此相恋。可谓正是一块"音乐石"成全了一对佳人的美好姻缘。诗人由人物进一步联想到人物使用的物件,诗歌的想象空间因此被拓展开来,生成了一幅中国人酷爱艺术及生活艺术化的动人图景。

如果说西方现代主义作家对万事万物之间的纵向关系的重视极大地拓展了他们作品中形象的意义纵深度,那么,他们对万事万物之间的相近性关系的重视则拓展了他们作品中形象的意义空间。同是运用相近性想象建构中国形象,以往的法国文学乃至整个西方文学在书写中国的人与物时,或是笔墨过于写实,使书写

---

① 刘阳:《米修:对中国智慧的追寻》附录"一个野蛮人在中国",南京:南京大学出版社,2007年,第145—146页。

② 刘阳:《米修:对中国智慧的追寻》附录"一个野蛮人在中国",南京:南京大学出版社,2007年,第144页。

③ 谢阁兰:《碑》,车槿山、秦海鹰译注,北京:生活·读书·新知三联书店,1993年,第70页。

④ 谢阁兰:《碑》,车槿山、秦海鹰译注,北京:生活·读书·新知三联书店,1993年,第71页。

停留在了就事论事之上；或是笔墨过于夸张，使书写转换成了情感的毫无节制的泛滥。与之相比，法国现代主义文学对中国的人与物的相近性想象过程则是作家个体意向性发挥积极作用的过程。无论是谢阁兰，还是克洛岱尔、米修、马尔罗，他们面对浩如烟海的经验信息，采取了有选择地凸显，并明确定向的想象策略。一方面，这种想象策略可以突出客体对象的某些突出的属性，引导读者的注意力聚焦于客体对象的这些显著特性之上；另一方面，由于它是沿着焦点位置向不同的空间方向进行移动、扩散，因而，处于焦点位置附近的人与物往往又具有对焦点信息进行补充和强化的作用。当然，我们也必须看到，由于受作家意识形态和这一想象方式在审美材料的选择上本身有着范围和空间指涉尺度上的限制的影响，克洛岱尔、米修、马尔罗等作家借助于这一想象方式建构的中国形象只能说是相对客观、完整，而其局限性仍然是较为明显的。

三、相反性想象

所谓相反性想象，是一种从相反的、对立的方面去构想事理，组合人与人、人与事、事与事的思维方法。它强调了对象间关系的矛盾性与统一性的结合。具体来说，相反性想象倾向于在不同对象间或同一对象内部发现存在着的相互对抗或相互否定的元素，如有/无、内/外、虚/实、存在/缺席等等。当想象主体根据主题的需要将这些分属两极对立方向上的元素重新组合，进而确立起一种新的互抗互通、相反相成的逻辑关系时，一种极富张力的景观就会由此而生。从法国现代主义文学的发生来看，作为一种艺术形象生成的原则和方法，相反性想象积极地参与了法国现代主义文学的建设，并以种种"反理性"姿态构成对传统西方文学从内容到形式、主题层面上的挑战与对抗。比如诗人波德莱尔的《恶之花》一经发表，诗中表现出的与传统审美相对立的审丑美学观便招来不少争议。诗歌以"腐尸"、"坟墓"、"骷髅"等审丑意象营建的新的想象空间，引发了法国现代主义文学对城市中"异化"元素的张扬和揭露。在法国现代主义文学建构中国形象的过程中，这种相反性想象也随处可见。谢阁兰、米修、克洛岱尔、佩斯、马尔罗等法国现代主义作家之所以对中国产生浓厚的兴趣，是因为他们希望在这个与遭受现代文明践踏的西方截然相反的"他者"世界中找到医治人的异化的良药。然而，当踏入这一神秘的世界时，他们发现这一他者世界不仅与西方世界充满着对立，而且这一他者世界的内部也充满着一种相互对立、矛盾的张力。

第一编 重构理论的语境分析

在谢阁兰的《碑》中的"南面之碑"中的"一万年"一节中,诗人深知时间的"贪婪"无情,便对人类自欺式的长寿无疆之奢望进行辛辣的讽刺。与时间无情的流动相比,那些由砖瓦和泥土、岩石构建的陵墓、桥梁、庙宇都不再有意义。因为,它们虽然"持久",但并不"坚固"。因而,我们与其花费心血企求生命的万寿无疆,不如遵从自然规律,"尊重逐渐消逝的岁月和贪婪的时光吧"。①这种以对立性想象的方式表现道家的尊重自然的思想在"隐藏的名称"一节中有同样突出的表现。据说,"有人曾偶尔指给谢阁兰看刻在故宫引水渠中的'北京'二字,这是北京城唯一刻有这两个字的地方,但平时却被水淹没了,只有在冬天枯水季节才显露出来。"②受此启发,诗人在这首诗中从内与外对比的角度对名称的涵义进行了颇具道学意味的探讨。在谢阁兰看来,人们在世俗社会中追求的功名,像"装饰长廊"、"阐释法令"、修建"宫殿"与"花园"的功名等都是外在的、短暂的、有限的,因而,都是虚假、空的"名称"。而一旦人们返归内心,使"内心变空,心内变空,连血都不再流动"③,那么,他们才会视外在世界中的功名利禄为粪土,他们的心灵才会处于自由自在、容纳万物的状态。"只有这时",他们"才能在那可以达到的拱顶下采撷"真正的大的"名称"。④

尽管法国现代主义作家将梦想投放在远东——中国,但彼时的中国昔日的光辉已经逐渐"剥落"。因而,当这些作家希冀在中国土地上打捞一些希望和梦想的幻影时,他们却发现他们收获的是光明与黑暗、希望与绝望、美丽与丑陋等相互矛盾、相互否定的因素的总汇。米修的《走向平和》写道:

> 足不出户,能知天下事。他熟悉大海,海就在他的身下。无水的海并非不宽阔。他熟悉河流,穿过他的身体的河流。无水却骚动,水面上常常掀起猝不及防的大浪/无气流的风暴使他发怒,大地的静寂也是他的静寂/大路,汽车,无尽的畜队,穿过他的身体,无纤维素但却挺拔的大树,在他身上结

---

① 谢阁兰:《碑》,车槿山、秦海鹰译注,北京:生活·读书·新知三联书店,1993年,第28页。
② 车槿山:《碑与诗——谢阁兰〈碑集〉汉语证源》,载《国外文学》1991年第2期,第184页。
③ 谢阁兰:《碑》,车槿山、秦海鹰译注,北京:生活·读书·新知三联书店,1993年,第145页。
④ 谢阁兰:《碑》,车槿山、秦海鹰译注,北京:生活·读书·新知三联书店,1993年,第145页。

出苦果，常常苦涩、难得甜蜜。①

诗歌化用老庄哲学中的语句，将道家的无为、无名、无待思想嵌入其中。而"无水的海"、"无水却骚动"、"无气流的风暴"、"无纤维素但却挺拔的大树"等语词则使诗歌生成了强大的张力。"无水"与"海"、"无水"与"骚动"、"无气流"与"风暴"、"无纤维素"与"挺拔的大树"构成的是相互否定的关系。在一般人看来，有水才能成大海，有水才能"骚动"，有气流才能有风暴，有纤维素才能有"挺拔的大树"。"水"与"海"、"水"与"骚动"、"气流"与"风暴"、"纤维素"与"挺拔的大树"构成的是因果关系。然而，在一个超越俗人的得道之人看来，这二者构成的不是因果关系而是否定关系。因为，一个超越俗人的得道之人已经不受外在世界力量的控制，他已经进入了无为而无所不为的境界。

20世纪的法国诗坛上，"诗人们从寻求'梦幻的美'转向探索'生命的美'，人们崇尚的不再是'为美而美'的艺术，而是生命与心灵的价值。"② 如果说米修希望在道家哲学视域中实现对主体的自我超越，那么谢阁兰则以中国想象为契机，企图建立另一套不同于西方文化传统的美学系统。散文诗集《画》是谢阁兰用文字勾画出的有关中国历史的图景，表达诗人"对多彩人生的热爱，对生命激情的张扬"。③ 在《帝王图》中，诗人描绘了夏桀、纣王等十六个亡国之君、末代帝王及宠妃。这些人物在中国历史上不被儒家思想认可，时常作为负面的典型被示众、批判。但是对于这些负面的典型，谢阁兰则倾尽了满腔热情去赞美他们："你们会赞同我的：这些君王也一样值得我们凝神注目，因为历史也一样缺不了他们！对于历代的开国之君，人们总是百般颂扬……但是若无人把天下搞得大乱，他们哪有机会重整乾坤？若无邪恶不时地在世上舞蹈，他们哪能主持公道，为民除害？若无倒行逆施的先驱不惜一死乃至死后身败名裂，从而为他们铺平了道路，他们哪能成为膺命天子？"④ "这些天子都有种惊世之才，其变幻之多端即使是真龙降世也莫能企及：这便是与江山共陨的才华……他们应该值得人们崇

---

① 米修：《走向平和》，转引自刘阳：《米修：对中国智慧的追寻》，南京：南京大学出版社，2007年，第65页。
② 张泽乾、周家树、车槿山：《20世纪法国文学史》，青岛：青岛出版社，1998年，第7页。
③ 谢阁兰：《画&异域情调论》，黄蓓译，上海：上海书店出版社，2010年，第6—7页。
④ 谢阁兰：《画&异域情调论》，黄蓓译，上海：上海书店出版社，2010年，第127页。

拜，艳羡！他们的所作所为，难道不是功业赫赫？逆行之德，比起庸碌的安分，岂非更为不易？"① 无道的"昏君"与有道的"真龙"天子、"天下大乱"与"重整乾坤"、"邪恶"与"公道"、"逆行"与"安分"构成的是相互否定的关系。在传统的历史书写中，人们往往依据道德的尺度对后者加以赞美，对前者进行批判。然而，谢阁兰却反其道而行之，依据生命的尺度对前者加以赞美，对后者进行质疑。这种颠覆性的书写，它的目的在于消解道德观、整体精神等存在之"有"对夏桀、纣王等个体生命的肢解和歪曲，以使他们被遮蔽、被扭曲的存在还原其原始的本真面目。由此，这种颠覆性书写就既将历史话语中已经被习惯化为肯定性的存在还原成了荒谬，也表现了诗人对儒家的伦理道德观的蔑视和对道家重自由、本真的自然观的认同。这在他的散文《出征》中的第20章《前头的世界和后头的世界》中也有同样突出的表现。这一章讲述的是作为旅行者的"我"遇到了一个类似于陶渊明的"桃花源"那样的与世隔绝、不为人知的中国小城——"黑盐城"的故事。② "黑盐城"是一个"没有任何合乎逻辑的定位"的人间天堂，是前现代文明时期伊甸园的重现。"我"在这片"被随从们一口咬定为空、为虚、为缺失之地"，"惊诧着这光明，这新的空间，这世上十分新鲜、十分高俊、十分闭塞的一个府地"。③ 除这个体现了道家清静、无争的思想的诗意的世界以外，散文中还有一个体现了重道德、重秩序、重现实的儒家思想的粗俗的世界——白盐井。这两个世界一虚一实、一古一今、一雅一俗，相互构成了否定性的关系。而在这两个世界的相互对峙、相互否定中，谢阁兰肯定了前者，否定了后者。因为，在他看来，只有那些人生目的不是被外在力量所决定、而是由自己内心本性所规范的生命才是自由和合乎人性的。就此而论，清静、无争的"黑盐城"世界中的人们生命的潇洒奔放，就远不是重道德、重秩序、重现实的病态的白盐井世界中的人们可以比拟的。

相反性想象注重表现他者世界中相互对立、相互矛盾、相互否定的因素，因而，它打破了"同一律"想象机制的单一性和狭隘性，注重在"对立统一"逻辑中引导人们展开对万事万物的辩证式思考，从而生成了一种矛盾化、极富张力色彩的不同于其他想象方式支配下的文本图景。与法国现实主义、浪漫主义作家相

---

① 谢阁兰：《画 & 异域情调论》，黄蓓译，上海：上海书店出版社，2010年，第128—129页。
② 谢阁兰：《出征》，李金佳译，上海：上海书店出版社，2010年，第90页。
③ 谢阁兰：《出征》，李金佳译，上海：上海书店出版社，2010年，第91页。

比，谢阁兰、米修、马尔罗、克洛岱尔等法国现代主义作家在建构中国形象时，不是满足于虚构一个乐园般或地狱般的中国，而是在一定程度上深入中国文化的内层，在一种矛盾结构中凝视中国文化的精神脉象，从而抵达对中国的更为全面、更为主动的认知层面。

自蒙田纠正人们对所谓"文明人"、"野蛮人"的认知，卢梭提出"返回自然"的口号以来，法国作家便开始了日趋频繁的身体和精神的东方式远游。而法国现代主义文学更是充分发掘了想象中国的潜能。与20世纪之前的作家相比，法国现代主义作家在想象中国的方式上发生了较大的变化，由相似性想象、接近性想象、相反性想象三种想象方式构成的想象结构逐渐取代了西方传统文学对中国想象的固有的某种单一的想象模式和套路，进而构建了一个立体化的想象中国的系统。在这个系统中，相似性想象以"同一律"做基础构成了法国现代主义文学想象中国的隐喻化表述策略，生成了一种虽然不乏生动却也有局限性的中国形象。而接近性想象在捕捉时空、因果上的相近性关系时，生成了较为连续性和客观化的中国形象。相反性想象则在一种对立或者否定性的张力结构关系中展开对事物不同性质的认知，从而生成了一个充满张力的中国形象图系。与18世纪传教士文学中的道德化中国和趣味化中国、19世纪现实主义和浪漫主义文学中的腐败中国不同，因想象机制的系统化配置，20世纪法国现代主义文学将中国纳入了文本结构和历史语境的相互关联之中，生成了多面性的中国形象，如既智慧又愚笨、既和谐惬意又扭曲压抑、既古朴自然又落后肮脏的中国形象。由此，在很大的程度上，他们对中国的想象，一方面成为了西方现代主义文化寻求自我突破和自我超越的触媒，另一方面也极大程度地影响着现代西方人想象中国的认知维度和对中国知识的获取及判别。因此，我们认为，对法国现代主义文学想象中国的方式、功能及意义等机制进行研究，不仅有助于进一步推动我们对法国现代主义文学的认识，也有利于推进我们在异域形象研究中对自我和他者复杂关系的考辨，促进异质文化的交流与对话。

作者简介

赵小琪，武汉大学文学院教授，博士生导师，文学博士。

张益伟，武汉大学文学院博士生。

讲授世界文学

大卫·达姆罗什

对于世界文学教学来说，这是一个令人兴奋又令人惴惴不安的时代。近年来，文学研究的地理领域不断扩大，过去仅仅集中于西方传统的课程，现在经常花费同样多的时间用于非西方文学。同时，在世界文学课程中，一些大国被长期看好，但随着一些属于或超出这些大国范围的非主流文学受到新的关注，"西方"的界限已显著改变。1960年的时候，印第安纳大学的华纳·弗雷德里希（Werner Friederich）曾遗憾地说"世界文学"几乎不能涵盖世界的许多地方，最近直到1990年，多数北美校园课程仍然流行这一观点。

在一所好的大学里，如此冒昧的措辞引起不可容忍的肤浅的和派系的纷争，撇开这样的措辞不说，使用这样的言语会冒犯一半以上的人文学者，这显然是一种不和谐的人际关系。有时，不经意间，我认为我们应该把我们的项目叫做北约文学——然而即使那样也是扩大化的，因为我们最多处理15个北约成员国中的四分之一。

今天，曾经以荷马为正式开始的西方文学课程现在经常从史诗《吉尔伽美什史诗》讲起，并且，在以前曾经包括俄罗斯和德国教学大纲上可以看到一些来自东欧其他的作者的名字。全球视野的课程正变得越来越普遍。

很多老师试图涵盖比以往更多的世界文学范围，然而当他们这么做的时候，他们面临一些很严重的困难。首先是时间问题。每学年的时间并没有随着我们日益增长的全球视野而增长，所以选择教学的任务变得越来越让人烦恼。不仅时间没有随着课程的增长相应增长，而且很多老师报告说学生来学校时往往比以前更

---

① 本文原载于《江南大学学报》（哲学社会科学版）2013年第3期。

少准备作业,这让老师面临压力,在所有要讲的内容里要尽可能的压缩。而且,随着日益增多的语言、文化以及亚文化进入教学视野,老师备课内容也正越来越受到世界文学课程的挑战。

甚至在欧洲范围内,《堂吉诃德》现在也要与来自安达鲁斯(al-Andalus)的阿拉伯文学或希伯来的作品分享课堂时间,威尔士的悼念诗、北欧英雄传奇和波兰的诺贝尔获得者维斯瓦娃·辛波丝卡(Wislawa Szymborska)的诗进一步扩大了课程的语言学界限,这些课程仅仅有罗曼语、英语、德语或许还有俄语才被视为欧洲的。对于日益增长的超出欧洲以外的课程数量,包括源于阿卡德语、中文、日语、基库尤余语、朝鲜语、纳瓦特尔语、克丘亚语、斯瓦希里语、越南语、祖鲁族语以及许多其他语言写作的作品,这种挑战更加严峻。翻译变成一个新的复杂问题,一些课程不再仅仅关注有共同的西方传统的作家之间的不断发展变化的对话,在这些对话中社会背景和文化传统的问题现在正在不断加剧。

然而,为了减少这个领域的教学困难,在过去十年半的时间里,这些挑战已经刺激教学工作量的增加①。这本书的设计初衷是设计美国及其周边,从普通的学院到研究性质的大学等不同的机构制定的一系列解决方案。如果这本书二十年前编辑起来,毫无疑问会薄很多;今天,我们尝试了很多不同的方法,在整个国家的世界文学课程中尽可能包含不同国家的文学很重要。论文包含提供解决的方法通常是非常具体的,关键是有部门和学院结构、学生背景和兴趣以及学院培训和可用性来计划实施。随着经典越来越多,世界文学的授课模式已经倍增。

同时,特定模式和各种选择在最近几年已经开始出现,并且现在可以被描述了。没有哪个教学计划可以开发成一个可以机械照搬的模板,但总的说来,这卷书中的三十六篇文章提供了一个丰富的创意,连同对这些问题的一些启发性的讨论和这些创意付诸实践时得到的一些解决方案。这些讨论对于那些努力思考如何在各种条件和背景下教授世界文学的人应该是大有裨益的。

世界文学教学带来了知识和体制上的挑战。不管用何种方法,教授这门学科的人必须培养他们所谓的学习的意义。什么文学?谁的世界文学?如何穿越时空,在五彩缤纷的文学的表现形式中理解文学?体现在教学上,课堂上如何分配时间讲解定义的问题、文学史以及文化背景?

---

① 20世纪90年代中期,讨论世界文学新方法的两个有价值的选集是拉沃尔的《阅读世界文学》和卡罗尔的《没有小世界》。

第一编　重构理论的语境分析

在约翰·皮泽（John Pizer）的那本很有价值的书《世界文学思想》中，他认为世界文学课程应该把歌德的术语"世界文学"（德语）放在德国浪漫主义及随后的文化遗产的背景下并对"世界文学"历史的讨论进行指导。即使一个老师决定仅仅安排主要文本并且不包括一些批评性或理论性的阅读读物，也很有必要对概念及其内涵在课程设置和教学方法上做一些个人的看法，哪怕只是为了能够设计一个连贯一致的教学大纲和有效的公开的授课。自歌德以来，世界文学的定义在三个基本的范式：作为经典，作为代表作品，作为世界的窗口①。这些可选择的概念分别被暗含在这样一些标题中：哈佛经典（1910［艾略特］）、诺顿世界名著选集（1956［马克等］）、哈珀柯林斯世界读物（1994［卡沃斯和普伦德加斯特］）。这些选集的日期对应着重点的逐渐变化，但是这三个概念并不是相互排斥的，经典与著作的理念继续在今天的许多课程和选集中占据重要位置。所有三个范例仍然需要被考虑进去。

正如弗兰克·克莫德（Frank Kermode）在《经典》中所说，对于他们的文化而言，经典是至关重要的作品，崇高而高雅，随时间流逝而影响深远。就像经典学术性地标注一样，这个术语用来简单地指希腊或者拉丁文学。原则上讲，对经典的研究实质上可以涵盖那些古老文化中积极创作的任何一位作者，无论是一些主要的作家如索福克勒斯和维吉尔，或者一些文学地位不是很崇高的人物，如利维乌斯·安德洛尼克斯（Livius Andronicus）。正如《不列颠丛书》（也即《大英百科全书》）在1910年所录入的："根据一些琐碎的遗作判断，并综合西塞罗和霍肯特（Horcant）的观点，"利维乌斯·安德洛尼克斯"不论从先天才能还是从艺术修养上可能都没有理由进入经典。"然而《大英百科全书》专门用一篇恭敬的文章专门讨论了他在罗马舞台上对希腊的译介和开拓的工作。"他真正的与众不同之处，"文章认为："在于他是罗马人的第一个重要的指导者。"（利维乌斯·安德洛尼克斯）。尽管经典文化为非主流的罗马作家保留了一定的声望，但他们已经不可能再像1910年那样受到关注；现在的网络版《大英百科全书》遗憾地通知一位检索者说，系统根本无法在它五花八门的电子网页中找到任何关于利维乌斯·安德洛尼克斯的参考资料（更不用说一篇独立的文章了）。

尽管诸如洛布（Loeb）古典丛书之类的选集从不犹豫像为主流作家一样为非主流作家腾出空间，但是世界经典文集和世界文学意义上的美学标准还是走在前

---

① 我在《什么是世界文学》中深度讨论了这些定义，以及歌德与它们的关系。

面。对于一个身体力行的作家，比如歌德，对世界经典作品的强调是相当重要的，以至于他的最好的作品可能在他有生之年而不仅仅是他死后的很长时间之后，在这个文学万神殿中占有一席之地。与此相反的，经典传统的纵向发展，从遥远的过去一直延伸开来，经典作品的范畴也仅仅是在一个当代的横向面上。一部作品一旦在出版后 获得好评如潮并经过翻译流通起来，就可以确认为一部杰作。作者根本不用住在罗马帝国，一部杰作的作者可能来自一个蕞尔小国（比如萨克森魏玛公国就在尚未统一的德国），出身也可能卑微，就像塞万提斯和莎士比亚：约翰·沃尔夫冈·歌德在33岁时才被公爵授予贵族称号"冯"。

对经典作品的重视对老师和对作者同样有利，因为那是一个高度有选择性的范畴。老师因此可以在一节课上自由地讨论少量作品，而不必把主要作家放在一堆较少超越性的作品充斥的教学计划中。尽管《哈佛经典》发行到了50卷，《诺顿经典文学选集》只要两卷就足够了，非常方便两个学期的课程使用。经典作品集也因此提供了一种对照：作品越庞大，你要讲解的内容越少。一个关于但丁的文化基础课程可能逻辑上要安排几十个相关作家，从神学家托马斯·阿奎那、伯纳德和克莱尔沃 思到诗人布鲁涅托·拉蒂尼和伯特伦·德·邦——这些人作为《神曲》中出现的人物——但是一个经典作品集可以从一个巅峰体验跳跃到另一个巅峰体验：从《艾涅阿斯记》到《神曲》再到《失乐园》和《浮士德》。

这样的课程强调对一种古典传统的渐次展开，但是世界经典作品集的情况介绍一样能够同时包含在完美的作品集中，并在其中进行一个多极的"精彩对话"。这样的对话可以在一些类型或主题相关、但是历史影响或民族背景无关的作品中进行。这种对话可以参考前辈或者现代的作家，在文本本身进行，但是也可以由指导者随意构造，就像当一个课程把《伊利亚特》和《摩柯婆罗多》配对在一起时，不必展示一个作品与另一个作品的本质的联系。

自从20世纪90年代中期开始，经典和杰出作品途径已经逐渐被一种强调把世界文学作为一套世界的窗口的观点所补充。早期的模式趋向于更多地关注一些来自西方极少数国家的少数特权（白人和男性）作家的作品，很多教师对此作出反应，他们已经拓宽了他们的关注点，包括一些有说服力的原著作品之间耐人寻味的联系。这些作品往往被包括进去，而不管他们是否被认为有联系——或者至少作为西方读者可能认可为有接触的。因此《哈珀柯林斯世界读物》包括大篇幅的关于非洲和美洲的口述作品的章节，这些从"写下来"的词源学意义上说甚至根本称不上文学。玛丽·安·卡沃斯（Mary Ann Caws）作为文集的总编，她在前言中强调,"文选的编制更多的是从一种全球视野,并且根据他们自己的文化背景而不是西方中心主义或者欧洲中心主义来选择和安排"(卷22,卷23)。这些作者不仅代表不同的文化环境和艺术形式,而且他们也不需要是决定性的人物,即使在他们的本土文化中。选集展示"文学当中与主流声音一样的边缘文学,尤其是包括一些女性的声音"(卷23)。

  与理论上不同,在实践中世界文学的这三个定义通常是合并在一起的。事实上,歌德同时持有以上三个观点,不仅珍视他最初阅读的希腊和拉丁经典,而且推广他和他的朋友弗雷德里希·席勒撰写的现代杰出作品,同时也很喜爱中国小说和塞尔维亚民间诗歌,这些小说和诗歌是不同文化和审美表达世界的窗口。世界文学调查长期以来把这三种方法融合到一起,正如在哥伦比亚大学历史悠久的精彩课程"文学人文学"那样,秋季学期介绍希腊—罗马文学文化,春季学期紧跟着介绍欧洲杰出作品。反过来,使用新的全球文本集的课程可能包括远远超出以西方为基础的传统作品范围,但是他们通常仍然把大部分时间放在他们的文化渊源长期以来所认定的杰出作品上。不能以同样的方法解读《源氏物语》和《堂吉诃德》,但是这同样都是杰出的作品,紫式部和塞万提斯各自反映了平安时期的日本和早期西班牙的世界。

  这种观点的融合并没有什么新意,一百多年前出版的多卷本文集《世界伟大经典》(霍桑等编)已经开始这么做了。标题表现出文集对古典主义者的义务,而使用"伟大"这一术语则显示这个文集将由经典的子集——伟大的书籍或者杰出的作品——所构成。有趣的是,该系列最初在1900年以"世界最伟大的文学"的题目出现;第二年,出版商决定增加筹码,将名字从"文学"换成"经典",但同时把基调从"最伟大"下调至"伟大"。第二个选择显示出编辑想要超越读者已经认定的世界文学中最伟大的名字的行列的野心。这个六十一卷本系列包括了东亚卷、古代近东卷、"摩尔人的文学",甚至美国文学。450页的卷本专门给了土耳其文学——"构成",正如它的副标题所说:"寓言,纯文学和神圣的传统,首次英译"。这卷的编者埃皮法尼乌斯·威尔逊,为读者们提供了一种类似的观点:包括匿名的民间故事和上流社会诗歌以及资产阶级戏剧在内的文学是民族特点和文化的直接反映。举个例子来说,一个土耳其剧作家的作品,"反映上个世纪君士坦丁堡的国内的、有争议的、官方的生活,正如莫里哀的那些作品反映了'伟大的君主'路易十四统治时期的巴黎社会的言行举止"(第四卷)。

  当埃皮法尼乌斯·威尔逊为那家叫做殖民地出版社写的所有贴切的内容时,

最终并没有准备把土耳其文化与欧洲文明放在同一标准上。"土耳其文字的弱点,"他开始时宣称,"反映在那些几乎没有任何智慧的寓言中,显示出容忍一切的冷漠"和"带有土耳其特点的进取心和能力的欲望"(卷七)。然而与他自己的偏见相左的是,威尔逊断言,寓言"承受了一种在盖伊和莱辛的艺术作品中缺乏的现实"(卷七),并且他明确主张奥斯曼诗歌"在想象力和激情上,这些奥斯曼诗在任何情况下都能保持自己的本来面目"(卷四)。

尽管我们希望能够在取得一种对全球文化的世界性平等尊重方面超越威尔逊,但是现实原则仅仅在某一点上有意义。像约翰·盖伊和莱辛的著作一样,技巧和现实主义也在富祖里(Fuzuli)、内迪姆(Nedim)和奥尔罕·帕慕克的作品中交融,不管怎样,人类不能忍受那么多的现实,至少不在短短的十四周内。做最极端的理解,文学作品作为通向遥远的时间和空间的窗口,将导致对特定文化的广泛研究:要想在但丁的世界里真切地了解他,我们至少应该将两个学期的时间放在他以及与他同时代的人身上更完美一些。在课程的外围,再围绕罗马和佛罗伦萨的历史、艺术、宗教和文学作补充。这种世界窗口的方法经常被用作开展世界文学课程的途径,这些课程超越西欧文学界限,这种方法能够平等地确保对于某一个时代或者国家的文学关注。

过去,人们经常发现学习世界文学与学习民族文学的关系很紧张。由于对翻译的依赖,很多立足于这个或另一个民族文学的专家怀疑世界文学课程在文化上很肤浅,在语言上像瘸子一样行走。如果确实需要,这样的课程也是被允许的,但仅仅是介绍性的概述,一旦学生致力于掌握一门语言并在一定深度上研究一个民族的文学,这种介绍性的概述将为进一步认真研究做准备。相应的,比较文学提起"民族主义的异端"时可能不屑一顾,正如艾伯特·格拉德在1958年的比较文学与总体文学的年报中一篇重要文章中提到的,他正期待跨民族文学研究一体化的到来。格拉德声称比较文学面临的唯一的真正的问题是"我们应该何时、如何结束?""还没有,"他回答说:"只要民族主义异端未被消灭,我们就是被需要的"。

幸运的是,过去半个世纪中民族文学的坚持不懈已经给予比较文学更加顽强持久的生命力。比较文学必须承认,即使世界文学中最有影响的作品通常随着海外传播,在值得关注的民族传统中获得第一生命。然而,民族文学专家也应该承认,绝大多数他们所喜欢的作者都受到多种外国作品的深刻影响,有时是直接阅读原文,但经常是阅读的译作。平均而言,美国很多高中语言学习严重衰退,这意味着除了用英语和西班牙语写的作品，教师们不能再依靠学生们来到学院时已经具有基本的语言竞争力。民族语言学部通常提供翻译过的文学课程，这不仅用于非专业人士，而且期望激励一些一旦对翻译文学发生兴趣的学生开始语言学习。今天，基础课程不会受到翻译的限制：一场欧洲中世纪抒情诗的研讨会除了包括古英语、中世纪英语、拉丁语、法语、意大利语和中古高地德语作品，也可以包括爱尔兰、威尔士、阿拉伯、希伯来、冰岛和欧西坦语的作品，而后现代小说的完整概述理论上应该在其他语言作品中包括阿拉伯语、孟加拉语、英语、法语、意大利语、日语、波兰语、俄语、西班牙语和土耳其语作品。上流社会和学术出版一样越来越需要至少收集一些翻译上的材料，而不是统统不管不问。

今天，几乎没有世界文学老师愿意忽略翻译引起的复杂问题，更别说把学生限制在英语文学的世界了。基础概论课程越来越将目光投向翻译的问题意识，很多教授这些课程的人希望对陌生语言和文化的初步接触会鼓励学生学习新的语言和寻求在更深层次上邂逅更多的世界文学。当一门课程采取完整的全球视野时，语言和文化问题会很突出，但是这些挑战在这门课程开设之初就已经确实存在于世界文学课程了。一门 1030 年的课程包括以赛亚、荷马、索福克勒斯、维吉尔、奥维德、但丁、莎士比亚、塞万提斯、莫里哀、歌德、陀思妥耶夫斯基，已经远远超出任何人的能力来理解涉及任何深度的这些时代和文化。好的老师一直在寻找一种方法专注于启发性的或者能够对探讨过的作品打开独特的社会、历史和美学背景的联系。怎样才是效果好的方法，来促使我们开放地应对语言和背景的重要性，这样的重要性在有限的学术训练时间或焦虑的压力下已经被忽略，现在的课程范围大使这个问题更加尖锐。

世界文学不能希望覆盖全世界。如果我们试图从颇具特色的传统中发现各种引人入胜的作品，如果在一门特殊课程中我们希望提出特殊的主题和问题，并在这些主题和问题的指导下进行创造性的排列组合，那么我们将做得更好。我们不能在一个学期或学年内做每件事情，也不可能在每种语言、国家或者时间上平均分配。所以世界文学课程需要有突破性而不是详尽无遗，创造一系列可教授的作品，而不是追求一些不可能的比例分配或在每个宗教中接近母语的文化素养里安排。尤其是在介绍性的本科研究课程中，在进入对特殊地区、时期、类型和主题的课程的更深层次的研究之前，能获得对世界的文学的概览，对学生和老师来说都是一个令人振奋的经验。由于同样的原因，对一个民族传统的深入研究可能导致对民族界限的超越，就像我们继承一个作家的多民族文学遗产或者试图了解更遥远的作家的技巧和关系是如何发展的。随着民族和宗教传统的研究，世界文学研究正越来越被看作不仅是竞争，而且是互利关系。

对世界文学成功地综述一直是一个挑战。埃里希·奥尔巴赫在他的名作《摹仿论》中用忧郁的题词写道："如果我们的世界大，时间多……"尽管《摹仿论》很权威，但是奥尔巴赫对待西方文学史很严肃的，这实际在很大程度上使他局限于意大利和法国，二十章中的前言到十五章都是讲这些。如果他的书的副标题没有那么戏剧性，《拉丁语、意大利语和法语文学中对现实的描述》本可以更加精确。自从奥尔巴赫从《安德鲁·马维尔》中选择了他的座右铭，地域和时间的挑战性大为增加，然而，就像他书卷中的论文表现的那样，全国各地的同事都在寻找一种创新性的方法来表现不稳定世界中的快速变化。这些论文的作者的共识、教学激情以及他们作品中显示出来的学术创新都证明了这个题目的及时性和意义所在。

我也很高兴感谢索尼亚·凯恩（Sonia Kane）和约瑟夫·吉巴尔迪（Joseph Gibaldi）的大力支持，他们在"现代语言交际"这一卷中提出了很多想法。凯恩（Kane）在整个复审过程中做出了明智的指导，这本身是协同合作的成果。这套书受益于现代语言协会的出版委员会和出版社读者的有见地的建议，以及美国比较文学学会的董事会以及会员的投入，他们中好几位会员同时也是作者。这些大学组织的相互帮助使得这个时代成为最美好的时代，我们一起寻找新方法使整个世界融入时代的潮流中。

作者和译者简介

作者：大卫·达姆若什，美国哈佛大学比较文学教授。

译者：徐文，苏州大学文学院在读博士研究生。

世界体系与中国文明复兴[①]

方汉文　徐　文

一、世界四大文明复兴运动

文明复兴是这样一种现象，古代文化形成具有民族特色的传统后，有了独立的文化形态，自立于世界民族文化之林。但是，由于种种历史变迁或其他内部、外部的作用，使这一文化类型的发展受到挫折，产生中断或是离散，包括国家的衰退与灭亡等。在一定历史条件下，这一文明重新得到振兴与发展，这就是文明复兴。

一般来说，文明复兴并不只是复活传统，而是发展创造新的文化。世界史上文明复兴其实是一种相当重要的现象，并且有一定的普遍性，它表现了民族文化强大的生命力与抵抗力。世界史上文明复兴的现象并不少见，欧洲14—16世纪的"文艺复兴"（The Renaissance）其实就是一次古希腊罗马文明复兴运动，因为"文艺复兴"在西方的解释是"古典学术的再生"，其实，这次复兴不只限于文学艺术，也远远超出了"学术"的范围，正像《共产党宣言》与恩格斯《自然辩证法》导言里所指出的那样，这是一次由于东西方交通发展、社会生产经济变化所引起的社会大变革，是一次西方文明的复兴。只是由于特定的历史条件下命名有所不同而已。在这个历史时期，古代希腊的文学艺术、哲学观念被作为时代革新的旗帜，古代的人文主义精神对于当时的中世纪宗教与封建专制进行了猛烈冲击，神学的枷锁被粉碎，人重新成为世界的主人。正像英国诗人雪莱在《希腊》里所憧憬的景象：

　　世界伟大的时代重新开始，

[①] 本文原载于《重庆文理学院学报》（社会科学版）2012年第6期。

> 黄金岁月再度降临，
> 大地像蛇蜕皮一般，
> 甩去那陈腐的冬衣：
> 苍天欢悦，宗教与帝国
> 如同残梦般消解。

用这首热情洋溢的诗来表达现代社会中民族文化与文明类型的复兴实在贴切，特别是20世纪70年代以来，从"亚洲四小龙"到全球化时代的"金砖国家"（BRICS）的经济崛起，显示出一种与西方不同的现代化模式。从亚洲阿拉伯半岛到拉丁美洲的安第斯山下，曾经因殖民等原因濒于衰亡的传统文明再度兴起，如春云乍展一般，使世界为之焕然一新。

20世纪70年代以来，美国学者伊曼纽尔·沃勒斯坦（Immanuel Wallerstein）提出"世界体系"的理论，认为从公元16世纪起，世界不同文化之间进入一种大流通、大融汇的时代，欧、亚、非、美几个大洲之间克服重重障碍实现了交通与商业的经常性往来，一种世界性的交通与信息传递开始出现。人类有一种新奇的感觉：地球是一个整体，人类是同一种类。这就是20世纪所谓"全球化"的早期反映。在这种交往与流通中，主要的文明类型都经受了传统与改革的冲击。从文明自身构成来说，它有一种内向力，就是一种文明聚合力，正像赫尔德所说的是一种保持自我中心的作用力。这种作用力会产生对于外来文明的抗拒力。同时每一种文明又都有从外向内的吸收力，这是一种从外部文明吸取对于自身有益成分的作用力，在这两种作用力的系统作用下，文明类型在保持自身固有形态与接受新文化因素的辩证作用中，时缓时疾地向前推进，发生着文明的转型。

全球化新的历史语境为建构新的、多元化的世界文明体系提供了理论依据，与这一历史时期基本相应的四次大的文明复兴运动，具有世界性的影响，这就是犹太文明复兴、伊斯兰文明复兴、拉美文明复兴与中国文明的复兴。无论是以民族与宗教为中心的复兴，或者是以古老的文明精神为主体的复兴，尽管有各种不同，但是共同组成了世界文明发展史上的奇观。

当前，关于世界文明发展有多种观念，其中西方的"文明终结论"是一种流传极广的思潮，美国学者亨廷顿、福山等人直到尼尔·弗格逊（Niall Ferguson）的《文明》（2011，企鹅出版社）等论著，主张一种"终结论"，以西方资本主义为世界文明的最终模式。另外有广大发展中国家与部分发达国家的理论家，包括中国学者在内则相继提出新的世界文明发展观，笔者在《比较文化学新编》（北京师范大学出版社，2011）等论著中提出多元文明时代的四大文明复兴与世界文明八大体系划分等观念，认为21世纪以来，世界文明体系进入转型阶段。经过近半个世纪的文明复兴运动，展示了世界文明发展的规律。它以一种辩证的观念来看待多种文明的发展及世界文明特别是东西方文明之间的关系。

二、中国文明复兴的序幕

在世界性的殖民运动中，只有少数国家地区没有沦为殖民地，其中包括部分伊斯兰国家与中国。虽然他们多次经历了殖民军队的入侵、帝国军队的威胁等，甚至成为半殖民地，但是有幸摆脱被完全殖民的命运。在多元文明世界体系中，深入研究这一类文明的历史演变过程是必要的前提。

中国的元代曾经是一个东西方文明大融汇的时期，但是，随着蒙古人建立的庞大帝国崩溃，古老丝绸之路——东西方文明的大通道又是人烟断绝。奥斯曼帝国的统治直到小亚细亚和地中海地区，沿红海到波斯湾、黑海的古道都被占领，东西方古老文化之间的直接交通不再可能。直到15世纪末期，欧洲人才从海上重新来到中国。

首先到达中国的是葡萄牙人与西班牙人。根据有关记载，最先到中国的是葡萄牙人，1510年（明正德5年）葡萄牙人先是攻陷了印度西海岸的哥阿（Goa），次年攻占了马六甲。1514年（明正德9年），葡萄牙商人首次到中国海岸进行贸易，获得丰厚利润。第二年，葡萄牙驻马六甲的总督乔治·阿尔伯克（Jorge l'Alboquerque）先后多次派遣商人与外交官来到中国，并委派了葡萄牙大使。值得注意的是，葡萄牙人进入中国与其他国家所不同的是并不是直接武装进攻。1575年6月，西班牙人的第一个使团来到福建，其首领名叫拉达（即所谓僧人腊达），这是一个正式的外交使团。由于受到中国政府的拒绝，他们带着第一批中国书籍离开中国，这是欧洲人翻译最早的中国文献之一。其中有一部名叫《明心宝镜》的中国书，用卡斯蒂利亚语译成，是现存最早的中国古籍欧洲语言译本。编者是一个名字不为世人所知的中国人樊立本（音译），译者是西班牙多明我会教士科布，根据时间推断，译者是16世纪人。1576年（明万历四年），中国使者来到马尼拉，向西班牙人宣布皇帝圣旨，允许西班牙人在厦门通商。继葡萄牙与西班牙之后，其他各国人员亦蜂拥而至，来往人员从最初的商人、外交人员与传教士发展到三教九流，无所不有。正如张星烺先生所指出：

……16世纪时,来中国者,仅葡萄牙、西班牙二国。至17世纪,荷兰、英国接踵而至。加以葡、西二国,欧洲之国通商中国者,共凡四国焉。17世纪时,英国人专力于印度。远东之商业,尚未盛旺。荷兰人以南洋群岛为根据,在东方商务驾于葡、西二国之上。至18世纪时,英国人不但独占印度,即在中国南海上,商业亦推第一焉。综数世纪之历史观之,在中国海面上商业,大概16世纪推葡、西二国最盛,17世纪荷兰为首,至18、19两世纪,则英国压倒一切焉。于此时期,欧化东渐,俱由海道,自西徂东。其主动亦推此四国为首。其他诸国皆依四国而进焉。①

从最初的通商,进而发展到传教、兴办工厂、开矿投资乃至全面渗透到中国社会的各方面,同时,欧美各国与日本的军事入侵日益加剧,对于中国传统文化从接受到批判,延续了长达近两个世纪的时间。

西方在进入中国的同时,中国文化也通过各种渠道,源源不断地进入西方,并且形成了一次短暂的"中国文化热潮",其实就是中西文化间的交流与融合,是东西方科学、哲学、道德、文学艺术全面碰撞、互相参益的盛举。这是继丝绸之路之后,近代中国文化西传的伟大历史事件。它的意义曾经被西方强势文化的压迫所遮掩,但随着全球化的推进,东西方文明进一步互相交融,它的意义就再次显现出来。

明清两代,大量的传教士来到中国,从1582年利玛窦来华起,到1919年五四运动,历时三百余年,先后进入中国的传教士不计其数。中西交往高潮起伏,蔚为大观,是当时世界所关注的大事件。首先是明末清初的耶稣会传教士的活动,时间从明万历年间到清康熙年间(1573—1722年),这是对于中西双方贡献最大的时期;其二是清代中期,时间为乾隆继位起到道光二十年(1736—1840年),这是经过一段时间中止后,再次出现的高潮;最后是清末到民国时代(1840—1919年),已成强弩之末。据有关资料统计,仅耶稣会士在华就编译了中文著作437种。费赖《入华耶稣会士列传》所记载的就有467人,而这仅是九牛之一毛,其总人数是无法计数的,其中先期来华的著名人物有意大利的利玛窦、卫匡国,瑞士的邓玉函,德国的汤若望,比利时的南怀仁,法国的白晋、张诚、杜德美、蒋友仁等。清代中期之后,再次出现传教士来华高潮,他们在中西文化交流中起了桥梁作用,一方面把西方的科学技术介绍到中国来,另一方面则将中

---

① 张星烺:《欧化东渐史》,北京:商务印书馆,2000年,第15—16页。

国文化向西方传播。

从16世纪起，中国学术就在西方引起轰动，葡萄牙巴洛斯的《亚洲史》（1539—1563年）是西方人所熟知的中国文化名著，作者并没有来过中国。西班牙人拉达所带回的中国书籍中包括有《资治通鉴节选》、《类编历法通书大全》、《徐氏针灸》及中国戏曲、类书等重要书籍，引起了西方学者对于中国文化的巨大兴趣。17—18世纪，随着传教士与商人们的频繁交通，中国大量典籍文献进入西方，特别是中国的《永乐大典》、《古今图书集成》、郑樵《通志》、马端临《文献通考》等，同时，大批长期在中国生活、精通中文的传教士回国开始翻译工作。当时的欧洲文化是无法与有五千年传统的中国相比的，仅以图书规模而言，欧洲人从来没有见识过《永乐大典》这样的大型图书，其册帙浩繁、工程巨大令当时的欧洲人叹为观止。据说法国启蒙主义者、百科全书派的领袖人物狄德罗就是从中国典籍受到启发，开始编纂法国百科全书的。

三、中国文明对西方的影响

中国文明在西方的影响对于西方文明形态发展起了重要作用，这是不可回避的历史事实，对于这一重要性，历来很少有人提到。笔者认为，这一作用表现于以下方面。

首先在于，中国文明引进是形成18世纪西方启蒙主义思想的重要原因，就像19世纪西方文明引进对于中国的现代化进程曾有过推动作用一样。西方长期以来受到基督教神学的思想束缚，新兴的市民与资产阶级努力寻找能对抗这一巨大势力的思想武器，而中国文明是一种无神论的、非宗教性的、而且具有世界影响的伟大学说，正所谓"别求新声于异邦"，这个异邦就是中国，这种新声就是中国文明。这是当时唯一能够对抗西方强大的基督教神学的人文主义思想体系。因此，启蒙主义者对于中国文明表现出非同寻常的热情。启蒙主义大师伏尔泰说：

> 欧洲王公及商人们发现东方，追求的只是财富，而哲学家在东方发现了一个新的精神和物质的世界。[①]

[①] 利奇温：《十八世纪中国与欧洲文化的接触》，朱杰勒译，北京：商务印书馆，1962年，第79页。

启蒙主义代表人物狄德罗说：

> 赋有一致的情感的中国人，就历史的悠久、文化、艺术、智慧、政治，以及对哲学的兴趣而论，均非其他亚洲人可及。并且，根据某些作者的判断，他们在这些问题方面，和欧洲最开明的人争先。①

启蒙主义的另一位代表人物霍尔巴赫的《德治或以道德为基础的政府》一书中，就是把孔子的道德观念作为治理国家的基础。法国是当时世界的汉学研究中心，几乎所有的启蒙主义者全都认真读过《耶稣会士书简集》等关于中国的文献；几乎所有的启蒙主义者全都写过关于中国的论著，其中伏尔泰、孟德斯鸠、狄德罗等人论中国的著作都是无人不知的名著。这一切都说明，启蒙主义首先在汉学中心的法国出现当然不是偶然的。越过易北河，德国杰出思想家与科学家莱布尼茨更是中国文明的崇拜者，莱布尼茨有一个比喻，如果像希腊神话中用金苹果来评价女神的美一样来评价人民的善，那么这个金苹果应该丢给中国人。他还建议应该由中国派人来教导欧洲人"自然神学的目的和实践"，其矛头直接指向了西方引为自豪的一神教。

与19世纪列强瓜分中国后对于中国文明的轻视完全相反，西方的启蒙主义思想家把中国文明看作一种有价值的参照系。欧洲文化中，启蒙主义是发展的重要转折点之一，产生了一种文化的逾越（transition），资产阶级的自由平等博爱思想受到普遍承认，从而引起了欧洲对殖民地民族态度的改变。同时作为异质文化，中国文明是造成西方启蒙运动的冲击力之一，使得西方人用两只眼来看世界，从自我中心的操作中解脱出来，克服神学与自我中心。伏尔泰的《论各族人民的风尚和精神与历史上的主要事件》被认为是比较文化的早期重要著作，苏联学者就曾指出，这本书"实际上是第一部真正的世界史，伏尔泰在这里与所谓欧洲中心决裂，他不仅注意欧洲历史，而且注意亚洲各国的历史，注意中国、印度、波斯和阿拉伯各国的历史"②。启蒙就意味着与自我中心——欧洲中心论决裂，从历史来看，东方文化的发现，世界文化统一观的树立无疑是这一历程的关键。所以真正的启蒙观念应当是历史性的，当西方人以当代科技文明对于其他民族进行"启

---

① 郑寿麟：《中西文化之关系》，北京：中华书局，1929年，第52页。
② 科斯明斯基：《苏联史学史概要》，范达人：《当代比较史学》，北京：北京大学出版社，1990年，第198页。

蒙"时，当我们自己的理论家在讨论近代中国的"启蒙与救国"时，我们不要忘记，西方文明形态不是当然的启蒙样本，它只是现代文化的模式之一，而且，中国文明也曾经对西方"启蒙"，这是历史的事实。而历史事实似乎永远超出人的想象，孔子，这个在中国被顶礼膜拜近1000多年的偶像，突然间漂洋过海，到了欧洲，成为与耶稣分庭抗礼的"精神修养"的祖师爷，被启蒙主义者供奉起来。如同天上出现了两个太阳，当时的欧洲出现了两个圣人：来自以色列人的基督与来自中国的孔子。一种古老文化在欧洲思想界奇妙地更新了，并作为现实的武器参加战斗。正如马克思论法国革命与启蒙主义者的那句名言：

> 于是他们在最旧的东西中惊奇地发现了最新的东西……①

说来真是令人难以置信，中国文明中最为传统的成分——儒家思想，在中国新文化运动中一直被看成是封建保守思想的代表，当年进步青年曾经喊出"打倒孔家店"的口号。但在18世纪的欧洲，儒家思想竟然被启蒙主义者用来作为"法国革命以及与之相联系的启蒙运动"的精神武器，这对于某些人来说简直是匪夷所思！以笔者所见，其实这正是一种历史辩证观念的表现，启蒙主义者所利用的，正是中国文明中反对神秘主义与世俗神学的观念，这是中国文明文化的一种重要精神。

其实这种精神在中国也曾经发挥过作用，在中国历史上，上演过几乎相同的一幕。汉代初年，文帝、窦后以及汉景帝都采用了黄老学说作为统治思想，这是一种道家的有神论观念。景帝时，儒者辕固生与道家黄生还就"汤武革命"发生过一场辩论，《史记·儒林列传》中曰："辕固生……与黄生争论景帝前。黄生曰：'汤武非命，乃弑也。'辕固生曰：'不然，夫桀纣虐乱，天下之心皆归汤武。汤武以天下之心而诛桀纣。桀纣之民不为之使而使汤武，汤武不得已而立，非受命为何？'黄生曰：'冠虽敝，必加于首；履虽新，必关于足。何者，上下之分也。今桀纣虽失道，然君上也；汤武虽圣，臣下也。夫主有失行，臣下不能正言匡过以尊天子，反因过而诛之，代立践南面，非弑而何也？'辕固生曰：'必若所云，是高帝代秦即天子之位，非邪？'于是景帝曰：'食肉不食马肝，不为不知味；言学者无言汤武受命，不为愚。'遂罢。"在这里，中国文明赞颂"汤武革命"，对于黄老之学的君权神授、君臣上下之分说法迎头痛击，在当时必然有震

---

① 马克思、恩格斯：《马克思恩格斯选集》第4卷，北京：人民出版社，1995年，第597页。

动性影响。可惜的是法国启蒙主义者不知道中国文明这一段光荣的历史，否则，当1789年大革命中攻陷封建堡垒巴士底狱时，写在造反者旗帜上的必然是汤武革命的口号，这是一种反对君主"虐乱"，重视民心，以"天下之心"为受命依据的学说，必然受到当时的革命者的欢迎。中国文明在不同历史时期，不同国度中，因其学说的特性，受到如此的重视，这是值得我们今日反思的，三复其道，必有所得矣。

中国文明不只在西方引起道德伦理观念的变动，而且对于西方科学研究有巨大冲击作用。莱布尼茨曾经给从中国归来的传教士闵明我写过一封信，信中对于中国科学表现了极大的兴趣，一连提出了30个问题，涉及天文、数学、几何、物理、化学、地理、工艺等诸多方面。我们不必——提及，仅举其中一例就可以看出，中国科学对于当时的欧洲是怎样的一种震动。莱布尼茨信中的第15个问题是：

在中国古代文献中是否根本没有进行证明的几何学和任何形而上学的痕迹？中国是否当时就已掌握了毕达哥拉斯的那个定理？①

莱布尼茨的这封信写于1689年7月19日，他所问的那个"定理"指的就是毕达哥拉斯的"直角三角形斜边的平方等于其他两边的平方的和"。中国汉代之前的数学名著《周髀算经》中商高谈话中，已经把它作为常识来用了，这就是所谓的"勾股定理"，时间至少在莱布尼茨写信之日的1600年前。正因为对于中国科学有了深刻的认识，所以，莱布尼茨对于中国科学极为崇敬，他声称自己的二进制的数学观念是来自中国的《易经》，因为这是二进制数学的观念之始，莱布尼茨说道：

根据二进制算术，我们只需用两个符号：0与1，去写其他所有数字。（我后来发现它也包含相对性逻辑，这也是很有用的，特别若是我们要在除法的数字之间，维持详确的相的话）。当我将这算术解释给白晋神父时，他在其中认出了伏羲的符号，因为［0与1］数字与它们完全符合：若是我们以断行［阴爻］代表0，以不断行［阳爻］代表1的话（只要在数字前，多置"0"字，使最低的数字和最高的数字有一样多的爻即可）。这算术虽然千

---

① 夏瑞春：《德国思想家论中国》，陈爱政等译，南京：江苏人民出版社，1997年，第19页。

变万化,也非常简单,因为它只有两个因素。所以伏羲似是在"组合之学术"方面,有他的心得……由此也可见中国的古人不但在忠孝方面(而这是一切道德的基础),[而且在学术方面]都远远超过今人。①

二进制数学是当代计算机数学的基础,莱布尼茨的设想在几百年后成为现实,这种最简便的数学提出是原理性的进步,从中可以看到中国最古老的《易经》的思想光辉,这不只是莱氏一个人的看法,正如他所指出,在他之前,已经有阿拉伯数学家研究了中国人的这一发现,并且指出它的意义。更值得注意的是,他提到了《易经》中所含有的辩证观念——相对性逻辑——正与我们所说的"辩证逻辑"是完全一样的。而且我们在上文中已经指出中国辩证观念的起源是出自《易经》的,笔者近年来所提出的"新辩证论"是关于比较文学与比较文化的理论观念,其中多次指出这一特点:

> 绝对的文化一体论与文化相对论都是背离世界文化发展历史与规律的,事实上,中国早已经认识到要用一种辩证的认识论去研究文化关系。这种辩证观念是中国文明精神的真正所在,中国人曾经在三个大的历史阶段用这种观念处理文化关系,建立了华夏与四夷之间、儒释道之间、西方现代思想与中国传统之间的长达五千年间互相同化与互相异化、融汇与扬弃、逾越与交流的辩证发展关系。这是其他文明中所没有的。……那些诋毁中国文明者是中国文明的远人和"他人",他们关于中国文明的说法无异于以蠡测海。他们根本不知道中国文明的这种辩证精神正是在中国古老的《诗经》、《易经》中已经提出的,并且有着相当雄厚的逻辑学基础的……②

由此可见,古今中外,只要坚持真理,承认事实的学者,都会在这一方面达成共识。我们与莱布尼茨的同一看法,就是一例。

20世纪是中国文明发展的关键时期,从1919年的"五四运动"起,中国传统文化面临多种冲突:来自西方欧美资本主义国家的民主政治与自由经济、来自马克思主义主要是十月革命后苏联的马列主义思想的影响。1949年以后,中国大

---

① 秦家懿:《德国哲学家论中国》,北京:生活·读书·新知三联书店,1993年,第126—127页。

② 方汉文:《多元文化的中外文学比较:新辩证观念》,载《外国文学评论》2000年第3期,第139页。

陆走上社会主义道路，经历了60年发展，特别是改革开放以后，成为世界经济强国之一。大陆与中国的港澳台地区虽然社会政治制度有所不同，但是基本上坚持了共同的文化传统，这是必须肯定的。但是两岸三地之间又有文化转型的差异。中国大陆是社会主义文化，是在马克思主义思想指导下，继承了传统文化的正确成分，所以文化传统经历了巨大的改革。而港澳台地区则在坚持中国传统文化特别是儒家文化的不同程度上接受了西方文明成分，经济成就突出，成为中国文明复兴的中心区域。

无论如何，中国传统文化的转型是无可否认的，传统文化必须在新历史语境中重建，旧有的思想观念、道德伦理与艺术形式无一不受到检验，只有经过这种革故鼎新，传统文化的各种成分包括意识形态与艺术如国画、武术、小说、戏剧、散文等才可能再次焕发出新的光彩。"周虽旧邦，其命维新"，这是经历半殖民与封建统治之后，中国文明复兴的必由之路。

四、中国文明复兴的意义

与以上文明复兴运动相比，中国文明复兴是一种最少涉及民族、宗教、政治冲突的文化运动，一定程度上，它只是一种运动，不像其他复兴运动时有民族斗争的实践。这里没有战火硝烟，只有理论争辩及与之密切相关的亚洲国家的经济发展。同时，它又是与历史上西方文艺复兴运动最为相近的一种复古运动。如同古代希腊罗马的思想观念重新被人文主义者看成是取之不尽的精神源泉一样，中国古代文化传统特别是儒家孔子的学说，经过自1919年"五四运动"以来长达60余年的批判之后，再次吸引了中国理论界与世界的目光。

中国文明复兴是指以中国文明为指导的中国传统文化重新在当代世界经济与政治发展中处于重要地位，它的主要表现是20世纪后期亚洲地区和国家的经济持续高速发展，出现了被称为"亚洲四小龙"等经济实体，从20世纪末到21世纪初期，中国经济经历了多年持续高速增长，特别是在世界金融危机中，与印度、巴西、俄罗斯和南非等被称为"金砖国家"（BRICS）。再加上自上世纪70年代以来的亚洲"四小龙"的经济腾飞，这些国家的经济奇迹引起世界关注。

这种经济成就的取得有它的文化基础，即孔子中国文明的道德伦理与世界观对于中国和这一地区的影响。这既是亚洲国家在近代以来落后的形势下所取得的成就，也是其指导思想中国文明的复兴。

这一观念有许多等待商榷之处，如文化与经济的关系方面，文化是不是直接决定经济发展？西方学者中很多人反对马克思主义的"经济决定论"，但是现在有人又在用"文化决定论"来解释社会生产。中国20世纪的经济发展是不是由于儒家思想的作用更是有争议的。如果说中国早就批判了孔子思想，如何又把经济发展看成是中国文明的作用？这一类问题不能一一列出，不管是否赞同"中国文明复兴"的说法，这一观念已经有相当的社会影响，已成为当代研究必须面对的内容之一。

澳大利亚学者李瑞智等人对于中国文明（儒学）复兴的表现有一个很清楚的表述，我们不妨将其简略综述如下：（一）强调对社会的义务而不是权利。（二）强调人治，或德治，而不是法治，最大限度地尽可能促进社会的和谐及团结。（三）高度强调严厉的甚至无情的教育竞争，受教育是无上光荣的。（四）强烈的古今一脉相承的意识。（五）高度的人文社会和秩序的价值意识。（六）高度重视由强烈的必须经受直觉和感情检验的意识加以平衡的逻辑性和合理性。（七）强烈关注现实的变化和极端事物转换的新情况，而不是持相互冲突对立的观点。（八）对商业、技术和科学有一种独特的观念，认为"市场竞争"的开展和保护"环境"之间是协调的。（九）治理社会的官有权有责，及其对待问题一贯的实用主义和革新精神。（十）严重关心避免西化和个人主义的"精神污染"。①

笔者认为，以上概括中，关于中国文明对于社会关系、德治与法治之间的关系、教育与尊重传统的观念、认识上的直觉与逻辑关系、辩证观念等方面的见解是有一定道理的，可以说局部反映了中国文明的特征。同时有些地方则是中国文明薄弱之处，如法治精神、科学发明的实践等方面，从中可以看出，国外学者对于中国文明的看法是一种"他者"的观察，它是对于中国文明的特性的一种国际的视域，这可以看到中国人自我所看不到的东西，这是无可置疑的。

从另一方面来说，中国学者对于自己母体文化必然会有更为真切的认识，因为是从这一文化的内部来观察和解释，有自己切身的体会，有自我认证的机制。在全球化时代的今天，笔者以为，中国文明的基本特征是以辩证理性为指导，与多元文明相融合的创新精神，它是中国传统文明的新话语，是适应世界体系的重要原则。

---

① 李瑞智、黎华伦：《中国文明的复兴》，北京：商务印书馆，1999年，第62—63页。

五、中国文明复兴的历史价值

很多学者关心中国文明的哲学观念道德伦理等具体学科中的一些观念,我曾在一些论文中多次作过说明,兹再简要略述如下:其一,道中庸是儒家之道的根本,也是中国文明的一种特性,这是众多学者所赞同的,冯友兰曾说:

> 《易传》与《中庸》的作者,虽说都受道家的影响,但他们却又与道家不同。他们接着儒家的传统,注重"道中庸"。这是他们与道家不同底。①

什么是"极高明而道中庸"?简单说,就是认识方法的辩证合一,其中包括天人辩证、他人与自我辩证、个人与社会辩证的合一关系。这是中国文明的认识方式与认识规律,他们不取法自然,也不完全主张人治;不贬低法治,更注重德治。重考证、逻辑与推理,但也不废直觉情感。

其二,礼与仁的制度观念,这是儒家所特有的社会观念。礼,经过数千年礼仪崇拜的内化,礼的观念内化为仁的思想,从低级的礼式行为到高级的行为规范,形成制度观念。被用于主体与主体、主体与客体、个体与群体、个体与个体、群体之间的规范。后现代主义者的"主体间性"在中国文明中是最容易解释的,因为从历史上来说,儒家从来不是自我中心的,道、法、墨、佛、伊斯兰、基督教等多种学说与宗教一直在与他并行,所以主体间性是它必须承认与接受的原则。这种精神在世界体系中有重要作用,对于处理异己文明关系极为重要。

其三,"天人合一"的自然观念,这也是与西方人与自然斗争所不同的,它是中庸之道用于天人关系的必然产物。与礼仁观念一起,成为中庸之道的双翼之一。这也就使得它与当代的环境保护主义或是生态观念取得一致。但是,中国的"天人合一",我们已经多次指出,是一种天人辩证,不是天人融合。这是与美国爱默逊、梭罗的自然主义不同的。

以上是中国文明的本体论,由此本体论出发,有它的发生论、方法论与实践论范式,也有它的功能与特性,这种特性是多层次的,如无神论但是尊重其他宗教的文化和谐观念、知行统一观念、道德中心观念、平衡发展观念;方法论中的辩证逻辑与辩证思维方式,这是从《易经》中发展来的。成中英曾经指出这一

---

① 冯友兰:《冯友兰选集》(下卷),北京:北京大学出版社,2000年,第307页。

点，笔者赞同这一观念。如成中英所说：

> 中国哲学特征之一乃是其辩证性。而此辩证性通过《易经》，则可以明确的把握。①

其他一些特点，如逻辑与直觉结合，社会历史发展论中的社会稳态结构、社会层次结构等，我们就不一一论述。最根本的仍是核心观念的把握，其特性是这种核心观念的外化与内化所形成的。

最后，我们要强调的是，中国文明的复兴与"新儒家"不是同一个概念。"新儒家"是一个比较复杂的概念，人们有各种解释。有人认为从秦汉时期就有新儒家，也有人认为韩愈到程朱是新儒家，还有人则把梁漱溟、熊十力、冯友兰、牟宗三等人看成是新儒家。目前在文化研究中，比较多的人同意把现代哲学中的一些发扬中国文明观念的理论家看成是新儒家，把五四新文化运动之后仍然坚持中国文明甚至超出中国文明的一些学者看成是新儒家。对于这些学者的学说及观点，我们认为其主要特征是从中国古代哲学观念出发来解释现代哲学问题，并且与相关的文化问题有一定关联，一定程度上可以说是一种传统观念的新理解。新儒家的活动方式以理论探讨为主，而且以哲学为主，对于比较文化的研究有一定参考作用。过去由于历史原因，有的学者对于新儒家有一定的看法，如郭沫若就曾说过：

> 先秦儒家在历史发展中曾经起过进步的作用是事实，但它的作用老早变质，这样的时代也老早过去了。②

历史证明，虽然中国历代对于儒学有过不同见解，但是作为中国文明的主要思想观念体系具有历史价值是无可怀疑的，这就为中国文明复兴提供了思想武器库，无论这种复兴是以何种形式，必然经过一定的思维模式转换或是有新的历史内容。无论它的表现形态是什么，是通过何种经济发展形成的地域道德伦理类型，总之，作为一种民族文化传统，它已经在当代社会生活中产生了重要作用，我们不能无视其存在，而应当以一种积极的态度去研究它，分析它，使它得到理论阐释，并且可能有进一步的扩展。

---

① 成中英：《论中西哲学精神》，上海：东方出版中心，1991年，第135页。
② 郭沫若：《十批判书》，上海：东方出版社，1996年，第522页。

中国文明复兴是多元化世界文明体系中的一种重要历史潮流，它的意义当然体现于强大的经济发展动力，中国成为世界第二大经济体用了不过几十年的时间，比起美国成为继英国之后成为世界第二大经济体的历程还要短，其未来的发展趋势可以期待。但是更重要的是，中国文明的精神可能会对世界产生更大作用，中国文明是人文文明，以辩证理性为指导，《易经》中的"同异交得"观念是思想核心，"他人有心，予忖度之"，与其他文明之间有同与异互相融合创新的思想，中国从汉唐最强大的时期就没殖民与侵略，以后会成为世界文明体系的维护者，这是中国文明的历史所决定的，也将为历史所证明。

作者简介

方汉文，苏州大学文学院教授、博士生导师，文学博士。

徐文，苏州大学文学院在读博士研究生。

世界性文学的讲授[1]

马丁·普契纳

两种经历形成了我对于世界文学的探讨方式：一个是讲授世界文学，多数隶属但并不专属于哥伦比亚大学的名著计划；另一个是担任《诺顿世界文学选读》（第3版）主编的工作。在这两项工作中我必须要面对的主要挑战，很简单是世界文学显然有要将所有文学囊括起来的抱负。当我告诉人们我感兴趣的是世界文学时，他们经常难以置信地询问"你意思是所有的一切吗?!"。但是即使"世界文学"好像真的渴望实现这种不可能的总体性，它事实上总是涉及比总体要少得多的东西。当然这种"比总体要少"的表述在世界文学选集（还有摘要集）这一个案中肯定是符合事实的，因为空间有限这一极为现实的原因，不过应当补充一句，《诺顿世界文学选读》已经从大约400页增加到了超过6000页。但是它却不能而且也不应该无限制地增加。尽管有一种扩张逻辑，世界文学却不能意味着要将越来越多的文学日益增加地收入进来，而且不仅仅是为了现实原因。为了达成一个世界文学的合适概念，我们得限制它的意义，明确在什么意义上世界文学是外在于企图将整体容纳进来的积累过程的某个东西。

我已经认识到了不能再将这种不完整视为一种需要克服的障碍，而应将其视为一种在课堂上、在编选选集工作中以及当要表述支持这两者的概念框架时需要接受的原则。的确，不完整性可以一直上溯至世界文学概念的源头：对于歌德而言，世界文学的时代一直处于形成中，一直在到达过程中，但是还一直没有抵达："世界文学的时代已经临近了，人人必须努力加速这种接近"。[2] 这里我们有

---

[1] 本文原载于《江南大学学报》（人文社科版）2014年第3期。

[2] Eckermann, J. P. *Gespräche mit Goethe in den letzten Jahren seines Lebens*, ed. F. Bergmann, Wiesbaden: Insel, 1955, 211.

一个悖论，它会继续标示世界文学的特点直到今天：世界文学近在咫尺，它已做好被抓住的准备，然而我们依然不能完全抓住它；我们不能将它和它的抵达视为当然。相反，我们，我们每一个人必须努力促进它的接近。这种努力让我们想起浮士德最明显的特征，而如果没有这样的努力世界文学的抵达将会被推迟，也许是遥遥无期的。世界文学的这种未来的短暂性好像已经由马克思和恩格斯解决了，当他们几十年后因叙述资产阶级资本主义而提起这个术语时。现在世界文学已经来临了，是通过《共产党宣言》中几个最著名段落其中之一所描述的一个过程来临的。资产阶级资本主义的革命效果是以戏剧性的现在时态叙述的，这种革命效果是以世界文学的来临而达到其顶峰的："并且从无数民族文学和无数地方文学中产生了一个世界文学"。① 不过，尽管使用的是现在时态，《共产党宣言》却描述的是一个正在进行的过程，这个过程尚未完全结束。世界文学依然在形成的过程中。

在我的经历中，将《浮士德》和《共产党宣言》放在一起讲授，同时眼睛还要盯着世界文学，效果挺好的。《浮士德》是在这个博士的书房开始的，也就是说，这个书房有各种各样的文学作品，包括希腊悲剧这个世界文学的主要部分。然而，我们很快就从这个世界文学的集中积累之处走开了，我们走出了书房：由墨菲斯托做向导，浮士德想看看这个世界，而且做到了。这部戏剧的情节本身从书本搬到了现实世界上。《共产党宣言》使它本身可以像世界文学一样同等效果地讲授，不仅仅是因为它在一个关键时刻提到了"世界文学"。更重要的是《共产党宣言》的形式本身创造了一种完全新型的文体。因为《共产党宣言》不仅仅谈到了世界文学，而且它自身，通过它那迫切的文学形式和语气，努力促进世界文学的到来。当我将《共产党宣言》当作文学来教时，我强调一个文本的这种比其他的文本都更想介入这个世界的表述维度。但是还有另一个维度甚至更重要：《共产党宣言》是一个将自身表现为独特世界文学形式的表述文体。它被精心表述以便可以用多种语言迅速翻译和传播，而这就是目前正在形成中的一种新型国际性世界文学。② 马克思和恩格斯甚至轻描淡写了宣言原本是用德文撰写这一事实；它几乎好像不是用任何具体语言撰写的，而是从开始就是为翻译准备的。

---

① Marx, K. and Engels, F. *The Communist Manifesto and Other Writings*, New York: Barnes and Noble, 2005, 11.

② Puchner, M. *Poetry of the Revolution: Marx, manifestos and the avant-gardes*, Princeton, N. J.: Princeton University Press. 2006, 47ff.

II

歌德，马克思以及恩格斯指出世界文学在时间上的开放性，指出它从来未曾认为自身已经完备，因此是面向未来的。同时，人们必须面对整体性的挑战，即世界文学努力要将所有的文学囊括进来；从地理学角度来说，这毕竟被内置进构成这个术语的结合体中了：文学与世界。我这儿的方式将是不把"世界"理解为一个对整体性的渴望，而是将之理解为限制另一方即文学的术语。世界文学不仅仅是文学全体。确切地说，世界文学是一个文学的子集，这个子集与世界保持着一种至关重要的关系。就它与世界有关而言，世界文学是一种文学：一种世界性的文学。

如果"世界"限制着文学，那么世界文学就将不得不成为为世界写的文学，这种文学和世界相关而且介入了世界。它也意味着文学已经被世界接纳，从争夺支配地位的斗争中浮现出来了。这并不意味着世界文学是胜利者的文学。相反，它是一种从这种斗争自身中崛起的文学。我的世界性文学的概念可回溯至爱德华·萨义德关于奥尔巴赫的那篇文章，其中他将奥尔巴赫称之为"现世文学的批评者"。

正是从这个有利地点出发，我打算重临那场困扰世界文学的争论，尤其是那些从一开始，就利用这些经典争论的世界文学选集和摘要集。我这儿具体谈的是美国的情况，在美国世界文学的形式成了持续扩容的世界文学选集。同时在这儿，世界文学也成了一个极度地方性的事情，这居然是真实的。世界文学与像诺顿之类的选集有关的观念主要存在于美国，其原因与洪堡特的大学理念被引入与开花结果有关，与多元文化主义历史有关，也与大规模的文化介绍和文学课程有关。（一些主张认为美国世界文学选集是帝国主义工具，通过它们"台湾或尼日利亚的学生将会通过美国组织的英语翻译来学习世界文学"，[①] 这些说法在选集的现实、分配以及实际使用方面都没有依据基础。）在美国，世界文学以所谓的西方经典集的形式历史性地出现了，通常被称为西方名著，然后再渐渐补充上非西方名著，直到"名著"这个术语被丢弃并且被"世界文学"的名头取而代之。（我只想顺便指出，足够有意思的是，"世界音乐"这个术语却经历了相反的过程

[①] Spivak, G. C. *Death of a Discipline*, New York: Columbia University Press, 2003, xii.

而且现在可以精确地描述非西方音乐。）在任何情况下，都是经典争论导致世界文学选集的极度扩张，开始了一个由累积模式操控的时期：越来越多的文学不得不被包容进来，而且不仅那些所谓的名著。

整体而言，世界文学的教学也是如法炮制，许多以前的"西方文学"或者"西方名著"课程纷纷让位于世界文学。我自己在哥伦比亚的经历就被一个不同的、更加开放的追加模式所操纵。那门两年的连续课程，叫人文文学，是作为一种补救性课程开始存在的，以便保证来自多种背景的学生能够了解西方文学的基本经典。在20世纪80年代和90年代，它固守着它的西方定位，但是多年以来一些配套课程开始增加了，以便表述其他的文学传统和文化。在我的教学经历中，这样是利弊并存的。人文文学课的第一学期，这课程通常就这样叫，是严格围绕希腊文学组织的，加上圣经，然后开始一连贯的阅读。它没有成功地产生出一种不同文化间的互相连通感，同时也没有成功地制造出不同文化间的一些令人吃惊的联系。这却是真正世界文学课程的优势，它可以追踪文体的迁移，比方说叙事结构从印度到阿拉伯世界再到西方中世纪。

经典的争论是极有价值而且必要的：按照歌德和马克思的说法，它促进了世界文学的来临——当然是作为选集的题名。同时，经典方面的争论将世界文学引上了歧路，当然是在世界文学发展到世界文学选集时，导致将越来越多的短小节选容纳进来，为了遵循代表性逻辑，同时也面临危险，变得只具有一些象征意义。世界文学选集倾向于成为一种采样器，为了努力体现总体性——现在成了多样性——通过许多小片段。这种毫无限制的包罗万象的总体性目标需要被放弃，而我们需要回归歌德和马克思的世界文学观念。用经典争论的术语来讲，这意味着我们需要形成一种观念，即将世界文学视为整体采样器以外的另一种东西，这种东西是基于被限制起来的世界文学观念的。按照我的建议，世界性文学提出一种限制的观念，目的不在于讲述一个整体的故事，而在于讲述一个结合体的故事，一个关于文学和世界的故事。

这个结合体也可以从另一个角度来看待：不仅包括文学对世界做的事情、用世界做的事情，而且还有文学创造不同世界的能力以及应对这个现存世界的能力。这儿我想起了尼尔逊·古德曼（Nelson Goodman）以及他对于"世界创造"的研究。当我开始从事选集工作时，我并未期望这一点会很重要，但是渐渐地它居然成了中心。事实上，正是这个对于世界创造的强调将我引向了与采样器相反的方向，使我和我的同事们想起了纳入长段节选甚至完整著作的重要性：在最后的分析里，只将完整的作品展开并且创造若干完整的世界。按我的理解，世界性文学也是那样的：创造世界的文学。

在教文学时，我渐渐发现我记住了学生们第一次阅读文学作品的主要经历是他们进入一个世界的经历。他们在这个世界上努力为自己定位，努力要发现什么规则在此适用，这个世界又是如何拥有那些物件和人物的。情节往往倒是其次考虑的，情节是展开这个新奇世界的载体，学生们要在这个世界中居住好几个小时。的确在我看来，世界文学必须考虑到文学这个首要功能：它创造着不同的文学世界。

让我继续推进至这个术语的另一个层次。这世界所接纳的文学也是这个世界挪用、接受、曲解、利用以及虐待的文学。这种文学位于莱奥内耳·特里林（Lionel Trilling）一度声称的"一些既黑暗又血腥的十字口，在此文学与政治相遇了"的地方。① 世界性文学是处于帝国、征服的受害者和促进者奴役下的文学。因此在我们的选集中，我们努力将文学的这种层面突出出来。世界性文学不是离散的，脆弱的和友善的，但是却被这个世界拥抱，它是为这个世界创作的，而且也是为了世界性目的服务的。世界性文学必须将帝国，古代的还是现代的，都视为世界文学创作的一部分。

文学卷入世界性既包括政府与帝国，集体起源和民族命运的叙事，而且也包括经济事务。在此我看到了世界文学经常被描述、但却也常常被误解的另一面。人们经常听到抱怨说世界文学太现世化了，意为世界文学太看透这个世界了，在世界市场方面太精明了，歌德就已经知道了这个市场是世界文学的中心力量。对于歌德而言，世界文学意味着不同民族和地区所产生的文本通过翻译就可以面向所有人了，从而促进彼此的理解：这是世界文学对于世界和平的贡献。当然，这个经常是教授世界文学的理由，它促进了不同文化的互相理解。

对于歌德而言，翻译如此重要的另一个原因是因为它有关于德国对于世界文学的具体贡献。歌德对德国的展望就是它将为世界提供种种翻译。在上文中，我引用了歌德那段关于世界文学时代的著名话语，之后一段时间他写了这番话："……无论谁居住在各民族供应他们产品的市场，只要他懂得并且学习德语；他

---

① Trilling, L. *The Liberal Imagination*, with an introduction by L. Menand, New York: New York Review of Books, 2008, 11.

就可以一边做翻译，一边获取利润"。① 歌德将世界文学视为某种东西，不但与文学产品相关，而且和它的分布和翻译相关。换句话说，世界文学不是写出来的，而是制造出来的，在翻译的市场制造出来的。当然，这个制造世界文学的世界市场，被马克思和恩格斯在他们的资产阶级世界文学观念里给予了一个中心地位。戴维·达姆若什（David Damrosch）将世界文学界定为"在翻译里有所增益的"文学，目的就指的是分布与翻译的关系。② 在这一点上，世界文学的贬低者们会感到占理了：这就是我们一直疑虑重重的东西：世界文学是一个市场策略！

世界文学极为现世这一特性的最好例子，当然，在美国：我想到了马克·吐温，如果有一个非常现世的文学推销者的话，他要算一个，他是作家作为企业家的一个很好的例子。他的《镀金时代》，是与查尔斯·达德利·华纳（Charles Dudley Warner）合写的，这部小说是关于一个时代的，这个时代有时也被称为19世纪后期的第一个全球化时代。《镀金时代》作为对于贪欲与政治的有力控诉，在我们这个镀金时代似乎不止一个方面显得恰当其时；足够恰如其分的是，它关注的是土地投机，主角是一个企图以密集游说活动说服政府收购其土地的女继承人。这个交易最后黄了。作为对照，小说本身却成功了，出版后头两个月就卖了35000册。吐温忍不住又利用了这次成功，他随后将布里安·塞勒斯上校这个人物放置进一部流行剧中，演遍了整个美国。

《镀金时代》的确非常成功这件事实不是我的重点。值得注意的是，吐温和华纳事实上已经将他们的书作为"世界文学"推向市场了。他们从不同语言和不同手迹中做一些简短的引用，包括象形文字、中国字和冰岛文，将这些文字与许多其他的一道放置在每一章的顶端，表面上既不相关也不解释；也没有翻译。他们怎么想的？在前言里，他们给出了下面的解释：

> 遵循学术上的惯例将醒目的文学片段放置在每章之首，这无需道歉。的确，瓦格纳曾经认识到，这样一些含糊地暗示了下文事情的题头，能够快意地点燃读者的兴趣，而又不完全满足他的好奇心，我们希望这一点在这个当前事例中能成为事实。
>
> 我们的引用被设置为许多种语言；这样做是因为这本书要在其中发行的

---

① Goethe,J. W. von(1827)"Preface to German romance"(Edinburgh,1827), in JohannWolfgang Goethe, *Sämtliche Werke*, Münchner Ausgabe, ed. K. Richter, vol. 18. 2, München: Carl Hanser Verlag, 1985 – 98, 86.

② Damrosch, D. *What Is World Literature*? Princeton, NJ: Princeton University Press, 2003, 281.

那些国家没有几个人能够读懂他们自身以外的任何语言；然而我们又不是为了一个特定阶级、派别或国家写作的，是将整个世界纳入进来的。①

如同经常与吐温打交道一样，人们一定要小心不能将这信以为真。首先，那些"醒目的文学片段"据说放在那儿是为了刺激读者或者买主的胃口，同时又不完全满足它。这样的话挺好。但是，当然吐温和华纳不可能郑重地表明他们的书是为讲埃及语的人而写的？而且即使这两个作家使用了口语引用，书页顶端的几个文学片段也肯定不会吸引那些不懂英语的读者，或者买主，尽管这种做法可能很令人怜悯。不，这些引用不是针对那些只懂自身语言的不幸读者的，因此《镀金时代》也不是针对"整个世界"的，而却的确是为了英语使用者。吐温在此是在玩一种正在出现的世界文学修辞手法，世界文学被看成了超越民族的多语言文学。对我们而言，这是一种对世界文学的熟悉定义，各种各样用古语和现代语写就的文本片段。吐温采用了这种世界文学观念，戏仿它，然后又将它转化为一种为了国内市场而准备的市场化策略。

我不打算为吐温辩护。但是我们要想形成一种对于世界性文学的良好定义，我想我们需要将吐温，连同歌德和马克思，视为一个认识到了世界文学与世界市场关系的作家。我坚信，这一点也应该在世界文学的教授中起一定作用，尤其是当代世界文学。例如，我经常收入库切的小说《伊丽莎白·科斯蒂洛》中的一章"非洲的小说"，在这一章中这位澳大利亚作家和一个故知旧友在一艘游艇上大谈文学，对于文学及其讲授在世界市场上的作用而言，这是一个极好的隐喻。

世界性文学的另一个维度比起世界文学与世界市场的关系而言，一定会更有争议的：那就是它与宗教的关系。这个，毕竟，是"世界性"的原初含义：面向此世而不是来世的态度。宗教问题也涉及世界文学选集的一个非常具体的问题，也就是这一事实，即文学的理解会因为时间和地点的变迁而发生戏剧性的、根本性的变化。的确，文学自身的观念是相对晚近才制造出来的。而且即使在这个词的拉丁语传统中，我们的文学观念也是一个明显后罗马时代的东西。在收集不同作品时，从经典的中国智慧文学经过地中海盆地的基本史诗，再到希伯来圣经，新约和古兰经，更不用说那些在现代时期记录下来的各种各样的口头文学，我们显然正在将一个现代的文学观念强加于一系列极度多样的文本之上。

---

① Twain, M. and Warner, C. D. *The Gilded Age: a tale of today*, with an introduction by M. Felheim, New York: Meridian, 1994, xxii.

在我们从事《诺顿选读》工作时,我的同事们和我努力将这个问题变成一种有价值的东西;我们正在将那些直接针对这些彼此相异的文学观念的文本收进来,以便学生们在选集中能够发现正面回应这个问题的材料。这是一个务实的解决方案:不是强加一个单一的文学观念,我们只是将不同的文本收集起来,强调它们不同的文学性形式,包括在哪些方面它们不能被最近的文学或文学性观念所理解。

在教室,这种同样的方法也管用。我曾经为从正统犹太人到福音基督徒的各种各样的学生讲授过几次希伯来圣经和新约。我一开始就宣布这项计划:我们把文本当文学来读。我记得一个学期,当时一个正统犹太教学生真的陷进去了,他刚从耶什华大学转到哥伦比亚,他将他的文本知识和阐释技巧运用到这项文学计划上来了。无疑这种"世界性"阅读计划是时代错杂的:希伯来圣经不是为了在20世纪美国大学课堂里进行文学讨论而写就的。但是事实上,在人文文学课程大纲或者其他世界文学大纲或选集上的文本,除了最近的作品可能是例外,没有一个是为了这个目标而写就的,甚至头脑里都没有这种可能性。

然而,在概念层面上,这种解决方案只是部分性的。它并不针对世界文学面对这个问题的方式,其中包括,并且尤其包括面对世俗文学性问题的方式(而且也包括面对现代文学性中的宗教寓意,即所谓"艺术的宗教",等等)。将宗教文本容纳进一个世界文学选集是否意味着在它们身上强加一个世俗的文学观念?在此我希望世界性文学的概念能够帮我们在宗教和世俗化之间进行调和。说起我所理解的世界性文学,它和简单坚持一种世俗文学观念不是一回事。这种区别很关键。作为一种观念,世界性文学并不像世俗的事情和世俗化工程所做的那样将自己和宗教对立起来。相反,通过指向这个世界,世界性承认另一个世界的可能性;它只是说它将只关心这个世界(任何情况都一样地)。同样的,世界性文学并不努力要将宗教文学世俗化;它只是说在它的概念框架里,会以世界性的方式来看待文学。这个包括文学为了这个世界而调动起另一个世界的种种方式。一个文本的宗教化合价将会被考虑,但是它是从它的世俗性结果来看待的。

文学的此世世俗性这一特征将我带到我要谈的最后一点。我一直强调文学与我们这个世界,而不是与下一个世界的关键关系。还有,文学,所有的文学,也许尤其世界文学对我们这个世界的关注方式之一是通过为它建造一些替代性选择。打开任何一本选集,翻到任何一页,你就会进入一个崭新的世界。这些世界在许多方面与我们的世界相联结的,但它们也有意地,努力将它撇在后面。即使所有的文学都创造世界,还是有一些具体的文体会突出这个功能。它们当中就有种种创世神话,而且因为这个原因艾米丽·威尔逊(Emily Wilson)和威布克·德尼克(Wiebke Denecke)在诺顿选集新版中创建了一个版块,叫做"创世与宇宙"以表现世界创造的这一层面。现在,人们完全可以说创世神话过去有,而且现在依然有一个针对我们这个世界的解释功能。然而,同时,它们所做的是创造,给我们在宇宙范围上展示一个世界。这儿的关键是这些世界,连同文学的其他所有世界,都是可能的世界,替代性的世界,但是这也意味着这些世界和一些现存世界的展示方式一样。在一定程度上,这些由文学创造的可能性世界首先是世界,它们要求和我们的世界有关系:它们依然有世界性。

  我曾经强调过,体现世界文学几个特征的一个很好的例子,包括对于跨文化交通和联系的兴趣,文学与帝国的关系以及最后世界创造的作用,是玛雅人的史诗《人民之书》。《人民之书》是根据来自玛雅经典时期的材料,并以玛雅字形的形式存在的。这种书写的主要功能是作为一个记忆工具,以便在口头表演时使用。这个原初的书写形式,不知怎么回事很快就丢掉了,或者被藏起来了,当西班牙人登陆并开始焚烧文化器物的时候。在这儿西班牙帝国的破坏性现实非常严酷地与《人民之书》中的生活交叉起来了,后者不得不转入地下。但是,这种生活却没有留在那儿。1554年与1558年之间,一个在拉丁语字母方面受过训练的玛雅人写下了一个完整的、成形版本的《人民之书》。在18世纪早期,弗兰西斯科·希梅内斯(Francisco Ximénes),一名在奇奇卡斯特南戈镇上担任教区牧师的修道士发现了那个抄写版,将它抄写了下来并且加上了西班牙语翻译。[①] 西班牙帝国几乎破坏了这个文本;但是,通过将拉丁文字带给玛雅人,帝国也促成了这个史诗的记录和文本翻译,从而保证了它作为世界文学的最终地位,成了一部全世界阅读的文本。它在我们的选集里有重要的地位,在其他的选集里也一样。

  《人民之书》也是一个跨文化影响与回应的例子。由于是在征服之后被记录下来并且被阐释的,它含有一层基督教的影响,尤其是来自希伯来圣经的影响。更有意思的是,里面有一个洪水的故事,有可能是从西班牙语里引进的。圣经版

---

① Tedlock, D. *Popol Vuh: The Mayan book of the dawn of life*, New York: Touchstone, 1985; revised 1996.

本的洪水,当然,它本身可能是从更为古老的《吉尔伽美什史诗》那儿派生出来的,或者至少和它平行。无论如何,我们这儿有一个故事,它存在于最早的一部文学作品中,既在希伯来圣经里有回应,也在中美洲有回应。

最后,它是一个创造世界的故事。首先,《人民之书》的确是以一个创世故事开始的,涉及不止一个而是好几个连续的世界创造。这个文本最吸引人的地方是人的创造。在真正的人出现之前,几次不成功的尝试导致各种各样人体模型和猴子的出现。最后,一旦这个史诗从神、象神的祖先转移到人类和他们这一代时,世界创造就获得了另一种维度:这个世界的命名。这部史诗命名了这个世界,也就在这个意义上创造了玛雅世界,占有了这个世界,将其据为己有。命名这一行为在这个文本与玛雅世界的关系方面很关键,从这个文本的最后一行来看这个就很清楚了,这一行是由其抄写者兼翻译者回顾性地写就的。这个抄写者为我们留下了一段哀叹:"关于基切的存在这就足够了,因为已经没有地方去看它了"。① 我在这些最后的几行中听出了一种失落感,一种悲叹。原初的书被藏起来了,或者丢了;不管怎么说,它正在被我们阅读的直译所替代。但是不仅这本书和玛雅人自己藏起来了,而且它们的文化也面临威胁。《人民之书》已经创造了一个世界,描述了这个世界里面重要地方命名的过程。那个世界,《人民之书》的那个世界,已经变了:它再也看不到了。

总结一下:我一直努力要形成一个世界文学的概念,它会逃避传统上针对世界文学对总体性渴望的一些批评,从一种限制性意义上将它理解为为了这个世界的文学,由这个世界接受和创造,面向这个世界市场,面向这个世界而不是下个世界,同时在文学其他可能的世界性问题上不表明态度;最后,世界文学突出了文学的这种创造世界的力量,这个已表达出来了,在世界创造神话里,而且无论什么时候在文学将一个世界展现为世界时。这个定义既是概念性的,也是务实性的,它源自于对"世界文学"这个术语历史的分析,也源自于我在《诺顿选读》方面的工作以及我的课堂经历。确切地说,它是一个不完善的定义,但是再说一遍,不完善是而且会一直是世界文学的一个基本特征。这个特征我们应该视为它的一个最明显的特点。

---

① Tedlock, D. *Popol Vuh: The Mayan book of the dawn of life*, New York: Touchstone, 1985; revised 1996, 198.

作者和译者简介

作者:马丁·普契纳,美国哈佛大学教授。

译者:史元辉,苏州大学文学院博士研究生,咸阳师范学院外国语学院副教授。

比较的世界主义[1]

布鲁斯·鲁宾斯

今天,当我们谈到"世界文学"或"全球文化"时,我们并非有选择地扩大正典的范围,而是谈论一种新的整体框架,重新评估既陌生又早已被接受的文类,由此提出新的概念与评价标准,并通过转移批评对知识分子进取心的整体感来影响那些从来不"做"世界文学或殖民话语的评论家,甚至影响所有的评论家。成为知识分子或评论家意味着什么?这一问题以前所未有且略带神秘的方式成为世界的或跨国的、(用一个蓄意挑衅的字眼)世界主义的。但这种世界性或世界主义似乎尚未发展到能有意识地自我定义、自我合法化或自卫的阶段。如果新保守派快速打击支持多元文化包容性的主导情感,那么,他们就为自己预留了世界主义这个词。与特殊主义或"文化自我中心主义"相比,迪内希·德·索萨"偏执的教育"一文对其完全认同地加以引用。[2]同时,在探索比"为多样性而多样性"更为坚固的防线时,左派就几乎已经回避这个词了。一方面,题材是国际的抑或全球的;另一方面,我认为,之所以要回避这个词,主要是因为这个词将它同另一尴尬的现象联系在一起,即完全本土的知识分子被安置在享有相对特权的机构里。

"世界的"这个形容词超越了"属于全世界;不局限于任何一个国家或其居民"的含义。它立即唤起特权人士的形象:一个凭借独立的手段、高科技的产品以及全球流动性而自称是"世界公民"的人。将世界的全球化与特权结合起来对我们毫无吸引力。我认为,因为我们内心深处倾向于赞同右派的观点,尤其是当

---

[1] 本文来源是 Social Text, 31/32, 1992, 169—186, 有所删节, 原载于《江南大学学报》2013年7月第4期。

[2] Dinesh d'Souza, "Illiberal Education," The Atlantic Monthly (March 1991), 51–79.

知识分子受雇为学者时,他们就是仅代表自己的"特殊利益"群体。我不知道,我们为什么还要为了"代表"这个问题,即"代表"非本土他者的本土权力或特权,进行特别招摇、徒然的自我折磨呢?因此,我们没有采取任何措施去消除殖民主义和新殖民主义在历史上造成的种种极大不公平。我们反而帮了倒忙,制造了"政治正确"的公共关系的大难。

为虔诚地思考,让我们认真考虑一下蒂姆·布伦南是如何将"世界的"这个词用于萨尔曼·拉什迪。布伦南谈到了一种"近乎自吹自擂的世界主义"(134),这种世界主义以牺牲"参加一次实际反殖民斗争的国内或土著艺术家"为代价而功成名就的"第三世界都市名人",其中就包括拉什迪。(135)① 在另一篇文章中,他将拉什迪与"第三世界事务的世界评论员相提并论,这些评论员以符合都市人口味的小说形式给欧洲和北美的目标阅读公众提供了一则关于无名之辈的内幕消息"。② 布伦南的结论是:这则关于这些世界人的消息(实质上是对第三世界民族主义以及第三世界精英的评论)"是我们非常熟悉的,因为拥抱我们自己的都市圈子历来要比公开挑战萨尔瓦多抗议作家曼利奥·亚尔盖达来得容易……。"因此,都市人用"脱离"与"无根性"来理解第三世界,而这些"根本就不是许多第三世界文学反霸权美学的特征"。(64)

这是一种典型的读者决定论或接受决定论。布伦南认为,隐藏在拉什迪书写背后的、具有决定性的现实——一个用从市场调研那里借来的词的权威来查明的社会现实——是欧洲和北美"目标阅读公众",即都市消费者,的"口味"。这样,此处"都市人"这个类别显然是必要的,罗伯·尼克松消除"奈保尔无家可归的神话"(27)的计划也是如此。但是,假如我们预先相信每个人都属于某一个地方,而没有第二个地方,那么,只是当场找一位属于都市的作家、甚至自称不属于任何地方的作家,这是一件轻而易举的事情。当我追问"属于"意味着什么,或者说"属于"有多少不同的方法时,事情就变得复杂、不可预见,但还是值得一做。绝对四海为家确实是个神话。严格地讲,世界主义同样如此,其消极意义就是"不受国家的限制或不依附国家",用乔治·博厄斯的话来说,"无论从

---

① Tim Brennan, "India, Nationalism, and Other Failures," *South Atlantic Quarterly* 87:1(1988)131 – 146,134 – 135.

② Tim Brennan, "The National Longing for Form," Homi K. Bhabha, ed., *Nation and Narration* (London: Routledge, 1990)44 – 70,63.

哪个角度来说，国籍都是微不足道的"。① 但是，"世界的"这个词的消极意义原本就与其积极意义并存；与"全世界分布"的科学意义以及与"属于"世界的某些地方而非某个国家这个更笼统的意义并存。在任何特定情况下，力图保持这种张力似乎是合理的，重视与国家的否定关系（近来，国家这个词魅力四射，尤其是在联合国投票支持美国海湾战争之后），同时又不放弃坚持"属于"，即坚持在其他地方存在的可能性、分散但真实的各种成员身份、高度重叠的忠诚而非抽象而空洞的背叛。

我想提三点建议。第一，在接二连三的文本中找到与这种逻辑相对应的"代理"行为，这种逻辑是我们"专业的"或"都市的"囿于语境的一部分，也是忽略或否认行为的一部分。第二，评论家传播名为"代理"的文化价值观不应当伪装成对特殊性、本土性与特定性的一种保护，因为它涉及诸种概括，而且这些概括的合成痕迹（只要人民团结起来，就无往而不胜，或者说，这是人类不可征服的精神）不亚于他们所反对的东方主义的成规旧习。第三，如果我们不需要"容易的概括"，那么我们确实需要困难的概括——例如，假定代理并不到处都有，而又试图解释为什么它已经在这个地方，又为什么它不在这个地方，这个过程虽不太虔诚但更为困难。

有人认为，程式化地恢复鼓舞人心的代理并将其作为批评的程序或范式有助于促进政治平静，然而一种更为政治化的批评事实上是由对更广阔但缺乏人性与劝告的各种结构的关注所造成的，这一说法值得商榷。为什么我们大家如此高度重视"代理"？作为一个抽象概念，代理用于卢卡奇的马克思主义与马修·阿诺德的人文主义到是恰到好处，但其无法使两者的特定政治活动合法化。它所合法化的只是这种批评的公众代表性以及对人民的积极声音或意志所作出的反应。在学院派人文主义者从其文本中拉出这只特殊的兔子时，关键在于，人民创造了他们自己的历史，而凭借传播这点文化遗存的方式就代表了他们的那位学者，无论如何隐蔽，其行为代表了人民的利益，包括创造那位学者本人当前历史的人民，即判定学术合法性的公共立法者以及私人资助者。

无论代理多么受欢迎，它与特殊性、特定性、本土性之间确实毫无内在的联系。曾经出现过一件非文学但极富教益的事情：激进的地理学家们在过去的几年

---

① George Boas, "The Types of Internationalism in Early Nineteenth-Century France," *International Journal of Ethics* 38:1(1927), 152.

第一编 重构理论的语境分析

中就"地方"进行了激烈的争论。在地理学研究单位向较小、次级地区即"地方"转移之时,恰逢资本主义经济出现世界性大调整,而这种调整似乎正在扩大全球的内连,也正在同步缩小人类代理人的权力并控制或抵制其权力的运作。缩小研究单位时,地理学家们希望利用特殊性的实证权威,更确切地说,希望通过这种权威持续减少代理的幻想。在"地方"越来越小型化以及"地方"与存在和独特性、实证的正确性、经历的完整性、主体的可实现性等联想的背后,隐藏着对难以本土化的集体性行动主体的怀念。参加争论的一篇文章如是总结:"我们并未获得仅仅依靠研究地方来理解人类代理类型的特权。"(187)① 仅从小处思考是不够的;代理不能凭预见获得。连贯单位中,各种转换能量具有最佳的捕捉机会,但这种单位是不可预测的;它很可能要大一点而不是小一点。尼尔·史密斯(Neil Smith)写道:"尚不清楚的是,当前结构调整中,至少用经济学术语来讲,连贯的地区将作为国家而非国际经济体的次级地区而继续存在。"②

这说明某种世界主义就是如此——它并不迷恋于表现预想整体性,而是对其单位的宏观政治规模预先不作评判,用佳亚特里·斯皮瓦克的话来说,就是将"世界化"视为一个过程,期间可能出现多个"世界",而那些"世界"可能相互竞争。③ "cosmopolitan"(世界的)一词中的"Cosmos"(世界)原意只是指"秩序"或"装饰品"——化妆品(cosmetics)亦复如是——后来才引申为"世界"。化妆品先于整体性。那么,世界化可能被视为给地球的脸"化妆",而这种事情可以用不同方式来完成。与此同时,这种更温和的世界主义的情形就是某种专业主义的情形——这种专业主义不对终极的整体确定性进行推测,相反,它却信任专业知识分子远距离的概括、抽象、综合以及表述的能力,并在一过程中将其付诸实施。有人可能会说,专业主义相信自己的工作。

克利福德对康拉德寓言式解读中,《黑暗的心脏》成为一种写作模式,其专业程度一点也不亚于马林诺夫斯基的专业人种学。两者的主要差别在于:康拉德将塑造与自我塑造的经历以及选择与摒弃的活动纳入其中,而这种做法已经进入人种学写作领域。康拉德的小说包含了专业话语无法避免的诸种排除,如从官方报告中删除对未婚妻说的谎言以及库尔茨"消灭那些畜生"的那句话。如同格言

---

① Simon Duncan and Mike Savage,"Space,Scale and Locality," *Antipode* 21:3(1989),179-206.
② Neil Smith,"Danger of the Empirical Turn," *Antipode* 19(1987),59-68.
③ Spivak,"Three Women's Texts and a Critique of Imperialism," *Critical Inquiry* 12(1985),243-262.

所说，专业话语无法净化，而只能由其不纯的、嘲讽的自我意识来拯救。

我们认为，这个方法不一定会"起作用"，因为它会排除外界干扰、并能轻而易举地超越嘲讽成为一种时尚或生活方式。但事实上，这只是该文所探讨的解决专业排他性困境的两种方法之一。那么，为什么排除是不可避免的？一方面，克利福德指出，即使像小说这种最科学的话语也会涉及选择、塑造与编造。自我意识才是解决问题的关键。然而，另一方面，他也指出，向未婚妻说的谎言以及库尔茨"消灭那些畜生"那句话的删除并不是由一般表述排除的，确切地说，是由作家或专业人士出于对其选定文化的强行限制的忠诚所做的故意行为排除的。克利福德指出，马洛"学会了说谎，即学会在文化生活的集体性亦真亦假的小说中交流"（99）。克利福德努力限制作为专业人种学范式的说谎所造成的伤害：他补充说，更好地表达"人种学观点"的并不是马洛，而是默默地聆听他的第二叙述者即那个"挽救、比较以及（嘲讽地）相信那些刻意安排真理"的人。但是，区分不同的叙述者并不严重影响这一结果，即被视为对"本土的、部分的知识"的专业写作或说得更严重点（但被贬为脚注）"对'文化谎言'肯定性选择"（99）的专业书写。"就像马洛在内莉号船上所说的话一样，对处于限制性历史环境中的特定解释群体来说，从文化层面来描述真理是有意义的"（112）。对英国人类学家这个专业群体不言自明的效忠这一武断的、甚至荒唐的行为导致马林诺夫斯将武断的、排他的文化整体性强加给特罗布里思群岛。人种学家论及文物时谎话连篇，将文物表现得比它们本身更为"本土"，其目的就是要使自己成为同行"本土"文化中的一员。

这是一条专业自我定义的死胡同，嘲讽的自我意识从中施救毫无希望。然而，克利福德却从中找到了一条出路。自我拯救的逻辑是从"文化"发展到"后文化"，最终回归"世界"。正如克利福德一再表明的那样，将人种学家所研究的各种文化看作不同的实体是不可能的。那么，为什么还要假设人种学家研究的专业文化是一个不同的实体呢？如果我们必须学会不将其他文化看作有区别的、不同的整体，而是将其看作移动的、不稳定的、杂交的、具有包容性的整体，那么，在研究该文化时，我们为什么还要坚持研究那些文化的必要与绝对的排他性呢？将文化描写成荒诞但必要的（以及必然被排除在外的）制度时，克利福德同样也将专业描写成一个类似必要的（以及排他的）荒诞。克利福德并未采用二分法，即一边是文化的专业描述者，另一边是非专业的描述对象，而是假定存在一种"后文化"的空间，在这个空间里，对主体和客体的描述至少存在潜在逆转的可能性；观察与比较所需的移动性未被一方所操控；"本土的"这个词的对比实力尚存。对这个尚未为专业人士独占的空间，他称其为"世界主义"。

在《文化的困境》之后发表的那部作品中，克利福德彻底修正了他对世界主义的看法。① 他并未如他在为《东方主义》所撰写的书评中以本土之名言说，而是指出对"本土思考"的各种滥用以及将"田野"与"村庄"看作文化本土化的种种曲解。他一直号召人类学家将调解并构成人种学的"世界调解人"带回人种学，并且"既要关注杂交的、世界的经历，又要关注根深蒂固的、本土的经历"。克利福德之所以赞同世界主义，是因为在他看来，世界主义既不是"全盘西方自由主义"的后果，也不是它的特权，同时他也一直教导别人以相同方式看待世界主义；他一直将其视为与其研究对象所共有的东西。绅士旅行者以及为他们提供服务的有色人种都具有"特定的世界观"。甚至有组织地强迫移民劳动也会造就"世界工人"。认为"某些人是世界的（旅行者）而其他人则是本土的（本国人）"的观念只是"（非常强势的）旅行文化的意识形态"。暂且不论实力问题，"他们"和"我们"再也不能被划分为"本土的"和"世界的"。

因此，后一个词再次成为通用词。与其否认世界主义是一种虚假的普遍原则，不如将其视作对与他人共有知识的冲动，一种超越偏心的努力，这种偏心本身就有失偏颇，充其量也就是许多不同民族类似的认知努力。世上种种特定的东西，至少有那么一部分，如今可以理解为世上"不同的世界主义"。

最后再说几句，从比较的视域关注"不同的世界主义"何以能抑或不能帮助我们对当下的反对意见作出回应。《纽约人》杂志刊登的辛西娅·奥扎克的一篇文章曾为这种反对意见作出过贡献，他对多元文化主义所作的结论是："我不愿为了给缺乏天赋的阿留申岛的岛民腾挪地方而放弃荷马或简·奥斯丁或卡夫卡，尽管他的族群也许已被列入大学阅读书单，他也无法成为代表。"② 我认为，克利福德对世界主义的颠覆是一个暗示：我们也许会采取各种举措反对为追求纯粹的特殊性而将阿留申岛岛民视为空洞的人物，也从总体上反对将其视为文化特殊性的标签，举措之一就是使该人物形象丰满，使其不仅成为（能够赢得与其

---

① James Clifford, "Travelling Cultures," in Lawrence Grossberg, Cary Nelson, Paula Treichlereds, *Culture Studies* (New York: Routledge, 1992).

② Cynthia Ozick, "A Critic At Large: T. S. Eliot at 101," *The New Yorker*, Nov. 20, 1989, 25. 我在"Othering the Academy: Professionalism and Multiculturalism," Social Research (June 1991) 一文中用更大的篇幅讨论过这段文字。

他每个特殊人物同样尊重的)特殊人物,而且也许成为某个世界主义的载体与化身。比如,人们也许能指出克洛德·列维·斯特劳斯撰写的一篇文章论及太平洋西南沿海土生土长的美国人的"世界主义"。就伟大的观念具有假定的西方性而言,有人也许会在一篇题为"源自于希腊的世界主义观念"的文章的首页——遗憾的是,只是在首页——强调"埃及"这个词时写道:"这个观念最早有记录的构想是由在埃及特拉-阿玛纳进行的现代考古发现所提供的。那里发现了由阿克那顿(埃及法老,公元前1375年—1358年)所撰写的铭文。"①或者,有人也许会反对左、右倾世界主义的种族中心主义,就像《我,吉戈贝塔·门楚》首页所写的那样:"我为之而斗争的承诺既无疆界,也无限制。这就是我到处旅行的原因……"②

从世界各地积累世界主义的实例,这样的学术工作也许能够帮助我弄清世界主义这个概念既不是西方的发明,也不是西方的特权。毕竟,右派提出这个观念的时候,种族中心主义已无处不在。毕竟,只有"西方"放弃种族中心主义,我们才能认为,并不只是实力的不平等才使欧洲中心主义在效果上与其他民族中心主义具有质的区别。第三世界同样也无法避免提出这项建议的前奏。我们同样认为,我们重视放弃民族中心主义的举措,无论这种举措出现在西方还是非西方,只要它出现就行。从普遍与特殊这一简单的二分中开辟一条实证之路而不是对其进行逻辑推理或解构,这样做才能将这一问题向更广泛的读者讲清楚,也才能获得区分世界主义与抽象的、非历史的普遍主义的优势。因为它可能带来这个词所涵盖的许多不同的、交叉的融合与世俗化倾向。③(宗教与世俗的对立本身也许就是这项工作的牺牲品。)

"世界主义"这个词的局限性同时也是其优点。事实上,谁也不是,实际上谁都不可能是纯粹的世界人。即便有这样的人,也不会受欢迎,正如唐娜·哈拉维指出的那样,这种情况只能以完全文化相对主义的形式存在。④ 世界主义这个词的重要性不在于其理论的全面拓展(在此过程中,世界主义成为无所不在、无

---

① Hugh Harris,"The Greek Origins of the Ideas of Cosmopolitanism," The International Journal of Ethics 38:1(1927),1.

② Elisabeth Burgos-Debray,ed.,I, Rigoberta Menchu: An Indian Woman in Guatemala, tr. Ann Wright (London: Verso,1984),247.

③ 这个词可能还存有争议。

④ Haraway,"Situated Knowledges,"p.191.

所不知的偏执狂的幻想),而在于(自相矛盾地)其本土的应用(在应用过程中,一旦理想无法实现,面临种种取舍时,就会产生规范压力,比如时髦的"杂交")。世界主义与特权的联想颇具挑衅性,这种联想,也许在此语境下,更好地理解为世界主义努力给多元文化主义的包容性和多样性增添的规范优势——对必要但棘手的规范性取名的一种尝试。世界主义并没有"普遍主义"这个词那样具有哲学抱负,虽然其部分工作相同。(有人可能会说,它为概括留出了余地,而并不给定无居所的普遍化提供许可。)它同样也没有"国际主义"这个词具有政治抱负。但是,它确实促使我们追问这样的国际主义最好呈现什么样的形式。遭受大学压制的记者们历来表示,多元文化主义不过是旨在复活19世纪60年代幼稚的第三世界主义的一种尝试,自动区分帝国主义的坏人与新独立的好人。在我看来,世界主义这个词似乎较好地描述了我们当下的敏感性。也许,与20、30年前相反,如今在支持任何国家时,反对帝国主义一直是,现在也必须是,小心谨慎的、怀疑的、有分寸的。当前,就范式而言,它必须学会,既要反对布什发起战争,又要不维护萨达姆·侯赛。更笼统地讲,它以性别、阶级以及性趋向的名义到学校开展各种活动,用让·佛朗哥的话来说,它"已经在民族国家的边缘突然出现了",并且"不再以国家名义表达文化或政治工作"(205)。① 有人也许会说,当下是这些运动全球化的时代——一种新的、去国家化的国际主义完美地与这个时代相切合。

如果世界主义无法发布一项明确的、直接的政治计划,那么,它至少应该向这种国际主义政治教育迈进一步。只要表明没有特别正确的立足点,它就能去除我们政治中的一些伦理道德。如果这样做,它就能更好地让我们放手去追求跨地区连接的长期过程,这种连接也即刻兼具政治与教育性质。由于我们现在正处在短期的政治—教育危机之中,如果这样做,无论右派有什么想法,它就能够指定一种文化教学,调动广泛阵线人士的能量和热情,包括非左派分子、甚至非极端左派分子。作为一种比较的实践、一系列宽容与世俗主义、一种无法操控任何阶级或文明的国际能力或公民模式,它回应了"特殊主义"与"标准缺失"的指控,并且满怀信心地坚持以为:多元文化主义是一个共同的计划、批评的计划、

---

① Jean Franco,"The Nation as Imagined Community." H. Aram Veeser, ed., *The New Historicism* (New York: Routledge, 1989), pp. 204–212.

一种内连知识与教育的积极理想，它非但没有降低反而提高了现有的教育标准。①如果你们怀疑其实力，且听西尔维娅·温特对加利福尼亚新的、尚未完成多元文化的历史文本的评论。温特提倡一种新的框架，这种框架"寻求一种包括所有民族的'世界'文明，而不是只与欧洲移民组成的美国相匹配的民族国家模式，因此，这种模式是有记录以来首次（作为一个国家尚未但必须）与人类相匹配。"②

"世界主义"这个词源自希腊语，意指"世界公民"。国际语境中，公民的类型确实是个大问题。目前，世界国家似乎无法想象，即使可以想象也只是一个噩梦。在没有世界国家的情况下，对于国家来说，公民是可以想象的，而对于地球来说，世界人是无法想象的，如果提出相反观点，就会产生世界平等、责任以及类似投票管理等方面的种种危险幻觉。将公民的权利与义务与世界人的知识联系起来，同样也会有滑向精英主义的风险。不管怎么样，我感到有必要提出世界主义，或者至少在指向一个场所时使用它。可能还有别的什么词更适合，这在很大程度上是因为海湾战争、国际主义在海湾战争中的失败，也是因为我感觉到北美知识分子应该行动起来，制止这个失败的、张牙舞爪的国家充当世界警察的极端自负行为。我认为，在当今时代，能够有助于阻止这场战争，有助于阻止美国人发动或者批准类似的其他战争的知识应该可以说是至今能够想到的最好的知识。无论如何，保存和传播这种知识，努力培养未来的世界公民而不是未来的世界警察，在我看来，不愧为人文主义者追求知识，表达同情心以及发挥想象力的一项任务。

作者和译者简介

作者：布鲁斯·鲁宾斯，美国哥伦比亚大学文学教授。

译者：张荣兴，苏州大学外国语学院讲师，苏州大学文学院在读博士。

---

① 关于"Cultural Multicultrualism"有力的论述，见芝加哥文化研究集团的同名文章，载于 Critical Inquiry 18:3(1992),530-555。

② Sylvia Wynter, quoted in Robert Reinhold,"Class Struggle," *The New York Times Magazine*, Sept 29, 1991,47.

晚期资本主义时期的"民族寓言"[①]

——詹姆逊的第三世界文学观评析

张荣兴　夏凤军　姜深洁

作为当代最负盛名也是最具影响力的马克思主义理论家和文学批评家之一，弗雷德里克·詹姆逊（Fredric Jameson）同时也是一位对世界文学建构有着深刻见解的比较文学学者。在其 1986 年发表的《处于跨国资本主义时代中的第三世界文学》（*Third-World Literature in the Era of Multinational Capitalism*）一文中，詹姆逊针对当今资本主义文化的现状，提出了要反思被后现代现实所束缚的"我们"的文学，希望借由分析处于现代主义时期的第三世界的文本创新，促使本民族的知识分子"重塑我们自己的文化经验，更新它现在似乎已经过时的环境与式样"[②]。詹姆逊认为，本土的知识分子应当打破有限的历史主义经验的禁锢，抛弃原有的规范文本与文本准则，站在"大写的异己读者（the Other reader）"的角度，以诚实的态度面对分裂的世界中其他地域的，而且明显区别于资本主义规范文本的作品。出于上述考量，詹姆逊提出了一个关于第三世界文学的概念——"民族寓言"。本文试图通过分析詹姆逊的"民族寓言"概念与第三世界文学观，探讨其对世界文学重构所作的独特解读。

一、何谓"民族寓言"

对于"民族寓言"这一概念，詹姆逊在《处于跨国资本主义时代中的第三世界文学》中指出：

[①] 本文原载于《重庆文理学院学报》2013 年第 2 期。
[②] Fredric Jameson, 'Third-World Literature in the Era of Multinational Capitalism', in *Social Text*, 1986, p. 66.

所有的第三世界的文本均带有寓言性和特殊性：我们应该把这些文本当作民族寓言来阅读，特别当它们的形式是从占主导地位的西方表达形式的机制——例如小说——上发展起来的……第三世界的文本，甚至那些看起来好像是关于个人和利比多（libido）趋力的文本，总是以民族寓言的形式来投射一种政治：关于个人命运的故事包含着第三世界的大众文化和社会受到冲击的寓言。①

首先，这段话明确了民族寓言的地域特殊性：普遍地存在于第三世界的文本中。在詹姆逊看来，区别于资本主义的第一世界和社会主义的第二世界，民族寓言这种形式普遍存在于第三世界的文本之中，尤其在"小说"这种文学样式里得到充分的体现。而在西方的资本主义文化中，由于个人的生存经验与社会政治的不协调甚至不相关，政治在现实主义文化和现代主义的小说中都显得格格不入：无论是小说与政治的关系，还是文学与公共世界的关系，彼此之间都存在严重的分裂。其次，詹姆逊在这里对"民族寓言"的内容作出了较明确的定义。所谓"民族寓言"，按照詹姆逊的解释，即在文本中个人的生存经验被抽象的经济、科学、政治所渗透，反过来又通过文本映射社会，通过个人反映集体状态。我们可以大致将这种民族寓言概括为两方面：其一，民族式的寓言，即内容的"民族性"；其二，寓言式的民族，即结构的"寓言性"。

（一）内容的"民族性"：从内容上看，无论小说的主人公形象是怎样的个体对象，都是关于本民族的寓言，代表着一个群体、一个民族的集体形象。波斯奈特（Hutcheson Macaulay Posnett）在其《比较文学》（*Comparative Literature*，1886）一书中对"民族"这样说道：

> ……民族文学的真正缔造者是那些行为以及民族思想本身……"民族"一词指向亲缘关系以及有亲缘关系的群体，而"民族性"是其基本概念与事实。"民族"如同录音带将我们带回到各种有亲缘关系的群体，而他们才是全世界社会和谐的肇始。②

"民族"一词所蕴含的亲缘性与民族性的基本概念与事实，不仅是聚合一个

---

① 詹明信：《晚期资本主义的文化逻辑》，北京：生活·读书·新知三联书店，1997年，第523页。

② Hutcheson Macaulay Posnett, *Comparative Literature*, London: Kegan Paul, 1886, pp. 345–349.

群体的基础，同时也是民族文学真正的来源与缔造者。建立在自身民族文学传统基础上的第三世界文本，渗透其中的经济与政治参与往往对个人与集体起到决定性作用。第三世界国家或地区的社会形态与经济状况，决定了文本的内容与理念呈现，集体无意识必然导致个人的利比多趋力发生变化。

詹姆逊以鲁迅的小说《狂人日记》和《药》为例，讨论了马克思主义的政治参与和弗洛伊德理论中的心理化过程在第三世界文化中的反映。以"政治无意识"理论——即通过马克思主义术语与弗洛伊德理论的符码转换，"调和"个人主体与集体历史，分析第三世界文学的主体性与历史性。在中国自古以来的文化中，政治与文化、性动力（利比多）与政治动力具有内在一致性，而这种一致性明显区别于西方文化中公私原则间的矛盾性。第三世界文本中反复呈现的公与私的客观联系，在第一世界的文本中——譬如在19世纪欧洲最有明显寓言性的卡多斯的小说中——是不存在的，因为西方的寓言大多是个人的利比多的呈现，是潜意识的、非公开、脱政治化的反映。詹姆逊强调政治参与在文本中的作用的目的，在于为处于后现代主义时期的第一世界文学提供一个对照模式。他希望借由讨论现代主义的第三世界文学中所呈现的处于政治维度下的文化，"重新检验"在自身所处文化中渐渐消逝的文学与文化传统的关联。所以，詹姆逊对鲁迅小说的分析不在于强调文本的政治化，而是通过关注个人形象与集体的关系，实现对文化境遇的考察：鲁迅笔下的个人形象虽然因文本差异而各有差别，但他们无论如何都是本民族形象的抽象化与寓言化的体现，反映的始终是中华民族的社会意识形态。

（二）结构的"寓言性"：从结构上看，第三世界的小说文本带有明显的"寓言式结构"，即：超越内容与意义本身，"带有极度的断续性，充满分裂和异质，带有与梦幻一样的多种解释，而不是对符号的单一表述"①。王逢振在评价詹姆逊的民族寓言时说道：

> 民族的寓言绝不是简化第三世界文学作品的复杂性，而是促使我们把这些作品作为极其复杂的客体来考虑，不仅仅把它们看作只是由殖民者和被殖民者的遭遇而产生的寓言。……詹姆逊的民族寓言概念超越了这点，他突出了后殖民文本读者的文化和社会境遇，强调每一种解释或解读都是一种"翻

---

① 詹明信：《晚期资本主义的文化逻辑》，北京：生活·读书·新知三联书店，1997年，第528页。

译"机制,最好承认而不是隐蔽这种机制的作用……①

詹姆逊对"寓言式结构"的解读,正是通过分析寓言在读者接受过程中的多重结构与复杂意义所达成的。他以鲁迅的小说《狂人日记》为例,列举了文本所指涉的现实与梦境、正常与癫狂的两种精神状态,从而强调个人在以上不同境况下,在彼此相对立的两种状态之间所起的连接作用。

西方的或者说第一世界的小说文本中并非不存在民族寓言,但詹姆逊却坦言这种文学体式在资本主义的文学环境中似乎已消失殆尽。本雅明认为寓言是一种"表达方式",是独立看待事物的"意向"或方式,是由一系列未能捕捉到意义的瞬间时刻组成的一个断续结构。而在《马克思主义与理论的历史性》一文中,詹姆逊也将寓言定义为"是一种知其不可为而为之的再现论"②。詹姆逊对寓言的"断续性"与"非单一性的多种梦幻般的解释"的定义,显然是沿用了本雅明的理论。然而,詹姆逊对"寓言结构"的追寻与其说是沿袭了本雅明的艺术政治化,毋宁说是提出新的文本解构的可能性,以取代以往任何一个既定的结果。重提"寓言"这种在西方文艺理论中早已存在的形式,詹姆逊意在强调"潜意识"与"有意识"的区别:在西方文本中,寓言结构与其说是不存在的,不如说是潜意识的,需要诠释机制来解码;而第三世界文本的民族寓言则是有意识和公开的,在西方文本中作为诠释机制的历史和社会批判,在第三世界的文本中已经与文本融为一体。对第三世界文本的民族寓言性质的分析,其实是将被作者有意识地融合在文本内的政治与历史意识剥离出来,为进一步阐释第一世界的潜意识的文本寓言作出示例。

从詹姆逊对第三世界文本"内容的民族性"和"结构的寓言性"的分析中,我们可以看出他对第三世界小说的文化、心理所作的诠释带有明显的主观性与资本主义文化色彩。尽管詹姆逊一再强调要抛开"那种特殊的'中心的主体'和统一的自我特征的幻影",并说明自己是在以一种"描述的态度"来使用"第三世界"概念的。但在对第三世界文学状态和文本的分析过程中,他始终是以一种单向度的、非对位的立场在进行着文化诠释。虽然詹姆逊指出了第三世界文本在地区上的差异性,但在各地区与民族内在的文化心理差异上,詹姆逊却一概将其归

---

① 王逢振:全球化语境下的"民族的寓言",中国政法大学学报,2010年第6期,第137页。

② Zhang Xudong, Fredric Jameson, 'Marxism and the Historicity of Theory: An Interview with Fredric Jameson' in *New Literary History* Vol. 29, No. 3, *Theoretical Explorations*, 1998, pp. 353 – 383.

为同一个民族寓言之中：社会政治与集体生活对个人意志的无差别的渗透。詹姆逊的目的不在于为第三世界的文学寻求一个发展空间，而是借阐释第三世界文本中有意识的历史参与，来进一步发掘后现代文化的历史无意识，为第一世界的文学批评提供新的阐释途径。

二、民族寓言中知识分子的地位

作为民族寓言的重要构成，知识分子所起的作用不言而喻，所以詹姆逊特别指出："正因为本文所述内容归根结底在于为当今美国教育界建立一种新兴的人文学科提供方法，所以我们必须将对知识分子的研究作为其中的一个关键构成进行深入的探求。"[①] 在分析了第三世界文本"民族文学的内容"与"有意识的寓言结构"两方面后，詹姆逊将理论的下一个着眼点置于民族知识分子身上，提出了"在第三世界的背景下的知识分子，永远是政治知识分子[②]"的论点，对单独的作家和文本的探究被扩大为对整个第三世界知识分子的作用的研究。那些最具代表性的作家，往往都是社会文化最突出、最集中的反映，而到了第三世界文学中，又加入了政治、历史与文化革命的元素。在《狱中札记》（*The Prison Notebooks: Selections*）里葛兰西写道："因此可以说每个人都是知识分子，但并非每个人都有知识分子的社会职责。"[③] 葛兰西将知识分子视为近代社会运作之枢纽，萨义德对此进一步阐释道："重要的是知识分子作为代表性的人物：在公开场合代表某种立场，不为各种艰难险阻向他的公众做清楚有力的表述。……知识分子是以代表艺术（the art of representing）为业的个人。"这种"公共的知识分子"在一种普遍的空间中，随着帝国的瓦解，以及随之而来的民族认同感的强化和地区差异性的显现，首先要被讨论的就是知识分子的"民族性"。"近代以来的知识分子——无论是像乔姆斯基或罗素一般赫赫有名的大家，还是默默无闻的无名小卒——无一例外的，都不曾采用一种世界通用的语言写作。而这种世界语（Espe-

---

① Fredric Jameson,'Third-World Literature in the Era of Multinational Capitalism', in *Social Text*,1986, p. 75.

② Fredric Jameson,'Third-World Literature in the Era of Multinational Capitalism', in *Social Text*, 1986, p. 74.

③ Gramsci,*Selections from the Prison Notebooks*, ed. & Trans. Quintin Hoare and Geoffrey Nowell Smith, New York:International Publishers,1971,p. 9.

ranto) 如若被创造出来，那么它既不为世界所专属，也不为某个特定的国家或民族所独有。"① 知识分子的"民族性"首先经由本民族语言表现出来，在文本传播过程中的文本译介则是对知识分子民族性的再次阐释。

语言所体现的社群特征包括民族习惯、偏见及固定的思维模式，我们很难将知识分子抽离其社会背景加以研究。特别是在第三世界的文本中，这种集体性特征得到了最为突出的展现，詹姆逊敏锐地察觉到了这一点。在机器化生产日臻成熟的资本主义时代，唯一能与机械化对抗的就是审美，尤其是集体行为中的"大众的审美"。然而随着机械化大生产和资本主义制度的渗透，文本的主体意识被消磨。社会政治文化文本与非政治、非文化文本的区分，强化了当代生活的物化与私有化，加重了个体和社会历史的、公有和私有的、社会和心理的二元对立，导致了对"个体救赎"的盲目追求，激化了个体与集体的矛盾。对此，詹姆逊继承本雅明的大众革命思维，提出"一切事物都是社会的和历史的，一切事物'说到底'都是政治的"②，鼓励知识分子自发地改造现实，积极挖掘文本政治潜能；运用符码转换，重新阐释心理与社会的关系，"重新证实日常生活的政治内容和个人幻想——经验的独特性，要求这种独特性从那种归纳回归给纯粹的主体，回到心理投射的地位"③，实现主体的自我解放，达到审美救赎。

寓言的多重意义为知识分子实现主体性解放和"审美救赎"提供了途径，而阐释的方法则成为审美的手段。在对文本的诸多层面、诸多补充解释进行连续重写和多元写作（overwriting）的过程中，作家将直义的历史或文本指涉通过寓言手段进行解码，再由心理层面到政治层面依次解读，将特定的民族的故事转换成集体的、全人类的普遍历史与命运。"民族性"是民族知识分子最大的特点，但同时最困扰他们的也是在本民族与世界范围内的"主体的身份认同"。第三世界的知识分子在书写本民族的文本时，必然是带着民族印记，依赖民族资源，进行特定的民族文学创作。文学评论者进行再解读或新阐释时，将文本寓言化解码，还原其民族心理与特定的政治环境，抽取其中公共的历史经验，给其他民族的文本

---

① Edward W. Said, *Representations of the Intellectual: The 1993 Reith Lectures*, New York: Pantheon Books, 1994, p.27.

② 弗雷德里克·詹姆逊：《政治无意识：作为社会象征行为的叙事》，王逢振，陈永国译，北京：中国社会科学院出版社，1998年，第11页。

③ 弗雷德里克·詹姆逊：《政治无意识：作为社会象征行为的叙事》，王逢振，陈永国译，北京：中国社会科学院出版社，1998年，第13页。

提供借鉴。然而这种借鉴并不一定"放之四海而皆准",正如这个世界没有通用的世界语,文学创作和社会进程中也不存在一个普遍适用的标准——即便是资本主义的标准,或是早期殖民主义时期的帝国主义标准,都不过是片面的中心主义的产物。詹姆逊所建构的理论的乌托邦,意在将所有关于政治与心理的矛盾都调和为一个政治的集体无意识状态,将每个地区的文学都归纳为历史范畴下的马克思主义形式的文学——既然一切历史都是当代史,那么一切文学也可以是关于当代史的寓言文学。而知识分子的作用,就是为各个民族的历史寓言和象征结构行使一个归纳的职责。

三、"民族寓言"与世界文学重构

詹姆逊在《处于跨国资本主义时代中的第三世界文学》一文中特别强调要重温歌德提出的"世界文学"概念,因此,作为世界文学重要组成部分的第三世界文学,不仅对美国重新建立文化研究提供借鉴,也为全球化新语境中的世界文学重构添砖加瓦。法国学者帕斯卡尔·卡萨诺瓦对民族文学在世界文学之林的地位予以这样的界定:

> 文学对民族的原始依赖是文学世界之不平等结构的核心。刻着民族印记的文学资源在各民族中不是平等分配的。由于这一结构影响到所有民族文学和所有的作家,所以,某一特定民族文学空间中流行的文学实践和传统、形式与美学,只有依据这个空间在世界体系中的准确位置才能予以正确的理解。[①]

任何民族文学都是在一个广泛的空间中,通过依靠民族自治和政治权威的保证而获得发展,经济的与军事的因素不可避免地呈现在我们的面前。自帝国主义殖民时期以来的地区间不平等,资本主义的不同阶段渗透,以及第一世界文学主体的"我们"与第三世界文学主体的"他们"的对立,这些都促使资本主义的批评家在对自身文化重新估价的同时,重新以尽量客观的、去政治化的眼光来看待他者的文化。

---

① 帕斯卡尔·卡萨诺瓦:《文学、民族与政治》,大卫·达姆罗什,陈永国,尹星,《新方向:比较文学与世界文学读本》,北京:北京大学出版社,2010年,第221—222页。

希利斯·米勒（J. Hillis Miller）认为"我们今天面临的最大的语境便是全球化"①，而且当今的"全球化语境"区别于早期资本主义时期空间上的文化趋同，而是体现为更广阔、更多样化的经济交往和文化交流。然而希利斯·米勒反对将文学研究简单地等同于文化研究，而是以对世界文学的研究为桥梁，通过研究世界文学重构中面临的机遇与挑战——即翻译、表述、"世界文学"定义三方面——来拯救被边缘化的文化研究。希利斯·米勒的观点与詹姆逊不谋而合，他们都注意到了话语权的重新分配的问题；谁能作为一个权威对非本民族的其他文学进行一个界定，判断其是否属于世界文学的范畴；而对世界文学的定义又是由哪种文化作出一个普遍适用的框定，以防止其再度落入某一种文化的偏狭中。詹姆逊在解释"第三世界"这一术语时表示自己"采取对这个表达方式批评的观点，反对抹煞非西方国家和环境内部之间的深刻不同之处"②，尽管在前面我们已经明确指出詹姆逊始终是站在资本主义的立场上来看待第三世界文学的，但不可否认的是詹姆逊的确看到了制度不同的两种或多种文化间的差异，而不仅仅是在地域的宏观理念上加以区别。而且，詹姆逊不赞成班内特提出的欧洲种族中心论，也意识到不存在所谓的西方文明优越论，并敏锐地察觉到由全球化大迁徙带来的文化差异及其正在逐渐凸现的尖锐现实。詹姆逊的研究正是希利斯·米勒所提到的，是"将自身问题化"。在阐释民族寓言对世界文学重构的意义的问题上，他选择一种描述的态度来阐释问题，而不是像以往的批评一样去定义这个概念。作为阐释对象的某个国家或地域的文学中具有象征意义的典范，就是詹姆逊称之为"民族寓言"的作品。詹姆逊提到"民族寓言"的概念并非是用一种类属观来孤立某种文学样式，而是在某个分散的、开放的民族文学中进行一个相对集中的、封闭的研究；也是将文化研究细致到文学研究之后，进一步将文学研究规定在一个特定的、公认的具有民族代表性的文本上，从而进行逐一的细读。

詹姆逊的民族寓言除了为重构世界文学提出一种描述的态度，还为比较文学学科提供了新的理论指向以及"为当今美国教育界建立一种新兴的人文学科提供方法"。对此，大卫·达姆罗什（David Damrosch）认为，比较文学学科在当今的重构必须依靠其历史经验，"在制订比较文学前进轨迹的计划时，辨别我们方向

---

① J. 希利斯·米勒：《世界文学面临的三重挑战》，生安锋译，载《探索与争鸣》2010 年第 11 期，第 8 页。

② 詹明信：《晚期资本主义的文化逻辑》，北京：生活·读书·新知三联书店，1997 年，第 520 页。

的唯一方法就是回顾过去。我们需要了解学科的历史如何塑造和制约了我们的视野,而反过来我们也可以找到早期比较文学学者们所开创的非此即彼的、现在业已成熟即可进一步探索的道路。"① 达姆罗什所说的"回顾",要求研究者回溯至学科研究的初始阶段,回顾不同领域的文化建构的比较,反思在对不同文化样式、文学传统的比较中曾被认为是理所当然的那部分内容,亦即詹姆逊所提倡的"把解释的注意力放回历史本身,回到文本和评论家的双重历史语境中"②。通过建立在文学批评的共时性与语言的二元对立结构基础上的"元批评",詹姆逊将精神分析、神话批评及结构主义等方法与马克思主义的阐释行为相结合,力求在多元的文化市场中依靠"回顾性的幻觉"来与之抗衡。在具体的实践中,詹姆逊选择第三世界不同地域的民族寓言为阐释对象,用语义的丰富性论证在自身文学世界外的疆域里的集体记忆与集体文化。历史只能通过文本的形式接近读者,而回顾性的框架与多元的意义在读者和文本间构建起阅读的桥梁,不同主体立场的阐释方法即不同的阅读策略。詹姆逊把历史文本化、叙事化,避免了历史和文学、文化研究和文学研究的尖锐对立,尽可能地将不同立场的文学与文化放置在一个相对平等的批评基础上。在对文化差异的分解中,詹姆逊对文学理解多样性的解读超越了理解多元的文化立场本身,即"方法大于内容",这也为比较文学学科的时代转型提供了理论借鉴。

四、结语

从上述分析中,我们可以看出詹姆逊把民族寓言的阐释维持在一种描述的态度中,以讨论代替总结,以理论阐释取代价值判断。正如詹姆逊在以往阐明"政治无意识"的概念时所表现出的那样,他目前所建立的只是一种临时性的结论,在于分析异域的、新形式的文化中马克思主义阐释必将面临的挑战,而真正的符合马克思主义理论的文化仍虚位以待:"它是一种尚未实现的、集体的、解中心

---

① David Damrosch, 'Rebirth of a Discipline: The Global Origins of Comparative Studies', in *Comparative Critical Studies* 3, I, 2006, p.99.
② 弗雷德里克·詹姆逊:《快感:文化与政治》,王逢振等译,北京:中国社会科学院出版社,1998年,第4页。

的、超越现实主义和现代主义的未来文化。"① 詹姆逊尝试以他者文化观照本国文化，以第三世界的文学典型为借鉴重构本民族中相似的文学样式，从文本解构的角度出发将传统的文化研究融入于文学研究中。近年来，有评论者指出詹姆逊第三世界文学"寓言"实际是种理论的乌托邦，过于理想化②；也有学者指斥詹姆逊对鲁迅、托马斯·曼的创作经验的分析，是使用泛化的概念对不同文化、文体范畴的一言蔽之，将其定义为"非经典（non-canonical）"，以（宗主国的）经典化（canonization）机制使这类文本被完全地排除在经典之外，体现的还是位于西方视角上的理论"偏见"③。但是詹姆逊对全球化语境下的文学重构的积极反思，以及为实现如何重构而作出的理论探索，还是值得我们肯定的。对于如何既能避免以过于主观的大国姿态俯视他者文化，又能用一个为大众所接受的理论来进行诠释，使个性与共性的矛盾能够像历史政治与文化意识的矛盾在马克思主义的理论与心理学"元评论（metacommentary）"中得到调和，这不仅是詹姆逊，也是处于多元语境下的我们需要进一步讨论的。

作者简介

张荣兴，苏州大学外国语学院讲师，苏州大学文学院在读博士生。

夏凤军，苏州大学文学院在读博士生。

姜深洁，苏州大学文学院在读硕士生。

---

① 弗雷德里克·詹姆逊：《政治无意识：作为社会象征行为的叙事》，王逢振，陈永国译，北京：中国社会科学院出版社，1998年，第4页。

② Imre Szeman, "Who's Afraid of National Allegory Jameson, Literary Criticism, Globalization", in *The South At-lantic Quarterly*, Volume 100, No. 3, 2001, pp. 803 – 827.

③ Aijaz Ahmad, "Jameson's Rhetoric of Otherness and the 'National Allegory'", in *Social Text*, No. 17, 1987, pp. 13 – 25.

世界文学的伦理性①

柳士军 编译

表面看来,世界文学伦理学的这个范例仅仅是深入而多样的文学与伦理学阐释的一个延伸而已。传统方法认为,如果我们采取适当、负责的生活方式,我们就会有一个美好的生活;尽管自康德之后,伦理学已经独立出来(因为它不仅是指做正确的事),文学是比道德哲学本身更加显著且具有影响力的向导。同其他人一样,文学批评的"伦理转向"也引起了我的兴趣,不仅是因为如同迈克尔·俄斯肯(2004)所强调的,文学与伦理学的结合,无论多么恼火,却是西方哲学的根本。一度,文学中的伦理学被其他更重要的关注挤出了轨道,比方一度对于文本自足性的职业性坚持,或者固执于枯燥晦涩的"高深理论",很少考虑对于读者的责任。然而,表象往往具有欺骗性。比如,二战后哲学并没有排除伦理学,而是认为伦理是更为棘手的问题。战争中实施的集体屠杀,包括大屠杀中人性降到最低点,使得伦理学丧失了对行为和思考实践的吸引力。词汇好像被骗走了它们本身的内涵,如同成百万无辜的生命被剥夺了他们的全部体积一样。作为转换,人们就更为安全地追求起了价值,诸多重建项目如马歇尔计划就提供了资本积累的终极性的善。伦理学并没有消失,但是要用它来显而易见地应对20世纪所释放的种种恐怖还需要时间。

然而,不仅仅是战争要求一种新的伦理语言,而且战争最亲近的亲戚——帝国主义也在设法否定那些位于西方人文主义核心的、极具说服力而且值得重视的伦理表述。帝国主义越认为殖民掠夺适于西方理想的推进,伦理行为的缺陷也就越大。艾梅·塞泽尔用"文明与殖民?"这样一个简单的问题,就使伦理学即使不

---

① 本文原载于《池州学院学报》2014年第2期。本文系依据美国纽约城市大学Peter Hitchcock教授的同名文章编译而成,有删节。

像是骗局谎言也是微不足道的。而甘地却嘲讽道:"我认为西方文明将会是一个好主意,"他强调道德善行说教的受益者们看到了一个迥然不同的议程表。即使伦理学不单纯是意识形态,它也是在"应该"的口号重压下苦苦挣扎(如同在"它应该比现实更多"中一样)。

在伦理学最近的这段历史中,第三个因素来源于尼采,他对规范伦理学中的"应该"不感兴趣,正如他非常蔑视那些视来世重于今生的宗教思想。这里不再具体讨论尼采所发现的在道德和伦理学中的不足,在克服这些道德和伦理学观念方面,他影响力较大的评论是基于表述虚无主义以外的某种东西。朱迪斯·巴特勒最近将尼采对伦理学的悖离与埃马纽埃尔·列维纳斯相反的举措做了比较。尼采通过给予那些高贵者和高贵行为特权而扼杀他者(那种地位我们没几个人能够拥有);列维纳斯让他者呼吸(如同与"我"对应的一个生者),但也仅仅是通过这一途径:即声明它的伦理诉求是令人窒息的并且自行其是的。巴特勒取消了两者的对立,但是她既不是要以伦理学的名义去营救尼采也不是要以之去营救列维纳斯。事实上,她对伦理学的抵制更多是出于抵制的精神本身(基本如同辖制"做"的范畴),尤其当涉及政治,这个任何伦理学中都包含的一个实质性条款的时候。如同巴特勒的细读企图论述的一样,转向伦理学不仅仅是对抽象高深理论的一种反动,而且也是理论关注其自身对于真理的主张的一个历史表现。在分析哲学范围内,这也许更多是对一个主题的变异,如,推理与伦理推理的重要不同,但是大陆哲学已经渐渐地把责任当作关于哲学方法论的一个独立话语从至高无上的主体性("我")中剔除出去了。阿甘本关于"赤裸生命"的著作就在此处进入了我们的头脑,即必须批判"奥斯维辛之后的伦理学"再建构所真正意指的东西(列维纳斯也对这个主题有所阐发)。

伦理学的转向无论是在文学批评还是在哲学批评,都不算姗姗来迟,而且它也是发生在在重要的哲学和历史争论领域内部的一个重新思考。世界文学伦理学是否是这些潮流的附带现象呢?它是否有自己的系谱学,而且它是否与全球化背景下商品化势力有不可回避的联系?在这个角度,伦理学是否受制于夹缝市场,如伦理购物,以致在世界文学可以被解读为一个健康生活方式的选择,在这样一个空间里,"唯心主义之后的伦理学"作为一个矛盾的物质表现可能会显得可以逆转?

然而,对于以上这样的问题,任何一个有创造性的回应,无论那些最初的假设显得多么不确定,就世界文学伦理学本身所突出的局限性而言,这个回应都需要一个更进一步的注解。的确，在那样的构想中，到底运用的是什么样的世界概念，这种观念根本上使世界文学伦理观的可能性发生了短路。对于纯文学主义者来说，"文学"是一个关键性的因素，因为这个毫无疑问，是与价值判断，道德概览，以及值得关注的文化识别影响力相提并论的。对于正确与错误、好与坏等的"辨别"，看起来既高于也外在于"了解方面的不同"本身，这个不同被当做是关于"世界"作为一个观念的一种话语。世界的概念与世界文学的分别几乎是有过错的，因为前者是从哲学的范畴讨论伦理学，而后者则是从更接近于存在保证的某个东西方面来讨论；如果世界文学"存在"，它的存在本身就确保了它的诸多伦理，在一个没有这些伦理的"世界"上，文学没法宣称自己存在。"世界文学"这个术语仅导致描绘伦理学是什么，却不会导致对正在应用的世界概念中的这个哲学难题进行分析。在这里，至少，让我们想起列维斯（F. R Leavis）在阐述自己对于"伟大传统"的解释之后，最喜欢留给学生的问题："事情不会是这样吧？"它是一个有效的判断原则，一个道义上确定无疑的事情，即凡是算作文学的东西都必须努力达成一个讨论，以讨论伦理学方面的任何限定性话语。就这个可能的原因而言，没什么东西显得必然不合理，同样，在激情昂扬地为伦理学实质辩护时，人们也不应该简单地排除掉文学的依据。事实上，转向伦理学的视野，如我们所描绘的那样，一段时间以来一直是文学批评的一个重要特色，尤其是在形式主义衰落以及现代主义后期表现出伪科学性以来。很显然，价值在世界和文学中都有着严谨的概念，但是推设可以用世界文学所体现的那样相同的方法来表述价值，也是很轻率的。伦理思想不能解决世界文学中的一些陷阱（政治学和经济学对于它的历史性出现可能提供更多的洞见）。相反，人们可能会考虑到伦理学能够为世界文学的思索性质提供视角，将伦理学多多少少视为一种未来本体论（存在会成为的东西），这种文学阐释会将伦理学变成与其是一个价值体系，倒不如是一个从社会交往而言更具有论战性的文化空间。

依照斯宾诺莎的精神本质，倒并不必然依照他的哲学，我愿意努力促成一个未来的世界文学，它不会忽略文学的伦理学之根，即歌德的原初伦理学，其曾经深受一个世纪前葡萄牙—荷兰思想家一元论诽谤的影响。对于大多数斯宾诺莎的伦理学读者来说，他们最不感兴趣的不是自然和上帝的同一性，而是这种伦理学是用几何学顺序来论证的，好像只有欧几米德用拉丁语的精确计算才能回避情感分类的不可捉摸。令人遗憾的是，斯宾诺莎是通过一个富有严密秩序的命题和推演过程来考察伦理学构成的，这些命题和推演通常与情感的不稳定性无关。但是，正如莫莱蒂（Moretti）通过绘图和阐释，指出世界文学意味存在问题一样，世界文学的伦理思想可以被视为一个方法论的问题，而不是通过反复陈述才不言不明的一个由证据和推演构成的系统。这一点并不必然地消减其抽象性，而是它倾向于抵制一种观念，即世界文学仅仅是道德哲学适度全球化的结果。这种几何性突出了一种开创性的、存在于渴求一种伦理学方法论和我们那些经常毫无系统的情感之间的张力。歌德喜欢斯宾诺莎方法的理由之一是因为它更强调伦理学问题的形式而不是将答案内容标准化（这个在文学依据本身中可以找到）。世界文学的复兴不能是将歌德的概念连同其随之而来的伦理责任简单地重新播放，而是一个深刻的重新组合，这个在一定程度上是由一个危机决定的，即我们如何理解"世界"本身。危机的模式可能有些相似，但是具体的危机不仅需要差异方面的方法论，而且需要我们称之为中立方法论的东西，这种方法论不会臆断世界文学对于差异的庆祝（这个本身无可指责）会消耗殆尽当今"世界"危机所涉及的伦理责任。

世界文学伦理学的第一个原则依赖于"世界"概念中的这个危机。至少可以说，世界文学作为伦理资源的作用是很矛盾的，甚至在一定程度上世界文学就体现了这种危机的症候。给世界下定义不是限制它（正如将世界作为复数，并不必然地扩展它一样）。这整个原则表明世界文学在"世界"的危机中发现它的伦理，从而制定这种伦理而不是克服它。这并不排除在世界文学的倡导者中有一种可贵的愿望，要求通过文学来推进全球性的理解；更准确地说，它强调所有的世界文学，无论它是别的什么，都应该试图思考世界这个概念，而且如此思考的必要性因为这个概念危机显得更加突出了，这个概念危机因为其光芒已成了主要事例。对于歌德来说，"世界"根本上是一个国家议程的延伸，借此，一个国家的文学通过其认可全球范围的文学作品，明确和丰富其文学特色（歌德认为这点低看了民族文学，但是它并没有损坏民族观念，这一点甚至随便阅读一下歌德之后的德国史就可以确认）。这一点在世界文学的当代表述中依然强有力地存在，就如同那些公认的全球化组织，如联合国，世界银行，国际货币组织，基于最高独立权而构建互动一样。

总体看来，这种由来已久的论述是建立在民族自恋主义的诸多形式之上的。"世界"成了一个不在场的辩解：因为有"世界"我们才可以算作一个民族（这是一个对莫莱蒂精准阐释小说的相当严谨的阐述）。"世界"危机部分在于参入这个世界的种种民族特权的固执，已到了它们可以从中分离出来的程度。承认世界是对他者的欢迎，全球性地保持了一种对地区他异性的民族性外在化，可以说"世界"能够承载如此位移的重压。相对照的是，南希（Jean-Luc Nancy）认为世界的概念是自己本身的创造，不是一个允许民族自恋主义坚持的目的论目标。这就意味着全球一体化的暂停，我们所知的世界的意义是根本虚拟的，不是主观的。对于南希来说，全球化运动，或者世界化，是从无（ex nihilo）到有的一个创造过程，并且提前停止了分享世界是指内容传播扩展的这一观念（在我们的语境里，指的是文学的内容）。根据这种方法，"世界"不再指代一个更大的整体（对于每一个处于全球性世界的民族而言），相反，它标志着一个依据于自身的、与自身连接的关系。在世界文学中使用"世界"这个词汇的好处在于它使再现世界的文学与作为自己的世界的世界文学之间的张力有了生命力（后者是 Pascale Casanova 世界文学的世界多系统理论体系的一个标志）。一方面，我们依然自由地承认文学有构成不同世界的能力；另一方面，可以说这样的文学，作为与自身创造更美好的世界的一种关系，如何流传或许并不必然丰富世界的形成。作为一种红利，全球化运动保持了某种不可译介性，而这个依然是对于世界文学形成一种比较文学式理解的一个深刻关注点。南希的理论仍然有一些弱点，它们没怎么修正我们主要关注的伦理学问题。首先，全球化运动不是全球化的一个替代选项，如果通过后者我们指的是一种特殊的资本积累和流通的逻辑。南希用来描述全球化特色的坚韧哲学（尤其是在术语的水平上）没法像经济学一样来探测世界关系的复杂性。当他评论马克思对费尔巴哈的第 11 条论纲时（"哲学家们仅仅解释了世界，关键却是要改变它"），他似乎在强调而不是在消除疑虑，即不是实践而是阐释处于危险当中。当马克思思考资本的革命性逻辑时，他不是从虚无（ex nihilo）中开始思考的。资本创立的世界是可以精确转化的，因为是资本创造了它。在世界形成中，"世界"的观念仅仅只有哲学的激情去养育它，因此，当南希问道"主权是否是人民反感的东西？"时，对于这个世界我们所知道的还不够，还不能去想象它可能的轮廓。当然，这种反应也可能讲通，就是将作为一个概念的"世界"再次客观具体化，接着又将它背叛？我们尊重"世界"的概念与自身的联系，但依然怀疑它作为一个政治与经济的整体是否具有预知性。它是一个杠杆，一个对全球化化身观念的反应，被视为科技决定论的一种极为有效的方式。但是从杠杆转为全球公正的这种变化，也是南希的《世界或全球化创造》这本书的结尾部分，却承载着比"世界"陌生化所能承载的更多的概念性负荷。这也是给世界文学伦理思想的一个教训，世界文学必须满足于具体世界自身的文学叙述，而不是满足于对世界全球化所有相互影响的一种假定对应性。

但是很多批评家已经将世界文学降低为一个远为谦卑的诉求，与"世界"本身暗含意义相比较，那么为何还要在它概念的地平线上额外地笼罩一片阴云？如果南希目前所解释的"世界"已经内置了某种僵局或不可能，举例说，在区分流行的多种危机层次这一点上，还是有一些价值的；的确，也许是区分这些化合价的能力构成了世界文学伦理学本身。这方面的测试个案不是南希恰当地放置在"世界"概念之上的那些问题，而是"世界"在世界经典里面变成了"世界性"的那种轻巧。世界性经常被表述为在这个世界上对差异的开放，而不是我们在爱德华·萨义德的著作里所看到的强调之处，例如，他强调从这样的差异是如何产生的批判立场去进行思考。另外，这不是说，世界文学不利于激发开明的世界性。远非如此，应该认真对待世界文学，尤其是在它最近的表现方面，准确地说，因为它敢于讨论整个世界规模上的文化差异性问题。然而，如我所强调的是，这些关注常常暴露方法论的局限而不是减轻它。

世界主义伦理观一直处于激烈的辩论之中，自从全球化的到来则变得更加广泛了。世界主义越与文化资本和精英列表方式联系在一起，在全球化的理解上它就好像越少与伦理基础相对应。在20世纪80年代到90年代，比方说，后殖民主义的世界主义证明书遭到挑战，被认为是一种最近活跃的知识分子派别的证据，这个群体被天真地解读为来自全球化南方文化的真正代表。这种批评是没有事实根据的，而且激起一种更有希望的、对于部分来自重新思考法侬、萨义德和葛兰西的基本原则的批判性思考。今天在经济全球化的神盾下，重现了妥协性世界主义的世界文学问题沦落到了关于价值构成的世界文学伦理学的第二原则。如果"世界"的概念将世界文学作为认识论计划的启蒙程序加以置换或者去中心化，那么，价值将是世界文学拥抱世界这一愿望的麻烦空间。

世界文学与全球化之间的分离性吸引，似乎存在于文化与经济价值的二元对立中。正如在其他人中卡莎诺瓦（Casanova）所表明的，作为一个学科，组织世界文学的文学体系在目前的世界体系中，只是相对独立于对资本积累而言至关重要的剩余价值。前者的美学偏爱似乎破坏了后者粗暴的经济中心论，但是正如英国文学作为一门学科的最初机遇被亲近地联系上了帝国主义的宏观社会现实一样，当代世界文学的表现在冷战之后清晰可辨的、事实已然存在的全球化处境中被提纯了。当歌德与马克思都是在依据全球化流通与交易的语境下展望世界文学时，价值的问题已经变形，好像世界规模商品化那野蛮的力量已经瓦解了文化/

经济分界线两边任一方所确认的价值命题。另外，问题不在于具体文学作品所支持的价值是否构成适当的全球伦理，而在于根据全球化形成的世界是否是决定性因素，以决定那些目前提出价值，包括文学价值的条件。

资本积累的世界性是伪造的普遍性，因为它所推行的普通等价物主要依赖的是抽象的劳动力价值。当斯宾诺莎将价值置于自治权中时，它不是为作为美好生活的商品服务，也不是为通过剥夺而积累的行为服务。的确，在《伦理学》中阐述的快乐和热情能够与他个人的禁欲主义形成一个鲜明的对照。歌德，再次在斯宾诺莎的影响下（见贝尔 1984 年，举例而言）企图在他的作品中表达顺从与幸福的一致性。然而，如果歌德的世界文学依凭的是这种对于斯宾诺莎伦理学的癖好，那么它的价值体系就已经被商品学说庸俗化了。人性的培养，对于歌德而言在《教育学》和赫尔德的人性理想中都有概括性体现，这种培养很显然与以资本为基础的现代性有协同效应，然而这点却经常指出它的伦理学观点是唯心主义最后的凭借，并不是与资本主义非人化因素相对立的、恒定的并且批判性的"应该"。在这种群体关系中，价值就在虚无上面蹒跚而行，积累（资本的）悖论性地标志着这个虚无，显然不同于可能来自文学的价值增长。

对于 SlavojŽižek 来说，虚无对于价值的化合价不仅仅来自于马克思对于价值抽象的解读，而且来自于欲望结构中虚无的必要性。在他的《意识形态的高贵目标》中，SlavojŽižek 认为如果在马克思那里价值的顺从很复杂，尤其是在使用价值、交换价值和相对剩余价值之间，虚无就总是常常游荡在价值的边缘，如同资本的欲望机器。世界文学作为一种观念清楚地表达了对世界的渴望，如我所暗示的，这个世界因其抽象性击败了这种渴望。但是，如果"世界"是找不到的，又如何在此基础上建立价值？在一定的程度上，世界文学表明它确实胜过了文学本身，价值是作为稀缺的一个条件提出的。不仅仅是命名的问题，它同时标志着一门尚待形成的学科（将要出现的世界文学），其身份可以加以回顾（即曾经的世界文学）。世界文学的价值在于它所渴望的、来自于这门学科的两重意义之间裂缝的东西，而不是从那里派生出来的东西。在这样的区分中，其中之一总是很容易相对化，但却仅仅是以误解关键的价值逻辑作为代价，而这就是与市场的理性计算相对立的世界文学伦理。这样，如果世界文学体现一种伦理观，它的主体是"世界"不可能完成的价值渴望所建构的一个虚无。在这个水平上，世界文学的伦理观不是在"理想主义之后"而是显然在它的范围之内。

根据以上虚无与价值的联系，世界文学的理想主义不是一个错误的意识，相反关于"世界"麻烦重重的物质化,它提出了一些问题,这种理想主义可以推定应当与物质化相对应并且/或者对其进行质问。总体而言,世界文学与世界的差距,连同未来的世界文学与曾经的世界文学的差异,一起构建了一个深刻竞斗的空间。在这里,世界文学的伦理观必须不同于那些新自由主义全球化的伦理观(对于你来说,市场就是好的),而且也不同于在全球化公民社会理论范围内看起来值得赞赏的异质性。后者已经从一种认识中浮现出来了,那种认识认为民族国家政体的特殊津贴不足以支持非政府性跨国主义的主张,但是这种观点却冒着风险,要么会忽视要么会低估(从这个词最广泛的意义上说)独立国家对于尤其南方国家大力重新定位所做出的贡献。在这个层次上,伦理学的问题不是关于西方主要自由民主的道德说教,而是关于"世界"本身是否某种程度上是由非殖民化和脱离任何伦理实质而产生出来的话语的爆发,那种伦理实质在世界范围内曾经让政府和屈从稳定化和正常化。世界文学如何应对这个烦人的竞争空间呢?

　　这里有一些限制和可能性存在。如果我们相信世界文学的思想与现代性联系在一起,那么它的伦理场域就会随着现代性的结束而沉没。另一方面,如果世界文学被解读为一个创造性的辩论领域,关于文化价值轮廓作为一个有条件的跨国话语的,那么现代性的术语就不会仅仅为了确认或者嘲弄而存在。不可能有基于标准化的他者权利或者将他者权利乏力包容的世界文学伦理学。这并不意味我们会走向斯密特(Carl Schmitt)所探究的一种例外的恐怖状态,也不意味着甚至我们一直处在这种例外的条件中,却意味着世界文学的伦理内涵在非凡的异议中能找到它共同的利益。

　　作为一个逻辑问题,从单一中提出的伦理观却好像会对抗巨大"世界"承诺的包容主义。这个目的在于抵制"世界"与伦理是全球化人权纯粹理念的这一观念。相反,文学对于"世界"的微薄的贡献不仅仅在于追问"世界"在那个星群中的实质,还在于写出自身真理主张的种种矛盾(举例说,Jacques Rancière [2010],是将这种伦理观与公民和人类之间伦理观对立解读的;这儿关键在文学与"世界"之间)。这种异议坚持它的单一性并不是因为一个具体的艺术品讨论与否"世界"的不可代表性,而是因为它反对一种思想,即世界性主要是一个恰当道德内容的整体,这种道德内容信仰简单而可以归纳的东西。在世界文学中,伦理观会发现自己对抗着自身的普遍性,这种普遍性没有分裂成道德相对主义,却成了一个任务,要怀疑任何一个生活在一种臆断中的世界,这个想法认为对它的实践,对个人或集体,都会让我们在差异性方面轻松一些。

那么，伦理学就不会成为按照世界文学自身形象来生产世界文学的一个教育学蓝图。反过来，世界文学也不可能仅仅通过编选来自尽可能多的地方的大量伟大文学作品来分泌出一个伦理学。在适度全球化的文学研究实践中，"世界"僵局并不能阻止可能的伦理责任。相反，相比基于世界性积累（事实上，通过文学来收集世界）其他方面不明确的姿态而提出一种道德指导而言，关注冲突过程自身要更重要得多。此时，"世界"概念不允许我们将之假设为一个伦理道德的渊源，而如果它凭借自身成了这样一种源泉，文学就将不再需要它来做修饰语。如果这似乎距离歌德那由斯宾诺莎激发的自然道德还有一段很长的路，它依然将保留某种自身对快乐的信仰，将它也视为批判思考的愉悦。那些裁定这种努力的伦理的东西，就是作为自身基础的世界，如我所设法表明的那样，这个世界甚至只能用极为有限的术语将世界文学的领域变得可以深度争论。这就是为什么每一个人都"应该"关注它，而不考虑康德绝对命令的精确原因。

编译者简介

柳士军，信阳师范学院大学外语部副教授，苏州大学文学院在读博士生。

更上层楼凭远处[①]

——评方汉文教授编著《比较文学教程》

胡 程　王际超

钱锺书先生曾言:"东海西海,心理攸同;南学北学,道术未裂"。[②] 比较文学从 19 世纪后期诞生至今,虽伴随着"永远的焦虑"和"不停的质疑",却能不断发展开来,成为世界性的"显学",原因就在于:心理攸同、道术未裂。比较文学发展到今天,也不过一百多年历史。而在中国,比较文学真正作为一门学科要论到改革开放之后,距今不过三十来年。客观来说,三十年来中国学者对比较文学学科发展的贡献令世界为之侧目,中国比较文学学会会长乐黛云撰文称"中国比较文学是继法国、美国比较文学之后,在中国本土出现的、全球第三阶段的比较文学的集中体现"。[③]

一、新颖前沿,确立范式:新世纪的比较文学学科建构

1984 年,黑龙江人民出版社出版的卢康华、孙景尧合著的《比较文学导论》,是我国第一部比较文学教材。2014 年,华东师范大学出版社出版了由方汉文领衔主编的《比较文学教程》。某种意义上说,三十年的比较文学教材建设历史,直接记录了中国比较文学学科的成长轨迹。

已故国学泰斗钱仲联先生曾于新世纪初年盛赞"今方汉文教授之于比较文学,盖专精而企求造极者也"。方汉文教授新近主编出版的《比较文学教程》,立足"世界文学新建构"语境更新比较文学学科新规范,提出"新辩证论"及中国

[①] 本文原载于《池州学院学报》2014 年第 2 期。
[②] 钱锺书:《谈艺录·序》,中华书局,2001 年,第 1 页。
[③] 乐黛云:《比较文学发展的第三阶段》,载《社会科学》2005 年第 9 期,第 170—175 页。

义理、辞章与考据等方法建立中国化理论体系，正面比较文学学科发展史的观念分歧与实践问题，拓展跨文化、多元对话视野进行历史反思与认定，全书具有前瞻性、融通性、系统性、深入性等显著特征。

《比较文学教程》是21世纪第二个十年中国最新的比较文学教程，"熔铸传统教材的基本概念，融入当代国际专业教学研究的新成果"。① 全书共22章计58万字，可分为四大板块：1—2章为核心观念；3—12章为研究方法与模式；13—16章为比较批评实践；17—22章为现代理论批评内容。其中，第1章《比较文学与世界文学学科》、第2章《比较文学的定义和研究对象》从核心观念入手，提出了新世纪的比较文学学科建构，并将其融入到比较文学的教学之中。

比较文学发展的三个阶段就是三次"危中寻机"的过程。20世纪初意大利文艺理论家克罗齐质疑"比较不是理由"催生了法国学派。半个世纪后，美国学者韦勒克1958年在《比较文学的危机》报告中提出"影响不是借口"催生了美国学派。20世纪70年代起，比较文学的第三次危机再次降临：针对"理论热"、"文化热"大有吞噬文学性的趋势，如何回应"学科之死"的忧虑成为摆在全球比较文学学者面前的难题。可喜的是，中国学者从不同角度提出各自有关新世纪比较文学学科建构的新设想，他们正在努力找寻中国学派的新出路。

圣人有训：立身必先正其名。比较文学的三次危机使得如何给比较文学下一个恰切的定义成为棘手的难题。方汉文教授知难而进，潜心涤虑，率先提出中国比较文学独创性定义：

> 比较文学作为文学研究的一个分支学科，它以理解不同文化体系和不同学科间的同一性和差异性的辩证思维为主导，对那些跨越了民族、语言、文化体系和学科界限的文学现象进行比较研究，以寻求人类文学发生和发展的相似性和规律性。②

这个定义基于他本人创立的"新辩证观念"，在突破传统比较文学定义基础上标举中国文论思维，是其多年理论探索与研究实践的凝聚和提纯。之后，以大卫·达姆罗什2003年出版《*What Is World Literature?*》为先声，"世界文学"与"世界文学新建构"成为国际比较文学界的热议话题。方汉文教授反视之前定义，

---

① 方汉文：《比较文学教程》，华东师范大学出版社，2014年，第412页。
② 方汉文：《比较文学基本原理》，苏州大学出版社，2002年，第27页。

再三斟酌，通过《比较文学高等原理（修订版）》（2011年，北京师范大学出版社）、《比较文学学科理论》（2011年，北京师范大学出版社）等著作的反复设想推敲，终于在《比较文学教程》中将其定义为：

> 比较文学以世界不同文化体系的文学为研究对象，是以比较思维与比较方法来研究世界文学的同一性与差异性的学科。①

这个中国化的比较文学定义，立足于"世界文学新构建"语境，有效回应了"世界文学"与"比较文学"的关系争论和概念分歧，其学理依据为"世界文学与比较文学存在不可分离的学科构成关系，这种构成关系基于它们研究内容、研究方法与目标定位的互补性；全球化时代中，世界文学与比较文学共同构成了一种完整的研究体系"。②

二、融会贯通，兼容中西：中国文论话语对比较文学的贡献

毋庸讳言，比较文学西传东土，中国比较文学是在模仿、借鉴西方比较文学已有成果基础上发展而来的，"中国比较文学的教材建设在一定程度上表现出模仿借鉴有余，而自创原创不够的倾向"。③《比较文学教程》撰写之初，即定位于标准化、学术性与经典性三者的结合，力求编写出一部立意创新，讲求规范，适用于高等院校比较文学与世界文学专业教学与科研的标准化教科书。

提倡新知，不废旧学。西方比较文学发展前后跨越三个世纪，众多比较文学与世界文学研究成果大多已历经时间淘汰，原有的来自19世纪法国比较文学的传统内容，如"渊源学"、"誉舆学"、"媒介学"等，已经逐渐失去中心地位。但，其中相对稳定的、经典性的内容仍然被吸纳进来。此外，作为一本优秀教材，还必须拥有自身的特色和个性。《比较文学教程》的创新之处在于其融会贯通，兼容中西，特别是植根中国文论话语的学术底色与跨文化对话模式的理论会商。

方汉文教授致力于比较文学的"中国化"由来已久，其道一以贯之。2000年发表于《中国比较文学》的专论《比较文学学科理论的新辩证观念》，要求"超

---

① 方汉文：《比较文学教程》，华东师范大学出版社，2014年，第26页。
② 方汉文：《比较文学教程》，华东师范大学出版社，2014年，第28页。
③ 姚建彬：《对中国比较文学教材观的反思——兼及王向远与夏景之争》，载《社会科学辑刊》2013年第2期，第211—214页。

越形式比较方法论",申言"重要的不是说明差异性与同一性的存在,而是研究如何使两者之间达到辩证的结合"。① 其后笔耕不辍,在发表一系列论文的同时,还陆续出版《比较文学基本原理》、《比较文学高等原理》、《比较文化学新编》、《比较文学学科理论》等专著,将"新辩证论"话语引向深入。他认为,中国学者对比较文学最重要的贡献即"我们首先提出了比较文学学科理论体系的创造,并且初步建立了一种具有认识论、本体论、方法论与形态论的理论框架,这种理论涵盖比较文学学科的基本特性,有一定的普适性,并且有自己的逻辑基础与独特话语"。② 正是在中国文论话语指引下,《比较文学教程》很好地厘定了"比较文学"与"世界文学"的关系;正是在新辩证论思维演绎下,世界文学被定义为:

> 世界各民族优秀作品之间的交流与融汇,不是单数的,而是复数的,在不同的地方有着非常不同的经历和面貌,其中各个民族文学既可以共享这一体系,但同时又不会丧失自己特有的个性。③

此外,方汉文教授还十分推崇中国义理、辞章与考据等方法,以此丰富中国化比较文学研究话语。教材第七章《比较阐释学》,全面系统介绍了比较阐释学的发展过程、理论主张、实践价值。他特别强调,要充分挖掘中国传统文化中的阐释学传统,构建比较视域观照下的现代诗学阐释学。如此,"对于解决传统诗学理论话语的现代转换,对西方文艺理论的借鉴和吸收,如何与西方文论展开'对话',乃至确立比较诗学的学科本体论和方法论原则诸如此类亟待解决的问题都有普遍的指导意义和方法论的启迪"。④ 比较阐释学研究领域颇有建树的学者,如乐黛云的互动认知论、曹顺庆的跨文化对话理论、张隆溪的走出文化封闭圈主张、杨乃乔的中国经典阐释学研究、张汉良的修辞学与比较文学关系研究等,都是中国与世界比较文学对话的产物。

此外,特别值得一提的是,《比较文学教程》邀请云南大学谭君强教授撰写

---

① 方汉文:《比较文学学科理论的新辩证观念》,载《中国比较文学》2000年第2期,第1—16页。
② 方汉文:《中国化比较文学理论体系的营构》,载《中国文学研究》2010年第4期,第60—65页。
③ 方汉文:《比较文学教程》,华东师范大学出版社,2014年,第7页。
④ 方汉文:《比较文学教程》,华东师范大学出版社,2014年,第12页。

第八章《比较叙事学》。此章在综述域外比较叙事学研究与中国比较叙事学研究基础上，辨明比较叙事学与比较文学的交叉关系，绍介比较叙事学的研究方法。作为后起学科，比较叙事学在国内外引起了学界的广泛关注，该教材将比较叙事学单列成章，对于普及现有研究成果，激发新的研究具有积极意义。

三、分门别类，集其大成：比较文学发展史的观念分歧厘定

《比较文学教程》前言指出：优秀教材要在规范中体现特色与个性，而不是"言人人殊"。教材可以特色化、个性化，但是规范性却是更高的要求。为达成这一目标，该教程系统扫描了比较文学发展史百余年来的智慧成果，全方位立体覆盖比较文学学科必须具备的基础知识，分门别类，集其大成，厘定比较文学发展史的观念分歧，力求全面、精准。

分门别类，有助于条理清晰；去芜存菁，方能够集其大成。教材核心观念、研究方法与模式、比较批评实践、现代理论批评四大板块内容清晰充盈。

第一部分，逐一分析了比较文学的基本概念与范畴，对学科的核心观念进行了阐释。这一部分共计2章：第1章《比较文学与世界文学学科》首先重新读解"世界文学"生成的历史语境，更新"世界文学"内涵；其次回溯比较文学发展三阶段以及"学科危机"理论的实质与启示；最后评述"世界文学"与"比较文学"的辩证联系，指出二者结合，彼此互补才是比较文学学科新构建的必由之路。第2章《比较文学的定义和研究对象》则特别强调了中国化的比较文学定义的价值。

第二部分，关于研究方法与研究模式的提纲挈领式的介绍。这一部分由10章构成。第3章《跨学科研究与比较文化》，客观评述了跨学科研究的历史功绩，同时又指出，它毕竟只是一种研究视域和方法，不是研究的主体，回归文学性才是根本。此外，明确界定跨文化的比较文学研究与比较文化研究"质"的区别。前者只是一种视角，后者却是一门学科。第4、5、6、9、10、11章分别介绍了影响与流传研究的方法、平行与审美比较的方法、比较文类学、比较文学形象学、主题学研究、渊源学与接受批评，此六章是比较文学教材基础知识，本书博采众长，建构普遍认同的概念与观念。第7、8章分别为《比较阐释学》和《比较叙事学》，此二章内容新颖，颇具个性与特色。《比较阐释学》着重生发中国阐释学的比较文学价值和现代理论意义，方汉文教授曾撰文《〈锦瑟〉的"意识流"批

评阐释》作为例证。不过,"如果过分强调阐释者的'理解'和忽视文本意蕴的相对固定,就有可能给主观臆断打开方便之门和使文本阐释沦为相对主义的试验场"。①《比较叙事学》着重于中国学界对比较叙事学研究的关注过程和最新进展。教材指出,比较叙事学仍属起步阶段,"无论从理论的系统性或对中国自身的影响来说,尚无超过西方的叙事学理论与叙事作品可与之相比"。② 第 12 章《比较诗学与世界比较诗学史》提出的中国诗学研究四大学者群体,即北大为主的华北圈、川大为主的西南圈、暨南大学为主的华南圈、苏大为主的江浙沪群,表达了"百家争鸣,百花齐放"的良好愿景。

第三部分介绍了比较批评实践。这一部分是以往比较文学教材不够重视甚至放弃的内容。基于科研反哺教学,教学促进科研的目的,《比较文学教程》分门别类从诗歌比较研究、戏剧比较研究、小说比较研究、文学思潮与流派的比较入手,极力破除教材与学术著作的二元对立关系,为国内今后比较文学教程的编著指明了新方向。

第四部分引入现代理论批评的内容。这一部分由女性主义文学批评、从结构主义到符号学批评、后殖民主义批评、社会历史批评与新历史主义、中国各民族文学比较研究、翻译研究与译介学等六章构成。我们能够清醒地认识到,"理论热"一度使比较文学成为现代理论批评的跑马场,但现代理论批评并非一无是处,它们也为比较文学留下了珍贵的理论资源、方法选择和视域参考。因此,在编写比较文学教程时,对批评实践与文本的介绍十分必要。特别是后殖民批评内涵的多元、多极、多样化文化与文学主张,有助于消解西方中心主义和理性中心主义,构建新型的世界文学与比较文学观念,至今仍释放着不可替代的理论价值。

四、深入显出,利于实践:比较文学的历史主义反思与认定

比较文学在中国的复兴,几乎是与中国的改革开放同步进行的。走过三十余年,当中国社会面临"改革再出发"的关口,中国比较文学同样也轮到历史主义反思与认定,准备"再出发"的窗口期。《比较文学教程》的出版,可比作开启

---

① 方汉文:《比较文学教程》,华东师范大学出版社,2014 年,第 122 页。
② 方汉文:《比较文学教程》,华东师范大学出版社,2014 年,第 140 页。

比较文学研究新征程的集结号，它明确传递了中国比较文学学科建构本土化、文学性、多元论的理论讯号。

其一，本土化。《比较文学教程》通篇贯穿"中国"、"中国化"、"中国理论话语"等字眼。心怡中国文化的法国比较文学大师艾田伯曾说："我最为重视的是中国……他们和希腊一道，正在继续撰写最悠久的、具有两千年历史的文学，并加以发扬光大"。① 艾田伯重视中国的"文学"。另一个著名的例子：歌德1827年提出"世界文学"概念，也源自对中国小说《玉娇梨》、《好逑传》产生兴趣。看来，中国文学从不缺乏崇拜者，但中国文学真的具有足够的自信力吗？"我们也会纪念莎士比亚，但外国人都会纪念曹雪芹吗"？② 同理，比较文学的西方中心主义不会自然消亡。"中国比较文学研究在走向世界时，并不是以东方文化对于自身的认证（Identity）区别于西方，而是要求独立学说的构建"。③ 中国学者对于世界比较文学发展的贡献不能局限在将中国文学带入比较文学领域，也不仅仅是建立东西方文学比较研究模式，而是提出不同于西方的完整的比较文学学科理论体系建构。以方汉文教授倡导的统一于比较文学原理、比较文学史、比较文学批评实践之中的"新辩证论"，就是中国本土化的杰出贡献。

其二，文学性。《比较文学教程》开篇即追溯了比较文学学科发展进程所遭遇的三次严重的文学信任危机。其中，法国学派所执着的"国际文学关系史"与近年来的"理论热"与"文化热"弊病，说到底，都是对比较文学自身对"文学性"的背离所致。为有效克服这一顽疾，方汉文教授特别注重在世界文学视野中展开比较文学思维，他认为"'世界文学'与比较文学在学科内部形成定位互补，创造了新的共同研究目标，它是世界各国文学发展的基本的、共同的规律性与各自历史特性的体系性研究"，④ 共同奉"文学性"为名。他不但关注外国文学如美国黑人女作家、拉丁美洲文学作家的作品，而且聚焦中国当代文坛如王蒙、铁凝、莫言等作家的创作，正如他常对自己的学生的要求——"知古不知今，谓之

---

① 艾田伯：《比较文学之道：艾田伯文论选集》，生活·读书·新知三联书店，2006年，第212页。

② 董城：《世界文学巨匠保护者间的对话》，载《光明日报》2013年10月18日。

③ 方汉文：《新辩证论观念：中国比较文学与多元文化对话》，载《中国社会科学》2000年第6期，第155—166页。

④ 方汉文：《"世界文学"的阐释与比较文学理论的建构》，载《东方丛刊》2007年第3期，第193—212页。

陆沉；知今不知古，谓之盲瞽。知中不知外，谓之鹿砦；知外不知中，谓之转蓬。"

其三，多元论。"各美其美，美人之美，美美与共，天下大同"，费孝通先生在《反思·对话·文化自觉》中提出的这16字口诀，正是文化文学多元论的核心理念。处于当今全球化时代，比较文学想要走上健康良性发展之路，就一定要注意避开文化沙文主义和文化部落主义的精神泥沼。如果说还有人在忧虑"比较文学学科之死"的话，那么包括中国学者在内，世界比较文学界正共同致力推动的"世界文学新建构"运动，应该就是比较文学学科凤凰涅槃式的复活，"'世界文学史'正在发生巨变，从希腊'荷马史诗'到莎士比亚、乔伊斯的单线叙事，变换成从《吉尔伽美什》、《诗经》、《罗摩衍那》到《一千零一夜》、鲁迅、马尔克斯的多元话语。这是世界文学史书写主体性的重要改变，是对西方中心的反思后所形成的新型世界文学史"。① 可以预见，新世纪的比较文学学科发展将会逐步扫清西方中心主义统摄，迎来跨文化、跨文明的多元认知、交流、互证、互补新格局。

必须承认，任何一部教材，一家之言，都难以详尽比较文学这门本来就争议不休的新兴学科。应当肯定，新版《比较文学教程》深入显出，利于实践，更上层楼凭远处，求索之功不可没。

作者简介

胡程，池州学院中文系副教授，文学硕士。

王际超，苏州大学文学院在读硕士研究生。

---

① 方汉文：《走入世界经典的中国文学》，载《光明日报》2013年1月28日。

世界文学史上的三大"中国潮"[①]

徐 文

美国学者韦勒克曾经嘲笑西方比较文学"记文化账"的做法,就是有的西方学者在文学研究中,只是努力证明本国对其他国家文学的"影响"[②]。正是在这种观念指导下,传统的世界文学史只写欧美对中国文学特别是现代文学的影响,记录中国文学欠西方的"文化账"。而对世界文学史上三次大的中国文学思潮进入西方的历史作用则语焉不详,甚至只字不提,这就无法理解歌德、马克思早已经指出的"世界文学"的意义,所以在当代的"世界文学重构"中,有必要重新从形式与历史的维度来分析这三大思潮。

一、风靡欧洲的《赵氏孤儿》与《图兰朵》

中国戏剧进入欧洲并且产生反响,是在17世纪以后,当时欧洲的主要文学思潮与流派,包括古典主义、启蒙主义和浪漫主义等无不受到来自中国戏剧的影响。这一时期的发展以启蒙主义为转折,其临界点则是18世纪60年代中期德国的"狂飙突进运动",在此之前,中国文化包括文学大受赞扬,在启蒙运动中达到高潮。

首先是中国元杂剧《赵氏孤儿》在欧洲戏剧界引发了中国文学热,这是十字军东征之后,东西方文化的又一次大交流,是中国文学首次被广大欧洲观众所直接欣赏。中国戏剧风靡欧洲,引起了欧洲巨大的震动,使得古典主义之后一度相

[①] 本文原载于《重庆文理学院学报》(社会科学版)2012年第4期。

[②] René Welleck. The Crisis of Comparative Literature, The Princeton Sourcebook in Comparative Literature, From the European Enlightenment to the Global Pres-net. Princeton University Press, Princeton and Oxford, 2009, p. 167.

当沉寂的欧洲剧坛重新充满了活力。法国是启蒙主义思想的起源地,也是最早接触中国文学的欧洲国家之一。伏尔泰是启蒙主义伟大思想家,他对中国文化极为推崇,认为中国文化是当时陷入危机的欧洲文化的样板。同样,他对中国文学评价极高,并亲自动笔改编了中国戏剧《赵氏孤儿》。对于这位启蒙主义思想家而言,这并不简单是改编一部戏剧,而是一次展示中国文化的机会。据说他在写作剧本时离群索居,时间长达数月之久,最终这部名剧于公元1755年8月20日在巴黎公演。当时正值酷暑,通常情况下,这是巴黎戏剧的淡季,好的剧团都已经外出度假,巴黎市民也不会进入像蒸笼一样的剧场。但是《中国孤儿》的上演成为巴黎戏剧史上的奇迹,巴黎上流社会齐聚剧场,各界名流都留在巴黎,要看伏尔泰的《中国孤儿》。伏尔泰毕竟是杰出的思想家,他对戏剧主题、叙事方式甚至冲突的性质都作了重大修改,成功地阐释了法国式的东方学。中国戏剧《赵氏孤儿》主题是儒家的忠君救国,戏剧冲突是忠诚与背叛、正义与邪恶,维护君主血统与阴谋陷害之间的斗争。这种主题其实并不适合于伏尔泰的启蒙主义思想,更不符合法国古典主义戏剧的"三一律"。于是伏尔泰在《中国孤儿》中,将戏剧主题改为文明与野蛮的冲突,并且还有进步与倒退的思想观念之间的斗争。在戏剧结构上,伏尔泰更是得心应手,他以古典主义的"三一律"为原则来结构故事,展开叙事。为了宣传自己的思想,伏尔泰特意加上一个"孔子的道德"的副标题。其实这正是此地无银三百两,因为伏尔泰的孔子竟然是一个启蒙主义思想家,他追求的是资产阶级的自由平等博爱,所以这不过是借用孔子来阐释启蒙主义思想。《赵氏孤儿》最早的英译本原本收入杜赫德《中国通志》,随着《中国通志》的出版,英语译本立即引起欧洲人的关注。在《中国通志》两个英译本中,《赵氏孤儿》都列于其中。第一个出自瓦茨的节译本出版于1736年,也是法文版之外最早的欧洲其他语言译本;第二个出自凯夫的全译本出版于1738年。而后来珀西在编《中国杂文汇编》时,又修订了凯夫的译本,使其成为第三个译本,在三个译本中,最后出的凯夫译本流行更广一些。后来英国的谋飞(Arther Murphy,1727—1805)也把《赵氏孤儿》改编成了《中国孤儿》,这样,欧洲就几乎同时有了两个《中国孤儿》,一个是法国大作家伏尔泰的剧本,一个是英国作家谋飞的改编本,两个本子都相当流行。正是这种翻译与改编的热潮,使中国戏剧在欧洲写下了辉煌的一页。如果说《赵氏孤儿》是中国戏剧在欧洲最成功的范例,那么起源于中国题材的《图兰朵》则是后来居上,其影响未必小于《赵氏孤儿》。不过,这次轮到欧洲的另一个大国德国作家来显示自己的才华了。《图兰朵》的改编者是德国杰出戏剧家席勒。1802年,席勒的《图兰朵——中国的公主》在魏玛公演,虽然没有引起英法那样的大规模剧场效应,但是同样在欧洲戏剧界产生了不可低估的影响。图兰朵的故事虽然起源于中国,但是中国戏剧中并没有类似的剧本,在欧洲流传的是阿拉伯文学中的"图兰朵公主的三个谜"。传说中国公主图兰朵美丽聪明,她迫于家中压力而公开征婚,这位公主其实并不真想结婚,于是就出了三个谜语,猜中者可以向公主求婚,猜错谜底的求婚者都要被杀掉,只有鞑靼王子卡拉夫正确地答出了三个谜语。这一切完全出乎公主意料之外,她本想悔婚,但最后却被王子的真诚打动。由于欧洲与中东阿拉伯国家历史联系多,所以故事进入欧洲的年代较早,有学者考据有可能是随着阿拉伯传说《一千零一夜》在欧洲流传的。所以图兰多传说与《赵氏孤儿》完全不同,它具有主题学的性质,欧洲多位戏剧家都采用过这个题材。例如在席勒之前,意大利著名歌剧作家戈齐于1762年将改编自阿拉伯民间故事集的歌剧《图兰朵》在威尼斯首演,几乎在同一时期,法国剧作家也上演过同一题材的作品。无论哪一个国家的剧本都一致认为图兰朵的故事起源于中国。席勒与歌德一样,是"世界文学"的提倡者,主张德国作家要关注世界各国的文学,特别是东方的文学。在创作了戏剧《华伦斯坦》和《奥尔良的姑娘》之后,席勒在给友人寇尔纳的信中写道:"我们需要一出来自异域的新戏,戈齐的一个童话正合适。我使用五步抑扬格,在情节上未作任何改动,但希望通过诗意方面的润饰,使此剧在演出时有较高的价值。戈齐的剧本在布局上表现了极大的才思,但就诗剧的生命来说,还不够完美。人物就像牵线的傀儡,一种拘谨的生硬贯串着全剧。"[①] 这里所说的"童话"就是图兰朵故事,由此可见,席勒的出发点其实是世界文学的交流,即不同文化的文学的互相影响,这正是他选择图兰朵这样一部东方题材作品的主要原因。作为一个思想家,与伏尔泰一样,席勒的目的并不只是单纯改编一部戏剧,而是引进古老的东方文化,用中国的智慧来丰富欧洲思想文化。戏剧叙事有一个关键,这就是三个谜的谜底的改编,席勒通过这些谜底表明了自己的政治与社会理想。在阿拉伯传说中,"图兰朵的三个谜"谜底分别为:眼睛、犁铧和彩虹。在戈齐的剧本中,谜底分别改为太阳、白昼和黑夜的交替以及亚德里亚雄狮。但在席勒的剧本中,却将谜底改为日历、眼睛和犁铧。其中最重要的当然是以耕耘的"犁"取代了亚德里亚雄狮,席勒剧本中关于"犁"的谜面是这样的

[①] 卫茂平:《中国对德国文学影响史述》,上海:上海外语教育出版社,1996年,第151页。

描绘：

  这是什么东西，少数人重视，
  可是它装饰着最大皇帝的手；
  它是做了用来破坏的，
  它和刀剑有近亲关系。
  它不教流血，
  却搞成千疮百痍，
  它不抢劫任何人，
  却搞得富裕，
  它征服了整个地球，
  把生活搞得安宁和均等。
  它建立了最大的帝国，
  它建起了最古的城市；
  但它从未煽起过战争，
  只教信赖它的人民幸运。
  外国人，假使你猜不出它，
  就离开这个繁荣的国家！
  卡拉夫王子提出的谜底意义不凡：这个铁器，
  只受少数人珍视
  中华帝王亲自把它握在手里，
  为了对一年的第一天表敬意。
  这工具，比起刀剑没有罪恶咎，
  用虔诚的辛劳征服环球——
  谁从鞑靼荒凉的草原，
  那里只有猎人在游荡，
  还有牧童在放牧牛羊，
  走到这繁华的国境内，
  只见四周碧绿的秧田，
  百座熙熙攘攘的城市，
  享着和平法律的加惠，
  谁不尊敬这宝贵器械，

给万人创造幸福的——犁？①

　　表面上看起来只不过是谜语，其实有着世界文明史的依据。因为在欧洲人看来，中国是世界上最古老的农业文明，犁就是中国人发明的。启蒙主义文献中记载，中国皇帝在每年的新年伊始要亲自扶犁开耕。每年春天，皇帝都起驾下田，与农民一起来耕田。皇帝开第一犁，他要亲自犁开一张席子就能覆盖的土地。然后，他登上一个田地边的高架上，俯视着诸侯和官员们在旷野中耕作。在这个时间里，所有的农民就在田地边高声歌唱，他们歌唱的主要内容就是农业的重要性。众所周知，欧洲启蒙主义的重要流派之一就是以魁奈为代表的重农学派，魁奈极为推崇中国的政治制度与农业生产，认为农业是国民经济的基础。魁奈的思想在欧洲曾有相当大的影响，1756年法国国王路易十五就曾仿效中国皇帝，在法国亲自耕田，并且举行盛大的开犁仪式，由此可以看出，当时中国文明在欧洲的地位相当崇高。而在席勒的剧本中，就是用"犁"来代表中国的农业文明。众所周知，世界文明是农业民族所创造的，从新石器时期开始的农业文明，使世界各民族结束了渔猎生产与采集生产阶段，进入了文明社会。当然作为欧洲最伟大的剧作家，席勒的创造更主要表现在戏剧艺术之中，与戈齐的原剧相比，席勒更注重中国公主的内心世界刻画。在戈齐的原作中，图兰朵其实是一位娇生惯养、喜怒无常的任性公主，而席勒则深化了人物性格，完全改变了图兰朵的角色意义与价值，提高了其精神世界。在剧中，公主是一个具有灵肉自由追求的女性，她的性格是矛盾的，一方面受到皇家出身的限制，性格中有任性使气的一面，另一方面图兰朵又是一个追求自由的女性。第二幕第四出中，她对王子卡拉夫说道：

　　　　上天知道，别人说我残酷无情，都是假话——我并不残酷，我只要生活自由。我不愿意作任何人的所有物。……我看到全亚洲的女人都受男子的压迫，带上了奴隶的枷锁，我要为我们被压迫的女性，对别无所长只知道欺侮柔和女性的男子复仇。……难道美一定要做一个人的劫掠品吗！它也像天上照得我们欢欣的太阳一样，它是光明的泉源，它是众人眼睛的快乐，但是它不是女奴，不是任何人的私有物。②

---

① ［德］席勒：《图兰朵——中国的公主》，张威廉译，南京：江苏人民出版社，1983年，第55—58页。

② ［德］席勒：《图兰朵——中国的公主》，张威廉译，南京：江苏人民出版社，1983年，第60—61页。

可见，图兰朵已经不再是一个任性的公主，而是一个具有女性解放思想的代表人物。当然，我们也要看到，席勒这种改编也有不足之处，马克思曾经批评过席勒的创作中人物的理想化倾向，特别是将人物作为时代精神的传声筒。这一批评在本剧中极为适用，这位中国公主成为了欧洲启蒙主义思想的传声筒，其中所宣扬的人性与人道思想、人类生来平等的观念，都是启蒙主义思想家的理想。就席勒的艺术而言，他笔下的人物往往具有大胆追求爱情与自由，为实现理想而英勇献身的特征，这里他借用了中国文化，将中国传统文化理想化，借他人之酒杯，浇自己胸中之块垒，用图兰朵来宣扬启蒙主义思想，如果从世界文学史来看，这何尝不是一种有意义的历史创造。

二、"意象派"与中国格律诗

20世纪的东西方诗歌有一段因缘在世界文学史上地位重要，不容忽略，这就是"意象诗"风靡欧美与西方诗传入中国引发的"现代诗"或称为"新诗"的潮流。"意象诗"在欧美的热潮早已经成为往事，几乎很少有人关注。而后者则仍然是中国诗歌的主流，文学史家们经常动辄以此说明中外文学交流的意义所在。但我们要说明的是，如果没有前者，则不会有后者，因为在美国现代诗形成的过程中，中国传统诗歌同样曾经有过巨大的影响。

1912年至1922年，美国文坛上出现了一个声势浩大的新诗运动，其中，"意象派"诗歌唱了主角。意象派形成于伦敦而盛行于美国诗坛，由艾兹拉·路密斯·庞德发起，爱米·罗厄尔为主角，有希尔达·杜力脱尔、约翰·各尔特等重要成员。运动的初衷是为使诗歌摆脱19世纪末浪漫主义的感伤情调和矫揉造作、无病呻吟，即如庞德所称的世纪初那种"相当模糊，相当混乱……感伤做作"的诗歌。由此，意象派诗人努力寻求情感的客观对应物，以求简隽、含蓄地表达情感。他们在《诗刊》上发表了意象派宣言：1. 直接处理无论是主观的还是客观的事物。2. 绝对不用无助于表现的词。3. 至于节奏，应使用音乐性短语，而不要按节拍器的节奏来写①。他们在中国古典诗歌里发现了与他们理论相吻合的诸多契合点，他们所苦苦寻索的意象在中国早有精辟阐释："使玄解之宰，寻音律而定墨；独照之匠，窥意象而运斤。"而庞德对意象曾下的定义："那是一瞬间呈

---

① 彼德·琼斯：《意象派诗选》，裘小龙译，桂林：漓江出版社，1986年。

现理智与情感复合物的东西"①,与王昌龄于《诗格》中所说"搜求于象,心入于境,神会于物,因心而得",十分相似。可见,美国意象派的理论渊源乃在于中国古典诗歌之中,是借"他山之石",来攻己之"玉"。美国新诗运动主要发起人之一的哈丽特·蒙罗就认为,意象主义不过是中国风的另一称呼而已。

意象派运动掀起了一场译介、学习中国古典诗歌的热潮。英国著名汉学家、中国古典诗歌翻译权威阿瑟·韦理的《一百七十首中国古诗选译》,20世纪初在美国产生了非常广泛的影响。它与庞德的《神州集》一起,成为美国新诗运动中诗人必须学习的典范。除此之外,新诗运动十年间在美国出现的中诗英译本还有甚多,有海伦·瓦代尔的《中国抒情诗选》(1913)、詹姆斯·怀特的《选自〈玉书〉的中国诗歌集》(1918),爱诗客与罗厄尔合译的《松花笺》(1921),斯特布勒的《李太白诗歌集》,等等,竟达22种至多。这些译本的译者多为美国新诗运动中的重要诗人。美国重要诗人威廉·卡洛斯·威廉斯声称,他学习中国诗的表现手法是他毕生为之奋斗的诗学原则。由于作为美国现代诗歌源头的新诗运动本身就是一场中国古典诗歌热,可以说中国古典诗歌对美国诗歌的影响是一直绵延不绝的。

首先要提到的是著名诗人庞德（Ezra Pound,1885—1972）,他是意象派运动的主要领导者。他认为:中国诗"是一个宝库,今后一个世纪将从中寻找推动力,正如文艺复兴从希腊那里找到推动力。"② 当时,他根据东方学者、诗人费诺罗萨在日本侨居、游学期间写下的21本关于中国、日本古典诗歌的笔记,选择、改写和翻译了中国古典诗歌19首,其中唐诗14首,包括李白的《玉阶怨》《长干行》《别友》等,王维的《送元二使安西》等,于1915年辑为《神州集》。庞德希望在这些中国诗例中找到对意象派原则的支持。诗集出版后,反响巨大,被誉为对英语诗歌"最持久的贡献"。艾略特甚至称庞德为"我们时代的中国诗的发明者",美国著名汉学家倪豪士亦指出:"著名诗人、翻译家艾兹拉·庞德,确实影响了英语读者对中国文学鉴赏品味的形成。"③

如果结合庞德自己的创作可以看出,这种创作完全是对其理论的实现。他所写的《地铁车站》是意象派的压卷之作,被认为是"有名的例子,其意象之强烈

---

① 王锦厚:《五四新文学与外国文学》,成都:四川大学出版社,1996年。
② 王锦厚:《五四新文学与外国文学》,成都:四川大学出版社,1996年。
③ 倪豪士:《美国学者论唐代文学》,上海:上海古籍出版社,1994年。

程度超过所有意象主义诗歌"①。诗如下：人群中这些面孔幽灵一般显现；/湿漉漉的黑色枝条上的许多花瓣。该诗原有30行，后压缩为15行，最后只剩2行。它表达了诗人在某一特定时间观察对象所得的印象。这种意象派常用的典型的意象叠加的方法，在中国古典诗词中不胜枚举，如马致远的《天净沙》，就表达的简隽、委婉、微妙来说与其可谓同出一辙。庞德也自称此诗"是处在中国诗的影响之下的"②。庞德还根据中国诗进行了许多改作、仿作。如他根据刘彻怀念已故李26夫人的诗作《落叶哀蝉曲》，半翻译半创作地写出一首英诗，竟被英美人当作庞德本人的名篇收录于诗歌选本中。在译诗中，庞德突破翻译界限，干脆自己新写了一个结尾，把长埋于落叶之下的美人比为"一片贴在门槛上的湿叶子"，这是典型"意象主义"的写法，使诗含蓄、婉转，大为增色。

另一位重要诗人艾米·罗厄尔（Amy Lowell，1874—1925），意象派后期挂帅人物，她曾与爱诗客合译《松花笺》，收译诗137首，其中李白的诗占大半，可见其对李白诗风的仰慕。"松花笺"源自唐朝女诗人薛涛自制并用以写诗的彩色笺，采作书名，足见罗厄尔对中国文学的热爱 她十分迷恋东方诗风，力图把意象主义与东方情韵融合起来。她从中国古典诗歌中学到在诗中运用密集的意象，层层叠加，以求达到诗的高度精练。这在她的创作实践中有相当丰富的表现，如《下雪》，全诗将雪花、脚印、钟鸣等视觉意象和听觉意象叠连在一起，相当具有表现力。其他诗作如《街衢》等，亦多借鉴中国古诗意境。

正是20世纪初期这场由意象派引领的新诗运动，冲破了传统英诗格律的桎梏，为美国诗坛迎来了一场"文艺复兴"，为英美现代诗拓展了新的表现空间。同时，意象派掀起的学习译介借鉴中国古典诗歌的热潮，这是17、18世纪的中国戏剧进入欧美之后，中国文学再次在西方大放异彩，使西方再度感受到了中国文化的魅力。更重要的是，几乎就在同时，欧美诗作为"新诗"进入中国，中国的新文化运动中涌现大批新诗人。遗憾的是，由于历史语境的局限，新诗人们在批判中国的"旧诗"（即传统格律诗）时，并不知道，他们所崇拜的欧美"新诗"体，其实也正在借鉴中国传统的格律诗。

---

① M.H.艾伯拉姆斯：《简明外国文学词典》，曾忠禄等译，长沙：湖南人民出版社，1987年。
② 傅伟勋：《从西方哲学到禅佛教》，北京：三联书店，1989年，第31页。

三、禅宗诗的美国流

长江后浪推前浪,华林旧叶替新叶。不同文明间文学之间的交流如长江大河的流水一样从未间断。20世纪中期,中国文学再次进入美国,这是一次独特的精神之旅,在全球化的语境下,为中美文学交流谱写了新的一曲。

20世纪五六十年代,美国诗歌兴起了一种前所未有的新潮流,这就是"垮掉派诗歌",其得名源于美国"垮掉的一代"(The Beat Generation)。20世纪初期,美国社会思想呈现多样化的发展,来自于中国禅宗的思想成为当时最有影响的一支。日本学者铃木大拙(Suzuki Daisetz)从20年代起,在美国传播佛教禅宗思想,中国学者胡适也在50年代起开始在美宣传中国禅学。特别是美国学者艾伦·瓦茨(Alan Wilson Watts)的《禅》(Zen, 1948)等一系著作出版,对禅宗思想在美国的本土化起了重要的推动作用,其中,他的《禅之道》可以说是"垮掉派诗人"的《圣经》,相当多的垮掉派诗人开始信仰佛教,崇拜禅宗。

禅宗本是中国唐代开始建立的中国本土化佛教宗派之一,它以"禅悟"或"顿悟"为独特的思维方式,主张"不立文字""明心见性"等独特的教化方法,成为中国佛教的重要创造,宋代以后,通过所谓的"禅教合一",禅宗实际成为中国佛教的主流,中国社会三教九流无不谈禅,尤其是文人学士,以谈禅为荣,中国诗词绘画以"禅思"与"禅趣"作为最核心的精神与最高的标准。从唐代以后,出现了大量的"禅诗",广大诗人特别是一些"诗僧"创作这种独特审美的诗篇,形成所谓的"诗禅"说。对美国影响最大的是唐代诗人寒山等人的诗歌,寒山是唐代贞观年间的诗僧,卜居浙江天台山寒岩幽窟之中,因此得名寒山。寒山为人举止怪诞,穿戴着桦树皮的帽子,衣衫褴褛,脚登旧木屐,行走在山间。他的诗歌抨击时弊,鄙薄社会世俗观念,有时以禅宗式的话语来宣扬佛教思想。寒山作为诗僧自来享有盛名,元代时寒山诗东传日本朝鲜,20世纪初期到中期,寒山诗在欧美红极一时,出版了英法多种语言的寒山诗集,寒山诗作为"诗禅"的一个代表,当然受到美国新诗人的推崇。

中国的"诗禅"思想深入到美国文学之中,主要分为三种类型:第一种以"垮掉派诗歌"为代表。第二次世界大战后美国新一代青年对社会现象愤懑不平,背叛传统宗教,否定社会通行的价值观和道德观,吸食大麻、参加游行示威、到处流浪,离经叛道,他们用诗歌表达自己的思想观念。金斯堡的诗《日落》

中说:

> 我看到在一个利欲熏心的原始世界上
> 太阳落下
> 让黑暗掩埋了我的火车
> 因为世界的另一半在等待着黎明的到来。
>
> (赵毅衡译)

"垮掉派诗歌"诗人不修边幅、恣意放荡的生活与寒山式的举止怪诞互相呼应,而在诗中,这种以自我意识为中心,对这个充满利欲与黑暗的世界的抨击,令人想起寒山诗中对俗世与人生的反思:"可畏轮回苦,往复似翻尘。""速了黑暗狱,无令心性昏。"在金斯堡的代表作《嚎叫》中,诗人怀念自己在疯人院中的朋友卡尔·所罗门,诗中写道:

> 我跟你在罗克兰
> 在那儿你将劈开长岛的天空
> 从那超人类的墓穴
> 中挖出你那活着的人间基督
> 我跟你在罗克兰
> 在那儿一共有二万五千发疯的同志唱着《国际歌》
> 最后的诗节

这种诗风以狂放的想象、离奇的意象来传达诗人的情愫,卓尔不群,更与寒山诗中的瑰丽奇谲又充满嘲讽的风格认同。寒山诗中吟咏:"有身与无身,是我复非我。""不念金刚经,却令菩萨病。"无论是西方的基督还是东方的菩萨,在诗中作为信仰的象征,都有一定的戏谑与反讽的成分,当然作为诗僧的寒山毋宁要掩饰一些自己的话语,以免招致世人更大的诋毁。

第二种类型的创作中,美国诗人主要是从自我的体验出发,对禅宗思想进行阐释,而这种理解中,特别重视从形式角度来表现,目的是传达出禅宗的"顿悟"精神、脱世离俗的生活态度与无意识的心理状态。如著名诗人麦克卢的诗中写道:

> 禅,其实并非一种体验,

而更是一种理解。
……
如果你要将它理解为一种体验，
那么，这却是一种新的体验。
这就是
绝对的否定

  这首诗的形式也相当独特，不但没有严整的韵律，也没有合乎理性的情感表达，但却表达出了美国诗人对于禅的理解。这就有如中国诗人所说"学诗浑似学参禅"，要求"跳出少陵窠臼外"，追求"水中之月""镜中之像"的审美理想。这种体验本身，有如寒山诗中所说的"假使非非想，盖缘多福力。争似识真源，一得即永得"。

  当然如中国诗禅一样，美国的诗禅也是相当多样的，除了以上这种具有神秘性的诗之外，美国诗人鲁依特的诗中追求一种自然朴素的诗风，对禅的意义进行了另一种阐释。如果与中国诗相比较，更相近于中国宋代以后的诗禅观念中返朴归真的风格。

  第三种类型是70年代以后，美国诗禅进入本土化的重要发展，出现了像斯奈德这样的杰出诗人，诗禅成为一种文化诗学，从社会生态、人生哲学等更多层次发展，超越了原本诗缘、诗趣的范围，无论从艺术形式与思想观念上都有大的创新。

  斯奈德曾经在日本寺庙出家修行，认真研习禅宗思想，回到美国后，他来到美国加州，在西埃拉山上建立了一个禅宗的公社，如同一个小社会，吸引大批信徒前往修行。从思想理念而言，斯奈德主张儒释道合一，完全改变了原有的以禅宗为唯一正宗的指导思想。这也就改变了禅宗诗人举止怪异的特点。对待社会生活方面，他主张儒家的入世，关心环境变化，反对工业化所造成的环境污染。但是，从思维方式而言，斯奈德仍然从禅宗取得智慧，用一种辩证理性来看待社会生活。不过，斯奈德主张通过"禅修"来积累智慧，而不是所谓的"顿悟"。他曾经说过："顿悟不是结束，而是给我们找开禅修之门。"① 这种历程其实很有代表性，因为禅宗思想在中国的变化恰恰与此不谋而合，宋明理学是中国哲学的一个高峰，其中吸收了禅宗的思想，并将其与儒学相结合，发展出中国式的心性之

---

① 傅伟勋：《从西方哲学到禅佛教》，北京：三联书店，1989年，第319页。

学。斯奈德则通过学习苏东坡等人的诗,发展出美国式的儒释道结合的新诗。最突出的例子是斯奈德自己所选的一首诗。据说美国诗人理查德·霍华德曾经在编一部美国现代诗集《偏爱集》(*Preferences*)时,要求50位现代诗人不但要选出一首自己最好的诗,而且要求举出与这首诗相关的古代名诗,斯奈德选了自己的《松树的树冠》,并且以苏东坡的诗为最杰出的相关的诗作。

斯奈德的诗是:

> 蓝色的夜
> 霜雾,在空中,
> 明月朗照。
> 松树的树冠
> 弯成霜一般蓝,淡淡地
> 没入天空,霜、星光。
> 靴子的吱嘎声。
> 兔子的足迹,鹿的足迹,
> 我们能知道什么?

他认为自己的诗是学习了苏东坡的诗《春夜》:

> 春宵一刻值千金,
> 花有清香月有阴。
> 歌管楼台声细细,
> 秋千院落夜沉沉。

斯奈德曾经中国学者赵毅衡教授之口解释过自己的选择与诗意,据他说,这首诗就正是着意于通过描绘熟悉的常见事物,并从中达到对于事物存在意义上的悟解。所以这种诗意的"彻悟"不是形而上学的,而是经验性的,是通过日常事物来表达一种禅理[①]。

但毋庸置疑的是,斯奈德对美国诗禅最主要的贡献并不是苏东坡式的"得句如得仙,悟笔如悟禅",也不是"不用禅语,时得禅理"(沈德潜语),这些幽妙

[①] 赵毅衡:《诗神远游:中国如何改变了美国现代诗》,上海:上海译文出版社,2003年,第335页。

微深的禅诗当然是文中应有之义,而斯奈德独到之处却是反对后工业化社会危害的生态主义诗歌,不仅具开启之功,而且时有妙笔:

> 松树在沉睡,
> 杉树在破裂
> 花挤裂了路面。
> 八大山人(一个目睹明朝覆灭的画家)
> 住在树上:
> 虽然江山已亡
> 笔能绘出山河。
>
> (赵毅衡译)

　　这里用了一个有禅趣的中国画意象就是八大山人朱耷的中国画的意象。朱耷是明王朝的宗亲,江西宁献王朱权的九世孙,号八大山人,是明末著名画家"四僧"之一,他行为怪僻,曾经患过癫狂症,但艺术上成就极高,画风被人称为"笔简形赅""形神毕具"。为了表达对于现实的叛逆,他笔下的禽鸟一足而立,鱼圆睁怪目,山水从来是残山剩山,没有完整的图像。传说他为表达自己的志向,还曾栖居于树上。

　　不过,斯奈德则是以这位画家的残山剩水图画来象征遭到工业化污染的环境,这是一种匠心独运的创意。当然真正使得斯奈德诗中以八大山人为象征的核心仍然在于,他们二人确实有一种共同的禅宗的反抗世俗的精神。朱耷的画押中曾经用过"拾得",而拾得就是与寒山齐名,并且一同隐居的禅师。寒山诗中经常写到他,认为他是人生的知己。朱耷的画所表达的意境相当多的成分得之于诗禅之趣,这并不是偶然的。这也正是引起斯奈德共鸣的地方,令人惊诧的是,中国唐代诗禅、清代绘画与20世纪美国诗人之间,宗教思想、诗与画三者超越时空的大交融,实在是一种历史的奇观!

作者简介

徐文,苏州大学文学院在读博士生。

第二编　世界文学重构理论观念

"文学世界体系"观念的评骘①

吴雨平 方汉文

一、"文学世界体系"的镜像

西方学术界对于"体系"的范畴历来是毁誉参半。20世纪后期以来,理论体系的建构又趋活跃。特别是进入新世纪的十年间,历来只能在美国大学众多学科中"忝陪末座"的"世界文学"也以"文学世界体系"(Literary World System)口号的提出而令人瞩目,初步显示出这一观念的影响力。"世界文学重构"思潮的理论家之一,美国斯坦福大学教授弗兰克·莫莱蒂对"重建"理论区别囿分,提出以"文学世界体系"作为重建的总体性目标。在这种想象中,他把"世界文学"分为两个类型:

> 第一个"世界文学"(*Weltliteratur*)是"地方"文化的马赛克式拼图,其性质由强大的内部多样性所决定,新形式的产生主要是其差异性,最好是用进化理论(某些说法)来解释它。而第二世界文学(*Weltliteratur*,我宁愿称其为世界文学体系 world literature system)是被世界文学市场所联结起来的。——这两个过去与现在的世界文学不应当被视为"好的"或是"坏的"阶段,而是结构完全不同的,适用于不同的理论领域。应当学会研究"过去是过去的,现时是现时的",这正是21世纪世界文学的智力挑战。②

莫莱蒂提出的"文学世界体系"与"世界文学体系"虽然仅仅字序不同,但

---

① 本文原载于《外国文学研究》2013年第5期。
② Franco Moretti,"Evolution,World-System,Weltliteratur,"*The Princeton Sourcebook in Comparative Literature: From the European Enlightenment to the Global Present*,Eds. David Damrosch,Natalie Melas,Mbougiseni Buthellezi,Princeton and Oxford:Princeton University Press,2009,407.

两者意义大有不同。事实上，可以将"文学世界体系论"理解为美国方兴未艾的"世界文学重构"的理念核心，戴维·达姆若什（David Damrosch）与莫莱蒂等一批学者都是这个"重构"运动的中坚。①

首先，依莫莱蒂的说法，这种"体系论"为世界文学设定了两种镜像：一种是由"地方文化"的文学所构成的"拼图"，即世界各民族文学的并列与共生关系。如英国莎士比亚戏剧、俄国现实主义小说，拉美魔幻现实主义小说与中国抒情诗等，各自生长于本民族的文化土壤，彼此是相对独立的，组成共时性的文学史镜像。另一种则是"体系"，即由世界文学"市场"的"交易关系"所推动形成的，作为体系，它不仅仅是包括那些由于文学之间的交流与接受过程，如西方受过东方抒情诗影响的普罗旺斯骑士文学、接受过中国《赵氏孤儿》影响的欧洲近代戏剧、以英语写作的"非西方"身份的作家们如奈保尔、库切等人（甚至包括以英语写作诗歌的泰戈尔等作家）的创作而体现的一种"跨文化性"（cross cultures）；同时更强调全球化所必然形成的共同话语，包括了后工业化社会现实及其想象，也有不同文明文本流传所形成的文本间性及世界性的文学交流与融合，甚至包括如斯皮瓦克所强调的"区域研究"（Area studies）的"跨界"（Crossing borders）潮流，包括后殖民与女性主义、生态主义等运动。

其次，莫莱蒂对文学世界体系的认识论作出了区分：一种是由文学内部的"差异性"产生新形式，所以认识论是进化论。是根据选择竞争和淘汰的原则，产生更适合时代的新文学。另一种"体系"的认识论则完全不同，它是由"世界文学市场"所联结起来。虽然作者没有完全说明，但我们完全可以联想到1848年在马克思与恩格斯共同撰写的《共产党宣言》中所提出的"世界文学"的概念："资产阶级，由于开拓了世界市场，使一切国家的生产和消费都成为世界性的了。物质的生产是如此，精神的生产也是如此。各民族的精神产品成了公共的财产。民族的片面性和局限性日益成为不可能，于是由许多种民族的和地方的文学形成了一种世界的文学。"②虽然马克思所说的"市场化"已经提到了"世界文学市场"的形成，但世界文学重构论并不是原有观念的再现，而是当代新形态的建

---

① 纽约大学的艾米莉·阿普特将持"文学世界体系论"的学者称为"莫莱蒂学派"（Morreti's School）。参见 Emily Apter, "Literary World-Systems," Teaching Word Literature, ed. David Damrosh (New York: The Modern Language Association of America, 2009) 44.

② 马克思、恩格斯：《共产党宣言》（第一卷），人民出版社，1995年，第276页。

立。这并非因为重构理论家们要标新立异，而是所谓世界文学"通变"的历史规律的要求。通是继承，变是创新，文学史就是一种通与变的运动。

莫莱蒂的"文学世界体系"观念代表了重构的核心价值，并想象了未来图式。笔者特别想强调的是，"文学世界体系"的形成是一个历史过程，分为不同阶段，主要是从17—18世纪的海上大交通形成之后，经历了工业化时代的世界文学进程的开启，再到21世纪的多元文化语境的新阶段。这个过程就是跨越不同文明体系的过程。文学世界体系首先就在于它既能容纳传统民族与地方文学的独立性，又强调通过文明交流与融合得到创新。创新正是冲破传统之间的壁垒，即所谓"跨界"（crossing borders）。这种不同文明之间的交流其实自古就有，在近代全球航线开通之后更成为时代的主流。正像后殖民批评家们所指出，西方文学在近代所取得的中心地位，并不是"优胜劣败"的自然淘汰，而是同时期大量的殖民地文学传统被迫中断所致。事实上，全球化时代中原有的传统正在以新形式获得新生，如拉美的印第安神话正在拉美文学的"爆炸"中作为主体文明因素重新进入世界体系。

在一定程度上，当代中国学者所使用的"世界文学"概念也是一种"文学世界体系"。它的理论来源是马克思的世界文学观念，其核心是强调其东西方文明、南北半球文化之间的融合创新。无论是"世界文学"还是莫莱蒂所说的"文学世界体系"没有本质区别，关键是都应当具有跨越文明的视域。文学世界体系也正是从各国文学的"拼图"发展而来，是多元文明的融合形成了体系。所谓体系是历史的结构，是一种历史发展整体性的呈现，而不是无联系的纷乱杂陈。

二、三种范式与经典结构

对于一种理论体系而言，在研究实践中，更为看重的是这种体系的框架结构是什么，就是它的津梁与经纬。具体对文学世界体系而言，就是它的文学文本产生的文明特性与文体的形式归类。达姆若什概括"世界文学"的构成时，曾经表达了这样的观点：

> 从歌德时代起，世界的定义就不出这样的三种基本范式：或是古典作品，或是名著，或是作为世界文学窗口的读本介绍。这些可选择性的概念，可望在这样的标题下选择：《哈佛古典作品》（*The Harvard Classics*，1910，艾略特）、《诺顿世界名著选》（*The Norton Anthology of World Masterpieces*，1956，

马克)和《哈泼柯林斯世界读本》(*The Harper Collins World Reader*,1994,考斯和普林德加斯特)。①

他以三种文选为代表,归纳了"世界文学"的三种主要构成范式。需要说明的是,这种"文选"(Anthology)其实是一种西方普遍流行的文集。特别对于西方知识界而言,文选往往被认是一种经典与传统的象征,并以"文选"来区分不同的文明系统——当然是以欧美的文选来代表西方传统,而以其他"非西方"文学的文选另列一类。

第一种范式是古典作品(也可以扩大为古代文学所有的经典作品)的编选,以《哈佛古典作品》为代表,包括从荷马史诗到莎士比亚等西方文学中世代流传的作品。这种编选模式带来的"世界文学"的构成是以西方传统为主体的,是希腊罗马为源流的一种世界文学。有的选本中收入《圣经》、埃及《亡灵书》与西亚史诗《吉尔伽美什》(或部分非西方文明的诗歌)只是作为地中海文明的附加品,用以说明它所接受的外来源流。

第二种范式则是"世界文学名著"的编选范式,主要编选那些具有世界影响并且普遍流传的文本,其样板是《诺顿世界名著选》。以1995年的选本为例,其中选有从柏拉图、亚里士多德到精神分析学家弗洛伊德的作品,可以说这是一种包括社会科学著作在内的具有西方"人文社科"含义的文化名著的选本。笔者认为,可能更有代表性的是达姆若什本人作为主编之一的《朗曼世界文学文选》(*The Longman Anthology of World Literature*,2008)。"朗曼"与"诺顿"的编选宗旨不同,前者是"世界文学"的选集,而不选"世界名著"。这似乎意味着相当多的作品以西方的标准而言,还远够不上"名著"(Masterpieces)的标准。或者说,作为"世界文学重构"理论的倡导者,达姆若什推崇"世界文学"胜过"世界名著"。无论我们的臆测是否符合编者的本意,无可怀疑的是,这也正是一种"文学世界体系"的更为大众化的构成模式。

第三种范式是所谓"窗口"型的,以《哈泼柯林斯世界读本》为代表。这种"读本"包括了多种文体。世界文学以其广博的视域、多样化的研究方法与数量巨大的文本而成为全球化时代的重要学科之一,而构成"体系"的基础的恰是这些多样性的文本。在今天,莎士比亚戏剧、托尔斯泰的小说、中国诗词曲赋、

---

① David Damrosch, "Introduction: All the World in the Time," *Teaching World Literature*, Ed. David Damrosch, New York: The Modern Language Association of America, 2009, 3.

《红楼梦》、《一千零一夜》和《百年孤独》确实已经是文学世界体系的窗口,从中可以看到世界各种文学的风貌与世界文学发展的一种"整体性"(卢卡契语)的视域,这已经是无可否认的现实。

达姆若什的三范式其实是"文学世界体系"的构成论,是体系的框架结构和不同文明的文体类型。但笔者以为,如果从世界多元文明的现实来重构"体系",还有以下可供对话的方面:

首先,这些范式并非作者所认为是一种共时的体系构成,而实际上是一种历史体系。特别是第一种范式的"古典"是以希腊罗马文学为价值取舍的一种范式,虽然实际上扩展到世界古代文学(其实主要还是欧洲文学)的文本,但仍然不能改变其历史价值与审美评判的尺度。以此作为当代"文学世界体系"的一种范式,从历史与审美两个尺度都是不宜的。

其次,"古典"、"经典"与普及选本("窗口")三种范式之间没有明晰划分的准绳,尤其在后现代批评所强调的"超界"(cross borders)视域中,更成为了一种不合时宜的做法。《吉尔伽美什》、《荷马史诗》与《诗经》既是"古典",也是经典或名著,也相当宜于普及。由此可见,三种范式是可以并存的,其重复与重叠则又是必然的,那么这些范式作为体系的结构而言就缺乏整体性视域。

这并非意味着文学世界体系的结构不能成立。以笔者之见,文学世界体系是世界各文明的文学所构成,其结构也自然不是单一的,而且其发展与未来取决于不同文明的融合创新。笔者曾经将世界文明划分为八个大的体系:1. 亚洲太平洋文明体系(也可称为环太平洋文明或亚太文明):从东北亚的中国、日本、朝鲜延伸到美国的西海岸。2. 南亚文明体系:从南亚到东南亚,与亚洲太平洋文明体系交叉,以印度半岛与亚洲南部为中心的文明体系。3. 地中海大西洋文明体系:从地中海向北与向西,包括了东欧、北欧、西欧直到俄罗斯西伯利亚地区。这种文明起源于地中海,以后中心西移大西洋沿岸,其中东西欧洲、南北欧洲都有一定差异,但基本类型是相同的。4. 伊斯兰文明体系:从阿拉伯半岛、西亚腹地下至波斯湾,直到欧洲的土耳其、中亚、东南亚部分地区与南亚的巴基斯坦,还包括了非洲埃及和突尼斯(它们在历史上与西亚和地中海文明有密切关系)等地。这是以伊斯兰教的传播为主要划分的文明体系。5. 北美大洋洲文明体系:包括美国、加拿大到澳大利亚、新西兰,主要是16世纪以后海上交通发展形成的本土文明与外来文明相结合形成的体系,其中的外来文明主要是欧洲移民所带来的地中海—大西洋文明传统,在北美地区这一文明占有主流地位。6. 拉丁美洲文明体系:以拉丁美洲为主体,传统的美洲三大古代文明,玛雅文明、阿兹特克文明与印加文明被西方殖民主义者所毁灭后,混合形成了一种新的文明体系。7.非洲文明体系。8. 犹太文明体系:以色列是古老的犹太文明重新建立的国家,这一文明以犹太民族与宗教为主要构成,除了以色列之外,尚有部分犹太人分布于世界其他国家。①

世界文学的结构应当包括来自于不同文明体系的经典与代表性作品。各主要文明都有自己的"古典作品"与"经典",也有自己的文学名著,所以世界文学结构不是《诺顿世界名著选》的"西方传统"(The Western Tradition)所能涵盖的。虽然近年来的这部自1650年就开始的编选的文选已经大有改变,如1999出版的由萨拉赫·拉维尔(Sarah Lawall)主编的第七版将西方传统的源流追溯到西亚与埃及,收入了公元前2500年前到公元1500年前的西亚史诗《吉尔伽美什》和《圣经》。但其他很多直接影响过欧洲的东方文学与文明经典名都没有收入,这反倒使收入的《一千零一夜》显得相当突兀,似乎只是一个点缀而已。② 从总体结构而言,西方思想与宗教传统仍然是编选者的选文标准,这一点是没有根本区别的。

三、体系结构的文明关系:西方与"非西方"

提出"文学世界体系"的理论,必然要对这一体系中的"西方传统"(Western Tradition)与所谓的"非西方文学"(Non-Western Literatures)的二元论进行深入探讨。

其实,"非西方"是一个明显西方自我中心的概念,这种观念在具有几百年殖民历史的西方已经成了一种政治无意识(The Political Unconscious)。正如厄尔·迈纳所批评的:"最严重的错误是以为相对主义可以允许我们认为西方的东西比其他地方的东西优越。"③

---

① 参见方汉文著《比较文明史 新石器时代至公元5世纪》(东方出版中心,2009年,第18页)及方汉文著《比较文化学新编》(北京师范大学出版社,2011年,第79—80页)中关于世界八大文明与文化体系的划分与详细说明,此处限于篇幅,不再详细论述这八大体系的历史与构成。

② 参见 Sarah Lawall, Maynard Mack, eds. The Norton Anthology of World Masterpieces: the Western Tradition, 7th. ed. New York & London: W. W. Norton & Company, 1999. Volume1, XII–XVI.

③ 厄尔·迈纳:《比较诗学——文学理论的跨文化研究札记》,王宇根、宋伟杰等译,中央编译出版社,1998年,第326页。

第二编　世界文学重构理论观念

美国密苏里大学学者卡瑟琳·瓦尔特契特说：

"非西方"（Non-Western）并非一个有吸引力的说法，因为这是一个否定性的表达，这正表明否定的一方是更为重要的。我们最后决定选用这个名称的原因却正是因为我们的文化课程可以不必注明其盎格鲁—欧洲之根。①

显然，无论采用或是不采用这种称名，这种观念之根源都非旬日之内就可以根除的。但是我们必须认识到，文学世界体系之根其实在于世界上不同的文明体系。

世界文明划分为不同的体系，每一种文明都有自己的文学，每一种文明都以本土话语为主体。而文学世界体系的形成则是由不同文明文学之间的融合，这种融合创造新的文学，推动世界文学发展，产生新的文本。从大航海时代以来，东西方文明文学形成大交流的局面，其中既有西方文学的东方化，也有东方文学对西方的传播与影响。其实早自中世纪开始，东方抒情诗、《一千零一夜》、中国的戏剧《赵氏孤儿》、小说《玉娇梨》、中国古典诗歌、印度史诗与戏剧、日本俳句等文体，一浪接一浪地冲击着欧美的文学，改变了欧美古典戏剧、浪漫主义小说与欧美新诗歌的进程。正是"非西方文学"丰富了"盎格鲁—欧洲"的传统，才有今日全球化时代的西方文学与"非西方文学"共同繁荣，才有可能提供"文学世界体系"的文明之根。

近年来的"文选"也已经表明这种"世界文学体系"正在关注多元文明文学的融合。如《朗曼世界文学文选》（戴姆若什等主编，2007）收入了公元8到15世纪的"伊比利亚文学"（Iberia, The Meeting of Three Worlds）。② 这是一场长达七个世纪的阿拉伯文学与基督教文学的大交流，在世界文学交流史上有着重要贡献。此前出版的关于世界文学与比较文明史的论著中对此并未提到，因此也可以说它是我们在"世界文学重构"中得到的一个收获。当然我们也强调，西方文学世界体系也应当考虑对东方，特别是远东如中国、印度与欧美的文学大交流予以更多的关注。公元16世纪到20世纪的中国与欧美、拉美与欧洲的大交流所形成的世界文学创新高潮，更可以突显近代全球化的兴起历程，改变了以前单一的

---

① Kathryn A. Walterscheid, "Ancient and Contemporary Texts: Teaching and Introductory Course in Non-Western Literatures," *Teaching World Literature*, Ed. David Damrosch, New York: The Modern Language Association of America, 2009, 393–394.

② See David Damrosch et al., eds., *The Longman Anthology of World Literature*, compact edition (New York: Pesrson / Longman, 2008.)

"西风东渐"的观念,更真实地再现了文明之间的交流,形成辩证的、理性的历史认识。

综上所述,"文学世界体系"并非不是一种不可接受的观念。只不过在我们看来,世界文明的差异决定了文学的不同,西方的史诗—小说叙事文体有独特贡献,而东方的中国抒情诗、阿拉伯抒情诗同样是世界文学的主流。要建立起叙事与抒情文体的同异交得、异彩纷呈的格局,这才是真正继承了马克思的"世界文学"观念。同时,这种多样性正是所谓的"整体性"(totality,亦即总体论)。在世界文学中,这种整体性并不是指世界文学的一体,当然更不是要包括世界文学的全部,这是一种跨越文明的融合——世界文学的历史整体性——它所代表的是全球化时代的宏大叙事观念,正在为多元文明的文学实践所接受。

作者简介

吴雨平,苏州大学文学院教授,文学博士。

方汉文,苏州大学文学院教授,博士生导师,文学博士。

大人文主义：宋明理学的欧洲"启蒙"①
——"世界文学重构"的超界研究

方汉文　徐　文

一、什么是"大人文主义"？

"大人文主义"（Large Humanism）是一种重要的后现代思潮，它主张以人（包括人类主体性与人类的性分等）为中心的"仁爱"观念（这是其中心观念，其历史观念部分来源于中国的"仁者人也"的伦理思想，但并非所有号称"人文主义"的理论家全都赞同这一观念，如美国"新人文派"白璧德[Irving Babbitt]就主张将这一观念作为"人道主义"的宗旨而非人文主义），坚持人类的文明传统（包括多元化的宗教），近于孔子的"郁郁乎文哉，吾从周"的崇文观念，来对抗邪教、恐怖主义，构建多元现代化人类理想社会。

大人文主义主要思想进程分为三期，第一个阶段是18世纪，欧洲启蒙主义接受和阐释了中国儒家思想中的宋明理学，并且予以再建，发展出早期的"新理学"，这是一种以启蒙主义为引导的、不同于文艺复兴人文主义的新人文思想。从19世纪二十年代开始，以美国"文艺复兴"（American Renaissance）或称为美国"新文化"（American New Culture）为第二期。宋明理学的主要观念经过思想家爱默生（Ralph Waldo Emerson，1803—1882）和梭罗（Henry David Thoreau，1817—1862）的"超验主义"（Transcendentalism）的接受与创新，成为美国独立文学与文化的思想源泉。以后还有白璧德（Irving Babbitt）和艾略特（T. S. Eliot）的"新人文派"（New Humanists）等的再创造。第三期是全球化时代的后现代思想家，这是一个相当广泛的流派，可以包括马克思主义思想家（法兰克福学

---

① 本文原载于《重庆文理学院学报》（社会科学版）2013年第2期。

派的哈贝马斯、美国的杰姆逊、英国的伊格尔顿、东欧俄罗斯的马克思主义思想家)、当代世界文明理论家如以色列著名思想家爱森斯塔德特等人,他们的思想从美国的新人文思想与新理学接受较多。中国的比较文明文化学和比较文学研究中,形成了以辩证理性为认识论的大人文主义。笔者的系列论著包括《比较文化学》《比较文学高等原理》直到最新出版的《比较文化学新编》,提出了以辩证理性取代工具理性,建立全球化时代大人文主义的文化观念与比较文学观念。除此之外,大人文主义间接影响到现当代多种思潮,如托尔斯泰主义、甘地的"不以暴力抗暴"、各种生态主义学说等等。

相当多的中外学者从文学角度来阐释大人文主义思想,如在关于中国"学衡派"与美国哈佛大学教授白璧德的思想研究中,朱寿桐的《人文主义的中国影迹》一书全面追溯了20世纪曾经在中国出现的"新人文主义"思潮,除了"学衡派"的几位文人之外,还有梁实秋、林语堂等人,甚至还联系了中国新儒学的一些学者如冯友兰、熊十力、贺麟等人。作者认为:

> 新人文主义的哲学基础是理性;在理性旗帜下克制人性的放诞和情感的泛滥而保持内心的自省与自律,是新人文主义的心理学思路;新人文主义的伦理学理念则是通过这种内心自省和自律达到道德完善。这种从哲学基础到心理学思路再到伦理学理念的思想构架,形成了新人文主义的内宇宙系统观。同时,新人文主义还有一套外宇宙系统观:以意念理性观照和批判现实。新人文主义的主要理论功能是意念理性意义上的批判与观照,而不是价值理性意义上的倡导与号召,更不是工具理性意义上的推行与实施。①

这种看法无疑远远超出了白璧德的"新人文主义"的范围,俨然可以作为一种"大人文主义"的定义了。但是笔者还是要强调,大人文主义的历史话语有相当大的差异,从具体的历史语境来阐释其思想观念,特别是某一流派的观念仍然是必须的。在这方面,乐黛云在评价白璧德等人的看法时尤其有代表性:

> 他(指白璧德——笔者注)认为中国文化传统与西方文化传统在人文方面,尤能互为表里,形成我们可谓之集成的智慧的东西。——他甚至希望能促成一个"人文国际",以便在西方创始一下人文主义运动,而在中国开展

---

① 朱寿桐:《新人文主义的中国影迹》(前言),北京:中国社会科学出版社,2009年,第4页。

一个"以扬弃儒家思想里千百年来累积的学院与形式主义的因素为特质"的"新儒家运动"。①

白璧德的看法当然具有相当重要的意义，但实际上，他所盼望的新的人文主义运动早已经出现，这就是 18 世纪的启蒙主义对中国宋明理学的接受，这是启蒙主义中最复杂也是最具有多元文化特色的一束观念。当然，"新儒家"运动也早已经存在，不只是"学衡派"的吴宓等人以及冯友兰等学者被称为"新儒家"，在中国哲学史上，"新儒家"这个词最初就是用来指包括自唐代韩愈起到宋明理学在内的儒学的，这个"新儒家"是相对于先秦时代的传统儒家而言的。综上可见，中国与西方文化之间的人文主义交流具有相当重要的意义。

二、新理学与大人文主义本体论

16 世纪环球海上航线开通后，从 17 至 19 世纪中期，也就是中国封建社会后期与西方资本主义急速发展时期，直到进入后工业化时代之前，中国与西方形成了一次文明大交流。在这一交流的思想和意识形态领域，"西学东渐"早已经为世人所熟知。不过，"来而不往非礼也"，就在西方思想文化如潮水般涌进中国的同时，中国以"新理学"为代表的思想文化也进入欧美，与欧美的启蒙主义思想、浪漫主义文学等相融合，对欧美进行人文主义的"启蒙"；而启蒙主义等思想家则以西方话语对中国思想进行阐释与再建，东西文明融合产生了大人文主义思想。

对欧洲启蒙主义产生最大影响的是中国的"新理学"，这里的"新理学"以宋明理学为主体，不同于所谓的"新儒家"。冯友兰解释新儒家时指出，它的源流包括传统儒家、佛家（包括以禅宗为中介的道家，最后是道教，特别是阴阳家的宇宙发生论）。他本人也提出了"新理学"的观念：

> ……照我们的看法，宋明以后底道学，有理学心学二派。我们现在所谓之系统，大体上是承接宋明道学中之理学一派。……我们说"承接"，因为我们是"接着"宋明以来底理学讲底，而不是照着宋明以来底理学讲底。因

---

① 乐黛云：《跨文化之桥》，北京：北京大学出版社，2002 年，第 186 页。

此我们自号我们的系统为新理学。①

今天的"新理学"则既不是"照着",也不是"接着"宋明理学讲的,今天的"新理学"是全球化语境中的"大人文主义"的哲学系统与批评理论观念,它将中国理学和心性之学与西方后现代反理性主义的人文观相结合,是中国与世界体系的文明思想理论,或用黑格尔等人的专有术语,是一种"历史哲学"。但是,要再建这种大人文主义历史哲学便无可回避这样的反思:

宋明理学本是封建意识形态,早在清代就被戴震等人称为"惨祸烈毒"、"不敢倡言,乃并锢其心,使不敢涉想"的极端腐朽的精神枷锁,为什么传入欧洲后反而成为启蒙主义的理论武器?

这正是历史的辩证法,世界思想史上从不陌生:基督教进入罗马以后,原本被罗马帝国视为异端而加以残酷迫害的基督教后来成为罗马国教;佛教在中国唐代也曾经遭受过毁佛灭佛的经历,后来才逐渐成为最重要的宗教。中国宋明理学18世纪在欧洲的经历正是所谓"先恭后倨",曾经被启蒙主义者所推崇,以后又被讥评。而且这一历史过程并未结束,直到今天可能仍然在重演。

我们认为,由于宋明理学内在的人文主义特性,它以人为中心,以仁为核心价值观,必然与启蒙主义的自由平等和博爱思想产生联系。李泽厚指出:

> 我以为,以朱熹为首要代表的宋明理学(新儒学)在实际意义上更接近康德。因为它的基本特征是,将伦理提升为本体,以重建人的哲学。②

宋明理学的人的哲学首先是人类本体的意义,而这种本体论恰又是自我论,这一点是与康德启蒙主义思想相同的。从二程哲学观念来看,人类的自体本质就是"仁":

> 仁至难言,故止曰:"己欲立而立人,己欲达而达人,能近取譬,可谓仁之方也。"欲令如是观仁,可以得仁之体。③

二程学说以人为本,这个本就是仁,也就是最高的人性,这是理学与心学共同的宗旨,只不过理是从认识论角度来达到本体论,而心学是对本体论的阐释。

---

① 冯友兰:《冯友兰选集》(上卷),北京:北京大学出版社,2000年,第323页。
② 李泽厚:《中国古代思想史论》,天津:天津社会科学院出版社,2003年,第208页。
③ 程颢、程颐:《二程集》(上),北京:中华书局,1981年,第15页。

二程说"仁、义、礼、智、信五者,性也。仁者全体",并且一再强调"仁者,体也"、"学者识得仁体,实有诸己,只要义理栽培"。就是注重"仁"的本体论价值,指出"仁"就像是一个人的主体,而义理不过是这种主体的"栽培",也就是营养而已。朱熹讲仁时,也是依了二程的法则,关于"仁者心之德,仁者爱之理"的命题,朱熹解释说:

> 理便是性,缘里面有这爱之理,所以发出来无不爱。程子曰:"心如谷种,其生之性,乃仁也。"生之性,便是爱之理也。①

从中可以看出,宋明理学的本体论其实是性、心与理合一,而以仁为中心的。对于欧洲学者来说,这种道德伦理哲学并不能与自己的核心思想观念形成对称,因为西方文化主要有两种大的来源,一种是古代希腊哲学,另外一种是希伯来神学,这就是中国人常说的"二希"精神(也有学者提出还有近代科学精神等,这是指文艺复兴以后的发展)。西方学者最为关心的首先是宗教的神理,当然这种神理是经过中世纪理性化之后的理念,基督教在中世纪与柏拉图理性相结合,使神学理性化。所以宋明理学在进入欧洲后,必然引起这种人文主义与神学之间的冲突,也正是在这种冲突中,理学思想体系经历转型,成了启蒙主义理性的精神支持。

三、欧洲神学与宋明理学的观念分合

启蒙主义者对于中国是否为无神论国家的看法不一,并且因此产生不同评价。伏尔泰是法国最著名的启蒙主义思想家,他认为中国并不是无神论,只是这种"神"不同于欧洲,是一种以实际法条为代表的文化:

> 实际上,我们之中的某些人出于愤怒,称他们是一个无神论的帝国,殊不知他们所有的法律都是建立在对上帝、对报恩者和复仇者有充分理解的基础之上的。在我们这里有一份他们庙宇上碑刻的真实文件,碑刻的条文说:"遵照第一原则,没有始、没有终,他创造万物,他无限仁慈、无限公正,

---

① 黎靖德:《朱子语类》(二),中华书局,1986年,第469页。

他启迪、激励、管理世界上的一切。"①

伏尔泰并不确切知道中国的宗教是什么，甚至不清楚是不是一神教，但是他认为中国宗教是文明的，比基督教有过之而无不及。他所说的庙宇里的铭言，我们很难与中国经典相对应，但是可看出，他所提到的"第一原则"，则是希腊人的说法，是西方神学的创世纪的模式，也就是所谓的"宇宙起源论"。而对于中国儒学或是理学而言，这种"第一原则"的概念其实并不重要，这也正是西方哲学所不理解之处。

另一位杰出的德国启蒙主义者莱布尼茨更上层楼，他关于"天"的观念正是出于所谓第一原则的思考。莱布尼茨高度评价中国文明在道德伦理方面的成就，批评其在数学与精密科学的不足，他认为这与神学并没有直接关系，相反，他还有请中国到欧洲来传播所谓的"自然神学"的念头：

> 我认为，由中国派教士来教我们自然神学（natüliche Theologie）的运用与实践，就像我们派教士去教他们由神启示的神学（die geoffen-barte Theologie）那样，是很有必要的。由此我想到，如果不是因为基督教给我们以上帝的启示，使我们在超出人的可能性之外的这一方面超过他们的话，假使推举一位智者来裁定哪个民族最杰出，而不是裁定哪个女神最美貌，那么他将会把金苹果交给中国人。②

这里所高度赞扬的正是中国哲学的"人性"特征，而更为重要的是，中国宋明理学的核心概念——"理"——引起了莱布尼茨的极大重视，并且将它和上帝相比较，这是一次神学与理学的比较，对于任何一种东方学说而言，从来没有如此高的评价。

莱布尼茨针对耶稣会士、意大利人龙华民（Nicolas Longobardi）对中国"理"的不公评价，从神学与哲学角度进行反驳。经过这位具有世界声誉的哲学家的阐释，中国的"理"的概念立即引起欧洲的广泛注意。这是西方哲学家首次全面评价"理"，也是最高的评价之一。所以其后黑格尔的《历史哲学》反而有意略过"理"不谈，原因之一可能就是无法反驳莱布尼茨。

---

① 伏尔泰：《中国》，何兆武，柳卸林：《中国印象——世界名人论中国文化》（上册），桂林：广西师范大学出版社，2001年，第70页。

② 夏瑞春：《德国思想家论中国》，陈爱政等译，南京：江苏人民出版社，1988年，第9页。

莱布尼茨研究了龙华民关于中国哲学的观点后指出,中国可能有一种自然神学,而且有自己的哲学,这种哲学的核心概念就是"理":

> 总之,龙华民神父指出中国人也给理加上了一切种类的完满性,完满得不能再完满了:它是至高无上的道、至高无上的正、至高无上的纯。它是至高无上精神性的,至高无上不可见的,最后,它充满到无以复加的程度……
> 我的看法是这样:如果中国人坚持用好像如此矛盾的方式来说话的话,那就不应该肯定中国人的理是原始物质,而应该说它是上帝。①

莱布尼茨对中国"理"的理解对于当时西方传教士、部分西方哲学家的迷误确如拨云雾见青天。

"理"是宋明理学的中心概念,朱熹说:

> 事物之来,随其是非,便自见得分晓;是底,但是天理;非底,便是逆天理。②

从宇宙发生理论来说,这就是周敦颐的"太极"及阴阳生化之道,也是一种理学的认识论,当其表现为物质构成时,即是张载《西铭》中所说的气性。这种观念的认识论意义在程朱学说中得到进一步的发展,最终成为了本体论的"理",这样,宋明理学的基本架构最终形成。

当这种理论进入欧洲时,却成了惊世骇俗的学说,因为西方哲学的第一推动原则与宇宙起源论统统是在神学模式下的,《圣经·创世记》是至高无上的起源论,而理学家的理论当然会引发西方理论的混乱。在群言激愤、群起攻讦这种异端邪说时,莱布尼茨却为之辩护,阐明理学的基本观念,对于理学在欧洲的阐释是极大的支持。

当然由于文化差异,莱布尼茨对中国理学的阐释仍然并不深入,而且时有偏颇,但是却对启蒙主义思想体系的建构有一定贡献。

中国宋明理学是中国文化对欧洲产生较大影响的思潮,特别是在文学领域,伏尔泰、歌德等人都是伟大的文学家,但是,这一思潮的意义与贡献并不局限于

---

① 莱布尼茨:《致德雷蒙先生的信:论中国哲学》,何兆武、柳卸林:《中国印象——世界名人论中国文化》(上册),桂林:广西师范大学出版社,2001年,第171页。

② 黎靖德:《朱子语类:一》,北京:中华书局,1986年,第202页。

文学,它超越了文学的界限,所以在当代世界文学重构中,它的意义与价值正在得到更为深入的研究①。当然宋明理学能在欧洲产生影响,根本原因仍然在于它是一种较为成熟的、达到一定理论水平的思想体系。当我们在全球化时代中反思这一段历史时,并不是沉湎于怀古之情,因为在我们所处的"全宇宙话语"(斯皮瓦克语)交流的时代中,大人文主义正在成为多元文明对话的主要思想原则,这就是辩证理性的思维方式即理解他人的思想与观念,如《诗经》所说"他人有心,予忖度之"。当然,这也是大人文主义曾经受到启蒙主义和美国超验主义者极高评价的儒学道德伦理"己所不欲,勿施于人"。

笔者确信,大人文主义必然会在当代文明对话中有更大的影响力,特别是在当前对抗工具理性带来的物欲横流与自然环境的毁灭性破坏的激流中,其终极是人文主义的人与社会、人与自然和人与自我三种关系的认识与价值评价关系,这是大人文主义思想的现实性。

作者简介

方汉文,苏州大学文学院教授、博士生导师,文学博士。

徐文,苏州大学文学院在读博士研究生。

---

① 方汉文、徐文:《世界体系与中国文明复兴》,载《重庆文理学院学报(社科版)》2012年第6期,第42—49页。

"新文学进化论"与世界文学史观[①]
——评美国"重构派"莫莱蒂教授的学说

吴雨平　方汉文

一、文学"进化论"的"再现"

美国的"世界文学重构"（Reconstruction of World Literature，以下简称"重构"）是 21 世纪的新思潮，其实践性成果突出地表现在世界文学"文选"选编方面。美国哥伦比亚大学教授达姆若什（David Damrosch）等人主编的《朗曼世界文学选编》（*The Longman Anthology of World Literature*）等无疑是新世纪的创新性文选之一。同时，这一思潮中所提出的新型世界文学史观，尤其是斯坦福大学教授弗兰克·莫莱蒂（Franco Moretti）所提倡的"文学进化论"观念（evolution，为区分于传统的文学进化论，以下称为"新文学进化论"）则代表了 20 世纪末期稍有衰退的西方"理论潮"的复兴之势。

莫莱蒂毕业于罗马大学，现任美国斯坦福大学比较文学教授，以小说叙事理论为主要研究方向，代表性论著包括《现代史诗：从歌德到马尔克斯的世界体系》（*Modern Epic: The World-System from Goethe to García Márquez*，1996）、《坐标、地图与树：文学史的抽象模式》（*Graphs, Maps, Trees: Abstract Models for a Literary History*，2005）（其中收入关于世界文学方面的代表性论文"对世界文学的猜想"）（*Conjectures on World Literature*，2000）等。他在"重构"学者群中以理论观念的创建见长，主要提倡"文学进化论"与"世界体系"两种观点。他断言二者之间具有一种冲突与补充的辩证联系，其中进化论代表了文学史的推动因素：

> 现在我们很容易明白，为什么进化论为文学史提供了相当好的模式：因

[①] 本文原载于《文艺理论研究》2013 年第 5 期。

为它基于历史解释了现有形式的多样性与复杂性。这样就对文学研究具有一定的启发性——因为文学中的形式研究是不注意其历史的,而历史的研究则相对容易忽视了形式——对于进化论来说,形式与历史其实是同一个钱币的正反两面……①

很明显,他认为文学的历史与形式两种基本因素在研究中是具有对立成分的因素,以形式研究不能解释历史多样性为理由,将进化论作为"历史"观念的代表,并且把它发展成了一种文学史观。

"进化论"的文学史观念提出后,无论是在"重构"派学者中还是国际学界,反对与赞同的看法都同时存在。特别是对意识形态相当敏感的文学史观研究领域,用达尔文的"进化论"来阐释"重构"的起源,并融合进相对应的文学本体论与方法论观念,则可能被看作是一种"再现"(representation),至少是19世纪文学史观的一种再阐释。

为什么莫莱蒂要提出这种"历史研究"性的"进化论"并且会在世界文学史观领域引起如此高度的关注呢?

这其实是一种特定历史语境形成的现象。自20世纪后期以来,西方文学理论批评对半个多世纪来的"形式批评"进行反思。从1920年代起,"俄国形式主义"、美国"新批评"、欧洲结构主义与后结构主义等"形式批评"一直在欧美居于统治地位,这就使得作为核心领域的文学史观研究乏善可陈,而这一时期正值经济全球化高涨,世界文学史观有直接的理论需求。这一局面直到80年代的"新历史主义"兴起,形势才发生变化,1988年詹姆逊《政治无意识》的发表,标志着西方批评家已经开始寻觅新的文学史建构原则。詹姆逊提出了一个他自称是"绝对主义的口号",即"一切都必须历史化"(Always historicize),并且认为只有"历史化"是"超历史"的。② 这种典型的西方形而上学话语模式,当然容易令人想起德谟克利特的名言:只有变化是不变的。遗憾的是这种历史主义批评的回潮尽管声势不小,但存在根本缺陷,主要是缺少文学史观理论体系的支撑。

---

① Moretti, Franco. "Evolution, World-System, Weltliteratur." *The Princeton Sourcebook in Comparative Literature: From the European Enlightenment to the Global Present*. Eds. David Damrosch, Natalie Melas, Mbongiseni Buthelezi. Princeton and Oxford: Princeton University Press, 2009. 400.

② Jameson, Fredric. "Preface to The Political Unconscious: Narrative as a Socially Symbolic Act." *The Norton Anthology of Theory and Criticism*. Ed. Vincent B. Leitch. New York: W. W. Norton & Company, 2001. 1937.

詹姆逊所提倡的德里达、拉康等后现代思潮与西方传统理论体系标准格格不入。新历史主义的葛林布莱特等人的文学史批评则侧重于莎士比亚等人的文本分析，而被看成是其理论基础的福柯的"权力话语"的"颠覆"等观点，也是"解构"的余威，没有建构世界文学史观的新因素。而全球化语境下的世界文学史书写中，迫切需要能够区分不同文学话语、组织文学史料、划分文学历史分期、阐明文学史的特性与发展规律的观念体系，建立起新的世界文学史观。

这种世界文学史观要求有体系性理论作为前提，从理论话语而论，它必须有文学起源论、文学发展动力论、历史阶段划分与发展论（当然这一种理论的"认识论"也部分地包括在史观之中，但不是史观的必须构成，因为认识论主要目标是文学存在的认知，即其本质特性，而不是历史发展最核心的观念）。这种体系化的建构性要求，使得看起来纷繁多样其实思维方式却是西方一元化的学说，不能完成世界文学史观建构的重任，使得文学"历史化"停留于一种空洞的号召。"露重飞难进，风多响易沉"，用骆宾王的诗句来形容这种文学史思维方式束缚与理论创新之间的冲突是相当适宜的。

正是在这种语境中，"重构"派学者倡导的"文学进化论"显示了它的价值。除了莫莱蒂之外，法国学者帕斯卡尔·卡萨诺瓦（Pascale Casanova）提出的"文字世界共和国"理论、达姆若什本人提出的"后工业化时代文学史观"等也纷纷涉足文学史观。卡萨诺瓦以欧洲弗迪南·布罗代尔、皮埃尔·布尔迪厄等人的学说为依据，主张文学相对于国家政治的"独特权力关系系统"，将世界文学看成是"一个文字的世界共和国"，过激地主张废除"文学史"，直接以文字形态来再现各国文学。① 而达姆若什则明显受到马克思"世界文学"观念的影响，将世界文学与后工业化社会的汽车等商品生产进行原理认证，提倡后经典时代的世界文学生产的历史观。②

但是在"重构"学者的文学史观中，理论体系最为全面、思想观念最为突出的仍然是莫莱蒂的学说，特别是他的"文学进化论"，只不过因其思路的艰涩，论证过程的简略，往往影响到对它的接受与研究，这是我们研究过程中必须注意的。

---

① Casanova, Pascale. "Literature, Nation, and Politics." *The Princeton Sourcebook in Comparative Literature: From the European Enlightenment to the Global Present*. Eds. David Damrosch, Natalie Melas, Mbongiseni Buthelezi. Princeton and Oxford: Princeton University Press, 2009. 338.

② Damrosch, David. "World Literature in a Postcanonical, Hypercanonical Age." *Comparative Literature in an Age of Globalization*. Ed. Haun Saussy. Baltimore: The John Hopkins University Press, 2006, pp. 44–45.

二、文学进化论的理论泛化

如果我们尝试着比较一下以下关于世界文学史观的两个比喻，就会发现，虽然两者的时间前后相隔一个半世纪，然而其设喻方式竟然如此相近，当然会令人对二者的历史关联有新的理解：

第一则写于19世纪60年代的法国，作者以植物来比喻文学：

> 民族（文学）就像是植物一样：虽然有相同的树液、温度和土壤，却在未来的生长中形成各自不同的枝叶、花朵、果实和种籽。①

第二则发表于21世纪的美国，也是一则关于文学的比喻，同样运用了植物（树）来比喻文学：

> 对于进化论而言，文学的形式与历史实在是一枚钱币的两面；或是运用一个更富于进化论色彩的比喻：它们是同一棵树的两种度量方式而已。②

以上两则比喻，前者出自法国丹纳（Hippolyte-Adolphe Taine）的《英国文学史·序言》，如历史上许多文本的命运一样，这个"序言"远比所序的《英国文学史》流传更广，被视为19世纪的文学进化论的代表作之一；后者就是莫莱蒂的代表作《地图·树·文学史》中的一则比喻。两者同样以植物来比喻文学并非偶然，这是与进化论文学史观的核心观点有密切关系的。

丹纳同时接受了进化论和孔德实证论的影响，将环境、种族与时代作为物质与精神文明发展的三大因素。虽然在丹纳之前，孟德斯鸠以及与丹纳同时代的批评家圣伯甫都有过类似的学说，但是用达尔文生物进化论的"物竞天择"作为理论模式来解释世界文学发展，却是丹纳的创造。这种文学进化论最显著的特色是欧洲种族（丹纳的论述中有不足之处，常将民族与种族区分不清）中心论。在他看来，人类种族也是自然选择的结果，欧洲人特别是法国人尤其是法国人中的巴

---

① Taine, Hippolyte-Adolphe. *History of English Literature*. Trans. Henri Van Laun. Edinburgh: Ed monston & Douglas, 1871. 13.

② Moretti, Franco. "Evolution, World-System, Weltliteratur." *The Princeton Sourcebook in Comparative Literature: From the European Enlightenment to the Global Present*. Eds. David Damrosch, Natalie Melas, Mbongiseni Buthelezi. Princeton and Oxford: Princeton University Press, 2009. 400.

黎人处于人类进化金字塔的顶尖，是生物界选择的结果，是具有独特民族精神的民族。而金字塔的底层则是各种民族共同的特性，如他认为"中国人、阿利安人和闪米特人"则不过是具有共同性的"种族"。种族不同，所产生的文学艺术自然不同，处于进化底层的种族所产生的只是生物胚胎时期产物的文学艺术罢了。

当然，以植物作为喻体来说明文学史也并非丹纳的发明，类似比喻在世界文学史早有先例。康德美学中就提到，艺术品可以看作一种自然生长的、自成一体的植物，其后的赫尔德等人曾重复了康德的意见。在中国文学史上，也有将诗与植物认同与类比的观念。白居易《与元九书》中论诗时说："诗者，根情、苗言、华声、实义"，显然是将诗比作植物，这是众所周知的名篇名句了。叶燮《原诗》中说文章有理、事、情三者，"譬之一木一草，其能发生者，理也。其既发生，则事也。既发生之后，夭乔滋植，情状万千，咸有自得之趣，则情也。"① 这同样是以植物论诗的一种独到见解，但是，这些诗学理论观点所取舍的角度不同，其实与西方进化论的文学史观念并无直接联系，没有文学史"进化"的意义在其中。

而"进化"则是西方哲学中历史悠久的观念之一，出于思考宇宙中事物的存在与环境的关系。若考论其起源，关注的中心原本是生物物种如何来的，是神创造的还是自然进化的。其次则是物种的关系。宇宙环境是不断变化的，那么事物特别是生物种类是不是会随着环境变化而出现新旧替代呢？飞禽走兽，草木花卉，包括人类本身会不会因时代变迁而古今不同？如果是这样，决定变化的原则是什么？应当承认，所有这些思考都存在着进化论的因素。从历史线索来看，古希腊的原子论者其实是进化论的祖师之一，他们认为宇宙间的每一个物种都是重新出现的，只有适合环境的物种才能生存，这种观点其实已经部分接近达尔文的"自然选择"。文艺复兴运动以后，古代进化论观念再度兴盛，主要代表人物仍然是哲学家。如培根、笛卡尔、莱布尼茨与康德哲学中都有进化论的观念反映出来，虽然这并不构成他们理论的核心。因为自然科学还没有为进化论提供一种完整的学说与根据，所以进化论一直未能成为一种系统的学说。德国哲学家谢林与黑格尔也"猜"到了具有"理念"意义的自然进化论，认为生物物种是处于进化过程之中的，但是这种进化是表现于概念中的理念。黑格尔的《自然哲学》（即他在海德堡时期的《哲学全书纲要》的第二部，1817年出版）中说："自然界在

---

① 叶燮：《原诗》，见王夫之等撰：《清诗话》，上海：上海古籍出版社，1978年，第576页。

有生命的东西中得到完成,并在转变为更高级的东西时建立起自己的和平状态。"① 这种对物种进化的哲学思想是达尔文之前进化论的一种最重要论断。其后的半个世纪,达尔文的《物种起源》(1868年原稿修订)出版,以后又有《人类的由来》(1871年)出版。在此之前或是与达尔文同时代,也有拉马克、赫胥黎和海克尔等科学家发表了进化论学说。其中有的论著得到达尔文的赞同和高度评价。但毫无疑问,达尔文是现代进化论(即有机进化论)的创立者也是最主要的代表人物。

关于达尔文进化论的解释与争论相当纷繁,其实达尔文本人曾经作过最简明的解释,这就是《物种起源》一书中所说:"在变异的原因和法则、相关法则、使用和不使用的效果、外界条件的直接作用等方面,将开辟一片广大的、几乎未经前人踏过的研究领域。"② 这句话基本涵盖了进化论的主要内容。我们认为,进化论的内容相当丰富,但基本观点是:物种的变化是环境选择与物种内部竞争所形成的,也就是说,经过所谓"物竞天择"的自然选择与淘汰的过程,会产生新的更能适应环境的物种。赫胥黎曾经这样阐释过达尔文主义的宗旨:

> 新种可由个体离开种的类型的变异,经过环境的选择作用而形成。这种意见,在1858年以前,不论科学思想历史学家和生物学家都是闻所未闻的。我们把这种变异称为"自然发生",因为我们不知其中的原因。但这个意见却是《物种起源》的中心思想,它包含了达尔文主义的精髓。③

如果仅仅只是在自然科学领域里提出生物进化的规律,那么达尔文学说或许只不过像其他科学学说的提出一样,具有重要的科学史意义而未必能震动整个社会。就如同哥白尼的太阳中心学说、伽利略的物理学或是牛顿力学的观念一样。但是达尔文学说的另一个重要内容是关于人类起源的,也就是将进化论部分地应用于人类的历史研究,甚至关系到人类社会的研究。特别是进化论将人类的起源归之为古代猿类进化而来,这就引起了基督教会的恐慌,因为这种观念与《圣经》关于上帝创造人类的学说水火不容。所以进化论在西方社会的命运相当奇特,科学中承认它的权威性,而在宗教与生活中又有强大的反对者。

---

① 黑格尔:《自然哲学》,梁志学等译,北京:商务印书馆,1986年,第617页。
② 达尔文:《物种起源》,周建人等译,北京:商务印书馆,2002年,第554页。
③ 转引自W.C.丹皮尔:《科学史及其与哲学和宗教的关系》,李珩译,桂林:广西师范大学出版社,2001年,第237页。

更为重要的是，从 19 世纪后期起，在社会思想与社会科学中同样形成了达尔文主义，影响波及哲学、社会学、历史学、神学、人类学等各种学科，与马克思主义、精神分析学说等学说一样，是西方思想理论的主流之一。在人文社科范围中，进化论主要有这样的观念：首先是本体论领域，德国生物学家海克尔（E. Haeckel）是达尔文学说的重要宣传家，他将达尔文进化论提升到人类社会的"一元论"的地位。他认为："查理·达尔文是真正的'一元论哲学家'，如果他不用自己创立的自然选择理论来说明人类起源，为我们指明道路，把他的学说将自然与人类结合起来，我们是不可能达到这一最高认识的。"① 这种学说的中心是认为人类社会与自然界是一个一元的整体，人类生命活动不过是碳元素的一种形式，人是从单细胞进化来的，所以人类的能力只是具有心理与脑活动能力的统一体。这种理论表面上对达尔文评价甚高，但其实是相当荒谬的，如果将人类视同草木鸟兽，那么不仅科学理论不会承认，就是任何宗教也不会赞同，所以这种理论最先就受到基督教神学家们的反对。而在哲学本体论方面的失败则使得达尔文主义转向认识论，斯宾塞和毕尔生等人将自然选择的理论贯彻到认识论中，认为人类思想观念同物种一样，必然会经历优胜劣败的选择，如果说物种是通过遗传和环境进行选择，那么思想则是通过人类的感官和经验来淘汰，对于个人的选择标准是天赋观念，对于群体则是经验认知。其次当然要承认进化论否定目的论的历史功绩。神学目的论者们认为上帝创造人类与万物是要达到创世目的，世间万物存在都有自己的目的与用途。而进化论彻底颠覆了这种目的论，指出人类与其他物种一样，是自然进化的产物。但是必须注意，达尔文本人从来不赞同将人类与其他物种完全认同，也从不将人看作是一种动物，否定人类的社会性。

　　进化论的方法论具有一种生物学的理论特性，如同任何研究，对象与主体之间由方法工具所联结，进化论以观察实验方法为主，这本身就是自然科学所特有的方法。但是，在西方理性中心的语境中，自然科学与社会科学产生一元化的方法论。所以从培根起，这种实验方法就被推崇为社会科学研究的主要方法。而以后的达尔文主义者将实验方法作为人文社科研究的主要方法，过高评价其方法论价值，也导致了长期以来的科学主义与人文主义研究方法之间的实质性分裂，这正是理性中心论的内在矛盾。

---

① Haechkel, E. "Charles Darwin as an Athopologist." *Darwin and Modern Science*. Ed. A. C. Seward. Cambridge: Cambridge University Press, 1909. 151.

三、从中心到边缘:"情节"与"风格"的对抗

莫莱蒂进化论的核心是这样一种观念:世界不同民族文学形式是多样化的,传统理论只看到这种多样性,而没有从历史进化的观念来解释其形成原因。所以他认为:

> 实际是应当这样看,当代世界现有的文学形式的多样性是一种理论的核心,我们可以把形式的多样性看成是分化和多种分支的产生,这种分化产生于空间的非连续过程之上;此即文学进化论对于研究世界文学史观念的不错的起点。①

在他看来,进化论与世界文学体系理论是互为辩证的,进化论强调物种(即文学形式)的多样性,这是"一个独立空间的世界"。而马克思所提出的"世界文学",则在当代演变为一种"世界体系"理论,就像以色列当代学者伊塔马·埃文-佐哈(Itamar Even-Zohar)在他的《当代诗学》(1990年)中所描绘的一种"多元系统"理论一样,世界多种文学形式之间并不是一种"平衡"稳定的关系,而是历时性的分化与淘汰关系。②

莫莱蒂勾勒出一个世界文学发展生成的理论体系,这是一个纵横交叉的坐标系,纵的方向是文学进化论,这是文学形式的历史发展,是多样性的(复数的),这是一种分化;而横的方向是世界文学体系论,是文学形式扩散的相似性,这是一种聚合。有的学者提出问题:文学史的多样性与同一性同时出现,分化与聚合并存,这岂非构成了矛盾与对立?对此莫莱蒂有自己的解释,他认为文学史进化观与生物进化也还是有一定不同的,因为文学史是遵循文化进化的规律,并不是绝对的淘汰,只是相对的。而从历史时代来说,这两种模式既是同时并存在的,

---

① Moretti, Franco. "Evolution, World-System, Weltliteratur." *The Princeton Sourcebook in Comparative Literature: From the European Enlightenment to the Global Present*. Eds. David Damrosch, Natalie Melas, Mbongiseni Buthelezi. Princeton and Oxford: Princeton University Press, 2009. 401.

② 伊塔马·埃文-佐哈是当代以色列著名学者,任教于特拉维夫和耶路撒冷大学,以提倡多元系统的功能主义理论著称。他不满于索绪尔语言学的僵化结构理论,而从文化的继承与进化的观念来研究翻译活动,但同时吸收了部分俄国形式主义与布拉格学派的结构主义理论,将翻译研究从单一的语言领域向文化研究的广阔领域推进。

但在主体性角度又构成了不同时代的阶段。他引用了托马斯·帕维尔（Thomas Pavel）在《小说的思考》中的结论：资本主义市场化是历史阶段的分水岭，"分化作用在小说的历史上是前15个世纪的动力，直到18世纪以后才成为聚合性的"，即从18世纪后，"聚合与扩散同时成为了文学中的主动因素。"①

在这一历史过程中，是什么文学因素会促成这种聚合与分化之间的互相作用呢？

其实这也是这文学史观的一种历史发展论（也有人认为是其本体论，我们认为作为历史发展论的主体部分更为合适）。莫莱蒂可以说是较为成功地结合了马克思主义的卢卡契学说与俄国形式主义理论。他认为主要有两种决定的因素：第一种是叙事与文化的结合，他以西方叙事学与结构主义为本，指出所谓的叙事是以文学"情节"为代表，而"文化"则表现为一种"风格"，这两者相结合，这种结合的过程其实就是文学"扩散"的过程（因为现代小说的主要历史进程是在18世纪后的"聚合与扩散"，实际上主要是指小说从西方到东方的传播与流变过程）。他举的例子如：意大利批评家安东尼奥·坎迪多（Antonio Candido）关于自然主义文学的扩散的研究。法国左拉的小说《大使》是中心情节，经过半边缘的意大利作家维尔加（Verga）的《马拉沃利亚一家》的扩散，小说接受了西西里-塔斯卡的语言风格，但是保留了情节因素。然后在向半边缘化的巴西作家阿兹维多（Azevedo）的《贫民窟》中，使用一种"寓言"化的叙事与道德伦理的风格，但仍然保留了自然主义源流的情节因素。这个例子典型再现了莫莱蒂的理论，但是时代较早，他认为20世纪后期，这种扩散有新演变，表现为"最伟大作家往往把西欧模式屈从于文体多样性的变化过程"。欧洲经典原著中的那种"客观叙事"文体不复存在了，扩散中出现了多声部的、反讽式的叙事，这种文体有意与原作采取一种不和谐的模式。又如东方文学中的菲律宾作家黎刹（Rizal）的《社会之癌》（*Noli me tangere*）、日本作家二叶亭四迷的小说《浮云》（*Drifting Clouds*）、泰戈尔的《家与世界》（*Home and the World*）等作品。莫莱蒂认为这些作品的扩散方式是"将来自中心的情节和边缘地区的风格相结合"，从而产生了一种新的文体。

---

① Moretti, Franco. "Evolution, World-System, Weltliteratur." *The Princeton Sourcebook in Comparative Literature: From the European Enlightenment to the Global Present*. Eds. David Damrosch, Natalie Melas, Mbongiseni Buthelezi. Princeton and Oxford: Princeton University Press, 2009. 404.

以上这种理论线索已经相当复杂，而其中的矛盾又明显存在。如果按照这种说法，一种文学在从欧洲到亚洲的扩散中，欧洲中心的"情节"是可以流传的，而其"风格"则会亚洲本土化。那么这种理论的前提就是情节与叙事风格之间是可以分离的，更为历史化的说法，形式与内容是两分的，这显然是一种文学理论上的悖论，而且，卢卡契本人的学说正是与此相冲突的，卢卡契接受了黑格尔的观点，形式即内容，内容即形式，将小说看成是资本主义时代的一种产物。这是卢卡契学说的核心，所以，这必然会对莫莱蒂学说形成质疑。莫莱蒂是这样解释的：原著中的情节与扩散中的风格是可以分离的，情节保持不变，而文体风格则因环境而融新。主要原因在于，其一情节不变的原因是因为存在一种"关联主题"（bound motifs），这是俄国形式主义理论家鲍里斯·托马舍夫斯基所提出的，即这种主题其实具有在不同文化语境中流传中的"生命力"，可以适应新的文体而保持文本主旨的不变。其二则是由于翻译的原因，因为扩散的过程必然是文学翻译的过程，而翻译中，文本的情节是不变的，变化的只是语言风格，所以从这一意义来说，"翻译是一种叛逆"的说法是恰当的，言外之意则是情节其实并没有变。

　　最后，莫莱蒂提出了一种独特的，但可能对各种理论批评都有重要参考价值的观念：文学从中心向边缘扩散中，情节与风格之间并不是一种完全的"融合"，而产生的新形式可能是一种"斗争形式"。这种杂交的不谐和文本又具有一种独特视域：从中可以看到世界文学的"无穷尽的螺旋式的霸权与反抗之间的对抗"。①

四、对新进化论的相关评骘

　　以理论体系而言，莫莱蒂的理论虽然是以进化论为文学史观的一种主题性理论，而且并不以观念艰涩或是奇谲为特色。但是它却激起了国内与国际的不同反应，甚至在"重构"学派内部也有纽约大学教授艾米莉·阿普特（Emily Apter）这样的中坚学者对其评头品足。

---

①　Moretti, Franco. "Evolution, World-System, Weltliteratur." *The Princeton Sourcebook in Comparative Literature: From the European Enlightenment to the Global Present*. Eds. David Damrosch, Natalie Melas, Mbongiseni Buthelezi. Princeton and Oxford: Princeton University Press, 2009. 406.

这种理论的核心并不只是提倡一种历史观念（这一工作早在詹姆逊的《政治无意识》中已经完成），而是要建构新的历史理论体系，有了这种观察历史的理论，才可能有新的历史观。这也就使得"新进化论"的文学史观处于两难之中，一方面，它所依据的达尔文进化论在文学研究中历来声誉不佳。如上所述，从19世纪以来，进化论作为文学研究方法已经成为"旧时之曲"，这就为它的创新性蒙上一层陈旧的色彩。而如果从近的来说，它与西方的新达尔文主义甚至自然主义等并无二致，这种情况如果用莫莱蒂自己的比喻，将文学理论比为一棵树，那么这只是一棵倾斜的朽木。但也要看到，莫莱蒂又在努力改变进化论，他引入的俄国形式主义托马舍夫斯基的"情节"（这是俄国形式主义一种重要的理论贡献，目前仍未受到应有的普遍关注）与时代的叙事风格（这种观念其实一定程度上来自于卢卡契等人）两种观念，确实具有一定的理论革新价值。[①] 但是，如果以这种观念来解释文学史观，就使莫莱蒂不得不进入了传统文学史所无法避免的"文学流派论"（甚至还可以包括文艺思潮论），其中对欧洲、亚洲和拉美文学都有巨大影响的自然主义当然是作者所关注的重点之一。

从世界文学史来看，传统观念往往以文学流派与思潮为代表类型来再现文学史进程，现实主义、浪漫主义、现代主义等流派和思潮是文学史观的核心概念，以它们的替代演进作为文学史发展的线索。但是20世纪中期以来，新批评与结构主义文学理论激烈反对历史主义批评，将"文学思潮与流派"排除出文学史，以文本阅读作为主要研究方式，美国几乎没有文学史著作，大学的文学史课程则以《诺顿文选》与《朗曼文选》等作品选本取代文学史理论的教学。所以在近几十年的批评中，"思潮与流派"几乎成为过时话语，以至人人讳言。中国文学理论批评更是对西方亦步亦趋，近年来极少有文学流派的论述，除了陆贵山的《文艺史观与文艺思潮》（中国人民大学出版社，2008年）等少数论著外，其他论著寥

[①] 关于俄国形式主义者的"情节"与"结构"的划分，主要参见鲍里斯·托马舍夫斯基的《主题学》（Thematics，1925）一书，但本书未见英文译本，莫莱蒂同其他美国学者一样，是根据美国学者李·T·雷蒙和马融·J·瑞斯合编的《俄国形式主义批评：四篇论文》（内布拉斯加大学出版社，1965）一书来论述的，因此往往不能区分原作者所说的"法布拉"（Фабула）与"修热特"（Сюжет）之间的区分，关于这个问题可以参见方汉文《比较文学高等原理》（北京师范大学出版社修订版，2011年）第234页的区分，作者参较了英俄两种译本，理解为"法布拉"是叙事情节，而"修热特"则是叙事结构。关于这一区分，[荷兰] 佛克马、易布斯《二十世纪文学理论》（三联书店，1988年，第21页）恰恰作了颠倒的定义，笔者特此指出，希望有更多的学者能根据俄文原文来研究这一对术语的定义，不致淆乱。

若晨星。尤其是一些新近出版的文学史类著作，也改变了论述模式，与美国和西方的文学史在这一尺度达成认同。所以在这种语境中，莫莱蒂的文学思潮与流派的文学史观创新意义尤其突出，他所提出的"情节不变，风格替代"等观念，当然有其创新性价值，不仅对于美国，对于中国文学史研究同样如此。

  与我们的看法恰为互补的是以纽约大学的阿普特（Emily Apter）教授为代表的美国批评家对莫莱蒂的批评。阿普特首先指出莫莱蒂的进化论学说其实是其"体系理论"的一个组成部分，而"世界体系"则是欧洲有渊源的学说，从黑格尔直到马克思、卢卡契、詹姆逊、哈贝马斯、卢赫曼，直到当代美国著名的社会学家沃勒斯坦的"世界体系"都是庞大的学说理论体系，这些体系如同侏罗纪的恐龙一样令人惊叹。而莫莱蒂的学说则是"人类科学的宏大理论"，相近于伽达默尔、库恩、阿尔都塞、列维－斯特劳斯等人的"编年史"式的理论。但是其中对于社会现象的历史科学研究模式不可避免地产生一种"帝国式"的"功能主义"理论，导致一种因果联系的分析，而不利于对事物的复杂原因的认识。[①] 阿普特的评论理论性相当强，她一针见血地指出了以进化论为代表的宏大理论的共同特性。在她看来，无论是马克思主义还是进化论，都具有经济学或是生物学的科学依据，这是众所周知的事实，但这是这些宏大理论的不足之处是，以理性观念来批评文学艺术的审美现象，导致缺乏文学本体批评的审美特性的缺失。例如，莎士比亚《哈姆雷特》的为父复仇就并不是"自然遗传"或是"种间竞争"的理论所能解释的。小说的情节与风格都会随时代而变化而且是不重复的。再举例来说，《堂吉诃德》中有一个情节：堂吉诃德这个瘦面骑士在幻觉中冲击风车，结果几乎粉身碎骨。这个情节与乔伊斯《尤利西斯》中的一个情节极为相像，当斯蒂芬与布罗姆来到妓院后，因为喝醉酒产生了幻觉，打碎妓院的吊灯，引起一场纷乱。这其实是不同时代的具有共同讽喻精神的近似情节，相似的情节必然产生变化，并不仅仅是时代语境与风格的变化，这种风格当然是失落的骑士精神与工业化时代人类精神堕落的差异，而重要的是情节在时代风格的变化中，同样起了与之相适应的变化，主体从理想主义的追求向颓废的反抗的演变，这种情节的演变是作为文学体系的历史现象而不是单纯的形式因素。

---

  ① 参见 Apter, Emily. "Literary World-Systems." *Teaching World Literature*. Ed. David Damrosch. New York：The Modern Language Association of America（2009），47.

第二编　世界文学重构理论观念

在笔者看来，这种对宏大叙事理论的批评从文学史观来看也有合理之处，特别是对审美批评的强调是对所谓"回归文学本体"的呼声的有力回应。但是，正如当代美国批评家达姆洛什等人所指出的那样，如果经过了结构主义到精神分析的现代理论批评的锤炼之后，再回复到几十年前的审美批评模式已经是不可能的了。因为在文学史的演进中，人类与自然环境和社会的生态关系已经改变，《文心雕龙·物色》说到"物"与"时"的"俱变"正是此意。"岁有其物，物有其荣；情以物迁，辞以情发"，但更为重要的是"质文沿时，崇替在选"。这里我们不妨从比较诗学的角度对刘勰与莫莱蒂稍加关注，主要目的并不是比较，而是由此考察莫莱蒂文学进化论的历史定位。

莫莱蒂的"情节"与"风格"，在《文心雕龙》中也有一对足以与其相对应的概念"辞意"与"文体"。莫莱蒂是以西方小说为主体，以叙事性为中心视域的，所以重在叙事的情节。而刘勰以中国诗文为主体，以抒情性为主线，所以重在"辞意"。在文学史观方面，莫莱蒂的"进化"主张"文体"的变化与"情节"的持久；而刘勰则强调辞意的相对稳定与文体流变，他以西晋贵玄，偏安江左之后的玄风大盛为例，说明了文学历史盛衰中的两个因素辞意与文体的作用，"自中朝贵玄，江左称盛，因谈余气，流成文体。是以世极迍邅，而辞意夷泰"①。这是一种相当矛盾的现象，文体已经大变，而辞意却没有真正的进步，这一时期的文章成了老庄的思想的宣传筒。足见莫莱蒂的"情节"与"风格"在一定程度上恰与刘勰的"文体"与"辞意"相对应，只不过两个人的文学史观仍有不同之处，刘勰强调辞文体与辞意是染乎世情与时序的，而莫莱蒂则以为文体固然是可变的，而情节的传承是相对稳定的。如果从文学史观的方法论来看，莫莱蒂把形式主义的"情节"概念置于进化论的理论中，其实是后现代批评中将形式主义与西方马克思主义等多种理论相结合的模式。

关于这一特点，美国的批评家们其实是看得非常清楚的，阿普特评论莫莱蒂小说理论时认为，其目的在于展示文体、风格和"次文体"（subgenres，包括流浪汉小说、感伤小说、东方传说、战争故事、历史小说、田园小说、自然主义、颓废派诗歌、现代主义、新女性小说等）的一个联合体，而作为文学价值烦的联

---

① 刘勰：《文心雕龙》，范文澜注，北京：人民文学出版社，1958年，第675页。

合体，这是资本主义经济联合体的等值品。① 这个判断虽然有些言过其实，但仍不失为一种一得之见，这种西方化的马克思主义阐释与形式主义观念之间的对等关系的联合，从巴赫金到詹姆逊一直沿用，它成为美国"世界文学重构"文学史观理论的核心，代表了当代美国理论批评的一种新主体形态，一种可能更具普遍性的新形态。

作者简介

吴雨平，苏州大学文学院教授，文学博士。

方汉文，苏州大学文学院教授，博士生导师，文学博士。

---

① 参见 Apter, Emily. "Literary World-Systems." *Teaching World Literature*. Ed. David Damrosch. New York: The Modern Language Association of America(2009), 50.

困境与出路：世界文学史的新建构[①]

黄 晖

世界文学是当下比较文学界的热门话题，随着讨论与思考的逐渐深入，世界文学研究者更多地将着眼点集中在对世界文学史的新建构上。"世界文学史新建构"这一概念的提出，实际上是要倡导研究者立足于人类的"整体"去看待文学史问题。进一步说，世界文学史的新建构，不仅需要考察和整合各种文学事实，而且需要在此基础上，进行更高层次的思辨的、逻辑的思考和研究。这标志着世界文学研究范式进入了其转型期——以新辩证论为思想武器，促进多元文化的互证、互补乃至互动，进而达到对话、沟通和相互理解的目的。

一、何为世界文学史：观念的廓清与功能的界定

何为世界文学史？其学科特性何在？它的功能又是什么？在中国学者近百年的世界文学史编写实践后提出这样的问题，颇显"小儿科"。然而一旦认识到当下中国混杂的文学史编写实践，对这些问题就不但不感到稚嫩、而且甚觉严肃了。

简言之，世界文学史就是指世界文学发生发展的历史，那么，什么是人们能够普遍认可和接受的"世界文学"概念呢？我们现在知道，是欧洲的学者首先提出"世界文学"这个基本概念，其思想根源可以追溯到古希腊时期的著名思想家柏拉图，他在《理想国》中提出了建立超越世界各民族界限的世界统一体的美好蓝图，这一设想被西方的众多思想家如克罗齐和黑格尔等人所继承与发扬，进而发展成为多个领域里的"世界主义"，其中影响最大的就是歌德与马克思的所分别倡导的"世界文学"观念。

[①] 本文原载于《池州学院学报》2013 年第 1 期。

1827年1月31日,歌德在与其秘书艾克曼讨论一本中国的传奇小说时时,首次运用了"世界文学"这一词汇,"民族文学在现代算不了很大的一回事,世界文学的时代已经来临了。现在每个人都应该出力促使它早日来临。"①歌德在认真阅读了中国的传奇小说后,逐渐形成了世界各民族的文化可以相互理解与相互认同的观点。但我们同时必须注意到,歌德在意识到世界各民族文学与文化所可能具有的同一性的同时,还提出了一个超越于世界各民族文学与文化之上的标准或者说价值尺度——古希腊文化。歌德的"世界文学"观念其实是一种文化一元论的立场,因此有学者认为:"歌德的世界文学概念不是一个简单的全世界文学的集合概念,而是对全世界各民族文学发展的共同趋势和前景的期待。"②

　　马克思对"世界文学"这一观念的论述,见于《共产党宣言》中的那段名言,"民族的片面性和局限性日益成为不可能,于是由许多种民族的和地方的文学形成一种世界的文学。"③根据马克思的理解,"世界文学"并不是一个纯粹的文学观念,而是一个包含文艺、哲学与科学等在内的大文化概念,是植根于工业和贸易全球化物质基础上的历史发展趋势。这一提法的现实意义在于消解世界各民族间的隔阂,克服本民族的局限性,把世界各民族人民所创造的精神产品变成各民族人民都能共同享有的精神财富。对马克思而言,"世界文学"不是目的而是手段,无产阶级把它当作自己的精神武器,进而发动群众,把精神的东西变成物质的力量。也就是说,其目的是要求我们树立全球化的自觉意识,用多元主义和世界主义代替单边主义和民族主义,从而建构和平共处的国际政治、经济和文化新秩序。

　　正是在充分理解歌德和马克思所倡导的"世界文学"观念的基础上,方汉文教授指出"所谓'世界文学'就是各国文学的总和与汇集,它既包括各国文学经典名著也包括不同民族文学的历史,这些基本的文献、资料与史实,是世界文学研究的基本构成,必不可缺。"④进一步说,我们所理解的世界文学史新建构其目的并不是要泯灭世界各民族文学的精神特质与审美特征,而是对世界各民族文学的特定历史属性的认可、接受与研究,而世界各民族文学也只有置

---

① 艾克曼:《歌德谈话录》,朱光潜译,北京:人民文学出版社,1982年,第113页。
② 高小康:《世界文学与全球化文学界说》,载《社会科学辑刊》2002年第2期,第38页。
③ 马克思:《马克思恩格斯选集》第1卷,北京:人民出版社,1972年,第255页。
④ 方汉文:《世界文学的阐释与比较文学理论的建构》,载《东方丛刊》2007年第3期,第207页。

放在世界文学史的整体视域和总体格局之中,才有进一步彰显其民族特色的可能。

二、世界文学史建构所面临的困境

"世界文学史新建构"这一设想并非"空中楼阁",它是针对我国目前的世界文学史建构的缺憾和不足而提出来的。近百年来,我国的世界文学(外国文学)史建构,取得了很大的成绩,但也面临着诸多困境,归纳起来主要有以下几点:

(1) 近百年来,冠以"世界文学史"之名的书籍大量涌现,反映出学术界对世界文学研究和教学的关注和热情。郑振铎的《文学大纲》是中国学者撰写的第一部世界文学通史类著作,此后此类著作层出不穷:1933年上海亚细亚书局出版了李菊休、赵景深合编的《世界文学史纲》,1937年上海乐华图书公司出版了啸南的《世界文学史大纲》,上海生活·读书·新知书店出版了胡仲持的《世界文学小史》、余慕陶的《世界文学史》(上册);而近年来又涌现出大量以《新编世界文学史》、《世界文学简史》、《世界文学史纲》、《世界文学史》等等以"世界文学史"命名的著作。然而稍加翻阅,我们就不难发现,这些所谓的"世界文学史"的编写思路与传统的"外国文学史"相比较其实并没有太大差别。"世界文学史"之所以写成了"外国文学史"甚至"欧洲文学史",就是因为把"世界文学史"理解成不包括中国文学史在内的世界其他国家的文学史。根据我们的理解,一部真正意义上世界文学史绝不能把中国文学史排除在外,中国文学应该屹立于世界文学之林。只有在这种宏观的文学史视野中,中国文学才能与世界其他国家的文学在平等的基础上共同建构起世界文学的杂语共生模式。

(2) 文学工具论所导致的文学史建构的主观随意性。例如,在茅盾编写的《西洋文学通论》中,仅写实主义部分就占了三分之二以上的篇幅,尤其是在现在看来文学成就其实并不是很高的自然主义文学,用了大量的文字加以介绍。而对于同样是写实主义作家的莎士比亚,因其属于古典派,就简略地一笔带过。二十世纪五十年代以来,因为需要思想舆论来确保整个社会秩序的稳定,包括文学在内的一切文艺创作,都被规训到主流意识形态所预设的话语体系之中,所以一些文学价值不高但却能为主流的宏大话语服务的文学作品反而被经典化,最终导致世界文学史叙事话语的单一与审美功能的基本丧失。在1949年后的世界文学史撰写中,把无产阶级文学等带有明显左翼倾向的世界文学作为介绍和研究的重点,并上升为主流话语,将其经典化。而另外一些在世界文学发展中具有里程碑意义并具有较高艺术价值的文学类型,则被排斥在世界文学史之外。例如,"玄学派"诗歌、哥特小说等,就因为其黑色意味和死亡母题等所谓"不积极"的内容,而被彻底排斥在我们所建构的世界文学史之外。

(3) 东方文学和西方文学的两分法对整体世界文学的人为割裂。长期以来,国内学者对世界文学的划分都大体遵循一种约定俗成的地理观念,即分为西方(欧美)文学和东方(亚非)文学两大基本类型。从人类跨文化交流的历史看,西方与东方的地理和文化划分本身就是值得商榷的,西方与东方概念的形成是一种人为建构的结果。萨义德曾认真研究了西方世界对东方世界的建构,指出"东方并非一种自然的存在",① 而是一种西方中心论或者说欧洲中心论的产物。日益模糊的东西方文化与地理边界和汹涌而至的文化全球化大潮,对我们的世界文学史建构提出新的挑战。在多元文化语境中,我们越来越难以区别哪些是纯粹的西方文学和西方作家,哪些又是纯粹的东方文学和东方作家了。具有跨文化性质的流散文学和少数族裔文学研究的兴起,已经慢慢消解了东西文学与文化二分的观念。我们有理由相信,随着跨文化交流的日益频繁,这些具有跨语言与跨文化性质的文学,会越来越因为其创作的文化多元性,而成为最能反映当下世界文学特质的文学类型。

(4) 忽视了世界文学自身的发展规律。目前所使用的世界文学史教材虽然已几经修订,但庸俗社会学的影响依然可见,主要是从反映论的立场出发,结合时代背景或者社会状况来分析文学思潮与作家作品,割裂了文学的自律与他律的辩证关系,只强调文学的相对独立性。以庸俗社会学为理论基础的世界文学史,必然将时代背景简单等同于文学内容,用时代精神和作家的世界观来阐释作品的主题思想,从而导致文学的审美价值被历史价值取代,偏离了文学的本质。

(5) 教材的编排体例的封闭性。目前的世界文学史教材就结构而言是相对封闭的,多年来主要内容几乎固定不变,没有任何弹性,基本上是按照历史发展阶段和国别地域来划分,大都先介绍文学发展的概况,然后是重点的作家与作品。这种固定不变的僵化模式,直接导致教学方式的模式化与简一化,教师不能超越历史时空对文学思潮与文学作品按照文学的规律进行整合,也无法启发学生触类旁通和举一反三,进行积极的思考。

---

① 萨义德:《东方学》,王宇根译,北京:三联书店,1999年,第6页。

三、新辩证论视野中的世界文学史观及其理论意义

无论是歌德和马克思的世界文学观念,还是法国人的比较文学观念,抑或中国当下所提出的跨民族与跨文化的文学研究,都隐含着一个在理论上必须解决的难题:在跨民族与跨文化的文学研究中,如何克服文化立场上的西方、东方(中国)中心主义的排他性选择?文化一元论的危害在于看不到异彩纷呈的多元存在,看不到世界各民族文化古往今来的交流与会通,看不到文化先进民族与文化滞后民族都有一些优于别人的长处,从而在看待许多的文学和文化问题时,偏离客观事实,并很有可能把一己民族的存在与价值观,当作唯一合理的诉求,从而成为诱发不利于国家利益和民族团结的因素。因此,在以跨文化对话为理论目标、以和而不同与多元共生为文化导向的基础上撰写一部真正意义上的世界文学史,就显得很有必要。美国哈佛大学比较文学系主任大卫·达姆罗什就认为:"比较文学与世界文学研究者有一个共同理想,即促进跨文化交流和理解。"[1]

一些中国学者认为,"歌德与马克思意义上的世界文学与其说是一种文学现实,不如说是一种美好的理想和可贵的乌托邦。"[2]世界文学的新建构不应只是各民族文学的简单聚合,而是在互识、互证和互补的基础上带有比较文学意味的有机整合。世界文学史的新建构应以全球多元文化意识为理论根据,强调世界各民族文学相互平等的地位。它应当把世界范围内的各民族文学看作人类所共享的精神财富,不偏不倚地加以比较和阐释,从而深入探讨人类文学发生、发展与整合的规律,在理论上推进以各民族文学的艺术个性和审美特征的充分发展为旨归的世界文学的历史进程。这才是世界文学史新建构的题中应有之义。世界文学研究理应在多元文化语境中发挥主导作用,文化的多元化发展趋势也要求我们从根本上改变世界文学研究范式的参照系。

然而遗憾的是,在世界文学史的建构过程中,我们长期受制于西方中心论和中西二元论这两个根深蒂固的研究模式。针对当下的世界文学史建构而言,这两种研究范式已经无法阐释世界文学的多元化格局。新辩证论是对世界各国文学发

---

[1] 大卫·达姆罗什:《世界文学是跨文化理解之桥》,载《山东社会科学》2012年第3期,第34页。
[2] 乐黛云:《对比较文学和世界文学的一些思考》,载《中国比较文学》2011年第4期,第40页。

展的历史特性和共同规律进行整合研究的理论基础。我们完全有理由相信,在世界文学史新建构的语境中,新辩证论完全可能成为推进研究拓展的动力,进而成为研究范式转型的选择之一。这种转型对于世界文学史学科的建构是完全正常的,"世界文学并不是目标,而是一个问题,一个不断地吁请新的批评方法的问题。"①在世界文化日趋走向多元化的今天,我们理应形成一种新的辩证理论,在本文化与异类文化、自我与他者的关系中,承认他者的同等地位,在自我与他者之间建立相互平等又相互区别的辩证关系。各具特质的世界各民族文学理应是互为主体,以多元而非一元的态势来丰富"世界文学"的整体格局。根据我们的理解,世界文学其实就是在世界各民族文学的碰撞、交流、对话、借鉴和会通的过程中逐渐形成的,各民族文学与世界文学是辩证统一的良性互动关系。

王国维认为文学是属于全人类的,"若夫真正之大诗人,则又以人类之感情为一己之感情,……更进而欲发表人类全体之感情。彼之著作,实为人类全体之喉舌。"② 文学研究会在其《丛书缘起》中声称,文学艺术的功能并不是为个别"民族"服务,而是为"人类"大众服务:文学"能够以慈祥和蔼的光明,把人们的一切阶级、一切国界、一切人我界,都融合在里面。"③ "世界文学重构"这一理念蕴含着人们渴望摆脱孤立状态,走向一个辩证统一的话语平台的美好憧憬,同时它也为全世界各民族文学彰显自己独特的审美倾向提供了绝佳的场所。但世界文学史的新建构,需要我们做的工作还很多,应包括以下几个方面:

(一)建立文化多元化基础上的全球视野,考察各民族文化在纳入世界整体结构之后如何影响文学发展的问题,审视每个时代的文学在他者影响和克服他者影响的双向互动中的发展历程。经济学家斯蒂芬·玛格林说过:"文化多样性可能是人类这一物种继续生存下去的关键。"④由于地域、种族和语言等都具有多样性,我们应当考虑到各民族文学的独特性与多样性,不能简单主观地用某一种标准来衡量世界各民族文学,而应尽量客观与公正地研究世界各民族文学。

(二)从国际学术界的文学史编纂实践中,借鉴建构相对完整的世界文学史

---

① Franco Moretti. Conjectures on World Literature[J]. New Left Review,2000(1):55.
② 王国维:《王国维文集》第三卷,姚淦铭、王燕编,北京:中国文史出版社,1997年,第30页。
③ 阿英编选:《中国新文学大系·史料·索引》,上海:良友图书印刷公司,1936年,第73页。
④ 《世界文化报告:文化的多样性、冲突与多元共存》,北京:北京大学出版社,2002年,第159页。

的基本方法，有效解决世界文学的起源、发展动力、文学史分期基本范畴等问题。

（三）认清专业研究者的使命，鉴别世界各主要国家的文学发展历程与基本规律，形成系统而准确的各国文学史，把中外（东西）文学史相互融合，把不同语言的文学纳入统一的世界文学整体格局，从而建构起一种宏大的全球文学观。

总之，建构有当下中国特色的世界文学史，无疑是一项重大而历时较长的学科建设工程，任重而道远，各方面的矛盾冲突和艰难险阻自然也不会少。然而，这项工程和建立"以我为主"的"中国世界文学学"有密切关系，前者（编写自成体系的世界文学史）是后者的必由之路。只要我们能遵循"传承—超越—创新"的规律，假以时日，一定会出现有中国特色、形成自己体系的世界文学史。

作者简介

黄晖，扬州大学文学院教授，文学博士。

朱生豪翻译的"神韵说"与中国古代诗学[①]

朱安博

一、朱生豪翻译观念的核心：神韵说

朱生豪是位伟大的翻译家，他以生命译莎，成为中华文化史上的一大盛事，但其翻译思想却未引起研究界足够的关注和重视。今天我们能够直接了解朱生豪的翻译思想的文字只有《莎士比亚戏剧全集·译者自序》。尽管这篇自序篇幅短小，但却从翻译标准、翻译方法、翻译态度以及翻译批评等不同的层面阐述了朱生豪的文学翻译思想。

> 余译此书之总之，第一在求于最大可能之范围内，保持原作之神韵，必不得已而求其次，亦必以明白晓畅之字句，忠实传达原文之意趣；而于逐字逐句对照式之硬译，则未敢赞同。[②]

在这篇译者自序中，我们可以看出，朱生豪对于翻译思想的主要贡献就在于他的"神韵说"。朱生豪的翻译原则就是"志在神韵"。他的译文忠实于原作的意义和韵味，保留原作的精神和魅力。

1929 年，朱生豪考入之江大学，主修中国文学系，并选英文系为辅系。在之江大学这样一个风景优美而藏书又很丰富的地方，他的阅读范围更加广泛，"他对各门课程，往往不满足于教材的概略介绍，而是在可能范围内，研读原著，统

[①] 本文原载于《江南大学学报》（人文社会科学版）2013 年第 4 期。
[②] 吴洁敏、朱宏达：《朱生豪传》，上海教育出版社，1990 年，第 264 页。

摄全豹，旁征博引，辨察精微。"① 在之江，朱生豪得到了"一代词宗"夏承焘等名师的指点，学识和才能很快提高，被师友们公认为"之江才子"。而朱生豪对诗歌的特殊爱好，终于使他成为一个为他的师友们所公认的天才诗人。夏承焘曾如此评价朱生豪："之江办学数十年，恐无此未易才也"。② 还说他的才华，在古人中也只有苏东坡一人可比。

朱生豪译莎的成功原因是多方面的。其中之一就是"之江才子"的诗人素质。之江大学的学习使朱生豪具备了深厚的中国古典文学修养和古典诗词创作实践，这为他翻译莎剧打下了坚实的基础。把世界著名的莎剧译成汉语而仍不失为精彩的文学作品，这是朱生豪的成功之处。因为朱生豪自己是诗人，又对中国古典诗学有着深厚修养和独立见解，所以他在译莎时，对诗体的选择，有着更大的自由和广阔的天地。他可以优游从容地选择古今诗体的不同风格、不同句式，作为翻译中的多项选择。从四言诗到楚辞体，从五言诗到六言七言，甚至长短句，他都运用自如，在译文中可以充分发挥他的诗学才能，并使中国诗体的各种形式，十分自然地熔化浇铸于汉译莎剧之中而不露痕迹。③

读过朱译本《莎士比亚全集》的人都有体会，朱生豪在每个剧本中都尽量用诗体翻译莎剧里的诗，而且译得相当精彩。其译本"求于最大可能之范围内，保持原作之神韵"，译文流畅，笔力雄健，文词华赡，译文质量和风格卓具特色，为国内外莎士比亚研究者所公认。作为译者，朱生豪真正理解了莎士比亚。在翻译实践中，朱生豪没有拘泥于形式，再现了莎剧的"神韵"，做到了雅俗共赏。比如在《无事生非》里面，有一段克劳狄奥到希罗墓前的挽歌：

---

① 宋清如：《1947 年写的回忆文章，见吴洁敏，朱宏达、朱生豪传》，上海外语教育出版社，1990 年，第 39 页。

② 吴洁敏、朱宏达：《朱生豪传》，上海外语教育出版社，1990 年，第 39 页。

③ 朱宏达：《朱生豪的诗学研究和译莎实践》，载《杭州大学学报（社科版）》1993 年第 3 期，第 93 页。

歌

惟兰蕙之幽姿兮，

遽一朝而摧焚；

风云怫郁其变色兮，

月姊掩脸而似嗔：

语月姊兮毋嗔，

听长歌兮当哭，　　①

绕墓门而逡巡兮，

岂百身之可赎！

风瑟瑟兮云漫漫，

纷助予之悲叹；

安得起重泉之白骨兮，

及长夜之未旦！

读到此处，若莎士比亚懂中文，也会为朱生豪的妙笔生花叫绝！朱生豪凭借深厚的古典文学修养和对莎剧的深层领悟，巧妙移植了屈原作品中"兰"和"蕙"的意象，采用我国古代诗歌中的骚体来表现原文文体的优雅和感情的真挚，描绘出那种驰神遥望、祈之不来、盼而不见的惆怅和悲伤的心情，从形式到内容再现了莎士比亚作品的神采和韵味，读起来给人以美的无限享受。

总的来说，朱生豪既具有深厚的国学功底，又身处批判国学、通过大量翻译引进来建设新文学的特殊历史时期，是个典型的新旧参半的翻译家，这种新旧矛盾在译作中表现为既有白话口语的成分，而又并不违反自古以来的中国传统文学品位，别有一番独特的滋味。从这个意义上来说，莎士比亚能够在这个特殊的时代，由一位特殊的年轻翻译家来表达，可以称得上是原作的幸运。因为朱生豪的翻译是不可复制的，我们再也不会有这样一个新旧交接的时代，也再也不会有这样一位透着古词气息的新诗人。不可复制的是时代的诗人，风骨的才气。正如朱生豪写给宋清如的信中所写的那样："我实在喜欢你那一身的诗劲儿。我爱你像爱一首诗。……理想的人生，应当充满着神来之笔，那才酣畅有劲。"② 这种脱胎

---

① 莎士比亚：《莎士比亚全集》（第二卷），朱生豪译，译林出版社，1998年，第84—85页。

② 宋清如：《寄在信封里的灵魂——朱生豪书信集》，东方出版社，1995年，第16页。

于中国传统的古典文艺美学的风骨和才气,是"神韵"的核心与根本。

二、"神韵"说的溯源

我国传统的翻译话语看似简单,而实际上,各种话语大都有源本可溯,根植于传统文化,取源于传统诗学中的哲学和美学。"神韵"是中国古代美学范畴,指一种理想的艺术境界,意思是指含蓄蕴藉、冲淡清远的艺术风格和境界。"神韵"之说在中国由来已久,最早是对于画的评论,南朝齐代谢赫《古画品录》中有"神韵气力"的说法。艺术和文学的近亲关系,尤其是"诗画相通",使得神韵论从艺术领域跨入文学领域成为必然。宋代严羽说:"诗之极致有一,曰入神。"而后明代胡应麟、王夫之等人诗评中多引用"神韵"的概念,至清代"神韵说"主要倡导者是清代王士禛。王士禛的"神韵说"是清初"四大诗歌理论"之一,涉及诗歌的创作、评论诸多方面,包含的范围十分广泛。

神韵说作为诗论,核心在于意有余韵,意在言外。宋代范温《潜溪诗眼》:"韵者,美之极……凡事既尽其美,必有其韵;韵苟不胜,亦亡其美……有余意之谓韵"①。诗画同源,发展到宋元后,南宗画派强调绘画时意在笔外,形远神似。画讲究像似不像,要得神韵,先离形似。不是对于诸多元素的一一仿写,而是对于内在气度的统一把握。

在文学艺术中,"神韵"追求委曲含蓄、耐人寻味的境界,以此来抒写主体审美体验,使人能获得古人常说的言外之意、象外之象、意味无穷的美感。钱锺书说:"'气'者'生气','韵'者'远出'。赫草创为之先,图润色为之后,立说由粗而渐精也。曰'气'曰'神',所以示别于形体。曰'韵'所以示别于声响。'神'寓体中,非同形体之显实,'韵'袅声外,非同声响之亮澈,然而神必托体方见,韵必随声得聆,非一亦非异,不即而不离。"② 这段话对"气"、"神"和"韵"的概念以及它们的关系,作了很好的说明。"神韵说"强调作家的悟性和创作灵感,强调作家的学识、学养、悟性、灵感结合后达到最高创作境界。"神韵说"强调创造与悟性的结合,这与对译者的要求是异曲同工的。从表面上看,"神韵"等这些中国古典文艺理论与翻译理论没有什么关系,实际上,传统

---

① 郭绍虞:《宋诗话辑佚》(上),中华书局,1980年,第372页。
② 钱锺书:《管锥编》,中华书局,1979年,第1365页。

译论认识论往往以"心"为认识主体,以"虚壹而静"为观念中介,以"得象忘言,得意忘象"为"语言中介",以诗学、佛学、书画等学术中的"韵外之致、味外之旨"、"彻悟言外、忘筌取鱼"以及"气韵生动"等命题为学缘中介,建立起了主客之间的关联。① 中国传统译论如"文质说","信达雅说","信顺说","神似说","化境说"往往以哲学、美学等为其理论基础,中国传统译论的诞生和发展与古典文艺美学有着千丝万缕的联系,传统译论与美学一脉相传,译论从文艺美学中吸取了思想,借鉴了方法。因此,中国传统译论从某种程度而言就是古典文艺美学的一个分支。

在中国翻译理论中,神韵说最早是由茅盾引入翻译领域的。1921 年,茅盾在其《译文学书方法的讨论》中指出:"直译的时候常常因为中西文字不同的缘故,发生最大的困难,就是原作的'形貌'与'神韵'不能同时保留。有时译者多加注意于原作的神韵,便往往不能和原作有一模一样的形貌;多注意了形貌的相似,便又往往减少原作的神韵。"② 这里,茅盾提出了具有中国特色的文学翻译批评主张——"神韵"与"形貌"相结合的辩证统一批评理论。这是迄今所知中国译论史上最早又最明确的强调"神韵"这一重要观点的,可惜的是茅盾没有进一步结合中国传统译论来阐述神韵说。

最典型的代表是其以中国古典诗歌形式译成的韵文,即朱译莎剧中的中国古诗,是朱译本中文词最出彩、意境最悠远、表达最极致的部分,不仅以华美文笔、横溢才气、浓郁诗意,达到了出神入化的境界,实现了对原文的升华与再创造,而且充分调动起中国读者的审美共鸣感,深受读者喜爱,并因此被广为传诵。朱译莎剧中的诗,无论是形式之多样,还是艺术之完美,都称得上是首屈一指的。③

如《维洛那二绅士》第三幕第一场中凡伦丁绅士给恋人西尔维娅的一封情书:

---

① 张思洁:《中国传统译论范畴及其体系略论》,载《外语与外语教学》2007 年第 5 期,第 57 页。
② 茅盾:《译文学书方法的讨论》,载《小说月报》1921 年第 4 期,第 5 页。
③ 吴洁敏、朱宏达:《朱生豪传》,上海外语教育出版社,1990 年,第 136 页。

> 相思夜夜飞，飞绕情人侧；
> 身无彩凤翼，无由见颜色。
> 灵犀虽可通，室迩人常遐，
> 空有梦魂驰，漫漫怨长夜。①

My thoughts do harbour with my Silvia nightly,
And slaves they are to me that send them flying：
O，could their master come and go as lightly,
Himself would lodge where senseless they are lying!
My herald thoughts in thy pure bosom rest them：
While I，their king，that hither them importune,
Do curse the grace that with such grace hath bless'd them,
Because myself do want my servants' fortune：
I curse myself，for they are sent by me,
That they should harbour where their lord would be.

朱生豪采用五言诗句式翻译这首诗，语言神韵悠远，情感缠绵悱恻。"身无彩凤翼"、"灵犀虽可通"显然是仿拟了李商隐《无题二首》"身无彩凤双飞翼，心有灵犀一点通"。"无由见颜色"引用了李商隐《离思》的"无由见颜色，还自托微波"。"室迩人常遐"所借用典故原型则出自《诗经·郑风·东门之墠》"其室则迩，其人甚远"。朱生豪并没有简单地模仿古人，而是在对原文正确理解的基础上，不完全受原文形式的束缚，在继承、借鉴的基础上进行再加工和再创造，同时又能紧扣莎剧原文，把原文的神韵准确充分地表达出来，不仅赋予了译文中国古典文学的气息以及浓郁的中国古诗韵味，更使译文优美灵动、自然流畅。

神韵说是朱生豪从翻译的角度以中国传统文论来阐发外国作品的较早尝试，应源于朱生豪深厚的中国古典文学的功底。他以准确简洁的语言高度概括了文学翻译中的文本语言、风格以及意蕴等深层的内涵。因为翻译（特别是文学翻译）的标准应该是追求译文与原文在"神韵"上的契合，译者不仅要努力将原文的意思和思想译出，还要尽最大可能保存原作的"意趣"和"神韵"。神韵是文艺美学上的意境与传神的问题。中国传统译论的研究方法也采用了文艺美学的重质感、经验的方法，强调"悟性"。这种深深扎根于中国传统文化的翻译观正是中

---

① 莎士比亚：《莎士比亚全集》（一），朱生豪译，人民文学出版社，1978年，第128页。

国传统译论的特点。

三、朱生豪翻译诗学的传统

中国传统译论取源于文艺美学,是有着特定诗学基础的。中国文人的文学及翻译理论,其哲学基础主要有两个:儒或道。作为文人和翻译家的朱生豪也不例外。他的神韵说翻译思想与古典诗学的传统有着一脉相承、密不可分的关系。

古代诗歌理论中,主要有"诗言志"和"诗缘情"两种主张。这个"志"的含义侧重指思想、抱负、志向。"情"则是指人的思想、意愿和感情。体现在翻译理论上,中国传统译论重感性体悟,讲求综合,具有较强的主观性。比如"余译此书之总旨,第一在求于最大可能之范围内,保持原作之神韵"。至于何谓"神韵",朱生豪并没有解释,这也和前后的其他译家提出的翻译理念如出一辙。

朱生豪以其深厚的古典文学功底,在翻译莎剧时常常引出古诗文体的用语,可谓是匠心独具、妙笔生花。如《威尼斯商人》第一幕第二场的台词:

鲍西亚:正是——垂翅狂蜂方出户,寻芳浪蝶又登门①
While we shut the gate upon one wooer, another knocks at the door.

朱生豪并没有直接按照原意简单译为"追求者一个接一个",而是仿拟了《初客拍案惊奇》卷十一:"紫燕黄莺,绿柳丛中寻对偶;狂蜂浪蝶,夭桃队里觅相知。",巧妙化用了原文的"狂蜂"、"浪蝶",惟妙惟肖地刻画了轻薄放荡的男子形象。不仅在修辞上使用对句与原文相一致,同时,意象优美,喻义丰富,非常切合原文"wooer"的形象和内涵,译出了原作的内涵与神韵。

以朱生豪为代表的翻译家深受那个时代特定的文化心理影响和传统诗学熏陶,因而"神韵说"明显带有传统诗学的印迹。"从文化心理的思维模式来看,中国传统译论美学呈现出不是对客体的反映,而是对客体的评价;不是给美和翻译艺术的属性以客观的美学解释,而是给以主观的美学规范,从而表现出重价值、轻事实,以价值判断统摄事实判断的特征。"② 在读者与文本之间的关系上,中国的文艺传统一直以来都是让读者保持一种自由发挥的自我阐释活动,它反对

---

① 莎士比亚:《莎士比亚全集》(二),朱生豪译,人民文学出版社,1978年,第14页。
② 张柏然、张思洁:《中国传统译论的美学辨》,载《现代外语》1997年第2期,第28页。

明确的指义，最高境界则是"不着一字尽得风流"。

以"神韵说"为代表的中国传统译论吸收了"诗言志"、"文以载道"等诗学传统，并得益于"直觉"、"顿悟"、"境界"等诗性理性哲学思辨观，同时又深受古典文论学术形态和方法论的滋润和影响，因而整体上明显具有汉文化观察客观世界的哲学思辨和认知方法的影响的烙印，其发展脉络和呈现形态与我国古典文论如出一辙：有感而发，直寻妙悟，虽片言只语，却诗性灵动，思维深邃，高度凝练，抽象而又显现出强大的生命形态表征，因而能延绵千年，升华到了极高的哲学思辨和理论水平。的确，就文学作品超乎语符的非定量模糊人文性美学因子的传递而言，我国传统译论明显具有相当大的理论指导意义和思辨启迪，这充分体现了翻译（尤其是文学翻译）的本体特征，体现了人文主体的体认作用之于重现原作美学意义的能动性。①

从文化角度来说，中国传统翻译思想儒学色彩浓厚，与中国古典美学范畴紧密相关。从整个翻译理论的历史可以看出，中国传统翻译理论主要指以中国传统哲学、美学、诗学、经学乃至书画等思想为其理论根基和基本方法而形成的一系列相互联系又有机结合的翻译研究内容。传统译论中的许多学说如"文质"、"信达雅"、"神似"、"化境"等范畴往往取诸传统哲学、美学乃至文艺学。翻译理论从最初的"案本"等的"重质朴，轻文采"，玄奘的"求真"和"喻俗"，到后来的"善译"，严复著名的"信、达、雅"，还有鲁迅等人的"忠实、通顺、美"以及糅合其他多种因素而形成的"神韵"、"神似"、"化境"等无不体现了上述特点。② 朱生豪的"神韵说"翻译思想也不例外，是在古典文论和传统美学的影响下产生的。从"神韵说"为代表的古典文艺美学理论来看，只有具备了超然物外的高尚修养，具备了诗人的才情，才能够译出风姿卓绝的神韵作品。在翻译中，朱生豪"充分显示了诗人的气质和诗人运用语言构练诗句的天才灵气，他虽采用散文体，但却处处流露出诗情，以诗意美征服了莎翁戏剧那无韵诗体的独特美，完美地再现了莎翁原作的整体风貌和内在的神韵"。③ 范泉先生说过朱生豪曾将严复的"信、达、雅"与"神韵说"联系起来。"'信'是忠于原著，不随意增删。'达'是将原著完整地运用另外一种语言如实反映的意思。至于'雅'，则

---

① 朱瑜：《转过传统译论的哲学思辨》，载《中国翻译》2008 年第 1 期，第 15 页。
② 罗新璋：《翻译论集》，商务印书馆，2008 年，第 18—19 页。
③ 王秉钦：《20 世纪中国翻译思想史》，南开大学出版社，2004 年，第 198 页。

是翻译文学的灵魂,它的含义有两方面:一是文字上力求优美,能使读者在阅读时产生美感;二是思想内涵上要能掌握原著的灵魂——神韵,将原著的精神风貌真切而艺术地反映出来。"[①] 朱生豪利用自身深厚的文艺素养和翻译经验,将中国古典美学运用于翻译理论,借助绘画和诗文领域里的"形神论"来探讨文学翻译的艺术问题。朱生豪是较早地将形似神似的画论应用于自己的翻译实践中的一位探索者,他以"神韵说"来解读严复的"信、达、雅",不仅从理论上找到了契合点,而且已成功地把他的翻译思想运用于实践。他的译文如行云流水,地道自然,明白通畅,无论是对原文的理解还是译文的表达,都达到了神韵的标准,真正做到了对原著者、读者和艺术三方面负责,达到了"传神"的境界。朱译本完全符合中国人即译语读者的审美观,这也是朱译本一直享有盛誉、历久不衰的原因。

四、"神韵"的话语翻译

所谓"话语"(discourse),简单地说就是人们说出来或写出来的语言。话语是在人与人的互动过程中呈现出现的。早期的"话语"主要是指各种形式的语言,后来逐渐转变成形式化或者专门化的言语行为。在当代文化研究的语境下,法国思想家福柯(Michel Foucault,1926—1984)认为"话语"不再是传统意义上的言谈行为,而是把语言看作与言语结合而成的更丰富和复杂的具体社会形态,因此具有社会性。

中国传统诗学话语的源生以及由此推衍生发的话语言说方式及意义生成方式,中西传统诗学话语也明显地异质于西方诗学话语。传统汉语诗学的曲折性、隐喻性言说是中国传统智慧的结晶。叶嘉莹认为,"中国文士们对于富于诗意的简洁优美之文字的偏爱,所以在文学批评中也往往不喜欢详尽的说理,而但愿以寥寥几个诗意的字来掌握住一个诗人或一篇作品的灵魂精华之所在。"[②] 中国文士们喜欢隐喻性的话语方式。"传统汉语诗学强调隐喻、曲折、形象的言说方式,便有了所谓'微言大义',所谓'文本所说的恰好不是它所要说的',所谓言说符号的二次能指。同样,合乎逻辑的是,这给汉语思想界留下一个广阔的阐发话语

[①] 范泉:《关于译莎及其他》,载《文教资料》2001年第5期,第53页。
[②] 叶嘉莹:《王国维及其文学批评》,河北教育出版社,1997年,第16页。

意义的'解释学'的空间"。① 在翻译研究中，翻译理论其实就是话语的一种应用，"因此，通过翻译的任何交流都涉及某种本土残余物的释放，尤其是文学的翻译。外语文本被以本土方言和话语重写，采纳本土的语域和风格，作为其结果的文本生产只在接受语言和文化的历史上具有意义。"② 将话语分析的言语行为模式与翻译结合起来进行研究，话语所表达的言语行为往往因语境的不同而体现出不同的含义。

我国的传统译论几乎都有着哲学（美学）渊源。从古代道安的"案本"，到近代严复的"信达雅"，以及当代傅雷的"神似"、钱锺书的"化境"理论、朱生豪的"神韵"等等，皆与我国的传统诗、文、书、画论有着密切的联系。这些译论蕴含着丰富的美学思想，具有显著的文论色彩和美学特点，都把文艺美学中的美学思想移植到传统译论之中。"我们既须从这一历史文化的整体观照，又须从哲学—美学的特定视角来考察我国翻译史上的古哲时贤，才能真正理解他们为什么会提出这样的或是那样的译论主张，才能真正理解他们所提出的译论主张中潜在的哲学—美学的特色和内涵"。③

中国传统译论注重美学价值评价。"然历观坊间各译本，失之于粗疏草率者尚少，失之于拘泥生硬者实繁有徒。拘泥字句之结果，不仅原作神味，荡焉无存，甚且艰深晦涩，有若天书，令人不能卒读"。④ "神味无存，艰深晦涩"，这便是拘泥"形似"的弊病，这样的结果自然是"令人不能卒读"。这是朱生豪对当时坊间各译本的"诊断"，而他的"处方"即是他的"神韵说"。这便是他提出的"求于最大可能之范围内，保持原作之神韵"的翻译主张，也是他注重美学价值评价的内在主张和要求。朱生豪在翻译实践中也是践行了他的翻译理念。如：

"So sweet a kiss the golden sun gives not

To those fresh morning drop s upon the rose,

A s thy eye beams when their fresh rays have smote.

The nigh t of dew that on my cheeks down flows…"

---

① 张小元：《"似"：隐喻性话语—传统汉语诗学的基本言说方式》，载《文学评论》2006年第3期，第36页。
② 劳伦斯·韦努蒂：《翻译、共同体、乌托邦》，大卫·达姆罗什：《新方向：比较文学与世界文学读本》，陈永国译，北京大学出版社，2010年，第190页。
③ 张柏然、张思洁：《中国传统译论的美学辨》，载《现代外语》1997年第2期，第25页。
④ 吴洁敏、朱宏达：《朱生豪传》，上海外语教育出版社，1990年，第263页。

(Love's Labor's Lost: IV, iii).
"旭日不曾以如此温馨的蜜吻
给予蔷薇上晶莹的黎明清露。
有如你的慧眼以其灵辉耀映
那淋下在我颊上的深宵残雨;"(《爱的徒劳》)①

这是剧中那瓦国王写的一首情辞并茂的情诗。译诗无论是在语气、节奏、还是句子的抑扬顿挫上都与原文吻合,主人公饱含的激情通过朱生豪不朽的笔调倾诉出来,达到了极高的美学境界。译文在形式上与原文保持严格一致,但严格的形式并没有妨碍译者发挥才华。整段译文风流蕴藉,音韵铿锵,诗情画意,美不胜收。"温馨的蜜吻"一语,尤其是神来之笔,译者赋予了太阳的光辉以极为丰富的情感。

"中国传统译论的思维模式在于从特定的价值定向去考察美和艺术,因而并不是对美和艺术的属性作事实判断,而是对美和艺术的价值作判断;不是对美和艺术的构成因素或实体的认识,而是对美和艺术的意义、功能或作用的评价。这才是传统译论美学的中心或者主体工程,也才是东方译论的根本特色所在。在这种思维模式和美学批评价值定向的作用下,中国传统译论更倾向于从主观的、感性的、体验的、和欣赏的角度来品评翻译和译品,从而与西方美学中倾向于从客观的、理性的、思辨的、和分析的角度来品评翻译形成鲜明的对照"。② 相比之下,西方的诗学理论重论辩,带有较多的分析性、逻辑性;中国传统的诗学理论重领悟,带有较多的直观性、经验性。西方的诗学理论有较强的系统性;中国传统的诗学理论则较为零散。西方的诗学观念表现出较强的明晰性;中国传统的诗学观点则表现出较大的模糊性。

根植于传统哲学、美学沃土之中的传统译论,其认知方法论和表征形态亦呈现出与之相似的发展脉络和表述形态。佛经翻译中的"文质"之争、玄奘提出的"圆满调和"、严复的"信、达、雅"、周氏兄弟的"直译论"、茅盾的"形貌和神韵"、陈西滢的"形似、意似、神似"、朱生豪的"神韵和意趣"、林语堂的"信、达、美"、金岳霖的"译意与译味"、傅雷的"神似说"、钱锺书的"化境说"等等,无一不本于传统哲学、美学的叙述方式,"折射出儒、道、释文化的

---

① 莎士比亚:《莎士比亚全集》(一),朱生豪译,人民文学出版社,1978年,第589页。
② 张柏然、张思洁:《中国传统译论的美学辨》,载《现代外语》1997年第2期,第28—29页。

直觉诗性理性，也即以己度物、主观心造、整体关照、综合体味内省的认知他者的思维模式和方法论"。①

中国传统哲学充满了"悟"性，其内涵博大精深，渗透于社会、文化、思维等各领域。我国传统译论深受传统哲学的影响，从东晋道安的"五失本、三不译"到唐朝玄奘的"五不翻"，从宋朝赞宁的"六例"到近代的严复的"信、达、雅"，从傅雷的"神似"到钱锺书的"化境"，都可以寻找到"悟"性哲学的痕迹。然而，随着翻译理论的引进和发展，西方翻译理论话语几乎主宰了中国翻译学。而以中国传统翻译理论却显得势单力薄。传统话语在西方话语强权的压力下纷纷倒戈。② 我们需要对中西方翻译理论话语的不对称甚至中国翻译话语的"失语症"进行反思。

结　语

我国翻译事业历史悠久，源远流长。在长达千年的翻译历史长河中，翻译家在大量实践的基础上，通过借用传统哲学、美学范畴，总结出了许多言简意赅的翻译话语，形成了与西方迥然不同的翻译话语。然而，"五四"以后兴起的新文化运动，使传统翻译话语从中心走向边缘，"他者"话语在理论和实践层面占据了中心。朱生豪译笔流畅，能保持原作的神韵，传达莎剧的气派。"神韵说"思想凝聚了朱生豪丰富的翻译实践经验，是朱氏翻译思想的核心和精华，丰富了我国的翻译理论。在这个意义上，朱生豪对翻译理论话语的传承起了重要作用。20世纪后期以来，随着中国学术界的话语权意识逐渐加强，在翻译研究领域中西方学术对话的地位发生了变化，西方对中国的传统理论也越来越关注，传统学术话语拥有了新的活力。

作者简介

朱安博，首都经贸大学外国语学院教授，文学博士。

---

① 朱瑜：《中国传统译论的哲学思辨》，载《中国翻译》2008 年第 1 期，第 14 页。
② 王占斌：《"言不尽意"与翻译本体的失落和译者的主体意识》，载《广东外语外贸大学学报》2008 年第 2 期，第 55 页。

"世界文学史新建构"中的多元文学观与中国话语[①]

杜明业

一、引言

20世纪90年代以来,随着全球化的日益加深,"世界文学"的概念也一再被提起、阐释甚至重新定义。与此相应的是,重构世界文学史的问题也引起比较文学研究者的兴趣。但如何在世界文学史重构的过程中发出中国的声音却是中国比较文学界所面临的话题。

"世界文学史重构"涉及方方面面,如"世界文学"概念的重新阐释,文学史观的更新,国别/民族文学与世界文学的关系重新定位,世界文学史的重写,经典的重构等等一系列问题都有待于我们回答。本文并不打算就所有问题全面展开讨论,仅就世界文学史重构中所涉及的多元文学观以及其中的中国话语等问题上进行探索。

二、"世界文学"观念的刷新

在谈到"世界文学"这一命题上,任何人都无法回避歌德的贡献。"世界文学"首次出现于1827年1月31日歌德同爱克曼的谈话中。歌德是在阅读中国小说时意识到东西方文学中拥有共同性的感受,整个人类是一体的、相通的,因此表达了一种愿景。这就是《歌德谈话录》的那一段话:"民族文学在现代算不了很大的一回事,世界文学的时代已快来临了。现在每个人都应该出力促使它早日来临。不过我们一方面这样重视外国文学,另一方面也不应拘守某一特殊的文

[①] 本文原载于《西安外国语大学学报》2012年第4期。

学,奉它为模范。"① 据统计,从 1827 年到 1831 年间,歌德在他的作品、日记、书信中,总共有 20 处提到了"世界文学"。他不断地在呼吁人们不断努力,以促进世界文学的理想共同实现。马克思、恩格斯在《共产党宣言》(1848)中也论及了"世界文学":"过去那种地方的和民族的自给自足和闭关自守状态,被各民族的各方面的互相往来和各方面的互相依赖所取代了。物质的生产如此,精神的生产也是如此。各民族的精神产品成了公共的财产。民族的片面性和局限性日益成为不可能,于是由许多种民族的和地方的文学形成了一种世界的文学。"② 马恩的论断根植于经济的发展和全球贸易日益一体化,指出了全球性的工业生产与市场从而导致了文学的世界性。不过,这里的"文学"并不是一个纯文学的概念,而是一个包括科学、艺术、哲学、政治等方面的著作。

由于"世界文学"的提出者并没有对这个概念的内涵给以严格的界定。这就给后人留下了巨大的阐释空间。"世界文学"一直处于被不断界定的动态进程中。后世学者试图从不同角度阐述这一术语的涵义,给出了多样化的界定,并不断赋予新内涵。总的说来,"世界文学"可以指称:"1.人类有史以来所产生的世界各民族文学的总和;2.世界文学史上出现的那些具有世界意义和不朽价值的伟大作品;3.根据一定标准选择和收集成的世界各国文学作品集;4.歌德理想中的世界各民族文学合而为一的一个时代;5.专指欧洲文学。"③ 这种概括比较全面,综合了不同多元化的解释,但是仍不断产生新的解读。

20 世纪 90 年代以来,世界文学再次兴盛。"世界文学"命题被不断提起、阐释甚至重新定义。以大卫·达姆罗什的《什么是世界文学》(2003)为先导,克里斯托弗·普伦德加斯特的《世界文学论争》(2004)、帕斯卡尔·卡萨诺瓦的《文字的世界共和国》(2004)、弗兰科·莫莱蒂的《图表、地图、树:文学史的抽象模式》(2005)以及达姆罗什的《怎样阅读世界文学》(2009)等从不同的角度对"世界文学"给以新的理解。其中尤其以达姆罗什的解释引起的反响最为强烈。按照他的看法,"(1)世界文学是各种民族文学的椭圆形折射;(2)世界文学是在翻译中有所获益的文学;(3)世界文学是一种阅读模式,而不是一系列

---

① 爱克曼辑录:《歌德谈话录》,朱光潜译,人民出版社,1982 年,第 113 页。
② 马克思、恩格斯:《共产党宣言》,见《马克思恩格斯选集》(第 1 卷),人民出版社,1972 年,第 255 页。
③ 陈庆祝:《后现代视野中的"世界文学"》,载《湘潭大学学报》(哲学社会科学版)2007 年第 4 期,第 87—96 页。

标准恒定的经典作品;是读者与超乎自己时空的世界发生的间距式距离。"① 他的解释避免了文学的价值判断,是从文学的生产、翻译和流通的角度展开的,解决了世界文学的构成问题,即世界文学是发生某种"折射"的民族文学的汇集。他还肯定了翻译在重建不同语言和文化背景中的世界文学过程中的作用,并且从读者阅读的角度研究审视世界文学。达姆罗什的阐释刷新了目前学界对世界文学的理解,引起了国际比较文学界的热议,也为目前正在进行中的"世界文学重构"增加新的认知。

三、世界文学史重构的历史诉求

"世界文学"的涵义之所以在当下被不断刷新,固然源于不同阐释者的视角,但是一个不容忽视的当代语境是全球化的现实。全球化带来经济和科技的规范化和一体化,也带来了文化的多元共生。全球化时期民族/国别文学呈现出一些新的特点:首先,经济的全球化加快了文学的全球化。各国文学之间的交流比以往任何时候都要深刻、全面。其次,传播技术的改变使文学作品的流通更加方便。借助于现代传播手段,原语文学作品和译作的传播时效性更高。第三,随着阅读者的外语能力的提高,愈来愈多的人已经跨越语言的藩篱,直接阅读原语作品。最后,文学的产业化运作,商业化运作愈加明显。文学作品的生产、流通和接受环节,商业的色彩愈加浓厚。可以说,文学全球化的进程处于一种不可逆的过程,而且在逐渐加强。

"全球化"的到来验证了歌德"世界文学"理论的预见性。今天文学所面临是时代与当初歌德提出"世界文学"的时代有某种共同之处。正如约翰·皮泽所指出的那样:"歌德 Weltliteratur 的观念重新引起人们的兴趣,这几乎是必然的,因为当今时代的发展在某种程度上重现了歌德的那个时代,并将其向前推进:冷战结束了,与之相伴的是全球性金融机构和跨国企业(包括出版社)的出现;出现了许多作家,他们的政治观念、文化,甚至语言都超越了单一民族国家的界限;出现了互联网这样的科技。"② 这也许就解释了为什么在全球化时期"世界文

---

① Damrosch,D. What is World Literature. Princeton:Princeton University Press,2003,p.281.
② 约翰·皮泽:《比较文学与世界文学:建构建设性的跨学科关系》,刘洪涛、刘倩译,载《中国比较文学》2011 年第 3 期,第 13—31 页。

学"的概念被一再提起,被重新阐释和定义的原因。以至于 J. 希利斯·米勒惊呼:"世界文学的时代来临了!世界文学是当今全球化的伴生物。"①

在这样一个历史语境中,世界文学史的重构成为必然诉求。因为旧有的对世界文学的认知已经难以切合现实的语境。不论我们对全球化抱有什么态度,一个不可回避的现实是全球化的日益深化,世界各民族、国家、文化的交流都日益增多。但是,无论全球化怎样的深入,各民族文学都不会完全相同,因为任何民族都不会听任自己的民族文学自行消亡,可以说,民族文学的独特性、主体性才是其根本的价值与意义所在。只有这样,各民族文学才能成为世界文学体系中的"一元"。从这个意义上说,世界文学实际上是多元的民族文学的集合,世界文学主体的多元化趋势在增强。

"世界文学是什么"是世界文学史建构者、重构者必须回答的问题。我们可以将这个问题分解为:"世界文学曾经是什么"和"世界文学现在又是什么"。前文已经对此有所阐述,此不赘言。"世界文学"概念不同的理解其实都是在围绕一个核心问题,即世界文学的认识论与本体论问题,它涵盖了世界文学的本体论、方法论、参照系与实践论等诸多方面,涉及如何解释世界文学与民族文学的辩证联系,也涉及如何看待世界一体化与民族文学相互关系等。依此看来,有一种关于"世界文学"的解释更符合目前全球化的语境:"世界文学归根结底就是世界各民族文学的差异性与同一性并存,是全球化的多元文学呈现。"② 这一概念从辩证逻辑出发,明确了世界文学的本体是"各民族文学",用比较的方法寻求各民族文学的"差异性和同一性",体现了世界文学的"全球化"的当下性。从历史主义观念来看,这种"全球化"恰恰是比较文学产生、发展和逐步繁荣的最大的历史境遇、分析参照系与创作实践。这种解释肯定了各民族文学的差异性,同时又兼顾到经济全球化给文学带来的深刻影响。

"世界文学史"是谁的文学史?这是我们无法回避的另一个问题。对这问题的回答看似简单,实则涉及世界文学史建构者的主观认知态度。文学史是肇始于西方的现代学术行为,西方学者往往通过文学作品的选集方式来建构世界文学史。在这一过程中普遍存在着西方中心论。早期欧美学者所编选的"世界文学

---

① J. 希利斯·米勒:《世界文学面临的三重挑战》,载《探索与争鸣》2010 年第 11 期,第 8—10 页。

② 方汉文:《比较文学学科理论》,北京:北京师范大学出版社,2011 年,第 51 页。

史"实际上是典型的"西方文学史",他们将世界文学经典的作者仅仅局限在西方作家的圈子内。这折射出文学选集的权力关系和意识形态。如1956年版的《诺顿世界名著选集》的编者收录了73西方作家的作品来反映世界文学的概貌。在1983—1993年间由赫特尔领衔编纂的7卷本《世界文学史》中,欧洲语言文学部分要占到80%以上,中国、印度、阿拉伯和非洲虽然也作为世界文学部分,各自对世界文学发展做出了巨大贡献,但篇幅不足20%[1]。这显然是有失公允的。不过这种状况随着新世纪的带来已经有所改观。不论是马丁·普契纳的《诺顿世界文学选集》,还是大卫·达姆罗什主编的《朗文世界文学选集》,都收录20余篇中国作家的作品。对此,我们没有必要因此而窃喜,但我们却透过编选者选定的篇什看到西方学者对东方文学态度的改变。不妨借用达姆罗什本人的话,这种努力是在"试图推动从欧洲中心到真正全球视野的结构转向"[2]。这本身就有一定的象征意义。它实际上体现了世界文学的多样性、多元性。

世界文学是由多元文学构成的。世界文学的多元性是指在世界文学体系内不是一个中心,而是多中心,每一个中心又表现出不同的形态。也就是说,每种国别/民族文学都是其中的"一元",每种民族都有自己的独特性。一个国家在其历史发展过程中所创作的所有文学作品构成了该国的文学总体,而世界上所有国家的文学汇总在一起,便形成了世界文学的集合体。它包括各国文学经典名著,也包括一些普通的文学作品。当然,在达姆罗什看来,并不是所有的民族文学的作品都可以构成世界文学,只有那些参与跨越语言、跨文化的流通的,并且为他者文化的读者所阅读和理解的作品才可以成为世界文学的组成部分。从文化相对主义的角度看,每种国别/民族文学都是平等的,本没有高下之分。这就从根本上否定了欧洲中心论。但是在欧美学者"建构"世界文学史的过程中,受西方中心偏见的影响,各种国别文学/民族文学被人为地划分出等级。在世界文学史的新建构中,面对浩繁的各民族文学,首先要根除的是西方中心主义,平等地对待作为世界文学主体的各民族文学,肯定各民族文学的主体性和世界文学一体性之间的关系。在研究的范围上,打破欧洲中心主义观念的束缚,不再将比较文学研究的中心放在西方文化内部各国文学的比较上,而应该将非西方的语言文学,尤其

---

[1] 林精华:《中国的外国文学史研究与中国知识界关于文学史的认知——论新时期外国文学史观建构问题》,载《首都师范大学学报》(社会科学版)2010年第3期,第96—102页。

[2] 大卫·达姆罗什:《一个学科的再生:比较文学的全球起源》。参见大卫·达姆罗什等主编:《新方向:比较文学与世界文学读本》,北京大学出版社,2010年,第40页。

是长期以来被主导性的西方语言所遮蔽起来的处于边缘性的亚非拉语言文学纳入研究视野，建立起由多元文学构成的世界文学系统。

四、"世界文学史"重构中的中国话语

"世界文学史"的重构需要在文学史观念与方法、对世界文学的认识与整合方面取得突破，这不仅要表现在一系列的研究论文或学术著作中，更重要的是通过世界文学史的撰写或文学作品选集的编纂并进入大学课堂产生更大的影响而得以体现。而中国话语的融入则是其中最突出的特色。

在世界文学史重构中，文学史观是一个关键问题。因为文学史观决定了文学史的表述内容和表述方式。由于受到俄国形式主义与新批评、结构主义等理论的影响，西方主流的文学史观念是共时性的。即使是近年来的新历史主义也没有提出系统的文学史观念。长期以来，在欧洲中心论的影响下，西方学者在撰写世界文学史时往往是以欧洲中心主义的文化观念作为其价值取向，忽视了东方文学的存在。不论是文学史的分期、文学作品的遴选和文学批评标准的制定莫不是以欧洲为中心，或以欧美为中心。在他们的观念中，欧洲或欧美的文学发展史就是世界文学史。如德国克劳·冯·西主编的 24 卷本德语版《文学研究新手册》（1972—2002）、苏俄科学院版的 9 卷本《世界文学史》（1983—1994）、赫特尔联合北欧学界编纂的 7 卷本《世界文学史》（1985—1993）等中普遍存在欧洲中心论趋向。可喜的是，当代北欧知识界正着力重构世界文学史。如瑞典国家学术委员会联合北欧学界耗时近十年（1996—2004）从事的研究项目"全球化语境下的文学和文学史"及成果 4 卷本《文学史：全球视角》中加强了现代东方文学的地位，力图改变现代知识体系中所包含的西方中心主义及其表述方式[①]。

以中国不同时期的文学观念来建构世界文学史的新理论，特别是把文学的意义与价值评判、文学的接受与创造观念、文学的"道"与"存在"，文学的思想与审美观念的结合，将是中国话语在世界文学史重构的中心议题。实践证明，走过 30 余年的复兴和发展之路的中国比较文学业已形成以跨文化研究为主的研究模式，为世界比较文学研究注入了活力，比较文学的"危机"一次又一次被化解从

[①] 宋达：《当代北欧学界重构世界文学图景中的现代东方文学》，载《外国文学评论》2011 年第 4 期，第 223—227 页。

而获得了重生,并使中国比较文学超越了以法国比较文学为核心的第一发展阶段和以美国为核心的第二发展阶段,进入以不同文化体系文学的"互识"、"互证"、"互补"为核心的全球比较文学发展的第三阶段。中国学派包括了"阐发法"、"异同比较法"、"模子寻根法"、"对话法"以及"整合与重构法"等具体的研究方法,融汇了中国传统的感悟性批评话语与西方的形而上学框架体系,试图在全球化的历史语境下重构世界文学史。其目的在于通过中国传统理论与西方进行对话的路径,超越传统学科的藩篱,破除由于文化、历史、民族分隔所造成的研究障碍,刷新研究观念,更新研究视角,开辟新的研究领域,寻求新的研究方法,为比较文学的学科建设理论增添新的基石。

任何文学史的写作都离不开对作家、文本、文学思潮、文学运动的述说与评价,然而依据何种观念去选择、评判,依据何种视角进行宏观的理论框架建构,即以何种文化价值观念作为建构一部文学史的标准,并依据它对世界文学的性质和它的历史语境提出自己的解释和历史说明,才是比较文学研究者在全球化语境下重构文学史的关键所在。由于全球化的本性使然,重构的世界文学史应该是跨文化的、对话性的、总体性的,从而对文学现象及作家作品进行全面体察和描述。当今世界是对话的时代,文学和文化的交流显然是我们无法回避的。因此在重构世界文学史的努力中,中西方研究方式、视域的融汇是重要方法论前提。正如有研究者指出的那样:"一方面,要突破文化交流和文化研究中的'视域限制'(perspective limit) 和一只眼看世界的西方中心主义,用比较性思维进行编写世界文学史,比较性思维是兼容东西方的思维方式,从理性与感性的辩证合一,从西方思维与东方思维的互相契合来研究世界文学。以一种多元的,全视角的比较文学史观,去关注世界范围内各种文明体系之间文学的交流与影响,从文化互动、平等的立场去实现对于文学史的探索。"①

在世界文学史的建构过程中,中西方在研究方式上存在着一定的差异。相比较而言,欧美学界文学的世界文学主要是通过选编作品集,如久负盛名的诺顿与朗曼文选,它们主要以文本研究为主要方式,运用新批评式的文本分析方法进行研究,强调作品的直观阅读感受。这种研究方式的优点是直观、具体、形象性强。但是,欧美学界所编选的所谓"世界文学"作品实际上被定义已经确定的欧美文学名著经典。达姆罗什的《什么是世界文学》的第一部分第三章讨论了以往

---

① 岳峰:《比较文学视野与世界文学史重构》,载《学术交流》2009年第5期,第174—177页。

经典文学的形成过程。通过对几种较为通用、流行的世界文学选集的考察,达姆罗什指出某些文选根本没有涉及非西方的文学作品和女性作家作品,而限于欧洲主要作家。像著名的《诺顿世界名著选集》在1956年首次问世时,仅仅收录了73位作家来反映世界文学的概貌,这些作家皆属所谓"西方传统"作家,其中没有一位女性厕身其列。到1976年推出第3版时,和大多数其他"世界"文学选集所奉告的方针一样,直到20世纪90年代前期,欧洲与北美作家仍旧是诺顿选集的焦点所在[①]。这种以具体作家作品的汇集来作为世界文学的做法甚为普遍。这种情况近年来有所改观。20世纪后期,西方学界著述世界文学史的态势增强。如上文提到的德国克劳斯·范·西主持编纂的24卷本《文学研究新手册》、赫特尔联合北欧学界编纂的7卷本《世界文学史》等在国际学术界都产生了巨大的影响。

而中国的世界文学教学与科研中,中国学界承继中国"修史"的传统,注重历史的勾勒,以世界文学史的梳理为主要模式。在世界文学观念中,中国学界特别重视文学史的历史分期、社会时代的政治经济环境、作家的创作思想与生活经历、作品的人物形象与思想主题和艺术特征的分析,这反映了社会历史分析理论、历史唯物论理论的影响。这种研究是将文学的外部研究与内部研究相结合的思路,但缺乏阅读主体在跨文化的视角下独立研读文本的实践。

对我国学界而言,"世界文学"本来是一个舶来品。晚清时期就有陈季同、梁启超、王国维等的研究,后来有新文化运动时期的文学研究会的"世界文学工程"系列丛书以及郑振铎等人的世界文学史研究。正是郑振铎写出了世界上第一部能够包容全世界各国文学总体的真正意义上的世界文学史——《文学大纲》(1927)。五四以后直至新中国成立前较有影响的世界文学史或国别文学史还有:周作人的《欧洲文学史》(1919)、张传普的《俄罗斯文学史大纲》(1926)等。中国的世界文学史编写度过了开创期以后,逐渐走向繁荣与创新。据统计,1949—1999年50年间,以"世界文学史"、"外国文学史"、"比较文学史"标目的此类著述不下30种[②]。按照有无中国文学的处理模式,可以分为两种:第一种模式不包括中国文学史在内的世界文学史,如李菊休、赵景深主编的《世界

---

① 大卫·达姆罗什:《后经典、超经典时代的世界文学》,汪小玲译,载《中国比较文学》2007年第1期,第1—13页。
② 刘洪涛:《中国的世界文学史写作与世界文学观》,载《北京师范大学学报》(社会科学版)2004年第3期,第68—73页。

文学史纲》(1933)、陶德臻等主编《世界文学史》(1991);第二种模式将中国文学包含其中的世界文学史,如郑振铎的《文学大纲》,余慕陶的《世界文学史》(上册),啸南的《世界文学史大纲》,杨烈的《世界文学史话》等著作中,中国文学都占有一定篇幅。应该说,后一种模式有利于呈现世界文学的整体面貌。虽然上述的著作在编写体例上有所突破,但在观念上缺少中国话语的参与。这一方面较为成功案例应是方汉文主编的《东西方比较文学史》(2005)。该著作开辟了一种世界文学史的研究模式:东西方比较文学史。这种模式运用东西方的比较视野注重从不同文明文化的差异性与同一性的视域来关注世界各国文学交流与各自的发展,旨在通过对文学文本与文学活动过程的比较与分析,达到对世界文学发展的内在关联及其发展规律的掌握[①]。这种研究理路可以借鉴到世界文学史重构中来,撰写出一部有中国话语充分参与的"世界文学史"并编选出真正的"世界文学选集"。

五、结语

总之,在世界文学史的新建构中,如果我们能够从全球文学多元性的角度清理世界各主要国家文学发展历程,把外国文学史和中国文学史融合,从比较文学跨学科、跨语言、跨文化的角度把不同国别/民族文学纳入统一的世界文学框架中,在融入中国话语的基础上建构一种恰当的世界文学观,以中国的传统理论与西方对话,从著述中国文学史和世界文学模式中提炼出撰写世界文学史的经验,就能够建立起"世界文学的中国模式"。

作者简介

杜明业,淮北师范大学外国语学院副教授,文学博士。

[①] 方汉文:《东西方比较文学史》(上),北京大学出版社,2005年,第7页。

新辩证论：世界文学重构的中国话语[①]

黄 晖

在当下的多元文化语境中，世界文学研究者已不满足于对旧的僵化模式的突破，而是更多地将着眼点集中在对新的研究范式的建构上，从哲学、美学和文化学等角度来整体观照文学史现象，使得对作为一个由多层面组合而成的文学史本质属性的重新认识与深入发掘不断获得新的理论创获。"世界文学重构"这一概念的提出，实际上是要倡导研究者立足于"人类"的"整体"去看待文学问题，因为"所谓'世界文学'就是各国文学的总和与汇集，它既包括各国文学经典名著也包括不同民族文学的历史，这些基本的文献、资料与史实，是世界文学研究的基本构成，必不可缺。"[②] 进一步说，世界文学并不是要消除各民族文学，而恰恰是对各民族文学特定历史属性的研究，各民族文学只有置放在世界文学研究的整体视域中，才可能彰显其民族特性。世界文学的重构，不仅需要考察、整理各种文学事实，而且需要在此基础上，进行更高层次的思辨的、逻辑的思考和研究。这标志着世界文学研究范式进入了其转型期——以新辩证论为思想武器，促进多元文化的互动，进而达到对话、沟通和整合的目的。

一、文化冲突论与文化同一论反思

美国哈佛大学教授亨廷顿（Samuel P. Huntington）提出的"文化多元论"实质上是一种全球文明冲突论的观点。亨氏认为，不同民族文化之间存在着根

[①] 本文原载《西安外国语大学学报》2012 年第 4 期。
[②] 方汉文：《世界文学的阐释与比较文学理论的建构》，载《东方丛刊》2007 年第 3 期，第 207 页。

本利益的冲突,文明之间的差异,不仅是现实的差异,而且是根本的差异,文明的冲突主宰着全球政治。由于文化因素在全球秩序中越来越重要,整个世界正在进入文明冲突的历史时期。他认为,非西方民族有联合起来对抗西方的态势,目前儒教社会与伊斯兰世界的军事联合已经形成,西方要采取新的对策等等。我们认为,亨氏用文化决定论代替利益决定论,是本末倒置,而且完全不符合古今所谓文化冲突的实际。儒家思想有两种不同的形态,一是作为官方意识形态的儒家文化,另一个是作为理念形态的儒家文化。作为官方意识形态的儒家文化确实存在着某种专制的性质,作为理念形态的儒家文化是主张"和为贵"的,具有相当大的包容性。就现时各国、各民族的实际情况看,也没有把儒家文化作为官方的意识形态的可能,儒家文化只能作为一种理论或思想起作用。

　　西方历史上还有一种与文化冲突论相对立的文化观念,即文化同一论。这种文化理论以柏拉图、亚里士多德为代表,用理性和语言的同一性来解释人类文化的同一性,"全人类的书写标记是不相同的,他们的有声语言也是不相同的。但它们首先是灵魂的情感符号,在这一点上全都是一样的;这些情感具有的事物相似性也是相同的。"①文化同一论对西方影响很大,它是对人类共同的理性、情感和文化创造能力的基本认证。然而这一思想却是需要加以分析和证实的。在现实中,也正像语言难以百分之百地准确互译一样,不同文化之间也总有一些是难以对应的成分;并且更为明显的是,人们使用语言所表达的内容和意向,也永远有自己的个性,不可能彼此归结和代替。于是,确认人类共同性的内容、标志、范围的问题,就远比任何人的经验和想象复杂得多。

　　另外,这种忽略世界各民族文学与文化多样性与多元性的认识论,其危害性是不难被看到的。第一是容易滑落到文化一元化的陷阱,看不到异彩纷呈的多元存在,看不到世界各民族文化古往今来的交流互动,看不到文化先进民族与文化滞后民族其各自传统都有一些优于别人的长处,从而在看待许多的文化及文学问题时,偏离客观,偏离科学。第二是有可能把一己民族的存在及其价值观,当作唯一合理的诉求,无意间诱发不利于民族团结和国家利益的因素。

　　对上述研究范式的质疑,把我们的思考引向另一种解决方案:我们在多大程度上可以利用多元文化的理论视域,并使之适合于有效地阐释世界文学的特殊问

---

① 霍伦斯坦:《人类同等性和文化多元性》,载《哲学译丛》1993年第3期,第22页。

题情境。换句话说,多元文化理论作为一种语境(context),如何创造性地运用到世界文学问题情境中,进而揭示中西文学与文化发生与发展的普适规律。

二、多元文化语境与新辩证论

新辩证论的出场无疑是多元文化理论在世界文学研究中的理论折光,"随着人类社会生产的发展,全球范围的文化交流日益推进……人们不再满足于古代人对文化差异的初级认识形态……人们开始认识到,文化关系不能再只以自我感觉为基础,重要的是建立一种有逻辑基础的认识理论,这种认识理论应从科学角度说明文化差异与同一的实质是什么,以及应当如何对待"。[①]这一论断充分表明,新辩证论截然不同于此前的文学与文化研究范式,它一开始就反思和质疑传统文化认识论的逻辑基础,希望初步确立一个建构于辩证逻辑基础之上的新的文化认识论,并始终注目于世界文学的特殊问题情境。

从学理角度说,所谓世界文学的特殊问题情境应包括两个基本层面:问题意识和问题结构。首先,问题意识指研究主体的某种深刻而有自觉的多元文化意识。缺乏这种意识,研究就容易落入"西方中心论"或"理性中心主义"所预设的种种思路和指向的窠臼,进而忽视了各民族文学的差异性和特殊性,满足于以西方标准考量各民族文学,最终导致遮蔽各民族文学特性而虚假地证明了西方标准的普遍有效性。在早期欧洲学者眼中,世界文学就是欧洲文学。迪马说:"中世纪无疑是个文学世界化的时代。……继文艺复兴之后的各大文学和总体文化流派……无不带有世界化的性质。"[②]这种把欧洲文学等同于世界文学的观点,在韦斯坦因等许多学者那里都多少存在着。有鉴于此,新辩证论清醒地认识到文化语境对于研究主体的视域限定,并明确指出文学研究的主体必须以"超越主体自限为目标,这种自限主要是指本民族文化的限定性。这就是说要求主体用自己他人的两种视角来协调认识。"[③]这里的"协调认识"就是指研究主体如何调整自己的话语立场才能适合世界文化的多元发展趋势,其关键在于,在"他者"面前如何正确认识"自我",又如何正确认识"他者"。

---

① 方汉文:《文化认识论的逻辑基础》,载《光明日报》2000年5月30日,第3版。
② 亚历山大·迪马:《比较文学引论》,谢天振译,上海:上海译文出版社,1991年,第15页。
③ 方汉文:《比较文学学科理论的新辩证观念》,载《中国比较文学》1999年第2期,第16页。

其次，问题结构是指作为世界文学研究对象的属性和结构，也就是指它有别于其他文学研究范式的某种内在的逻辑性和独特性。它不是表层的结构特征（同与异），而是深层的结构关系（差异与同一的辩证统一）。也就是说，新辩证论的理论旨归不是说明差异性和同一性的存在，而是研究如何使两者达到辩证的结合。这种异质文化之间的辩证的结合，现为同一与差异的协调，协调不是静止，而是彼此化生，也就是文化之间同化与异化的辩证法发展过程。这是一种整体的辩证观念，它是以《易经》、《墨经》中的辩证逻辑为基础的。

李约瑟博士说："当希腊人、印度人很早就在考虑形式逻辑的时候，中国人则一直倾向发展辩证逻辑。"① 中国传统文化认识论的这种辩证观念可以在当代世界文化对话和交流中得到发展和重构，使其成为一种新的文化辩证论。《易经》中"一阴一阳之谓道"的对立统一观念就强调阴阳变化、相生相克，代表了中国文化承认差异与同一共存，天与人、人与人处于冲突与互利的对立统一关系。多元文化之间的关系表现为同一与差异的协调，协调并不是静止，而是辩证发展。对于不同的文化形态，它强调不同民族间的差异，如同事物之间总有差异一样，它们没有绝对的同一，一不能生，阴阳两仪才是变化之本。同时，它更重视差异对立中的相互联系，阴阳合于一，这就是统一性。

《墨经》曰："同：异而俱于一也"，说明事物的同与异是互相依存的，是同一事物的不同方面，它们以差异形成事物的不同，但是又经过同一性才可能使事物得以认识，认识的同一不能否认差异性，无差异则无同一。《墨经》为我们指出了一个认识同异关系的重要规律"同异交得"。所谓"同异交得"，即同一性和差异性相互渗透和同时把握从同一性和差异性的相互渗透，或差异、对立的性质存在于同一对象来说，这是对立统一规律的另一种表述，是对事物辩证本性的一种自觉认识，具有本体论和世界观的意义。而从同一性与差异性、对立性的同时把握来说，则具有辩证的思维方法和辩证逻辑的意义。

作为一种现代理论形态，新辩证论更重要的是从马克思主义辩证观念和后现代主义对黑格尔辩证法的批判中获得科学世界观和方法论，用历史和逻辑结合、分析与综合结合、符号感性与理性思维结合，形成完整的体系。黑格尔关于主客体间辩

---

① 张岱之：《21世纪关于传统文化应该深入研究的几个话题》，载《新华文摘》1999年第9期，第18页。

证关系的论述与康德的文化批判是一致的，这种理解使得黑格尔的辩证法终究不能突破理性中心的藩篱。我们的任务就是扬弃这种辩证法的自我意识核心，使它的对立统一精神与中国传统的辩证逻辑相结合，从而在认识论上揭示世界各民族文学与文化之间存在的差异与同一的辩证关系。

三、新辩证论的世界文学观及其理论意义

当代西方理论家们已经意识到，他人与主体之间是异质的，因此存在着"冲突"与"对话"的相反可能性。当代比较流行的一些观念如萨特的"他人即地狱"、亨廷顿的"文明冲突论"、后殖民东方主义理论等都表达了两者之间的对立，而巴赫金的对话理论、哈贝马斯的交流理论则是两者协调方面的表现。我们认为，上述理论都不足以说明多元文化时代主体与他人的辩证关系。面对多元文化时代，我们应该形成一种新的辩证理论，即在本文化与异类文化、自我与他人的关系中，要承认他人的同等地位，在自我与他人之间建立相互平等又相互区别的辩证关系。承认他人的同等地位、主体意识，就意味着承认多元主体。主体不是一个，文化无优劣之分，文化主体之间是平等的。"只有那种既是民族性的同时又是一般人类的文学，才是真正民族性的；只有那种既是一般人类的同时又是民族性文学，才是真正人类的，一个没有了另外一个就不应该，也不能存在。"① 在全球多元文化语境中，各具个性的民族文学应是互为主客体，以多元而非一元构架来丰富"世界文学"的精神趋向。

新辩证论所面对的是多元文化中复杂多变的各种理论思潮。在深层的理论分析中，尖锐对立的文化同一论与文化冲突论正在引起新的纠纷，而一些旨在反对西方中心论的学说又显得理论根基薄弱，无以服众。我们认为，在克服自我中心的文化冲突论，与异己的、异质的文化进行对话方面，新辩证论将是一种有力的理论。2001年11月2日，联合国教科文组织（UNESCO）第31届大会在巴黎总部通过了《世界文化多样性宣言》，重申文化间的对话是和平的最佳保证，从而彻底否定了各文化和文明间的冲突是不可避免的观点。在世界范围内，不同国家、不同民族之间的相互交流将促进多样化、多元化的世界文学的发展。世界文

---

① 别林斯基：《别林斯基选集》，上海：上海译文出版社，1982年，第187页。

学其实就是在各民族文学的交流、对话和借鉴的过程中形成的，各民族文学与世界文学是辩证统一的关系。

依我们的理解，世界文学研究理应在多元文化语境中发挥主导作用，文化的多元化发展趋势也要求我们从根本上改变世界文学研究范式的参照系。世界文学的重构应以全球多元文化意识为理论根据，强调各民族文学相互平等的地位、权力和价值。它应当把世界范围内的各民族文学看作人类共同的精神财富，一视同仁、不偏不倚地加以比较和阐发，探讨人类文学发生、发展、交流、碰撞、整合的过程和规律，从而在理论上推进以民族文学艺术个性的充分发展为旨归的世界文学的历史进程。这才是世界文学研究的题中应有之义。

然而遗憾的是，在比较文学与世界文学研究领域，我们长期受制于两个根深蒂固的研究模式，即西方中心论和中西二元论范式。这两种范式已经走向认识和阐释的极限，因为对于当下的世界文学研究而言，它们已经无法解释世界文化的多元化格局。文化的多元化这种本体论的转型，要求世界文学研究进行某种认识论和方法论的转型。新辩证论是对世界各国文学发展的基本的、共同的规律性与各自历史特性进行整体性研究的理论基础。我们有理由相信，在世界文学重构的全球背景下，新辩证论完全可能成为推动研究进展的动力，进而成为研究范式转型的选择之一。这种转型对于世界文学学科的建构是完全正常的，"世界文学并不是目标，而是一个问题，一个不断地吁请新的批评方法的问题。"[①]

四、结语

新辩证论之所以初步解决了世界文学研究中如何理解差异与同一的关系这一难题，是因为它较为科学地实现了研究范式的转型，从马克思主义辩证观念中获得了科学的世界观和方法论，以中国传统文化中的辩证思维和理性原则为逻辑基础，提出了研究问题的新的思维路向。今天比以往任何时候都需要一种新的科学的研究范式，来深刻而又准确地把握当下的全球多元文化发展趋势，新辩证论正堪当此任。因为，它一方面指明了世界文化的多极性之源正在于各民族文化的独特性，另一方面又预见到全球文化新格局的形成源于中西文化的宏观整合。我们

---

① Franco Moretti. Conjectures on World Literature[J]. *New Left Review*, 2000(1):55.

只有在承认对方差异性的基础上,才能在辩证的比较中建立统一性关联。"世界文学重构"这一理念蕴含着人们渴望摆脱孤立状态,走向一个辩证统一的话语平台的美好憧憬,同时它也为全世界各民族文学彰显自己独特的审美倾向提供了绝佳的场所。

作者简介

黄晖,扬州大学文学院教授,文学博士。

理论的乌托邦①

——评詹姆逊的第三世界文学思想

杜明业

作为当今时代极具影响力的美国马克思主义理论家和比较文学学者,以及2008年"霍尔堡国际纪念奖"获得者,弗雷德里克·詹姆逊(F. Jameson,1934—)通过特定的文化客体将深刻的理论和哲学思想结合在一起,其著述所产生的影响已超越特定的学科界限和国别界限。

詹姆逊对"第三世界文学"有着独特而深刻的理解,将它视为"民族寓言",认为第三世界文学是与第一世界文学的政治性抗争,凝聚着强大的民族集体无意识,强调后现代时期任何世界文学的概念都必须特别注重第三世界文学。这种观点一经提出,便引起学界的热烈讨论。本文试图结合詹姆逊提出这一观点的文化背景和理论背景,指出其第三世界文学观实际上构成了"理论的乌托邦"。

一

"第三世界文学"是詹姆逊在《处于跨国资本主义时代中的第三世界文学》一文中提出的。该文是作者在为加州大学圣地亚哥分校已故同事和友人罗伯特·艾略特而举行的第二次纪念会上的讲演稿,后发表在1986年秋季号《社会文本》第15期。该文的中心观点是:"所有第三世界的文本均带有寓言性和特殊性:我们应该把这些文本当作民族寓言来阅读,特别是它们的形式从占有主导地位的西方表达形式机制——例如小说——上发展起来的。"② 这是他对"第三世界文学"

---

① 本文原载于《重庆文理学院学报》(社会科学版)2013年第2期。
② 詹明信:《处于跨国资本主义时代中的第三世界文学》,参见张旭东编:《晚期资本主义的文化逻辑》,陈清侨等译,生活·读书·新知三联书店,1997年,第523页。

所给出的经典性的表述。然后他补充说："第三世界的文本,甚至那些看起来好像是关于个人和利比多趋力的文本,总是以民族寓言的形式来投射一种政治:关于个人命运的故事包含着第三世界大众文化和社会受到冲击的寓言。"① 詹姆逊举出了亚洲、非洲、拉丁美洲不少作家的作品作为例证,试图揭示这些作家的文本语言表象之下深刻的民族意识和复杂的社会关系,即第三世界文本所具有的"民族寓言"本质。具体说来,这些作家作品包括鲁迅的《狂人日记》《药》《阿Q正传》、塞内加尔小说家乌斯曼尼·塞姆班内的《夏拉》《汇票》,阿根廷小说家曼妞·普伊格的《里塔·海华丝的叛变》、肯尼亚小说家恩古吉的《血染的花瓣》等。通过精细的文本分析,詹姆逊显示出这些作家的文本是如何与本民族的历史、政治意识和经济状况相一致,个人命运如何与本民族命运的一致性。

"第三世界文学"概念的提出为当今文化批评和文学研究提供了一种崭新的视角。他借用黑格尔的"主奴关系"理论审视第一世界文学(文化)与第三世界文学(文化)之间的关系,形象地表达了两者之间的对抗性,肯定第三世界文学(文化)文本在表达人们愿望时的作用,揭示出这种文学文本的"民族寓言"的特性。一方面为第三世界文学提供了反观自己的历史和现实的切入点,另一方面对西方世界认识现实、准确定位自己具有借鉴意义。而且詹姆逊的"民族寓言"的判断抓住第三世界文学文本的本质特征,表达了他本人对第三世界文化受压迫的态度,力图消除西方中心主义的认知偏见。但是,"第三世界文学"的表达也存在着它的理论困境和自相矛盾之处。因此,这一概念在学界引起剧烈回应,尤其是在第三世界国家掀起波澜。印度学者艾贾兹·阿赫默德(Aijaz Ahmad)在其长篇论文《詹姆逊的他性修辞和"民族寓言"》(1987)中率先提出鲜明的反对观点②。詹姆逊的观点在中国也受到广泛的关注。王逢振强调了该观点对中国文学研究的意义:"他(詹姆逊)提出的第三世界文学的'民族寓言'问题,直接影响了中国现当代文学研究的阐释构架。"③ 另外,西方马克思主义者阿里夫·德

---

① 詹明信:《处于跨国资本主义时代中的第三世界文学》,参见张旭东编:《晚期资本主义的文化逻辑》,陈清侨等译,生活·读书·新知三联书店,1997年,第523页。

② Ahmad, Aijaz. Jameson's Rhetoric of Otherness and the "National Allegory". Social Text No. 17 (Fall 1987):3-25.

③ 王逢振:《詹姆逊文集:第4卷》封四,中国人民大学出版社,2004年。

里克（Arif Dirlik）在《后殖民的辉光全球资本主义时代的第三世界批评》（1997）① 等文章中对詹姆逊的观点表示反对。伊莫瑞·济曼（Imre Szeman）的《谁害怕民族寓言——詹姆逊文学批评全球化》（2001）和艾恩·布坎南（Ian Buchanan）的《当今的民族寓言：回到詹姆逊》（2006）② 对詹姆逊的观点表示了强烈的不认同。

这里，我们无意于重复上述学者的研究，试图从其他方面揭示其理论乌托邦的建构。

詹姆逊三个世界的划分和国际政治中的划分方法不同。他所谓的"第三世界"是指除了第一世界的资本主义、第二世界的社会主义集团之外曾经受到殖民主义和帝国主义侵略压迫的其他国家。他声称是"以本质上是描述的态度来使用'第三世界'这个名词"③ 的，并且反对抹煞非西方国家和环境内部之间的深刻不同之处。他说自己只是没有找到更好的表达方式来"表明在资本主义第一世界、社会主义集团的第二世界，以及受到殖民主义和帝国主义侵略的其他国家之间的根本分裂。"④ 这种表述显示出他的三个世界划分标准的混乱之处。因为，很明显，第一、二世界的划分依据的是社会制度，而第三世界的划分则是"殖民主义和帝国主义的体验（经验）"，这种划分没有时限性，缺乏统一的尺度。由于在"描述的态度"（詹姆逊似乎想借用这种表述给人一种客观的、中立的印象）而不是以本质的标准来强行将国家予以归类，又显得非常勉强。这就不难理解三个世界的划分问题构成了艾贾兹·阿赫默德首先质疑的问题。好在詹姆逊本人也多少意识到第三世界国家、民族、历史和文化的复杂性与多样化，认为试图提出一个第三世界文学的总体化理论并非易事，因此，他坦陈："我所提的第三世界文学只是临时性的，旨在建议研究的具体观点和向受第一世界文化的价值观和偏见影

---

① Dirlik, Arif. The Postcolonial Aura: Third World Criticism in the Age of Global Capitalism, Boulder: Westview Press. 1997:52 - 83.

② Irr, Caren & Buchanan, Ian(Edt.). On Jameson: From Postmodernism to Globalization, New York: State University of New York Press,2006:173 - 212.

③ 詹明信：《处于跨国资本主义时代中的第三世界文学》，参见张旭东编：《晚期资本主义的文化逻辑》，陈清侨等译，生活·读书·新知三联书店，1997年，第520页。

④ 詹明信：《处于跨国资本主义时代中的第三世界文学》，参见张旭东编：《晚期资本主义的文化逻辑》，陈清侨等译，生活·读书·新知三联书店，1997年，第520页。

响转达那些明显被忽略了的文学的利害关系和价值。"①

如果仔细阅读詹姆逊这篇文章的第一部分，我们不难发现，詹姆逊反反复复使用两个字眼，即"我们"和"他们"，前者所指的是他本人所处的第一世界语境中知识分子，而后者则是指来自于第三世界的知识分子。在詹姆逊对比了知识分子在第三世界和第一世界中的不同角色，"在第三世界的情况下，知识分子永远是政治知识分子……文化知识分子同时也是政治斗士，是既写诗歌又参加实践的知识分子"而"在我们中间，'知识分子'一词已经丧失了其意义，似乎它只是一个已经灭绝了的种类名称。"② 在詹姆逊看来，第三世界文学中始终有着一个"异己读者"（the other reader）即第三世界读者。这一读者群也许根本没有实际的存在，只不过是"非我们"的读者而已。詹姆逊试图以民族寓言为第三世界文学辩护，但其前提是"他们"（第三世界的人）属于与"我们"（第一世界的人）不同的异类。虽然他本人也对"第三世界"这种表述方式持有批评的态度，并反对无视非西方国家与环境内部之间的巨大差异，但是詹姆逊实际上是带着第一世界的有色眼镜来观察第三世界文学。因此，有学者指出："詹姆逊最终（或主要的）目的不是为了研究第三世界文化，而是希望从中挖掘出对第一世界可资借鉴的经验或教训，其立足点仍然是第一世界。"③

实质上，詹姆逊是在第一和第三世界文学相互对立的立场上看待第三世界文学的。在他眼中，第三文学已经丧失了主体性的地位，只能成为第一世界文学的陪衬品或他者。难怪诸多来自第三世界的知识分子对此不认同。假如鲁迅在世的话，他也不会赞同这种观点。詹姆逊借用黑格尔关于主奴关系的论断精辟地分析第一、第三世界文学间的关系。这里固然包含有辩证法的因素。然而，如果他据此而试图将第三世界作为抵制晚期资本主义文化的"飞地"的话，这种想法多少有些一厢情愿。

"第三世界文学"概念具有特定的当代语境。随着跨国资本主义在全球的扩张，西方文化霸权也迅速膨胀，而第三世界的知识分子对此有着激烈的反应。其

---

① 詹明信：《处于跨国资本主义时代中的第三世界文学》，参见张旭东编：《晚期资本主义的文化逻辑》，陈清侨等译，生活·读书·新知三联书店，1997年，第530页。

② 詹明信：《处于跨国资本主义时代中的第三世界文学》，参见张旭东编：《晚期资本主义的文化逻辑》，陈清侨等译，生活·读书·新知三联书店，1997年，第530页。

③ 李世涛：《重构全球的文化抵抗空间：詹姆逊文化理论与批评研究》，北京：社会科学文献出版社，2008年，第56页。

话语表达了对自身集体身份的关注,对自身民族特性的眷顾和民族国家意识的复归。詹姆逊从首先明确了该概念的规定性:"所有第三世界的文化都不能被看作是人类学所称的独立部分和自主的文化"①。也就是说,第三世界文学必须明确自身的定位,而这种定位却又只能在与第一、第二世界文学或文化的某种相对关联中才可以实现。这种"关联"包含着丰富的内涵。三种世界之间不同的民族文学或文化交流是最为显著的。这种交流过程中,第三世界知识分子的态度极为复杂而矛盾。一方面,他们渴望或被迫参与交流;另一方面,他们又对交流抱有各种顾虑,甚至产生对抗的意识。正是如此,詹姆逊才将第三世界视为第一世界的具有对抗性的"他者",认为以第三世界来抵制第一世界的突破点在于两种世界的知识分子的不同作用。在他看来,由于第一世界的知识分子已经被"局限在最狭隘的专业或官僚术语中"②,仅充当纯粹的技术性的社会功能,已经难以担当此任。而在第三世界中,知识分子身兼两种角色——文化知识分子和政治斗士,他们既能创作诗歌,又能参加实践,所以他们是能够胜任的。在与第一世界文学的激烈抗争中,第三世界文学得以形成,而且这种抗争是具有强烈的政治色彩。但问题是,"所有第三世界的文本均带有寓言性和特殊性"的判断不免显得武断。我们不禁要问:第三世界的"文化知识分子和政治斗士"创作的诗歌、小说等文本难道都有"寓言性和特殊性"?鲁迅的每一部作品也都是如此?事实并非如此。显然,詹姆逊的结论过于勉强。

二

正是出于对晚期资本主义总体制度的思考,詹姆逊提出了"民族寓言"(National Allegory)的命题。他认为,后现代主义业已成为晚期资本主义的主导文化形式。他在深刻剖析了晚期资本主义文化逻辑后,借用黑格尔对奴隶主和奴隶之间的关系所做的分析,试图在资本主义总体制度的内部建构起一块抵制的"飞地"。这块"飞地"即是第三世界文学。因为他认为,相比与后现代主义文化,第三世界文学的特别之处在于其"民族寓言"性质,第三世界文学的个别文本凝

---

① 詹明信:《处于跨国资本主义时代中的第三世界文学》,参见张旭东编:《晚期资本主义的文化逻辑》,陈清侨等译,生活·读书·新知三联书店,1997年,第521页。

② 詹明信:《处于跨国资本主义时代中的第三世界文学》,参见张旭东编:《晚期资本主义的文化逻辑》,陈清侨等译,生活·读书·新知三联书店,1997年,第532页。

聚着强大的民族集体无意识,具有强烈的政治性,是当今时代最为先进的文学,也是后现代主义的主要对手。

寓言是一种叙事文体。它通过构造人物、叙述情节以及描写场景,既构成完整的"字面"意义,也表达另外一层含义。詹姆逊认为,"在西方早已丧失名誉的寓言形式曾是华兹华斯和柯尔雷基的浪漫主义反叛的特别目标,然而当前的文学理论却对寓言的语言结构发生了复苏的兴趣。寓言精神具备极度的断续性,充满了分裂和异质,带有与梦幻一样的多种解释,而不是对符号的单一表述。它的形式超过了老牌现代主义的象征主义,甚至超过了现实主义本身。"① 而詹姆逊又捡起"寓言"这一古老的文学形式,并冠以"民族"二字加以限定,提出了"民族寓言"这一最富有争议性的概念。该概念最早出现在詹姆逊的《侵略的寓言》(1979)中。该书是他对英国右翼画家和小说家温德·刘易斯(Wyndham Lewis)的小说《塔尔》进行研究时提出的②。詹姆逊在《处于跨国资本主义时代中的第三世界文学》一文中以 19 世纪现实主义小说家班尼托·皮拉斯·卡多斯(Benito Perez Galdos)的小说《佛吐娜塔和贾辛塔》为例予以阐发,认为从民族主义的意义上来看,卡多斯的小说比许多更为著名的欧洲小说更具有明显的寓言性。在这部小说中,阿 Q 式的寓言指涉的"游离"或转移的结构也起了作用:已经结婚的佛吐娜塔离开了自己合法家庭去追随自己的情人,被情人遗弃以后又返回家庭之中。所以在"革命"和"复辟"之间的游移也同样适用于她。③

为了证明自己关于第三世界文本的民族寓言的观点,詹姆逊举出了亚洲、非洲、拉丁美洲的不少作家的作品作为例证,试图揭示这些作家的文本语言表象之下的深刻的民族意识和复杂的社会关系。他选取了鲁迅的《狂人日记》和《药》予以精细的剖析。詹姆逊认为,寓言化过程最佳的例子是《狂人日记》。他主要分析了故事所包含的利比多、寓言结构、鲁迅的作用和故事的双重结局引起的对未来的看法等方面。詹姆逊对鲁迅的这种解读获得了不少中国研究者的认可,当然也受到了部分研究者的质疑。詹姆逊选择鲁迅的文本解读,固然有一定的代表性,但鲁迅的文本仅仅只是第三世界(中国)的典型文本。然而就中国现当代文

---

① 詹明信:《处于跨国资本主义时代中的第三世界文学》,参见张旭东编:《晚期资本主义的文化逻辑》,陈清侨等译,生活·读书·新知三联书店,1997 年,第 528 页。

② Jameson, Fredric. The Jameson Reader. Weeks, Kathi (Edt.). Wiley-Blackwell, 2000, pp. 308 – 314.

③ 詹明信:《处于跨国资本主义时代中的第三世界文学》,参见张旭东编:《晚期资本主义的文化逻辑》,陈清侨等译,生活·读书·新知三联书店,1997 年,第 534—535 页。

学看,鲁迅的文本是难以涵盖所有纷繁复杂、数量庞大的其他文本,遑论第三世界的所有文本。何况,并不是所有第三世界的知识分子都有与鲁迅相似或相同的极为特殊的文化语境以及政治语境,所以从某种程度上看鲁迅只是一个个案,并不具有典型性和代表性。而且,第三世界涵盖范围广大,情况极为复杂,如果笼统地予以评述,不免会以偏概全,会导致不正确的判断。因此,可以说,詹姆逊以鲁迅的文本为案例进行分析,进而得出的结论在理论和经验的层次上都值得怀疑。

三

詹姆逊有一个身份似乎容易被忽略,即他还是一个比较文学学者。他曾对在后现代的语境下对歌德的"世界文学"观进行解读,这交织着他的第三世界文学观点。① 他对世界文学问题有过深刻的论述:"在本世纪的80年代里,建立适当的世界文学的旧话题又被重新提出。这是由于我们自己对文化研究的概念分解而造成的,我们清楚地认识到自己周围的庞大外部世界的存在。……在今天的美国重新建立文化研究需要在新的环境里重温歌德很早以前提出的'世界文学'。任何世界文学的概念都必须特别注重第三世界文学……"②

不难看出,詹姆逊的"第三世界文学"概念发端于歌德的"世界文学"提法。自歌德提出"世界文学"概念以来,研究者分别从民族文学、总体文学、国别文学等角度来理解和丰富其内涵,显示出这一概念的开放性。但必须要指出的是,歌德在提出这一概念时,只强调文学的共时性,没有从政治角度加以考量其内涵。詹姆逊的"第三世界文学"命题是他创造性地阐释歌德"世界文学"概念的产物。但是这种阐释是在美国这样一个第一世界国家内进行的,而且是在文化研究的层面展开的。按照詹姆逊的解释,世界文学应该包括第一、第二和第三世界文学,也就是说三个世界文学的相加即构成了一个完整的世界文学。然而问题是,为什么"任何世界文学的概念都必须特别注重第三世界文学"?第三世界文学的重要性和特殊性是什么?回到前边两个讨论过的问题,不难发现,第三世界

---

① 参见杜明业:《詹姆逊对歌德的"世界文学"的解读》,载《内蒙古农业大学学报》2011年第5期,第403—405页。

② 詹明信:《处于跨国资本主义时代中的第三世界文学》,参见张旭东编:《晚期资本主义的文化逻辑》,陈清侨等译,生活·读书·新知三联书店,1997年,第521页。

文学的本质在于它的"民族寓言",既然"第三世界文学"本身的划分存在着问题,且以鲁迅为代表的第三世界文学的"民族寓言"性质逻辑前提已不复存在,那么上述主张也难以成立。

除了在《处于跨国资本主义时代中的第三世界文学》一文中论述"世界文学"以外,他在接受张旭东的访谈时有一次谈及自己对世界文学的理解。他指出:"人们通常认为'世界文学'应是由一些经典作品组成,它们能超越直接的国家、民族语境而打动形形色色的读者,然而实际上歌德和其他人倡导'世界文学'时的用意并不是这样。要是我们细读歌德在这方面的零散文字,我们会发现他心目中的'世界文学'指的是知识界网络本身,指的是思想、理论的相互关联的新的模式。……我认为'世界文学'的含义是积极地介入和贯穿每一个民族语境,它意味着当我们同别国知识分子交谈时,本地知识分子和国外知识分子不过是不同的民族环境或民族文化之间接触和交流的媒介。"①

我们不妨对这一段论述略加分析。詹姆逊指出了人们在某种程度上对歌德的误读,即歌德的本意并不是像人们通常理解的那样(即世界文学应该是经典文学或者是经典作品的文学),而应是指"知识界网络本身,指的是思想、理论的相互关联的新的模式"。詹姆逊认为,这是由于歌德对世界文学的理解是建立在他自己的阅读经验和对世界的认识的。在歌德眼中,真正新颖的有历史意义的事物乃是人们有机会、有条件接触他国异地的思想并与之沟通。唯其如此,"最终才能产生出普遍的世界文学;各民族都要了解所有民族之间的关系,这样每个民族在别的民族中才能既看到令人愉快的方面也看到令人反感的方面,既看到值得学习的方面也看到应当避免的方面。"②那么,詹姆逊的世界文学构想是怎样一幅图景?如何能够实现?他对此语焉不详。我们从他的论断中可以推断到他的一种幻想,即在后现代主义的语境中,包括第三世界文学在内的世界文学彼此是相互关联的,第一世界文学与第三世界文学在在黑格尔式的"主奴关系"中相互依存的,同时有时对立的。这显然又回到了前述的问题,即詹姆逊第三世界文学理论面临的理论困境与现实困难。

不过值得肯定的是,詹姆逊对歌德的世界文学观念加以重新阐释,将它视为

---

① 詹明信:《马克思主义与理论的历史性》,参见张旭东编:《晚期资本主义的文化逻辑》,陈清侨等译,生活·读书·新知三联书店,1997年,第47—48页。

② 歌德:《论文学艺术》,范大灿等译,上海人民出版社,2005年,第379—380页。

一种认知模式，这已经超越了单纯的文学范畴，把对世界文学的认识提高到认识论的高度。詹姆逊为我们提供了一个理论支点，能够从较宏观的层次来认识各民族文学，并探寻它们之间相互流通、转化、制约的深层的物质根源，重视现代语境中文学交流中的"知识分子"的作用，重视各个"民族的独特语境"。

比较歌德和詹姆逊所处的历史语境不难看出两者关于世界文学论述的差别的根源。歌德所处的历史语境是：英法等国家的资本主义已经充分发展，而德国却处在前资本主义的滞后状态，较为封闭和落后。但他能够敏锐地意识到"世界文学"的即将来临，希望人们能够走出民族文学这种狭小的圈子，放眼于世界各国文学的广阔天地，竭力倡导不同民族文学之间的交流、理解和融洽。歌德的"世界文学"表达了一种愿景与期望。而詹姆逊是在后现代的语境中提出重新阐释歌德的世界文学概念的。这一时期的生产方式的转变，文化环境的变化和文学传统更迭已经使各民族文学发生转变，导致世界文学的可变性，因此，歌德有歌德时代的"世界文学"，后现代时期也应有后现代时期的"世界文学"。如果忽视"处于跨国资本主义时代"这样一个历史语境而去空谈世界文学，是难以把握其本质特性的。

由于晚期资本主义文化自身的一些特点及局限，詹姆逊提出第三世界文学（文化）希图抵制美国后现代主义文化的全球扩张。以鲁迅为代表的第三世界文本必然成了一块抵制的飞地。然而，这不过是一种乌托邦梦想。因为实际的第三世界文学要比詹姆逊所想象的要复杂得多，而且个别作家的文本并足以从总体上表示第三世界文学的全部。另外，随着全球化的逐步深入与发展，第三世界文学本身也发生了深刻的变化。詹姆逊的愿望是美好的，但是却是难以实现的。至于通过审视歌德的世界文学概念而引发出对第三世界文学的重新思考，这种理论探索的勇气固然可嘉，然而因为其前提出现了问题，所以他重建世界文学的构想也只能是一种"理论的乌托邦"。

作者简介

杜明业，淮北师范大学外国语学院副教授，文学博士。

方汉文教授新著《比较文学理论》观念抉微

史元辉　刘　娇

方汉文教授的新作《比较文学理论》于2013年6月由北京大学出版社出版。该书是方教授多年以来从事比较文学理论研究的新成果，也是对于他以前力作《比较文化学新编》和《比较文学高等原理》所述学说进一步的延伸和新突破。更为值得提出的是，该作对美国比较文学新近崛起的"重构"学派进行了文化间的对话，试图在新世纪比较文学理论转型中，建立一种跨文化的世界文学与比较文学理论体系，努力从中国化的角度来阐释新世纪的比较文学理论体系建构。

笔者才陋识浅，不足以对此大作有洞若观火之见，更遑论作切中肯綮之评。然而学术乃天下之公器，既有所论，也不妨不揣浅陋，呈之于大方之家，以俟赐教。现就个人管窥之见对这部新作的新观念作以尝试性阐述。

方教授的这部著作中指出，中国化的比较文学理论体系主要有以下特点：

其一，以中国《易经》与《墨经》中的辩证逻辑为思维方式，取代西方的理性中心主义思维方式，将比较文学的认识论、本体论、方法论和实践论结合为一，对比较文学学科性质进行了新阐发。

其二，以中国诗学的言象意观念为中心，取代西方的"语言中心"特别是"语音中心"观念，对比较文学学科的理论建构进行了改革。

其三，以中国诗学的义理、考据和辞章的研究方法与西方的实证主义、形而上学和阐释学等方法结合，形成中西融合的研究新方法。[①]

本文将就以上三点大致分而论之。

[①] 方汉文：《比较文学理论》，北京：北京大学出版社，2013年，第72—73页。

一、中国的辩证思维方式取代西方的理性中心主义

阴阳概念是形成于远古的概念,在殷墟卜辞中已经出现了"阳"字,同时亦有学者指出卜辞中也出现了"阴"字;而阴阳作为包含有辩证因素的阴阳说,集中体现在形成于殷周之际的《易经》中;春秋时代,商周以来的原始宗教思想虽已动摇但依然存在,其以德配天、天从民欲、畏天保民的基本思想依然是人们的共同观念,而文化知识依然掌握在卿、大夫手中,主要还是由《礼》、《乐》、《诗》、《书》、《易》等典籍所涵盖。① 这说明当时《易经》依然为主要典籍之一,并为官学及士大夫所重视,那么阴阳的辩证观念应该至少是当时主要的思维方式之一。

《汉书·艺文志》有"诸子出于王官之说",此说自成说以来尤为章学诚、章太炎等众多学者所赞许。然而对此观点,胡适却大加质疑,他取《淮南子·要略》之论认为诸子学说乃是诸子救世之弊,应时而兴。② 但是胡适此说并未点明诸子学的最初源头。章学诚在《校雠通义》中言:

> 古无文字,结绳之治,易之书契,圣人明其用曰:"百官以治,万民以察。"理大物博,不可殚也,圣人为之立官而分守,而文字亦从而纪焉。有官斯有法,故法具于官。有法斯有书,故官守有书。有书斯有学,故师传其学。有学斯有业,故弟子习其业。官守学业,皆出于一,故私门无著述文字。③

章氏此说明确点名了学术聚于官府即"学在官府"的原因:第一,官府从事相关统治管理工作,而具体的实践催生了文化事业;第二,文化典籍的产生和保存俱集中于官府,普通民众要对文化进行学习,则必须以吏官为师,而学成之后也必须从事官吏事业,方显学有所用,故而可言"学不出官府",这样就使官府垄断了学术与文化。既然没有任何外在的物质条件和较规范的师资教育,普通民众无从于官府之外接触文化和学术,何以能完全否定"诸子出于王官"之说呢?

---

① 张岂之主编:《中国思想史》,西北大学出版社,1993页,第9—14页。
② 钱穆:《国学概论》,北京:九州出版社,1997年,第31页。
③ 钱穆:《国学概论》,北京:九州出版社,1997年,第29页。

钱穆引《左传．昭公十四年》中孔子之语"天子失官，学在四夷"，指出"自周室之东，而天子失官，大人不悦学。于是官学日衰，私学日兴，遂有诸子。"① 一番论证之后，钱穆综合两说，认为"谓王官之学衰而诸子兴可也，谓诸子之学——出于王官则不可也。"② 这种说法应该是更符合事实的判断，也就是说诸子之学虽未成于官府，更未盛于官府，而是成于周王室衰落之后官吏所渐渐举办的私学，更盛于春秋战国之时私学自由竞争、大胆创新的学术风气，但是诸子之学却是实实在在地源自于官府之学。如果这种说法更接近于事实，那么诸子之学必然深受上述五经之深刻影响，而《易经》中的辩证思维则必然在诸子之学中以不同形式存在。下面略举儒道法墨四家学说浅论之。

《论语》中有"君子周而不比，小人比而不周"，"君子和而不同，小人同而不和"，"质胜文则野，文胜质则史"，"夫仁者，己欲立而立人，己欲达而达人"，"君子尊贤而容众，嘉善而矜不能"，"君子惠而不费，劳而不怨，欲而不贪，泰而不骄，威而不猛"，这其中辩证法的思维是显然存在的。同时，孔子作为儒家思想的开山者，虽然秉持刚健有为、积极进取的人生理想，努力昌明"仁、义、礼"之学说，但他深深地明白中庸之道的重要性，如他讲过"中庸之为德也，其至矣乎！民鲜久矣"；《论语》亦有"子绝四：毋意，毋必，毋固，毋我"之语。孟子继承并大力发扬了孔子的这种以天下自任的进取精神，所以他的学说中除了"生于忧患而死于安乐"这句铿锵有声之语，和"言近而旨远者，善言也；守约而博施者，善道也。君子之言也，不下带而道存焉；君子之守，修其身而天下平"，几乎找不到充满辩证思维的语句，但是他驳斥杨朱、墨翟、告子的语句则表明他认为这三家之言论显然失于"中道"，而他的著名的、并且让明太祖朱元璋勃然变色的君臣之论也同样表现了孟子的辩证思维倾向。至于宋明以来的程朱陆王等新儒家，虽援佛道（道教）入儒以壮其说，但根本上依然是孔孟学说的继承者和发扬者。

道家老庄学说深得辩证法之要旨，其中辩证思维最为明显。《道德经》中"道可道，非常道；名可名，非常名"，"为者败之，执者失之"，"生而不有，为而不恃，长而不宰，是为玄德"，"有无相生，难易相成，长短相形，高下相盈，音声相和，前后相随"，"曲则全，枉则直，洼则盈，敝则新"，"守柔曰强""是

---

① 钱穆：《国学概论》，北京：九州出版社，1997年，第30页。
② 钱穆：《国学概论》，北京：九州出版社，1997年，第33页。

以兵强则灭，木强则折"，"天之道，利而不害；人之道，为而不争"，等等不一而足；《庄子》中则有"物无非彼，物无非是"，"天下莫大于秋毫之末，而太山为小。莫寿于殇子，而彭祖为夭"，"至人无己，神人无功，圣人无名"，"为善无近名，为恶无近刑"。老庄之道充满辩证法，以至时时有相对主义之嫌，而无儒家积极入世的观念。因此，劳思光认为老庄思想起自杨朱，但在统系上二者无传承关系，二者同方向，但老庄显然精到得多，故后来居上；而且道家之说"显一观赏之自由。内不成德性，外不成文化，然其游心利害成败之外，乃独能成就艺术。"① 这一论断显然特为精当。

法家集大成者韩非受教于荀子，但是"儒者皆欲肯定价值，荀子不能见心性之真，故立说终失败，而被迫归于权威主义"。② 荀子对儒家思想的某种偏离，在一定程度上可以解释为什么劳思光对法家之评较中肯綮：

> 韩非思想虽受儒、道、墨之影响，然本身有一否定论之观念为其骨干，故所取于诸家者，皆为技术末节，用以补成其学说；其基本精神乃一大否定，而诸家之说适为此否定论所利用，此则中国古代哲学史中之一大悲剧，亦文化之一大劫运也。③

韩非之说起于乱世，其用世之心甚切，此言与韩非之初衷或有不合不公之处，但其学说为历代统治者所尚，并阴相递受，却是不争的事实。不过，既然法家取儒道墨三家以济其说，那么辩证法在其学说中的存在就是不容否认的。

墨家则有极著名的"同，异而俱於之一也"之论，其间辩证法显而易见。下面这段话更可资以表明此点：

> 夫辩者将以明是非之分，审治乱之纪，有同异之处，察名实之理。处利害，决嫌疑，焉摹略万物之然。论求群言之比，以名举实，以辞抒意，以说出故。以类取以类予，有诸己不非诸人，无诸己不求诸人。④

这段话中将许多彼此对立的概念对举，如是非、治乱、同异、名实、利害、人己

---

① 劳思光：《新编中国哲学史》（第一册），桂林：广西师范大学出版社，2005年，第157—215页。
② 劳思光：《新编中国哲学史》（第一册），桂林：广西师范大学出版社，2005年，第261页。
③ 劳思光：《新编中国哲学史》（第一册），桂林：广西师范大学出版社，2005年，第281页。
④ 孙诒让：《墨子间诂》，北京：中华书局，1954年，第250—251页。

等,以显明其观念的辩证性。当然墨家更有相当成熟的逻辑学与知识论,但是惜乎其所不传,故金岳霖指出,与西方哲学相比,中国哲学的特色之一是"逻辑知识论意识的不发达"。①

以上以四家论,基本可以得出中国文化思维中辩证法的普遍存在。西方哲学中更为繁盛的当属形而上学的思辨和知识论,但是西方亦有辩证法。依照成中英的观点,西方的辩证法以黑格尔辩证法为主,乃是一种冲突辩证法。而中国的辩证法则是儒道的和谐辩证法。法家和墨家之所以被略而不论,乃是因为法家纯属一权谋哲学,中国主流意识形态对之多有贬黜,而墨家上已述及其堙没不闻,故此中国主流哲学应为儒道两家。这样,和谐辩证法就可作为中国文化思维的代表,与西方的冲突辩证法作一比较。

冲突辩证法首先"肯定实在,或历史,有一个本体上真实的客观冲突;这种冲突或表现在事态以及其反面之间,或表现在一个阶级与另一阶级的对立之中";其次,"欲解决冲突状态之逻辑矛盾,只有设法将冲突的两面在一个更高的层次上综合起来";最后,"实在的辩证运动乃是一个不断前进的演化,朝着更高、更好的存在形式迈进;这种迈进带有浓厚的直线前进的味道"。② 中国的和谐辩证法的特征为:

(1) 万物之存在皆由"对偶"而生。

(2) "对偶"同时具有相对、相反、互补、互生等性质。

(3) 万物间之差异皆生于(亦皆可解释为)原理上的对偶、力量上的对偶和观点上的对偶。

(4) 对偶生成了无限的"生命创造力"(对《易经》而言)、"复"的历程(对《老子》而言)以及事物之间的"互化性"(对《庄子》而言),还有"反"的过程(《易经》、《老子》、《庄子》之共同)。

(5) 如果我们能描述出各种对偶之间互生关系的架构,并且在这架构中,我们能无碍地宣称世界的根本乃一整体,以及万物有本体上的齐一性,那么冲突便可在此架构中化解。

---

① 转引自余英时:中国知识人之史的考察,余英时文集,第四卷,沈志佳编,桂林:广西师范大学出版社,2004年,第161页。

② 成中英:论中西哲学思维,成中英文集,第一卷,李翔海、邓克武编,武汉:湖北人民出版社,2006年,第253—254页。

（6）人可以经过对自我以及实在的了解，以发现化解冲突的途径。①

综合上述两处所引可见，中西辩证法均承认万事万物中冲突与和谐并存，所不同之处为：西方辩证法认为和谐是暂时的，是次一层面冲突的存在条件，冲突会最终导致旧和谐的丧失和暂时的新和谐的产生，而冲突是绝对的，冲突双方只有相反、相对的一面，同时冲突是万事万物前进的动力；中国辩证法则认为冲突虽然存在，但是和谐却可以在人的发现、了解和努力过程中成为其终极，冲突双方在相反、相对的同时也是互生、互补和互化的，双方的冲突可以被化解。笔者认为中国辩证法里面隐含了人的努力，而西方辩证法则强调物的现实特性，余英时认为西方文化为"外倾文化"，追求"外在超越"，中国文化是"内倾文化"，追求"内在超越"，这里对两种文化一个对物质的强调，一个对人文的突出有所揭示。②

衡诸历史现实，西方文化思维中物质的特性最终突破了宗教的垄断而致科学技术的大发展，理性大行其道乃至最终击败了信仰而至于理性中心主义，所以西方的辩证法突出了冲突，强调了斗争，也就注定了最终的胜利者及其中心主义。而中国文化思维的人文性突出了和谐，强调了对于冲突的主观克服，强调了冲突双方的互生、互化性，即一方的发展强大可以促进另一方的发展强大，同时强大的一方和弱小的一方可以互相转化，这样也就注定了和谐共存，而不是一方对另一方的胜出，这也是中国文明历史上绝大多数时候对外执行和平共处政策的原因之一。

表现在比较文学领域，尤其是世界文学史的撰写方面，西方理性主义往往表现为西方中心主义，表现为西方文学对于非西方文学的优越和轻视。当今世界是多元共生的时代，历史上弱肉强食的殖民主义时代的幽灵——一元中心主义在当今之世越来越难以存在，不同文明间需要和平共处，而中国的和谐辩证法正可以使世界不同文学间彼此和谐共生。方教授这一观点的提出显然是从中国思想文化的精髓之处出发的，这一观点对于世界文学的共同繁荣必然会发生极大的促进作用，因为它关注的是不同文明体系之间文学的互动交流与互相发展。

---

① 成中英：论中西哲学思维，成中英文集，第一卷，李翔海、邓克武编，武汉：湖北人民出版社，2006年，第252页。

② 余英时：儒家伦理与商人精神，余英时文集，第三卷，沈志佳编，桂林：广西师范大学出版社，2004年，第21—22页。

令人高兴的是，美国的同道们以实际行动对这一观点作出了正面的响应。美国哈佛大学教授戴维·达姆若什与戴维·帕克（David Pike）主编的《朗曼世界文学文选》（*The Longman Anthology of World Literature*）于 2008 年出版。该书收入大量"非西方"文本，有中国、阿拉伯、日本、印度和南美等文学名著，即使《论语》、《古兰经》等人文宗教经典也被收入，极大的篇幅被用于中国等东方国家作者，而莎士比亚仅选入了 10 首十四行诗与《暴风雨》片段，中国选文在东方诸国中名列第一，其中《诗经》、王维、李白、杜甫、白居易、李煜和李清照许多抒情文体入选，突破了长期以来西方叙事文体居于中心的主导方向。① 当然，该书现代中国作家仅收了鲁迅，而其他作家则被忽略，这一点确属缺憾，但是无论如何，这一开放多元的世界文学眼光比之昔日的西方中心主义进步可谓大矣。

二、中国诗学的言象意观念取代西方的"语言中心"观念

方教授在《比较文学理论》中提出了比较文学形态学的言象意观念，其中言为语言符号与文学流派的特有文体形式，象为意象、象征和"原型"，意则为主题、义理、文学思潮观念，包括意义和意指。三者之间彼此组合而为五种类型，分别为：象—言型、意—言型、意—象型、言—意型、言—象型。②

这种分类具有很深刻的历史意义。因为世界上所有的文学作品包括口述文学都是言象意三者彼此组合而成，这种分类法会有更普遍的适用性，而且它对于探索世界文学史的发展线索与历史规律更为关键。当然，上述五种类型并不是世界文学所有的表现形式，而是世界文学的主要历史形态，同时它们也并不是世界文学史的固定分期表。

世界文学的起源是神话传说。远古时候生产力极其落后，人们对于世界和人生的解释能力有限，不知道何以自然界充满那么多神秘而力量巨大的现象，同时何以自身在自然面前如此脆弱，他们就转而使用神秘而超自然的神话来表达他们对于自然世界和自身局限性的阐释。当然神话也往往表现人们对于自身拥有神一般的力量和对于美好未来的向往。这一点我们在古希腊神话、古罗马神话、西亚神话以及中国古代神话中都可找到支撑性元素。同时那时候，人们还不善于将自

---

① 方汉文：《比较文学理论》，北京：北京大学出版社，2013 年，第 212—214 页。
② 方汉文：《比较文学理论》，北京：北京大学出版社，2013 年，第 230—231 页。

身的感觉和意识理性观念符号化，文学中言辞的能指与所指并不对应，而是直接将象征与言辞结合，其中不经过意义的关联，这是象言型文学形态。

随着生产力的进步，人类渐渐脱离了寄居自然界的原始生活方式，人们在自然界面前的地位得到一定提升，开始进入了文明的生活方式，人们的语言意识与精神世界也有了一定的进步。这时，人们开始更多关注人生和社会问题，现实主义文学出现了，如古希腊《荷马史诗》中的《奥德赛》和中国《诗经》中就表现出了现实主义色彩。同时随着将自身的感觉和意识理性观念化的演进过程，现实主义文学中言辞的能指与所指的对应关系开始建立，这是意—言型文学形态。当然，我们如此论说并不是说现实主义与神话和浪漫主义这两个文学时期泾渭分明，先后严格分别。世界文学复杂多样，上述一般性的说法不可能广泛适用，首先上文已经说过这五种分类绝非世界文学史的固定分期表，其次神话与现实主义在一定历史时期是并世而立的，另外弗莱就持不同观点，认为浪漫主义应存在于现实主义之前。

意—象型即浪漫主义文学是以文学意象表达为中心的，它的出现从某种程度上说是人们在文学上开始表现心灵与抒发情感，是人们心灵苏醒与个体自觉性萌发在文学上的表现。这时候，人类物质文明和精神文明的进步使人们自身主体性地位提升，人们开始关注自身的心灵表现与情感抒发。借用艾布拉姆斯的《镜与灯：浪漫主义文论及批评传统》中的说法，这时人们不再把心灵仅仅看做映照外界事物的镜子，而是把它看作是灯——一个感知外界事物同时也被感知的发光体。① 西方浪漫主义大致形成于18世纪末或19世纪初，此时启蒙运动已达到高潮，宗教专制力量受到很大的挑战，人的理性开始成为世界的主宰，生产力的解放与大发展使人的主体意识得到很大提升。而在中国，魏晋时期玄学与佛学的兴起，使人们的个体自觉性从名教禁锢中得到很大解放，浪漫主义文学志怪小说、抒情诗开始出现。

形式主义、唯美主义文学的出现表明文学开始以自身符号为自足性存在，言对意的关系为能指取代所指，疏离意象，这属于言—意型文学形态。这种文学形态的出现和文学的消遣娱乐性功能有关，因为生产力的发展使人们有机会与能力将文学视为一种娱乐审美方式。在西方文学史上，西班牙等国盛行的"贡戈拉主

---

① 方汉文：《比较文学理论》，北京：北京大学出版社，2013年，第84页。

义"就是一种形式主义文学艺术流派，而西班牙当时是欧洲最强大的国家之一。中国汉代辞赋和南朝的齐梁文风与国家相对承平日久，以及人们的生活尤其贵族生活已较为富足安逸有关，而随后的格律诗词的流行也与隋唐和两宋时期经济生活相对富饶有关。但是，隋唐以来形式主义虽然在延续，这种形式主义却也注重内容的充实与意义的表现。

最后一种类型言——象型搁置了意义，象与言直接相结合，以现代主义文学为代表。这一类型与近代以来工业化和资本主义的发展所导致的社会现实有关：人们认识到长期以来向往的乌托邦乐园结果却仅仅只是物质方面的进步，精神上面临的是信仰的丧失、人性的堕落和生活的异化。而这种失望与荒谬感反映在文学上就是现代主义文学的兴起，作品中往往表现社会现实的荒谬扭曲和意义的丧失。西方现代主义文学作品自从20世纪初以来不胜枚举，同时受西方现代主义思潮的影响，中国许多作家如戴望舒、卞之琳、穆旦、张爱玲、徐吁、施蛰存、艾青等也创作出了现代主义意味的文学作品。①

从概念上说，文学的形态就是从文学语言、意象与意义的结合程度来分析文学史，分析文学史上的思潮流派、表现形式与内容之间的基本规律。但是美国学者韦勒克却否定了比较文学中的文学思潮与流派研究的价值，甚至最基本的概念如"浪漫主义"在他看来也都不具备普遍性。他一再强调要从文学自身来划分历史时期，但结果却始终提不出一种合理的分期，原因恰在于不能把文学内容与形式结合起来，因为文学的形式发展与内容是不可分离的。韦勒克的看法显然是西方语言中心观念的一种具体形式，这种将文学作品视为仅仅具备语言形式的看法是不合理的，如我们前文已提到的，文学作品是言象意三者彼此组合的构成形式。

三、中国诗学义理、考据和辞章的研究方法与西方诗学批评方法的结合

义理、考据和辞章三者相统一的观点是由清代桐城派古文大家姚鼐首次系统提出和阐述的。姚氏这一观点起初是针对文章写作而言的，其中"义理"指文章立意要符合程朱理学思想宗旨；"考据"是指文章要效法汉儒，言之必有实据，

---

① 方汉文：《比较文学理论》，北京：北京大学出版社，2013年，第251—252页。

务必考证清楚，避免空泛；"辞章"是指文章还要有结构、文字、音韵上的文学之美。

虽然这一观点非为文学批评而发，但是完全可视为中国古代诗学批评的重大总结，因为它纠正了历代文学批评或重考据（汉儒）、或重义理（宋儒）、或重辞章（如六朝）的缺失和不足，力倡三者的有机结合。

当然，义理、考据与辞章在现代意义上已不同于其各自的原初意义。我们认为义理更应该指的是对于文学作品从理论上尤其是哲学角度上的批评，类同于西方的形而上学批评；考据指的是从历史角度对文学作品的阐释，类同于西方的实证主义文学批评；而辞章则指的是对于作品结构和语言表述的美学解读，类同于西方的形式主义。

从对作品进行不同角度的批评而言，西方文学批评大致可划分为形而上学、实证主义和形式主义三种。三者彼此之间往往对立，如实证主义的兴起乃是对于形而上学的反动，而形式主义恰是对于实证主义的厌倦。在实证主义者看来，形而上学的批评主观性过强，不能从客观方面对作品进行阐释；而形式主义者则认为实证主义者过分注重社会历史背景等事实性细节，忽略了作品的美学生命力。西方的这些文学批评实践均失之于片面化和孤立化地看待作品，有削足适履或普罗克拉斯提思之床（Procrustes' bed）的嫌疑。

而中国文学批评发展和西方不同，新旧互相融合，甚至同时并存，而非西方那样剧烈更替。这一点大概可以用上文所提到的成中英的冲突辩证法与和谐辩证法两个概念来解释。中国文学批评如汉代阐释学、魏晋阐释学、隋唐阐释学、宋明阐释学和清代阐释学虽有不同侧重，如汉儒重考据，魏晋重佛道，隋唐重承守，宋儒重义理，清人重汉学考据，但是并不排斥其他另外两个方面，如汉儒也很注重文学的道德教化，于辞章亦有所用心；宋儒如朱熹也有一些文字考核注释著作；清代戴震于考据之外也重义理阐发，而桐城派则重宋学，另外如清代颜元、李塨师生阐述义理尤力。因此中国文学批评虽然大致在义理、考据和辞章有所侧重，但绝不单取其中一端。

阿尔都塞曾公开宣称，除了马克思哲学的辩证唯物论和历史唯物论以外，一切哲学都是意识形态。那么辩证唯物论和历史唯物论可算作马克思主义哲学的核心，将上述两者引进文学批评，就应该能够生成义理、考据和辞章并重的批评方法。辩证唯物主义既唯物又辩证，它不是庸俗的物质主义，它既强调唯物的出发点，又同时承认精神或者人的意识对于物质有主观方面的影响，因此这种唯物主义并不强调物质对于人类生活的单一决定性，它承认意识的相对独立性及其对于社会存在的反向影响。总之，辩证唯物主义反对片面、孤立、僵化地看待问题，强调用发展和联系的观念来看问题。同时历史唯物主义则强调对任何事物的理解和阐释必须放在具体的社会历史环境下来进行，反对脱离具体历史环境。那么，对于文学作品的批评就应该从辩证的、历史的角度来进行，就应该将文学作品视为一个整体，分别从义理、考据和辞章三个角度来进行批评。这种批评方法因为强调从哲学、历史和美学三个不同方面来研究文学作品，是一种更为综合全面的文学批评方法，而不是将文学作品单一化，使文学作品丧失其生命力，最终沦落为某种单一观念的证明书。

我们认为应该将中国传统的义理、考据和辞章的文学批评方法与西方诗学批评方法相结合，首先因为西方拥有非常发达的形而上学传统，而中国在此方面相对较薄弱，中国文学批评需要向西方学习并与之彼此互补，方可形成比较文学较为有效的批评手段；其次则是因为从中国和谐辩证法的观念出发，中国与西方两种不同的文学批评方法彼此之间既是相对相反又同时是互补互生的，也就是说，双方是既互相对立又互相促进的。

四、结语

方教授的新作《比较文学理论》内容极为丰富深广，远非笔者所能一一举出，上述所论仅仅就笔者肤浅之见作以阐述。但是，即使就笔者所举上述三点而言，这部书作对于比较文学理论的中国化阐释和构建方面就已做出了里程碑式的贡献。因为这三个方面是建立在中国文化的深厚基础之上的，是中国化比较文学理论体系的三个拱心石。

正如方教授在书中所言，他支持相当多的学者要求建立比较文学中国学派的主张，但是这种学派的建立必须奠基在一种理论体系的创造上面，否则就只是一种身份被承认的诉求，而没有中国学派的实质；而且创造一种学派不是目的，推动学术新理论的创造更为重要。① 从这个角度来说,方教授的这部新作无疑为比较文学中国学派的建立作出了理论体系构建方面的重大贡献,同时也极大地推动了比较文学学术理论的新创造。

作者简介

史元辉,苏州大学文学院在读博士生,咸阳师范学院外国语学院副教授。

刘娇,苏州大学文学院在读硕士研究生。

---

① 方汉文:《比较文学理论》,北京:北京大学出版社,2013年,第67—68页。

第三编　世界文学名作的编选原则

走入世界经典的中国文学[①]

方汉文

一、世界文学史的新建构

21世纪初期以来,美国学术界兴起的"世界文学史新建构"(A New Construction of World Literature History,以下简称"新建构")是一种重要的新思潮,有学者评价为是自"理论热"之后,向世界文学史研究回归的当代学术主流之一。尤其可观的是,作为世界文学史新建构的重要实践话语——"世界文学经典选本"出现了新的趋势:中国文学(以及部分"非西方文学")的文本以前所未有的数量与组合比例,首次与西方文学经典珠联璧合,合编在西方主要的文选之中。

美国《朗曼世界文学文选》的主编之一,"新建构"学派代表人物、哈佛大学教授达姆若什(David Damrosch)说:现在美国的世界文学课程比例中,原本的"西方传统"几乎与"非西方文学"的传统旗鼓相当。

当然,这种说法有些夸张,但是也并非完全失实,我曾经进行过粗略的统计,以诺顿、朗文的《世界文学文选》的近年版本选篇为例,入选的作品包括3000年前的西亚史诗《吉尔伽美什》到中国作家鲁迅和正在走红的日本作家村上春树,这些"非西方文学"所占的分量之大,不仅相对1650年开始出版的"诺顿文选"中的纯正的"西方传统"来说是匪夷所思的,即使就十几年前的诺顿文选的选篇而言,也是颠覆性的现象:东方文学特别是中国文学经典的成分大幅度增加。

[①] 本文原载于《光明日报》2013年1月28日第005版,为作者2012年7月18日在首都经贸大学的演讲稿。

无可怀疑,"新建构"将东方文学纳入世界文学主体的新视域,改变了传统的文学经典秩序,已经是一种学术创新。

为什么会产生这种变化?对于选编世界文学选集或是书写世界文学史的美国学者及欧洲学者而言,他们的主体想象与视域由何而来?

我们要回到2003年,这一年对于世界文学史研究是相当重要的一年,特别是对美国学者而言。哈佛大学的达姆若什这一年出版了他的代表作《什么是世界文学》,他在书中强调,西方世界文学史体现了欧美的古典与当代文学的传承固然重要,但全球化时代更需要超越"本地书籍"的"界限",引进包括中国《诗经》在内的其他民族文化的世界文学经典,这是一种多元化的世界文学,而不是西方中心的世界文学。因为世界文学作品具有多样性,没有一个绝对统一的标准,这种文学多样性恰是全球化时代文学的根本特性之一。

其实并非他个人如此看待的,这种世界文学史观念早在赛义德等人的后殖民批评中已经孕育。也正是在2003年,美国后殖民批评家斯皮瓦克的《学科之死》出版,在这本书中还附有作者的一篇单独的论文《超越界限》。如果说《学科之死》这本书以其惊世骇俗的书名令人震撼,那么在这篇论文中,斯皮瓦克的一句名言可能对世界文学史更具有理论上的颠覆性:

在(比较)文学领域,我们需要离开"盎格鲁声腔""卢梭声腔""条顿声腔""法兰克声腔"等,我们必须应用南半球的语言作为有生命力的文化媒介,而不仅仅将它们作为文化研究的对象。

"盎格鲁声腔"等四个"声腔",是指欧洲的主要民族文化与语言体系,是西方文学的代表,公元11到13世纪西欧各国开始使用自己的口语语言,官方的拉丁语名存实亡,最早出现的语言体系之一就是法兰克人的语言,到公元13至16世纪,莎士比亚与法语的《罗兰之歌》等名著已经使这些语言取代拉丁文,成为西方文学具有代表性的"声腔"。所谓"南半球"是一个泛指与象征,这包括大洋洲的土著、拉丁美洲的印第安原住民与非洲特别是撒哈拉沙漠以南的非洲部落与民族的语言文化,这是被认为"黑暗的心脏"(康拉德语)或是"原始文化"的"第三世界"文学的声腔,斯皮瓦克恰恰要将其作为一种"有生命力的媒介",认证这样的话语作为世界文学史的主体地位。她肯定这些被压抑的"非西方话语",就是让这些文学发出世界性的"声腔","声腔"这个词原义是指一种语言的单音发音,在当代批评中用来指称一种民族语言为主体的文学。

达姆若什以不同的方式表达了相近的意见,他认为在美国的"世界文学史"

教学中,"超越欧洲的课程数量剧增是更为巨大的挑战,包括原典文献的亚述文、中文、日文、吉库尤文、纳瓦特尔语、盖楚瓦语、斯瓦希里语、越南语、祖鲁语和其他多种语言的作品。"

达姆若什这段话中所涉及语言可以分为两大类,一类是不再使用的古代语言,如亚述语,这是公元前1800年前后亚述王国沙姆希亚达德一世起,到公元前612年亚述王国亡于新巴比伦与米底人之间主要使用的一种语言,这种语言用泥板书写,成为亚述的研究对象。另外一类是正在使用的语言中也包括一些使用范围有限的土著部落语言如肯尼亚的吉库尤文、南非的盖楚瓦语与拉美的纳瓦特尔语,或其他使用较少的语言。达姆若什在这里以这些语言代表各自的文化体系。

他说:"翻译正在成为新的纠纷事项,社会文本和文化传统在课程中问题大增,不再只关注于普通的西方传统之内的言谈的进化"。

我们认为,形成于21世纪,包括中国学者在内的"世界文学史新建构"是世界文学史研究的一次成功转型,其意义正在逐步显现出来。在西方的传统中,中国与东方文学不过是"东方学"的构成,无论是"东亚研究"或是其他地域研究,都是西方世界文学史的"他人",这里面有一种隐含的"地域文学"的歧视与不平等。经过这种"世界文学史的新建构",中国与其他"非西方"文学走进了世界文学史,被赋予与西方平等的"身份"的初步认证。这里的中国文学是世界文学史的一种整体性构成,这也意味着,西方为唯一主体的"世界文学史"从此要改变"独白",要成为多声腔的合鸣。这种转型包括世界文学史的认识论、本体论、发展观,特别是它的经典选编,"世界文学史"正在发生巨变,从希腊"荷马史诗"到莎士比亚、乔伊斯的单线叙事,变换成从《吉尔伽美什》《诗经》《罗摩衍那》到《一千零一夜》、鲁迅、马尔克斯的多元话语。这是世界文学史书写主体性的重要改变,是对西方中心的反思后所形成的新型世界文学史。

二、走进世界文学的中国文学

长期以来,我们自己一直在努力宣传中国文学走向世界,而"新建构"这个转型使其一定程度上变为现实,虽然这种变化目前不过只表现于部分学者,主要是美国学者的"世界文学文选"之中,却有世界性影响。

美国文选分为三大类,一类是古代经典作品的专类选集。代表作是《哈佛古典作品》,大约从1910年起开始编纂,西方的"古典"原意是专指希腊罗马的古代文本，但是后来发展中却变得范围相当广，包括了文史哲各方面的名著，从《柏拉图对话录：辩解篇、菲多篇、克利多篇》《爱比克泰德金言录》《马库斯·奥勒留沉思录》到《科学论文集：物理学、化学、天文学、地质学》等等，涉及"非西方"的文本相当少，除了《一千零一夜》与所谓的《圣书》中包括了东方的孔子；希伯来书、《圣经》与《佛陀、印度教、穆罕默德》等选篇之外，基本上都是西方历代名著。当然《堂吉诃德》《神曲》《浮士德》《英文诗集》《伊丽莎白时期戏剧》等传统经典是不会缺少的。所以有人说，收入的东方作品一定程度是作为"异教"的样品存在，其实折射了西方的古典意识。

第二类是以《诺顿世界名著选》为代表的文选，这是西方世界发行量最大，具有全球影响的文选，据说其历史从公元1650年就开始，可见历史是相当久远的，不过其中最为著名的当是1956年版以后的几版。这个文选的一个显著变化是，它吸收一定的历史主义观念，古代北非的埃及与西亚的美索布达米亚文明是西方地中海文明的源流，所以收入公元前20世纪到前16世纪的埃及古代诗歌和神话、公元前1600年的美索布达米亚文明史诗《吉尔伽美什》等，这些作品其实是古代东方文学的起源。不过"诺顿"从不掩饰自己是以"西方传统"为主线。它的历史时代划分就是一种标志：从希腊罗马、中世纪、文艺复兴、古典主义、启蒙主义、浪漫主义直到现代派，以这种历史阶段划分，凸显了其西方中心主义的历史观。这种历史观念表明，世界文学不过是西方文学的传播过程，是西方文学思潮的世界化。诺顿文选的另一个特点是，它继承了西方经典研究传统，收入西方文化的经典作家亚里士多德、柏拉图、奥古斯丁等人的哲学与神学著作。但是其他文史哲著作收入很少，主流还是西方历代文学作品。第三类是一种文学作品的普及本，但其中也收入少量的哲学与历史作品，以《哈泼柯林斯世界读本》为代表。

统观这三类文选，共同特征都是收入一定数量的哲学与历史文本，同时坚持西方传统的主线。

概观美国"文选"后，再看"新建构"学者们对传统的改革，其意义就更明显了。新版的《朗曼世界文学文选》的"非西方"文本，包括中国、阿拉伯、印度和南美等文学名著，编者对这些进入西方的"世界文学经典"的文本分别从各自文化来源、编选标准与目的、翻译相关方面进行说明。这是其他"西方传统"为主流的文选中不曾出现的。

文选所跨越的时空维度较大，从公元前20世纪的西亚神话《巴比伦创世记》

（公元前 2000 年前后）《吉尔伽美什》、（公元前 14 世纪）到公元 21 世纪的日本作家村上春树，选入世界各文明体系的文本相当全。除中国唐诗宋词外，日本《源氏物语》、阿拉伯的《一千零一夜》等名著全选，而且保持西方"文选"的传统，对重要的宗教人文经典也选入，如中国的《论语》、伊斯兰教的《古兰经》等，正如编选者所言，体现"具体的文化特色"，当然也体现了"新建构"努力实现"跨文化"的世界文学研究的基本观念。笔者粗略统计总选入一百二十余种各种文本，篇数就更多了。

从总数来看，中国作家文本相当可观，大约近十几分之一，对一部世界文学文选而言，所占成分已经不小。文选收入了中国文学九种：《诗经》十六首；《论语》一则；王维诗十一首；李白诗十一首；杜甫诗六首；白居易《长恨歌》选段；李后主词四首；李清照词四首；鲁迅小说《狂人日记》选段一则。从选篇计，中国在东方各国中名列第一。即使与西方作家相比，中国文学特别是中国古代文学也是地位显著，王维、李白与莎士比亚比肩而立，莎士比亚选了十首十四行诗与《暴风雨》片段。而在西方文学史中有重要地位的浪漫主义"六大家"中只选了布莱克、华兹华斯、济慈等每人二首诗，中国人所熟悉的拜伦、雪莱和柯勒瑞治等人则未见选入。然后，分别是俄国普希金、美国梭罗等人。将如此大的篇幅给予东方与中国作家，而对西方名家则惜墨如金，与诺顿文选的编选原则相比堪称天壤之别。其实达姆若什早就评论过《诺顿世界名著选》的编选原则：

在现代比较文学研究中，没有任何变化能比超越欧洲权力的巨匠们的杰作，那样更为引人注目了。最明显的莫过于 1956 年第一版《诺顿世界名著文选》中勾勒出的世界轮廓不过总数为 73 位作者，其中没有一位女性，而且全都是"西方传统"的作家，从古代希腊和希伯来直到现代欧洲与北美。当然作者的数目不断增加，1976 年编者终于找到两页篇幅来容纳一位女作家——萨福。

达姆若什所指出的这种以西方杰作中心为中心的文选，其实代表了一种观念，即这些杰作是西方的经典，代表着西方文明的价值观念与评判标准，而遴选标准本身同时也是以西方为中心的。

以笔者之见，首先应当肯定的是，在这样有限的精选篇幅中，大大压缩了西方传统经典，而扩大东方特别是中国文本的数量，展示一种多元的世界文学史书写，自然也显示了编选者"新建构"世界文学的学术创新性。

重要的是，这种编选原则的更新其实有其理论依据，这就是文学认识论的多元文明观念取代西方文明的单一中心主义，编者将这种原则称之为"超越时间与空间"的文化联结,这种联结的目的是打破西方中心论,观照到世界多种文化中的文学。

不过本人也以为,如果从中国文学的传统与世界文学的整体性而言,选本并非无懈可击,似仍有可以质疑之处:中国文学作为一种体系,其主体的整体性与历史阶段性尚未能得到全面展现。同时入选的文体也不全,如楚辞,汉赋、宋元小说等代表性作品与作家都未能入选;以诗家而论,屈原、陶潜等人缺席;就思想源流方面也有不足,中国儒释道三教中只有儒学;结构分布方面,古代文学经典较多,而现当代文学则相对不足。但这些不足相对来看是"美中不足",可谓瑕不掩瑜。

文选收入中国文学经典并不意味着一切,重要的是如何分析这种世界文学史视域的经典观念。

三、"新建构"的经典观

什么是经典?

《文心雕龙·宗经》中说:"经也者,恒久之至道,不刊之鸿教也。"经就是经典意义的来源,这个定义说明经典是指长期流传中形成的,并且具有历史传承的思想观念的文本。《扬子法言》中说:"玉不雕,玙璠不作器。言不文,典谟不作经。"就是说,经典是经过历史选择的文本,只有达到一定的标准才可能成为经典。从中国传统学术的观念来看,经典文本的形成并非《圣经》式的"钦定",而是历代"文言"琢磨的结果,孔子在《论语·学而》篇中用《诗经》"如切如磋,如琢如磨"来解释。中国古代以诗书礼乐易春秋这六部经典为源流与肇始,所谓"文章奥府,性灵铸匠"后世文学文本原来只是经典的枝条与流末。随着文明的历史发展,佛经传入中国,区分"内典"与"外典",经典的"六经"单一所指被改变,从六经到后来的"十三经",以后进一步泛化,重要的古代典籍大多被归入经典范围。

西方的经典意义与中国相近,只是因其文明源流而有所不同,古代希腊罗马的《荷马史诗》与雅典诸子因为在基督教之前,一般称为古典文本,罗马以后的名著成为了经典。所以,现在使用的"经典"一词意义相当宽泛,成为广泛流传具有历史时代与文明精神代表性的论著的通称。从莎士比亚到乔伊斯、从《诗经》到鲁迅,几乎统统被称为经典。当然中西经典的所指仍然在实际中有一定差异,但其共同所指却并不相悖。

"新建构"学者对于世界文学经典的理论观念有一定的建树,包括达姆若什、莫莱蒂、阿普特等人提出的多种新经典理论,但更重要的则是从学术争论、文本选编和世界文学教学的实践中产生的观念,对于新建构世界文学经典有较大的推动。

再从选目方面看,也有其特点,《诗经》所选的有《关雎》《蟊斯》《摽有梅》《野有死麕》《柏舟》《将仲子》《维天之命》《何草不黄》《棫朴》《生民》等篇,分别取自风雅颂,较全面反映了中国先秦诗歌艺术的兴象寓意,译文既有来自于当代译家的,也有庞德这样著名诗人的译文,各有风格。

有意思的是,从所选文本也可看出一种主体性选择,大多是美国读者特别是美国诗人所熟悉的,从20世纪初期起,美国多种流派的诗人(包括英美意象诗派、垮掉的一代诗人、禅宗诗人和美国超现实主义诗人们大量地翻译与借鉴中国古典诗词),也必然形成与中国经典的历史关联,有独特的主体性与文本性关联。当然,在兼顾不同历史时期、各种流派的文本方面,或豪放、或婉约,绮丽朴质,炜晔谲诳,各有独特的选择标准,正是突出了美国选家的不同历史观念与审美价值标准。

尤其值得注意的是中国现代作家鲁迅进入文选,这当然是一个极富代表性的选择。从此我们可以联系到"新建构"理论家们的新经典观,这可能是其理论的一种实践。

达姆若什指出:新的西方世界文学经典与传统的不同之处在于,传统经典甚至在西方作家内部也要区分出主要作家与次要作家,这是一种二层次分法,但是现代经典不同:

取而代之这种二层次的经典分类,我们有一种新的三层次分法:超级经典、反经典和影子经典。超级经典就是那些能一直甚至在过去二十年间保持地位的"主要"作家的普世化。而反经典则是由那些替代性和竞争性作家所构成,那些教授得由较少的语言的作家和强势语言中的次要作家所组成。

如果将这种新经典分类套用到中国20世纪文学(国内中国文学研究划分为古代文学、新文学和包括现代文学与当代文学等阶段的多种划分,文选中按照国际惯例将中国现当代文学划为20世纪文学),唯一入选的鲁迅就相当引人注目。

四、20世纪中国文学经典评价

即使是按照达姆若什的标准,鲁迅这样有世界影响的作家文本当然是超级经典无疑,所选的《狂人日记》一直受到国际学术界的关注,罗曼·罗兰等著名作家都曾高度评价过这部名著,对它的评价并不低于俄国作家果戈理曾经发表的同名作品。《朗曼世界文学文选》在对鲁迅的简介中介绍了他创作《呐喊》与《彷徨》的经过后,认为到1926年后,现实问题使他放弃文学创作:

他转向杂文形式和马克思主义者的行动哲学并以一种更为尖锐的方式来面对现实,他和左翼联盟的关系并非融洽,他虽然没有参加党(指中国共产党——译者注)却继续写作,并且著作等身:从杂文、诗歌、短篇小说,译文和古代近代文学论著及木刻艺术评论等。

如编者所说,鲁迅属于那些"一直甚至在过去二十年间保持地位的'主要'作家,虽然并没有明显的'普世化'"。但是也必须注意到,关于鲁迅的评价并非没有争论,无论是在国内还是国外都是如此,而"新建构"学者却仍然具有史家"秉笔直书"的历史主义观念,这在西方理论家中并不多见。一定程度上代表了美国重要文学史家对于20世纪中国文学与鲁迅的评价,这是一种力图超越批评观念与方法甚至意识形态的差异,从跨文明的观念来研究经典的一个例子,我们用中国《易经》中的一种原则——"同异交得"——来阐释这种观念。因为"新建构论"有自己的选择标准与见解,这就是要再现世界体系中的各种文明的文学代表类型,这样世界文学的差异与同一必然会融合创新。在这个基础上,《朗曼世界文学文选》应当说是对20世纪中国文学有自己的理解,当然不仅是对中国文学如此,对于其他文明中有争议的作家,如康拉德、奈保尔、帕慕克,甚至当代争议相当激烈的拉什迪这些作家,达姆若什都追求一种跨文明的选择,尽管由于宗教政治和意识形态的不同,在这些作家的本土或是国际批评中都有差异,但是跨文明的历史与审美标准却可以穿透这种差异,达到一定程度的同一性。这种原则与我们已经出版的《东西方比较文学史》《世界比较诗学史》中的见解不谋而合,这不是偶然的,因为我们都是根据共同的历史主义原则。

当然我们盼望有更多的中国作家入选,以20世纪而论,除鲁迅外,胡适之、茅盾、巴金、老舍、郭沫若、曹禺、林语堂、张恨水、沈从文、钱锺书、丁玲、张爱玲、周立波、柳青等人很可能都具备入选资格。如果从跨文明的诗学观念来看，中国文学植根于具有三千年历史的独特文明，这种文明浇灌培养了汉字书写文学，这是世界最长久的书写方式之一，它与西方文明（也包括所谓的"非西方"文明）共同构成了世界文学。"新建构"学者对中国文学经典的选编，其实就是提倡一种"跨文明"，西方学者更多使用即跨越东西方文明界限的，以文学自身的历史内容与形式价值为准绳的研究。

半个多世纪前，艾略特接受诺贝尔文学奖时曾发表这样的获奖致辞，或可引用为此次演讲的结尾，用以阐明西方文学与"非西方"包括中国文学经典之间的关系。他说道：

"我想在诗歌中，不同国家和不同语言的人民，即使是一个极小的国家的少数人，得到互相理解，无论其多少，这才是最重要的。"

与这种宏大叙事的主体想象相比，目前所实现的中国文学经典进入世界文学文选不过是尝鼎于一脔而已。然而，梧桐落一叶，天下尽知秋，它预示着可能更多的文选（包括诺顿文选等）甚至更多样化的西方文学重要奖项或是其他领域将会向"世界文学"的全面开放，当然，或许中国经典会在 21 世纪面临更多的风云际会。

作者简介

方汉文，苏州大学文学院教授、博士生导师，文学博士。

普实克与夏志清中国现代诗学权力关系论[①]

赵小琪

历史地看,关于普实克与夏志清的论争的看法主要有三种:第一种从"文学／政治"、"文学／非文学"二元对立的思维方式出发,将普实克与夏志清的诗学看成了权力颠覆与被颠覆的关系。这种研究认为普实克充当了为主流的政治话语立法、辩护的角色,他的中国现代诗学是在意识形态规范的约束下生成的,对中国现代诗学一体化的形成起到了推波助澜的作用;与之相反,这种研究将夏志清视为了依据西方的审美标准去发现被主流的政治话语所遮蔽的文学事实的开拓者,他的中国现代诗学是在西方的审美标准指导下生成的,极大地推动了中国现代诗学审美潮流的发生。这种研究将权力关系视为了单向性的颠覆与被颠覆的关系,而事实上,普实克与夏志清的论争中的权力关系比这要复杂得多,正如福柯所说:"权力以网络的形式运作,在这个网上,个人不仅在流动,而且他们总是既处于服从的地位又同时运用权力。"[②] 在论争中,无论是普实克还是夏志清都不可避免地被意识形态所操控,他们的诗学观念、诗学研究的视角、诗学的表达话语都受到了他们所属的文化、机构和理念的制约。第二种从中心化的思维出发,认为普实克与夏志清的论争实际上与具体的中国现代文学现象无关,其实质是他们的诗学观念、诗学研究的视角、诗学的表达话语背后的意识形态在冲突与交锋。这种研究将复杂的权力关系作了过于简化和片面化的处理,未能使普实克与夏志清的中国现代诗学的知识生产的体系中的权力关系获得应有的重视。而在福柯那里,权力是一种相互交错的网,它无所不在,不仅指涉政治意识形态,也与知识体系有关。第三种虽然注意到了普实克与夏志清的知识体系对他们的中国现

[①] 本文原载于《广东社会科学》2014年第5期。
[②] [法]米歇尔·福柯:《必须保卫社会》,上海:上海人民出版社,1999年,第28页。

代诗学的影响,但总是在他们的知识体系与政治意识形态和权力之间划定一条明显的界限,把象征着真理和自由的知识领域与政治意识形态分割开来进行论述。这种研究忽视了知识与权力的关系以及普实克与夏志清的知识体系本身的复杂性。正如福柯所说:"哲学家,甚至知识分子们总是努力划一条不可逾越的界限把象征着真理和自由的知识领域与权力运作的领域分割开来,以此来确立和抬高自己的身份。可是我惊讶地发现,在人文科学里,所有门类的知识的发展都与权力的实施密不可分。"① 可以说,普实克与夏志清的知识体系的复杂性,对他们的中国现代诗学的复杂性带来了极大的影响。而在我们看来,要超越上述几种非此即彼二元对立论述的拘囿,我们就必须把对普实克与夏志清的中国现代诗学的抽象概括还原到具体的历史语境中,以整体性的视野重建被上述三种论述强行拆解、撕裂的文学与权力、知识与权力的历史联系,展现作为普实克与夏志清的中国现代诗学的理论基础的结构主义与新批评理论的矛盾性对他们建构的中国现代诗学的矛盾性的影响。

一、真理的两个层次与权力关系

考察普实克与夏志清中国现代诗学的具体内容和形式,我们可以发现,他们对中国现代文学的界定与辨析,都是由两种认识所支配的,即事实认识和价值认识。事实认识是普实克与夏志清对中国现代文学自身内部固有属性的认识,价值认识是他们对中国现代文学的价值判断。这两种认识,从不同方面反映了中国现代文学的不同侧面和特性。与之相联系,普实克与夏志清对中国现代文学的真理性认识中,也区分为事实真理和价值真理两种。对独立于研究主体之外的纯粹的中国现代文学自身内部固有属性和发展的内在规律的真实反映就是事实真理;对中国现代文学的价值属性及其与主体需要的关系的反映就是价值真理。前者往往以反映、符合中国现代文学自身固有的性质属性为标准,是一种偏重客观的真理;后者往往由社会共同体、文化共同体的价值信念、价值评价等所决定,是一种偏重情感的真理。

一般认为,由于受意识形态的影响,普实克的中国现代诗学观念偏重于"价值真理",他建构的中国现代诗学形象具有非常浓厚的主观性色彩。这些学者认

---

① [法]米歇尔·福柯:《权力的眼睛》,上海人民出版社,1997年,第31页。

为,"在普实克看来,其他一切都不重要,只要作家尖锐地表示出了他的立场,只要他在社会斗争中采取明确的态度,他的艺术成就就可以在'一切方面'得到保证。"①"当然,作为一个马克思主义者,他肯定是把社会经济力量及其附属的阶级结构作为贯穿他大多数小说的主题。"②应该说,普实克的中国现代诗学观念确实有偏重于"价值真理"的一面。这种偏重有时表现在他对中国现代文学的整体的认识上,有时也表现在他对中国现代著名作家作品的判断上。"到五四运动时,现代工业无产阶级加入了革命的行列、工人阶级在共产党领导下把革命的领导权从1905年以来孙中山的革命民主党领导的资产阶级和小资产阶级手中夺取过来。"③"即使是《野草》中记录的幻想和梦境也不是为了表现鲁迅的个人欲望和经验,正像 B. 克列特素娃在她的著作《鲁迅,他的生平和创作》(Praha 1953)中所明确指出的那样,它们的唯一主题是反抗,是中国人民的革命和整个中国社会的解放。"④ 在这里,普实克追求的与其说是认知意义上的事实真理,不如说是一种价值论意义上的价值真理。从他谈论的对象和内容来看,它们不是独立于主体之外的纯粹的客观实在,而是与主体情感紧密相连的。从评价的标准来看,他更多地依据的不是客体的尺度而是主体自身的尺度。评价的标准与他的价值观念有着极为密切的关系。像"革命的行列"、"共产党领导"、"夺取过来"、"反抗"、"中国人民的革命"、"中国社会的解放"等语词与其说更多地涉及对象属性与规律的判断问题,不如说更多地涉及特定的社会共同体、文化共同体对事物的价值评价问题。

在许多研究者看来,与普实克的中国现代诗学观念偏重于"价值真理"相反,深受新批评理论影响的美籍华人学者夏志清的中国现代诗学观念偏重于"事实真理"。"夏志清深受英美新批评和李维斯'大传统'的影响,故而在小说撰写中注重文本的细读,较少政治和意识形态的干扰而注重艺术标准"。⑤ 应该说,无论是在与普实克的争论中,还是在对中国现代诗学的建构中,夏志清都在一定程

---

① 夏志清:《论对中国现代文学的"科学"研究》,载《中国现代小说史》,复旦大学出版社,2005年,第333页。

② 李欧梵:《普实克中国现代文学论文集·前言》,长沙:湖南文艺出版社,1987年。

③ 普实克:《中国现代文学研究》引言,《普实克中国现代文学论文集》,长沙:湖南文艺出版社,1987年,第35页。

④ 普实克:《中国现代文学中的主观主义和个人主义》,《普实克中国现代文学论文集》,长沙:湖南文艺出版社,1987年,第6页。

⑤ 李昌云:《论夏志清与普实克之笔战》,载《西华大学学报》2008年第2期。

度上表现出了对"事实真理"的偏重。夏志清认为,普实克对于"文学的历史使命和文学的社会功能"的偏爱,使得他在进行中国现代诗学的建构工作时"看起来像是一个特别说教的批评家。"① 而这种从"文学的历史使命和文学的社会功能"的角度去认识中国现代文学的方法与其说是建设性的,不如说是掠夺性的,因为它不以反映、符合现代文学自身固有的性质属性和发展的客观规律为标准,而是以现代文学能否满足意识形态的需要为标准。在夏志清看来,中国现代文学是一个独立的艺术世界,有自己独特的性质属性和发展的客观规律,与外在于文学作品的政治、社会等因素无关。因而,中国现代文学文本本身的存在既是中国现代诗学的研究对象,也是中国现代诗学的研究的出发点和归宿。在《中国现代小说史》初版序言中,他强调指出:"本书当然无意成为政治、经济、社会学研究的附庸。文学史家的首要任务是发掘、品评杰作。如果他仅视文学为一个时代文化、政治的反映,他其实已放弃了对文学及其他领域的学者的义务。"从这种探寻中国现代文学的"事实真理"的文学观念出发,夏志清对普实克的那种将作者的意图当作评价中国现代文学作品成功与否的标准的方法不以为然,称其为"意图性的错误"。他说:"根据卫姆塞特和比亚兹莱的理论,所谓'意图性的错误,是指混淆了诗(文学作品)与它的源泉,是哲学家所谓的起源性错误的一种特殊类型。当人们试图从写诗的精神缘故、缘由中去寻找具体评价标准时,就会犯意图性的错误'。也就是说,一位作家的意图,不管它能否给作品以价值,都不能用作'判断文学艺术成败的标准'"。②夏志清在这里强调的是,中国现代诗学不是对中国现代文学的价值真理的主观传输,而是对中国现代文学的事实真理的展现。因为,价值真理总是与作为客体的中国现代文学作品对创作主体、研究主体的有用性相联系,反映着创作主体、研究主体的某种文化意图和利益需要。而事实真理真实地反映了独立于创作主体、研究主体之外的纯粹本体论意义上的中国现代文学自身固有的特性,即中国现代文学自身内部的本质及发展的客观规律。夏志清的这种对中国现代文学的事实真理偏重的文学观提示我们,中国现代文学的属性不应从外在于文学的历史、政治、经济、社会学中去获得,而应该从具体的中国现代文学作品中去寻找。

---

① 夏志清:《论对中国现代文学的"科学"研究》,《中国现代小说史》,复旦大学出版社,2005年,第333页。

② 夏志清:《论对中国现代文学的"科学"研究》,《中国现代小说史》,复旦大学出版社,2005年,第331页。

如果我们的论述仅仅停留在此,我们当然可以得出普实克的中国现代诗学观念重"价值真理"而夏志清的中国现代诗学观念重"事实真理"的结论。然而,一切影响深远的诗学家的诗学观念都不是简单的,而是极为复杂的。普实克与夏志清的中国现代诗学观同样如此。普实克的中国现代诗学观念确实有偏重于"价值真理"的一面,夏志清的中国现代诗学观念也确实有偏重于"事实真理"的一面。然而,普实克与夏志清的诗学观既会受政治意识形态的影响,也会受他们的知识结构的制约。因而,我们如果从政治意识形态和哲学观的双重视角去审视普实克与夏志清建构的中国现代诗学形象,就会发现既相互联系又相互矛盾的较为复杂的形态。

普实克在建构中国现代诗学形象时,既是一个马克思主义者,也是结构主义语言学的主要流派之一的布拉格学派的重要成员。因而,他的中国现代诗学观念在受到马克思主义理论影响的同时,也打上了非常深刻的结构主义理论的烙印。而众所周知,结构主义理论最为显著的特点之一就是强调"客观性"、"科学性",排斥主观的价值判断。为了摆脱将文学视为由政治、社会、经济所决定的旧有的研究模式,结构主义主张按照科学化的模式和标准来研究文学。结构主义的代表人物托多洛夫强调指出:"要从文学研究中除去任何价值判断"。[1]

结构主义的这种重视事实真理,排斥主观的价值判断的理论在普实克的中国现代诗学观念中主要体现为两点。首先,在认知态度上,普实克反对研究者的"价值判断",主张研究者的中立化。结构主义既然认为认识的核心体现在对客观真相、客观真理的揭示上,那么,它就要求认识主体尽可能还原客观事物的本质和规律。由此,普实克主张研究者在认识中国现代文学的本质和规律时要采取价值中立的立场。他强调指出:"如果一位研究人员不是旨在发现客观真理,不去努力克服自己的个人倾向性和偏见,反而利用科学工作之机放纵这种偏狭,那么所有科学研究都将是毫无意义的。"[2] "研究中国现代及最近的文学需要具有一种特殊程度的客观性,因为包括专业汉学家在内的绝大多数读者不能独立矫正作者的观点,因为他们对所涉及的问题不具备足够的知识,而且同评论英国、法国或俄国文学比较起来,在评论中国现代文学中,作者由于个人偏见而使观点带有倾

---

[1] 托多洛夫:《论幻想作品》,康奈尔大学出版社,1975年,第9页。
[2] 普实克:《中国现代文学史的根本问题》,《普实克中国现代文学论文集》,长沙:湖南文艺出版社,1987年,第211页。

向性、甚至歪曲事实的危险要大得多。"① 在他看来，夏志清的中国现代诗学观念之所以常常给人以"非科学"、"非客观"的印象，就是因为夏志清没有依据客观、科学的标准，总是根据自己的主观意图去评说中国现代文学作品。"不幸的是，正如我们将以一系列实例来表明的，夏志清此书的绝大部分内容恰恰是在满足外在的政治标准。只要读一下此书的章节标题，什么'左翼和独立派'、'共产主义小说'、'遵从、违抗、成就'等等，就足以看出，夏志清用以评价和划分作者的标准首先是政治性的而不是基于艺术标准。"② 夏志清的这种根据自己的政治立场去评价中国现代文学作品的研究，使得他的中国现代诗学观念中充满着主观随意的判断，极大地影响了他对中国现代文学的事实真理的发现。"他此书的价值大大地降低了，因为它几乎没有任何评论可以不经过批判性的分析和重新评价而被采用，而且在很多地方它已堕入恶毒的宣传。"③ 这从另一个方面证明了研究者在中国现代文学研究中保持价值中立立场的重要性。

其次，在认知结果上，普实克肯定精确性、普遍性的结论，反对不确定性、偶然性的结论。结构主义既然认为文学研究是一种科学、客观的研究，那么，它就要求认识主体的认知结果合乎科学规范，具有精确性、普遍性的特点。在中国现代文学研究中，这种精确性、普遍性的认知结果意味着研究者在认知过程中能够排除、摆脱主观意识的干预与影响，遵循科学的程序与规范对中国现代文学的内在特性与发展规律予以绝对而精确地把握，并使认知结果普遍且精确性地解释与说明中国现代文学的事实真理。普实克指出，研究者在进行中国文学研究时，不要"把自己局限于非本质的枝节问题"，而是要对作家的"文学作品进行系统的分析，不是只看到他个性中孤立和偶然的事物，而是把它们看做由作家艺术性格融合起来的艺术整体中的组成部分。"④ 倘若能这样做，研究者的认知结论就将具有精确性、普遍性的意义。而夏志清的中国现代诗学中的一些认知结果之所以带有不确定性、偶然性的色彩，就是因为"夏在进行他的论证时，强调某些事实

---

① 普实克：《中国现代文学史的根本问题》，《普实克中国现代文学论文集》，长沙：湖南文艺出版社，1987年，第211、212页。

② 普实克：《中国现代文学史的根本问题》，《普实克中国现代文学论文集》，长沙：湖南文艺出版社，1987年，第212页。

③ 普实克：《中国现代文学史的根本问题》，《普实克中国现代文学论文集》，长沙：湖南文艺出版社，1987年，第251页。

④ 普实克：《中国现代文学史的根本问题》，《普实克中国现代文学论文集》，长沙：湖南文艺出版社，1987年，第228页。

而隐瞒或闭口不谈其他事实，或者给某些事物加上它们莫须有的意义。"① 在夏志清的《中国现代小说史》中，无论是对鲁迅的认知过程，还是在对茅盾、丁玲等作家的认知过程，都具有一定的不确定性与偶然性，这导致夏志清对鲁迅、茅盾、丁玲等作家的一些作品的内在特性的把握是相对的和不准确的。

那么，为什么夏志清一方面标榜自己对中国现代文学事实真理的偏爱，另一方面自己的中国现代诗学观念在许多时候又偏重价值真理呢？造成夏志清中国现代诗学观念的这种矛盾性与复杂性的原因仅仅是普实克所说的政治意识形态的影响吗？应该说，政治意识形态对夏志清中国现代诗学观念的影响是显而易见的。不过，仅仅将夏志清中国现代诗学观念的矛盾性与复杂性的原因归结为政治意识形态的影响又是较为片面和有失公允的。事实上，我们如果将探寻的视野延伸到作为夏志清中国现代诗学观念的哲学基础的新批评理论，就会发现新批评理论的矛盾性与复杂性也是造成夏志清中国现代诗学观念的矛盾性与复杂性的重要原因。

新批评理论是以重视文学的事实真理而闻名于世的。新批评派认为文学研究的出发点和归宿是作品本身，反对政治、经济、社会等外在因素对文学研究的干扰。这使人们很少想到新批评理论与意识形态的联系。当然，这并不意味着没有人发现新批评理论的复杂性。美国著名的文艺理论家杰拉尔德. 格拉夫就极为敏锐地指出："因为新批评在反对两种相反立场的论辩中举棋不定，他们就经常由于自相矛盾的谬误而受到攻击。"② 新批评派虽然和形式主义派一样将研究重心设定于文学语言形式研究，但新批评派自理查兹开始，就非常重视文学语言的现实的指称功能，强调批评家在注重文学审美特性的同时应具有人道主义精神。第一代新批评派的代表人物 T. S. 艾略特说："宗教规定人的伦理、判断以及行为，小说影响人的行为与人品，文学描写与判断人的行为，这都必然关乎道德，因此文学自始至终要用道德的标准来判断。"③ 夏志清的中国现代诗学观念与新批评理论有着非常明显的承传关系。夏志清说："到了五十年代初期，'新批评'派的小说评论已经很有成绩。1952 年出版阿尔德立基（John W. Aldridge）编纂的那部《现代小说评论选》（*Critiques and Essays on Modern Fiction*, 1920—1951），录选了

---

① 普实克：《中国现代文学史的根本问题》，《普实克中国现代文学论文集》，长沙：湖南文艺出版社，1987 年，第 229 页。

② 詹姆逊：《政治无意识》，中国社会科学出版社，1998 年，第 48 页。

③ T. S. 艾略特：《宗教与文学》，《艾略特诗学文集》，国际文化出版公司，1989 年，第 163 页。

不少名文（不尽是'新批评'派的），对我很有用。"事实上，在夏志清下面的一段话中，我们是不难发现新批评强调人文关怀的理论对它的影响："我总觉得同情心、爱心是人类最高贵的情操；好多人道主义的作品诚然写得非常拙劣，但在宗教文化业已衰颓的今日，人道主义的精神是不容我们加以轻视的。"另一方面，新批评虽然像形式主义派一样拒绝政治、社会、因素对文学和文学研究的干涉，但新批评派又主张在对文学作品进行描述和说明之外，还要进行价值判断。当普实克指责夏志清在他的《中国现代小说史》中使文学标准屈从于政治偏见时，夏志清就引述新批评派代表人物韦勒克的话回击道："韦勒克（René Wellek）教授对文学研究和史学研究之间的区别做过很好的区分：'文学研究不同于历史研究之处在于它不是研究历史文件而是研究有永久价值的作品……简单说，他为了成为一个历史学家必须先是一个批评家。……人们做过多次尝试来摆脱从这种深刻见解得出的必然的推论，不仅避免做出选择而且也避免做出判断，但是所有这些尝试都失败了，而且我认为必然会失败，除非我们想把文学研究简化为列举著作，写成编年史或纪事。'"① 在文学研究中选择、解释、判断文学作品，其本身就是非常明显的价值判断。这就使得，尽管夏志清也承认普实克提倡的科学、客观的态度对于中国现代文学研究具有较为重要的作用："正如普实克所认为的，理清文学传统间的影响或渊源关系，客观地比较作者的文学技巧，都是很重要的工作。"② 然而，当夏志清将文学史家更多地等同于批评家而不是科学家，当夏志清在认知态度上更为偏重判断而不是叙述时，那么，他作为一个偏重判断的批评家对中国现代文学作品的判断就不能不带有强烈的意识形态色彩。

尽管普实克与夏志清都极力强调自己是中国现代文学的事实真理的追求者，指责对方是中国现代文学的价值真理的守护者，但是，二者的文学观念实际上异中有同。那就是，他们在强调中国现代诗学是中国现代文学自身内部固有属性和发展的内在规律的真实反映的同时，又常常根据某种哲学观和文化意图对中国现代文学进行充满意识形态色彩的判断。这说明，对中国现代文学的完整的认识，必然是对中国现代文学的事实属性和价值属性的统一的反映。因为中国现代文学本身是由事实层次和价值层次两个基本的层次构成的，二者共同生成了中国现代

---

① 夏志清：《论对中国现代文学的"科学"研究——答普实克教授》，《中国现代小说史》，复旦大学出版社，2005年，第329—330页。
② 夏志清：《论对中国现代文学的"科学"研究——答普实克教授》，《中国现代小说史》，复旦大学出版社，2005年，第326页。

文学的质的规定性。因而，研究者无论将事实层次还是价值层次作为中国现代文学的全部内容，都会将作为诸多属性的整体的中国现代文学抽象地、机械地割裂开来，都不能获得对中国现代文学的完整认识。

二、诗学空间叙事与权力关系

福柯指出："在人文学科里，所有门类的知识的发展都与权力的实施密不可分。当然，你总是能发现某些独立于权力之外的心理学理论或社会学理论。但是，总的来说，当社会变成科学研究的对象，人类行为变成供人分析和解决的问题，我认为，这一切都与权力的机制有关，所以，人文学科是伴随着权力的机制一道产生的。"① 以此观之，说普实克和夏志清的论争主要是政治意识形态之争在文学史撰写中的表现肯定失之偏激，但普实克和夏志清的所属的那个群体的政治意识形态和哲学观的确渗透于他们建构的中国现代诗学形象中却是事实。这种渗透，一是表现在他们的中国现代诗学观念上，二是表现在他们界定的中国现代诗学空间上。

如上所述，普实克和夏志清的中国现代诗学观念是存在着差异的。而这种诗学观念的差异，又会导致他们组织、划分的中国现代文学空间的权力尺度不同。在现有的中国现代文学事实中，选择哪些作家进入文学史？进入文学史的作家作品中哪些需要专章论述？哪些可以简略论述？这些都渗透着普实克和夏志清个人的价值观念和主观判断。

那么，普实克和夏志清又是依据何种价值尺度组织、划分中国现代文学空间的呢？他们对中国现代文学空间的组织、划分的贡献与局限何在？这是需要我们回到他们建构的中国现代诗学的现场，对其进行历史性还原以后才能回答的。

新批评派在诗学上作出的一个突出的贡献，就是建构了以文学文本为本体的原则。在新批评派看来，无论是社会—历史批评，还是精神分析理论，都将文学看成了其他社会科学的奴婢，忽视了文学独特的地位和审美价值。与之相反，新批评派认为，文学的本体是作品，文学研究必须将文学文本作为批评的本体对象。韦勒克、沃伦指出："文学研究应该是绝对'文学'的。"② 新批评派的这种

---

① 福柯:《权力的眼睛》，上海人民出版社，1997年，第31页。
② 韦勒克、沃伦:《文学理论》，刘象愚等译，江苏教育出版社，2005年，第2页。

以文本为中心的诗学本体观和批评方法，使新批评诗学深入到长期被以作家为中心的社会—历史批评和以读者为中心的印象式批评忽略的文本本体，极大地拓展了诗学的发展空间。

夏志清说："我早年专攻英诗，很早就佩服后来极盛一时的新批评的这些批评家"。① 因而，与新批评派一样，夏志清强调指出："我所用的批评标准，全以作品的文学价值为原则。"② 由此出发，夏志清认为，中国现代诗学的建构者应当打破既有中国现代诗学的框架，为中国现代诗学确立一个更为合乎中国现代文学本质和规律的新的架构。他说："就现代中国文学来说，由于中国国内的批评家本人往往也参加了现代文学的创造，难免带有偏见。他们在文学批评方面的修养也难以信赖。因此，我们在研究中国现代文学时，就更应当另起炉灶。"③ 而在夏志清看来，中国现代诗学的新炉灶架构的出发点和根据不可能是别的什么东西，而只能是中国现代文学的审美本质和发展规律。正因如此，在他撰写的《中国现代小说史》中，他将"优美作品之发现和品评"视为自己的首要工作。

那么，什么样的作品才是"优美"的呢？夏志清认为，"写出人间永恒的矛盾和冲突"的作品就是优美的作品。这是因为，文学的审美价值是由作家在创作中"借用人与人间的冲突来衬托出永远耐人寻味的道德问题"来实现的。④ "道德"、"人性"这两个具有对立性质的概念的对立或综合竟然能体现出审美价值，这意味着，夏志清并非一些学者所想象的那样不讲功利，只不过，他有着自己独特的兼顾文学的艺术性与人生性的超现实的功利观。那就是，作家应当用艺术的方法，表现他对于他人的道德关怀。这种道德关怀主要表现为情感倾向。这种情感倾向虽然带有功利色彩，但它既不指向个人物质欲望的满足，也"超越了作者个人的见解与信仰"，⑤ 而与大众的利益相联系，体现出了作家的审美理想。张爱玲、沈从文、钱锺书、师陀等长期被遮蔽的作家之所以在他撰写的《中国现代小说史》中获得了极为重要的位置，就是因为这些作家在他们的作品中将"道德"、"人性"这两个具有对立性质的东西进行了包容和综合。在夏志清看来，张爱玲

---

① 季进：《对优美作品的发现与批评永远是我的首要工作——夏志清访谈录》，《当代作家评论》2005 年第 4 期。
② 夏志清：《中国现代小说史》，复旦大学出版社，2005 年，第 327 页。
③ 夏志清：《中国现代小说史》，复旦大学出版社，2005 年，第 326 页。
④ 夏志清：《中国现代小说史》中译本序，复旦大学出版社，2005 年，第 12 页。
⑤ 夏志清：《中国现代小说史》中译本序，复旦大学出版社，2005 年，第 12 页。

的《金锁记》具有很高的审美价值,那是因为其"道德意义和心理描写,极尽深刻"。① 沈从文的小说具有很高的审美价值,那是因为其"对人类纯真的情感与完整人格的肯定"。② 钱锺书的小说也具有很高的审美价值,那是因为其总是"表现陷于绝境下的普通人,徒劳于找寻解脱或依附的永恒戏剧。"③ 由此,借助"人性"与"道德"的双重视角,夏志清拨开了主流话语操纵的中国现代诗学遮蔽在这些作家作品之上的迷雾,独具慧眼地以长篇专章的形式将潜伏的这些作家作品的独特的审美价值揭示出来,使我们感受到了这些作家努力以综合和调和具有对立性质的东西的方式建构理想化生命形态的诗性气质。

实际上,夏志清的对立调和的审美价值观与新批评派的审美观有着非常密切的联系。瑞恰兹在《文学批评原理》一书中指出:"通过容它性而不是排它性而达到的这种稳定的平衡态势,并不为悲剧所特有。它是一切具有最高价值经验的艺术的一个普遍特征。"瑞恰兹等新批评派以综合和调和为核心提出的审美观,为夏志清解释何为中国现代文学的"优美"的作品,提供了一种理论依据。只不过,夏志清对新批评派的理论进行了一定程度的修正。新批评派的对立调和论虽然与意义有关,但它重在文学结构本身,夏志清的对立调和论则较为注重作品内在意义的对立调和;新批评派的对立调和论主要关涉文学作品,属于文学批评论,而夏志清的对立调和论则关涉作者和作品两方面,属于文学创作论和文学批评论。这一修正无疑有利于夏志清的中国现代诗学被更为广泛的人群接受,同时也使他的审美价值观充满着复杂性与矛盾性。

如果说作为夏志清的中国现代诗学的哲学基础的新批评的文本具体分析就是要把长期被社会、历史等批评所摧残的文学的特殊性、个别性和感性还原出来,那么,作为普实克的中国现代诗学的哲学基础的结构主义则以普遍性、共同性、整体性为特点。正因如此,一般认为,夏志清依据特殊性、具体性、个别性的的价值尺度从现有的中国现代文学事实中进行提取和整合的方法扩大了中国现代文学的空间,而普实克依据普遍性、共同性、整体性的的价值尺度从现有的中国现代文学事实中进行提取和整合的方法则削减、压缩了中国现代文学的空间。

应该说,普实克确实是依据普遍性、共同性、整体性的的价值尺度从现有的

---

① 夏志清:《中国现代小说史》,刘绍铭等译,复旦大学出版社,2005 年,第 261 页。
② 夏志清:《中国现代小说史》,刘绍铭等译,复旦大学出版社,2005 年,第 145 页。
③ 夏志清:《中国现代小说史》,刘绍铭等译,复旦大学出版社,2005 年,第 279 页。

中国现代文学事实中进行提取和整合的，这种提取和整合的方法也确实对不符合普实克的中国现代诗学本质观的异质文学空间进行了压缩。一方面，普实克在重视中国现代文学发展的系统性的同时，忽视了它的特殊性。与新批评强调细读，注重对单篇作品中的字、词、句的解读不同，结构主义总是将文学史视为一个整体，认为文学作品不过是某一抽象的文学系统和文化系统的表现。在建构中国现代诗学空间时，普实克就极为强调文学系统和文化系统对解读具体的中国现代文学史作品的重要性。而事实上，这种寻找文学系统和文化系统的结构主义方法虽然有利于发现中国现代社会发展的普遍性规律，却也不时以语言学、政治学、经济学的术语淹没了中国现代文学自身发展的特殊性。夏志清在回应普实克的批评时说："意图主义方法也影响着他对整个中国现代文学的理解。在普实克的观念中，文学不过是历史的婢女。"① 说法虽然有些夸张，但也指出了普实克建构中国现代诗学空间的方法存在的一些问题。

另一方面，普实克在重视中国现代文学发展的普遍性、整体性的同时，也存在着忽视它的具体性与个别性的问题。如果说新批评总是从文学作品最细微处的字、词入手，对它们的声音层面、意义层面、象征层面等进行精细的分析，结构主义则往往把某一个作家的许多作品和许多作家的同一类型的作品看作一个整体，强调的是一个作家的许多作品和许多作家的同一类型的作品之间的共性，而不是个性。由此，普实克在建构中国现代诗学空间时，有时并没有像夏志清那样对单一作家的单一作品中的语词表意的丰富性、运用的技巧性以及语词与语词构成的纵向与横向的关系进行极为细致的考察，而是将个体性的作家、个别性的作品作为普遍性的结构关系整体的一部分、一个环节而加以审视。对这种普遍性、整体性原则与方法的追求，反映了20世纪人文科学研究科学化的趋势。它的意图之一，就是想通过把握稳定的文学系统的普遍性的结构关系从而使文学研究更为科学、准确、有效。应该说，普实克这种对中国现代文学系统的普遍性的结构分析，对我们了解中国现代文学系统以及某一作家的同类作品和许多作家的同类作品中的结构形态确实很有帮助，但有时又疏于对单一作家、单一作品的个体性的实质并无细致入微的阐明。正因如此，夏志清指责普实克道："普实克奉献了二十页评论给鲁迅，但对我在《小说史》中详细逐个评论的其他作家，却在题为'作家群像'的第三部分作了合并处理，而且只用了十二多页，重点也主要放在

---

① 夏志清：《中国现代小说史》，刘绍铭等译，复旦大学出版社，2005年，第332页。

茅盾、老舍（主要是抗战前的茅盾和老舍）、叶绍钧、丁玲、赵树理等数人身上，连张天翼、沈从文、巴金等著名作家也没有提到。我曾费了很大努力指出张爱玲同钱锺书在文学上的成就，普实克也置之不理，认为他们不过是对我胃口的作家而已。一位坚持'科学客观'的学者竟持这种态度，决不能说是公正的。"①

那么，我们接着要追问的是，重整体性、普遍性的结构主义理论、方法难道对中国现代诗学空间的组织、划分只具有消极性的影响？它对其有积极性的影响吗？重个体性、具体性的新批评理论、方法难道对中国现代诗学空间的组织、划分只具有积极性的影响？它对其有消极性的影响吗？要回答这些问题，我们需要回到结构主义和新批评理论、方法的本身以及普实克和夏志清建构的中国现代诗学空间的现场才能应答。

众所周知，新批评非常强调对个别性的作品的微观分析，但是，离开整体谈个体性，将会导致只见树木不见森林的问题的出现；新批评拒绝在社会历史背景中对个别性的作品进行细读，这将使被解读的作品成为静态、孤立的文本。与之相反，结构主义中的个体，既是作为文学系统中一个不可分割的部分，也是整个社会系统中一个不可分割的部分。因而，结构主义认为，要阐明个别性文本的丰富的意义，既要观察文学系统中树木与树木之间的共时性关系，也要探究树木在整个社会系统中发展、演变的历时性过程。

结构主义理论、方法的这种优长和新批评理论、方法的这种偏狭自然影响到普实克和夏志清建构的中国现代诗学空间。具体而言，这种影响主要表现在两个方面。

第一、中国文学系统与其他系统的关系。结构主义虽然不赞同将文学与政治、经济、社会的关系看成决定与被决定的关系，但却认为它们之间存在着相互作用、相互影响的关系。著名结构主义文学理论家罗兰·巴尔特指出："结构主义并不是把历史从世界撤走，它企图把历史不仅与某些内容联系起来（这个已经作过上千次了），而且与某些形式联系起来，不仅与材料而且与理论联系起来，不仅与意识形态而且与美学联系起来。"② 在罗兰·巴尔特等结构主义文学理论家看来，一定时代的文学、政治、历史等都属于某一个大的系统，并居于这个大的

---

① 夏志清：《论对中国现代文学的"科学"研究》，《中国现代小说史》，复旦大学出版社，2005年，第347页。

② 罗兰·巴尔特：《结构主义——一种活动》，载《文艺理论研究》1980年第2期。

系统中的一定关系中，这种关系是不以人的主观意志为转移的客观存在，对作为子系统的文学、政治、历史具有重大影响。因而，人们在研究文学作品时必须从系统出发，对文学系统与其他系统彼此间的影响和作用进行系统考察，从而达到对文学系统的整体性的把握，揭示所研究的文学作品在大系统里的特质与功能。在这一点上，作为结构主义中最为重视文学系统与其他系统关系布拉格学派的一员的普实克的观点较之罗兰·巴尔特等结构主义文学理论家的看法更为深刻、具体。在普实克看来，中国现代文学史是文学系统与其他系统交互影响和作用的一个复杂而开放的结构系统。一个作家的作品、一个社团、流派作家的作品的意义并不取决于现代文学现象本身，而是取决于文学系统与其他系统之间的关系。"文学的发展是一个内在过程，还是由社会力量所决定的"。[①] 因而，研究者要完整地认识与理解中国现代文学的事实属性，就必须揭示中国现代作家"之所以选择这条道路的必然性，并描绘出决定中国现代文学之特征的历史背景。"[②] 在普实克的中国现代诗学中，结构被理解为文学系统与其他系统的关系或确定了的社会力量与历史秩序。而这种各子系统的性质生成大系统的性质，大系统的性质又制约各子系统的性质的关系论和结构论，无疑为中国现代诗学发现并确定中国现代作家、社团、流派、思潮的作品的新意义，提供了一种极具启示性的理论视角和方法。从某种程度上说，这种淡化单一作家、文学事件，以说明、解释的方法而不是个体化的批评方法，注重在中国现代文学史发展的宏观态势、文化背景上探索单一作家作品、文学事件产生的动力机制，旨在把握文学系统与其他系统的整体性的联系的理论，赋予了普实克的中国现代诗学空间一种多元动态的框架，一种宏阔深远的诗学家的思维、眼光和视界。

　　普实克这种以文学系统与其他系统关系为其内容，强调相互关系而不是脱离特定文化环境和具体社会历史背景去讨论单一作家作品意义的理论与方法，击中的正是夏志清和英美新批评理论和方法把现代作家作品孤立起来进行研究的软肋。与结构主义理论不同，新批评一般不承认文学系统与其他系统的关系，认为文学系统作为自足、自主的整体与政治、社会、历史等系统是分离无涉的。他们只重视对单一作家作品进行封闭、绝缘、孤立的细读，而忽视社会历史大系统的

[①] 普实克：《〈中国现代文学研究〉导言》，李欧梵编：《抒情与史诗——现代中国文学论集》，上海三联书店出版社，2010年，第31—32页。

[②] 普实克：《普实克中国现代文学论文集》，长沙：湖南文艺出版社，1987年，第97页。

结构规律对文学作品内在结构的重要影响。

而事实上,一方面,文学固然有其独特的地位与价值,另外一方面,文学又不能脱离政治、社会、历史的土壤进行悬空式的发展。至于发生在民族矛盾、阶级矛盾极为尖锐、复杂的社会、历史环境中的中国现代文学更是如此。在这种社会、历史环境中,作家时时感受到社会现实的急迫要求。"正是这种不受阻碍的直面现实的要求,使艺术家们不得不一再地面对如何在艺术层面上表达和贴近现实生活的问题。"① 正因如此,普实克认为,夏志清设置的单纯的审美价值标准是无法有效地应对中国现代文学历史事实的复杂性的。长在中国、生活在美国、操持着西方式的话语的夏志清与其说不理解中国现代内忧外患的社会形势,不如说他是故意漠视中国现代社会与中国现代文学的这种紧密的联系。他"视而不见为在政治上和文化上正在觉醒,而大多数仍是文盲的广大民众创造一种新文学艺术的紧迫需要。"② 因而,他"未能对一位作家的作品作出系统的分析,而只满足于将自己局限在纯属主观的视察","为了成就他的议论,故意强调某些事物而抑制或隐瞒另一些,又或者给事物增添了非原有的意义。"这种"抑制"表现在,"由于缺乏对于文学社会作用的理解,夏志清居然连那些他本人都完全承认其价值的中国理论家们都要加以责难,说他们过分关注社会问题。例如,他声称胡适已申明自己忠实于'现实主义',指责他持有'把文学作为社会批评工具的狭隘观点'。"③ 这种"隐瞒"表现在,他"把文学创作的成品看作超脱历史时空自身具足的存在物。如影响过他的'新批评'一样,他从所谓具有普遍性的一套美学假定出发;凡合乎西方伟大作品的准据亦合乎中国的作品。"④ 在叶维廉看来,由于中国现代作家与西方作家所处的时代、历史、社会环境不同,因而,夏志清这种将文学作品从具体的时代、历史、社会环境中抽离出来,用西方模子中的美学假定去审视中国现代文学的方法,是不能够系统地把握中国现代文学的整体性特征的。

第二、中国文学系统内部各子系统之间的关系。结构主义系统论的整体性原则,既要求研究者在研究文学作品时必须从系统出发,对文学系统与其他系统彼

---

① 普实克:《抒情与史诗》,上海三联书店,2010年,第87页。
② 普实克:《普实克中国现代文学论文集》,长沙:湖南文艺出版社,1987年,第222页。
③ 普实克:《普实克中国现代文学论文集》,长沙:湖南文艺出版社,1987年,第216页。
④ 叶维廉:《历史整体性与中国现代文学研究之省思》,载《叶维廉文集》(第二卷),安徽教育出版社,2003年,第226页。

此间的影响和作用进行系统分析，也要求研究者对文学系统内部整体与部分、部分与部分之间的相互联系进行系统分析，从而达到对处于共时性和历时性坐标上的文学系统的完整、全面的认识与了解。正缘于此，普实克在建构中国现代诗学空间版图时将触角伸向了中国文学系统的各个组成部分。只不过，与一般结构主义主要从语言和原型的角度考察文学系统内部各部分之间的关系有所不同，普实克主要是用结构要素来分析中国文学系统内部各部分之间的关系的。

一般的中国现代诗学著作，都将中国现代文学视为对中国古代文学进行革命的产物，然而，普实克在考察中国现代抒情文学与中国古代文学的结构性联系时，借助于对"主观主义、个人主义"两个结构要素的分析，独具慧眼地发现中国现代文学与中国古代文学的关系不仅不是断裂的，而且具有统一的结构性联系。他强调指出："主观主义，个人主义，对传统观念和束缚的轻视，对生活悲剧性的意识……是表现清代文学和革命文学之间密切联系的最值得注意的"。① 在考察中国现代不同作家作品的结构性联系时，他则极为注重"作家创作个性"与"艺术特性"两个方面的结构要素。在他看来，一个研究者应该"准确地描述和区分不同作家的作品并找出他们的主要特点……对他们的创作个性和艺术特性阐述得更多些……对他们的创作个性做一系统阐述。"② 在考察中国现代同一作家的不同作品的结构性联系时，普实克强调的则是作者的"艺术性格"和"艺术整体"两个方面的要素。一个诗学家研究一个作家，不要"把自己局限于非本质的枝节问题"，而是应该对这个作家的"文学作品进行系统的分析，不是只看到他个性中孤立和偶然的事物，而是把它们看做由作家艺术性格融合起来的艺术整体中的组成部分"。③ 由此可见，系统性和结构要素，是普实克界定中国现代诗学空间时非常重视的关键词，也是他组织、分配中国现代诗学空间的一个极为重要的标准。正是依据这一标准，普实克既在纵向上梳理了中国现代文学的渊源、产生以及发展过程，又在横向上拓展了中国现代文学与西方文学以及中国现代文学子系统内部不同时期、不同作家乃至同一作家不同作品之间的联系，并在这种广泛的联系中突显了作为大系统的中国现代文学和作为小系统的不同时期、不同作家

---

① 普实克：《普实克中国现代文学论文集》，长沙：湖南文艺出版社，1987年，第28页。
② 普实克：《中国现代文学史的根本问题》，《普实克中国现代文学论文集》，长沙：湖南文艺出版社，1987年，第224页。
③ 普实克：《中国现代文学史的根本问题》，《普实克中国现代文学论文集》，长沙：湖南文艺出版社，1987年，第228页。

乃至同一作家不同作品的独特性和现代性意义,从而在一定程度上扩充了中国现代诗学的内在空间。

与结构主义理论不同,新批评既不承认文学系统与其他系统的关系,也不重视文学系统内部各子系统之间的关系,而是主张对于单一作家作品予以深入研究。这种从单一作品出发,而不是把它放在文学系统内部各子系统之间的对话关系中进行分析的研究,常常会陷入以孤立的文本为中心的漩涡,导致诗学空间的偏狭。这种问题在夏志清的中国现代小说史研究中并不少见。

我们知道,由不同时段构成的文学整体一旦形成,整体内部的结构就会具有一定的稳定性。在不同的时候,新时段的文学可能以不同方式对整体外在的结构进行一定的调整、修正,但由不同时段构成的文学整体的内部结构并不会发生巨大的质变。然而,夏志清在考察中国现代文学的动力机制时,却将中国现代文学从中国文学系统中抽离出来,将它的发生视为在西方文化影响下的结果,没有发现中国现代文学与中国古代文学之间深刻的内在精神血脉的承继关系。因而,普实克批评夏志清道:"更仔细地研究一下夏志清对中国文学在这一革命时期的发展的描述我们就可以看出,他未能把他在研究的文学现象正确地同当时的历史客观相联系,未能将这些现象同在其之前发生的事件相联系或最终同世界文学相联系。"① 在不同作家作品的关系方面,普实克批评夏志清道:"同样由于缺乏对材料进行系统和科学的研究,夏志清未能发现这一时期作家的相互关系,以及他们创作方法上的相似之处,而这些至少可以为系统地划分作家提供依据。"② 夏志清忽视不同作家作品的关系导致的后果是,他采纳了他所推崇的利瓦伊斯在《伟大的传统》中所运用的"排除法"来建构中国现代诗学的"新的传统",在将张爱玲、钱锺书、沈从文、师陀等合乎他审美价值观的作家纳入中国现代诗学"新的传统"空间版图的同时,将许多不合乎他审美价值观的作家驱除出了他的中国现代诗学"新的传统"空间版图。在中国现代作家中,"左翼作家当时占多数,他们在日本侵占时期背离沿海的家乡,撤退到内地去支援抗战。对他们的英雄主义精神,夏志清不但未能给予一个合理的评价,反而试图予以抹杀。"③ 郁达夫"在

---

① 普实克:《中国现代文学史的根本问题》,《普实克中国现代文学论文集》,长沙:湖南文艺出版社,1987年,第220页。

② 普实克:《中国现代文学史的根本问题》,《普实克中国现代文学论文集》,长沙:湖南文艺出版社,1987年,第221页。

③ 普实克:《普实克中国现代文学论文集》,长沙:湖南文艺出版社,1987年,第213页。

创造社这一相当重要的团体中，他是夏志清给予了评价的唯一作家。"① "对于解放区产生出的优美短篇小说，夏志清也只字未提，尽管韦君宜、王林和康濯的短篇，以及华山和刘白羽的报告文学作品都保持了战争前中国短篇小说所达到的高水平。"② 此外，"有一些奇异的作家如废名等也未进入其视野，赵树理、孙犁也远离着视线。夏志清的研究显然有精英的态度，作为王瑶先生的对立面，他是不是故意校正流行的观念，以此引人注意呢？"③ 我们认为，夏志清之所以这样做，除了政治意识形态的原因外，在方法论上，夏志清没有将不同的中国现代作家作品放在中国现代文学这个系统中加以评估，迷醉于"审美中心论"而导致了认识上的片面性，也是一个非常重要的原因。

在同一作家不同作品之间的联系方面，普实克批评夏志清道："他不能对一位作家的作品做系统的分析，而只满足于将自己局限于主观的观察"。④ 鲁迅、丁玲等中国现代作家的作品系统，都是由不同时期的作品构成的，都具有某种相对稳定、统一的结构方式，得力于这一稳定、统一的内在结构，鲁迅、丁玲等中国现代作家不同时期的作品在一种关系网络之中发生着内在的联系，成为无法分离、割裂的关系整体。然而，夏志清在对鲁迅、丁玲等中国现代作家的作品进行研究时，就偏偏将他们由不同时期的作品构成的关系整体强行分割。夏志清在评论鲁迅时说道："1929 年他信仰共产主义以后，成为文坛领袖，得到广大读者群的拥戴。他很难保持他写最佳小说所必需的那种诚实态度。"⑤ 这说明，"他全然看不到鲁迅贯穿一生的批判民族集体无意识（即'国民性'）的深广内涵，也完全看不到这一内涵并没有受到他加入左联一事的影响。"⑥ 他"在《中国现代小说史》中尽管对丁玲的早期作品有所肯定，但它又以一九三一年丁玲加入共产党为界限，把这之后的小说全说成是'宣传上的滥调'，根本无视《我在霞村的时

---

① 普实克：《中国现代文学史的根本问题》，《普实克中国现代文学论文集》，长沙：湖南文艺出版社，1987 年，第 247 页。
② 普实克：《中国现代文学史的根本问题》，《普实克中国现代文学论文集》，长沙：湖南文艺出版社，1987 年，第 249 页。
③ 孙郁：《文学史的深与浅——兼评夏志清〈中国现代小说史〉》，载《中国图书评论》2006 年第 3 期。
④ 普实克：《中国现代文学史的根本问题——评夏志清的〈中国现代小说史〉》，《普实克中国现代文学论文集》，长沙：湖南文艺出版社，1987 年，第 228 页。
⑤ 夏志清：《中国现代小说史》，复旦大学出版社，2005 年，第 34、35 页。
⑥ 刘再复：《张爱玲的小说与夏志清的〈中国现代小说史〉》，载《视界》2002 年总第 7 期。

候》等优秀作品的存在。"① 而事实上，虽然鲁迅、丁玲等中国现代作家在认识社会、世界的过程中，虽然受主客观条件的限制，不同时期的具体认识角度、水平有差异，但任何后一时期的认识都是在前一时期的基础上进行的，它与前一时期的认识构成了一种认识上的时间持续性整体。这种认识上的时间持续性整体是不容分割的，夏志清要将这种整体切割成彼此孤立、互不相关的几个部分，获得的就只能是对鲁迅、丁玲以及他们的作品的一种片面的认识，而不是对他们不同时期作品构成的整体性的系统把握。

韦勒克指出："在文学史中，简直就没有完全属于中性事实的材料。材料的取舍，更显示对价值的判断；初步简单地从一般著作中选出文学作品，分配不同的篇幅去讨论这个或那个作家，都是一种取舍与判断。甚至在确定一个年份或一个书名时都表现了某种已经形成的判断，这就是在千百万本书或事件之中何以要选取这一本书或这一事件来论述的判断。"② 就此而论，无论是普实克还是夏志清，他们对鲁迅、丁玲等中国现代作家作品的选择与判断都是一种接受与排斥、彰显与遮蔽的权力形式的体现。只不过，与政治、经济权力相比较，这种在他们哲学观影响下的中国现代诗学中的权力更为隐蔽，它往往隐含在他们的中国现代诗学观念、诗学空间之中。换句话说，由普实克与夏志清中国现代诗学观念的差异所带来的中国现代诗学空间的框架和范围的差异，其实不过是隐含在他们的中国现代诗学话语中的权力的差异性的表现。正是这种权力差异性的存在，生成了普实克与夏志清建构的中国现代诗学形象的差异。夏志清建构的中国现代诗学形象是他"拿富有宗教意义的西方文学名著尺度来衡量中国现代文学"的生成物。③ 他试图以西方特有的基督教观念与精神等文化模式作为解释世界发展的普遍法则，构筑起一个中国现代文学的西方化模式。在这一原则下，他轻率地排除了中国现代文学自身发展中一些独特而又重要的经验，将中国现代文学的发展史诠释为"维护人的尊严"和寻求现代性的自我的西方化的历程。与之不同，普实克虽然是一个捷克人，却以超凡的理解力与同情心建构了一个富有自主性和能动性的中国现代诗学形象。他将中国现代文学的历史诠释为建立现代化国家和寻求个人、民族的现代性的历程，强调了中国现代文学的现代性发展的动因主要在于自

---

① 刘再复：《张爱玲的小说与夏志清的〈中国现代小说史〉》，载《视界》2002 年总第 7 期。
② [美] 勒内·韦勒克、奥斯汀·沃伦：《文学理论》，刘象愚等译，江苏教育出版社，2005 年，第 33 页。
③ 夏志清：《中国现代小说史》中译本序，复旦大学出版社，2005 年，第 14 页。

我社会的发展而不是单纯接受西方文化冲击的结果。在他这里，中国内部的社会和文化传统不仅不再被简单地视为中国现代文学的现代性发展的阻力，而是被看作中国现代文学的现代性发生、发展的渊源。由此，普实克创造出了一个既积极回应外部的西方文化的冲击，也具有内在的自我创新能力并不断向现代性积极迈进的中国现代诗学形象。而在我们看来，理想的中国现代诗学形象应该是既立足于自我又融合了他者文化之优长的形象。为了建构这一理想的中国现代诗学形象，我们必须抛弃那种非此即彼的二元对立思维的制约，在对中国现代文学真理性的认识上，我们要坚持将事实与价值、事实判断和价值判断相结合的原则与方法；在对中国现代文学空间性的认识上，我们在注重中国现代文学独特性价值的同时，也要注重它与中国古代文学、当代文学保持的一种稳定的结构性联系；在注重对单一的现代文学作品的声音层面、意义层面、象征层面等进行纵深式挖掘的同时，也要注重中国现代文学系统与有关的外国文学系统和政治、经济系统的广泛性的联系。在研究视野上，我们既要广泛汲取西方流行理论和学术话语方式的优长，又要避免让中国本土上发生、发展的中国文学以及生成的文学经验、资源成为西方流行理论和学术话语的注脚，以中西融合的批评视野考察中国自由主义文学、左翼文学、保守主义文学等各种本土文学实践对西方式现代性的丰富与拓展。

作者简介

赵小琪，武汉大学文学院教授、博士生导师，文学博士。

"世界文学史新建构"与中国文学经典[①]

方汉文

一、世界文学经典的"重构"与中国文学

21世纪欧美文学界的"世界文学史新建构"或称为"世界文学史重构"（以下简称"重构"）新潮中，作为世界文学史观的重要实践话语——"世界文学经典选本"——大为改观，中国文学的古今文本以前所未有的数量与组合方式（包括部分"非西方文学"Non-Western Literatures）首次与西方经典珠联璧合，合编在西方著名的文选之中，这是前所未见的世界文学现象，引起国际学术界关注，众说纷纭，我们有必要予以讨论。

所谓的"文选"（anthology），也就是作品选集，虽然基本含义是明确的，就是指文学作品尤其是文学名著的选集。但中西文选历来又各有其独立的模式与编写原则，所以当我们在分析中国文本在西方的"重构"中的境况时，先要对"文选"略作解析。

中国传统文学的文选主要有两种模式：一种是梁萧统《文选》为代表的文学作品汇集，其特点是强调"纯粹文学"的文本选编。萧统《文选序》中对选文标准定为"事出于沉思，义归乎翰藻"，其实是强调所选的作品的艺术想象和语言形式的本体性。这条标准曾经被批评为形式主义的原则，但是它确实区分了文学作品与历史、哲学等其他文献，如"老、庄之作""管、孟之流""记事之史、系年之书"，对于以上作品编者的态度是"今之所集，亦所不取"。另一种模式是所谓经史子集统统选入的文集，实际上包括了文学历史哲学等多学科的作品，广义的来说，从《四部丛刊》到《四库全书》及大量的类书都属于这一类，但是历代

[①] 本文原载于《西安外国语大学学报》2012年第4期。

学者却宁愿以《文心雕龙》为样板来说明这种模式。《文心雕龙》虽然本身并非文选，但是所论的文体完备，不仅包括了诗赋等文学作品，更有经、传、史、赞、盟、铭、箴、诔、诏、策、封禅、章表、议对、书记等约三十多种文体，与萧统《文选》以文学文体为主的编选原则迥异。对这两种文选模式历来褒贬不一，同时也有笼统地反对文集者，如清章学诚的《文史通义》中批评萧统《文选》："《文选》者，辞章之圭臬，集部之准绳，而淆乱芜秽，不可殚诘。"① 当然，这就是题外的话了。

而当代美国的文选从总体而论既与《文心雕龙》气味相通，也与萧统《文选》相近，可以说是介于二者之间，但编选方法相当多样。《朗曼世界文学文选》(*The Longman Anthology of World Literature*)的主编之一，"重构"学派的哈佛大学教授（David Damrocsh）曾经将美国文选分为三大类，一类是古代经典作品的专类选集。代表作是《哈佛古典作品》(*The Harvard Classics*)，1910年起开始编纂，西方的经典专指地中海大西洋文明源流的古代文本，即古希腊罗马的名著并稍有扩大。第二类也更为著名的文选以《诺顿世界名著选》(*The Norton Anthology of World Masterpieces*)为代表，这是西方世界发行量最大，具有全球影响的文选，公开声明"西方传统"经典与其他"非西方"文本画地为牢。据说其历史从公元1650年就开始，不过一般则是将1956年版视为起点。它把古代北非的埃及与西亚的美索不达米亚文明看成是西方地中海文明的源流，所以历来的版本中都收入公元前20世纪到前16世纪的埃及古代诗歌和神话、公元前1600年前的美索不达米亚文明史诗《吉尔伽美什》，然后从希腊罗马开始，以"西方传统"为主线，收入希腊罗马、中世纪、文艺复兴、古典主义、启蒙主义、浪漫主义直到现代派的不同历史阶段的文学作品，同时也有亚里士多德、柏拉图、奥古斯丁等人的哲学与神学著作。但是文史哲著作收入很少，主流还是西方历代文学作品。第三类是一种文学作品的普及本，但其中也收入少量的哲学与历史作品，以《哈泼柯林斯世界读本》(*The Harpercollins World Reader*)为代表。② 统观这三类文选，共同特征都是收入一定数量的哲学与历史文本。同时坚持西方传统的主线。

明确了中西文选的不同编选原则之后，我们再看"重构"学者们对传统的改

---

① [清]章学诚：《文史通义》，刘知己、章学诚：《史通·文史通义》，长沙：岳麓书社，1993年，第25页。

② David Damrosch. Introduction：*All the World in the Time*，in Teaching World Literature[M]. The Modern Language Association of America，New York，2009：3.

革。美国文学经典的代表作、新版的《朗曼世界文学文选》(*The Longman Anthology of World Literature*, *David Damrosch*, *David L. Pike General Editors*, *Compact Edition*, *New York*, *Pearson-Longman*, 2008) 编入了大量"非西方"的文本,包括中国、阿拉伯、印度和南美等文学名著,编者对这些进入西方的"世界文学经典"的文本分别从:各自文化来源、编选标准与目的、翻译相关方面进行说明。这是《诺顿世界名作选》所从来不曾出现的。在这些"西方传统(Western Tradition)"为主流的文选中,东方从来是人名不见经传者的另册,所以这种改变还是引起了关注。

其实这一趋势早就在人们预料之,美国学者克里斯托弗·布莱德(Christopher Braider)早经说过,在后殖民批评家赛义德、斯皮瓦克等人的影响下,西方当代的文学经典理论已经摆脱传统的欧洲中心论模式①,中国与东方文本的进入,正是这种模式的实践。

这本文选收入了中国文学九种:《诗经》十六首;《论语》一则;王维诗十一首;李白诗十一首;杜甫诗六首;白居易《长恨歌》选段;李后主词四首;李清照词四首;鲁迅小说《狂人日记》选段一则。

文选所跨越的时空维度较大,从公元前20世纪的西亚神话《巴比伦创世记》(公元前2000年前后)、《吉尔伽美什》(公元前14世纪)到公元21世纪的日本作家村上春树,选入世界各文明体系的文本相当全。除中国唐诗宋词外,日本《源氏物语》、阿拉伯的《一千零一夜》等名著全选,而且保持西方"文选"(Anthology)的传统,对重要的宗教人文经典也选入,如中国的《论语》、伊斯兰教的《古兰经》等,正如编选者所言,体现"具体的文化特色",当然也体现了"重构"的努力实现"跨文化"(crossing cultures)的世界文学研究的基本观念。笔者粗略统计总选入一百二十余种各种文本,篇数就更多了。从总数来看,中国作家文本相当可观,大约近十几分之一左右,对一部世界文学文选确实成分不小。关于编选之难,梁昭明太子编《文选》时就已经慨叹:"时更七代,数逾千祀。词人才子,则名溢于缥囊;飞文染翰,则卷盈乎湘帙,自非略其芜秽,集其清英,盖欲兼功,太半难矣。"② 在全球化时代空前的文化多元与繁荣发展中,编选这种超越时空的大型选集绝非易易,如果作个不恰当的比较,21世纪的世界文

---

① Christopher Braider. *Of Monuments and Documents*[C]// Haun Saussy *Comparative Literature in an Age of Globalization*[M]. Baltimore:The Johns Hopkins University Press,2006,p.161.

② [梁] 萧统:《文选》(上册),长沙:岳麓书社,1995年,第3页。

学史可能比15个世纪之前的中国《文选》的选编更难找到共同的选纲与标准。

从选篇计，中国在东方各国中名列第一。即使与西方作家相比，中国文学特别是中国古代文学也是地位显著，王维李白诗与莎士比亚相比也未见逊色，莎士比亚也仅只选了十首十四行诗与《暴风雨》片段，而在西方文学史中有重地位的浪漫主义"六大家"（Big Six）中只选了布莱克、华兹华斯、济慈每人二首诗，中国人所熟悉的拜伦、雪莱和柯勒瑞治等人则完全没有选入。然后分别是俄国普希金、美国梭罗等人。将如此大的篇幅给予东方与中国作家，而对西方名家则惜墨如金，与诺顿文选的编选原则相比堪称天壤之别。其实戴姆若什早就评论过《诺顿世界名著文选》的编选原则：

> 在现代比较文学研究中，没有任何变化能比超越欧洲权力的巨匠们的杰作，那样更为引人注目了。最明显的莫过于1956年第一版《诺顿世界名著文选》（*The Norton Anthology of World Masterpieces*）中勾勒出的世界轮廓不过总数为73位作者，其中没有一位女性，而全且都是"西方传统"的作家，从古代希腊和希伯来直到现代欧洲与北美。当然作者的数目不断增加，1976年编者终于找到两页篇幅来容纳一位女作家——萨福。①

戴姆若什所指出的这种以西方杰作中心为中心的文选，其实代表了一种观念，即这些杰作是西方的经典，代表着西方文明的价值观念与评判标准，而遴先标准本身同时也西方为中心的。

这种观念一直似乎并未能引起美国国内与国际学术界足够的重视，直到近几年中，随着"重构"的进一步高涨，新版的《朗曼世界文学文选》出现，才引起反思。

以笔者之见，首先应当肯定的是，在这样有限的精选篇幅中，大大压缩了西方传统经典，而扩大东方特别是中国文本的数量，展示一种多元文明的世界文学模式，自然也显示了编选者"重构"世界文学的勇气与魄力。

重要是，这种编选原则的更新其实有其理论依据，这就是文学认识论的多元文明观念取代西方文明的单一中心主义，编者将这种原则称之为"超越时间与空间"的文化联结（Culture connections），这种联结的目的是打破西方中心论，观照

---

① David Damrosch. *World Literature in Postcanonical, Hypersonical Age*[C]// Haun Saussy. *Comparative literature in an Age of Globalization* [M]. Baltimore: The Johns Hopkins University Press, 2006, p.43.

到世界多种文化中的文学。

不过笔者也以为,如果从中国文学的传统与世界文学的整体性(totality)而言,选本并非无懈可击,似仍有可以质疑之处:中国文学作为一种体系,其主体的整体性与历史阶段性尚未能得到全面展现。同时入选的文体也不全,如楚辞、汉赋、宋元小说等代表性作品与作家都未能入选;以诗家而论,屈原陶潜等人缺席;就思想源流方面也有不足,中国儒释道三教中只有儒学;结构分布方面,古代文学经典较多,而现当代文学则相对不足。但这些不足仍是"美中不足",瑕不掩瑜。

二、"重构"的经典观与中国传统文学

什么是经典?

《文心雕龙·宗经》中说:"经也者,恒久之至道,不刊之鸿教也。"① 经就是经典意义的来源,这个定义说明经典是指长期流传中形成的,并且具有历史传承的思想观念的文本。《扬子法言》中说:"玉不雕,玙璠不作器。言不文,典谟不作经。"就是说,经典是经过历史选择的文本,只有达到一定的标准才可能成为经典。从中国传统学术的观念来看,经典文本的形成并非《圣经》式的"钦定"(by imperial orders),而是历代"文言"琢磨的结果,孔子在《论语·学而》篇中用《诗经》:"如切如磋,如琢如磨"来解释。② 中国古代以诗书礼乐易春秋这六部经典为源流与肇始,所谓"文章奥府,性灵铸匠"后世文学文本原来只是经典的枝条与流末。随着文明的历史发展,佛经传入中国,区分"内典"与"外典",经典的"六经"单一所指被改变,从六经到后来的"十三经",以后进一步泛化,重要的古代典籍大多被归入经典范围。西方的经典(canon)意义与中国相近,只是因其文明源流而有所不同,古代希腊罗马的《荷马史诗》与雅典诸子因为在基督教之前,一般称为古典(classics)文本,罗马以后的名著成为了经典。所以,现在使用的"经典"一词意义相当宽泛,成为广泛流传具有历史时代与文明精神代表性的论著的通称。从莎士比亚到乔伊斯、从《诗经》到鲁迅,几乎统统被称为经典。当然中西经典的所指在实际仍然中有一定差异,但其共同所指却

---

① [梁] 刘勰:《文心雕龙》(上),范文澜注,北京:中华书局,1958年,第21页。
② [清] 刘宝楠:《论语正义》,诸子集成,北京:中华书局,1954年,第19、125页。

并不相悖。

"重构"学派对于世界文学经典的理论观念有一定的建树,包括其代表人物戴姆若什、莫莱蒂、阿普特等人提出的新经典理论,但更重要的则是从学术争论、文本选编和世界文学教学的实践中产生的观念,对于重构世界文学经典有较大的推动。正是在这种理论与实践中,重构学说与中国文学的理论深层联系才得以展现出来。

传统经典在《朗曼世界文学文选》中表现为两个层次:第一是东西方历史与哲学经典的宏大叙事,这是人类文明体系的核心观念,反映出民族传统思想的主要特性,其文体相当于《文心雕龙》中的"经传"。文学与思想史文本共收是西方文选的共同特色,其功能在于为文学文本指明了灵感的文明渊源。这个文选中就收入了中国的《论语》、伊斯兰宗教的《古兰经》等,体现了文学经典的语境、形式(包括语言与文体)与主题意象产生的土壤。《论语》当然是中国文明的基本经典之一,但如果适当收入更为重早的"六经"(《诗经》已经入选)与对中国文学产生重要影响的佛经特别是禅宗经典当然更为理想,这样可以理解唐代以来的传奇、小说、戏剧等文体繁荣的动力。再如王维与白居易诗中都有明显的儒学与佛学的共同因素。这其实是文明经典之间的切磋磨合产生的创新,有趣的是,甚至在中国文学文本之外,也可以看到中国经典的作用,如美国庞德所翻译的《论语》(Confucian Analects,有的选本采用西蒙·李斯 Simon Leys 的译本)、《诗经》(The Classic Anthology: Defined by Confucius,有的选本中采用亚瑟·瓦雷 Arthur Waley 的译本 The Book of Songs)与写有大量汉字的、在美国文学中有巨大影响长诗《诗章》(Cantos),其中曾经数十次出现《论语》,宣传儒学思想。其诗风影响艾略特、叶芝等一代英美诗人,确实是一种多元文明之间的切磋琢磨与融合创新的样板。

再从选目方面看,也有其特点,《诗经》所选的有《关雎》(The Osperys Cry)、《螽斯》(Locusts)、《摽有梅》(Plop, Fall the Plums)、《野有死麕》(In the Wilds Is a Dead Deer)、《柏舟》(Cypress Boat)、《将仲子》(I Beg of You, Zhong Zi)、《维天之命》(May Heaven Guard)、《何草不黄》、《棫朴》(Oak Clumps)、《生民》(Birth to the People)等篇什,分别取自风雅颂,较全面反映了中国先秦诗歌艺术的兴象寓意,译文既有来自于当代译家的,也有庞德这样著名诗人的译文,各有风格。

王维(Wang Wei)	
中文作品名	英文作品名
孟城坳	Meng Wall Cove
鹿砦	Deer Enclosure
宫槐陌	Sophora Path
欹湖	Lake Yi
竹里馆	Bamboo Lodge
鸟鸣涧	Bird Call Valley
送别	Farewell
送元二使安西	Farewell to Yuan the Second on His Mission to Anxi
过香积寺	Visiting the Temple of Gathered Fragrance
终南别业	Zhongnan Retreat
酬张少府	In Response to Vice-Magistrate Zhang
李白(Li Bai)	
中文作品名	英文作品名
月下独酌	Drinking Alone with the Moon
战城南	Fighting South to the Ramparts
蜀道难	The Road to Shu Is Hard
将进酒	Bring in the Wine
玉阶怨	The Jewel Stairs' Grievance
长干行	The River Merchant's Wife：A Letter
听蜀僧濬弹琴	Listening to a Monk from Shu Playing the Lute
送友人	Farewell to a Friend
静夜思	In the Quite Night
独坐敬亭山	Sitting Alone by Jingting Mountain
山中问答	Question and Answer in the Mountains
杜甫(Du Fu)	
中文作品名	英文作品名
兵车行	Ballad of the Army Carts
月夜	Moonlit Night
春望	Spring prospect
旅夜书怀	Traveling at Night

秋兴	Autumn Meditations
江汉	Yangtse and Han
白居易(Bo Juyi)	
中文作品名	英文作品名
长恨歌	A Song of Unending Sorrow
李煜(Li Yu)	
中文作品名	英文作品名
蝶恋花(遥夜亭皋闲信步)	To the tune "Die lian hua" (A leisurely evening in garden and meadow)
清平乐(别来春半)	To the tune "Qingping yue" (Since our parting, spring is half gone)
望江南(多少恨)	To the tune "Wang jiangnan" (So much heart-ache)
虞美人(春花秋月何时了)	To the tune "Yu meiren" (Spring flowers, the moon in autumn)
李清照(Li Qingzhao)	
中文作品名	英文作品名
一剪梅(红藕香残玉簟秋)	To the tune "Yi jian mei" (The scent of red lotus fades)
如梦令(常记溪亭日暮)	To the tune "Ru meng ling" (How many evenings in the arbor by the river)
武陵春(风住尘香花已尽)	To the tune "Wuling chun" (The wind has ceased)
声声慢(寻寻觅觅)	To the tune "Sheng sheng man" (Seeking, seeking, searching, searching)

所选的以上作品，大多是美国读者特别是美国诗人所熟悉的，从20世纪初期起，美国多种流派的诗人（包括英美意象诗派、垮掉的一代诗人、禅宗诗人和美国超现实意义诗人们大量地翻译与借鉴中国古典诗词）以上诗歌在美国都是名作名译。

第二层次是主流的文学文本，也就是世界各种文明的文学名著。《朗曼世界文学文选》中以唐诗宋词为主，选择精当，一方面所选的诗人如王李杜白和词人李后主、李清照当然都是当之无愧的代表性作家，他们是中国传统文学观念与形式的大师，既是一定的流派或时代集团的主将，又富于个性表达，更重要的是世界可以从他们的作品中理解中国的抒情诗艺术的伟大贡献。从文体而言，这种中国抒情诗为主的选择其实有宏观的诗学比较意义。因为对于西方文学而言，主流是从《荷马史诗》到乔伊斯、康拉德和卡夫卡等人的小说，这是一种叙事文学的主体性，卢卡契（Georg Lucács）的名著《小说理论》中将其总结为"史诗—小说叙事"的整体性，作为西方资本主义时代文学的主导方向，一直是西方批评的理论支柱。而中国文学的抒情文体作为东方文明的特性，则从黑格尔《美学》起就饱受贬抑。所以在文选中对中国诗歌的文体的选取本身就表现出一种自觉的反西方叙事中心文体的观念，在理论批评中价值无限。

尤其值得注意的是中国现代作家鲁迅进入文选，这当然是一个极富代表性的选择。从此我们可以联系到"重构"理论家们的新经典观，这可能是其理论的一种实践。

戴姆若什指出：新的西方世界文学经典与传统的不同之处在于，传统经典甚至在西方作家内部也要区分出主要作家与次要作家，这是一种两层次分法，但是现代经典不同：

> 取而代之这种二层次的经典分类，我们有一种新的三层次分法：超级经典（hypercanon）反经典（countercanon）和影子经典（shadow canon）。超级经典就是那些能一直甚至在过去二十年间保持地位的"主要"作家的普世化。而反经典则是由那些替代性和竞争性作家所构成，那些教授得较少的语言的作家和强势语言中的次要作家所组成。是由"他们"，我是说"我们"，是由我们老师和学者来决定哪些作家在世界文学现代经典中产生影响。在我们所确定的当代体系中，老的"次要"作家逐渐隐身于背景之中，成为一种影子经典，这是老一辈学者所知道（或是逐渐从昔日的阅读中所忆起），而新一代的学生和学者们却愈来愈少遇到了。①

如果将这种新经典分类套用到中国 20 世纪文学（国内中国文学研究划分为古代文学、新文学和包括现代文学与当代文学等历时阶段等多种划分，文选中按照国际惯例将中国现当代文学划为 20 世纪文学），唯一入选的鲁迅就相当引人注目。

---

① David Damrosch, *World Literature in a Postcanonical Hypercanonical Age*[C]// Haun Saussy. *Comparative Literature an Age of Globalization*[M]. Baltimore: The Johns Hopkins University Press, 2006, p. 44.

三、20 世纪国文学经典与鲁迅评价

即使是按照戴姆若什的标准,鲁迅这样有世界影响的作家文本当然是超级经典无疑,所选的《狂人日记》一直受到国际学术界的关注,罗曼·罗兰等著名作家都曾高度评价过这部名著,对它的评价并不低于俄国作家果戈理曾经发表的同名作品。《朗曼世界文学文选》在对鲁迅的简介中介绍了他创作《呐喊》与《彷徨》的经过后,认为到1926年后,现实问题使他放弃文学创作:

> 他转向杂文形式和马克思主义者的行动哲学并以一种更为尖锐的方式来面对现实,他和左翼联盟的关系并非融洽,他虽然没有参加党(指中国共产党——译者注)却继续写作,并且著作等身:从杂文、诗歌、短篇小说,译文和古代近代文学论著和木刻艺术评论等。①

如编者所说,鲁迅属于那些"一直甚至在过去二十年间保持地位的'主要'作家,虽然并没有明显的'普世化'"。但是也必须注意到,关于鲁迅的评价并非没有争论,无论是在国内外都是如此,特别是在美国的中国汉学研究界和更集中关注鲁迅的美国的中国现代文学研究界,关于鲁迅其实一直是有争论的,至少是有关于其历史地位与文本分析与评价的不同见解。人们容易记取的是20世纪60年代美国华裔中国文学研究学者夏志清(C. T. Hsia)与捷克的汉学家普实克(Jaroslav Průšek)关于鲁迅的一场争论,随着夏志清的英文版《中国现代小说史》(*A History of Modern Chinese Fiction*,1961)的中文版于2005年在中国大陆出版,旧话重提,也是鲁迅研究中的一段不新不旧的学术轶事。

夏志清在《中国现代小说史》中的第二章就是鲁迅专论,显然非常重视鲁迅研究,全文基本客观地承认鲁迅的贡献与历史地位,仅在结尾处盖棺定论式地为鲁迅创作定性:

> 他自己造成的温情主义使他不够资格跻身于世界名讽刺家——从贺拉斯(Horace)、本·琼森(Ben Jonson)到赫胥黎(Aldous Huxley)——之列。这些名家对于老幼贫富一视同仁,对所有的罪恶均予攻击。鲁迅特别注意显而

---

① David Damrosch David L. Pike. *The Longman anthology of world literature*[M]. Compact Editon, New York:Pearson Longman,2008,p. 2507.

易见的传统恶习，但却纵容、甚至后来主动鼓励粗暴和非理性势力的猖獗。大体上说来，鲁迅为其时代所摆布，而不能算是他那个时代的导师和讽刺家。①

普实克是国际著名汉学家，也是位有较为深厚的西方理论与美学修养的批评家，他所持论中的所谓文艺社会学可能与夏志清所征引的同样是捷克人的韦勒克（R. Welleck）的略显钉铛的形式主义—新批评派理论之间不能一致。他批评夏志清对中国现代文学在反法西斯主义战争与反帝反封建活动中的评价是曲解，而不能正确评价鲁迅的"个人风格贡献"等。② 这场争论过去半个世纪后，海内外批评家仍然时时从不同角度对这个题目发表文章。如被夏志清称为"从大陆去美国"的中国学者刘康等人仍然对《中国现代小说史》中的看法不赞同，而另外一些美国学者如哈佛大学的王德威等学者则高度赞赏夏志清，并将争论引入到詹姆逊的"国家寓言"和第三世界文、文学的历史化与政治等当代批评话语之中，对于原有争论引申出新的意义。③

此处我们无意判断这场旷日持久的争论的是与非，不过说到"寓言"，可能令人想起的不是后现代的"民族寓言"，而是一则更为古老的寓言，批评的双方因所持理论不同，就如同狐狸与仙鹤互相用不同的食具来吃饭，只是用自己观念与方法来看待对方，这也是一种自我中心。我们这里只要说明，双方都是肯定了鲁迅的历史地位的，这是双方的同一性，而差异只是在于各自批评观念与方法与意识形态观念的影响。总之无论关于鲁迅的争议在国际（特别是在美国，当然也包括中国）学术界是虽然有争议，都并不妨碍美国的《朗曼世界文学文选》将鲁迅作为中国现代文学（20世纪文学）唯一的一位代表人物。

这无疑代表了美国重要文学史家对于20世纪中国文学与鲁迅的评价，这是一

---

① Hsia C. T. *A History of Modern Chinese Fiction*[M]. New Haven, Yale University Press, 1961, p. 54。为了方便读者的对照阅读，此处引用中文译本：夏志清：《中国现代小说史》，上海：复旦大学出版社，2005年，第40页。

② 夏志清：《中国现代小说史》（中文版，2005）中收入《论对中国现代文学的"科学"研究——答普实克教授》一文，除了引用部分英文资料外，主要引用了：普实克：《普实克中国现代文学论文集》，李燕乔等译，长沙：湖南文艺出版社，1987年。

③ 夏志清：《中国现代小说史》，上海：复旦大学出版社，2005年，第40—47页。收入哈佛大学教授王德威为该书英文第三版所写的序言，其中提到詹姆逊的相关理论，可以参见该书第40—47页有关论述。

种力图超越批评观念与方法甚至意识形态的差异，从跨文明的观念来研究经典的一个例子，我们用中国《易经》中的一种原则——"同异交得"——来阐释这种观念。我们在此并不批评以上鲁迅评论的任何一方，但我们必须看到这种跨越文明体系研究的价值。因为"重构论"有自己的选择标准与见解，这就是要再现世界体系中的各种文明的文学代表类型，这样世界文学的差异与同一必然会融合创新。所以夏志清与普史克都承认鲁迅的《狂人日记》等作品的"抗议精神"与抨击封建意识的历史进步作用，也都对其历史地位与作用予以肯定，在这个基础上，《朗曼世界文学文选》应当说是对 20 世纪中国文学有自己的理解，当然不仅是对中国文学如此，对于其他文明中有争议的作家，如康拉德、奈保尔、帕幕克，甚至当代争议相当激烈的拉什迪这些作家，戴姆若什都追求一种跨文明的选择，尽管由于宗教政治和意识形态的不同，在这些作家的本土或是国际批评中都有差异，但是跨文明的历史与审美标准却可以穿透这种差异，达到一定程度的同一性。这种原则与我们已经出版的《东西方比较文学史》、《世界比较诗学史》中的见解不谋而合，这不是偶然的，因为我们都是根据共同的历史主义原则。①

当然我们盼望有更多的中国作家入选，以 20 世纪而论，除鲁迅外，胡适之、茅盾、巴金、老舍、郭沫若、曹禺、林语堂、张恨水、沈从文、钱锺书、丁玲、张爱玲、周立波、柳青等人无不具备入选资格。如果从跨文明的诗学观念来看，中国文学植根于具有三千年历史的独特的文明，这种文明浇灌培养了世界东方的汉字书写文学，这是一种世界最长久的传统之一，它已经与西方文明（也包括所谓的"非西方"文明）共同构成了世界文学。"重构"学者对中国文学经典的选编，其实就是提倡一种"跨文明"（Crossing civilizations，西方学者更多使用 Crossing Cultures）亦即跨越东西方文明界限的，以文学自身的历史内容与形式价值为准绳的研究。虽然目前文选的理论批评并非完美，但经过了卢卡契、巴赫金等人的理论尝试，在理念建构上也已经初具规模了。

---

① 关于我们对中国 20 世纪现代文学包括鲁迅、茅盾、钱锺书和张爱玲等人及其批评的观点，可以参见：方汉文主编：《东西方比较文学史》（上册），北京：北京大学出版社，2005 年，第 730—734 页。和方汉文主编：《世界比较诗学史》，西安：西北大学出版社，2007 年，第 259—263 页的相关论述。

四、"安理会"文学想象与跨文明诗学实践

全球化时代需要这种跨文明的世界文学研究，因为其意义并不是否定包括"西方传统"（Western tradition）在内的传统文学价值，恰恰相反，是发现更多的代表世界文明体系的文学，所以这不是一种单一文明价值观念（通常是主流文明如西方文明）的文学，而是多元文明的文学价值观。戴姆若什甚至提出对于这种想象中的"世界文学安理会"的否定：

> 传统世界文学课程将其中心注意放在一些"主要文化"——具有政治权力与文化影响的国家通常是西欧，经常延伸到俄罗斯；到美国，有时甚至会到中国、日本和印度。——但是任何一种文学原则上都应有名著经典的创建，实际上真正的行动并非集中文学的总体，而是集中在一种文学的"安理会"（Security Council）。①

他认为世界文学的研究不是政治权力的分配，不能像联合国的安理会来决定世界事务一样来由几种"主要文化（Major Cultures）"来决定"次要文化的文学"。他提倡建立一种超越文化、时间与空间的限制的文学联系。其观点部分相似于美国殖民批评家斯皮瓦克所提倡的"跨界"（Crossing borders）的研究。

当然这已经是相当有影响的一种看法，另一位美国学者周蕾（Rey Chow）早就表达过这样的看法，全球化时代反对西方权力中心论，建立东西方文学的对话之后，并不等于万事大吉：

> 如果我们仅只是将印度、中国和日本取代了英国法国和德国——，那么在这种情况下，文学的概念严格地来说是一种对国家的社会达尔文主义的理解。"杰作"产生于"主要"民族与"主要"文化。②

在西方中心观念仍然在世界文学研究中居于中心地位的现实中，奢谈与想象

---

① David Damrosch, *Major Cultures and Minor Literatures*[C]//David Damrosch. *Teaching World Literature*[M]. New York: The Modern Language Association of America, 2009, pp. 193 – 194.

② Rey Chow. *In the Name of Comparative*[C]//Charles Bernheimer. *Comparative Literature in the Age of Multicuturalism*[M]. Baltimore: The Johns Hopkins University Press, 1995, p. 109.

这种未来的"安理会"式的文学图像，现在不过是对"主流文明"主宰世界文学的杞人忧天式的恐惧，但从理论上解决这个疑问却有必要。因为"重构"理论家们确实提出了达尔文"进化论"的观念，来作为世界文学未来发展的核心观念。如美国学者弗兰克·莫莱蒂（Franco Moretti）就主张将达尔文的生物进化论应用于世界文学史观。进化论的核心思想是变异与选择（这是多样性），在世界文学本土环境中所必需的差异性，进入世界工业进程后，不同社会的主体被集中于一个单一的、持续的同一性之中。形成同一化（samness）与差异化（diversification）并存的"世界文学"。莫莱蒂认为文学发展同自然界一样是经历"变异与选择，就是既有生产也有多样性的淘汰，正像是在国际劳动分支内世界体系分析不同位置的分类。"①

关于"重构"学者中的文学"进化论"观念我们是不能同意的，对此我们已经有专文评论，这里不再赘述，而对于世界文明与文化（关于文明与文化两个词的意义我们在其他著作中进行过分析，在这里为论述简明，不再作区分）体系间的关系，却要作最简单的阐释。

我们认为，世界文学经典当然不能成为文学"安理会"，由主流文明来决定"非主流文学"的命运，正像美国文学中的英语文学不能取代印第安语文学、希伯来语文学；南非祖鲁语（Zulus）不能取代茨瓦语（Tswana）、佩迪语（Pedi）索托语（Suto）聪加语（Tsonga）、斯威士语（Swazi）文达语（Ndebele）——等等。各种语言产生于不同的文化传统，每一种文化传统都有其历史来源，都可以并可能具有自己的文学经典，无论是口头的还是文字的，都应在世界文学中取得自己的一席之地。但是，世界文学同时也不能是万国俱乐部，目前世界上共有语言3000多种，使用人口在百万以上的约有200多种，相当于联合国国家数。千万人使用的语言达50多种，以上大语种使用人数达全球人口的96%以上，还有4%的人口使用二千余种语言，而且这些语种因使用人口少正面临消亡危险，国际公认的只有11个语系与12个大语种。所以我们不能因为语言使用人少而舍弃它，反而更需要抢救整理。当然世界文学的根本任务并非抢救濒危语言的语言学家或是探索原始民族的人类学家。

---

① Franco Moretti. *Evolution*, *World-System*, *Weltliteratur*[C]// David Damrosh, Natalie Melas, Mboungiseni Buthelezi et al. *The Princeton Sourcebook in Comparative Literature*: *from the Europe Enlightenment to the Global Present*[M]. New Jersey: Princeton Press, 2009, p.400.

所以，重要的是否具有文学经典的历史与审美价值，而不是按文明大小来排列，次要文明可以出伟大经典，主要文明也有非经典的文本。

全球化时代中，世界文学经典的主流趋向是以世界文明体系为划分的经典融合创新，不同文明体系形成独特的文本，文本之间有所谓的"文本间性"，而跨越文明的交流则会产生世界文学的新经典与创造。《朗曼世界文学文选》中当然不会忽略T. S. 艾略特这位全面表现西方文明思想观念的作家，其实就是在他的《四首四重奏》（*Four Quarters*）中的《燃烧的诺顿》（*Burnt Norton*）中，艾略特表达了自己的艺术观念，这是一种具有古典意味的意象观念，主张将文明（指西方文明）的复杂性表现为诗人的言与意之间的分离与关联，寻求非个性化与客体化的表达方式。他认为诗歌"正是通形式与结构，/使得音乐与文字达到一种/静止，如同那不动的中国陶瓷花瓶一般/取得恒久的运动。"这种具有辩证思维的观念与中国《道德经》中的"反者道之动"的思想完全可以超越千载时间，跨过万里空间来衔接。他对美国意象派诗人庞德翻译中国诗大加赞赏，认为使西方人真正认识了中国诗。所以有的西方学者也认为他完全可能借鉴中国诗歌意象以丰富自己的诗歌。

当然这里只是以经典文本中的艾略特诗歌为例来说明中西诗歌之间的影响与互通，这种跨文明诗学的例证在美国新诗中可谓俯拾皆是。20世纪初期的英美意象派诗歌中，最有影响的中国经典正是王维与李白的诗，庞德最欣赏的诗是李白的《玉阶怨》（首句为"玉阶生白露"）。而美国新诗人肯尼斯·雷克斯罗斯（Kenneth Rexroth）则极为推崇杜甫，他在自己的诗《山村》中，将刘禹锡的《乌衣巷》（朱雀桥边野草花，乌衣巷口夕阳斜。旧时王谢堂前燕，飞入寻常百姓家）的意象与境界几乎全部引入。美国超现实主义诗人罗伯特·布莱（Robert Bly）的《想起了'隐居'》一诗则是受到唐代诗人白居易的诗歌启发后创作的。另一位超现实意义诗人詹姆斯·赖特（James Wright）曾经创作过一首诗《冬末穿过泥潭，想起了古代中国的一位地方官》，诗中的主人公就是白居易，这也是他所喜爱的诗人。

当然其他方面的影响就不一一列举了，文选中的梭罗名著《瓦尔登湖》（*Walden*）中仅引用儒家语录就有十处之多。① 思想家尚且如此，诗人们就更热衷

---

① 常耀信. The Thoreau of Walden and Confucianism [C] //《多种视角——文化及文学比较研究论文集》，天津：南开大学出版社，1995年，第198页。

于中国诗歌了。我们不难明白,《朗曼世界文学文选》中所选的中国诗人王维杜甫白居易等人,其实都是最受美国诗人崇拜并且对他们的诗歌影响最大的人,他们之间的关系最具说服力,能证明多元化时代不同文明的文学经典之间的联系,这也是一种"文本间性",足以说明世界文学的经典文本特性应当如何把握了。

半个多世纪前,艾略特接受诺贝尔文学时曾发表这样的获奖致辞,或可引用为本文的结尾,用以阐明西方文学与非西方包括中国文学经典之间的关系。他说道:

> 我想在诗歌中,不同国家和不同语言的人民,即使是一个极小的国家的少数人,得到互相理解,无论其多少,这才是最重要的。①

与这种宏大叙事的想象相比,目前所实现的中国与其他"非西方"文学进入世界文学文选不过是尝鼎于一脔而已。然而,梧桐落一叶,天下尽知秋,它预示着可能更多的文选(包括诺顿文选等)甚至更多样化的西方文学重要奖项或是其他领域将会向"世界文学"的全面开放,当然这也预示着或许中国文本会在21世纪将面临更多的风云际会。

作者简介

方汉文,苏州大学文学院教授、博士生导师,文学博士。

---

① Thomas Stearns Eliot. Speech at the Nobel Banquet at the City Hall in Stockholm, December 10,1948 [R]// Horst Frenz,. Nobel Lectures,Literature 1901 – 1967[M]. Amsterdam: Elsevier Publishing,Company,1969,p. 2.

第四编　世界文学的文化批评

略谈东南亚的史诗表演艺术[①]

张玉安

史诗的文学成分常常和音乐、舞蹈、说唱人的动作和表情等结合在一起,构成一种综合性的立体艺术。[②] 印度的两大史诗《罗摩衍那》(*Ramayana*)和《摩诃婆罗多》(*Mahabaratha*)在东南亚流传和普及的过程中,便是文学因素与音乐、舞蹈、戏剧等表演艺术因素融合在一起,极大地促进了东南亚艺术的全面发展和繁荣。东南亚的史诗表演艺术始于最初的史诗诵读,而后逐渐发展至戏剧、舞蹈、音乐和美术等多个艺术领域,其中以两大史诗为题材的影戏、偶戏和歌舞剧流传最广、影响最大,成为东南亚史诗表演艺术和东南亚传统表演艺术的主要形式。

一、史诗诵读:东南亚史诗表演艺术的原初形式

学者们一般认为,在史诗表演传统中,诵读艺术是史诗表演艺术的开端。在印度,史诗的诵读与史诗的表演传统是同时诞生的。印度戏剧起源的神话传说讲:梵天分别撷取四部吠陀中的戏剧因素——吟诵、歌唱、表演和情味,创造出作为第五吠陀的戏剧。在古代印度,吟诵两大史诗的传统十分普及。英国学者基思(B. Keith)就认为,印度戏剧起源于史诗吟诵。他说,公元前的山奇浮雕表明,当时印度的吟诵艺术已伴有音乐,吟诵(或说唱)艺人的手舞足蹈,用形体姿态传达感情。只要这些艺人采用对话方式,便能形成戏剧的雏形。[③] 无论在印

[①] 本文原载于《东方论坛》2013 年第 5 期。
[②] 段宝林:《民间文学概论》,北京:北京大学出版社,1985 年,第 18 页。
[③] 转引自黄宝生:《印度古典诗学》,北京:北京大学出版社,1999 年,第 9 页。

度,还是在东南亚的一些国家里,许多宗教仪式中的史诗诵读都是一种重要的具有某些戏剧特点的表演形式。有证据表明,在印度和东南亚,史诗的表演传统都是从诵读开始的;或者史诗的诵读传统和史诗的表演传统是同时产生、同时存在的。也就是说,史诗诵读是史诗表演艺术的最初形式,多数以罗摩故事为题材的戏剧、舞剧,包括木偶戏和皮影戏,都是由诵读这种表演形式演化而来的。因此,在东南亚,史诗的诵读是其他一切高级表演艺术的基础。① 之所以这样说,至少有以下一些历史根据:

第一,大约产生于印度文化影响后期的画卷哇扬戏应该是印度尼西亚爪哇岛上最古老最原始的哇扬戏,也是世界上许多国家都曾有过的看图讲故事。其表演方法就是,把连续的故事场景画在长长的画卷上,当有观众来听故事时,讲故事的艺人(被称为 dalang)便把画卷打开,一边指着画面,一边讲述、朗诵或吟唱,甚至同时进行惟妙惟肖的表演,直到把故事讲完。柬埔寨和泰国古代流行的大皮影戏,其表演方法也类似于此:皮影艺人手举刻着剧情人物的皮影人,也是一边朗诵,一边吟唱,一边表演。可见,东南亚取材于印度两大史诗的画卷哇扬戏和大皮影戏正是叙述艺术向戏剧艺术的过渡形式。

第二,印度尼西亚爪哇岛有一种著名的"神猴歌舞剧"(Langen Mandra Wanara)。其文学文本的主要形式是诗歌。起初神猴歌舞剧只是在贵族庭院中以朗诵的形式演出,先是由一个人朗诵,后来分为不同的角色吟唱;而后,逐渐演变成现在这样成熟的、着妆的戏剧表演形式。印度尼西亚爪哇日惹王宫的专家们认为,《罗摩衍那》最初的表演剧本,就是一些诗歌爱好者所用于朗诵的书面文本。其他一些剧目也有些采用这类的戏剧文本形式。在这些剧目中,以诗歌形式为主导地位的事实也可以证明,文学文本的戏剧化主要是通过吟诵或诵读的。然而诵读和戏剧表演是两类不同的表演方式,可见诵读文本的戏剧化具有重要的变革意义。② 由于西方生活的影响和现代娱乐方式的多样化,诵读这种表演传统已经变得越来越少。但是在完好保留印度教传统的印度尼西亚巴厘岛,时至今日依然保留着诵读两大史诗的传统。这就是下面所要提出的第三个例证。

第三,在印度尼西亚巴厘岛,罗摩故事之所以能流传至今,在很大程度上得

---

① Suresh Awasthi:The Ramayana Tradition and the Performing Arts,The Ramayana Tradition in Asia,Edited by V. Raghavan,Sahitya Akademi,1980.

② Clara Brakel:Ramayana in Islamic Context:The Case of Central Java,Souvenir 14th International Ramayana Conference,1997,p. 98.

益于吟诵俱乐部（seka-mabasan）的积极活动。吟诵俱乐部遍布于巴厘岛大多数村庄，一般由男性成员组成，有的村子也有女性参加。他们活动的内容是，吟唱和朗诵两大史诗、研讨史诗的语言等。吟诵俱乐部一般每周举行两次集会，每次大约3小时。此外，每半年还在本村的庙会举行一次朗诵表演。选手们大声吟诵两大史诗的片断，如《初始篇》，《阿周那的婚姻》等。

第四，据考，在公元6世纪末的柬埔寨，两大史诗《罗摩衍那》和《摩诃婆罗多》每天都有人在三界自在主神庙（Tribhuvanesvara）前诵读。① 真腊时期的维尔德碑也证实说，人们每天都吟诵《罗摩衍那》和《摩诃婆罗多》。②

第五，在老挝，最流行的罗摩故事文本《罗什与罗摩》（*Plak Lak-Plak Ram*）有5种表现形式：舞蹈、歌咏、绘画雕刻、节日期间诵读和文学传本。③ 可见，史诗《罗摩衍那》的诵读在老挝也是一种流行的表演艺术形式。

第六，在东南亚国家，以罗摩故事为题材的皮影戏，在正式开幕前一般都有艺人吟诵某种体裁的诗歌，内容多半是介绍剧情、祈请神灵保佑演出顺利和成功、歌颂罗摩的功德等等，这或许就是最简单、最原始的《罗摩衍那》吟诵表演形式的遗留和发展。

可以想见，当婆罗门教和印度教信仰和习俗在东南亚盛行的年代，现代爪哇人、巴厘人、马来人、泰人、缅甸人以及柬埔寨人的祖先一定有很多信众都是两大史诗的诵读能手。

上述史实大概可以说明，诵读是东南亚史诗表演艺术的最原初的表演形式，也是东南亚后来各种传统戏剧表演的基础和源头。可以说，戏剧和舞蹈是诵读的更高形式；即使在当代，史诗的诵读依然是基础，而表演似乎是诵读的戏剧化。在东南亚大多数国家里，诵读传统是与文学传统和表演传统同步发展的。同时也可以看出，在古代，尤其是婆罗门教和印度教在东南亚普遍流行的时代，诵读史诗不仅是一种表演形式，而且也是教徒们进行自我教育、自我娱乐的一种方式。当然，它首先是一种重要的神圣的群众性的宗教活动。

---

① Srinivasa Iyengar:Asian Variations in Ramayana,Sahitya Akademi,1981,p.208.
② 贺圣达：《东南亚文化发展史》，昆明：云南人民出版社，1996年，第124页。
③ Kamala Ratnam. The Ramayana in Laos,The Ramayana Tradition in Asia,Edited by V. Raghavan,Sahitya Akademi,1980,p.257.

二、史诗戏剧：东南亚史诗表演艺术的主要形式

东南亚的史诗表演艺术以音乐、舞蹈、戏剧等多种形式表现，但其主要形式还是史诗戏剧。史诗戏剧主要包括影戏、偶戏和歌舞剧。史诗戏剧在东南亚不仅历史悠久，而且流传甚广。概括地说，东南亚受印度文化影响较深的国家和地区一般都在流行或曾经流行过史诗戏剧，如印度尼西亚、马来西亚、新加坡、泰国、缅甸、柬埔寨、老挝和越南（中部和南部）等。其中半岛国家由于佛教信仰后来居于主导地位，所以以战争为题材的《摩诃婆罗多》早已不再流行，而罗摩故事便成为这些国家史诗戏剧的主要剧目。然而在印度尼西亚，主要是爪哇和巴厘，《摩诃婆罗多》和《罗摩衍那》的文学文本和戏剧文本都同样深受民众的喜爱，一直流传至今。

东南亚的皮影戏和木偶戏在史诗表演艺术中占有突出地位。其种类的繁多，艺术的高超，历史的厚重，以及对东南亚国家文化艺术发展的影响和贡献，都是不可低估的。

东南亚的皮影戏大致分为两种：一是大皮影戏，二是小皮影戏。

大皮影戏专门演罗摩故事，主要在泰国、柬埔寨流行过。小皮影戏与大皮影戏相比，流传更广、更久远，影响也更大；在印度尼西亚、马来西亚、泰国、老挝和柬埔寨都很常见。小皮影戏主要演罗摩故事（印度尼西亚和马来西亚也演《摩诃婆罗多》），但也演其他内容的剧目。缅甸的皮影戏传入很晚，而且不很流行，但木偶戏在缅甸却有非常悠久的传统和高超的技艺。

以罗摩故事为剧目的小皮影戏在东南亚非常盛行，其种类繁多，特色各异。其中最著名的有四个流派，即印度尼西亚的爪哇古典哇扬戏（Wayang Purwa Jawa）、巴厘古典哇扬戏（Wayang Purwa Bali），马来西亚的吉兰丹哇扬戏（Wayang Kelantan，又称 Wayang Siam）和泰国的囊塔隆戏（Nang Talung，因最早出现在泰国南部塔隆省而得名）。这些流派的表演剧目、舞台、影人和表演方法等都各有特点，但也有多边交流和融合的明显迹象。然而无论何种流派，表演艺人在表演前唱诵诗文、介绍剧情、祈求演出成功这些宗教性的程序都是必须的；皮影艺人的唱词多是口传的民间诗歌；皮影人物分王子、公主、魔王、神猴、仙人、罗刹、小丑等不同类型；各种类型的人物都有自己程式化的声音和习惯用语。

印度尼西亚的皮影戏不但在东南亚，在世界也算是"超级大国"。其本土学

者苏罗诺博士（Surono）认为，印度尼西亚在公元前1500年前就有了哇扬戏表演。但笔者认为，印度尼西亚表演哇扬戏的有据可查的最早年代应该是美国学者梅维恒提出的公元840年前后。① 自古以来，以两大史诗为剧目的皮影戏在印度尼西亚的民族传统文化中、尤其在民族表演艺术和国民教育中占有不可替代的重要位置。因此，印度尼西亚的皮影戏被联合国教科文组织列为世界非物质文化遗产保护项目。

东南亚的大皮影戏表演方法颇为新颖。也许，现在的东南亚人也很少有看过的。据记载，大皮影的皮影人大如真人，有的高达2米。一般在白天演出，所以皮影道具涂绘得绚丽多彩。有趣的是，举着皮影人的皮影艺人在幕布前也要参与皮影表演。例如，如果他举的影人是魔王，就把两腿叉得宽宽的；如果他举的是哈奴曼和须羯哩婆，就学猴子的动作；如果是悉多，他便模仿女人动作；若是罗摩，就要做国王和贵族的姿态。为达到理想的效果，皮影艺人还要认真化妆。这样，展现给观众的真人动作和灵活多变的舞姿，可以多侧面地表现故事人物的形象，加强艺术感染力。可见，大皮影戏是后来戏剧发展的一种不同寻常的过渡形式，即在某一段时间内同时讲述画片，表演皮影戏、木偶戏和舞蹈。影戏仿佛是一个叙述艺术与戏剧艺术统一体的活生生的例子。②

东南亚的木偶戏也分大木偶戏和小木偶戏两种。

大木偶戏在泰国和缅甸的历史文献中都有记载。泰国大木偶戏约出现于吞武里王朝时期，曼谷王朝五世王1910年驾崩后便逐渐消失。③ 泰国的大木偶人很有特点：从头顶到脚底高约1米。木偶头用质地较轻的木头掏空制成，主角的面部雕成芒果形，头饰类似孔剧的人物头饰。只是多了个脖子，用来和身子插在一起。木偶的四肢凿了很多窟窿，用线穿起，线头从臀部穿出。所有的操作杆和操作线都用花纹布制成的长袋子套起来。木偶人的穿着也与孔剧人物相似。由于大木偶表演已经成为历史，所以无法探究其具体操作方法。从菩提寺、玉佛寺等寺庙的壁画中可以看到，大木偶由单人站着操作，为了让观众看得清楚，表演者也像大皮影艺人那样，将木偶举过头顶。只是舞台上要用薄薄的遮挡物来挡住表演者的身体。此外，曼谷王朝二世王所著的《罗摩颂》（Ramakien）剧本还提到，

---

① ［美］梅维恒：《绘画与表演》，北京：北京燕山出版社，2000年，第84—85页。
② ［美］梅维恒：《绘画与表演》，北京：北京燕山出版社，2000年，第88页。
③ 参见泰国艺术厅：《泰国艺术文化》第7册《曼谷王朝音乐舞蹈艺术》，1982年第2版，第135页。

大木偶的表演很像舞蹈。泰国的大木偶戏在不同的历史时期表演的剧目也不尽相同，但主要还是罗摩故事的片段。在三世王时期，大木偶表演需要两组器乐团、4名旁白和5名操纵木偶的演员。遗憾的是，缅甸的大木偶戏没有详尽的历史记载，只知道"在阿瓦王朝时期（1364—1555）就有大木偶和小木偶之分"，"良渊王朝他隆王在位时（1626—1648）在碑文中出现了'偶像舞'字样"。①

在东南亚，表演史诗故事的木偶戏中还是小木偶戏最著名。以罗摩故事为剧目的小木偶戏在缅甸、泰国、老挝、印度尼西亚、马来西亚等多数东南亚国家历来广为流行，大受欢迎。直至现代媒体逐渐发达之后才逐渐衰微，但目前依然作为民族传统表演艺术经常在一定的场合演出。

缅甸的木偶戏是世界闻名的。在缅甸，木偶戏也称"高戏"，而其他几种古典戏剧则称为"低戏"。缅甸木偶戏的主要剧目是罗摩故事和佛本生故事。其特点是，注重清唱，歌词优美，而且演技高超。据载，辛古王时代就专门设有戏曲官，负责组织宫廷的戏剧演出。当时的戏曲官首创了宫廷傀儡戏班。1777年2月，辛古王曾发布戏剧令，把戏剧分成低戏、高戏。高戏就是指表演罗摩故事的木偶戏。戏班有28个木偶人表演，近代已发展到30个以上。因此，木偶戏也称"群偶戏"。木偶艺人操纵木偶人身上的13根提线，使木偶人身体的各部关节通过提线可以自由活动。当木偶模仿真人舞蹈时，不仅身体的造型能得以强调，而且关节的屈伸也比真人灵活。这种舞蹈的舞姿显得更加妩媚，舞步更加洒脱。

罗摩歌舞剧是东南亚史诗戏剧的主要类型。它不仅是东南亚表演艺术的精粹，也堪称世界艺术宝库中的珍品。东南亚的罗摩歌舞剧不像西方戏剧那样，话剧就是话剧，舞剧就是舞剧，歌剧就是歌剧。而是融吟诵、道白、歌唱、音乐和舞蹈为一炉的综合性舞台表演艺术。它也不像西方戏剧那样重在戏剧情节，而是重在舞台动作的展示。比如，印度尼西亚的传统神猴歌舞剧，实际上是一种多维表演艺术的舞剧，这种舞剧要求有很复杂的韵律技巧和音乐形式，同时要有优雅的舞蹈动作和漂亮的戏装。表演时常常夹杂着即兴创作的唱曲和诗句。又如马来西亚的玛雍剧（Mak Yong）、柬埔寨的考尔剧（Khaol）、泰国的孔剧（Khon）、老挝的洛坤剧（Lakhon）和缅甸的罗摩歌舞剧都是边说，边唱，边舞，剧中大部分情节都是用舞蹈动作表现的，剧中人物之间以吟咏诗句的形式进行对话。有时先介绍剧情，后表演舞剧。吟诗和演唱任务或由剧中人物或由幕后的歌唱者担任。

---

① 参见［缅］貌登乃：《缅甸木偶戏》，文学官出版社，1971年。

某些场景中也加入群舞。由乐队演奏序曲或人物动作的配曲。上述几个半岛国家的罗摩歌舞剧一般由男人担任角色，所扮演的男性角色要戴面具，而女性角色则要戴头套，因此又叫"面具舞"。

东南亚国家的罗摩歌舞剧与皮影戏和木偶戏的发展有着密切的传承关系。例如，柬埔寨的考尔剧不仅在表演剧目和表演内容上与大皮影戏相同，而且对白和乐曲也大体相似。同样，泰国皮影戏的艺术精髓早已渗入孔剧之中，孔剧也借鉴了大皮影的表演艺术，直到今天，依然在独放异彩。此外，缅甸的舞蹈常规舞步动作的定型化与提线木偶的操作也有一定关系。如演员在台上的行进步伐，不论向前和向后，腿和手都必须自下而上，再自上而下，如同提线的一张一弛。又如舞姿静止时上身前俯、翘首、飞臂、扬足等，也都是用来显示木偶的技巧。①

通过仔细观察和比较便会发现，东南亚各国的史诗戏剧，无论是影戏、偶戏，还是歌舞剧，相互间都有频繁的交流和直接的影响，而且都与印度的某些戏剧有着诸多的亲缘关系。②

三、东南亚史诗表演艺术的几个特点

东南亚史诗表演艺术在其千百年的发展和繁荣过程中形成了自己的特点：

首先是史诗戏剧与史诗、宗教的三位一体性。东南亚的史诗戏剧在不同的国家有不同的表演方式。如印度尼西亚的古典皮影戏、人偶戏（Wayang Wang），马来西亚的吉兰丹皮影戏、玛雍戏，泰国的孔剧、大皮影戏，柬埔寨的考尔剧、大皮影戏，缅甸的木偶戏，老挝的洛坤剧等，有史以来这些戏剧大都专门或主要以两大史诗故事为题材。其原因首先是东南亚同时或先后接受了印度教、两大史诗和取材于两大史诗的印度戏剧的影响。因为印度戏剧在产生和发展的过程中，与两大史诗密切相关，梵语戏剧始终保持取材于两大史诗的传统。③ 也就是说，两大史诗是印度教的经典，同时又是梵语戏剧的主要题材，印度教、史诗和史诗戏剧三者是密不可分的，是三位一体的。所以，有理由说，东南亚早期国家在接受婆罗门教和印度教的同时，也接受了其宗教经典两大史诗和以其为题材的戏剧表

---

① 参见于海燕：《东方舞苑花絮》，北京：世界知识出版社，1985年，第140—142页。
② 参见张玉安、裴晓睿：《印度的罗摩故事与东南亚文学》（第六章），北京：北京大学出版社，2005年。
③ 黄宝生：《印度古典诗学》，北京：北京大学出版社，1999年，第9页。

演艺术。因此，很自然，东南亚的戏剧表演艺术便带有明显的宗教性，或称神圣性。尽管公元11世纪至13世纪以后，半岛国家和海岛国家主体民族的宗教信仰发生了变化，然而由于史诗文本也随之适应了新的宗教教义，所以史诗戏剧与宗教信仰依然密不可分。例如，戏剧开场前的拜神仪式，视皮影人或木偶人为另一个世界的神灵，认为皮影艺人或木偶艺人是人类和天神之间的精神中介，皮影戏和木偶戏具有娱神、赎罪和驱邪祓魔的功能等等，这些都以多种形式在史诗戏剧的表演前后和表演过程中表现出来。印度古典舞六大派系中最古老的舞派卡塔卡利舞（Kathakali），与东南亚的罗摩舞剧十分相似。几千年来，卡塔卡利舞剧之所以依然保持其昔日的规范和风采，与宗教仪式不可缺少舞蹈不无关系。可以说，是信仰的力量使之世代相传和昌盛繁荣。同样，东南亚的史诗戏剧与史诗、宗教的三位一体性是印度两大史诗在东南亚广远传播的首要原因。

第二个特点是史诗戏剧表演具有程式化。所谓戏剧表演的程式化，简单地说，就是"把复杂的人和社会生活中的语言、行为、思想、感情等，加以分类，用类型化的、规范化的、成套的语言、动作和旋律来表示这些分类"。[①] 或者"是作家和演员与观众之间的一种共同默契，一种共同的符号。作家和演员，通过它们来反映当代的或历史时代的生活；观众通过它们来理解舞台上的生活"。[②] 从美学角度说，戏剧表演的程式化不追求写实和逼真，而讲究和突出舞台和表演程式的形式美。爪哇的神猴歌舞剧在音乐演奏、情节安排和演出结构等方面都有严格的规定。如全剧分四幕，每幕又分前半场和后半场。每幕前半场演出结构都是由介绍剧情、前奏歌曲（男歌咏组演唱）、吟诵解说（由男演员担任，并伴有音乐）、韵体诗对白（新乐曲和锣声伴奏）等组成。又如马来西亚的吉兰丹皮影戏把剧中人物的声音分四类：王子和女人为一类，艺人用鼻音，带女子气；二是猴子勇士和罗刹将士为一类，艺人用粗犷的男子声音模仿；三是仙人，用老年男子声音；四是爪哇式的半神丑角，用蹩脚的爪哇口音。当你听某一人物讲话时，便可以识别他属于哪一类角色。泰国孔剧的面具根据人物的身份和特点大致分王子、猴子和罗刹三种；各类面具的颜色都有规定，如罗摩是墨绿色的，罗什曼那是金黄色的，设睹卢衹那是紫红色，而婆罗多是大红色。孔剧的基本手势大致有十余种，表达三种类型的动作意义；而孔剧最典型的六十八式舞姿已发展为具有

[①] 孟昭毅：《东方戏剧美学》，北京：经济日报出版社，1997年，第75页。
[②] 焦菊隐：《戏剧论文集》，上海：上海文艺出版社，1979年，第252页。

高度概括能力的约定俗成和程式规范。

印度的卡塔卡利舞与泰国的孔剧、柬埔寨考尔剧以及缅甸的罗摩舞剧相比，有很多相似之处，如主要依赖程式化形体动作、服饰、化装等手段，来帮助观众理解故事内容。但是卡塔卡利舞的程式规定更为复杂，如具有规定性的表演姿态就有 500 余种之多。人物分七种基本形态，各有其服饰及化装。

东南亚罗摩剧的程式化充分地显示了它的某些民间戏剧性质。民间戏剧的特点主要不是个性的，而是类型的，即众多传承因素汇合成一个民族文化丛作类型传递。东南亚的史诗戏剧多半以口传形式流传，受传者根据群体的审美观念和价值取向随时参与作品的修改和再创作，这样经过世世代代的传承和不同地域的流变，便自然形成了便于记忆、便于模仿的具有民族特色的程式化戏剧。

特点之三是，宫廷与民间的互动表演使东南亚的史诗戏剧具有强大的生命力。印度的史诗戏剧传入东南亚，首先由王室组织翻译和改编，并在宫廷中的重要仪式上和节庆时演出，而后或同时在民间广为普及。在泰国，孔剧专门有"宫廷孔剧"一类。曼谷王朝二世王亲自组织编写剧本《罗摩颂》，亲手雕刻木偶；六世王甚至亲自参加罗摩戏剧的演出。缅甸辛古王时代就专门设有戏曲官，负责组织宫廷的戏剧演出，并首创了宫廷傀儡戏班。从辛古王以后缅甸历届国王都非常重视表演罗摩歌舞剧。印度尼西亚日惹阿莽古·布沃诺七世苏丹从小就是舞蹈演员，扎科拉奈加拉王子亲自编写的神猴歌舞剧，并为它谱曲。在宫廷中演出的同时，在这些国家里，以已经地方化的印度两大史诗故事为剧目的戏剧，不论是皮影戏、木偶戏，还是歌舞剧，在民间也极为普及。在 20 世纪七八十年代以前，爪哇的农村一般都有自己的皮影戏团。在巴厘，几乎在每一个农村都有自己的罗摩人偶戏的表演团体。巴厘的村民既是舞剧的表演者、观众、评论者，也是舞剧的编导。巴厘人用口耳相传的形式把罗摩故事从一个村传到另一个村，每一次演出都是一次再创编。这使巴厘的罗摩人偶戏有更广泛的群众性，因而更具强大的生命力。这与上述第一个特点，即史诗戏剧与史诗、宗教的三位一体性是密切相关的。不难理解，两大史诗所宣扬的宗教和道德理念，以及践行这些理念的典型形象，都是这些国家教育国民，以实现国家繁荣昌盛所需要的，甚至是所渴求的。因而这些国家的国王、苏丹以及政府首脑对史诗戏剧的推广也自然会十分重视。加之两大史诗的艺术魅力和其中所蕴含诸多普世价值，史诗戏剧便成为民众所喜欢的自我教育和自我娱乐的形式。

由此可见，印度的史诗戏剧或史诗表演艺术能够在东南亚世代相传，成为东南亚国家民族表演艺术的瑰宝，如果没有宫廷（政府）与民间的良好的互动，是难以想象的。

最后，值得强调和关注的是：多年来，东南亚国家一直坚持一年一度的罗摩戏剧会演，并定期举行《罗摩衍那》国际学术研讨会。在东南亚多数国家中，两大史诗，尤其是《罗摩衍那》，依然具有旺盛的生命力，至今仍是舞蹈、戏剧的主题和创作源泉之一，并以多种形式活跃于民间，对这些国家的音乐、雕刻和绘画等艺术的发展产生重要的影响。同时也被现代艺术家不断赋予新的生命。东南亚艺术发展的历史和现实证明，东南亚民族传统艺术的各个领域几乎没有与两大史诗不相关联的，史诗表演艺术的重要历史地位和历史作用是无可替代的。

作者简介

张玉安，北京大学东方文学研究中心教授、博士生导师。

世界文学视域中的莫言本土文化寓言[①]

方汉文 徐 文 邹 婷

2012 年诺贝尔文学奖给中国作家莫言的颁奖词中说道：莫言的创作中接受了美国小说家威廉·福克纳（William Faulkner，1897—1962）与拉美文学的加夫列尔·加西亚·马尔克斯（Gabriel José de la Concordia García Márquez，1927—）魔幻现实主义文学的影响，"将魔幻现实主义与民间故事、历史与当代社会融合在一起。"莫言也曾经谈起过自己对这两位作家接受。但同时也未可忽视，对于世界文学的接受，莫言自己说过要"逃离福克纳与马尔克斯""这两座高炉"。如果我们以一种整体性的观念来观察，正可以看出，两位作家对他的作用恰是他再建自己本土化视域的动因。无论从任何一个方面而言，莫言与世界文学的关联都是极为明显的，而且莫言获奖本身也已经标志着，中国文学的世界体系化已经成为一种历史事实，莫言的创作正是这种进程的一种符号。这也正是我们阐释莫言创作的起点，目前关于魔幻现实主义已经说得很多，而关于福克纳，这位可能在莫言创作中起过重大作用的人物则有更大的阐释空间，我们将从世界文学史的角度来切入这一话题，而"世界文学"正是莫言喜欢谈论的一种话语。

一、"文字的世界共和国"：逾越乡土文学

莫言说到自己的创作历程时曾经说过，他读到福克纳不断地写"自己家乡那块邮票般大小的地方"而最后"创造出自己的一个天地"[②]。他感到自己大受鼓

[①] 本文原载于《池州学院学报》2013 年第 1 期。
[②] 福克纳：《我弥留之际》，李文俊等译，桂林：漓江出版社，1990 年，第 462 页。

舞,他明白:自己应当高举"高密东北乡"这面旗帜①。他自己称"高密东北乡"是"巴掌大的地方",显然可以与福克纳的"约克纳帕塔法"相比。两人都是从一个偏远狭小的乡村来创造"自己的天地",这并不是一个现实的世界,而是一个"文学的王国",但是这个王国恰是来自于现实的世界。福克纳自称为虚构的"约克纳帕塔法"的主人,莫言也继承了福克纳的说法:"当然我就是开国的皇帝,所有的都是我的臣民,都要听从我的调遣指挥"。两人都曾自立为"文学王国"之主,这就具有一些波谲云诡之处了。这个王国既不是现实的,但又不是虚无的,它是主体创立的符号世界,这个世界是作者对"现存文学秩序的挑战",进入世界文学体系,是一个"文字的世界共和国"(La République mondiale des letters,The World Republic of Letter)② 这里只是表达其虚构性。"高密东北乡"与"约克纳帕塔法",已经成为世界文学而不是传统的"乡土文学"的"王国",它是马尔克斯的"马贡多镇",也是奈保尔特立尼达岛国的"印度部落",或是帕慕克笔下"伊斯坦的码头"或是沈从文的"边城",山药蛋派的窑洞或是白洋淀的芦苇。毫无疑问,从陶渊明的田园诗到巴尔扎克的"外省"、柳青的渭河岸边的村庄,这些伟大作家的乡土文学给世界留下最富贵的财富,但是在全球化时代中,世界文字共和国已经逾越了传统的乡土文学,这是一个世界体系的新创造。

这个"文学的世界共和国"有什么意义呢?

福克纳生于美国南方密西西比州新奥尔巴尼,他 5 岁时随家迁往不远的牛津镇,这里有一条名为"约克纳帕塔法"的小河,印第安语"静静流过平原的小河",他的小说也名为"约克纳帕塔法世系"。(Yorknapatwpha, Lafayette County, North Mississipi, 19 部长篇中有 15 部以此地为名,自称为 saga 即欧洲中古史诗"萨迦"),他还杜撰了"密西西比州约克纳帕塔法县杰弗逊镇的地图"(在《押沙龙!押沙龙!》一书的前言中)。说这个镇有 2400 平方英里,人口中有白人 6298 人,黑人 9313 人,威廉·福克纳是这里唯一的主人,包括了镇区、郊区、种植园和森林。从时间上是自 1800 年到第二次世界大战结束,时间是 150 年间。其中有名有姓的人物有 600 人。这个世界是以密西西比为中心的美国南方的虚构世界。而这一段时期里,虽然美国已经成为世界头号强国,但是美国南方长期处

---

① 莫言:《说说福克纳这个老头儿》,当代作家评论,1992 年第 5 期,第 63—97 页。

② Pasacale Casanova. Literarure, Nation, and Politics[M]//in The Princeton Sourcebook in Comparative Literature From the European Enlightenment to the Global Present. Princeton and Oxford: Priceton Unversity Press,2009,p. 339.

于经济落后,农权制度为社会基础,种族压迫盛行的状况中。所以这是一个没落的王国,一个即将灭亡的世界。福克纳的小说中是这个世界的挽歌,既愤懑又悲哀,爱与恨如同冰炭难容,却又奇妙地交织在一起。这个小镇在文学共和国存在的,美国评论家认为:

> 以其创作才能和建构一个想象中的世界,这个世界要比每天的现实生活的世界更易为人们所接受,从以上意义而论,福克纳在现代文学中可谓罕有其匹①。

这个世界并不是美国式的浪漫主义的乡土文学,因为其中的美轮美奂的田园风光不过是美化的现实,而不是真正的想象。这种文学在美国传统中相当普遍,美国惠特曼的诗《草叶集》中写美国自然之美、马克·吐温的随笔《密西西比河上》是南方风光最优美的图像,甚至在《飘》这个的南方庄园作品中,仍然有着南方庄园所特有的秀丽风光与温馨的庄园生活与大家族的传统封闭的生活的颂歌。但是在《喧嚣与骚动》中真正颠覆了这种图像:康普生家族曾经是优秀人才辈出的庄园主,现在沦落为寄生食利者、淫佚、放荡、乱伦、盗窃的败德的一代。

在中国作家莫言的小说叙事中,齐鲁大地深厚的神话传说、《聊斋志异》的叙事模式,使他具有"独布尔的街区",而不再是马克·吐温的"密西西比河特的民族想象力空间与挥洒自如的历史叙事话语",当然,也必然成为他再建个性话语的依据。莫言的高密东北乡里,《红高粱》里的人物充满原始欲望,无边缘的高粱地如美国南方的甘蔗田,封建伦理在这里被野合的情欲所取代,嗜杀、复仇、剥皮的血腥味的残暴是这个世界的主色调。如果说福克纳的"约克纳帕塔法"是西方的基督教的"原罪"与人类文明之间的对立,那么,莫言的"高密东北乡"则是中国几千年被压抑的原始欲望与法西斯军队暴力侵略之间的生死决斗。在第二次世界大战的东方主战场上,中国农民抵抗与斗争,是一曲宏大的叙事,在莫言的文本中,通过一种对现实文本符号体系的挑战,推动了中国小说叙事的进展。

这种斗争并不是田园风光的图景,而是一种世界文学的母题在全球化时代的再现。福克纳《喧哗与骚动》的母题是耶稣受难周,故事发生的三个日期分别是

---

① Edited by George Perkins. The American Traditon in Literature: Vol 2[M]. New York: McGRW-Hill Publishing Company, 2002, p. 1206.

基督受难日、复活节前和复活节。故事与时间相对称，形成反讽关系。1910年昆丁自杀日是圣体节的第8天，昆丁以自己来对妹妹进行救赎。复活节是耶稣说的"你们要彼此相爱"，恰形成对比，小昆丁此日出走。中国文化主体不是宗教，而是封建礼教，因此在高密东北乡，狂野的余占鳌与戴凤莲的自由结合，罗汉大爷的反抗，所凝聚的原始生命力表征与日本侵略者的残暴之间的斗争，同样构成尖锐的冲突。福克纳的宗教象征母题、莫言的封建文化母题，都是逾越传统的田园生活甚至乡土文学母题的，是从世界文学的比对中来"寻根"或是"写实主义"等，这是一种世界体系性视域。

二、精神分析的暴力性欲：反文明的抗争

肉体残酷暴力与"倒错性欲"的结合是福克纳小说的一种重要母题，《圣堂》中的波普尔性无能，并且因此性情残暴，而成为匪徒的首领，杀警察、虐待女学生谭波尔，这部美国名著处处可见精神分析的"倒错性欲"，就是因性障碍而转向报复与折磨。《押沙龙！押沙龙》中，查尔斯·邦对同父异母妹妹朱迪丝的乱伦之恋，亨利为避免丑闻而杀兄。处处有这种描绘。

这也是莫言小说的心理分析语言，说到自己的创作时，莫言说："《丰乳肥臀》是我的最为沉重的作品，还是那句老话，你可以不看我所有的作品，但你如果要了解我，应该看我的《丰乳肥臀》"[①] 莫言自己说到："上官金童的恋乳症，实际上是一种'老小孩'心态，是一种精神上的侏儒症"[②]。而且莫言还多次说到自己就有这种恋乳癖。早在上个世纪初期，弗洛伊德在谈到心理分析的精神病类型时就指出，恋乳癖、恋脚癖等，以男女人体的某一部位作为贪恋对象，属于精神病的一种。这种病态的情结还可能扩大为对手绢、内衣或是其他物品的病态亲近。当然，弗洛伊德还发挥道，写作就是一种白日梦。文学作品中的象征与梦中的象征是一样的，都具有性别象征的特性，如宝塔刀枪象征男性；花朵、水池等象征女性[③]。莫言说过，恋乳癖也是一种文学的象征，这正合弗洛伊德的理论。

---

① 莫言、王尧：从《红高粱》到《檀香刑》，载《当代作家评论》2002年第1期，第19—21页。

② 莫言、王尧：从《红高粱》到《檀香刑》，载《当代作家评论》2002年第1期，第19—21页。

③ 方汉文：《西方文艺心理学史》，西安：陕西人民出版社，1999年，第351页。

当然在《蛙》等小说中，莫言将青蛙作为一种象征，其实也是一种女性的象征，青蛙与女娲相关联，女娲造人是多子多福，蛙是高密东北乡人图腾。这部小说从妇科大夫的视域来审视历史现象，主角是一个计划生育干部，她一生的是非与堕胎的多少成为正比，这样的生活经历可想而知。所以晚年因为忏悔而成为一个捏泥娃娃的人。而弗洛伊德的理论中图腾恰是一种历史文化心理的积淀，民族图腾是民族心理的象征。如果从这一意义上，那么作为一个传统文化的中国的多子多福观念在这里至少是一种审美意义的批判，而且是一种植根于文化传统的否定。这正是一种世界体系图景，中国是大人文主义的故乡，从六经中就存在的人文主义直到宋明理学中发展到顶峰，而且曾经在18世纪以后影响到美国，美国的《瓦尔登湖》等作品中都受到过人文主义理想的影响。

  莫言小说一直沉浸在一种暴力揭露的激情之中，《红高粱》中剥人皮、《檀香刑》中的残暴酷刑，他的作品中充斥着对生殖器、肛门、屎尿、经血、凌迟、剥皮等丑陋意象、场面的堆砌，同时又有大量泛滥的病态性欲。有批评家已经看到莫言主体心理的扭曲，莫言自己也不讳言。这其实是无可指责的，因为莫言叙述的是一种文化，一种导致了这种心理变态的文化语境，小说多是历史时态，是封建与半封建和半殖民地的中国社会，所以这是对社会暴力与心理的批判。如果说到第三世界的民族寓言，这可能是一个醒目的例证。关于第三世界的民族寓言，詹姆逊曾作出这样的论述："第三世界的文本，甚至那些看起来好像是关于个人和利比多趋力的文本，总是以民族寓言的形式来投射一种政治：关于个人命运的故事包含着第三世界的大众文化和社会受到冲击的寓言。"（《处于跨国资本主义时代的第三世界文学》）《红高粱》对"我爷爷"、"我奶奶"故事的原生态描述揭示出我们民族的生命意识和农民的文化心理，《酒国》以寓言的形式揭示了饮食文化畸形发展所导致的社会的腐败与人性的堕落，《檀香刑》由中国乡村为背景的惨烈叙事所引发的思考，《生死疲劳》将荒诞叙事与家族历史的叙述相结合对人性发起了深刻的叩问，《蛙》采用书信与话剧结合的叙述方式对中国乡村半个世纪的计划生育史进行了反思。从20世纪80年代的《红高粱家族》，到诺贝尔获奖作品《蛙》，莫言在不断探索个人的叙述模式的同时，也表达出自己对人性、对历史、对社会、对文化的拷问与思索。而这些来自"第三世界的民族寓言"的文本实质上都是以本土文化寓言为主体而建构起来的。也正因如此，莫言小说虽然受到了福克纳和马尔克斯的影响，最终却依然表现出颇具齐鲁神话色彩的个性化的特点。以个人的独特经验反映所生活的那个时代和社会，在大的空间语境中，这就是所谓的"世界文学"。

三、大家族叙事的终结者

莫言的大家族可以扩散到整个高密东北乡，这里其实就是一个半殖民地半封建的大家族。作者的小家族谱系是核心，采用了"我奶奶"、"我爷爷""我父亲"等称呼，创造出一种家族成员为中心的叙事模式。如莫言自己所说，这是他的一个创造。

这种大家族叙事历来是文学母题之一，包括中国《红楼梦》、法国左拉的《鲁贡—玛卡尔家族》、英国约翰·高尔斯华绥的《福赛特世家》（三部曲）、德国托马斯·曼《布登勃洛克一家》等类似同类作品历久不衰。但是在这个历史锁链中，福克纳有自己的独特写法，他一反这类小说宏大历史叙事模式，写出家族神话的新篇章。广义的"神话"（Myth）用法国批评家罗兰·巴尔特的观点来说，其实是一种有意指的符号体系，它可超越时空的界限成为后世精神指向的坐标，如嫦娥奔月，刑天无首等。《押沙龙！押沙龙！》出于《圣经》，大卫对于自己的爱子押沙龙因为阴谋篡位而被杀死，这是一个父子反目，兄弟阋墙，命运不可违背的母题。福克纳表达种族仇恨与道德沦丧毁灭家族的思想，白人少年托马斯·塞德潘出身贫寒，通过自我奋斗成为西印度群岛的庄园主，却意外发现妻子有黑人血统，打破了他跻身上流社会的梦想。他遗弃了妻儿，带着一群黑人奴隶来到密西西比来创业，在约克纳帕塔法成功建立庄园"塞德潘百里地"。他再娶富商之女，生下儿子亨利和女儿朱迪丝。但在南北战争期间，前妻的儿子查尔斯·邦爱上了同父异母的妹妹朱迪丝，亨利杀死邦。而战争后归来的塞德潘重建家业失败，酗酒堕落，与穷白人琼斯的外孙女发生关系，被琼斯杀死。亨利多年流浪后回归，一把火烧了"塞德潘百里地"，家族宏业成为"白茫茫一片大地真干净"。

这个主题在《红高粱》中，血红的高粱地取代了南方的甘蔗林，演变为余占鳌到戴凤莲到叙述者的家族的仇杀与抗争，先是余占鳌杀了戴凤莲的合法丈夫，在与侵略者的殊死斗争中，红高粱如血海。"我奶奶用烧酒洗脸，""三百多个乡亲陈尸高粱地，流出的鲜血把高粱下的黑土泡成稀泥。"最后是神话的再现："我奶奶飘然而起，跟着鸽子，划动新生的羽翼，轻盈地旋转。"而爷爷辈的好汉们敢爱敢恨的形象与后世子孙如作为陪衬的"我"与14岁的父亲形成对比，产生大家族终结的必然结论，用莎士比亚《哈姆雷特》最后一句话来说：

"此外，唯余寂寞。(the rest is silence!)"

这也是大家族叙事的最终结果。

莫言的叙事历来是一种家族世系，《透明的红萝卜》、《枯河》、《欢乐》《蛙》等不同长短的小说，全都是家族叙事模式，而且都是这些家族的悲剧命运，这就终结了传统的大家族世代兴旺或是家族内部姑嫂斗法式的历史，甚至作者让《蛙》中的姑姑出场，这个八路军神医的后代，成为计划生育干部后，严厉对待一切超生，在辱骂声中忏悔自己的一生，以一种历史的必然性指出其在新语境下的必然灭亡。《爆炸》中的"我"在产房外听到产妇凄惨的叫声，引起的是无意识活动：自己推重车上山，太阳绕着我飞行，飞行员把一块奶糖吐到玻璃窗上，引来三只红头绿苍蝇。福克纳是20世纪四大意识流作家之一，这种描写很容易令人想起这位美国作家的描写。但是莫言对意识流与神话的叙说却明显地带有齐鲁神话的特点。

莫言的家乡高密古代属于齐国，变革开放、多元务实的齐文化使齐地的神话传说带有了喜虚荣夸诞、崇尚魔幻色彩的"自由反叛"与"灵异想象"之特点。莫言极其崇拜的蒲松龄和他的《聊斋志异》也是在这种文化背景下产生的。莫言曾表达过对家乡的齐鲁神话的熟稔与崇敬："我的故乡离蒲松龄的故乡三百里，我们那儿妖魔鬼怪的故事也特别发达。许多故事与《聊斋》的故事大同小异。"[①]这些"鬼狐花妖"、"灵异叙事"的齐鲁神话故事对莫言的影响是潜移默化的，它使莫言明白文学的奥妙在于无法之法，"好的小说就像幽灵一样"，"它像一团火滚来滚去，它像一股水涌来涌去，它像一只遍体辉煌的大鸟飞来飞去"[②]。《红高粱》中，"在海一样的蓝天里翱翔"的鸽子成为中华民族渴望生命、渴望自由的象征，"野合"成为反叛封建、追求幸福的象征，红高粱酒则成为敢恨敢爱的自由精神的象征。《檀香刑》中，莫言将家乡的真实事件与"高密东北乡"浓郁的风土民情结合在一起，高密的地方戏"猫腔"不仅成为文本的结构线索，并且被赋予了如同生命血肉一样的神奇的魔力。《生死疲劳》中的六道轮回与动物的叙述视角，将马尔克斯的荒诞叙事与家族历史小说有机地融合在一起。与马尔克斯相比，莫言的荒诞叙事中所包含的更多的是以其家乡的齐鲁神话积淀而成的中国

---

① 莫言：《超越故乡·莫言文集·小说的气味》，北京：当代世界出版社，2004年。
② 莫言：《旧"创作谈"批判·莫言文集·小说的气味》，北京：当代世界出版社，2004年，第286—293页。

传统文化意识。而他作品中的神话与意识流叙事则成为其具有本土文化无意识的寓言模式。这种模式是莫言所创造的个人的叙述模式,它不同于西方的叙事学。

莫言在《文学·民族·世界——莫言、李比英雄对话录》中曾经说过:"最初阶段的模仿或者说学习,不但是不可避免的,而且是绝对必要的,当人们不再满足于模仿时,便会调动起个人生活资源和民族文化资源。"由此可见,"依靠外来的刺激,可以使自身的要素呈现出鲜明的轮廓"①。

四、通向"世界文学史"的桥梁

莫言自己对福克纳和马尔克斯的态度是"逃离",把他们看成是巨大熔炉,担心自己被伟大作家所烘烤而失去自我。这是所谓"影响的焦虑",担心自己的创作会在前人伟大作家的影响下失去创造性。

事实正如他所实践,莫言从福克纳的创作中虽然获取了极大的教益,这种教益最大的意义就是使莫言走向世界文学体系,莫言的创作是中国作家自觉的"世界意识"觉醒的标志,而促使这一觉醒的,当然是明末以来东西方文学文化近400年交流历史,正如《东西方文学史》一书中指出:

> 所以说,世界文学其实自古以来就存在,它是世界民族的审美与存在意识的物化形态,它是差异性的一种表现。世界文学,就是各自独立发展的民族文学,世界文学也是各个民族文明的一个统一体,因为它们都是文学。文学并不因为具有不同的语言与文体就不存在了,世界文学的存在正因为有不同的语言与文体,有不同的创造方式。这一点直到今天很多人还不清楚,一些著名的学者在批评"世界文学"这个观念时问:世界文学是什么语言的文学?我们回答说:世界文学并不是某一种语言的文学,而是多种语言的文学。因为文学并不是只有某一种语言的文学,多种语言的文学或是说各有自己语言的文学,仍然是文学②。

以世界文学史的观念来看,莫言虽然借鉴了西方或是拉美文学,但并不是其

---

① 莫言、[日]李比英雄:《文学·民族·世界——莫言、李比英雄对话录》,小园晃司译,博览群书,2006年第7期,第4—13页。

② 方汉文:《东西方比较文学史》(导言),北京:北京大学出版社,2005年,第5页。

文学的模仿者，他从福克纳所受到的母题观念启发包括"文学共和国"的地缘学想象、暴力性精神分析与大家族终结式叙事，都是事实，而莫言的文学话语是中国本土化的，是将西方的艺术观念为"本我"所利用，他创造了自己的文学王国，高密东北乡是中国化的文学源泉。

"真正意义上的文学还是人类的文学，所描写的是人类所共通的、普遍性的内容。因此，真正的文学，应当是超越民族、国家的。然而，文学中有些部分是被强烈的民族主义、国家主义所限定的。我想，这种现象在中国、日本、韩国或其他一些国家的文学中应该都是存在的。在文学中吸收民族主义、国家主义因素，这一行为本身并不是完全错误的。但是，被禁锢在狭隘民族主义、国家主义中的作品，就是一种毒害了。文学作品的写作技巧、内容、语言，可以是某一国家、民族的，但是在更深的层次上，在思想、哲学层面上，应该是超国家、民族，甚至是超阶级的，应该面向全人类共通的课题"[①]。在此基础上形成我们自己的风格，什么是我们的风格？"我想那就是由我们的民族习惯、民族心理、民族语言、民族历史、民族情感所构成的我们自己的丰富生活，以及用自己的独特感受表现和反映这生活的作品"[②]。

这里我们顺便说一下所谓莫言《红高粱》等小说所带来的中国文化的否定影响，特别是从电影《红高粱》发行以来，西方以其中"粗俗"描写对莫言进行批评，国内也对其中的残酷描写、丑化中国文化，对其"东方主义"的立场质疑。

西方的"东方学"观念在世界文学中仍然有巨大影响，甚至有人会从这种立场来解释诺贝尔文学奖的取向，将其看成是对莫言或是其他一些作家模仿西方文学，暴露中国文化丑陋面的手段。更有相当多的人写了大量以女人的小脚、鸦片烟或是拖着"猪尾巴"辫子的中国人的小说，这种作品仍然流行欧美的部分阅读层面。

但是莫言不是"东方主义者"，更不是中国人和中华文明的丑化者。"高密东北乡"并不能与现实中的高密县认同，这是文学共和国，对它的暴露与赞美相结合，爱之深者所以恨之痛，莫言热爱的这片"传说"中与现实中的土地，他是通过对这片土地的爱与恨走向了世界的，这是他的使命所在，一旦脱离这里，他就

[①] 莫言、[日]李比英雄：《文学·民族·世界——莫言、李比英雄对话录》，小园晃司译，博览群书，2006年第7期，第4—13页。

[②] 莫言：《影响的焦虑》，载《当代作家评论》2009年第1期，第10—15页。

失去了自我，没有莫言可以，但是没有现实与传说中的高密乡是不可能的。同样的道理使用于福克纳，约克纳帕塔法属于福克纳的王国，他虽然矛盾的心理来暴露这里，却不是以诋毁这个文学共和国的现实以追求个人的目标。

这就是世界文学史上批判性寓言的奥秘，20世纪初期美国批评家埃特蒙德·威尔逊（Edmund Wilson）的《创伤和弓箭》（*The Wound and the Bow*）中曾经引用希腊神话的一则故事，特洛伊战争中，英雄菲洛克忒忒斯腿上受了重伤，伤口溃烂后，臭气逼人，他被奥德修斯遗弃在雷姆诺斯岛，希腊人久攻城不下，预言家说只有得到菲洛克忒忒斯的神箭才可能破城。于是奥狄修斯只好来用计骗回菲洛克忒忒斯，他用神箭射死帕里斯，为取胜奠定了基础。文学作品如同神箭，虽然射手有恶疾，却有它的独特功能，离此不能取得胜利。利用文本中的有缺陷的描绘，正可以发挥弓箭的作用，最后取得胜利。

最后必须说到，福克纳是莫言走向世界的桥梁，而不是阻碍莫言自我创造的巨大阴影，使他在这片阴影下为前人的影响而焦虑。而正是通过福克纳，莫言走向了世界文学体系，以中国话语成为世界体系的构成，这就是莫言的意义所在。

作者简介

方汉文，苏州大学文学院教授、博士生导师，文学博士。

徐文，苏州大学文学院在读博士生。

邹婷，苏州职业大学中文系讲师，文学博士。

戏剧行动与完美假象①
——司汤达的莎士比亚戏剧美学观

李伟民

在法国的浪漫主义文学运动中,司汤达被誉为"浪漫主义的第一名旗手"②,而莎士比亚也是浪漫派一面永不落幕的旗帜。"浪漫主义是对法国十七世纪新古典主义的'反抗'",③浪漫派文学批评和美学主张的一个突出特点就是把莎士比亚的创作原则尊为神圣的楷模,因此"莎士比亚的戏剧是近代浪漫运动的一个很大的推动力"。④正如雅克·巴尊所说,"是浪漫主义的一代首先发现莎士比亚是近代至高的艺术家"。⑤ 这其中自然离不开"旗手"司汤达对莎士比亚创作美学原则的推崇。尽管,司汤达没有涉足戏剧创作,但这并不妨碍司汤达就古典主义戏剧与莎士比亚戏剧发表自己的美学主张,《拉辛与莎士比亚》就是在司汤达观看了莎剧以后,就莎剧的美学原则展开的与古典主义的论争,所以他的《拉辛与莎士比亚》也成为阐述其文学创作原则、美学主张、戏剧创作特点和莎学研究中的一部重要的理论著作。但是,长期以来在莎学研究中,对《拉辛与莎士比亚》的研究并不深入,只是在阐述司汤达的文学主张和论争时才提到它,缺乏从艺术批评角度深入分析《拉辛与莎士比亚》是如何阐释莎士比亚创作的美学原则的。由此,也造成了国内莎学界对司汤达的《拉辛与莎士比亚》认识的不足。

---

① 本文原载于《江南大学学报》(人文社科版)2013年第6期。
② 居斯塔夫·朗松:《司汤达》,许光华译,载《文艺理论研究》1984年第1期。
③ 朱光潜:《西方美学史》(下卷),北京:人民文学出版社,1983年,第722页。
④ 朱光潜:《西方美学史》(下卷),北京:人民文学出版社,1983年,第742页。
⑤ M. 雅洪托娃、M. 契尔涅维奇、A. 史泰因:《法国文学简史》,郭家申译,沈阳:辽宁教育出版社,1986年,第342页。

一

我们知道,虽然司汤达被认为是浪漫派的中坚人物,但是从总体上来说,他所持的文学批评、美学观点与我们通常所理解的浪漫派的文学主张、美学观点大异其趣,甚至,他是"讨厌浪漫主义"的。①司汤达认为自己的艺术任务在于"热情地刻画激情"。他讨厌浪漫主义的浮华风格,不喜欢复杂地修饰语、纷乱华丽的辞藻以及语意不清,玩弄比喻等手法。②因此,在文学批评领域和美学领域都认为,司汤达文艺批评和美学观点是属于现实主义的。他之所以成为浪漫派的"旗手"概因为他反对因袭古人,主张表现现实生活……他在现实主义的美学主张中称赞莎士比亚是浪漫主义者……以戏剧这面"镜子"反映了现实;他称之为"浪漫主义"。司汤达的浪漫主义非彼"浪漫主义",而是"现实主义"的美学原则,如果我们称之为浪漫主义的话,那它是有着历史主义的或现实主义关联的浪漫主义。③在司汤达看来,"法国古典戏剧就太不自然,太冷静,不能产生逼真的幻觉,引起深刻的情感,起戏剧所应起的教育作用。"④莎士比亚的创作的美学原则就是"真实反映生活的现实主义美学原则"。⑤正如司汤达所说;"对于我们生活于其中的世界的研究方法"和创作"为同时代人感兴趣的悲剧"的原则。具体来说,就是首先要像莎士比亚那样,敢于正视人生,面对现实,要有战士在战场作战那样的勇敢、不怕牺牲精神;再就是学习莎翁的善于揭示"人类心灵"的"激荡"。⑥作为"人类心灵的观察者",司汤达还认为,莎士比亚所以成为现实主义作家,不仅在于他的作品真实地反映了1590年英国内战所带来的流血灾难,展现了这些悲惨的场面,更主要的是在于作者以大量的细节,精致的描绘,再现了那个时期"人心"的"激荡"和"热情的最精细的变化",极大地打动了伊丽莎白女王臣民的心弦。⑦在司汤达那里浪漫主义就是我们现在所说的现实主义,

---

① 居斯塔夫·朗松:《司汤达》,许光华译,载《文艺理论研究》1984年第1期。
② M.雅洪托娃、M.契尔涅维奇、A.史泰因:《法国文学简史》,郭家申译,沈阳:辽宁教育出版社,1986年,第342页。
③ 张泗洋:《莎士比亚大词典》,北京:商务印书馆,2001年,第1152页。
④ 朱光潜:《西方美学史》(上卷),北京:人民文学出版社,1983年,第262页。
⑤ 许光华:《司汤达比较研究》,上海:华东师范大学出版社,1991年,第130页。
⑥ 许光华:《司汤达比较研究》,上海:华东师范大学出版社,1991年,第130页。
⑦ 许光华:《司汤达比较研究》,上海:华东师范大学出版社,1991年,第131页。

莎士比亚戏剧所代表的浪漫主义也是属于现实主义范畴的。

　　司汤达认为,现实主义的作品必然与时代的发展息息相关。而不是在创作上固守古典主义的美学原则,但也非浪漫主义的毫无节制。司汤达的《拉辛与莎士比亚》"其实是攻击新古典主义而维护浪漫主义的",但是他的美学落脚点却是现实主义。他实质上提出了一个关于时代的重要问题,不同时代人们的审美趣味的问题。他反复强调审美观念的变化要随着时代的变化而变化,总是将艺术放在一定历史条件下加以考虑,他早已看到资产阶级革命时代提出的新的美学与艺术要求。① 司汤达反复地指出,关于拉辛与莎士比亚的论争的中心是继续遵守"地点整一律和时间整一律",用亚历山大诗体出悲剧,还是突破这一束缚,写出时间经过几个月、地点不断变化的散文体悲剧的问题。尽管古典主义有其不可磨灭的历史功绩,但由于历史的演变和这种形式本身所存在的局限,它已无法表达十九世纪这样复杂多变的社会形势,远不及莎士比亚的现实主义创作原则更能反映如火如荼的十九世纪的现实。② 莎士比亚用"散文"写的结构宏伟的长篇巨著,在时空观念上都大大摆脱了古典主义"三一律"的束缚,适宜于"真实"地、历史地反映十九世纪人们的"激情"、"心灵活动"和错综复杂、变化无穷的"现代生活事件"。③ 司汤达既反对古典主义创作的"地点整一律和时间整一律",又厌恶浪漫主义的尖声嚎叫和无节制的抒发情感,这正是他的莎学主张区别于其他浪漫主义文学家与他们的美学观点的特征之一。相比于古典主义的美学原则和十九世纪的浪漫主义创作特点,司汤达所推崇的莎士比亚戏剧的审美,正是朴素、真切、生动、机趣、粗野、自然。④ 我们知道在戏剧中,"作家对人物形象的构思,只能通过人物自身的语言(对话、独白、旁白)体现出来。"⑤ 司汤达认为,通过这些人物在戏剧中呈现出来的语言要具有强烈的生活气息,哪怕是所谓粗言俗语,正是这些所谓"粗蛮"的语言,"使得莎翁的作品显得朴实生动、机智美妙,有着自然的光彩和真切之感。因此,他坚决反对将古典主义作家所诟病的村言俚

---

① 王道乾:《司汤达·拉辛与莎士比亚》译者前言,上海:世纪出版集团、上海人民出版社,2006 年,第 5 页。
② 许光华:《司汤达比较研究》,上海:华东师范大学出版社,1991 年,第 134 页。
③ 许光华:《司汤达比较研究》,上海:华东师范大学出版社,1991 年,第 134 页。
④ 许光华:《司汤达比较研究》,上海:华东师范大学出版社,1991 年,第 135 页。
⑤ 谭霈生:《论戏剧性》,北京:北京大学出版社,1984 年,第 9—10 页。

语排斥在文学作品之外,将老百姓的常用的词汇逐出文学庙堂。"① 司汤达认为"凡涉及精确描绘心灵活动"和"现代生活事件",要想取得悲剧效果,诗就不十分适用了。我们的新悲剧应该更加质朴。"质朴"是司汤达在美学观上区别于其他浪漫派美学主张的一个标志。同时,司汤达也为莎剧中的语言繁复,有过度修饰的特点,这种翻覆式的粗野是推动剧情、渲染感情、抓住观众注意力和获得戏剧效果的需要进行了辩护。司汤达认为,凡是莎士比亚过多运用文词修饰的时候,正是他感到要让他的粗野、勇敢多于纤细的观众懂得他的戏剧的某种情境的时刻。② 在他看来,这些戏剧语言并非仅仅是剧中人物一般心理活动内容的外现方式,还经常是作为揭示人物内心冲突的手段。③ 司汤达也继承了自柏拉图、亚里士多德以来一直延续到黑格尔的认识论文艺观,把文艺看作是对自然的模仿,"诗是理想的美的表达方式",从形式上说它有时需要省略、倒装、韵律,但是一句散文句子,如果它"完全真实、自然"地反映了现实和人们的心理状态,本身就是最"美"的表达方式。

二

司汤达在《拉辛与莎士比亚》中区别了诗与戏剧两种不同的文学形式在美学上的不同。他认为悲剧的美学特征首先在于,注重悲剧精神的体现,悲剧的冲突要惊心动魄,主人公在遭受痛苦时要通过戏剧的行动性表现出火山喷发式的生命激情,即通过紧张的情节,曲折的故事,扣人心弦的戏剧氛围,令人潸然泪下的情感跌宕建构悲剧美学。这些恰恰是诗歌所不具备的,或者说诗歌无法与戏剧特别是悲剧相媲美的。行动是西方戏剧的核心概念。戏剧人物在自觉行动时,明显处于主动地位,剧烈的行动必然会引发强烈的戏剧冲突。这种戏剧行动的关键之处是要求"戏剧要抓住行动而不要去直接表演情感",④ "通过模仿将生活中的言语行为、身体的动作等直接展现出来,而不是通过别人的口来叙述。这样可以使

---

① 许光华:《司汤达比较研究》,上海:华东师范大学出版社,1991 年,第 135 页。
② 司汤达:《拉辛与莎士比亚》,王道乾译,上海:世纪出版集团、上海人民出版社,2006 年,第 53 页。
③ 王道乾:《司汤达·拉辛与莎士比亚》译者前言,上海:世纪出版集团、上海人民出版社,2006 年,第 20 页。
④ 梁伯龙、李月:《戏剧表演基础》,北京:文化艺术出版社,2002 年,第 176 页。

情节显得直观，容易打动观众。"① 司汤达的戏剧美学观包含了这样的看法，在这种"浪漫主义"的戏剧样式中，首先应该让"思想和感情"，用一种"明朗"的方式表达出来，要让心理活动通过某种外在的动作表现出来，从而使戏剧效果凸显出来。这时，诗的含蓄性也就失去了作用，他说，在《麦克白》中，"真实"地描写出麦克白的心理状态，他内心的激烈斗争，《麦克白》第一幕第七景中，麦克白考虑谋杀的后果："要是干了，就完了；那么快些儿干了/倒也好。要是谋杀，单要他的命，到手了果实，却不招来任何后果——""一切的感官，我眼里总是看见你——刀口和刀柄上淌着一滴滴血呢，刚才却是没有的呀，没有这回事儿，是那个凶杀的念头把这一凶象/投进了我眼帘……"戏剧胜任了这一任务，形象地表现人的心理变化过程，正是戏剧的特长，"心灵的呼声拒绝人们采用诗的"倒装"句法，它本身就是最美的诗句。"② 而古典主义的悲剧更多地属于诗剧，它不以情节的紧张和引人入胜来吸引观众，而是注重磅礴的气势，华美的音韵，朗诵的技巧。古典主义悲剧在戏剧情节方面已不吸引人，它的人物形象人们已熟知，但它用诗剧的形式，演员朗诵的是华丽绚美的诗，所获得的快感，不是戏剧的快感……所以，司汤达认为，要获得戏剧的快感，必须得有不同于古典主义的戏剧（诗）的表现形式，其特征之一就是要表现戏剧行动，通过行动展现情感，而这正是莎士比亚戏剧或类似它的十九世纪戏剧才能产生这种戏剧的快感，使人涕哭和战栗的重要原因。这种戏剧效果的产生是诗或古典主义戏剧在美学上与莎士比亚戏剧的一个根本性的区别。这就是他所说的"戏剧的愉快"③ 莎士比亚的快感才是戏剧的快感。④ 这种戏剧的审美感同时与强烈的快感联结在一起并转化为审美愉悦。悲剧使接受主体随着悲剧人物一道经历痛苦的磨难，独特的审美愉悦就会从痛感中滋生出来一步步放大，悲剧的审美痛感转化为审美愉悦；喜剧的审美效应则造成主客体之间戏剧审美关系的"距离"与"超越"。司汤达显然是看到了莎士比亚戏剧中不同于古典主义戏剧的美学特征。无论是在喜剧还是

---

① 何辉斌：《戏剧性戏剧与抒情性戏剧——中西戏剧比较研究》，北京：中国社会科学出版社，2004 年，第 84 页。

② 许光华：《司汤达比较研究》，上海：华东师范大学出版社，1991 年，第 136 页。

③ 王道乾：《司汤达·拉辛与莎士比亚》译者前言，上海：世纪出版集团/上海人民出版社，2006 年，第 15 页。

④ 马家骏：《是批判现实主义的纲领、理论与宣言吗？——谈司汤达的《拉辛与莎士比亚》，载《龙岩师专学报（社会科学版）》1997 年第 1 期，第 70—72 页。

在悲剧中，戏剧表演融合了声调的轻重，真实准确的声音表达和真实准确的表情与动作表现。① 第一感人的是壮丽的悲剧，第二感人的是恐怖的悲剧。② 但无论哪一种悲剧都要通过行动获得或悲壮、或悲惨、或恐惧、或悲痛的戏剧的审美快感。什么是浪漫主义？——浪漫主义这种文学作品表现人民的习惯和宗教的现实状况，因此它们可能给人民以最大的愉快。古典主义恰好相反，它所提倡的文学则是他们的祖先以最大的愉快。③ 戏剧快感是一种强烈感情重要的那种制造假象的阶段。④ "完美的假象的这些愉快而又极其稀有的刹那，只能在演员唇枪舌剑，一场回肠荡气的戏的热烈气氛中遇到……在莎士比亚的悲剧里比在拉辛的悲剧里更经常见到。人在悲剧里感受到的任何快感，都有赖于假象的这些短暂的期间的频繁，和在它们的空当，它们在观众心里留下的感情的状态。"⑤ 司汤达看到了莎士比亚悲剧的美学意义。在强调悲剧人物个人情欲是其行为动机和情感来源而言，显示了司汤达独特的美学追求。把情欲这种个人意识的东西作为悲剧人物的情感特征和行动依据，正表现出了司汤达悲剧美学思想的现代性和超前性。

司汤达的美学原则还表现为戏剧要制造的是一种"完美的假象"。司汤达认为："假象"：就是以虚妄的外表欺骗我们的一件事或者一种想法的效果……舞台假象就是一个相信台上出现的事物真正存在的人的行动。观众看戏，注意力的中心是剧中的人物，是人物的性格，

是性格的发展，是人物独特的命运。"完美的假象"是给观众以愉快的刹那。悲剧感受的快感，有赖于审美感受的反复出现，而人物命运的跌宕起伏，给观众留下感情波澜的回旋往复。时刻把观众的注意力集中于洞察人物的性格特征和性格变化之中，以及因这种变化而产生的心理曲线波动，使观众在充满人生感悟和生活情趣的意境中获得心灵的震撼和艺术欣赏的喜悦。麦克佩斯所表现的这种人

---

① 雷翁·吉沙尔：《法国浪漫主义时期的音乐与文学》，温永红译，天津：百花文艺出版社，2004年，第293页。

② 雷翁·吉沙尔：《法国浪漫主义时期的音乐与文学》，温永红译，天津：百花文艺出版社，2004年，第294页。

③ 雷翁·吉沙尔：《法国浪漫主义时期的音乐与文学》，温永红译，天津：百花文艺出版社，2004年，第302页。

④ 李健吾：译后记，中国社会科学院外国文学研究所外国文学研究资料丛刊编辑委员会编，莎士比亚评论汇编（上），北京：中国社会科学出版社，1979年，第393页。

⑤ 李健吾：译后记，中国社会科学院外国文学研究所外国文学研究资料丛刊编辑委员会编，莎士比亚评论汇编（上），北京：中国社会科学出版社，1979年，第400页。

类心灵的热情变化就是诗人在人们面前最辉煌的展示。①司汤达认为，在莎士比亚的悲剧里比在拉辛的悲剧里这种完美的假象要多得多。这种悲剧里的完美假象实质上体现了悲剧主客体矛盾双方的任何一方都以对方作为自己存在的前提。在莎剧中"悲剧人物的生命激情与悲剧精神必须通过某种冲突形式才能显现出来"。②悲剧矛盾的激化导致个体生命的毁灭，表示一个生命活动的不可逆转阶段的结束，并通过"完美的假象"呈现出来，从而建构了悲剧的审美形态。司汤达提出的"完美的假象"是戏剧创作中的美学原则和莎士比亚悲剧创作的美学的特征之一，同时也是艺术欣赏与接受的理论。戏剧行动与完美的假象是司汤达戏剧美学观中的两个环节，没有戏剧行动难以达到完美的假象，有了戏剧行动才能够达到完美的假象，使观众达到如醉如痴的艺术审美境界，二者缺一不可。"完美"说明戏剧要摈弃冲突的表面力度、悬念的表面强度，而着力于人物性格的塑造和人物关系上的引人入胜。所以，我们认为，与其说司汤达说的浪漫主义的含义是现实主义，不如说浪漫主义在他的心目中是"现代主义"的意思。③司汤达这种具有现代主义特征的戏剧美学观说明，他在原有的柏拉图、亚里士多德的文艺是对自然的模仿的美学观上又前进了一步，即文艺既非"摹仿"也不是反映或再现，而是表现是创造，其表现的重心就是"自我"。这是在美学上是对传统的背离和反叛……是包含有现代主义特征的浪漫主义，在这个意义上，司汤达一举实现了在戏剧美学上对传统现实主义的艺术创新。司汤达的浪漫主义的核心，就是要求文学应该具有时代性和真实性的论述，与现实主义的基本原则是相一致的。司汤达以惊人的艺术直觉和卓越的审美判断向世人证明了莎剧蕴含的巨大美学价值而获得时代意义……其艺术直觉的超前性在某种程度上正契合了现代戏剧的美学追求。④浪漫主义等于现代主义的同义语……浪漫主义就是当今的现代主义，⑤

---

① 司汤达：《拉辛与莎士比亚》，王道乾译，上海：世纪出版集团、上海人民出版社，2006年，第54页。

② 佴荣本：《文艺美学范畴研究——论悲剧与喜剧》，南京：南京大学出版社，2002年，第38页。

③ 马家骏：《是批判现实主义的纲领、理论与宣言吗》?——谈司汤达的《拉辛与莎士比亚》，载《龙岩师专学报（社会科学版）》1997年第1期，第70—72页。

④ 谭雄：《写给未来的书简——论司汤达作品中的"现代"特征》，载《国外文学》1996年第2期。

⑤ 司汤达：《拉辛与莎士比亚》，李健吾译，中国社会科学院外国文学研究所外国文学研究资料丛刊编辑委员会编，莎士比亚评论汇编（上），北京：中国社会科学出版社，1979年，第405页。

在重视莎士比亚这一点上司汤达和雨果是相同的。司汤达认为"现代生活的复杂性不是诗句的整齐形式所能胜任得了的。对于司汤达而言，浪漫主义是走向生活……"①但莎剧的走向生活是在戏剧舞台上以戏剧行动制造出完美的假象。由这种现代主义的"完美的假象所形成的紧张感营造了一个敢于行动的主人公，并使其从共时的角度与别的力量发生冲突，从历时的角度使戏剧节奏不断处于激变之中，激变促使了戏剧冲突的展开，在内心冲突和外在冲突中，处于冲突中心的人面临艰难的抉择，充满了矛盾和斗争。"②哈姆莱特和李尔王都面临着决定生与死的矛盾和斗争中。从而形成令观众提心吊胆的悬念，在完美的假象中哈姆莱特和李尔王都成为以后时代阐释不尽的人物形象。

司汤达认为，古典主义的戏剧把舞台当作相对固定的空间，常常静态的再现舞台的时空，莎士比亚戏剧则把舞台当作流动或运动的空间，能够动态的再现舞台时空。这种动态的再现造成了莎剧的完美假象的瞬间比一般人设想的更为多见，③完美假象的这些短促的瞬间，在莎士比亚的悲剧中遇到的机会更多。戏剧上的假象是指一个人真的相信舞台上发生的事物存在这样一种行为。④如果要想达到这种完美假象的境界，就应该使戏剧情节快速展开，从事件即将爆发的重大变故的时候开始，通过人物的对话交代起因，创造出充满紧张感的戏剧，使观众进入这种完美假象之中。悲剧欣赏所带来的愉快，在于这种短促的完美假象瞬间经常出现，在于情绪状态，假象瞬间就在它们自己反复、断续出现过程中使观众的情感跟着剧情一起流动，心跟着人物的命运一起跳动。司汤达相信，悲剧演员想要欺骗观众的话，就得首先欺骗自己。必须相信在现实中自己扮演的角色。"观众在戏剧整个演出过程中只有在他们的习惯被触动的情况下才会有感染力。这就是我们在法国看莎士比亚戏剧演出时的情况。"⑤福斯塔夫在世界文学史上是

---

① 司汤达：《拉辛与莎士比亚》，李健吾译，中国社会科学院外国文学研究所外国文学研究资料丛刊编辑委员会编，莎士比亚评论汇编（上），北京：中国社会科学出版社，1979年，第405页。

② 何辉斌：《戏剧性戏剧与抒情性戏剧——中西戏剧比较研究》，北京：中国社会科学出版社，2004年，第154页。

③ 司汤达：《拉辛与莎士比亚》，王道乾译，上海：世纪出版集团、上海人民出版社，2006年，第22页。

④ 司汤达：《拉辛与莎士比亚》，王道乾译，上海：世纪出版集团、上海人民出版社，2006年，第21页。

⑤ 司汤达：《拉辛与莎士比亚》，王道乾译，上海：世纪出版集团、上海人民出版社，2006年，第26页。

一个不朽的人物形象,这是一个充满机智的假勇士,十分有趣的戏剧人物。莎士比亚的福斯塔夫,有一幕写他给亨利王子(后来成为著名国王亨利第五)讲故事,讲到他同四个身穿"粗麻布衣"的恶汉搏斗,讲来讲去他把四个讲成二十个恶汉。司汤达强调,"这个福斯塔夫在我们中间引起一种捧腹大笑。这种笑所以愉快而美妙,就在于福斯塔夫是一个无限机智而又极为愉快的人物。"① 莎士比亚向戏剧寻求的是戏剧的愉快,观众在戏剧中获得的是完美的假象,而不是听人诵读自己先已背诵下来的铿锵诗句——那种欣赏史诗的愉快。

　　司汤达对莎士比亚的理解和评价,是从现实主义的美学观出发。他的见解,虽然反映了同时代浪漫派提倡探索人类的心灵,表现人的激情的主张,但主要的是强调莎士比亚作品中真实反映生活的现实主义的美学原则。② 司汤达的《拉辛与莎士比亚》在美学和莎士比亚研究上的意义并不在于要莎士比亚不要拉辛,而在于文学必须表现时代精神。这种时代精神是他现实主义和具有现代主义特征的美学思想的最好体现。正是基于这一认识,他提出包括莎士比亚在内一切时代的伟大作家都曾是浪漫主义者。③ 莎士比亚是浪漫主义者,同时包含了现代主义的元素,莎士比亚戏剧在美学上是超越时空的。正因为有这种超越时空的审美特征,莎剧才成为以后世纪不断演绎的经典。司汤达对浪漫主义的解释独树一帜,不同于其他浪漫派作家的美学观和对莎剧的看法。表现时代使司汤达完成了对莎士比亚戏剧的美学阐释。莎士比亚表现时代,就是紧紧抓住莎剧的"戏剧行动"特征和"完美的假象",通过与古典主义戏剧进行对比,批驳其创作原则,在莎学研究上完成了对莎士比亚戏剧的美学阐释,从而也在莎士比亚研究史上给后来者留下了一份丰富的美学理论宝藏。

作者简介

　　李伟民,四川外国语大学教授,中国莎士比亚研究会副会长。

---

　　① 司汤达:《拉辛与莎士比亚》,王道乾译,上海:世纪出版集团、上海人民出版社,2006年,第34页。

　　② 郭绪权:浪漫主义旗帜下的现实主义——读司汤达的《拉辛与莎士比亚》,载《暨南学报(哲学社会科学)》1984年第4期,第88—94页。

　　③ 张玉能、陆扬、张德兴:《西方美学通史·十九世纪美学》,蒋孔阳、朱立元:《西方美学通史》(第五卷),上海:上海文艺出版社,1999年,第479—480页。

莫言与马尔克斯：跨文化的神话叙事①

王 文 公荣伟

1982年，拉丁美洲的加西亚·马尔克斯获得了诺贝尔文学奖，时隔三十年后，中国作家莫言获得了这一殊荣。在马尔克斯获奖之后形成了一个学习和研究马尔克斯的热潮，一大批青年作家争相学习他，而莫言就是当年其中的一个。莫言对马尔克斯有一个高度的评价，他说："我认为，《百年孤独》这部标志着拉美文学高峰的巨著具有惊世骇俗的艺术力量和思想力量，它最初使我震惊的是那些颠倒的时空秩序，交叉生命世界极度渲染夸张的艺术手法，但经过认真思索之后才发现艺术的东西总是表层。""我在一九八五年中，写了五部中篇和十几个短篇小说，它们在思想上和艺术手法上无疑都受到了外国文学的极大影响。其中对我影响最大的两部著作是加西亚·马尔克斯的《百年孤独》和福克纳的《喧哗与骚动》。《百年孤独》提供给我们值得借鉴的，是加西亚·马尔克斯的哲学思想，是他独特的认识世界、认识人类的方式。他之所以能如此潇洒地叙述，与他哲学上的深思密不可分。我认为他在用一颗悲怆的心灵去寻找拉美迷失的温暖的精神家园。"② 大江健三郎也曾经这样评价莫言："他的作品是拉丁美洲文学和中国文学融合在一起的非常优秀的文学。"③ 由此可以看出，莫言受到了拉美魔幻现实主义尤其是马尔克斯的影响。

美籍华裔女作家谭恩美这样评论莫言："莫言的声音将会找到一种独特的方

---

① 本文原载于《江南大学学报》（人文社科版）2013年第6期。
② 莫言：《两座灼热的高炉——加西亚·马尔克斯和福克纳》，载《世界文学》1986年第3期。
③ 莫言、大江健三郎：《寻找红高粱的故乡——大江健三郎与莫言的对话》，载《南方周末》2002年2月28日。

式打动美国读者,正如当年的昆德拉和加西亚·马尔克斯。"① 在世界文学的大家庭里,莫言已然被广大读者和作家承认,甚至把他与昆德拉、加西亚·马尔克斯等同看待。

一、神话叙事的传统模式差异

中国和拉美大陆隶属于不同的大陆,其自然环境、文化背景千差万别,生活在不同背景下的马尔克斯和莫言,有着不同的文化体会和创作感觉,他们所创造的神话叙事模式有着一定的差异,但不同文化也有一定的沟通和交流,其间的传播和影响显而易见。

山东是孔孟之乡,儒家文化的影响几乎遍及山东的边边角角,但是在儒家文化一统天下的时候,民间的老庄玄学思想和鬼神文化对目不识丁的农民却产生了极大的影响。山东民间盛产鬼神、妖狐故事,而其中的集大成者就是蒲松龄的《聊斋志异》。蒲留仙开设茶馆,听取百姓见到、听到或者臆想的一些奇奇怪怪的鬼神故事和狐妖传说,然后编写出了流传千古的《聊斋志异》。因《聊斋志异》的编写,山东民间的鬼神狐妖文化更加兴盛,其影响力日益深远。

莫言出生在山东省的高密,距离蒲松龄的故乡仅有三百里,《聊斋志异》中的奇谈异说在他的故乡也十分盛行。浸淫在鬼神思想和《聊斋志异》文化传统之中,莫言的思维和想象力,受到了极大的影响。莫言曾经说过:"其实,我想,绝大多数人,都是听着故事长大的,并且都会变成讲故事的人。作家与一般的故事讲述者的区别是把故事写成文字。往往越是贫穷落后的地方故事越多。这类故事一类是妖魔鬼怪,一类是奇人奇事。对于作家来说,这是一笔巨大的财富,是故乡最丰厚的馈赠。""我的故乡离蒲松龄的故乡三百里,我们那儿妖魔鬼怪的故事也特别发达。许多故事与《聊斋》中的故事大同小异。""我的小说直写鬼怪的不多,《草鞋窨子》里写了一些,《生蹼的祖先》中写了一些。但我必须承认少时听过的鬼怪故事对我产生的深刻影响,它培养了我对大自然的敬畏,它影响了我感受世界的方式。"② 从莫言的自述中可以看出故乡的鬼神文化对其一生的创作产

---

① Mo Yan. ShiFu, *You'll Do Anything For A Laugh* [M]. Translated by Howard Goldblatt. Published by Arcade Publishing company 2011:Front cover.

② 莫言:《超越故乡》,《会唱歌的墙》,北京:人民日报出版社,1998年,第27页。

生了巨大的影响。沿袭着鬼神文化的传统,莫言的写作飘逸灵动,奇幻多姿,其创作的人物和景象神奇炫目,从而其作品拥有了一种民间传说的因子。像他的《草鞋窨子》、《透明的红萝卜》、《金发婴儿》、《球状闪电》、《奇遇》、《红高粱家族》、《丰乳肥臀》、《檀香刑》等都有民间传说的印记。

  莫言善于运用丰富的民间文化资源,民间传说更是他十分钟情的一个创作资源。丰富的创作资源,再加上耳濡目染,让莫言的创作更加得心应手、手到擒来。此外,莫言时刻标榜自己是"作为老百姓的写作"而不是"为老百姓写作",① 这种作为老百姓的朴实的创作态度,更让莫言的创作有了一种民间的气质。而作为老百姓写作,民间传说是他的一个十分便捷的创作资源和手段。本民族的文化传统是莫言的创作根本,这是毋庸置疑的,但是外来作家的影响和启发也是不容忽视的。而拉丁美洲的加西亚·马尔克斯就对莫言的创作产生了深刻的影响。

  加西亚·马尔克斯是拉美魔幻现实主义的代表性人物,他的代表作品《百年孤独》是世界公认的杰作。其创作手法已被公认为"魔幻"手法,是一种"变现实为幻想而又不失其真"的创作方法。而在马尔克斯的魔幻现实主义中,神话叙事是一个十分重要的因子。在他的众多作品中,比如《百年孤独》、《家长的没落》、《一件事先张扬的凶杀案》、《格兰德大妈的葬礼》等等,神话叙事的影子随处可见。而马尔克斯的神话叙事也有一定的产生背景。

  加西亚·马尔克斯出生在哥伦比亚的一个小镇阿拉卡塔卡,童年时代跟外祖父外祖母生活在一起。他的外祖父是个退役的上校,有着丰富的战争经历,外祖母是个有着一肚子故事的老太太,经常给童年的马尔克斯讲一些稀奇古怪的神话故事。童年时代独特的经历为马尔克斯今后的创作产生了深刻的影响。南美洲是一块神奇的大陆,当地的印第安文化曾经一度繁荣发达。在古老文明的浸润下,马尔克斯接受了很多古老的印第安图腾崇拜和神话传说故事。不光是当地的印第安文化对马尔克斯产生了影响,黑人文化和外来入侵者带来的殖民文化也对马尔克斯也产生了影响。马尔克斯在《番石榴飘香》中讲道:"在加勒比地区,非洲黑奴的丰富想象同哥伦布发现新大陆之前的土著居民的想象交融在一起了,之后,又同西班牙的安达卢西亚人的狂想和加利西亚人对鬼神的崇拜汇合起来,这

---

  ① 莫言:《作为老百姓写作》、《莫言文集·小说的气味》,北京:当代世界出版社,2004年。

种以魔幻方式观察现实的能力是加勒比地区居民和巴西人特有的。"① 童年时代，外祖父外祖母的神话启蒙，再加上印第安古老文化的影响以及黑人文化和外来文化的浸淫，让马尔克斯的思维和眼界空前的洞开和光明，也为他的创作打下了坚实的基础。

有研究者称："拉丁美洲印第安人的原始宗教信仰中的图腾崇拜、祖先崇拜、自然崇拜、生殖崇拜观念根深蒂固，即使欧洲殖民者用剑与火强制信仰基督教，时至今日拉丁美洲人仍然保留着古代印第安人的原始宗教信仰。《百年孤独》中的布恩地亚上校在他妈肚子里就会哭；他发动过32次武装起义，每次都失败；他躲过14次暗杀，其中一次被人将足以毒死一匹马的毒药放在他的咖啡里，他居然幸免于难；他躲过73次埋伏和一次死刑枪毙，上校是一个神化了的当代英雄，这个形象深深地根植于古代印第安祖先崇拜。"② 这个例子也可以作为马尔克斯受美洲大陆传统文化影响的一个佐证。正如莫言所言，每个作家故乡独特的文化都是作家的一笔丰厚的财富，是作家进行创作的丰富源泉。马尔克斯深谙印第安文化，对印第安文化的丰富素材甚至其他文化的优秀素材也加以运用。比如，《百年孤独》中死人回到活人的世界中，并且能与活人交谈，死人死去后也会变老等，这是印第安文化认为人死灵魂不灭的一个例证；还有美人雷梅黛丝坐床单升天是一千零一夜的故事化用；而马孔多镇下了四年十一个月零两天的大雨则引用了《圣经》中的洪水故事……这些带有神话色彩的叙事是马尔克斯创作的一个显著特点，也是他的一个优秀的艺术手法。

葛浩文在翻译莫言的《丰乳肥臀》时说道："在探寻中国传统与流行神话、发现中国黑暗角落的过程中，莫言已经变成了一个最有争议的作家……莫言声称自己是一个现实主义作家，确切地讲，是一个历史主义小说家。同拉丁美洲那些魔幻主义小说家一样（莫言读过他们的作品并且十分喜爱，但是，莫言坚持认为他们的作品并没有对自己的创作施加影响），莫言创造性的延伸了'现实主义'与'历史主义'的界限，并且对其进行了破坏重组，从而创造出了一种新的形

---

① 加西亚·马尔克斯、门多萨：《番石榴飘香》，林一安译，上海三联书店，1987年。
② 黄俊祥：《简论〈百年孤独〉的跨文风骨》，载《国外文学（季刊）》2002年第1期。

式。"① 由此可见,莫言的神话叙事并不单单是与马尔克斯神话叙事影响借鉴的问题,其背后有着本民族独特的文化背景。这也就形成了神话叙事的传统模式差异。

二、叙事话语的艺术形式

莫言和马尔克斯,两位身处不同文化背景下的两位作家,虽然相距万里,但却找到了艺术上的某种共鸣。优秀的艺术作品从来不分国界,一切开明的作家和评论家,都不会闭目塞听,他们会认真学习和汲取优秀的作家和作品的营养,以此来丰富自己的创作。当然,作家如果想创作出独特的优秀作品,除了借鉴外国的优秀艺术形式外,还要立足于本国丰富的文化传统资源。能否将两者结合,是作家进行优秀创作的关键,而莫言似乎是将这两者进行完美调和的一个例证。优秀的作品并不是全盘独特的,它容许相互之间有共通之处,这种共通不是所谓的统一模式化,而是艺术上的共通和共鸣。莫言和马尔克斯,在叙事话语的艺术形式方面有很多共通之处。

1. 魔幻色彩

莫言的作品中有很多具有魔幻色彩的地方,这些具有魔幻色彩的描述与莫言从小听说的民间传说故事不无关联。诸如在《红高粱家族》中的红高粱感应着爷爷奶奶的爱与憎,也能感应着人世的悲欢,它们不仅有声音、动作、表情,而且有思想感情。莫言的家乡高密是一马平川的平原低地,但是土地并不怎么肥沃,适宜耐涝耐旱的红高粱的种植。一望无际的红高粱如海浪一般,此起彼伏,人钻进高粱地,如滴水入川。在这茫茫的高粱地里有传说中的鬼魅和狐妖,童年的莫言在经过祖母的鬼故事启蒙之后,必定对这一望无际的高粱地产生过恐惧,所以,在纤细敏感的莫言眼中,这些红高粱拥有灵魂和情感。在《马驹穿过沼泽》中的马浑身红色,会说人话,有着人的思想感情,后来她化作一个千娇百媚的姑娘和小男孩结了婚,之后生儿育女,这匹马驹就是食草家族的女祖先。还有《夜渔》中那个少年夜渔时见到的奇花和那个神秘的女人,少年"我"突然见到河中出现一朵荷花,情不自禁的追着那朵荷花走着。那朵荷花最终不见了,当那朵荷

---

① Mo Yan. *Big Breasts and Wide Hips*[M]. Translated by Howard Goldblatt, Published by Arcade Publishing company 2012, p.7.

花消失时,那个面若银盆的美丽女人就突然出现了,她向我展示了捉螃蟹的本领,之后留下一句谶语般的话就走了。《奇遇》中已经死了的三大爷却在村口遇见"我",并且参与到给自己准备的葬礼中,生死混淆莫辨。凡此种种,都表现出了莫言的作品有很多民间传说的特质,拥有灵魂的高粱,化作女人的马驹和神秘的女人,这些像传说故事一样出现在莫言的小说世界中,为莫言的作品增添了极强的魔幻色彩。

马尔克斯的魔幻叙事中,也有很多类似传说、神话的因素。《百年孤独》中,死去的阿尔基亚德斯因不堪忍受死人世界的孤独居然回到了生人的世界,并且就住在布恩蒂亚家;被何塞·阿卡迪奥·布恩蒂亚杀死的普鲁登肖也不能忍受死人国的寂寞,居然回到了仇人家与仇人聊天;美人雷梅黛丝不属于纷嚣混乱的人间,居然坐着床单飞升而去;死掉的阿卡迪奥·布恩蒂亚为了给母亲报信,自己的血居然从街上一路流到家里;马孔多居然下了四年十一个月零两天的雨。这些例子十分明确地表明了马尔克斯创作中的神话因子。

莫言的民间传说叙事和马尔克斯的神话叙事在神奇魔幻这方面有着惊人的相似。无论是高密东北乡接连下了三天的大雨还是《奇遇》中的三大爷"死而不亡"都与马尔克斯描述的马孔多四年多的大雨和普鲁登肖、阿尔基亚德斯返回人间一样离奇怪诞。

2. 天马行空的叙述和超出常人的艺术感觉

民间传说和神话故事大多玄之又玄,奇之又奇。鬼灵精怪,神魔异事,这些超出常规常理的事物最容易抓住听众和读者的心。民间传说和神话故事也能丰富小说的内涵,制造一种氛围,读者就是在这色彩斑斓而又目眩神离的情节氛围中渐渐步入阅读的佳境。而莫言与马尔克斯都是大师级的作家,是文字高手,他们的叙述思维和表达方式已经达到了出神入化、炉火纯青的地步。他们凭借自己超常的文字修养,将民间故事和神话传说等容易引起读者好奇心理的东西以一种天马行空的叙述表现出来,给自己的作品增添了无限的魅力和内涵。民间传说和神话故事本来就是灵动飘逸的,对它们的表述无疑也是灵动飘逸,天马行空。

马尔克斯在自己的回忆录《为小说而生》的卷首语中说道:"生命不是一个人为了活着,而是为了记着什么事情,并且去记述这些事情。"[1] 有着这种创作信

---

[1] Gabriel García Márquez. *Living to Tell the Tale*[M]. Published by Jonathan Cape 2003, p.1.

念的作家，其写作的目的就是为了记述生活，记录生命。这种信念自是培养了他们超常的艺术感觉，这是常人无法比拟的。莫言的创作也契合马尔克斯的观点，他的创作也是对自己生活的感悟和记录。两个具有超常艺术感觉的人，其艺术创作自然奇幻多姿，精妙绝伦。

在莫言和马尔克斯的作品中，天马行空的叙述以及奇谲怪诞的传说故事俯拾皆是。比如莫言在许多作品中都描写了具有灵性的动物，他不止一次地写到黄鼠狼、狐狸、狗、骡子和马等动物，它们不再是一般的动物，而是秉承天地意念的某种神灵，它们与人类具有相似的感觉和智能，并与人有着某种神秘的必然关联。莫言在《狗道》写了一大群以人类尸体为食的狗，这些狗分属于三个团体，各自有一个领袖。他们在领袖的带领下有组织有纪律的与人类争抢尸体，而且渐渐变得聪明和狡猾。在它们内部，它们也会争权夺利和争风吃醋，并且为了权力和霸占母狗，它们甚至动用心思除掉异己。这充分体现在那条大红狗用计谋杀死另外两条狗领袖的事件。莫言在叙述群狗争霸的过程中，语言华丽绚烂，天马行空。在莫言的笔下，狗成为了人类的竞争者，甚至有了人的思维和智慧。由此看来，《狗道》具有某种传说和神奇的性质。而马尔克斯在《百年孤独》中，不可思议的神话故事和天马行空的叙事也处处可见。《百年孤独》中，奥雷里亚诺第二的情妇佩特拉·科特斯能够让牛羊等牲畜疯狂的繁殖，以至于他的牲畜遍地都是，这也让他有了尽情纵饮狂欢和招待客人的资本。而佩特拉·科特斯俨然是一个繁殖女神。在这段叙述中，马尔克斯那种不受现实所困，任凭思绪纷飞的笔法同样达到了神话故事般天马行空的境地。

莫言和马尔克斯都具有超出常人的艺术感觉，这也许与两人的独特的童年经历有关。莫言童年时，经受过饥饿和恐惧，这种独特的经历使他的感觉器官超长的敏感。莫言曾经说过："我的长处就是对大自然和动植物的敏感，对生命的丰富的感受。比如我能嗅到别人嗅不到的气味，听到别人听不到的声音，发现比人家更丰富的色彩。"[①] 而马尔克斯同样有这种对事物的敏感，童年时代外祖母和外祖父给他的童年启蒙，让他对印第安文化以及美洲大陆有着独特的感受。发达的艺术感觉让他在描述马孔多，描叙布恩蒂亚家族百年的历史时显得得心应手。超

---

① 莫言、大江健三郎：《寻找红高粱的故乡——大江健三郎与莫言的对话》，载《南方周末》2002年2月28日。

常的艺术感觉需要先天的禀赋，但更多的是后天的启发和培养。而莫言和马尔克斯似乎两者兼而有之，这也许是他们成为世界级的作家的一个原因。

三、神话哲学的表达

1. 主题

作家关注人，关注民族，他们的作品中饱含了对人的探讨、对民族的关切，但凡优秀的作家，其作品的主题无不崇高深刻。莫言与马尔克斯也不例外。莫言是个高产作家，他在自己众多的作品中充分表达自己的观点，努力发出自己的声音，而且他的作品涵盖了对民族，对国家，对人的终极关怀，彻底体现了一个作家的民族良心和创作苦心。在这方面，马尔克斯与莫言同样伟大，他运用神话叙事手段，将作品的主题上升到了哲学的高度。有评论者这样评价马尔克斯的创作："他是一个十分罕见的艺术家，他不但成功的记录了一个民族的生活、文化和历史，而且还记录了整个大陆的生活、文化和历史。"① 马尔克斯的关注点不仅仅局限于自己的民族和国家，他还关注整个拉丁美洲，甚至全人类。莫言对马尔克斯的评价也十分贴切："我认为他在用一颗悲怆的心灵去寻找拉美迷失的温暖的精神家园。他认为世界是一个轮回，在广阔无垠的宇宙中人的位置十分渺小，他无疑受了相对论的影响，他站在一个非常的高峰，充满同情地鸟瞰纷攘攘的人类世界。"②

莫言和马尔克斯的神话哲学主题关注人，关注民族，关注历史。他们秉承着作家的使命，不仅创作出了充满美的作品，还将自己的世界观念和人生观念进行了升华，让其作品的主题充满了历史感和厚重感。因为其创作主题的崇高才成就了两位作家的伟大。

2. 美学观念

传说与神话故事都是与主流文化相对的一种民间文化，这种民间文化是一种游离于主流文化之外的边缘文化。它关注的并不是处于社会强势地位的统治者，

---

① Gabriel García Márquez. *One Hundred Years of Solitude* [M]. Published by HarperCollins Publishers 2003, p. 7.

② 莫言：《两座灼热的高炉——加西亚·马尔克斯和福克纳》，载《世界文学》1986年第3期。

而是处于弱势地位的普通民众和底层人民。莫言把自己的着眼点几乎全部放在了他的故乡和那里的农民身上,他写他们的爱与恨,写他们的痛苦与悲哀;他在文字中注入了自己的血和泪,注入了对那块土地、那里的人民所有的眷恋和同情。莫言的小说中,处处彰显着人性的光辉,而这人性并不仅仅是光明的,有时也是晦暗的,一如那块土地上各种各样人的本性。《红高粱》中亦正亦邪的土匪余占鳌,敢爱敢恨、敢做刚当的"奶奶";《丰乳肥臀》中光辉伟大的母亲,"天生残废"的上官金童等等人物无不渗透着莫言对生命终极意义的思考。正如学者王德威所说的那样:"从早期《透明的红萝卜》中的少年叙述,到晚近《丰乳肥臀》中恋乳狂患者告白,莫言的人物已一再显示世人的面目千变万化,既不'红、光、亮',也不'高、大、全'。他(她)们不只饱含七情六欲,而且嬉笑怒骂,无所不为。究其极,他(她)们相互碰撞、变形、遁世投胎、借尸还魂。"① 由此看来,莫言对人、对生命有着深刻的思考。其艺术性的思考使他的作品形成了一种独特的美学观念:民间神话的创作,使他笔下的人物和故事充满了奇绝美和幻化美。用民间神话为底层人民树碑立传。

马尔克斯在《百年孤独》中也描写了一个游离于主流社会之外的家族,一个时刻躲避被统治命运的孤独的家族。与莫言笔下的人物和故事相比,《百年孤独》中的人物属于较上层的人物,已经超出了莫言笔下小人物的局限,马尔克斯笔下的人物在努力地挣扎,试图改变自己的身份地位。这些人物的命运也暗含了整个拉丁美洲的命运。在各种势力的压迫下,布恩蒂亚家族乃至整个拉丁美洲注定孤独和弱小。以魔幻诠释孤独,这是马尔克斯的美学创作观念。

莫言和马尔克斯引用的民间传说和神话故事只是小说运用的一种手段,一种艺术方式,小说的目的是为了表达作者对生命和崇高的思考。他们的美学观念从表层看来有很大的不同,但从深层来看,没有本质的区别,都是一种神话哲学的表达。

3. 哲学表达

艺术家的责任是表现生活,表现人生,表现历史,一部作品的创作并不单单是作者随意的堆砌和构造,其中蕴含了作者极大的心血。作者将自己对人生、历史和民族的思考化成文字融入到作品中,阅读大师的作品我们能够感受到作品中

---

① 王德威:《千言万语 何若莫言》,载《读书》1999年第3期。

思想的厚重。无论莫言还是马尔克斯，他们的作品都是一种独特的哲学表达。《红高粱》从创作初到现在，被无数人反复阅读，影响力日甚，其原因除了作品的艺术价值外，它还是莫言先生思想的结晶。《红高粱》中的传统文化精神和人文关怀才是该作品畅行不衰的原因。马尔克斯的《百年孤独》一经问世，便得到世界范围内读者的喜爱。罗纳德·基督曾经盛赞《百年孤独》："我们一直想知道哪本小说才是美洲最伟大的小说，看起来，只有马尔克斯写出了美洲最伟大的小说。"①《百年孤独》在全世界的盛行，其中最吸引读者的地方即是马尔克斯寄寓作品中的哲学思想。以哲学家的态度看待本民族的文化和历史，以哲学家的悲悯看待自己的人民，这似乎是伟大作家的共通之处。

莫言和马尔克斯运用纯熟的神话叙事方式，将自己的哲学思考寄寓作品之中，独创的艺术形式加上深刻的思想内涵，使他们的作品畅行世界。这种深刻的神话哲学表达方式，也让全世界的读者享受到了阅读和思考的快乐。

四、结语

美国人类学家伍兹指出："人们不会接受外来文化所提供的，或所能从中得到的一切东西。一般说来，文化特质是被接受或排拒，完全取决于它在接受文化里的效用、适宜性和意义。"② 莫言虽然借鉴学习了马尔克斯，但并不是全盘接受，他只是学习了马尔克斯一些优秀的艺术方式。虽然两人在魔幻叙事方面有很多的相同或者共通之处，但是两人之间有明显的不同。有研究者称："论者多认为他受马尔克斯和福克纳的影响，一般来说是不错的。但是他的思绪显然比马尔克斯庞杂，他的想象力驰骋得也比福克纳疆域广阔。这两位作家对于他的影响，主要在于激活了他沉睡的感觉，启发了他审美主体以民族民间文化为本位的高度自觉，以及超出机械论理性逻辑的人类学视野。从思想到叙事立场，从内容到文体，莫言确立了审美主体高度统一的思维——表达方式，由此开始了艰苦的艺术

---

① Gabriel García Márquez. *One Hundred Years of Solitude*[M]. Published by HarperCollins Publishers 2003, p. 11.

② 克莱德·伍兹：《文化变迁》，施维达等译，昆明：云南教育出版，1988年，第32页。

创造。"①

　　莫言十分清楚学习别人的尺度，不能永远沉入别人艺术的泥潭无法自拔，而应该在学习的过程中体会和感悟，然后去开创一个属于自己的艺术空间。莫言立足于本土文化传统，对马尔克斯的艺术形式加以学习借鉴之后，又形成了另一座"灼热的高炉"，使他成为了继福克纳、马尔克斯之后的第三座无人企及的高峰。莫言的民间传说和马尔克斯神话叙事是一种学习借鉴的关系，更是一种平等对话、跨文化交流的关系。莫言与马尔克斯这种跨文化的神话叙事，值得进一步的研究和讨论。

作者简介

王文，陕西师范大学外国语学院教授、博士生导师，文学博士。

公荣伟，苏州大学文学院硕士研究生。

---

① 季红真：《神话结构的自由置换——试论莫言长篇小说的文体创新》，载《当代作家评论》2006年第6期。

日本平安文学中"和风"兴起与文化语境的重构[①]

吴雨平

在由美国当代著名学者、哈佛大学教授大卫·达姆若什（David Damrosch）主编的《朗曼世界文学文选》（2008版）中，日本古典名著《源氏物语》（1007年）赫然在列，与中国等东方民族的众多经典一起，改变了长期以来形成的世界文学"不平等的整体"[②]的局面，构成了与西方文学经典的多声腔合鸣。这是21世纪初期以来美国学术界兴起的"世界文学史新建构"（A New Construction of World Literature History）的文学思潮的具体体现。

实际上，除了《源氏物语》这样代表着平安朝文学最高成就、并且早已被公认为世界性经典的文学瑰宝之外，日本平安时代（794—1192年）还产生了《竹取物语》、《古今和歌集》、《土佐日记》、《落洼物语》、《蜻蛉日记》、《枕草子》、《和泉式部日记》、《荣花物语》、《更级日记》、《堤中纳言物语》、《大镜》、《今昔物语集》等等众多的民族文学作品，它们成为日本意识形态由"汉风"、"唐风"向"和风"、"国风"转变的突破口。

一、平安时代以文学为核心的文化转向

日本平安初期正值中国古代政治、经济、文化诸方面最昌盛的唐代，两国政治经文化的巨大落差使得当时的日本想要避免在内忧外患、积贫积弱中灭亡的命运，就不得不向社会变革寻求生路，也不得不对先进的异国文化采取开放的态

[①] 本文原载于《江南大学学报》（人文社科版）2013年第6期。
[②] 弗兰哥·莫莱蒂：《进化、世界体系、世界文学》，尹星译，见大卫·达姆罗什等编：《新方向：比较文学与世界文学读本》，北京：北京大学出版社，2010年，第244页。

度。由于地理等原因，当时的日本除了汉文化外，尚未与其他发达的文明发生直接的接触，日本统治者自然地选择了繁荣、强盛、文明的隋唐封建国家作为他们进行社会变革和文化选择的范本，并由此完成了由奴隶制社会向封建社会的飞跃。

平安初期被日本史学家称为"国风暗黑时代"，即日本的民族文化在外来的大陆文化的强大辐射之下低迷、消沉，处于边缘位置。这一时期，日本民族对于大唐物质文化的仰慕达到了极点，他们不仅在政治文化方面竭力效仿中国，而且对于中国生产的物品也非常喜爱，大量的唐货进入日本导致白银大量流出，使日本在对外贸易方面一直处于逆差的状态。从唐进口的物品中不仅有货物，还有"唐钱"。当时的日本钱币不仅在质量上无法与唐钱相提并论，流通中也有诸多不便，因此唐钱在日本大受欢迎，这就更加导致了日本货币体制的混乱，对本已面临危机的日本经济和政治无疑是雪上加霜。

文学上平安前期汉文学依然盛行，和文学只是"青萍之末"。根据"各民族文化交往中的高文学形态必胜"[①]的原则，古代在处于不同社会形态和文化形态阶段的文学交往中，主要表现为高形态文学向低形态文学的渗透。由于政治、经济、文化发展的极度不平衡，日本文学对中国文学的借鉴就不仅仅是被"渗透"的问题，而是表现为对汉文学的全面移植。日本最早的书面文学作品集《怀风藻》（751年）是用汉字并且借用中国古典诗歌的格律形式完成的汉诗集。平安初期在《怀风藻》的基础上，还产生了奉嵯峨天皇（786—842年，809—823年在位）之命编纂的《凌云集》（814年）、《文华秀丽集》（818年）以及奉淳和天皇（786—840年，823—833年在位）之命编纂的《经国集》（827年）三部汉诗集，这三部汉诗集也因此被称为"敕撰三集"。

然而，正如戴季陶所说，"我们要看得见日本的文明建设，是在很低的民族部落时代，硬用人为的功夫，模仿中国最统一最发达的盛唐文化。"[②]"硬用人为的功夫"表明当时的日本统治者对汉文化的接受和利用是清醒的、自觉的，同时也是为了民族发展的需要迫不得已的。可以说，高度发达的汉唐文化在很大程度上刺激了日本的民族自我意识，形成了"国风意识"产生的强大动力，政治经济发展的需要又强化了日本对于民族文化建构和认同的需要。

---

① 顾主钊：《文学原理新释》，人民文学出版社，2000年，第374页。
② 戴季陶：《日本论》，九州出版社，2005年，第154页。

因此，当9世纪后半期，中国先后发生"安史之乱"和黄巢起义，各地藩镇割据，唐王朝日薄西山，摇摇欲坠；而日本随着庄园经济的发展和摄关政治的加强，原来仿照唐朝建立的律令政治体制逐渐土崩瓦解之时，日本贵族和知识分子出于对民族文化兴起和发展的强烈自觉，随即开始了对汉文化的反思，"脱汉"风潮由此而起。

公元894年（即唐昭宗乾宁元年、日本宽平六年）成为了日本民族文化发展史上具有重大意义的一年：新任遣唐使、著名汉学家菅原道真（845—903）引用日本在唐学问僧中灌的报告上奏天皇，以"大唐凋敝"，"海陆多阻"为由，建议朝廷停止遣唐使的派遣。宇多天皇（867—931年，日本第59代天皇，887—897年在位）接受了这一建议，两国官方关系遂告中断。

但是显然，废止遣唐使的真正原因，除了"大唐凋敝"，"海陆多阻"以外，更重要的是出于日本本土发展的需要。如上所述，自奈良时代大规模地输入大唐文化以来，日本的民族文化长期被排除于主流意识形态之外，这种文化上的"集体无意识"甚至导致了日本的经济面临崩溃。要改变这种状态，必须从商品、金融、文化等多方面入手，但这是短期内难以完成的，而从国家政策上先行杜绝外国政治经济的威胁则相对比较容易。因此，废止遣唐使只是一种政治策略，以菅原道真为首的日本贵族和上层知识分子更迫切关注的是民族文化的建构和文化主体性的认同。其中，由于"文化认同是在话语实践中进行的，在种种象征认同形态中，语言和文学扮演了极为重要的角色。"[①] 即语言和文学具有民族文化认同的重要功能，作为民族文化核心组成部分的文学担任着重要的精神职责，必然成为文化变革和建构的重要力量。"和风意识"的萌发是日本民族文化的一次跃迁。

二、平安假名文学的"和风意识"

日本民族文学发展的第一个里程碑是和歌总集《万叶集》（759年）的诞生。和歌是日本的民族诗歌。民族诗歌在唤醒和激发民族意识方面具有不可替代的作用，但是众所周知，《万叶集》这部规模宏大的和歌集产生的年代，日本还没有本国的文字——这是日本民族文学发展中遇到的第一个问题，是它与当时主流意识形态进行沟通的最大障碍。因此，日本应记录和歌的需要而产生了最古老的文

---

① 周宪：《文学与认同》，载《文学评论》2006年第6期，第11页。

字"万叶假名",这是一种用汉字的读音来记录日本语语音的文字,它看上去是汉字,读起来却是日本语。《万叶集》中所有的和歌都用"万叶假名"表记而成,而这种文化语言和文化事实之间的偏差使得那个时候的日本民族文化还很难有与外来文化抗衡的实力。

但是,经过漫长的近300年遣隋使和遣唐使的派遣,日本在思想、文化方面已经逐步走向成熟,并开始进入了独立的本土文化发展阶段。也就是说,随着日本的成长,大唐影响开始退潮,民族文化意识开始觉醒,标志仍然是文字——经过几代人的努力,汉字已经日本化,"万叶假名"发展为日本的表音文字符号"假名",它已是书写日本语的成熟的书面符号系统了,所以,"假名"真声。假名的运用,表明了日语的进步和使用日语的日本族群的进步。日本在平安中后期呈现出了力图摆脱唐文化的影响、努力确立本民族文化风格的特征,这首先表现为日本文学逐渐摆脱了汉文学的影响,出现了完全用假名创作的文学作品,使真正意义上的日本文学随着"日本语"符号体系的完成粉墨登场。以往精通汉文的只限于贵族和僧侣,广大下层民众很难掌握或根本没有条件来学习汉文,假名这种表音文字的出现,则使文化知识得以在更大范围内传播,从而为日本文化的本土化发展奠定了基础。平安中后期"敕撰"的不再是汉诗集,而是《古今集》、《后撰集》、《拾遗集》等和歌总集。平安"和文学"的繁荣标志着日本本土文化的真正开端。

文化的主体性往往是通过语言来建构的,因为语言还是一种社会力量和权力形式。各民族语言在民族文化的建构过程中都发挥过不可替代的作用。欧洲自11世纪以后,各民族近代语言逐渐兴起,许多民间文学作品开始用民族语言进行创作。意大利诗人但丁的宏伟诗篇《神曲》就是其中的佼佼者。《神曲》创作之前,但丁在他的理论著作《论俗语》中已经从理论上阐述了"俗语"(即民族语言)的优越性。他强调"俗语"优越于作为官方书面语言的拉丁语。事实上,语言的问题是中世纪末期和文艺复兴时期欧洲各民族开始用近代地方语言创作文学作品时所面临的一个普遍的、重要的问题,当时的作家和理论家们对这个问题都特别关心。这一时期的但丁、塞万提斯、莎士比亚等人都通过他们的作品确立了自己民族语言的规范,从而成为民族文化的重要建构者。几乎同一时期的日本也一样。"平假名"虽然直到近代仍然主要由妇女使用,但以《源氏物语》作者紫式部为代表的平安贵族妇女,在日语符号体系力图取代汉语符号体系成为民族文化载体这个问题上进行的努力,成为日本民族文化建构的一个突破口。

假名文学除了能够使日本人更准确地表达自己的思想和感情以外，更重要的可以使日本文学摆脱汉文学的影响，达到真正的独创。日本文学史上最著名的长篇小说《源氏物语》和《竹取物语》、《古今和歌集》、《伊氏物语》、《土佐日记》、《蜻蛉日记》、《枕草子》等作品，均用无标点符号亦无汉字的平假名写作。相对于汉诗文的博学精深，假名文学优美流畅、清新细腻。不仅如此，《源氏物语》中还多次专门谈论"假名"文字的兴起和在贵族中的逐渐流行。如第十七回《赛画》，藤壶皇后将后宫嫔妃中善绘画鉴赏者分左右两方进行比赛，品评各自所收藏的书画，但全都精妙无比，一时难以判定优劣，直到最后一轮比赛，左方拿出源氏被贬须磨时所作的画，大家看到所画之地的荒凉遥远，尤其是"各处写着变体的草书汉字和假名的题词"，这些题词"不是用汉文写的正式的详细日记，而是在记叙中夹着富有风趣的诗歌"① 时，才都觉得这画压倒一切；又如第三十二回《梅枝》写源氏亲自挑选女儿明石女公子入宫的物品，跟紫姬有一段关于假名书法的议论：　"世风日下，万事不及古代。只有假名的书法，今世进步无量。……到了近代，才有假名书法的妙手相继问世。"② 源氏自己就是假名书法的妙手："各种古歌浮现脑际，他（指源氏，笔者注）就随心所欲地用假名写出，或用草体，或用普通体，无不异常秀美"③ 等等。推崇假名不是作者的随意而为，特别强调"用假名写出"而"不是用汉文写的"，一是表明在当时汉字汉文确实仍然具有正统地位，二是表明作者已经有了以"假名"与"汉文"相抗衡的意识，"假名"与"汉文"在《源氏物语》的这些描写中形成了一种对话关系。

三、平安文学文体的"和风"特点

一个民族特有的文体可以作为社会全体成员特定的文化记忆而流传下去。平安中期起，日本大量出现了主要以宫廷生活为舞台的和歌、随笔、物语及日记文学等运用日本独有的文学体裁进行创作的作品，我们可以从中看到一个民族的文化在时间中的记忆与各种文化心态下的再记忆。

"文体"的概念虽然主要是指文章的类别、体式，但它的含义非常复杂和丰

---

① 紫式部：《源氏物语》，丰子恺译，人民文学出版社，1980年，第312页。
② 紫式部：《源氏物语》，丰子恺译，人民文学出版社，1980年，第519页。
③ 紫式部：《源氏物语》，丰子恺译，人民文学出版社，1980年，第520页。

富,童庆炳先生指出,文体是"指一定的话语秩序中所形成的文本体式,它折射出作家、批评家独特的精神结构、体验方式、思维方式和其他社会历史、文化精神。"① 他认为对"文体"的定义可以分为两个层次来理解,"从表层看,文体是作品的语言秩序、语言体式,从里层看,文体负载着社会的文化精神和作家、批评家的个体的人格内涵。"② 这种概括超越了传统文体学对文学进行形式分类的研究范畴,洞察到了文学形式与内容的有机性。确实,文体问题不仅仅是一个形式问题,它还是内容的"格栅"。蓬勃兴起的和歌、物语、日记文学等无疑在民族文学还是蛮荒之地的日本树立了一根灿烂的标尺,演示了谛视和摹写、培育心灵之花的路径与方法。从文体意识的角度来说,在日本民族寻求国家出路的背景下,和歌、物语、日记文学作者往往把创作当成一种文化甚至政治使命,用一种迥异于汉诗文的写作方式和话语方式,将他们所理解的文体意识,在文本写作中转化为一种文化精神,这些文学样式也逐渐地成为了民族文化符号性的存在。

例如,早期原始形态的日本和歌并没有统一的格律形式,它只是一种散漫的、朴素的、依靠口耳相传的歌谣,由于它便于咏诵而深得人们的喜爱。但是唐风东渐,日本的民族文学面临中国文学以及日本汉文学的严重挑战,能否建构一种更适合表达民族情感的新文体,事关日本民族文学的生死存亡。正是在这种文化背景下,具有统一形式的全新形态的和歌应运而生了。当时的日本贵族文人根据日语本身的特点和日本人接受的程度,当然也不得不以最为完美、最为流行的汉诗为蓝本,将原先杂乱无章的歌谣,经过筛选、重组,固定了它的形式。于是,具有独特日本民族风情,又能够和汉诗相抗衡的文学样式便逐渐形成了。"和歌汉诗"如同一车之两轮,一鸟之两翼,同属于日本古代文学遗产的两大诗歌系统。平安中后期的《古今和歌集》(914)、《后撰和歌集》(951)、《拾遗和歌集》(1005—1007)等都是奉天皇之命编纂的和歌集,它们的编纂完成既恢复了日本民族诗歌的地位,又表明当时的日本统治者和贵族知识分子力图使它具备与汉诗抗衡的实力。

民族文学样式的形成,往往有一个长期的积累和发展过程,适合于这个民族的地理环境、物质条件和思想意识的文学样式总是由简到繁(或由繁到简),由杂乱到整齐,由有序到无序地在一次次自然淘汰的过程中逐渐地被固定下来。和

---

① 童庆炳:《文体与文体创造》,昆明:云南人民出版社,1994年,第1页。
② 童庆炳:《文体与文体创造》,昆明:云南人民出版社,1994年,第1页。

歌样式的形成却不太一样，它是在外来文学繁荣的刺激和推动下，在较短时间内创造出来的，但是这同样是符合民族文学发展规律的，因为民族文学首先必须生存下去，然后才能得到发展。

  平安物语和日记文学也产生于这一时期，作为叙事文学，都显现出叙事的纪实性和单一性特点，而缺乏内在的统一性和艺术的完美性。这是一种文体形成初期时不完善的表现。《源氏物语》虽然最先将虚构物语与歌物语结合起来，细腻的心理描写使作品的文学性大大地增强了，但重史实的特点依然鲜明。《源氏物语》第一到第四十帖（"帖"类似于中国章回小说的"回"）写主人公光源氏从出生到去世的生活经历，虽然重点写光源氏与几位女性的恋爱纠葛，但完全按照时间顺序安排的结构，基本上类似于人物年谱，这一方面固然是作者的写作策略选择，即在创作方法上继承了物语的现实主义传统，如在第二十五回《萤》中，作者借光源氏之口说道："原来故事小说，虽然并非如实记载某一个人的事迹，但不论善恶，都是世间真人真事。观之不足，听之不足，但觉此种情节不能笼闭在一人心中，必须传告后世之人，于是执笔写作。……这些都是真人真事，并非世外之谈。中国小说与日本小说各异。"① 仿佛作品是对真人真事的记载；但是另一方面，作品故事线索的单一性也由此显现，不能不说这类物语文学与古希腊《荷马史诗》等同样为大型文学作品的结构能力尚存在着巨大的差距。然而，这段话更重要的意义在于，作者明确表示了"物语"这种文体与中国小说的不同。

  纵观日本平安文学史，还有一类"汉诗"与"和歌"两种文体合编成集的形式。如菅原道真编辑的《新撰万叶集》（893年）、大江千里奉敕编纂的《句题和歌》（894年）、藤原公任编撰的《和汉朗咏集》（1012年）等集子，它们创造性地将汉诗（包括唐诗和日本人所作汉诗）与和歌并列编辑，形成了鲜明的跨文化特征。这种新的"版式语言"象征着汉诗、和歌"符号地位"的此消彼长。在日本汉诗的创作水准还不可能达到中国诗歌那样的高度的情况下，作为一种大胆尝试和创新之举，这些汉诗与和歌合编的集子显示了中国文学审美趣味和日本文学审美趣味相交融的特色。然而编纂它们的真正目的恐怕还不止于此，日本人实际上是为了说明汉诗与和歌是可以相通的，或者说，和歌完全可以与汉诗媲美。而从社会语言学的角度，我们会发现更加重要的意义。众所周知，日语吸收了大量的汉语词汇，书面语的形式也来源于汉语。汉语无疑是当时的强势语言，是较高

---

① 紫式部：《源氏物语》，丰子恺译，人民文学出版社，1980年，第438—439页。

的语码，而日语则是较低的语码。因此，平等并行的编排版式揭示了两个语码的"地形学"变迁——日语和汉语终于"平等"了。这种通过文体体现出的"和风"意识使日本民族文化的主体性得到了强调。

综上所述，日本的民族文化主体性是在外来作用与内在需求的结合中，在"和风意识"率先觉醒的贵族知识分子创作的民族文学作品中逐渐形成的。因此，我们应当将日本平安时期的文学置于世界文学发展的语境中去深入探寻，而不应当对它们进行居高临下的阐释。

作者简介

吴雨平，苏州大学文学院教授、博士生导师，文学博士。

文学何为？
——文化大传统对文学价值的重估

李永平

引 言

有一种曾经的文化传统，在结构上更为宏大、在意义上更深远、在时间上更悠久，它源于原始宗教时代，贯穿于口头传统时代，流淌于经史子集之中，这样一种文化传统是所有文化的根脉，我们谓之大传统。在2012年文学人类学第六届年会上，台湾中兴大学陈器文对大传统的界定有以下五点：1．长时间的延递；2．社会群体的认同；3．对个体具有内化作用与制约力；4．潜意识的优势合法性；5．具有人文意义与价值感。② 大传统在历史的延递过程中，其下游会发生轮替与置换，但其本质不会改变。叶舒宪针对中国文化源远流长和多层叠加、融合变化的复杂情况，认为由汉字编码的文化传统叫做小传统，将前文字时代的（和文字时代没有进入文字记录的）文化传统视为大传统。这样，从文明史的角度判断中国文化的大传统与小传统，有一个容易辨识的基本分界，那就是汉字书写系统的有无。③ 本文旨在探讨大传统观对当前文学观念的变革作用。

一、文化大传统范式的意义

文化是要靠表述的，甚至我们说，历史上没有被表述的文化就不是文化，但表述方式在历时性的层累之后，后面的表述扭曲、遮蔽乃至与之前的表述分道扬

---

① 本文原载于《思想战线》2013年第5期。
② 根据台湾中兴大学陈器文教授在2012年文学人类学第六届年会上（重庆）发言的录音整理。
③ 叶舒宪：《叶舒宪谈中国文化的大传统与小传统》，载《光明日报》2010年08月30日。

镳,"大传统"概念的提出就是对人类表述方式之一"写文化"的深刻反思。历史上文明古国的因为民族更替,历史被层累覆盖,遭受殖民统治的民族国家"集体失语",他们的表述在展示或表达民族文化传统时,殖民心态使传统经历再遗忘和再选择,在被话语围困的处境中很难再有突围的视野、勇气和魄力。

文字产生以后,书写媒介参与进了话语权力的分配。媒介权力的文化表述面目繁多:书写媒介霸权以"白纸黑字"的表述,参与了真实与虚构的话语实践,历史叙述已经习惯性地把没有文献叙述的事件和历史看成子虚乌有,把没有文字的民族看成"低级"、"原始"、"野蛮"、"蒙昧"的民族。历史学确立了依据文献史料判断历史叙述真实性的真理观,然后又依据这种真理观否认口述历史和民间历史的真实性,从而否认其作为历史叙事的权利。

经由国家权力和书写、印刷等媒介技术的整合,书写叙述又成为"想象的共同体"必需的建构链条。口传时代和信仰紧密关联的口耳相传的口述事实,即便记录下来,仍然被书写媒介规制、筛选,要么抬升成为经典,要么断裂、遮蔽,被遗忘为"神话"、"传说"甚至"志怪",来自人类学、考古学反思的大传统范式,独辟蹊径方能舍筏登岸,在一定意义上,超越西方现代性的魔咒、书写媒介和身份遮蔽,重新以整体宏观的眼光理解包括华夏文明在内的世界各国文明的起源及其关系。

在传统的自觉上,民族国家亟须一场多元文明、多元文化价值、本土文化自觉的转型和启蒙,所以在这个意义上,大传统的文化观,从后现代知识观出发,自觉认同后殖民批判的立场,把无文字民族的文化遗产和文化传统看成和文明传统一样重要,① 引领民族国家最大限度的摆脱现代性话语权力规制,实现思想和文化的再启蒙。大传统把文学还原到原初的文化环境中,对文学的理解和文学观念革新的价值和意义同样可圈可点。

二、文化大传统视野下的文学观念革新

1. 重建文学的知识谱系

视野决定境界,大传统所引领是人文学科走出书斋,走进田野,眼光向下,

---

① 叶舒宪:《重新划分大、小传统的学术创意与学术伦理:叶舒宪教授访谈录》,载《社会科学家》2012 年第 7 期。

重视民族、民间活态的口头传统范式，是后现代真理观的推动下，本土文化自觉和学术范式变革的表现。口传文化和物叙事超越文字拘牵，更能舍筏登岸，复原远古以来人类文化发生发展的真实语境及其形态，这与文化研究多重证据所呈现的文化表达的立体关联，是对文学谱系的重新思考和全新定位。

大传统之于文学最值得重视的是对口头传统的再发现。这使得对文学的理解重新还原最初的"多媒体"场域，在原初的视、听、仪式等空间场域中，立体、聚焦式地还原使得文学发生的第一现场。长期以来，后起的文字媒介小传统对文学筛选、扭曲、祛魅、矮化，以致圆凿方枘，所造成的遮蔽显而易见。考索《圣经》的形成史，荷马史诗传播史，细读藏族史诗《格萨尔》神授艺人嘎藏智化的实地采访录音，文字媒介所承载的文学只是漫长得多的口头传统的规训和固化。从比较文化的角度或从人类学、民俗学的立场看待国学之原典由来，我们惊讶地发现，原来被抬高到"经"的所谓圣人之书，其实大都是靠口语传承下来的，是口头叙事，而非书写文本，更不是后代意义上的书本。《周礼》中有数以百计的盲官在朝廷官府担任着传承礼乐文化知识的要职，他们和古希腊的盲诗人荷马一样，具有在生理上的听觉发达超群的特征，这绝不是巧合现象，而是前文字时代的人类普遍现象。①

透过今天几乎所有文学现象的纸背，沿波讨源，见微知著，就像宇宙学家通过测量宇宙微波背景辐射来推断宇宙大爆炸一样，大传统就是要通过民俗、仪式、口头程式、宗教观念等文化事项捕捉该事项第一现场发出来的声波。大传统观念的建立，以元学科的立场，不仅动用文字小传统编码，更动用使用文化事项中的占星术、天文历法、考古发掘、宗教信仰等成果，使得长期被学科分离所规制的支离破碎的文化重获整体感。文化大传统下的文学不再是只见树木不见森林的"技术科层"之学，作为连续性的文明，中国学问只有问学门径的不同，没有具体学科的分野。这意味着文学批评家向人类学家学习田野作业的考查方式，尝试从交往和传播情景的内部把握口传到书写的文学谱系变异，以及由此而产生的信息缺失、传达变形、阐释误读和效果断裂。

大传统还原文学演进谱系，对口语诗学的回归，其意义正如美国学者弗里所言，使长期沉浸在书写和文本中的人们"重新发现那最纵深也最持久的人类表达

---

① 叶舒宪：《国学考据学的证据法研究及展望：从一重证据法到四重证据法》，载《证据科学》2009年第4期。

之根",为"开启口头传承中长期隐藏的秘密提供了至为关键的一把钥匙"。① 且不说中国传统累积小说,今天各民族的诗史传唱、民歌民谣、说唱性展演本身就是次生口头传统,就是中国早期的文字文献《尚书》,《论语》、《老子》同样来自于口头大传统。② 对口传文化的发掘,使得文化溯源工作在材料搜罗和比较上,接续上世纪初的歌谣运动发出"口语诗学"之新声,再次引领知识界从文艺到学术的"民间转向",口语诗学从日常生活而来,又重回民间,重回多元文化生态,与视觉叙事在"声像相求"的互文中求索真理。③

2. 重建文学人类学意义上的文学史观,重绘中国文学地图

长期以来,中国文学史的编写,仍然贯穿着本土的儒家"夷夏之防",以及"华夏/四夷"二元对立的中原中心文化观念和现代西方"民族"观念建构起来的权威的、不容置疑的"文学"及"文学史"的书写观念。大传统建立文学人类学意义上的文学观,一是对中国文化多源构成的分析以及对"少数民族文学"价值与地位的再重估;二是通过探讨多民族文学史观问题,提出文学人类学意义上的文学史观念构架。叶舒宪提出了中国文化及文学的两条传播路径——红山文化——河西走廊和氐羌——藏彝走廊及其发生源流。据此重构了从熊图腾神话到鲧禹启的文学叙事,《山海经》昆仑玉神话叙事到《红楼梦》玉叙事,从《穆天子传》到《西游记》的"西游"范式等。

对口语文化及其多元文学形态的重视,对神话、少数族裔、边缘、弱势族群文化的关注,从多元族群关系互动的角度提出"多民族文学史观"及"重绘中国文学地图"的努力,既显示出在华夏的边缘,那些文化交汇碰撞的版块连接地带的多元文化景观的连接碰撞和融合,又反思西方中心论、中原中心论、汉族中心论、汉字崇拜及书写媒介专政等。

"多民族文学史观"在价值立场上解构西方中心主义;在地理空间上解构中原中心论,是对现代性立场上的文本中心论的批判反思,其价值指向的是在文学人类学立场上的多元文化对话及文学史重建,最大限度体现出中国文学内部的多

---

① [美]约翰·迈尔斯·弗里:《口头诗学:帕里-洛德理论》中译本前言,朝戈金译,北京:社会科学文献出版社,2000年。
② 叶舒宪:《孔子〈论语〉与口传文化传统》,载《兰州大学学报》2006年第2期。
③ 徐新建:《全球语境与本土认同:比较文学与族群研究》,四川出版集团,2008年,第308—309页。

样性和丰富性。①

3. 对文学功能的反思

以往认为文学有认识、教化、消遣娱乐、宣泄等功能，大传统观念对文学功能问题的阐释，追溯文学的治疗和禳灾等原初的文化整合功能。文学叙事的治疗途径在于"回归大传统"，即回归文学传统中历久弥新的叙事程式和认知模式，让作家文本叙述建构起的符号世界，和读者的阅读想象世界，回归以往的人类经验和文化传统，以求获得对现实问题的理解框架，找到所依赖的价值评判体系，解决现实世界中因身份虚弱、身份冲突、单一身份执着等问题引发的自我确立困难，获得稳定的文化支持和身份认同，还主体一个明确的自我，达成认知协调，由此消除个体内心生活的障碍，维持身心、个人和社会之间的健康均衡关系，从容应对突发事件，抚平心理创伤。② 所以文学在社会人类学意义上的功能发挥和个体心理、社会心理意义上的情绪—情感的宣泄和满足是统一的。

大传统的文学治疗功能在个体生理—心理和族群文化传统之间建立了双向关联，并和以往的文学认识、教化、消遣娱乐、宣泄等功能说获得了认识上的统一。这一点叶舒宪最新提出的文化传统的N及编码理论给出了进一步的研究：认为把一万年以来的文化文本和当代作家的文学文本之关系，可归纳成"N级编码体系理论"。从"大传统"到"小传统"，可以按先后顺序，排列出N级的符号编码程序。无文字时代的文物、图像，充当着文化意义的原型编码作用，可称为一级编码，主宰这一编码的基本原则是神话思维。汉字的形成，是二级编码或次级编码，其中发挥的是音、声、意、形之间引譬连类地关联性创造力。三级编码指早先用汉字书写下来的古代经典。今日的作家写作，处在这一历史编码程序的顶端，称之为N级编码。N级编码和元编码之间的能级关系是：善于调动程序中的前三级编码，尤其是程序底端的深层编码，谁就较容易获取深厚的文化蕴含，给作品带来巨大的意义张力空间。这也就很好地解释了掌握博大精深的文化传统对一个作家的意义，同时也暗合了荣格集体无意识的原型理论。

人类两大基本表述系统对应着治疗的两种基本类型：抒情/叙事传统。抒情

---

① 叶舒宪：《文化自觉与"文学"、"文学史观"反思：西方知识范式对中国本土的创新与误导》，载《文学评论》2008年第6期。

② 代云红：《中国文学人类学的基本问题》，云南大学出版社，2012年，第228—229页。

诗歌的治疗主要是"唱咒诗治疗",其疗效的发生主要在于激发语言的法术力量;叙事治疗的疗效来源于幻想的转移替代作用。①

4. 对神话价值的再认识

我们今人神话观的主要窠臼,就是貌似合法并且权威的将文史哲割裂开的现代性学科制,从文学学科,神话仅被看作文学想象源头,被看做"幻想"、"虚构"或"子虚乌有",在学科内部,神话则被归入与书写经典文学相对的,不登大雅之堂、下里巴人的"民间文学"。从历史学科看,神话是"伪史",是科学的历史观的对立面。因之,严谨的学人唯恐避之不及。从哲学学科看,神话是非理性的孪生兄弟,因而成为理性的对立面。要建立"逻各斯"(logos)的权威,必须从哲学王国中将"秘索思"(mythos)和诗人幻觉等统统驱逐出去。②

文化大传统的范式,把神话概念从现代性的学术分科制度的割裂与遮蔽中解放出来。我们知道,信仰时代的叙述大都是从神话框架开始的,以往神话被认为是文学的一种,大传统视野绝不简单地把神话形式理解为文学,人类早期的认识和信仰的全部表现为神话叙事,所以神话成为后世认识史前文化和当今精神家园最重要的门径,神话叙事留给人类精神以无比丰富的原型意象和符号资源,其超学科的潜在能量绝不能被人为的学科设置所遮掩,正如坎贝尔所言,"我们赖以生存的神话"。③

对于神话阐释有两个原则。第一,对文学原初的神话叙述,在理性中心的影响下无论是《圣经·旧约》中的希伯来历史,还是《春秋》和《史记》都距离现代人所设想的"客观"历史或"历史科学"十分遥远。但从大传统所倡导的功能主义角度,神话叙述都是广义社会结构的组成部分。按照弗莱的看法,文学从属于神话,而非神话从属于文学。若考虑到神话与宗教信仰和仪式活动的原初关联,则神话的概念要比文学的概念宽广。神话所反映的原始思维中的心理和情感,对社会结构和功能的有序运作至关重要。第二,在写实层面上,神话的深层结构的隐喻的无意识认知秩序,这种秩序是一种普遍的思维模式。由神话开启的

---

① 叶舒宪:《文学治疗的民族志》,载《百色学院学报》2008年第5期。
② 叶舒宪:《中国的神话历史——从"中国神话"到"神话中国"》,《金枝玉叶:比较神话学的中国视角》,复旦大学出版社,2012年,第40页。
③ 叶舒宪.《神话学文库总序》,《神话—原型批评》陕西师范大学出版总社有限公司,2011年,第2页。

文学叙述是一部人类精神的秩序建构与疗救（即恢复秩序）史。

神话表达、激发、拓展了人们对世界进行的现实描述，相对于科学家那种单一的物质世界里的真理来说，神话式的真理，更加具行道德上，价值观念上以及显著的宇宙观上的意味。①

德国哲学家雅斯贝尔斯所言的"轴心时代"，中国、印度、以色列、希腊都发生了"哲学的突破"，又都同时出现了诗歌，体现出了精神发展的普遍性。② 而中国的"礼乐文明"传统中还有"巫"的成分，但儒道墨三家都不约而同的克服了"巫"的余威，但同时又把"巫"的内核收归为文化传统的"心"中。考释早期儒家文明的起源，仪式唱诵由瞽矇等神职人员担任，交通人神，神权衰落后，瞽矇成为乐师和史官。官学失守后，瞽矇流落民间成为盲艺人或算命先生。在神圣的祈禳仪式上，"祭祀王"进行沟通人神活动所使用祝、颂、咒语、演剧等形式，是文学最早的意识源头。诗为"寺人之言"，③ 祭祀禳灾仪式是诗乐舞等文学艺术早期产生的场域。

后世叙述文学由通神祝颂赞等活动的声教转化为对族群英雄祖先事迹"出生入死"的仪式性反复吟诵，长期累积为口头程式，在集体记忆中逐渐叠加为传统，用以教化族群，凝聚族群力量、实现族群认同。

5. 对文学视野的开拓

文化大传统观念下的文学人类学模式分析法，对文学的分析犹如乔姆斯基"转换生成语法"对语言的驾驭和分析：世界上面貌繁多，千变万化的各种语言，是由深层模式高度统一的结构转换生成的。因之，不同民族国家文学的"具体语法"，在不同文化的深层，具有一种"普遍语法"结构。文化大传统视野下的文学，在历时性的材料上古今中外"一网打尽"，在释古方法上的多重证据立体聚

---

① 在后现代大传统的视野下，知识并不只限于自然法则下的理性和物质世界，而是存在各种各样的知识：在他人中间存在经验性的知识、修辞型的知识、隐喻的知识、社会的知识以及道德和审美上的知识。关于确定性和多变性的想象在神话中扮演了重要角色，具有明显的政治含义和社会含义。神话通常表达了特定的政治观点，有别于一般的权力模式的规约。通过这样的安排，就能够清晰地描绘出特定模式的恰当性和畸异性。参见奈杰尔·拉波特、乔安娜·奥弗林：《社会文化人类学的关键概念》，华夏出版社，2009年，第264—265页。

② 雅斯贝尔斯：《历史的起源与目标》，魏楚雄、俞新天译，华夏出版社，1989年。

③ 叶舒宪：《诗经的文化阐释：中国诗歌的发生》第三章"诗言寺"，湖北人民出版社，1994年。

焦。和下象棋一样，棋局再千变万化，都必须遵守基本象棋规则。文学人类学的"文化模式"原则中蕴含着"普遍语法"这一基本规则的影子。

文学人类学的理论先导"人类学诗学"和"民族志诗学"是西方用来解构自古希腊亚里士多德以来占据西方思想统治地位的"诗学"观念，使当今文学理论的概念能够真正涵盖并有效阐释现存人类的数千种族群的活着的多媒体表演情景中的文学及其文化传统。从这一意义上看，大传统的文学人类学立场首先是民族的，因为该理论蕴含了保护人类文学的多样性存在，特别是众多的无文字社会的文学存在，同时也能够更加突出现象学意义上的文学认识，抢救在全球化浪潮冲击下陷入失语状态的原生态文学；又是世界的，是比较文学与世界文学的，因为在包罗万象的民族文学背后试图探考其普遍的、永恒的逻辑规律和语法结构。①

加拿大文艺理论家提出"原型"概念，旨在从文化传统和历时性演变的角度探讨文学主题的发生和发展。在文化大传统的观念支配下，探讨不可经验的、但又实际存在并支配、决定着千变万化的文化表象下的深层结构模式，除一般意义上的文学外，把仪式、民俗、梦境、宗教等学科结合起来，在跨学科视野中对人类象征思维这种深层模式做出合理的发生学阐释，力求在主体——人的（思维）心理结构和客体对象的结构之间的对应关系中，把握原型生成及转换的规律性线索。② 因之，大传统对文学的把握是文化的、整体宏观的、大视距的，本身包含着比较文学的内核与视界。

三、文学大传统与小传统的视域统一

文化大传统的文学观念必须处理好大传统和小传统的关系。我们由文字承载的文学形式可谓异彩纷呈、面目多样。如果说大传统是文字产生以前的传统，那么无文字的大传统文学和由文字记录的文学及其"小传统"之间的逻辑关联是什么？其中间环节又是什么？

文化大传统中的口头传统是人类文化的表达之根，书写传统继承了它文类的丰富性。众所周知，口头表达的历史大约在12—20万年之间，书写的历史与之相

---

① 叶舒宪：《从"世界文学"到"文学人类学"：文学观念的当代转型略说》，载《当代外语研究》2010年第10期。

② 叶舒宪：《文学的人类学研究》，《英雄与太阳》前言，陕西人民出版社，2005年。

比极为短暂。然而，书写传统的媒介特性在近两千年来获得了话语霸权，从而替代口头传统挤占了文化表达的主流空间。这种现状容易给当今学人造成一些片面的理解：一种是脱离两种表述传统存在的文化环境去理解彼此的历史地位，厚此薄彼，有失公允；二是在理解两种文化传统时，缺乏一种动态的、演化的、历时性的眼光。

笔者认为，如果把大传统视野下的文学区分为两个方面：一是前文字的口头传统；二是与文字书写传统并行的口头传统。在前文字时代，二者是历时性的关系；在文字时代，二者存在共时性关系。研究前者主要靠文物、图像和遗址、口头神话等。研究后者主要靠仪式、民俗活动中的口传叙事等。

西方"荷马问题"的研究给我们回答二者统一问题提供了思路。由神话思维的原编码转化为口头传统，口头传统中埋藏着神话叙事的深远之根。那些"积极传统的携带者"，运用传统性指涉，从"表层结构上"与表演场景相表里，极大地调动属于个体特性的语言天赋，从"深层结构上"又谙熟与神话叙事等文化传统铆合最为紧密的结构、主题等程式化表达，正如纳格勒所言"在演唱的瞬间，如自然流泻一般，使继承而来的传统性的冲动，得以独创性地实现。"①

大传统中的"口头传统"和"小传统"所表现出的"书写文化"是文化传统的两个极端，二者之间存在许多"过渡性文本"。程式出现的频度，在实践中往往成为判定诗歌是否具有口头起源的指数。当一个文本的程式权重超过20%时，我们一般认为这一表达源于原生口头传统。②

前文字时代和荷马史诗一样的口头叙事诗表演创作者大多是文盲，他们吟诵的诗歌韵律规整、套语众多。也就是说创造了辉煌的神话、诗史和传说的口头大传统演变为小传统的漫长过程中，形成了大量套语和程式。这些标准化的套语围绕一定主题形成一些群落，其主题有：议事会、调兵遣将、对垒叫阵、英雄的盾牌、英雄的战马、轮回、最后的审判、世界末日等等。③ 其中最核心

---

① 约翰·迈尔斯·弗里《口头诗学：帕里—洛德理论》，北京：社会科学文献出版社，2000年，第262页。

② 约瑟夫·达根在《罗兰之歌：程式风格与诗学技巧》一文中使用电脑技术进行量化研究。参见约翰·迈尔斯·弗里《口头诗学：帕里—洛德理论》，北京：社会科学文献出版社，2000年，第250页。

③ [美]沃尔特·翁：《口语文化与书面文化：语词的技术化》，何道宽译，北京：北京大学出版社，2008年，第16页。

的母题梦绕魂牵地和文人书写文学传统相互参照，彼此牵连，形成一个潜力无限的开放网络，以此构成文本过去、现在、将来的巨大开放体系和文学符号学的演变过程。

  大传统给书面文学提供了土壤和营养，不同民族的书写文学诞生于大传统时期的"巫术—宗教意义的神圣空间"，而这种源于长期社会实践的审美活动，积淀了人类诞生以来所有智慧，如今形成的原型意象贯穿于大大小小的文学主题之中。书写传统和口头传统之间存在明显的张力，学习读书写字会使口头诗人的创作逐渐具有脱离神圣空间和信仰的倾向，从而丧失创造力。读写能力产生的文本观念也远离了文学艺术的初衷，这对口头诗人的叙事起着一种潜在抑制作用，甚至直接干扰口头传统过程。①

  前文字和非文字的大传统和以书写为特点的书写传统之间的过渡形态是"次生口头传统"。从这个意义上，文化的N级编码逻辑中元编码不仅是无文字时代的文物、图像，还应该包括"祝"、"颂"、"赞"等人类早期的音声形态的"祭坛古歌"；二级编码不仅是汉字，还包括其语言表音系统；三级编码是汉字书写的早期经典和次生口头传统。这一点从叶舒宪对蛙神创世神话的信仰背景的研究中可以体察到。②

  进入口语文化的研究领域的人类学家，他们吸收了米尔曼·帕里、阿尔伯特·洛德、哈弗洛克、沃尔特·翁、约瑟夫·达根、格雷戈里·纳吉等学者的研究成果，认为迄今为止从巫术到科学的转变，或者从所谓"前逻辑"到日益"理性"的意识的转变，所有这些标签都可以用口头演述、音声文本、书写口头诗歌、诗人创作的各阶段的大脑"两院制"属性演化来解释，而且这样的解释既言简意赅又切中要害，令人信服。③

---

  ① ［美］沃尔特·翁：《口语文化与书面文化：语词的技术化》，何道宽译，北京大学出版社，2008年，第45页。

  ② 按照"蛙"思维文化编码列举：1级编码：物与图像（兴隆洼文化石蟾蜍/良渚文化玉蛙神）2级编码：文字（汉字"蛙"与"娲"的同根同构）3级编码：古代经典《越绝书》蛙怒，台湾原住民赛夏族蛙祖神话；N级编码：后代创作，从《梨俱吠陀》颂经之蛙、《聊斋志异》蛙神，到莫言《蛙》。参见叶舒宪《从女娲到女蛙：中国的蛙神创世神话及信仰背景》，《金枝玉叶：比较神话学的中国视角》，复旦大学出版社，2012年，第49—61页。

  ③ ［美］沃尔特·翁：《口语文化与书面文化：语词的技术化》，何道宽译，北京大学出版社，2008年，第21—22页。

文学大传统和小传统界定的意义在于把文学批评置身于文化人类学的视野中，从文化的演进的"田野"出发，从交流和传播的角度，来认识判断从口传到书写的文本变异，经典形态与过渡形态，以及由此而来的信息缺失、变形、阐释误读等等。

作者简介

李永平，陕西师范大学文学院教授，文学博士，历史学博士后。

文学思维与科学思维的统一性①

——以"仙乡淹留"传说为例

李永平

美国学者雷马克在《比较文学的定义与功能》一文中充分阐述比较文学跨学科研究的重要性。②跨学科研究已经成为文学研究发展的主要推动力之一。在这方面,学界特别强调文学和人类学、哲学、心理学、语言学、政治学以及其他诸多学科相交叉。③出于对学科边界模糊的担心,学界对跨学科的限度一直存有争议。文学与人类学、哲学、心理学、语言学等学科的交叉研究人所共知,但文学和科学的交叉研究,"至今也没有一个被学术界一致认可的具有可操作性的意见"。④本文以在世界范围内流传的"仙乡淹留"故事范型与近代以来物理学相对论具有内在同一性为例,探讨文学直觉思维和科学的逻辑思维的内在统一性,因而两者的比较具有跨学科研究的价值和意义。

一、世界文学中的"仙乡淹留"范型

民俗学家钟敬文先生列举和"仙乡淹留"相似的民间故事50多则,证明它体现了遍布世界的民间故事范型。⑤按照国际上通行的民间故事分类法,这一故

---

① 本文原载于《陕西师范大学学报》(哲学社会科学版)2013年第2期。
② 张隆溪:《比较文学译文集》,北京:北京大学出版社,1982年。
③ Johns Hopkins Guide to Literary Theory and Criticism. http://litguide.press.jhu.edu/preface.html
④ 陈惇:《比较文学》,北京:高等教育出版社,2007年,第8页。
⑤ 《钟敬文民间文学论集》,《古传杂抄之一》,上海文艺出版社,1985年,第508页。

事类型可以对应 AT 分类法第七部分"河神与人"中的第 103 "仙乡淹留、光阴飞逝"。① 根据美籍华人丁乃通先生对中国民间故事类型的分类，则应归属于 471A "和尚与鸟"：一个人上山（1）听到孩子唱歌；（2）看到两个男孩、老头或妇女下棋。（3）当他回到他放工具（水桶、斧子等）或马的地方，他看到他的工具已经腐朽，或他的马已死。当他到家时，他发现已经过了许多年，或甚至已有几代孙子了。②

中国"仙乡淹留"叙述多集中在魏晋南北朝小说中。如《述异记》中《王质》的传说：③

> 信安县石室山，晋时王质伐木至，见童子数人而歌，质因听之。童子以一物与质，如枣核，质含之，不觉饥。俄顷，童子谓曰：'何不去？'质起，视斧柯烂尽。既归，无复时人。④

魏晋多篇小说反映了这样的主题。如"刘晨、阮肇共入天台山，遇二仙女""食胡麻、山羊脯、牛肉，甚甘美，……遂宿焉，遂停半年。"后刘、阮离开，"既出，亲旧零落，邑屋改异，无复相识，问讯得七世孙，传闻上世入山，迷不

---

① 参见"仙乡淹留、光阴飞逝"，[德] 艾伯华：《中国民间故事类型》，王燕生，周祖生译，商务印书馆，1999 年，第 176 页。对于这类传说故事，学界前人从不同的研究视角，采用了不同的命名，如"仙乡奇遇"（参见刘守华《中国民间故事史》第四节《仙乡奇遇》的构成与演变，湖北教育出版社，1999 年）、"烂柯山故事"（参见林继富《山中方七日，世上已千年——"烂柯山"故事解析》，刘守华：《中国民间故事类型研究》，华中师范大学出版社，2002 年。）"仙窟艳遇型故事"和"观仙对弈型故事"（参见祁连休《中国古代民间故事类型研究》，河北教育出版社，2007 年）。德艾伯华《中国民间故事类型》简目 103。金荣华则在 AT844 将其分属宗教故事，并有在 AT844A "仙境一日人间千年"；AT844B "仙境遇艳不知年"；AT844C "龙宫岁月非人间"三种亚型。参见金荣华《中国民间故事集成类型索引》，中国口传文学学会，2007 年，第 304—306 页。

② 丁乃通：《中国民间故事类型索引》，武汉：华中师范大学出版社，2008 年，第 104 页。

③ 该故事西晋：《郡国志·石室山》、南朝《述异记·王质》、《异苑》卷五有相似叙述。此外，后世许多地方的地理志书都有关于"烂柯山"的记载，烂柯山名遍布浙江、福建、河南、山西、陕西、甘肃、广东、云南等地，不胜枚举。此外，《中国民间文学集成》的省卷本中，《烂柯山》、《神笔刘二芝》、《刘皮袄》、《绿轿亭》、《山中方七日》、《三界公爷养菜牛》、《神异的圣塘山》、《仙赐西山茶》、《波莲仙人洞》。参见《浙江通志》卷 18，《福建通志》卷 66，《河南通志》卷 7，《山西通志》卷 25，《陕西通志》卷 13，《甘肃通志》卷 5，《广东通志》卷 12，《云南通志》卷 30，文渊阁四库全书本。

④ 晋王嘉：《拾遗记》，北京：中华书局，1981 年，第 235—236 页。

得归。至晋元八年，忽复去，不知何在。"从开篇提到刘、阮于汉明帝永平五年（公元62年）入山，回乡后又于晋太元八年（公元383年）复去，推算便知山中方半年，人世已三百多年了。①

晋王嘉《拾遗记·洞庭山》也有极为相似的叙述：

> 采药石之人入山中，如行十里，迥然天清霞耀，花芳柳暗，丹楼琼宇，宫观异常。乃见众女，霓裳冰颜，艳质与世人殊别。来邀采药之人，饮以琼浆金液，延入璇室，奏以箫管丝桐，……而达旧乡。已见邑里人户，各非故乡邻，唯寻得九代孙。问之，云：'远祖入洞庭山采药不还，今经三百年矣。'其人说于邻里，亦失所之。

概括此类叙述，我们得知，仙凡两个世界是互相隔绝的，一旦时空隔离被洞穿，"时间差"立即消失，就会发生活人"蝉蜕"、斧柄"烂柯"、"无复时人"等巨大的时空错位。《搜神后记》卷一关于袁相、根硕的叙述就典型记录了这样的悲剧事实：

> 会稽剡县民袁相、根硕二人猎，经深山重岭甚多，见一群山，羊六七头，逐之。经一石桥，甚狭而峻。羊去，根等亦随……有山穴如门，豁然而过。既入内，甚平敞，草木皆春。……潜去。归路，二女已知，追还。乃谓曰："自可去。"乃以一腕囊与根等，语曰："慎勿开也！"于是乃归。后出行，家人开视其囊，囊如莲花，一重去，复一重，至五尽。中有小青鸟，飞去……后根至田中耕，家依常饷之，见在田中不动，就视，但有壳如蝉蜕也。②

同类的叙述在宋代传奇《桃源三妇人》中是这样的：玉源再三告诫陈纯"慎无入南轩，当不利于子"。陈纯好奇心太强，不听劝告，偷偷地潜入。结果"呕一卵于地，化为红鹤飞去"，仙女见状，斥责陈纯："不听吾戒，今不能救矣，莫非命也！后三十年当复此来，宜内养眞元，外崇善行。"③

前述传说中，仙境的时间都比凡间慢。所以回到凡间以后，他同时代的人都

---

① 释道世：《法苑珠林》（卷三十一），北京：中华书局，2003年。
② 李剑国：《新辑搜神后记》，北京：中华书局，2007年，第467页。
③ 李剑国：《宋代传奇集》，北京：中华书局，2001年，第138页。

已故去，遇到的尽是后人。但袁相、根硕所到的异境却不那么走运，他们到的异境时间流速显然比人间快。仙人为了弥补两人年级老迈，行将辞世的时间损失，所以特意给了他们腕囊，试图控制"时空差异"给两位凡男所带来的"严重后果"。但他们的家人不明白其中的原委，"开视其囊"，被机关挽留的"时差"瞬间启动，于是家属只剩下到田间搬回根硕僵尸的机会了。这一叙述的意义在于：该类叙述并不是仙家杜撰的天长地久、青春永葆的虚幻故事。因为"仙乡"时间有快有慢，具有口述"事实"的性质。

最早粗具轮廓地阐释"仙乡淹留"口头叙述传统，并使之文学化的典型，当属陶渊明笔下的《桃花源记》。魏晋之际，这类"仙乡淹留"口头叙述转化为传说，流行于荆湘，且当时据此题材"闻而记之者不止渊明一人"。①

孙逊认为中国"仙乡淹留"范型包括"东汉时已在民间流传的'误入仙境'和'仙人下凡'两种基本框架。"② 笔者认为该范型背后隐含集体无意识的原型：即异境神秘可遇而难求；神奇仙洞救世传说；与仙人游（赋诗、获赠物、或服食仙境食物）；仙境时间"天长地久"；仙凡之间有时间差，时间差可以不启动；怀乡返俗，仙境不可再回归等。进入仙境具有极大地偶然性，不可重复，不可验证。进入仙境往往是因为意外情况所致，即所谓"误入"。具体情形或者迷路，或者遇风暴，或者追逐动物，偶然进入仙境，巧遇仙人等。

"仙乡淹留"模式的意义在于它隐含着民众挣脱空间和时间束缚的内在愿望，这种愿望已经发展成中外文学中的一个共同母题。除中国小说和民间传说以外，也见于其他国家的各类文学作品，比如日本民间传说《浦岛太郎》、芬兰民间传说《走失的新娘》、英国儿童文学《纳尼亚传奇》、《爱丽丝漫游奇境》，意大利

---

① 对神圣而又神秘的"仙乡"的叙述，从魏晋志怪到唐人小说都有大量记载。学者大都认为是受道教影响的虚构和想象，笔者发现该故事类型远远产生在道教创立之前，认为它反映了极为古老的时空观念。近人陈寅恪《桃花源记旁证》归纳出五点结论，依桃花源的时地坐落、坞保结构、形成原因、故事来源加以考证确有其事。《桃花源记旁证》，《金明馆丛稿初编》，生活·读书·新知三联书店，2001 年，第 188 页。对于陈寅恪的推论，唐长孺以证据反驳之指出当时桃花源故事乃一民间流传，考察出确切的时地人物并非恰当，武陵本是蛮族所居之地，桃花源所述故事是根据武陵蛮族传说，反应蛮族人民要求。详见其作《读桃花源记旁证质疑》，收于唐长孺《魏晋南北朝史论丛续篇》，生活·读书·新知三联书店，1959 年，第 165—166 页。无法重返桃花源的世俗理性阐释往往变成：唯有如此，才能更证实了桃花源的美好。

② 孙逊、柳岳梅：《中国古代遇仙小说的历史演变》，载《文学评论》1999 年第 2 期。

《长生不死之地》等。①

　　印度《吠陀经》中谈到梵天的一天就是 1000 个 "malayuga"（大），而每个 "大" 就是 43 万 2 千年（每年 360 天）。换句话说，梵天神宫中的一天就是人世的 43.2 亿年，或者 1555.2 亿天。《五灯会元》中禅师讲人间四百年在弥勒的天宫只是一昼夜而已。又说："弥勒于一时中，成就五百亿天子。"②

　　意大利童话《长生不死之地》中讲了这样的故事：一位青年告别家人寻找长生不死之地。历经千辛万苦，终于找到了可以长生不死的神奇地方。后来他想回家看看，一位老人交给他一匹往返的白马，告诫他在往返的路上千万不能下马。回去的路上，年轻人发现时间已经过去了许多年，家乡发生巨变，他一点也认不出来。在他返回的路上，年轻人忘记了告诫动了恻隐之心，刚一下马，就被早已等他数年的死神抓走了。③

　　美国 19 世纪著名短篇小说家华盛顿·欧文的小说《李泊大梦》也是仙乡淹留传说的典型。其中农民瑞普·凡·温克尔生活在卡慈吉尔丛山、哈德逊河畔的荷兰人后裔的小村子里，他淳朴善良，无所事事，为了躲避妻子的凶悍带着他的狗上山打猎，在大山深处遇到了一个陌生人，一向乐于助人的瑞普便帮此人把酒扛到了一处自然地貌酷似露天剧场的山中平地，那里有许多身穿古代服装的小个子水手在玩九柱戏。温克尔喝了他们的酒，沉睡了二十年，对世界已发生巨变茫无所知。醒来下山，时间已经是二十年之后。山水依然，村路如故，但是那间村中旅馆的匾额，已从英王乔治三世像，变成了 "大将华盛顿"。早年坐在这里的村民始终是倦容满面、无所事事的样子，现在则气概昂然，言论锋利，所谈论的都是自由、议会、选举、民主、民权等等他这个 "隔世之人" 一无所知的概念。

　　华盛顿·欧文是一个高度重视古代神话和民间传统的作家。《李泊大梦》是华盛顿·欧文从德国的民间传说移植过来的《见闻杂记》中最优秀的一篇，作品中蕴含着丰富的原始意象。

　　日本的 "仙乡淹留" 范式反映在浦岛传说之中。从上古时代的《日本书记》、《丹后国风土记》、《万叶集》到室町时代的《御伽草子》都有这一传说。浦岛太郎是一朴实的渔民，有一天他在海边看到一只大海龟被一群孩子欺负，善良的浦

---

① 据《中国民间故事集成类型索引》所知，土耳其、斯洛伐克、意大利、美国、越南、罗马尼亚、日本也有相同类型的民间故事。
② ［宋代］普济：《五灯会元》第 3 册，中华书局，1984 年，第 1039 页。
③ 伊塔洛·卡尔维诺：《意大利童话》，北京：译林出版社，2003 年，第 62—64 页。

岛太郎花钱买下了这只海龟并把它放生大海。一段时间后，为了报恩海龟找到了浦岛太郎并带他去龙宫玩。龙宫的公主乙姬设宴席款待他，并让他住下来。浦岛太郎被龙宫的美景和天堂般的生活所陶醉，不知不觉在龙宫住了三年。三年后，浦岛太朗担心起了父母，向公主乙姬请辞。临走前，乙姬送给他一个箱子，并告诫他不到年老时千万不要打开。回到渔村后，浦岛太郎发觉村庄和原来完全不同了，不但道路建筑有所改变，连人都不认识了。于是他以为自己走错了地方，在几经周折后他决定打开乙姬给的那个箱子，突然一阵白烟，箱子变成了一只仙鹤。原来乙姬发觉浦岛太郎心地善良，所以给了他一千年寿命（鹤就代表千年），而龙宫过的三年，地面已经过了 700 年了，由于浦岛太郎没有遵守约定，最后剩下的 300 年他就一直和海龟生活在了一起。

　　这些不同民族、不同时间共同的"仙乡淹留"叙述都饱含着一个颇具意味的地理空间，进入或处于这一神秘的地理空间（仙境或神秘器物），如刘、阮的天台山（道教十大洞天），费长房传中的"壶中"，东方朔的"虞泉"，王质的"石室山"，瑞普·普凡·温克尔的深山，浦岛传说的龙宫或小匣子，这里的空间环境有一个共同点：即开始的"误入"、"进入"、"延入"神秘的空间，再"回归"初始已不可得，时间已经断裂，像是突遭一劫，进入了一个新的时空隧道，回归家乡已时过境迁，正所谓"仙界方一日，人间已千年"。想再重返过去，常因已打破某一神秘禁忌已经不可能。①

　　我们往往把这简单理解成文学中的想象或虚构，殊不知相对论产生以来的科学家的理论探索，竟发现有如此巧合的客观事实存在。

二、科学探索中"仙乡淹留"式时空观

　　文学中"仙乡淹留"的奇幻传说，在现代物理的理论探索中被证明是科学事实。相对论发现之前世界各国时空穿梭的奇妙传说竟是宇宙中客观存在的时空现象。

　　众所周知，爱因斯坦时空相对论诞生之前，亚里士多德和牛顿都相信绝对时间。也就是当时他们相信，只要有足够好的时钟，人们可以精准地测量两个事件之间的时间间隔。因为时间和空间是各自独立存在的，所以这种测量不受其他因

---

① 万建中：《解读禁忌》，北京：商务印书馆，2001 年，第 153—157 页。

素的影响。今天我们都明白，该观念在处理宇宙空间的星体运行时常捉襟见肘。

爱因斯坦的狭义相对论诞生以后，时间成为和空间紧密联系的统一体，时间是速度的函数。仔细分析，我们发现科学探索中对时间和空间关系的理解几乎和仙乡淹留传说的时空观一致。求长生活动中，人们开始把长生的希望寄托仙药和仙人身上，后来仙人、仙药不在人间而在异域、海外，于是成仙、不死便是要身处异域、海外等秘密空间。齐宣王、燕昭王和秦始皇入海，汉武帝开辟西域，求汗血宝马等求仙活动，首先体现为对异域空间的开辟。① 30 这样，求长生的问题，就自然就成了空间转换问题。时间和空间就紧密地联系起来。屈原为了摆脱了时间压力，采取的是"朝发轫于苍梧兮，夕余至乎县圃"式地快速的空间挪移。对屈原来说，天上的内涵首先是"高速度"，而高速的运动可以超越时间。②

科学探索中的狭义相对论有著名的"双生子佯谬"：一对双生子，如果一个孩子在以近于光速运动的空间飞船中做长途旅行，由于相对论的时间膨胀，当他回到地球时，他比留在地球的另一个人年轻很多。这就是已经被不稳定离子所证实的爱因斯坦的时间延缓预言。③ "当我们以接近光速的速度移动时，我们的标尺将会缩短、时钟将会变慢"，"当我们以光速移动时，时间将不再流动，而我们开始以超越光速的速度移动时，时光将会倒流！"④

显然，在狭义相对论的框架下，要接近光速并实现时空穿梭绝无可能。狭义相对论之后，当代物理学研究发现，其实，实现时空穿梭另有他途。美国物理学家斯内法克教授研究认为，空间存在着许多一般人用眼睛看不到的，然而却客观存在的"时空隧道"，历史上神秘失踪的人、船、飞机等，实际上是进入了这样

---

① 余英时：《东汉生死观》，上海：上海古籍出版社，2005 年。

② 游仙诗类诗歌的共同点是，通过飞升、羽化、蝉蜕等神秘方式，骑乘六龙、八龙、白虎、凤、虎、仙鹤等动物，或凭借灵芝、玉英、玉树、扶桑、建木等到达另外一个空间，远古萨满信仰所催生的神话思维背后隐藏着宇宙起源这个古老而神秘的问题。

③ 参见斯蒂芬·霍金：《时间简史》，湖南科学技术出版社，2000 年，第 2—7 章。"时空隧道"即虫洞（又名爱因斯坦—罗森桥）虽多见于科幻，却不是任何边缘科学或业余幻想，它的起源令人尊敬，来自于爱因斯坦与罗森的一篇论文。其可描述成连接宇宙遥远区域间的时空细管，而暗物质负责维持着虫洞出口的敞开。最简单地去理解，就是把时空卷曲起来，创造一条事件 A 和事件 B 间的近路。虫洞亦可能是连接黑洞和白洞的时空隧道，所以也叫"灰道"。在这时，白洞可以看成时间呈现反转的黑洞，进入黑洞的物质，最后会从白洞出来，出现在另外一个宇宙。这是本次研究中一个非常重要的概念。参见《宇宙可能位于虫洞内部》，载《科技日报》2010 年 4 月 5 日。

④ 中国经济网《"时间机器"可飞进未来？光速是时空旅行关键》EB/OL. 2010 – 05 – 25. http://news.163.com/10/0525/06/67GSF8R2000146BD_2.html.

的神秘的"时空隧道"。① 美国著名科学家约翰·布凯里教授对"时空隧道"提出了以下几点理论假说：（1）"时空隧道"是客观存在的，它看不见，摸不着，对于我们人类生活的物质世界，它像一个圆柱形隧道，通过时间扭曲，把物体吸入，进行太空旅行。（2）"时空隧道"和人类世界不是一个时间体系，进入另一套时间体系里，有可能回到遥远的过去，或进入未来。因为在"时空隧道"里，时间和空间都有正负。它可以正转，也可倒转，还可以相对静止。（3）对于地球上物质世界，进入"时空隧道"，意味着神秘失踪；而从"时空隧道"中出来，又意味着神秘再现。早期时空隧道多是天然形成或意外产生的。由于"时空隧道"里时光可以相对静止，故而失踪几十年就像一天或半天一样。②

在20世纪50年代，已有科学家对"虫洞"作过研究，由于当时历史条件所限，一些物理学家认为，理论上也许可以使用"虫洞"，但"虫洞"的引力过大，会毁灭所有进入的东西，因此不可能用在宇宙航行上。

当今最伟大的理论物理学家斯蒂芬·霍金强调，"虫洞"就在我们四周，宇宙中充斥着数以百万计的"虫洞"，只是小到肉眼很难看见，它们存在于空间与时间的裂缝中。在广袤的宇宙中，在非常偶然的情况下，会出现可穿越的虫洞（即时空隧道），它将成为宇宙旅行的"秘密空间"。莫里斯、托恩、尤瑟夫三位宇宙学家从理论上指出，虫洞可以在宇宙的正常时空中成为一个突然出现的超时空管道而不坍塌。这就意味着一旦进入虫洞，就会瞬间实现小说中所说的"仙乡淹留"式的时空穿梭。③

爱因斯坦和纳珍·罗森指出广义相对论可能出现的"超时空管道"，即"爱因斯坦—罗森桥"（虫洞）。只要存在合适的虫洞，无论多么遥远的地方都有可能瞬间到达。在一些科幻故事中，技术水平高度发达的文明世界利用虫洞进行星际旅行就像今天的我们利用高速公路在城镇间旅行一样。在著名的美国科幻电影及电视连续剧《星际之门》中人类利用外星文明留在地球上的一台被称为"星际之

---

① 如果我们的视野移出文学，进入到现实生活的传闻叙述，我们会发现有关"时空隧道"类超自然现象的叙述如此之普遍。最著名的"南极时空之门"、"百慕大三角失踪者再现，海风号失踪八年再现"、"九十三名船员骤然衰老之谜"、"海洋中漂流四十五年的士兵获救"、"泰坦尼克幸存者80年后再现"、"失踪二十四年再现的渔民"等等。参见 http://zhidao.baidu.com/question/439115490.html.

② http://baike.baidu.com/view/940.htm. "时空隧道"百度百科。

③ 彼得·柯文尼、罗杰·海菲尔德：《时间之箭》，江涛译，长沙：湖南科学技术出版社，1995年，第92—93页。

门"的设备可以与其他许多遥远星球上的"星际之门"建立虫洞连接,从而几乎能够瞬时地把人和设备送到另外一个时空。

通过某一通道,飞入或误入另一世界(国度)是"仙乡淹留"范型在世界民间故事中的变异形态。弗拉基米尔·普洛普在《故事形态学》中罗列其"角色的功能",其中有一类是"人物转移":即在两个遥远的空间或国度实现人物的迅速转移。"这个国家或者远在天边,或者在山高水深之处。或者在纵向上,或在高空,或在深海或地下。"接着,普罗普罗列人物实现挪移的许多方式:

1. 他在空中飞翔(R1)。骑在马背上(171),被鸟驮着(210),化作鸟的形象(162),乘飞船(138),坐在飞毯上(192),伏在巨人或精灵的背上(210),乘坐鬼的车(154)等等。被鸟驮着飞有时还伴随着一个细节:在路上需要喂它,主人公随身带着一头牛和其他的东西。

2. 他在陆地或水中行驶(R2)。骑着马或狼(168)。乘船(247)。无手人背着无脚人(196)。猫坐在狗的背上渡过了河(190)。

3. 他使用固定不动的通行工具(R5)。他顺着梯子攀登(156)。他找到一条地下通道并用上了它(141)。他踩着大狗鱼的脊背当成桥走(156)。他拽着绳索往下降等等。

4. 循着血迹前行(R6)。主人公打败了住在林中小木屋里的人,那人逃跑了,藏身在一块石头下面。伊万循着他的踪迹找到了通往另一个王国的入口。①

在仙乡异境和现实常境之间,未实现无缝连接,在神话叙述或民间故事的文本中,前往仙乡异境的路上,需要骑马或骑鸟,乘飞船,乘飞毯,坐在巨人或鬼魂肩上,乘魔鬼的车辆等等,路上经历也异乎寻常。晋人王嘉《拾遗记·洞庭山》记采药石人进仙境:"其山又有灵洞,入中常如有烛于前,中有异香芬馥,泉石明朗。采药石之人入中,如行十里,然天清霞耀,花芳柳暗,丹楼琼宇,宫观异常。"和相对论的研究相类比,这自然使人联想到进入"时空隧道"(虫洞)的情景。

口头传统留下的"仙乡淹留"叙述以不同的面貌被后世文人不断地收集、整理、改编、传播。《聊斋志异》通过贾奉雉回乡后所见情景,非常生动地记录

---

① 弗拉基米尔·普洛普:《故事形态学》,贾放译,北京:中华书局,2006年,第45—46页。

"前世今生"般的时间错位,令人感慨唏嘘:

> 但见房垣零落,旧景全非,村中老幼,竟无一相识者,心始骇异。忽念刘、阮返自天台,情景真似。不敢入门,于对户憩坐。良久,有老翁曳杖出。贾揖之,问:"贾某家何所?"翁指其第曰:"此即是也。得无欲闻奇事耶?仆悉知之。相传此公闻捷即遁;遁时其子才七八岁。后至十四五岁,……远近闻其异,皆来访视,近日稍稀矣。"贾豁然顿悟,曰:"翁不知贾奉雉即某是也。"翁大骇,走报其家。时长孙已死;次孙祥,至五十余矣。①

抛开科学事实这样的价值框架,我们就会发现,民众集体无意识记录下来的传说,在世代讲述传承过程中,充当了传统社会人类时间空间观念的一种更为直观生动的载体这样的角色。仙乡淹留型传说对于时间和空间的生动表述,反映了人类传统的时空观念和接受框架,强调了一个仙境式极其特殊时空状态的存在,并在与现实的对比中将这种时空的特殊性,与日常现象和现实逻辑的矛盾性转化得合情合理,让人容易接受。

"仙乡淹留"范型经过马克·吐温小说《一个在亚瑟王廷的康州美国人》的进一步传播放大,和相对论一道对西方时空穿梭电影产生了巨大的推动效应。其中著名电影《后天》、《绝不通融》、《时空线索》、《时间机器》、《蝴蝶效应123》、《终结者》、《重返中世纪》、《天军》、《回到未来》、《超时空效应》、《重回十七岁》、《逆时旅行寻根记》、《返老还童》等所述的故事,都属于这一类型。在这一类型的电影中,都有"从当下的时间到达另一个不连续的时间"的情节片段。②

通过类比,我们把文学中的仙乡淹留范式和相对时空观的相似性归纳如下:

---

① 蒲松龄:《聊斋志异》,张友鹤辑校,上海:上海古籍出版社,1986年,第1363—1364页。
② 中外文学关于时空穿梭的叙述只是揭示了"走向未来"或"回到过去"要经历的"时空差异"之感性事实。遗憾的是,由于叙述框架的局限,这一叙述没有留下对"后穿越时代"悖论的理论思考。而现代以来《回到未来》等的穿越小说、电影则考虑到时空穿梭实现以后的种种悖论,因之出现了"循环因果律"、"平行宇宙律"、"历史一致论"和"多重宇宙理论"等试图解释时空穿梭悖论的宇宙基础理论。

仙乡淹留范式和相对时空观的相似性

学科类别	两种类型	空间	进入原因	进入方式	特点1	特点2
文学	传说类型之"仙乡"	洞天（洞穴）	误入或得道	遭遇不明原因	实现时空穿梭	不可逆
科学	广义相对论之"时空隧道"	爱因斯坦—罗森桥（虫洞）	偶然进入（不明）	进入"时空隧道"	可致时空穿梭	可逆

三、"仙乡淹留"传说范式中的文学和科学视域的融合

笔者认为：首先，虚构与否不是文学叙事和科学之间的区别，就累积性的文学叙事仙乡淹留传说而言，它反映了不同时代我们的理解框架的嬗变。由于解释框架的局限，今天文学和科学之间横亘着巨大的鸿沟。从口头传统的传承上讲，传说采用一种试图使他人信以为真的叙述方式，在荒诞外壳下，传递一种基于人的共识或共同思维的信仰观念，并且通过一遍遍地讲述来强化、证明它们的客观性。可以这样说：在漫长的口传时代曾经极其偶然地实现"时空穿梭"的人和事，通过口述一代代记忆累积，成为神话文本或仪式所表达的原始意象的组成部分。

文字出现以后，媒介专政的文化表述面目繁多，历史叙述习惯性地把没有文献叙述的事件和历史看成子虚乌有。历史学确立了依据文献史料判断叙述真实性的真理观，然后又依据这种真理观否认口述经验的真实性，从而否认其作为历史事实的权利。

一千多年前，世界范围内"仙乡淹留"传说的真实源头，在长期口头叙述中沦为志怪故事，建构为仙话。今天读来，由于"仙乡淹留"叙述远离我们的解释系统而倍觉其虚荒诞幻。但科学探索和认知，使得这一叙述又重回到了我们的理解框架，尽管这种叙述因为远离科学的解释框架，既感性又陌生。但也只有今天宇宙学家不懈的探索，还原历史的面貌，学者用今天孑遗乃至变异的精神产品，通过抽丝剥茧一般的现代解读技术，方能还原久已失落的历史真相。对上古文本给予重新理解和复原，用散落民间的类似孟姜女故事一样的材料沿波讨源，揭橥复原杞梁妻的历史真相，发掘表层叙事背后隐藏的信息，这样，我们才有了重新思考、提出质疑的机会。

其次，文学叙述的原始意象中有相当一部分是人类生命中所含有的遗传基因

信息决定的，具有科学性，或者是科学事实的隐喻。过去，我们往往将这类超时代、超国度、超文化背景的共同意识，归之于文化交流传播。今天看来，人类的体验、认知、追求及行为，很大程度上是由遗传密码决定的。一个典型的例子是对同卵双胞胎的研究。美国明尼苏达大学的托马斯·保查德（Thoms Bouchard）等有关人员，在研究了8000多对同卵双生子与异卵双生子之后发现："分开抚养的同卵双生儿同在一起抚养的同卵双生儿的相似之处几乎一样多。"① 美国国家癌症研究所生物化学实验室基因结构与调节部主任迪安·哈默（Dean Hamer）博士，正是依据这样一些类似个案及相关研究得出结论："基因不但决定了我们的长相，也参与决定了我们的行为、感情和经历。"关于基因与人的行为、感情及经历等方面的关联度还需要科学研究进一步证实，但有一些已经毋庸置疑：比如基因对性别、同性恋、躁狂抑郁、冒险、害羞、恐惧、抑制、避险乃至宗教意识等等的决定作用。

辑录中国"仙乡淹留"传说的著名史学家和文学家干宝是一位能够秉笔直书、如实记载神仙鬼怪之事的好史官。他辑录《搜神记》的宗旨在于"发明神道之不诬"。所撰《搜神记》保存了诸如《干将莫邪》、《相思树》、《董永卖身》、《李寄斩蛇》等许多古代民间的传说。遗憾的是，我们往往蔽于传统的文学观念，对该宗旨视而不见听而不闻。而"真相"只能代代传承并以隐喻的形式展示。

在原始道教中，"仙乡"被隐喻为一个救世创生的壶形空间。该壶形空间由一个特殊的通道与另外一个洞天相连接。修道者一旦进入其中，就意味着进入生命永恒的所谓神仙世界。进而，神圣容器内外又有因时空不一产生的"时间差"。神话和民间传说中，居住或拥有这一神圣容器，正是始祖或创世英雄的身份标志之一。对此，伊莎贝拉·罗宾奈的描述是这样的：

> 隐士们委身于山中洞穴，建立栖身之所，署置福地，在盆状的地方盘绕起迷宫。这些洞穴隐藏起宝贵的生命、秘经和具有保护作用的道符；他们之间紧密相连，以至于人们可以经由地下通道，从一个洞天到另一个洞天。它们是一个个的小世界，很难通过它们狭小而被隐藏起来的进出口。②

---

① 迪安·哈默，彼德·科普兰：《基因使我们存在差异》，王修芹，崔琳琳译，北京：新华出版社，2003年，第19页。

② Isabelle Robinet. Taoism: Growth of a Religion. Translation by Phyllis Brooks Stanford, University Press, Stanford, California, 1997. p. 132.

原始道教信仰者们所推崇和寻觅的山中洞室，对道教洞天福地信仰的形成无疑有着重要影响。洞天福地信仰显然与原始道教对山中洞室"沟通天地之间的桥梁"的功能的认识和利用有关。

神秘的山间洞室被认为具有通天的功能，身居其中，就意味着回到与天地父母一体的状态。众所周知，道教传说保存了我们民族的许多神话叙述，而"神话叙述大都讲述了一个发生在时间开头的原始事件"。①

我们还可以进一步联想到《国语·楚语》里重黎"绝地天通"的著名故事。楚昭王对《周书》重、黎使天地不通的记载产生了疑问：如果不是重、黎断绝了天地通道，黎民百姓岂不是都能登天？观射父向楚昭王讲述了重黎"绝地天通"的本末：少暤氏衰落之时，九黎乱德，民神混杂，没有区别，家家都可祭祀，人人皆可为巫史，黎民匮于祭祀却不得其福，神灵习以为常而不蠲其为。颛顼氏受位后，"乃命南正重司天以属神，命火正黎司：以属民，使复旧常，无相侵渎，是谓绝地天通。"②观射父对"绝地天通"的神话作了"半历史化"的推原，在观射父看来，"绝地天通"的含义是颛顼命重掌管天事，命黎掌管地孳民神异业，不相杂糅。也就是说，王者垄断了通天的特权。神话式的真理，相对于自然真理来说，更加具有道德上、价值观念上以及显著的宇宙观上的意味。③

宇宙探索中"爱因斯坦—罗森桥"的发现，在远古"绝地天通"的神话、老子复归混沌初始之神话、轴心时代"圣人抱一为天下式"的人文宗教、口传时代的"仙乡淹留"神话叙述、道教仙话的"洞天"（神圣容器）的象征隐喻和科学时代的"时空隧道"之间实现了某种结构的会通和形象的隐喻。

再次，退一步来讲，文学和科学受到同一思维模式的指引。荣格认为，从远古延续下来的集体无意识原型潜移默化地影响着作家的创作思维，并在作品中得

---

① 米尔恰·伊利亚德：《神圣与世俗》，王建光译，北京：华夏出版社，2001年，第49页。
② 上海师范大学古籍整理组：《国语》，上海：上海古籍出版社，1978年，第562页。
③ 奈杰尔·拉波特，乔安娜·奥弗林：《社会文化人类学的关键概念》，鲍雯妍译，北京：华夏出版社，2009年，第264页。

到具体体现。① 集体无意识不能被认为是一种自在的实体，它仅仅是一种潜能：这种潜能以特殊形式的记忆表象，从原始时代一直传递给我们，或者以大脑的解剖学上的结构遗传给我们。没有天赋的观念，但是却有观念的天赋可能性。这种可能性甚至限制了最大胆的幻想，它把我们的幻想活动保持在在一定的范围内。可以这样说，一种固有的观念，如果不是从它的影响去考虑，那就根本不能确证其存在。它们仅仅在艺术的形成了的材料中，作为一种有规律的造型原则而显现。也就是说，只有依靠从完成了的艺术作品中所得出的推论，我们才能够重建这种原始意象古老的本原。

当我们进一步考察这些意象时，我们发现，它们为我们祖先的无数类型的经验提供形式。可以这样说，它们是同一类型的无数经验的心理残迹。它们为日常的、分化了的、被投射到神话中众神形象中去了的精神生活，提供了一幅图画。②

同样，每个个人的心理底层积淀着整个人类史前时代以来的所有内容。无论作家是否自觉地运用原型进行创作，原型在特定的创作情境中总会显现出来，并在一定程度上影响着文本的主题意旨与情感走向。③ 笔者认为，把荣格的理论做一个延伸，科学家探索的方向和内容同样无意识体现了人类自史前时代就形成并积累的全部成果，而这一成果体现出的思维法则是客观真实的。

科学研究同样也是这种思维范式引领下的话语实践。每一个科学家总是不可避免要学习特定团体的知识范式，离开这些范式，研究者便失去了共同的话语、方向。可以说一切科学研究的历史，都受制于学科范式所指示、规定的一套特定的知识信仰、思考方法、观念系统。而引领科学的这一套范式同样影响了人文学科的全部，所以二者没有鸿沟，具有同一性。李政道教授指出："它们共同的基础是人类的创造力，追求的目标都是真理的普遍性。"④ 无论是科学成果的必然性，还是文学作品的独创性，只要是伟大的作品，它都深刻的反映了客观真理，

---

① 实际上，弗洛伊德所说的"性本能"、恋母恋父"情结"；荣格所说的"集体无意识"、"原始意象"；弗莱所说的"原型"等等，与基因科学所指称的遗传信息，似乎是同一问题在不同学科视野中的表述。如荣格所说的阿尼玛与阿尼姆斯原型（指男性身上隐含的女性的一面与女性身上的男性特征），改用基因理论的说法就是：男性身上有着来自母亲的女性基因信息，女性身上亦有着来自父亲的基因信息。荣格还认为，不同时代、不同民族的读者，面对同一作品，之所以会有某些共同的情感共鸣，亦正是基于"集体无意识的"这一创作源泉的共通性。参见杨守森：《基因科学与文学艺术》，载《山东师范大学学报》（人文社会科学版）2011 年第 4 期。

② 荣格：《心理学与文学》，北京：生活・读书・新知三联书店，1987 年，第 120—121 页。

③ 荣格：《心理学与文学》，北京：生活・读书・新知三联书店，1987 年，第 53—54 页。

④ 韩小蕙：《艺术与科学：都在寻求真理的普遍性》，载《光明日报》2001 年 07 月 30 日。

饱含了人类的直面生存状态的创造力和想象力。

波普尔甚至认为科学必然是从神话中开始的，开始于对神话的评价。神话具有特殊的价值，它往往能产生实证理论所不可能产生的思想。欧洲的建筑风格，很多创意都是来自于古老的神话故事、传说，那是真正的艺术。科学与非科学之间没有界限。身为科学家的莱特曼与研究科学哲学的作家戈尔茨坦都关注信仰问题。莱特曼的小说《魂灵》（*Ghost*，2008）"强迫"一个理性的人经历超自然体验，而戈尔茨坦的新作《上帝存在的36个证据》关注当代科学与宗教的讨论。莱特曼认为，科学和哲学是构筑文明的两种最强大的力量，哪方都无法忽视另一方的努力，也都应该试图理解为什么另一方的世界观会如此强大。

英国古典主义哲学家 F. M. 康福德（Cornford，1874—1943）提出，古希腊科学是从神话与宗教中产生的，科学使宗教与神话的信仰得以留存下来。①

最后，现代科学及技术的崛起促成了认识上的形而上学，当具体的"我"升格为一个抽象的"主体"时，活生生的我就被冷冰冰的主体所取代。结果连主体自身也成为存在者之一，人向物的转化就这样被完成。主客对立就成为现代科学与现代技术的共同特征。在《政治经济学批判》导言中，马克思提出：人类在长期社会实践中历史地形成了掌握（认识）世界的四种方式：科学的、艺术的、宗教的、实践——精神的。②

今天新的科学研究对包括文学在内的人文学科产生了颠覆性的影响。其中一个典型例证是荷兰皇家脑科学所前所长、浙江大学曹光彪讲席教授狄克·斯瓦伯（D. F. Swaab）所写的《我即我脑》一书的研究成果。该书立足于神经科学实验的最新发展，系统全面地对意识的本质、自由意志、宗教的本质、司法的有效性、生命的价值等提出了大量挑战性看法：

> 总体而言，笔者认为意识是客观的。众多因素决定了每个大脑的独特性，这使在"大脑产生意识"这种共性之外，还存在着"每个大脑的意识都不相同"的个性，而这两种属性都是客观的。我们还指出了大脑在很大程度上进行着高效而无意识的工作，即作出快速决定。同时，大脑的无意识工作

---

① Robert A, Segal：《神话理论》，北京：外语教育与研究出版社，2008年，第119—200页。
② 马克思、恩格斯：《马克思恩格斯选集》（第2卷），北京：人民出版社，1972年，第104页。

方式有助于证明意识的客观性和"有意识的"、"自由的"意志是可疑的。①

面对玄秘莫测的生命世界，面对难以索解的人生之谜，文学通过感性智慧，去建造灵魂得以安顿的精神家园，以获得海德格尔所说的诗意栖居之幸福。今天，以文学为代表的人文学科，在现代性话语里成为价值理性的替身，参与到对抗科学技术引致的工具理性泛滥的活动之中。正因为此，随着科学面临的伦理问题的日益增多，文学艺术的价值尺度越来越因为深陷抗衡科学及其意识形态而伦理化，这将进一步加深文学和科学的二元对立。解铃还须系铃人，对文学与科学关系的认识，也许还需要突破现代性的二元知识框架，在人类学地方性知识传统中汲取养料。

余 论

几千年来，在人类精神实践中，科学追寻的路径同样深刻的依赖于人类集体的精神困惑和内心焦虑。对时间逝去的不可控，是人类最常见的悲剧命题，同时也是所有宗教价值成立的出发点。随心所欲地操控时间的乌托邦定势就成为了人类历史设计的核心组成部分，摆脱时间操纵的想象和言说占据了人类精神科学的大部分。

对天长地久的永恒时空的追求在文学叙事原型母题和科学探索的选择中都精微地体现出来。"仙乡淹留"传说在世界范围内是高度程式化的原型，按照弗莱对于神话原始类型的分类，是一种"追寻神话"（Quest-myth），在"祭礼与民间故事间居有中心地位"。和人类都是从猿进化来的一样，文学艺术和科学一开始也是一个出发点。文学作品中对于未来，对于人生，对于道的追寻的体悟，不仅是追寻神话原型中永远不变的母题，也是各文化中许多诗歌、小说、民间艺术等追寻的一个重要精神内核。物理学诺贝尔奖得主保利与著名心理分析学家荣格曾有过一段特殊的学术合作与交往。荣格十分赞赏这种合作，曾说："心灵与物质处于同一个世界，它们相互参与，若非如此，一切交互的活动都不可能发生。只要研究水平发展到足够高的水平，我们就一定能够在物理学和心理学的概念中取

---

① ［荷兰］迪克·斯瓦伯：《从脑科学的新发展看人文问题》，载《浙江大学学报》2012年第4期。

得共识。"①

  每种文学手段背后的最深刻的理性是可以在这种理性所符合的人类学的需要之中找到的。嫦娥奔月的千年神话终将因神舟飞船载人绕月并着陆的壮举而落实为现实。甚至我们可以说，每个民族所承载的乌托邦设计本身非但不是捕风捉影，而且还引领着科学思维的步伐。从这个意义上，文学想象的思维背后冥冥之中受到一种焦虑的推动和感觉事实的启迪。因之，远古看似非理性的"荒诞不经"的叙述，近代以来科幻小说、电影的精彩演绎，它早已在内容和结构上承接了历史的话语实践的成果并指引着今天和未来科学探索的步伐和发展的方向，这给我们思考文学和科学的交叉、跨越、差异性的互补进一步留下了广阔的空间。

作者简介

  李永平，陕西师范大学文学院教授，文学博士，历史学博士后。

---

① C. A. Meier(Editor). *Atom and Archetype：The Pauli/Jung Letters,1932 – 1958* [M]. Princeton University Press,2001.

《耻》：后殖民语境中的权利与暴力书写[①]

黄 晖

作为当下文坛颇具阐释争议的流散作家，现居澳大利亚的南非小说家库切（J. M. Coetzee）备受关注并获得2003年度诺贝尔文学奖，但在南非国内却受到评论界的批判。在其小说代表作《耻》（Disgrace，1999）中，库切通过男主人公卢里教授的叙述视角，展现了南非在欧洲殖民体系瓦解之后的历史图景。南非是一块历史和文化都非常特殊的地域，长期以来遭受西方的殖民统治，殖民主义问题是不可回避的社会敏感话题。《耻》在介入这一问题时选择了一个独特的视角，它检视的是殖民主义已经消退，种族隔离政策被取消后的南非。呈现在他笔下的南非并非人们所期望的种族合一、世界大同的理想境地，而是大量不尽如人意甚至触目惊心的残酷现实，诸如土地所有权纷争、犯罪率上升、种族分离、警察的无能为力和白人的赎罪心理等。小说基本包括三个方面的内容：卢里教授在开普技术大学的性丑闻，女儿露茜在边缘乡村的不幸遭遇，他和女儿对这一事件的不同处理方式。就小说本身的隐喻结构而言，《耻》的多层含义既包括卢里作为大学教授引诱学生梅拉尼的"道德之耻"，也背负着女儿露茜被黑人强奸的"个人之耻"，同时也暗含着白人殖民者及其后代在非洲解放独立之后遭受欺辱的"历史之耻"。[②]

一、欲望与权利：一厢情愿的对话与沟通

《耻》的文化语境是在二十世纪九十年代的后种族隔离时期，当时南非的政

[①] 本文原载于《江南大学学报》（人文社会科学版）2013年第3期。
[②] 库切：《耻》，张冲、郭整风译，南京：译林出版社，2002年，第2页。

治经济形势发生了很大的变化。小说通过一连串的事件，表现了白人应以何种身份定位在记忆与遗忘之间进行对话与沟通的问题。库切在一次访谈中，提及南非的白人书写是一种"已不是欧洲，但尚未成为非洲"① 的书写。在库切看来，所谓的白人书写就是一小部分南非白人仍怀着欧洲人文价值中心或人类学的迷思，希望用类似人类学的"科学"方法和西方理性思维来"善意"地描写黑人处境。库切希望通过对白人书写的反思与质疑，作为书写南非并重新出发的起点。

《耻》的男主人公卢里教授，在创作上遭遇到挫折并且难以和周围环境沟通，所表现的正是白人书写的困境。卢里在开普技术大学教书，是研究华兹华斯的专家。他在课堂上试图以华兹华斯的作品《序曲》进行所谓的启发式教学，让学生把诗中所体现的浪漫和崇高与南非的风景进行联想，然而学生却无动于衷，无法体悟卢里的良苦用心。卢里的尴尬其实是隐喻了白人书写在走向本土化的新南非时所面临的尴尬。当他概叹学生的肤浅无知时，其实未必是学生缺乏思考与联想的能力，而是他强人所难，一厢情愿地以华兹华斯的视角来看待南非风景，本身就不符合文学规律。这其实也是库切反思南非历史的一种方式，虽然南非曾经是欧洲的殖民地，但南非的文化和历史与欧洲却有天壤之别，具有欧洲文化传承、身为大学古典文学教授的卢里在南非成了格格不入的存在。

卢里的一厢情愿也反映在他和女学生梅拉妮的"恋情"上。他以拜伦为师，醉心于拜伦和有夫之妇特雷莎的不伦之恋，矢志完成《拜伦在意大利》的歌剧。在现实生活中，则自奉为浪漫主义的信徒，爱欲之神的仆人。虽然离过两次婚，却乐于在同事的妻子、观光客、妓女之间不断进行情欲冒险。他和女学生梅拉妮的"恋情"之所以演变成强暴事件，就是他自认为受到爱欲之神的召唤以至于情难自禁，不断把自己的行为美化、浪漫化和崇高化的结果。在两人关系中，卢里处于拥有支配权力的"教授"这一敏感角色，不自觉地操用了这种权利。很显然，此时的卢里是崇尚一种违背世俗道德伦理的两性关系的。具体来说，首先他不认为两性间的关系需要受到道德伦理的束缚，因为那只属于个人私生活的范畴；其次，他也不认为做爱欲之神的仆人有什么错，反而认为欲望的权力"起因于甚至一只小鸟也会颤抖的神"，并将欲望权利的实现当成自己的精神寄托。在和梅拉妮发生关系之后，他甚至断章取义，试图给自己堕落的行为寻求到精神根

---

① J. M. Coetzee. Doubling the Points: Essays and Interviews[C]. Ed. David Attwell. Cambridge Harvard UP,1992:423.

源，把自己对性关系的追求比作了浪漫主义诗人笔下"感官之焰熄灭前的最后一跃"，仿佛是要通过对激情的追求、欲望的满足来摆脱枯燥乏味的现实生活。

卢里的性丑闻因为种族问题而变得更加复杂，最终难以收拾。女学生梅拉妮是有色人种，而调查委员会的委员之一法罗迪亚·拉苏尔也是有色人种，她指责卢里"他说了，不错，他有罪，可当我们试图了解细节时，突然发现他要承认的不是侮辱了一位年轻女子，而是无法克制自己的冲动对他造成的痛苦，对他长期以来像这样利用职务之便，却只字不提。"①拉苏尔的指控不仅包含父权及学术上不对称的主宰/臣服关系，也包含了种族差异：卢里和女学生的暧昧情事被扩大化，被放在几个世纪以来殖民历史中白种男人对有色女人的性剥削来检视。卢里和调查委员会之间的分歧，是调查委员会要求他准备一份声明并公开忏悔认罪，然而这项提议被卢里拒绝。他承认自己有罪，但认为此事应该限于法律层面，公开忏悔认罪已超越了法律层面。卢里不肯妥协，他说："在这民间法庭上我承认有罪，那是民间性质的承认。这样的承认应当就够了。说什么也谈不上悔过的事。悔过属于另一个世界，属于另一种言语范围"。②或许是信服拜伦的性别观念，或者是崇拜劳伦斯的男性意识，曾经作为文学教授的卢里欣然接受上帝为人类安排的原罪惩罚，他拒绝学校方面给他悔过自新的机会。

二、颠倒的身份与扭曲的人性

与这段荒唐的"恋情"相呼应的是他在歌剧《拜伦在意大利》创作的灵感枯竭，以至于要靠着阁楼里翻箱倒柜找到小孩玩的班卓琴，弄出"愚蠢的噪音"或者把农庄上那些被安乐死的狗的哀嚎，作为《拜伦在意大利》二重唱的最后一个哀悼音符。歌剧创作的失败表征着西方文明增殖力的丧失，反映了卢里对前途和命运的茫然不知所措，随之而来的身份迷失显现出殖民主义消退后给殖民者本人造成的伤害。他头脑中对于《拜伦在意大利》这部音乐剧的想象贯穿了自己每一个行动，在第二十章最为显著，卢里在各种矛盾爆发后走投无路的情况下，仍然没有去考虑现实的生存，而是沉浸在自己的心理想象之中，他勾勒的拜伦与他自身形成鲜明的对照，拜伦还是那个古典浪漫并略带悲剧色彩的拜伦，而卢里依旧

---

① 库切：《耻》，张冲、郭整风译，南京：译林出版社，2002年，第59页。
② 库切：《耻》，张冲、郭整风译，南京：译林出版社，2002年，第64页。

在南非黑色土地上迷失。卢里的经历与拜伦的生平与创作逐渐形成某种程度上的互文关系,拜伦及其笔下的人物都是以英雄的姿态出现的,但卢里却是一个无能、耻辱甚至卑琐的形象,成了一个现代社会的"反英雄"。

卢里因强暴案辞职,到东开普敦萨莱姆女儿露茜的农庄去避风头。未料女儿农庄的黑人雇工佩特鲁斯阴谋策划、唆使他的亲戚伙同另两名黑人,在深夜闯入露茜住宅,放火烧了房子,暴力攻击露茜和卢里,并且轮奸了身为女同性恋者的露茜。佩特鲁斯这么做的目的是为了赶走露茜,取得她的土地。库切在《耻》一书中,固然对卢里所代表的白人书写及沙文主义加以质疑和反讽,但是他也不愿意对翻身做主人的黑人一味地加以美化。《耻》中的佩特鲁斯早已脱离了许多白人书写中的两极化形象:单纯、无辜的受害者或野蛮愚蠢的暴力分子,佩特鲁斯的角色远比这两者还要复杂暧昧。库切为这位黑人雇工取名佩特鲁斯,并非偶然。佩特鲁斯这个名字也曾出现在纳丁·戈迪默的短篇小说《六尺之乡》(*Six Feet of the Country*)中。这篇小说描写一群黑人农场工人,想埋葬去世的家庭成员,却未获允许,这群工人中有一个谦卑低声下气的人,名字就叫佩特鲁斯。库切《耻》中的佩特鲁斯却是截然不同的黑人,他被卢里称为"这个新的佩特鲁斯",是个野心勃勃诡计多端的黑人,随时准备夺回"六尺之乡"或更多。库切显然有意以他书中的佩特鲁斯和戈迪默的小说产生互文性,一方面反映了黑人与白人历史地位的翻转,另一方面也切入历史记忆,探索历史沟通与对话的可能性。不论是好是坏,佩特鲁斯代表了白人无法掌控的黑人新一代,他用机器取代了手工犁田,在卢里的眼中,"速度很快,而且按部就班,简直不像非洲人办事。"① 库切以佩特鲁斯来反映南非黑人的改头换面,他的机械化耕作方式反映南非乡村也"加入了全球化那惊异的步伐"。② 佩特鲁斯带给白人的威胁,不仅是肉体上的,也是心灵上的,即使在强暴事件发生后,卢里证实佩特鲁斯是幕后主谋,也凛于他的强硬和有恃无恐,而想不出办法叫他卷铺盖走人。佩特鲁斯不是种族隔离时期那种谦卑恭顺、忠心耿耿的黑人,而是抓住机会乘虚而入,工于心计,善于和白人周旋的黑人。

在库切小说的后殖民世界中,曾经作为黑人奴隶的佩特鲁斯俨然成为"自由

---

① 库切:《耻》,张冲、郭整风译,南京:译林出版社,2002年,第169页。
② Derek Attridge. Age of Bronze, State of Grace: Music and Dogs in Coetzee's *Disgrace*[J]. Novel: A Forum on Fiction, 2000(34):105.

帮佣工"和"农场合伙人",曾经作为白人老爷的卢里却不得不"给佩特鲁斯搭帮手",目睹女儿露茜被三个黑人强奸和抢劫而无能为力。卢里颇为意外地发现,当地的黑人警察对此类事件是无可奈何,而自己作为已经失势的白人阶层更是无计可施,因此他不无伤心地断定,这次的黑人强暴事件是露茜的秘密,也是他的耻辱。佩特鲁斯是普通的黑人,他之所以成为农场事件幕后的操纵者,完全是殖民统治者当年的罪恶给被统治者身心留下的沉积已久的愤怒所导致的。农场事件说明了黑人的所作所为只是当年白人殖民者对黑人被殖民者的殖民主义罪恶的真实折射。在殖民主义消退后,以佩特鲁斯为首的黑人集体在满足和报复中释放自己,这是一种被历史扭曲了的人性。库切这样描述他曾身处其中的南非社会,"在一个只有主人和奴隶的社会,没有人是自由的。奴隶不是自由的,因为他不是自己的主人;主人也不是自由的,因为没有奴隶他不能做任何事情。几个世纪以来,南非是主人和奴隶的社会。现在奴隶们开始公然反抗,而那些主人则处于一片混乱之中。"① 南非主奴关系二元对立的现实使南非处于一种不断对抗的社会状态之中,长期以来形成的各种社会问题都和这种社会结构密切相关,南非后种族隔离时代的到来并不意味着种族主义的消除。

三、女性身体作为重塑记忆的场域

小说中露茜因遭到三个黑人强暴而衍生的种种效应,隐喻着后种族隔离时期的种族暴力事件也借着被暴力入侵的身体(尤其是女人的身体),来检视自我/他者关系的颠倒或翻转,并把身体作为重塑记忆的场域,来探讨族裔对话与沟通的吊诡性。对于父女两人对强暴事件的处置,评论者有正反两种截然相反的看法。葛瑞姆认为,库切把强暴场景设在东开普敦,是为了强调种族、性别及土地之间错综复杂的历史关系。她指出在英国殖民时期,通过《原住民土地法案》对黑人的土地买卖和土地拥有权进行限制,以防止"黑祸"的蔓延,因此在后种族隔离时期,土地便成了黑人反抗浪潮中暴力抗争的疆域。② 至于土地和性别的关系,库切本人在《白人写作》(*White Writing*,1988)一书中提到,在殖民时代有关领

---

① J. M. Coetzee. Doubling the Points: Essays and Interviews[C]. Ed. David Attwell. Cambridge Harvard UP,1992:96.

② Lucy Valerie Graham. Reading the Unspeakable: Rape in J. M. Coetzee's *Disgrace* [J]. Journal of Southern African Studies,2003(29):433-444.

土的论述往往被性别化,把农夫比喻成丈夫,监护着"女性化的土地"(feminine earth)。而在后种族隔离时期,黑人权利大增,上述"性别化的土地论述"则被黑人父权社会挪用,成为其用以排斥女性成为土地和房产所有人的手段。露茜被强暴的事件,一方面反映了黑人运用族裔暴力夺取土地的手段,一方面也因为身为女同性恋的露茜,成为农庄的所有人,并未得到当地民情风俗的支持,才使得佩特鲁斯有恃无恐,设计强暴她后,进一步提出婚约,让她成为第三任妻子,以保护她成为农庄的共同拥有人(byowner)。在南非当地的语言中,byowner 不再是平等互惠的意思,而是"依附"的意思。

卢里强暴梅拉妮和佩特鲁斯强暴了露茜,是平行发展的结构,而被强暴的两位女性当事人的沉默,也反映了西方经典文学传统和强暴场景之间的危险关系:强暴被认为是不可说的,也是不可表征的。但是把强暴定位在私人的领域,认为是禁忌而欲言又止,其实是把女人遭受暴力的创伤痛苦琐碎化,甚至留下暧昧的色情想象空间,而让读者将强暴美化。

但是,我们不妨拉长时空距离,把露茜被强暴事件放在帝国主义和殖民统治的框架内来思考,并联系库切其他作品的强暴事件,如《等待野蛮人》中那个被帝国军队凌虐强暴至半瞎半跛、全身疤痕的土著女孩,我们会发现,被强暴的女人由非白人变成白人,显示了时空变换中的自我/他者关系的翻转。另一方面,在暴力入侵的场景中,那不可言说、受苦受难的白种女人或非白种女人的身体,正是克里斯蒂瓦所谈的"贱斥身体"(abject body)。① 这个被贱斥的身体,既不是历史的客体,也不是历史的主体,无法被吸纳为象征系统的语言符号;不能被完全遗忘,也不能被完全记忆。

露茜的身体作为重塑记忆的场域,来进行历史沟通与对话,其最大的意义是完全的自我否定,即放弃一切既得利益,设身处地把自己放在他者的位置,承受一切屈辱。露茜和《等待野蛮人》中被强暴的土著女孩最大的不同,是后者别无选择,但露茜却大可采取法律途径或一走了之,然而她却选择了最屈辱的妥协。露茜的选择,乃是对自我/他者、黑人/白人关系的挑战。诚如德里达所言,和他者极度的邻近会造成时空错置,而时空错置的断裂则使他者有可乘之机,使得个人可以和那些萦绕于现在的人、事、物,或者那些背负历史烙印的受难者建立伦

---

① Julia Kristeva. The Powers of Horror:An Essay on Abjection[C]. New York:Columbia UP,1982:20.

理道德关系。①

四、慈悲与救赎的寓言

　　库切通过露茜对强暴事件的反应，以及父女两人对此事的讨论，把代表西方现代性的法律及伦理推到边缘极致的境地，来探视族群和解的伦理道德底线。卢里建议露茜去报警，把佩特鲁斯和罪犯绳之以法，并且卖掉农庄，远离这危险之地，以免类似事件再次发生。露茜拒绝离开农庄，她的理由是强暴案已发生，并深植在她的意识之中，不论到哪里都不能改变这一既成事实；而离开萨莱姆就意味着逃跑，承认失败。她选择的是留在原地，止痛疗伤，重新开始新的生活。她也拒绝报警，让暴徒绳之以法。卢里警告她，姑息养奸并不能免除暴力的伤害。露茜坚持这是她的私事，不要他插手。卢里困惑地问："你是不是想搞什么秘密解脱？你以为忍受现在的苦难就能偿清过去的罪恶？"露茜回答："不。你一直都在误解我。什么罪恶感，什么解脱，那都是抽象的概念。我做事不是按照抽象概念来的。"② 在对强暴案的处理上，库切一直保持着露茜动机的暧昧性和悬疑性，使其犹如宗教寓言那样存在着待解之谜。在另一次父女对谈中，露茜流露出欲为历史赎罪的心情，"他们觉得我欠了他们什么东西。他们觉得自己是来讨债的，收税的。如果我不付出，为什么要让我在这里生活？"③

　　露茜认为暴力事件和过去白人在种族隔离时期所犯的罪行有着密不可分的因果关系，不论对错，黑人通过暴力事件讨回他们该有的——包括土地在内。露茜最后选择了最屈辱的条件：她怀了强暴犯的孩子，把土地过户给佩特鲁斯，自己屈居他的第三个太太（维持有名无实的夫妻关系）。露茜的抉择，也寓含着库切展望南非白人的未来出路：要留在这块土地上，就得放弃既有的特权和利益，怀着谦卑、宽容与慈悲的心，重新开始。正如露茜所言："是很丢脸。但这也许是新的起点。也许这就是我该学着接收到东西。从一无所有开始。"④ 这样的自我否定，不是根据崇高的理念和抽象法则，而是把自己放在那当初为自己所贱斥的他

---

① Jacques Derrida. Specters of Marx:The State of the Debt,the Work of,and the New International[M]. New York:Routledge,1994,p.22.
② 库切：《耻》，张冲、郭整风译，南京：译林出版社，2002年，第126页。
③ 库切：《耻》，张冲、郭整风译，南京：译林出版社，2002年，第127页。
④ 库切：《耻》，张冲、郭整风译，南京：译林出版社，2002年，第228页。

者所面临的物质条件与历史情境,重新来过。也许这是对白人在种族大和解中所愿意付出的底线的最大考验。

露茜借着和他者的极度邻近性,和他者易位而处,所建立的伦理关系已经超越了西方现代性对自我/他者的辩证理解,也超越了社会伦理的极限,而是近乎宗教的救赎。不少文学评论者认为露西被强暴事件及最后的选择,乃是通过屈辱的途径,达到慈悲与救赎的寓言。这样的寓言似乎也暗示了作者库切的态度:族裔间的沟通与对话不能仅从社会制度和法理层面上去解决,而是带着宗教境界的反省、宽容与慈悲,重新思考自我/他者的关系,进而悦纳他者。库切在《屈辱》中进行的伦理展演与实验,超乎黑/白二元对立,打破自我/他者的边界,甚至把动物伦理也包含进去。通过这样的他者伦理实践,不仅露茜,连卢里也通过屈辱的历程,达到慈悲与救赎。卢里最后选择留在农庄,协助狗安乐死,并让它们肢体完整的被送入焚化炉,有尊严地死去。对于无知无觉的流浪狗作这种煞费周章的安排,看似徒劳而琐碎,却是卢里甘之如饴、日日进行的仪式。卢里这样的日常生活实践,乃是把伦理关系的边界从人与人扩展到人与动物之间,也是间接的抗拒南非乃至全球性日常生活秩序中过于强调功能主义的趋势。卢里谦卑地承担起狗的安乐死责任,也是对所有生命的尊重。无论是露茜选择生下她和强暴者共同的黑白混血儿,或者是卢里选择协助流浪狗庄严的安乐死,都超越了现实政治、法律和伦理的赏罚报应逻辑。他们经由日常的生活实践,真实地对待那些理性或规则均无法控制或解释的现象,进而将本身的痛苦升华,由厌弃到悦纳他者。虽然库切给我们讲述的是一个白人家庭父女间的遭遇,却完全超越了个人的经历而让其具有了文化和历史层面上的更为普遍、更为深刻的意义。

五、结语

一部伟大的小说总有其不可企及的艺术高度,它应该是独一无二的,当然也是不可以复制的,它总是表现出无限的阐释可能性,它总是表现出对于人性和心灵的独特感悟和深刻洞见。库切的《耻》无疑是这样一部小说,他以简练的笔触为世人呈现了一幅种族主义消退后的新南非图像,并证明"耻"不仅仅属于个人,而且属于整个社会。正如诺贝尔文学奖授奖词所说的那样,库切是"一个有道德原则的怀疑论者,对当下西方文明中浅薄的道德感和残酷的理性主义给予毫不留情的批判"。①库切在《耻》中通过前后两次的强暴事件及族裔暴力事件,把种族问题中所涉及的伦理与人性在宗教、政治与法律层面的重叠与纠缠,进行了实验性的展演。而最后在法理的穷尽之处,他回归到西方文学传统的解决方式:以充满宗教寓意的爱、忏悔和宽恕来启示未来的出路。然而有别于传统救赎文学的地方,是他揭示了从屈辱通往慈悲的过程中自我/他者之伦理关系的繁复变化与易位。库切的小说追溯着全球现代性随着资本主义和帝国主义扩张、衍生和变异的样貌,探索着后殖民历史书写、族裔暴力与族群和解所呈现的文化沟通和伦理抉择的两难与辩证,为全球化过程中的后殖民文学树立了别具一格的典型。

作者简介

黄晖,扬州大学文学院教授,文学博士。

---

① 库切:《等待野蛮人》,文敏译,杭州:浙江文艺出版社,2004年,第214页。

中上健次：日本文学中的魔幻现实主义[①]

李东军

一、中上健次与魔幻现实主义

2012年莫言获诺贝尔文学奖，为国人带来了一场文学狂欢，"魔幻现实主义"成为了焦点。拉美文学"爆炸"引发了后现代主义思潮对审美现代性的反思，注重"人个权利"与"生命感觉"的叙事伦理是对传统文学权威性的消解，也是对历史理性与宏大叙事的抗衡。

日本文学对于审美现代性的反思起步较早，当中国文学还处在追求启蒙现代性、建构现代民族国家的阶段时，日本作家已经意识到现代与传统之间的悖论。柄谷行人《日本现代文学的起源》指出："漱石对历史主义所隐含着的西欧中心主义，或者视历史主义为必然的、连续性发展的观念提出了异议"[②]。七十年代初，魔幻现实主义的代表小说《百年孤独》被译介到日本，日本出现了一大批运用该手法创作的小说家，如中上健次、阿部和重、池泽夏树、筒井康隆等人。此外，大江健三郎的《人生的亲戚》、村上春树的《羊》《风》《世界的终了》等也被归类为魔幻现实主义小说。

中上健次（1946—1992）是日本最著名的魔幻现实主义作家，其代表作《千年的愉悦》被誉为"日本的《百年孤独》"。中上健次生于日本三重县新宫市的"部落民"（贱民）家庭[③]，他与九个同母或同父的兄弟姐妹组成了复杂的血缘关

[①] 本文原载于《江南大学学报》2013年第4期。
[②] 柄谷行人：《日本现代文学的起源》，赵京华译，三联出版社，2006年，第5页。
[③] 李东军：中日游民文化之比较——论日本的部落问题，《中日比较文学比较文化研究》，中山大学出版社，2004年，第201—206页。

系。母亲的第一个丈夫"木下"病逝后,母亲与中上健次的生父"铃木"同居,由于中上健次是私生子,他的名字叫"木下健次"。因生父"铃木"嗜赌成性并且花心,母亲与其分手后再婚,"木下健次"便改名为"中上健次"。然而,母亲的再婚间接导致了同母异父的大哥自杀,这对中上健次造成了难以愈合的心灵创伤。此外他与母亲、生父的恩怨纠葛与和解,构成了其文学的"悲剧"根源,小说创作成为他的一种"形而上的慰藉"①。

1976年中上健次凭借小说《岬》荣获"芥川文学奖",奠定了他在日本文坛的地位,他创作了《枯木滩》《南回归船》《千年愉悦》等数十部长短篇作品,其叙事风格极具个性,甚至有些晦涩难懂,建构起一个现实与虚构的文学空间——"路地"②。如今,随着小说《轻蔑》(2011年)、《千年的愉悦》(2012年)被拍摄成电影,中上健次再次引起世人们的关注。

二、中上健次的叙事伦理

在"现代性"反思语境下,小说叙事的研究不能只关注文学话语的结构与符号,悬置意义将使文学"介入"社会生活的能力丧失。因此,伦理学必然要走向文学,形成一种新的叙事模式——"伦理叙事"。刘小枫认为:"什么是伦理?所谓的伦理其实是以某种价值观念为经脉的生命感觉,反过来说,一种生命感觉就是一种伦理;有多少种生命的感觉,就有多少种伦理。伦理学是关于生命感觉的知识,考究各种生命感觉真实的意义"③。这种伦理观念表现为一种"个人的权利",它超出各种文化、国家和民族固有的界限,成为了人类共同的价值取向。这表现在文学上便是宏大叙事的退场,小说叙事建立在个人伦理上的道德诉求,它是一种生命伦理,而拉美文学的魔幻现实主义恰恰也是在这种语境下兴起的。

中上健次在著名评论家柄谷行人的推荐下接触到了福克纳、马尔克斯等人的作品,从而形成了个性化的叙事伦理与风格,被誉为日本魔幻现实主义的代表作家。莫言曾说:"孤独与饥饿是其创作的源泉",而"歧视"与"血缘"则是中上健次的创作源泉。中上健次毫不隐晦自己出身于"部落民"(贱民)。虽然贱民

---

① 尼采:《悲剧的诞生》(第1卷),孙周兴译,商务印书馆,2012年,第56页。
② 路地:译成汉语为"巷子"或"胡同"之意。中上健次的"路地"则是一种与主流社会相对、深受歧视的边缘社会,同时也是现实与虚构的文学空间。
③ 刘小枫:《沉重的肉身——现代性伦理的叙事纬语》,华夏出版社,2004年,第3页。

制度于1871年被废止,但针对部落民的社会歧视仍像看不见的墙一样存在。"春日"与"熊野"是新宫市的"部落民"聚居区,这两个地名反复出现在小说《枯木滩》《千年的愉悦》等一系列作品中,中上健次将其建构成了现实与虚构的文学空间——"路地"。在众多揭露社会歧视问题的现代作品中,中上健次的小说格外引人注目,因为它不同于以往的历史理性、宏大叙事,而是源于作者的生命体验。"路地文学"不等于现实社会,但人们往往从意识形态、体制批判的视角对其误读。中上健次在《小说家的想象力》中声称自己的写作目的:"以'路地'为中心,解决诸如日本是什么,或者文化是什么的根本问题"①。其意是说在更深层面上找出悲剧根源,由于歧视与压迫伴随着人类社会的整个历史进程,因此他的作品便具备了普世性价值。

高中毕业的中上健次离开了故乡,在东京度过了荒唐的青春期,他的种种叛逆行为背后隐藏着逃避故乡与血缘的潜意识,他在诗歌《埋葬故乡歌》中声嘶力竭地叫喊:"杀了母亲千里,杀了父亲七郎,杀了大姐静代,杀了二姐君代……烧掉春日,烧掉熊野……"。可以想象,"故乡"留给中上健次的痛苦记忆有多么巨大。他从不隐讳自己的"部落民"出身和复杂的血缘关系;在他12岁那年,同母异父的大哥因孤独与贫困上吊自杀了,年仅24岁②。

"大哥的自杀"成为中上健次文学创作的内动力,他通过文学创作拯救自我,为人生进行审美辩护。在高中校刊上他发表过诗歌《致大海》:"我憎恨一切。我憎恨那些令姐姐悲伤、杀死哥哥、连我都污辱的、令人窒息的一切。自那时候起,我失去了我的神话。我的身体里爬满了杂草,如同一口被人遗弃的废屋的荒井……我忘不了那时的景象,蕴涵着愤怒与疯狂的大海,以及二十六岁的大哥那凄惨的尸体"③。

叔本华在《作为意志和表象世界》中说:"喧腾的大海横无际涯,翻卷着咆哮的巨浪,舟子坐在船上,托身于一叶扁舟;同样的,孤独的人平静地置身于苦难世界之中,信赖个体化原理"④。叔本华说,悲剧的快感是认识生命意志的虚幻性而产生的听天由命感。而尼采则用"形而上的慰藉"加以解释:"一种形而上

---

① 中上健次:《小说家的想象力》(2),载[日]《文学界》1992年10月号,第128—134页。
② 中上健次:犯罪者宣言及我的母系一族,载[日]《文艺首都》1993年第4期,第43—46页。
③ 中上健次:《中上健次全集》(1),[日]集英社,1996年,第64页。
④ 叔本华:《作为意志和表象的世界》,石冲白译,商务印书馆,1982年,第483页。

的慰藉使我们暂时逃脱世态变迁的纷扰。我们在短暂的瞬间真的成为原始生灵本身，感觉到它的不可遏止的生存欲望与生存快乐"①。

文学叙事不同于历史对史实的重现，它凭借虚构与想象，重述人与自然、人与社会的故事，安慰受伤的心灵，使人获得精神的慰藉，承担着与历史理性相对的伦理责任。中上健次在接触到魔幻现实主义之前，一直在寻找属于自己的叙事文体。他以"大哥自杀"为素材创作了第一部小说《最初的事件》，由于投入过多的自我感情，小说没有引起反响。几年后，中上健次迎来了转机，他根据永山则夫抢劫杀人的真实案件②，并结合自身经历创作了小说《十九岁的地图》，主人公是一名19岁的青年，靠打工送报纸赚取学费。他一有时间就画所在街区的地图，在每户人家上打上"X"记号，幻想自己是这一街区的统治者，可以任意对他们进行处罚，或炸掉房屋，或杀掉全家。此外，他的乐趣就是打恐吓电话。在小说结尾，他给东京火车站打电话，威胁说有爆炸物。当他从电话亭中出来，"眼中不停地流出热泪。站在那里，一串串热泪让我感到神情恍惚，虽然已经死去过几回了，但我依然活着，这声音，我能感受到它干涸的身体里回响。眼中不停流淌出来的眼泪如果能存留在身体里该多好，在电话亭旁的人行道上，我无声地哭泣着，犹如一个送报纸的白痴一样站在那里"。小说中关于"地图"的描写，让人联想起福克纳的小说《押沙龙，押沙龙！》，作为小说的插图，作者亲手绘制了一幅"约克纳帕塔法"的地图。

很显然小说《十九岁的地图》的主人公是一个妄想狂、破坏狂，我们从中可见作者中上健次的影子，"大哥自杀"让故乡春日成为了"失落的神话"，他来东京是为了逃避人们对部落民的社会歧视，逃避对母亲与生父的怨恨。对他而言，只有"毁灭自我"才能换回内心的平衡。小说《十九岁的地图》发表在1973年6月号《文艺》上，时任该杂志的主编寺田博称赞中上健次"首次掌握了自己的文体"③，其意是说他不再简单地模仿别人的写作手法，开始拥有了自己的写作风格。

---

① 尼采：《悲剧的诞生》（第1卷），孙周兴译，商务印书馆，2012年，第109页。
② 永山则夫（1949—1997）：1968年至1969年东京连续持枪抢劫案件的死刑犯，其贫寒离奇的身世与中上健次的大哥极其相似。他在狱中从事文学创作，小说《木桥》在1983年荣获第19届新日本文学奖。
③ ［日］高山文彦：《厄勒克特拉情结——中上健次的生涯》，文艺春秋出版社，2008年，第249页。

此后，小说《修验》、《欣求》、《秽土》、《火宅》等一系列作品相继问世，均取材于作者的故乡与家族血缘。其中，在小说《火宅》中，中上健次将生父铃木留造首次写入小说。小说以第三人称"他"为主要叙事人，"男人"是一个恶棍，吃喝嫖赌、无恶为作；"大哥"是"男人"的手下，将其带回家与母亲同居；这时"他"才知道，"男人"原来是自己的生父；当"男人"因赌博进监狱时，"他"还在"母亲"肚子里，"母亲"发现"男人"在外面还有两个已怀孕的女人；"男人"从监狱出来，三岁的"他"对"男人"大喊："生我却不养我，你不是我爸"。"母亲"因此与"男人"分手；二十年后的"他"已经结婚，成为两个女孩的父亲。"母亲"说病危的"男人"想见"他"一面，"他"狠心地说不见，心里却痛苦不堪。"他"喝得大醉回家，看见妻子与岳父母的幸福模样，"他"便怨气发泄在妻子身上，家中顿时一片狼藉。

小说《火宅》中的家暴描写几乎都是作者的真实情况，他终于可以客观地对待家族恩怨，他开始积极尝试各种新的叙事方法。《火宅》采取了复杂的叙事策略，叙事视角在"他"、"大哥"、"男人"三者之间不断转换，结果有些混乱的叙事甚至影响到读者阅读，但这种手法显然受到了福克纳的魔幻现实主义的影响。中上健次的成名作《岬》发表于《文学界》1975年10号，著名评论家江藤淳用溢美之词称赞道："这里所描写的是近乎兽性的世界，在那个世界里蠕动着的人们无疑都具有人类相貌，而在相貌之上不时掠过一种剧烈跳动的光与影，即对爱的渴望和憎恨。令人不可思议的是，在这种人与人的爱憎纠葛难解难分的世界中，一种哀婉凄切的旋律贯穿其中。这无疑是作者中上健次的心中挽歌。作者并没有激情高歌，而是沉潜于字里行间，低吟浅唱，却唱得如此执著。那清冽的歌声，哀婉凄切。……那歌声与媒体所演奏的'时代之歌'没有丝毫的关系"①。"时代之歌"是指日本上世纪七十年代发生的反对越战的和平运动；而中上健次的以《岬》、《枯木滩》、《千年的愉悦》等"路地"文学则是个性化书写，它用个人的生命伦理、人生感悟对抗与消解历史理性的权威。

---

① 江藤淳：文艺时评，日本每日新闻晚报，1975年9月25日。

三、"边缘化"的狂野叙事

1994年大江健三郎获得诺贝尔文学奖,他的故乡四国岛有茂密的森林峡谷,传统上便有一种与国家意识相对立的民俗思想,"以地方历史、口头传说、民俗神话的形式存在着"①。中上健次的"边缘化"写作与大江健三郎非常相似,"边缘化"书写成为了对抗历史理性与宏大叙事的一种叙事方式,"边缘"文学开始回归话语的"中心",这表明了文学对历史现实有着自己的逻辑表达形式,文学通过语言、主题、修辞、叙事、结构等再现历史事实的种种"可能",这对历史理性与功利思想产生质疑与对抗。

我们知道,魔幻现实主义的诞生离不开对"审美现代性"的反思语境,中上健次采用民间神话与梦境、动物性快感等酒神式诠释以及个性化的叙事策略对抗历史理性与宏大叙事。

小说《千年的愉悦》被誉为"日本的《百年孤独》",小说由六篇独立的故事组成,分别描写六位年轻男子的短暂人生,通篇由一位"路地"的接生婆——"阿留婆"的叙事串联在一起,小说始于弥留之际的阿留婆亦真亦幻的回忆,结束于她的去世。六篇故事的叙事顺序并非按照时间线性而展开,而是随着阿留婆的记忆在意识流中自由飞翔、往复穿梭。

叙事人"阿留婆"从年轻到老年的数十年间,不知接生了多少"路地"的婴孩,而小说中的六个花样男子便是其中最优秀的,他们"血统高贵"却又"淤积"。所谓"血统高贵"当然是一种反讽;而血统的"淤积",则是说"血浓",由于部落民曾被纳入"贱籍",即便在当今日本社会,他们在婚姻上仍受到歧视,多为近亲繁衍,于是便有了"血浓"的歧视性说法。在世俗眼中,六个男子酗酒、吸毒、偷盗、纵欲,简直是道德败坏;但在阿留婆眼中,他们个个风流倜傥、侠骨柔肠,但仍逃避不了悲剧的命运,他们如同莲花池中冒出的一个个气泡,不断破灭却又不停地冒出,象征着生生不息的顽强生命力。

尼采在《黄昏的偶像》中说:"肯定生命,哪怕是在它最异样、最艰难的问题上;生命意志在其最高类型的牺牲中,为自身的不可穷竭而欢欣鼓舞——我称这

---

① 姚继中,周琳琳:《大江健三郎与莫言文学之比较研究——全球地域化语境下的心灵对话》,载《四川外语学院学报(社科版)》2006年第4期,第15—24页。

为酒神精神,我把这看作通往悲剧诗人心理的桥梁。不是为了摆脱恐惧和怜悯……而是为了超越恐惧和怜悯,为了成为生成之永恒喜悦本身——这种喜悦在自身中也包含着毁灭之喜悦……"①。所以,中上健次有意将小说的悲剧故事命名为"千年的愉悦",其象征意味儿不言自明。

小说《千年的愉悦》中有许多神话传说与梦境的元素。例如,第三章《天狗之松》中,男主人公"文彦"在幼年时常看见长着乌鸦嘴的天狗站在松树上,天狗是日本神话传说中的妖怪,且具有神力。然而除了阿留婆以外没有人相信,这显然是对毒害人们想象力的理性的一种反讽。而关于梦境,尼采曾用梦和醉来解释日神与酒神的二元冲动:"梦释放视觉、联想、诗意的强力"②。在第四章《天人五衰》的开头处有一大段关于梦境的描写,"风吹舞着落叶,一瞬间,落叶如同那金色小鸟的幻影一般,在炫目的阳光中闪烁。风戏弄着落叶,上下翻飞着。阿留婆闭上眼睛,倾听着风声,耳朵犹如落叶般乘风远逝……来到路地的山端,犹如灵魂出壳,触摸光滑的树干,草叶悉嗦相擦,蚱蜢停立其上,化成灵魂的阿留婆仍童心未泯,伸手捉住蚱蜢的触角……"。"化作灵魂飞升的阿留婆笑着对卧床不起的阿留婆说:'阿留呀,你真是上了年纪!天天躺在床上,你身子不痛吗?'""阿留婆对着自己的灵魂说:'不会痛的'"。

小说《千年的愉悦》中有大量狂野的性爱描写。尼采认为"性"与艺术之间有着不解之缘,他说"古典法国的全部高级文化和文学,都是在性兴趣的土壤上生髭起来的"③。尼采把性欲看成生命意志的最强烈表达,在一定意义上,可以将生殖冲动看成世界意志创造生命的冲动在族类和个体身上的体现,尼采认为以性欲为核心的肉体活动是一种内在的生命力,而生命力就是创作力。小说的第三节《天狗之松》中,文彦与巫女之间的性爱被描写得时而唯美与虚幻,时而露骨与狂野。文彦与巫女在山涧溪水边相遇的场景描写让人联想起牛郎织女的故事;第六节《雷神之翼》中,接生婆"阿留婆"与自己亲手接生的、只有15岁的少年达男偷情时被丈夫礼如捉奸,"阿留婆猛地将抓住自己头发、抽打自己耳光的礼如推开,辩解道:'我什么也没做……母亲抱着自己的孩子有什么错?生孩子当然要赤身裸体地生孩子啦',礼如听罢颤抖着站了起来,只说道'你竟然、你竟

---

① 尼采:《黄昏的偶像》,《悲剧的诞生——尼采文选集》,周国平译,作家出版社,2012年,第71页。
② 尼采:《权力意志》,张念东等译,商务印书馆,1991年,第548页。
③ 尼采:《悲剧的诞生》,周国平译,作家出版社,2012年,第299页。

然……',便气得说不出话来"。

中上健次通过这种惊世骇俗的、超越传统伦理的亵渎性叙事,刺激读者的神经,使其产生不快与震惊,继而开始思索作者的真实用意。在小说中,性欲、乱伦、暴力、偷盗、死亡等内容构成了叙事张力,中上健次的价值立场是个人伦理性的,这让习惯于历史叙事和道德伦理叙事的读者感到震惊与不安,它颠覆了人们既成意识形态与价值规范。

当然,最能体现魔幻现实主义特点的则是小说的叙事方法。中上健次认为受歧视的部落民文化与历史也是日本文化的一部分①,日本的历史是天皇与权贵们书写的历史,而部落民是一群失败者,生活在没有阳光的黑暗世界,他们没有资格掌握文字的书写权利,受到以天皇为代表的话语权力的统治与压迫。中上健次创作了"阿留婆"这个显性的叙事人,用"声音"抗衡"文字"的权力,用个人伦理解构"天皇"的话语权威与历史叙事。但通过文本分析,我们还是可以看出文本中隐藏着作者的"自我意识",无论多么天才的作家,他也不可能完全重现不受文字意识形态束缚的阿留婆的思想与语言,一旦小说用文字创作,思想被落入言筌的陷阱,用沃尔特·翁(Walter J. Ong)的话说,便是"书写是垄断的帝国主义的活动"。② 中上健次意识到了这一点,他曾感叹自己"深受书写之毒、文字之毒的侵害"③。因此,小说《千年的愉悦》中实际存在三种叙事声音,即阿留婆、六个年青男主人公以及连接两者之间的全知叙事者,这叙事声音在这三者之间自由自在地转换、跨界④。

日本文学评论家柄谷行人曾说:"小说是差异的产物",在小说《千年的愉悦》中,这种"差异性"表现为"天皇"与"部落"、"中心"与"边缘"、"文字"与"声音"的二元对立。

中上健次说:"简单地说,如果没有我,这些阿婆们便不会存在。如果她们不存在,那我也就不曾存在。就是这种情况。没有我的话,没有人会注意到她们的存在,由于没有掌握文字,她们一定会被当作唠唠叨叨、喋喋不休的人被无情

---

① 川村湊:「『路地』から普遍の世界へ」,「週刊朝日百科 世界の文学」,第100号,日本朝日新聞社,2001年,第32—41页。
② Walter J. Ong. Orality and Literacy, 日文版,日本藤原书店出版,1991年,第34页。
③ 中上健次:《紀州 木の国・根の国物語》,日本朝日新聞社出版,1978年,第216页。
④ 渡辺直己:《中上健治論—愛しさについて》,日本河出書房新社出版,1996年,第165页。

地遗忘掉吧"①。因此，中上健次就是要为这些被边缘化的人们树碑立传。

四、结语

　　叙事伦理强调的是对个人的生存伦理与生命感觉的艺术表现，在这一点上，东方文学的传统思想更具有优势。西方后现代主义思潮的兴起是对理性中心主义的"现代性"反思，中上健次的"路地"文学不等于现实的社会，是虚构与现实相结合的文学想象，表现了个人的生存伦理与生命感觉，属于一种对传统文学权威的消解叙事。尽管中上健次文学都是极具个性化的自我叙事，但同时其作品主题中又包含普世性的价值伦理，极具民族性与乡土文化特色的文学构成了"世界文学"的多样性属性，同时也是对魔幻现实主义叙事方法的成功运用。

　　2006年达姆罗什《什么是世界文学》适时推出了"世界文学"的新概念，他指出，世界文学之所以为世界文学，很大程度上在于它的普世性和世界视域。"普世性"是指超越地域、种族、意识形态、关于人性的核心价值观念；而"世界视域"是对文学民族性、多元性的包容精神，"世界文学"需要多样性，尤其是文学表现形式的多样性，具体地说便是小说叙事的多样性，而且强调"叙事伦理"便保证了小说叙事多样性的可能，魔幻现实主义叙事是叙事多样性的一个方面，叙事伦理与魔幻现实主义属于相辅相成的关系。

作者简介

李东军，苏州大学外国语学院院副教授，文学博士。

---

　　① 赤坂憲雄、兵藤裕巳、山本ひろ子編：《フィールドワーク、シリーズ3、物語、差別、天皇制》，日本五月社出版，1985年，第36页。

《红高粱》:"民族寓言"学说的归位与突围①

杜明业

2012年诺贝尔文学奖得主莫言在中篇小说《红高粱》② 中站在民间的立场上讲述了一个抗战故事。小说的独特性在于它用"我"回忆的方式来向读者讲述"我爷爷"余占鳌带领抗日武装伏击日寇和他与"我奶奶"戴凤莲的爱情纠葛。小说的叙事基于中国本土的历史经验,具有浓郁的民族寓言的色彩。如果从世界文学史新建构的角度来看,这部小说引起国际关注的必然是其特有的民族叙事模式,而这种模式与当代文学批评的"第三世界民族寓言"的关系是如此密切,我们无可回避这一话语的多元化理解与解读。因此有必要对莫言小说的归位与突围进行理论解读。

一

"民族寓言"(National Allegory)这一概念是美国马克思主义文学、文化批评家弗雷德里克·詹姆逊(F. Jameson, 1934—)在他的《侵略的寓言》(1979)提出的③。该书是他对英国右翼画家和小说家温德·刘易斯的小说《塔尔》的研究。1986年,詹姆逊发表长篇论文《处于跨国资本主义时代中的第三世界文学》。他认为,后现代主义已经成为晚期资本主义的主导文化形式。在对晚期资本主义的

---

① 本文原载于《江南大学学报》(人文社会科学版)2013年第3期。
② 《红高粱》最初发表在《人民文学》1986年第3期。后来,莫言把《红高粱》及其续篇《高粱酒》、《狗道》、《高粱殡》、《狗皮》合成为一部情节连贯的长篇小说《红高粱家族》。张艺谋根据《红高粱》和《高粱酒》改编成电影《红高粱》而红极一时。本文集中讨论小说文本《红高粱》。
③ F. Jameson. National Allegory in Wyndham Lewis [G]//Hardt, Michael and Weeks, Kathi, ed. *The Jameson Reader*, Oxford: Blackwell Publishers Ltd, 2000, p. 312.

文化逻辑进行剖析以后，他试图在资本主义总体制度的内部建构起抵制第一世界文学的"飞地"。这块"飞地"即是第三世界文学。他认为，后现代主义文化（文学）相比，第三世界文学的最明显的特征在于其"民族寓言"的性质。他说："我想说的是，所有第三世界的文本必然具有寓言性，以及特殊性：这些文本应该当作'民族寓言'来阅读，或许应该说，特别是它们的形式源自主导地位的西方表达形式机制——比如小说——上发展起来的时候。"① 这是他的马克思主义文学批评思想的延续，是其文学批评思想在第三世界文学批评领域的实际运作。他进而指出："第三世界文本，甚至那些似乎是关于个人和利比多趋力的文本，总是以民族寓言的形式来投射一种政治：有关个人命运的故事总是第三世界的公共文化和社会所受到冲击的寓言。"② 他认为，第三世界的个别文学文本凝聚着强大的民族集体无意识。为了证明自己关于第三世界文本的"民族寓言"性质，詹姆逊举出亚洲、非洲、拉丁美洲等诸多作家的作品加以分析，试图揭示出这些作家的文本语言表象之下蕴含的深刻的民族意识和复杂的社会关系。其中，詹姆逊精细地剖析了鲁迅的《狂人日记》、《阿Q正传》和《药》，并认为寓言化过程最佳的例子是《狂人日记》。鲁迅在这部小说中把中国几千年的历史揭示为"吃人"的历史，詹姆逊正是在这个意义上认为它是"民族寓言"。詹姆逊的分析了涉及故事所包含的利比多、寓言结构、鲁迅的作用和故事的双重结局引起的对未来的看法等方面。詹姆逊对鲁迅的这种解读虽然获得了不少中国研究者的认同，但也受到了部分鲁迅研究者的质疑。

詹姆逊的论断为解读莫言的作品提供了一个新视角。在莫言的小说叙事中，用詹姆逊的话来说，诸多关于个人命运的故事实际上都投射了一种政治，个人的故事总是关乎着全民族的命运。在《红高粱》中，这种政治话语就是中国的抗日战争。抗日战争为小说不仅提供了一个表现人物的背景，更主要的是抗日作为20世纪30年代末期40年代早期最大的政治话语是检视各阶层人士的标杆。而高密东北乡的民间抗日活动则是一个典型。把莫言的民间叙事作为一个民族寓言来解读，这说明莫言在书写着现代性的背后有一种更深层的民族性问题的思考。但同时更应当看到，作为中国小说的叙事主体，莫言又正是努力突破这种民族寓言的

---

① F. Jameson. *Third-world Literature in the Era of Multinational Capitalism* [G]//Hardt, Michael and Weeks, Kathi, ed. *The Jameson Reader*, Oxford: Blackwell Publishers Ltd, 2000: 319.

② F. Jameson. *Third-world Literature in the Era of Multinational Capitalism* [G]//Hardt, Michael and Weeks, Kathi, ed. *The Jameson Reader*, Oxford: Blackwell Publishers Ltd, 2000: 320.

限制，力求从一种国际化的民族"寻根"，从一种文化批判的深度（这一点与鲁迅的《狂人日记》是殊途同归），在粗粝的民族精神宏大叙事中，饱含着深厚的情感与锐利的批判，形成了一种寓言化的张力。就这一点而言，《红高粱》其实已经从詹姆逊所谓的"民族寓言"突围。而这种突围的结果就是回归民族叙事本体。不过也要看到，由于思想和艺术的局限，莫言还未能真正进入到民族叙事的主体性回归。

二

　　《红高粱》有着丰富的主题内涵。评论界也有着众多的阐释。其实，如果联系这部小说的创作语境，不难看出小说与八十年代中国民众的文化心理密切相关。这一时期，随着中国现代化进程的不断推进和深入，民众越来越多地表现出了强烈的民族认同感，渴望整个民族，包括自身能够强悍起来。莫言曾说："《红高粱》实际上是对几十年来不正常的社会环境对人性压抑的痛心疾首的呼喊。为什么我有痛感呢？我们几代人越来越灰暗，越来越懦弱，越来越活的不像个男子汉，越来越不敢张扬个性，越来越不敢在自己的社会生活当中显示出个性色彩。人越来越趋同化，人好像都一样。"① 于是莫言在1939年的日历中寻找到"我爷爷"、"我奶奶"的传奇故事，发现他们所具有的旺盛生命力。莫言曾说："历史是人写的，英雄是人造的。人对现实不满时便怀念过去；人对自己不满时便崇拜祖先。我的小说《红高粱家族》大概也就是这类东西。"② 高密东北乡是"我爷爷"等人所构筑的充满野性的世界。这块土地上的人是一个极端矛盾的统一体："他们杀人越货，精忠报国"。作者感叹现代人的"种的退化"，人的孱弱，大力弘扬生命意识，凸显了民间世界的强悍与勃勃生机，同时也是对民族文化的批判性反思。

　　莫言书写了当时中国社会中的最广大数量的底层人——农民。他的农民群像是那个时代所有中国农民的缩影。杨义在《鲁迅作品综论》中曾指出："鲁迅写农民，笔锋透入三个层次：一是生存境遇，二是道德境界，三是精神文化心理状态。在三个层次上是混合复杂的情感的，往往悦其质朴，哀其不幸，又慨其麻木

---

① 王尧、林建法：《莫言王尧对话录》，苏州大学出版社，2003年，第295页。
② 莫言：《超越故乡》，参见《莫言散文》，杭州：浙江文艺出版社，2000年，第250页。

的，尤其是后者，即对农民的精神文化心理状态是赋予深沉的忧虑的。"①《红高粱》中的人物众多，其中大多数是象红高粱一样普通的农民。他们与那个年代的同类人一样生存：要吃饭、穿衣、劳作，有自己的生理需求和情感渴望。在道德层面上，民族文化中的负面东西在他们心底早已生根发芽，而且代代相传，他们无法摆脱落后、偏狭、自私、麻木的劣根性，也有着豪爽、勇武、义气、慷慨的优秀品质。当大敌当前，家园破碎，亲人危难时期，他们身上"人"的意识开始觉醒，生命的潜能被激发出来，于是他们拿起原始的农具和现代的武器，用鲜血和生命谱写了一曲曲英勇悲壮而又苦涩的战歌。

小说的主要人物之一余占鳌是"我爷爷"。他集各种对立面和矛盾于一身：有匪气，也有正气；豪放，但也偏狭；杀人越货，却也抗日救国；不忘孝悌，也能大义灭亲；身上洋溢着父爱与温情，又充满阳刚与血性。出身贫寒的余占鳌16岁时杀死与守寡母亲通奸的和尚，随后开始四处流浪，打短工，当轿夫。"我奶奶"出嫁时在蛤蟆坑遭到土匪拦劫，余占鳌挺身而出救了她。后来他潜入单家杀死单家父子，与"我奶奶"在高粱地里野合。不久，他到"我奶奶"家的酒坊里做伙计，成为暗里的夫妻。土匪和官府都逼迫他，他落草为匪。余大牙因为奸污民女，余占鳌先是祖护，后来大义灭亲。当日寇入侵时，他拉着自己的弟兄去抗日。在他看来，界定土匪的标准只有一个，那就是抗日。正如他所言："谁是土匪？谁不是土匪？能打日本就是中国的大英雄。"② 在他眼中，"抗战"已经作为一种道德标杆、民族义务去衡量一个人。在他的心理深处，将个体的行为由此上升民族、国家的层面上。然而，他的这种抗日并不是自觉的、自愿的行为，更大程度上是出于本能和义愤，因为他没有也不可能有自觉的民族主义立场。这样才符合他作为一个农民兼土匪的身份。

"我奶奶"戴凤莲是一位农村女性。她自幼裹脚，出落得丰满秀丽，而且敢作敢为，野性十足。16岁时嫁给财主单廷秀的独生儿子单扁郎，出嫁时路遇土匪劫持，被余占鳌救出，在单家父子被杀以后，与"我爷爷"野合，执掌单家酒坊，生意红红火火。后来当日寇入侵，日本兵进院时，她用刘罗汉的鲜血抹脸装疯，日本人被吓得愕然止步。余大牙强奸民女事发后，余占鳌碍于亲情不想惩治，她力劝余占鳌加以严惩，余占鳌不以为然，她愤怒地指责他是一个窝囊废。

---

① 杨义：《杨义文存第五卷：鲁迅作品综论》，人民出版社，1998年，第436页。
② 莫言：《红高粱家族》，当代世界出版社，2004年，第20页。

余占鳌拔枪威吓,她毫无胆怯。在冷支队长和余占鳌唇枪舌剑时,她倒满三碗血酒,带头一饮而尽,促成两支队伍的联合抗日。她也送幼子随余占鳌去抗日。即使在她的风流韵事里,也能让人感受到她反对封建伦理道德的力量,感受到旺盛的生命力。她敢爱敢恨,不愿被别人主宰自己的命运。她在给余占鳌的队伍送饭时被炸身亡,在抗日烽火中升华了自己的人格。她"不仅是抗日的英雄,也是个性解放的先驱,妇女自立的典范"①。

除了"我爷爷"、"我奶奶"以外,小说的其他人物也都体现了作者对民族文化心理的深刻描摹。严格说来,余占鳌不是典型的中国农民,因为他曾经为匪一方,杀人越货,而小说中的王文义才是典型的农民形象。他的三个儿子被日寇炸死后愤而抗日,他身上更多的是家仇。他自己死在伏击战中,妻子也死于在给伏击日本车队的抗日武装送饭途中。另外,刘罗汉怒铲被日寇掠去的骡蹄马腿,被日寇剥皮零割示众,却面无惧色,骂不绝口,至死方休,他的故事代代相传,"竟成了一个美丽的神话故事"②。那个犯了大罪,死有余辜的余大牙,临刑前也不愿带绳子见阎王,要求为他松绑,而且唱起了抗日歌曲……因此,可以说,小说的主要叙事在于揭示民族最深层的本质力量,挖掘普通民众顽强、坚韧、高拔、健迈的伟大潜能,显示出民族性格的力与美。

1985年,莫言在《秋水》中第一次将"高密东北乡"写入小说,并以此创作了一系列作品。正如他自己所言"……从此,就如同一个四处游走的农民有了一片土地,我这样一个文学的流浪汉,终于有了一个安身立命的场所。"③ 这片属于莫言自己的文学地理天地像福克纳笔下的约克纳帕塔法县和马尔克斯笔下的马孔多小镇一样,都是作家笔下"家乡的那块邮票般大小的地方"。"高密东北乡"是古老的、充满苦难又有着无限精彩的农村。作者还原了这个地理空间中的人的真实状态:吃、喝、生育、性爱、暴力、死亡等。莫言在这片集梦幻与神奇于一体,融浪漫与纯真于一身的天地中导演出历史大戏:从晚清开始到21世纪时期,长达百余年的中国历史画卷在这里徐徐展开,各种声音不绝于耳。孙郁指出:"莫言在高密东北乡里现了民腔、官腔、匪腔、鬼腔。"④ 这里有一望无际的黑土

---

① 莫言:《红高粱家族》,当代世界出版社,2004年,第9页。
② 莫言:《红高粱家族》,当代世界出版社,2004年,第29页。
③ 莫言:《讲故事的人——在诺贝尔文学颁奖典礼上的讲演》,载《当代作家评论》2013年第1期,第4—10页。
④ 孙郁:《莫言:一个时代的文学突围》,载《当代作家评论》2013年第1期,第27—34页。

地,火红的红高粱,款款流淌的墨水河,终日鸣叫的青蛙,啄食人肉的乌鸦,撕裂死尸的野狗,味道腥甜的螃蟹,更有那彻夜游荡在高粱地的英魂和冤鬼。因而,这块土地成为一个相互对立因素的统一体:"我曾经对高密东北乡极端热爱,曾经对高密东北乡极端仇恨……高密东北乡无疑是地球上最美丽最丑陋、最超脱最世俗、最圣洁最龌龊、最英雄好汉最王八蛋、最能喝酒最能爱的地方。"① 莫言用了十个"最"字表明他笔下的乡村世界各种形容词所表示的程度之深、之大,而这些相互矛盾的形容词的并置又表明这个乡村世界的无序、多样、复杂与荒谬。也就是这块昂扬着生命力的土地上,无奇不有,展现出壮美雄浑的画面和丑陋肮脏的真实生活。莫言使"高密东北乡"成为中国的缩影,成为中国历史的一个隐喻。如诺贝尔文学奖颁奖辞所说:"高密东北乡融汇了中国的民间故事和历史。"

"红高粱"是一个重要的隐喻。曾几何时,"高粱"是我们的先辈赖以生存的基本食粮,是我们这个民族得以繁衍生息的物资保障。莫言在各种场景下用不同的色彩描绘了红高粱的形象,他称"高粱高密辉煌,高粱凄婉可人,高粱爱情激荡"②。"红高粱"有血海般的颜色,有味道,有情感,甚至有思想。它能产生声音,能哭会笑。有研究者指出:"'红高粱'成为北方农民的生命力的象征,成了性和暴力、生命和死亡的聚合地。"③ 高粱地是余占鳌与戴凤莲野合之处,是余占鳌伏击日本的天然屏障,也是"我奶奶"归天之地。在"我奶奶"即将结束三十年的人生历程时,小说中写道:"我奶奶听到了宇宙的声音,那声音来自一株株红高粱……奶奶觉得天与地、与人、与高粱交织在一起……所有的忧虑、痛苦、紧张、沮丧都落在了高粱地里,都冰雹般打在高粱梢头。在黑土地上扎根开花,结出酸涩的果实,让下一代又一代承受。"④ 这里,高粱具有了灵性,"我奶奶"已经与红高粱融为一体。红高粱身上浸透了一种时代精神、历史情绪、民族意识、生命意志。"它的挺拔辉煌象征着民族种群的伟岸身躯,它的枝繁叶茂象征着民族种群的生命活力,他色泽鲜红象征着民族种群的精气血性,它纤维粗硬象

---

① 莫言:《红高粱家族》,当代世界出版社,2004年,第2页。
② 莫言:《红高粱家族》,当代世界出版社,2004年,第2页。
③ 吴秀明:《中国当代文学史写真》(全本下),北京大学出版社,2009年,第624页。
④ 莫言:《红高粱家族》,当代世界出版社,2004年,第58页。

征着民族种群的不屈性格。"① 在某种意义上可以说，红高粱被作者视为中华民族的"生命的图腾"。作者之所以有意将"红高粱"与"中国人"紧密地联系在一起，其目的就是要讴歌融入自然的生命现象与朴实无华的民族精神。

这也体现出莫言对这种原生态的精神批判，这种批判是指向其愚昧落后的一面，如同鲁迅当年对封建制度的批判一样。所以，《红高粱》真正的起点应当说是借鉴了西方小说，包括福克纳和马尔克斯，但有自己的创造。这种创造就是对西方小说的突围，而不是像詹姆逊所说对西方的回归。

三

詹姆逊在提出"第三世界文学具有民族寓言性质"的命题时，特别注重知识分子的作用。由于"第三世界文学"概念产生的当代语境是第三世界知识分子对伴随着跨国资本主义在全球扩张的西方文化霸权的激烈反应。他们深情地眷顾自身的民族特性，希望民族国家意识的复归。然而第一世界中的知识分子已经被"局限在最狭隘的专业或官僚术语中"，"'知识分子'一词已经失去其意义，似乎仅仅是一个已经灭绝了的种类名词"，而"在第三世界的情况下，知识分子永远是政治知识分子。……文化知识分子也是政治斗士，是既创作诗歌也参加实践的知识分子。"②

20 世纪 80 年代时期，莫言开始了他的写作生涯。70 年代末期 80 年代时期中国文坛的"伤痕文学"、"反思文学"、"改革文学"、"寻根文学"等都以不同形式与政治问题有关联，或关注"文革"对人性的戕害，或诘难极左政治，或触及社会经济的变革，或对历史进行追寻。所有这些都倾注了作者对重大社会问题的关切，以及对人性的探讨，80 年代文学本身成为历史的一个组成部分。80 年代文学以丰硕的成就诠释文学与政治的关系，发挥了文学的政治功用，参与当时的社会、经济和道德革新。这一点我们无需也不必予以否认。莫言搭乘上"寻根文学"的末班车，在一定程度上表达了政治诉求。很难说莫言是一个"文化斗士"，也很难说他身上贴着"政治知识分子"的标签，但回归自然，重塑民族自我与民

---

① 宋剑华：《知识分子的民间想象——论莫言〈红高粱家族〉故事叙事的文本意义》，载《广东社会科学》2009 年第 2 期，第 150—155 页。
② F. Jameson. Third-world Literature in the Era of Multinational Capitalism [G] // Hardt, Michael and Weeks, Kathi, ed. *The Jameson Reader*, Oxford: Blackwell Publishers Ltd, 2000, p. 325.

族精神,是他作为一个有独特思考的作家的长期追求,也是自西方启蒙运动以来知识分子所共同追求的思想信仰。

20世纪80年代中期,莫言痛感当代人的生命力萎缩。他要反抗平庸、压抑的现实生存,于是四处寻找,终于在1939年这个在中国历史上具有特定意义的时代里寻找到"我爷爷"、"我奶奶"的故事,发现了他们身上蕴藏的旺盛生命力。正是这种对生命的肯定,对民族精神中缺失东西的找寻,才使得莫言的小说中跳跃着生命的律动。而张艺谋根据莫言小说改编拍摄的电影《红高粱》的成功也恰恰是揭示出80年代的中国人在国家现代化进程中对民族认同感的诉求,对民族强盛,当然,更是对民族进步,中国进入世界化进程的努力。

莫言并没用像以往的革命历史题材小说那样,刻意描写精细而逼真的抗日战争图画,而只是借助抗日这个在中国历史上难以抹掉的事件作为人物活动的舞台,在由各色道具和舞台背景幻化成的特殊的历史氛围中描绘出"高密东北乡"人身上所自然表露的民族精神和人格,表现了民族忧患意识,表达了"真切感到种的退化的焦灼感",批判了80年代时期崇尚逸乐、绮靡柔弱的现象,呼唤着民族"纯种"的回归与强化。刘再复曾评述道:"80年代的中期,莫言和他的《红高粱》的出现,乃是一次生命的爆炸。本世纪下半叶的中国作家,没有一个像莫言这样强烈地意识到:中国,这人类的一个'种',种性退化了,生命委顿了,血液凝滞了。这一古老的种族是被层层垒垒、积重难返的教条所窒息,正在丧失最后的勇敢与生机,只有性的觉醒,只有生命原始欲望的爆炸,只有充满自然力的东方酒神精神的重新燃烧,中国才能从垂死中恢复它的生命力。"[①] 而莫言通过透明的红萝卜,血红的红高粱和的丰乳肥臀诠释了生命的真谛,呼唤野性的归来,希冀让"纯种高粱"无限繁衍,让"杂种高粱"绝后。

莫言的这种忧虑与思考,与鲁迅对阿Q时代的中国社会的思考有相似之处。鲁迅塑造了阿Q的形象,折射了当时国人的心态和社会现实。因此,詹姆逊指出:"阿Q是寓言式的中国自身。"[②] 阿Q引起国人对"国民性"的深刻反思。同样,莫言对民族历史既有一种惭愧心理和崇拜心理,也有一种悲怆的心理。他要用这种心理去寻找那已逝去的充满野性的梦,去打开尘封已久的民族文化心理的

---

① 刘再复:《再说"黄土地上的奇迹"》,载《当代作家评论》2013年第1期,第20—24页。
② F. Jameson. Third-world Literature in the Era of Multinational Capitalism [G]//Hardt, Michael and Weeks, Kathi, ed. *The Jameson Reader*, Oxford: Blackwell Publishers Ltd, 2000:325.

世界。《红高粱》所着力表现的恰恰是普通中国人心灵深处的强悍生命力,以及对于自由与幸福的向往。小说中的"颠轿"和"野合"是作者着笔较多之处。在"颠轿"部分,作者仿佛要抛弃一切封建伦理与清规戒律,试图摆脱一切传统价值的束缚,尽情享受生命与爱情。在"野合"部分,莫言大胆泼辣地展示了与红高粱精神一致的爱情,让读者触摸到充满野性的本性。这种生命冲动和生命态度昭示了原始生命力的伟大,表现出中国人对生死爱恨的自由精神。"我奶奶"在临死之前发出了"天问":"天,什么叫贞节?什么叫正道?什么叫善良?什么是邪恶?你一直没有告诉过我,我只有按着我自己的想法去办,我爱幸福,我爱力量,我爱美,我的身体是我的,我为自己做主,我不怕罪,不怕罚,我不怕进你的十八层地狱。我该做的都做了,该干的都干了,我什么都不怕。但我不想死,我要活,我要多看几眼这个世界,我的天哪……"① 这发自肺腑的独白是对生命困惑的质疑,也是内心世界的昭示;是对短暂一生的回顾与总结,也是对生命的无限留恋。《红高粱》正是通过塑造一批具有勃勃的生命力和质朴情欲的群像来呼唤民族精神的回归。

莫言在《红高粱》中制造了具有寓言色彩的"民族—国家"幻象。他以抗日战争为特定的背景,揭示出中国的草根阶层在日常生活和民族危难时机的精神面貌、文化观念、价值追求、性格特征和情感世界。小说的人物除了上文涉及的"我爷爷"、"我奶奶"、刘罗汉、余大牙、王文义之外,还有哑巴,以花脖子为首的土匪,以曹梦九为代表的地方政府,以江小脚为队长的八路军抗日武装,有冷支队长为首的抗日队伍,有任副官这样的共产党员,有单廷秀这样的乡间财主,也有普普通通的轿夫、酒坊伙计,以及无数高密东北乡的底层人。正是他们构成这样一个纷繁复杂的世界。而其中,主要人物仍是普通的"高密东北乡"的村民,他们才是高粱地的主人,他们的祖祖辈辈生于斯长于斯老于斯,其他人不过是"外来者"。这些普通农民内部孕育着英雄的道德,火热的生命力,也沉积几千年来民族文化中的负面东西。两者的结合才是那个时代真实的农民特点。而对中国这样一个以农民为绝对主体的国度来说,如何表现农民的真实状态是诸多作家所追求的,莫言避开了那种套路式的写法,即写农民武装如何在党的教育和领导下走自觉的革命道路。他仅仅截取了他们生活的一个片段,即将叙事基点选择在 1939 年这个时间节点,写了几个简单的抗日故事,但是他主题的新鲜和深刻,

---

① 莫言:《红高粱家族》,当代世界出版社,2004 年,第 56 页。

叙事的独特是其他同时代的小说所没有的。他的成功之处在于在小说人物的个人命运中寄寓了民族、国家的深意。

《红高粱》和《阿Q正传》一样，都是关于我们这个民族命运的寓言，因为它们都以不同形式"讲述一个人和个人经验的故事最终包含了对整个集体本身的经验的艰难叙述。"① 不过与其他强调集体性和历史性的"民族寓言"不同，《红高粱》更强调其中的个人性与偶然性。阿Q面临的是辛亥革命前后这样一个历史背景，而"我爷爷"他们面临的是抗日战争这样一个历史背景；前者是中国历史自身演变过程中的必然抉择，而后者则是面临外敌入侵、家国危难的时期；前者渴求的是生存境遇的改变，而后者则是面临生死存亡的考验，他们必须在被奴役和反抗中作出选择。"我爷爷"们选择的是在反抗中获得生存，在反抗中建立民族主体。如果说到对民族寓言的突围，这就是其精神的秘密所在。

结语

《红高粱》问世以来，以它独特的叙事风格，丰蕴的内涵获得越来越多的认可。尤其是小说中的生命活力和"东方式的酒神精神"②，揭示了我们这个民族精神的内核，刷新了读者对自身民族的历史认知，形成近现代中国历史经验的民族寓言。从阅读的体验和张艺谋电影的改编成功可以看出，它给读者和观众带来的不仅是语言、视觉与听觉的冲击，更主要的是在于它给我们以哲学上的思考，思考我们这个民族的过去、现在和未来，以及三者之间的有机关联。莫言以清醒的对历史的反思意识呼唤民族本性的回归，借用小说这种文学形式把历史寓言化。这种寓言化的历史叙事正是詹姆逊所言的"民族寓言"。

作者简介

杜明业，淮北师范大学外国语学院副教授，文学博士。

---

① F. Jameson. Third-world Literature in the Era of Multinational Capitalism[G]//Hardt, Michael and Weeks, Kathi, ed. *The Jameson Reader*, Oxford: Blackwell Publishers Ltd, 2000: 336.

② 张清华：《介入 见证 一路同行——莫言与中国当代小说的变革》，张健、丹尼尔·西蒙主编：《当代中国文学》（中国版第二辑），北京师范大学出版社，2010年，第236页。

后结构精神分析视阈中的《到灯塔去》[①]

——"窗"的想象级阐释

张海蓉

1927年弗吉尼亚·伍尔夫出版了她的意识流小说中的压卷之作《到灯塔去》。小说以到灯塔去为贯穿全书的中心线索,叙述了拉姆齐一家在一次大战前的某一年夏天和朋友们到海边的乡下别墅里度过一段时光的故事。拉姆齐先生的小儿子詹姆斯萌生了乘船去游览矗立在海中岩礁上的灯塔的愿望,虽然得到承诺,却由于天气不好而未能如愿。十年岁月如梭,物换星移,夫人故去。战后拉姆齐先生携带一双儿女乘舟出海,终于到达灯塔。在拉姆齐一家到达灯塔的时候,在画架旁目送他们的女画家莉丽眼里也出现一种景象,她仿佛看到拉姆齐夫人,她将自己的这份感知注入作品中,最终完成了那幅从小说开篇就开始着手的画作。全书分为三个部分,依次为:窗;时光流逝;灯塔。

这部小说中的主要人物关系相当复杂,特别是在人物心理层次上,一定程度上,展现了法国后结构主义精神分析学家拉康学说的分析模式,"窗"中的无意识欲望的主体几乎完全落入两重性之中。这种两重性是由镜像时期的完成所带来的。正如拉康在关于"镜像时期"的论文中指出,主体卷入了与别人身份认证或是攻击性的联系中,不管这些他者是否代表主体间的结构。所以精神分析文学批评家安东尼·威尔登指出:"从主体内部的观点来看,想象级的概念说明了主体和自我的自恋关系——也就是自我的理想结构"[②],另一方面从主体间关系的观点来看,想象级是在L形图表中主体的两重关系——自我陷入与另一个的性欲或攻

[①] 本文原载于《池州学院学报》2013年第1期。

[②] Wilden, Anthony. Lacan and the Discourse of the Other. [M]// Jacques Lacan. Speech and Language in Psychoanalysis Baltimore: Johns Hopkins University Press. 1981, pp. 174–175.

击性关系中。① 因此想象级既具有社会性也具有高度个体性，正像它吸引真正的形象进入符号和符号化的心理内部领域。拉康也曾经指出："当镜像阶级结束时，这个时刻开始了，通过与对方形象的认证和原始的嫉妒的戏剧性开始，这种辩证关系将'我'和社会复杂的情形联系在一起。"② 拉康还指出："这一时刻将通过小写的他者的欲望将人类的全部知识传递给了调解人，通过和他人的合作以抽象的等量组成了它的客体，把这个'我'转化为那个器官，每个本能的推力会构成一种危险，即使它应该与一个自然成熟相对应——这种成熟最正常化是从此以后成为一个独立的男人。如例证中通过文化调停，就性对象来说通过俄狄浦斯情结来促使一个男孩向成熟的男人转变。"③

可以说，想象级理论有利于对"窗"中主体人物关系进行重新解读。

一、俄狄浦斯和欢愉

小说中最年轻的主体是詹姆斯，拉姆齐先生的6岁儿子，萌生了乘船去游览矗立在海中岩礁上的灯塔的愿望，得到母亲拉姆齐夫人的承诺，兴奋不已。孩子这种欢愉是对母亲积极话语的依恋："是的，当然，假如明天天气好的话。"④ 更可能的发生在任何还没真正地完全接受并适应符号级父权的法则的孩子身上。简言之，这个孩子还没接受俄狄浦斯状态的教训，当他的母亲说"是的"时，小詹姆斯更加坚定地依恋他者，也是大的他者（母亲），而不是即将到来的否定和差异的法则。正如伍尔夫指出，他在拉姆齐夫人身上投入的强有力的利比多不仅贯穿在这个时刻，也把同样的欢乐投入到其他客体（在换喻的转换中一个人可能的期盼），甚至"当他的母亲对他讲话时，他正怀着极大的喜悦，修饰一幅冰箱图。"⑤ 可能在确定这个小说要旨，这个时刻最有意义的方面就是对欢愉的表达。不仅如此，这个时刻也暗示书面的文字材料被创造成文字上的无意识，像镜子似

---

① Wilden, Anthony. Lacan and the Discourse of the Other. [M]// Jacques Lacan. Speech and Language in Psychoanalysis Baltimore: Johns Hopkins University Press. 1981 p. 175.

② Jacques Lacan. Ecrits, A selection [M]. New York and London: W. W. Norton& company, 1977, p. 5.

③ Jacques Lacan. Ecrits, A selection [M]. New York and London: W. W. Norton &company, 1977, pp. 5 – 6.

④ 弗吉尼亚·伍尔夫：《到灯塔去》，瞿世镜译，上海：上海译文出版社，2009年，第1页。

⑤ 弗吉尼亚·伍尔夫：《到灯塔去》，瞿世镜译，上海：上海译文出版社，2009年，第1页。

地照出人类的无意识,这对于拉康来说如果不是精确的文本,也是无意识的特质,占据文本的积极功能就是"欢愉"①,拉康将"欢愉"定义为远远超出快乐或愉悦,谢里丹在他的译作《著作选编》中注解"'欢愉'在英语中没有一个确切的翻译,""快乐"包含在欢愉中,传达对权力、财产等的享受观念。很不幸的是,在现代英语中,单词本身已失去了它存在于法语中的性的隐含意义。在詹姆斯心花怒放中仍然可以清楚见到在他的欢愉中所蕴含的这种性意识,也有一种违背法则的意识,这种法则,特别在这里是俄狄浦斯情结②,印证了拉康的名言"欲望就是转喻",明确地把他想和他母亲结合在一起的欲望转移到对他周围的物体上去。伍尔夫写到这个时刻的詹姆斯,"所有的一切都闪烁着喜悦的色彩,独轮手推车,刈草机,沙沙作响的白桦林,雨前泛白的树叶,哇哇乱叫的乌鸦,迎风招展的金雀花,窸窸窣窣的衣裙——一切都是这么五光十色,鲜艳夺目,他在脑海里已经有了自己的暗码,自己的秘密语言。"③ 他的"语言"已经远远超出欲望和无意识的"秘密语言",而把它称为在詹姆斯身上产生的欲望和无意识也不太恰当,它清楚地展示了俄狄浦斯情结领悟的出现。

瑞格兰德·沙里文教授说:"把快乐原则的根源放在想象级的婴儿和母亲(大的他者)结合中,拉康重新定义了快乐原则是'欢愉',或是婴儿想和母亲合一的观念,重塑现实原则指出由语言和法律(阉割)所造成的婴儿与母亲的分离,这一切都在镜像阶段结束"。④ 在这里伍尔夫描绘出詹姆斯内心中孩子想和母亲合二为一的"合一意识",但孩子的感情已从母亲移位到母亲周围事物。这一时刻也提示小詹姆斯已经确实度过他的镜像时期,意识到他与母亲的差异,并且意识到他必须向父亲的法权屈服,无论如何受到俄狄浦斯阶段影响而引起的象征性阉割⑤已经发生,在进一步心理细节描写中,伍尔夫写出了那个时刻詹姆斯内心和外在的目标的不同,还有他母亲(与父亲相对)在他身上的投入一些称之为法则:"一切都是这么五光十色,鲜艳夺目,他在脑海里已有了……,尽管表面

---

① 方汉文:《后现代主义文化心理:拉康研究》,上海:上海三联书店,2000年,第275页。
② 方汉文:《后现代主义文化心理:拉康研究》,上海:上海三联书店,2000年,第211—213页。
③ 弗吉尼亚·伍尔夫:《到灯塔去》,瞿世镜译,上海:上海译文出版社,2009年,第1页。
④ Ragland-Sullivan, Ellie *Jacques Lacan and the Philosophy of Psychoanalysis*. Urbana: University of Illinois Press, 1986, p. 139.
⑤ 方汉文:《后现代主义文化心理:拉康研究》,上海:上海三联书店,2000年,第216—217页。

上的他一本正经,不苟言笑,天庭饱满,犀利的蓝眼睛纯净无瑕,每当看到人类的弱点,眉头便微微蹙起。所以他母亲看着他操纵剪刀灵巧地沿着冰箱边缘移动,不由地想象他穿着一袭红袍和貂皮坐在法官席上,或者在国家大事的危急关头指导一项举足轻重的大事业。"①

再进一步而言,拉姆齐夫人仅仅想象她儿子在沙滩上作为大的法权的符号,与此同时,想象级的父亲中这个大的法权也确实存在。它体现在拉姆齐先生,这个男孩的父亲,说出了致命的否定的相反意见——"但是",他父亲在客厅的窗口停住脚,"明天天气不会好"。② 这个"但是"代表了符号级对父亲的否定,这一否认和差异的原则抵制了孩子想与母亲合一并体验欢愉的欲望,听了父亲的话,詹姆斯片刻的快乐消失了,随之也带来了俄狄浦斯情结内心冲突的敌对情绪,伍尔夫也直言表达了詹姆斯的心情,男孩所想要的武器(男孩所缺的菲勒斯)典型地反映在父亲身上(拥有菲勒斯)③:"如果当时手头有一把斧子,或者火钳,或者任何一件武器能把父亲的胸膛捅开一个窟窿,让他当场毙命,詹姆斯准会毫不迟疑地动手。拉姆齐先生只要一露面,就会在他孩子们的心中激起如此强烈的情绪。现在,他站在那里,瘦得像一把刀,咧着嘴巴露出讥笑,他不仅因打碎了儿子的梦想和揶揄了妻子——她在哪方面都比他强一万倍(詹姆斯想)——而幸灾乐祸,而且暗地里颇为自己的料事如神而沾沾自喜。"④

俄狄浦斯情结的三角形的各个点在这里分别代表了儿子,母亲、父亲。想象级在詹姆斯的"欢愉"中恰好标志了詹姆斯短暂的违背大的法权的结束。

伍尔夫在"窗"的开篇中的微型的俄狄浦斯戏中确立了人物关系和内驱力这个部分的形式,这部小说的章节中最长部分聚焦在"欢愉"上,用拉康的术语是"欲望的满足",即将身体的(或生物学的)需求转化为要求。这里的主体内部关系的方向总是与现时的俄狄浦斯法则相左。这个法则正如瑞格兰德·沙里文教授指出,"快乐是一种命中安排好的乐中带苦并给人以假象。"因为"快乐"总是沿着投入的情感的欲望之路自相矛盾的行进,同步的努力是通过替代和移位重新创

---

① 弗吉尼亚·伍尔夫:《到灯塔去》,瞿世镜译,上海译文出版社,2009 年,第 1—2 页。
② Ragland-Sullivan, Ellie Jacques Lacan and the Philosophy of Psychoanalysis[M]. Urbana: University of Illinois Press, 1986, p. 2.
③ 方汉文:《后现代主义文化心理:拉康研究》,上海:上海三联书店,2000 年,第 205—209 页。
④ 弗吉尼亚·伍尔夫:《到灯塔去》,瞿世镜译,上海:上海译文出版社,2009 年,第 1—2 页。

造一种不可能的联合的纽带,以此去否定阉割的真实性原则。① 但是,正如小詹姆斯在开幕这一刻所预示的体验,这个自相矛盾的内在要求(不仅去重新创造一个原先的丰饶,而且在其他方向上去替代它)并没有将欲望与法则分开,反而正是在主体的结构中将两者结合起来。在"超越快乐原则"一文中,拉康发现了欲望,它不是与现实法则相反,瑞格兰德·沙里文教授指出,"而是与现实法则不可分离的,通过把现实原则重新铸造成抑制——这个菲勒斯的能指,控制着'欢愉'寻求的移位和迂回。他显示了欲望和法则——快乐和现实——是相反的,组成了人类主体本身的结构"。②

二、欲望和欲望的客体

在孩子与母亲和父亲的关系中推断出俄狄浦斯戏剧性场面。它不仅使人想起欲望和欲望的客体如何运行来创造一种文字上的无意识,也让人想到在文中无意识中欲望的变化无常如何激起悬念或叙述的内驱力,事实上所有评论者都意识到拉姆齐先生和拉姆齐夫人在文中与其他人物的关系中代表了父亲和母亲的形象,"窗"实际上属于拉姆齐夫人,这个母亲形象。这些事件的聚焦点(在小说中确实只是意识时刻,而不是行为时刻)是这位妇女。其他人将他们的欲望投射在她身上。这位母亲总是主体欲望的源头。尽管她作为主体欲望源头的角色在经过镜像阶段和俄狄浦斯意识过程中已被压抑为潜意识,起初前镜像阶段的主体是想成为与母亲相关联的人,也就是说,孩子自然地认为他就是母亲的欲望所指。在镜像阶段后,孩子就想成为母亲的欲望③,孩子期盼自己成为母亲的欲望,尽管孩子没有或永远也没有菲勒斯。由于父亲所强加的俄狄浦斯法则的教训,母亲自身也缺少菲勒斯,在那以后发生的事情是主体发现了他所缺失的东西的替代品,现在被压入潜意识,这些替代品因而填满了欲望的空间,代表了主体和他的欲望疏远。拉康的其他"小东西"代表了欲望的客体,在拉姆齐夫妇与塔斯莱的关系中

---

① Ragland-Sullivan, Ellie Jacques Lacan and the Philosophy of Psychoanalysis[M]. Urbana: University of Illinois Press, 1986, p. 139.
② Ragland-Sullivan, Ellie Jacques Lacan and the Philosophy of Psychoanalysis[M]. Urbana: University of Illinois Press, 1986, p. 139.
③ 方汉文:《后现代主义文化心理:拉康研究》,上海:上海三联书店,2000年,第256—257页。

很好地阐明了从缺失的认识到欲望的满足这个辩证的运动过程。像小詹姆士一样,塔斯莱仍然明显地与他的俄狄浦斯关系而斗争,因为很明显,塔斯莱在他心理发展过程中已超越镜像阶段。他的欲望表现在对父亲和母亲的替代品中。拉姆齐先生和拉姆齐夫人就是那些替代品。他努力想成为拉姆齐先生就是很明显的例子。他想成为母亲想要得到的那件东西。实际上塔斯莱也是替代品移位的焦点,因为拉姆齐的孩子们把对他们父亲的敌意转移到对塔斯莱的敌意,他们不赞同的语言暗示着塔斯莱多么少地拥有他想要的东西—菲勒斯:"他驼背弓腰,两颊深陷,真是个丑八怪①",孩子们说,对于他们而言,他代表了很女人气(两颊深陷),而不是他期望规划成阳刚的形象,他想通过模仿来拥有阳刚的形象,他擅用现实级的父亲的权威的意见(法则),"明天不可能到灯塔去②"塔莱斯说。他特别喜欢模仿拉姆齐先生来回踱步的知识分子的习惯,他们知道他最大的嗜好什么,那就是和拉姆齐先生一起不停地来回踱步,一面唠唠叨叨地说什么某人赢得了这个荣誉,某人获得了那项奖金,某人是"第一流的"拉丁文诗人,某人"颇有才华,但我认为他的论断基本上缺乏依据③",由于是嫉妒心投射的目标,塔斯莱完全被孩子们所厌恶,但是可能他被大家所最厌恶的是因为他这么明显得显示他所想和想成为那个拉姆齐夫人所最想得到的东西,因为那也正是这部小说的所有主体(孩子们和其他成年人)所渴望得到的,他被别人所憎恨,因为他提醒了所有其他人被阉割,同时他也和他们一起竞争他们欲望的目标。

但塔斯莱和拉姆齐夫人在一起确实拥有欢愉的时光,当她认同他,这种"欢愉"就出现了。首先出现的是被大的他者(这里典型地反映在拉姆齐夫人身上)所认同和渴望得到的欲望,那个认同的出现是因为拉姆齐夫人是那么一个曾经尝试去"处理大家间争吵,分歧,意见不合",④同情塔斯莱,在她进城办点小事情时邀他一同前往。这样拉姆齐夫人让塔斯莱参与前进和撤退的情节,在当前的损失后紧跟着小小的收获。在这里我们看到欲望的律动。例如,和她一起谈话让塔斯莱"有了一种前所未有的自豪感"。⑤ 然后出现了欲望客体的移位,因为他立刻将他的欲望不是聚焦在这个人身上那么多,而是转喻到其中的一个物体上——

---

① 弗吉尼亚·伍尔夫:《到灯塔去》,瞿世镜译,上海:上海译文出版社,2009年,第6页。
② 弗吉尼亚·伍尔夫:《到灯塔去》,瞿世镜译,上海:上海译文出版社,2009年,第6页。
③ 弗吉尼亚·伍尔夫:《到灯塔去》,瞿世镜译,上海:上海译文出版社,2009年,第6页。
④ 弗吉尼亚·伍尔夫:《到灯塔去》,瞿世镜译,上海:上海译文出版社,2009年,第8页。
⑤ 弗吉尼亚·伍尔夫:《到灯塔去》,瞿世镜译,上海:上海译文出版社,2009年,第10页。

"她的小包,"① 这是与她相结合的东西,他提出可以给她拿着那个小小的手提包,但甚至当她明确表示不愿意,她总说要自个儿拿着它,这时情感如大片波浪涌来,一种很快就要实现侵袭的袭击把他和他那被禁止的"欢愉"联系在一起。"她是这样的,是的,他觉得她确实如此。他感觉到许多东西,某种使他情绪激动而又心烦意乱的东西,究竟是为了什么原因,他可说不上来。"② 那些不为人知的原因之一很清楚地描述在他被大的他者(母亲)认同的幻想中,"他真希望有一天她能看到他头戴博士帽,身披博士袍,跻身于学者的行列中缓缓而行。"③ 因为被她认同,那一刻他感到了有如婴儿匍匐在母亲胸前便拥有了无限的力量,"他将成为一名研究员,一位教授,他觉得这一切都是可能的。"④

但在这个迷你情节中的小成功和小撤退中塔斯莱的快乐是短暂的,因为当他注意到拉姆齐夫人甚至根本没有看着他,她正在看着其他人,而且是观看一位正在用糨糊刷一个马戏团广告的独臂男人,独臂男人和马戏团的广告再次唤起塔斯莱的缺乏,不确定意识。然而拉姆齐夫人再次让他畅谈,她问他是否从没被人带去看马戏?拉姆齐夫人推测她"提了个他期望已久的问题;好像这些天来他一直渴望着对她倾诉,他们为什么没看马戏,"⑤ 是的,他来自一个贫穷的大家庭,他"十三岁就独自谋生了。"⑥ 因此她给他提供了认同的一刻,解释自己的一刻,恢复自信的一刻,他再一次继续他孤芳自赏的漫谈之际,这时不可避免地,拉姆齐夫人又发出惊叹打断他的絮叨。她被眼前的美景所吸引,面对着"一望无际的蔚蓝色的海洋,那灰白色的灯塔,矗立在远处朦胧的烟光雾色之中。"⑦ 再一次,她的话语中暗示了灯塔实际上是拉姆齐先生的领地,拉姆齐夫人提醒塔斯莱他缺少她所想要拥有的东西。

和拉姆齐夫人同行的欢愉所完全吸引的他还是被打断了,但他还是可以找到和它的联系,"有一种异乎寻常的感情,在这次散步过程中不断地发展;当他在花园里要替拉姆齐夫人拿手提包的时候,这感情就开始萌发了";⑧ 塔斯莱开始

---

① 弗吉尼亚·伍尔夫:《到灯塔去》,瞿世镜译,上海:上海译文出版社,2009年,第11页。
② 弗吉尼亚·伍尔夫:《到灯塔去》,瞿世镜译,上海:上海译文出版社,2009年,第11页。
③ 弗吉尼亚·伍尔夫:《到灯塔去》,瞿世镜译,上海:上海译文出版社,2009年,第11页。
④ 弗吉尼亚·伍尔夫:《到灯塔去》,瞿世镜译,上海:上海译文出版社,2009年,第11页。
⑤ 弗吉尼亚·伍尔夫:《到灯塔去》,瞿世镜译,上海:上海译文出版社,2009年,第12页。
⑥ 弗吉尼亚·伍尔夫:《到灯塔去》,瞿世镜译,上海:上海译文出版社,2009年,第12页。
⑦ 弗吉尼亚·伍尔夫:《到灯塔去》,瞿世镜译,上海:上海译文出版社,2009年,第13页。
⑧ 弗吉尼亚·伍尔夫:《到灯塔去》,瞿世镜译,上海:上海译文出版社,2009年,第14页。

"看到自己的形象和他向来熟悉的一切事物,都有点扭曲变形了。"① 但是对他来说奇怪的是,他感到不知怎么地这位妇女能使他修复迷失的美好的自我。正如拉康所说,她是这样一位妇女,她可以治愈男人的病症。他甚至决定就活在她的权力之中。她的权力不知怎么地就在"她的小提包里,"他"决定拿着她的包",他接过了她的手提包。从她那里拿到象征欲望的客体,他因此象征性地也得到了她,同时,小写的他者的凝视指引她作为价值连城的领地,将他吸引,也证明了他的胜利:"一个正在路旁挖排水沟的工人停下手来,垂着胳膊望着她,查尔士·塔斯莱第一次感到无比的骄傲,感觉到那吹拂着她鬈发的微风,感觉到那樱草花和紫罗兰的香味,因为他正和一位美丽的妇女并肩而行,而且他还给她拿着手提包。"② 由于显而易见的联系,一方面无须指出拉姆齐夫人和她手提包的关系,另一方面,大的他者(母亲)和客体与她(胸脯)联系在一起,有必要指出的是塔斯莱的欲望成功实现的方式,顷刻成为一种叙事文操纵读者的方式的一个典范。塔斯莱的故事是一篇欲望的寓言。

三、欢愉的方式

"欢愉"相当典型的表现形式就是莉丽和班克斯的关系,基本上证明了拉康的假设,"欲望就是大的他者的欲望。"因为大的他者(母亲)为这两者预设了一种关系,拉姆齐夫人的法则"他们都必须结婚,"③ 尽管莉丽竭力主张"她本人应该排除在这普遍的规律之外。"④ 然而她还是觉得拉姆齐夫人拥有"宝藏,"⑤ "记载了神圣铭文的石碑。"⑥ 可以让她懂得"一切。"⑦ 在莉丽心底"一切"就是那种想与他者结成一体的欲望。有什么方法"可以使一个人和他所心爱的对象,如同水倾入壶中一样,不可分离地结成一体呢?"⑧ 莉丽感到人们之间彼此是"分

---

① 弗吉尼亚·伍尔夫:《到灯塔去》,瞿世镜译,上海:上海译文出版社,2009年,第14页。
② 弗吉尼亚·伍尔夫:《到灯塔去》,瞿世镜译,上海:上海译文出版社,2009年,第15页。
③ 弗吉尼亚·伍尔夫:《到灯塔去》,瞿世镜译,上海:上海译文出版社,2009年,第59页。
④ 弗吉尼亚·伍尔夫:《到灯塔去》,瞿世镜译,上海:上海译文出版社,2009年,第60页。
⑤ 弗吉尼亚·伍尔夫:《到灯塔去》,瞿世镜译,上海:上海译文出版社,2009年,第61页。
⑥ 弗吉尼亚·伍尔夫:《到灯塔去》,瞿世镜译,上海:上海译文出版社,2009年,第61页。
⑦ 弗吉尼亚·伍尔夫:《到灯塔去》,瞿世镜译,上海:上海译文出版社,2009年,第61页。
⑧ 弗吉尼亚·伍尔夫:《到灯塔去》,瞿世镜译,上海:上海译文出版社,2009年,第61页。

隔"的,但她想知道爱情是否可以"能把她和拉姆齐夫人结为一体"?① 莉莉清楚地意识到她自己"渴望的不是知识,而是和谐一致。"② 不久之后,她就有了合一的感觉,但这一次不是与拉姆齐夫人,而是和班克斯先生,这一切通过一个替代品发生了,在丽莉的凝视与班克斯先生对她的欲望的客体——她的油画的凝视目光融合,那一刻她感觉自己和班克斯狂喜的合一,就如同小詹姆斯感觉到和他的母亲在一起荣耀的一刻是同一种感觉:

> "但这幅画已被人看过了,它已被人从她这儿接受过去了。那位男子已经和她分享了某种极其内在的东西。她总算遇见了知音,这可要感谢拉姆齐夫妇,并且要归功于当时的时间和地点,归功于这个带着某种她从未想象到的力量的世界——她从未想象过,她可以不再孤零零地独自穿过这长长的走廊,而是与某人携手同行——这是世界上最新奇的感觉,最令人兴奋的感觉——她拨动她的画盒的锁钩,她用力过猛了。那锁钩好像无休止地绕着那画盒旋转,绕着那草坪、班克斯先生,还有那直冲过来的小淘气鬼凯姆旋转。"③

与其他主体一样,符号级中大的他者的替代形象中拉姆齐夫人也经历了她欢愉的时刻,对于她而言,这样占统治地位的形象或是欲望的客体就是灯塔和它散发的光线,也就是洒在海景画上的灯光。有时她感觉到自己为别人所担负的符号级负担的重量,她渐渐感觉到有一种想退缩返回自我的需要,返回"一个楔形的黑暗的内核。"④ 失去她自己作为一个主体的自我意识,她开始将自己和灯塔的第三道闪光融合在一起,这么做,"她变成了她凝视的那件东西。"⑤ 通过大的他者说出,"我们都将在上帝的掌握之中。"⑥ 灯塔的第三道闪光和她的眼睛融合让她去搜寻"独处时,深入探索她的思绪和心灵,"⑦ 在她的心底卷起了一缕轻烟,"在她生命之湖的水面上,飘起一层雾霭,化为一个新娘,去迎接她的爱人。"⑧

---

① 弗吉尼亚·伍尔夫:《到灯塔去》,瞿世镜译,上海:上海译文出版社,2009年,第61页。
② 弗吉尼亚·伍尔夫:《到灯塔去》,瞿世镜译,上海:上海译文出版社,2009年,第61页。
③ 弗吉尼亚·伍尔夫:《到灯塔去》,瞿世镜译,上海:上海译文出版社,2009年,第64—65页。
④ 弗吉尼亚·伍尔夫:《到灯塔去》,瞿世镜译,上海:上海译文出版社,2009年,第75页。
⑤ 弗吉尼亚·伍尔夫:《到灯塔去》,瞿世镜译,上海:上海译文出版社,2009年,第76页。
⑥ 弗吉尼亚·伍尔夫:《到灯塔去》,瞿世镜译,上海:上海译文出版社,2009年,第77页。
⑦ 弗吉尼亚·伍尔夫:《到灯塔去》,瞿世镜译,上海:上海译文出版社,2009年,第77页。
⑧ 弗吉尼亚·伍尔夫:《到灯塔去》,瞿世镜译,上海:上海译文出版社,2009年,第77页。

她还对大的他者所说的话提出质疑，疑惑什么样的上帝来创造她所居住的这样的世界。正如拉康所说的，一个人处于欲望能指的玷污下，在那里"没有持久不衰的幸福。"① 即使这样她也认识到一个人为了使自己从孤独寂寞之中解脱出来，总是要"勉强抓住某种琐碎的事物，某种声音，某种景象。"② 对她来说某种琐碎的事物，她的欲望客体，又一次变成了光线，她那连接着欢愉的禁锢欲望的时刻出现了，"她又看到那灯光……她凝视那稳定的光芒，那冷酷无情的光芒，它和她如此相像，又如此不同，要不是还有她所有那些思想，它会使她俯首听命（她半夜醒来，看见那光柱曲折地穿越他们的床铺，照射到地板上），她着迷地，被催眠似地凝视着它，好像它要用它银光闪闪的手指轻触她头脑中一些密封的容器，这些容器一旦被打开，就会使她周身充满了喜悦，她曾经体验过幸福，美妙的幸福，强烈的幸福，而那灯塔的光，使汹涌的波涛披上了银装，显得稍为明亮，当夕阳的余晖褪尽，大海也失去了它的蓝色，纯粹是柠檬色的海浪滚滚而来，它翻腾起伏，拍击海岸，浪花四溅，狂喜陶醉的光芒，在她眼中闪烁，纯洁喜悦的波涛，涌入她的心田，而她感觉到：这已经足够了！已经足够了！"③

"窗"中的高潮戏（第17章）大家的最后一次晚宴的场景以祈祷的欢愉而结束，所有都聚焦于声音上，变成了不仅是父亲的声音，现在变成大的他者的声音，在那里存在所有的欲望，并且所有的欲望都得到满足。"'在我们过去和未来的生活里，充满着郁郁葱葱的树木，和不断更新的树叶'。她不知道这些诗句的涵义是什么。但是，像音乐一般，这些诗句好像是由她自己的声音吟诵出来的，这声音在她的躯体之外，流畅自如地说出了她心中整个黄昏的感受，虽然在这段时间里，她谈论着各种各样不同的话题。"④ 这时她丈夫的声音让位给奥古斯都，奥古斯都手中拿着餐巾，看上去就像一条白色的披肩，站着吟诵，像一个着迷的牧师，给最后结束场景增添了最后的宗教的激情，所有的一切都在向她"致敬"中完成了，"走到门槛上，她逗留了片刻，回首向餐厅望了一眼，当她还在注目凝视之时，刚才的景象正在渐渐消失；当她移动身躯、挽住敏泰的手臂离开餐厅之际，它改变了，呈现出不同的面貌，她回过头去瞥了最后一眼，知道刚才的一切，都已经成为过去了。"⑤ 像所有人类的欢乐，连接着人类被禁止的欢愉这一刻

---

① 弗吉尼亚·伍尔夫：《到灯塔去》，瞿世镜译，上海：上海译文出版社，2009年，第78页。
② 弗吉尼亚·伍尔夫：《到灯塔去》，瞿世镜译，上海：上海译文出版社，2009年，第78页。
③ 弗吉尼亚·伍尔夫：《到灯塔去》，瞿世镜译，上海：上海译文出版社，2009年，第78—79页。
④ 弗吉尼亚·伍尔夫：《到灯塔去》，瞿世镜译，上海：上海译文出版社，2009年，第135页。
⑤ 弗吉尼亚·伍尔夫：《到灯塔去》，瞿世镜译，上海：上海译文出版社，2009年，第137页。

大家共同分享的快乐渐渐消失，成为了过去的事。

四、结语

　　伍尔夫是记录人物个体在特定环境中体验，感觉，思维和感情的行家里手。阅读"窗"，人们会着迷于她捕捉体验，感受和人物关系的巧妙手法，精巧而细致地刻画人物内心感觉的变化以及他们认识世界的方式，"窗"将她的写作手法渲染得淋漓尽致。从拉康的后结构主义精神分析来看，《到灯塔去》的第一部"窗"具有想象级的三个主要设定：通过詹姆斯俄狄浦斯情结所引起的和父亲的冲突，想与母亲合一并体验欢愉的欲望这一系列行为所展示的第一点是意识的起源，再通过对詹姆斯和塔斯莱的欲望和他们共同的欲望客体拉姆齐夫人的描写，说明了第二层次自我的形成，第三个方面是通过描写莉丽感觉到的和班克斯狂喜的合一，拉姆齐夫人与她的欲望客体——灯塔的第三道闪光融合在一起，展示了自我与他人的认证。以上共同构成了作为意识流小说的心理描绘的基本特色，这种分析对于揭示意识流小说的心理科学价值有一定帮助，也展示了西方后现代批评可供借鉴的价值与意义。

作者简介

张海蓉，江苏建康职业学院外语学院副教授。

民族文学与世界文学：莎士比亚历史剧阐释的宗教之维[①]

胡 程

卞之琳先生将本·琼生对莎士比亚的赞词译为"并不囿于一代而照临百世"。[②] 的确，莎士比亚既是"时代的灵魂"，是属于文艺复兴时代的文化巨人；同时，他又"属于所有世纪"，莎士比亚作品历久弥新，具有永恒的艺术魅力。

历时角度看，莎士比亚作品诞生四百年来历经了由民族文学走向世界文学的过程。英国后世著名学者卡莱尔说："我们宁可失掉一百个印度，也不愿失去一个莎士比亚"，足见莎士比亚作为民族作家在英国人心目中无可取代的地位。事实情况远不止于此，莎士比亚早已跨越英伦走向世界各地。我国戏剧家曹禺曾赞叹："莎士比亚是一位使人类永久又惊又喜的巨人"。因此，我们也可以说莎士比亚"不只属于英格兰而属于所有民族"。

一、从民族文学到世界文学

什么是民族文学？什么是世界文学？民族文学与世界文学之间的关系如何？以上三个问题是本文研究的理论起点。相比而言，民族文学的概念具有确定性。民族文学"指的是在某个民族土壤上产生的具有自己独特的历史传统和民族特色的文学。它受制于本民族的文化背景，由民族的政治、社会、心理、语言等条件所决定，同时也反映本民族的审美心理和美学品格"。[③]

第二个问题，有关"世界文学"的概念至今仍无定论，就连世界文学主要研

[①] 本文原载于《西安外国语大学学报》2012 年第 4 期。
[②] 卞之琳：《莎士比亚悲剧论痕》，合肥：安徽教育出版社，2007 年，第 15 页。
[③] 陈惇：《比较文学》，高等教育出版社，1997 年，第 11 页。

究者达姆罗什也无奈表示:"要真正说清世界文学到底是什么,我们并无绝对把握。"① 众所周知,"世界文学"概念是歌德于1827年1月最早提出的。他在与爱克曼的谈话中说道:"我们德国人如果不跳开周围环境的小圈子朝外面看一看,我们就会陷入上面说的那种学究气的昏头昏脑。所以我喜欢环视四周的外国民族情况,我也劝每个人都这么办。民族文学在现代算不了很大的一回事,世界文学的时代已快来临了。现在每个人都应该出力促使它早日来临。"② 仅从字面理解,歌德似乎将"民族文学"与"世界文学"放在了彼此相对的位置。究其实质,歌德真正的用意主要是希望德国作家"跳开周围环境的小圈子朝外面看一看",以避免"学究气的昏头昏脑"。

第三个问题,正确看待民族文学与世界文学之间的关系,同样依赖第二个问题的有效解决。继歌德之后,后世学者从不同角度阐释了"世界文学"的概念,其声音各不相同,甚至彼此矛盾。一般认为,韦勒克、沃伦合著《文学理论》将世界文学的概念分为以下三种较为客观确切:第一,新的理想的文学的构建,可称为"综合说"。这个概念比较贴近歌德的理想,他希望有朝一日各民族文学能彼此融合,构成一个伟大的"综合体",每个民族都能在这个全球化大合奏中演奏自己的声部。第二,文学的世界构成,也可称为"总和说"。这个概念将古往今来,世界范围内所有的文学作品进行集合。第三,文学杰作的同义词,也称"声誉说"。这个概念更侧重于指称具有世界声誉的著名文学作品。由此观之,若将世界文学定义为"综合说",那么世界文学与民族文学之间应该是单声部与立体交响的关系;若将之定义为"总和说",那么二者之间应该是部分与整体的关系,而且这个定义相比"综合说"是机械的,完全没有多声部立体交响的意味;若将之定义为"声誉说",那么二者之间则应是:民族文学为世界文学提供挑选者,世界文学为民族文学判别优胜者。无论如何,民族文学与世界文学都不应是相反关系。尽管争论还在继续,随着"世界文学"概念的进一步明晰,民族文学与世界文学的关系也将进一步明朗。

我们要警惕"越是民族的就越能成为世界的"这种诱人又误人的提法,因为民族文学转化为世界文学是需要足够条件的。但不可否认,世界文学一定是

---

① Haun Saussy: *Comparative literature in age of globalization*// David Damrosch: World Literature in a Postcanonical, Hypercaonical Age, Johns Hopkins University Press, 2006, 44.

② 歌德:《歌德谈话录》,人民文学出版社,1982年,第113页。

由民族文学产生转化而来,正如莎士比亚戏剧首先是英国民族文学,然后转化为世界文学。大卫·达姆罗什认为,"经典文学往往指古代具有权威性的作品,如儒学经典就是如此,维吉尔和荷马也是如此,这些作家的作品是真正意义上的世界文学,然后就是那些现代的但并未有定论的作品,杰作确实是歌德定义世界文学的基本观点,因为那些作品确实艺术上是优秀的,即使在今天这些作品也在流通并得到读者的认可"。① 在这里,达姆罗什充分肯定了"杰作说"的合理性。莎士比亚戏剧已经成为经典,时至今日"也在流通并得到读者的认可"。但更值得关注的是"那些现代的但并未有定论的作品",它们是潜在的"世界文学"遴选库。下文将以莎士比亚为例,借助宗教维度为切入点对莎翁历史剧进行跨文化阐释,试图描绘莎翁剧作由民族文学转化为世界文学的具体路线。

二、历史语境下的宗教外衣

在英国,政治与宗教因素常常混合在一起,政治问题以宗教面目出现,宗教问题实质就是政治问题。莎士比亚生活的年代更是如此。他的一生历经了都铎和斯图亚特两个王朝,其间遭逢的政治/宗教问题尤为突出。

1603年之前,伊丽莎白女王治下的英国被称为"快乐英格兰"。但要知道,为了这种"快乐"英格兰曾付出怎样的代价。莎士比亚在女王统治期生活了四十年,除《亨利八世》外,他所有的历史剧均创作于这一时期。因此,返回文本生成的历史语境重新考察文本与历史之间的关系十分必要。概而言之,伊丽莎白女王接管的英格兰在宗教问题上面临着三大困境:一是其父亨利八世和罗马教廷闹翻;二是其弟爱德华六世激进的新教政策;三是其姊玛丽女王的宗教反复,恢复天主教统治。其父、姊、弟三人宗教政策失当所带来的宗教狂热与迫害、百姓怨愤与遭殃,女王亲眼所见、感同身受。即位后她记取历史教训,励精图治,奉行姿态明确但又不失包容变通的宗教政策:其一,毅然断绝与罗马教廷的官方关系,使英格兰走上独立自强之路;其二,坚决制止宗教迫害政策,有力保障了英格兰国民团结;其三,为自己的臣民选择英国国教,具有新教特色又不乏天主教色彩。但,英国国教与天主教最大的区分是:英国国王成为真正的宗教领袖,罗

---

① 王宁,大卫·达姆罗什:《什么是世界文学:王宁对话戴姆罗什》,载《中华读书报》2010年9月8日。

马教皇的所有特权被废止。

莎士比亚生活、创作于这样的变革时代。1590年起至1599年，十年间莎士比亚创作了十部历史剧，再加上1612年与弗莱彻合著的《亨利八世》，统共十一部。正如英国莎学专家蒂里亚德首倡今已被业界引为共识的那样：莎士比亚的历史剧并非"散乱无序"，而是"有章可循"。具体来说：《约翰王》是序幕，《亨利八世》是尾声，《爱德华三世》为开始曲，中间插入"两个四部曲"：一个是《亨利六世》（上、中、下）和《理查三世》构成的"惨状"，一个是《理查二世》、《亨利四世》（上、下）、《亨利五世》构成的"祸根"。

十一部历史剧构成一个完整体系，对应着自约翰王即位（1199）至亨利八世驾崩（1547）约三个半世纪英国国家的断代史。通过阅读文本，读者便不难发现宗教因素在莎翁历史剧中占据有相当篇幅。如《约翰王》通篇所写约翰王与教皇的斗争和妥协；《理查二世》结尾处写到亨利四世为理查二世之死深感内疚，于是想朝觐圣地以示忏悔；《亨利四世》（下）所写约克大主教的叛乱与纳降；《亨利五世》开篇写到亨利五世出征法国前向坎特伯雷大主教征询战争的合法性；《亨利六世》（上）所写为控制宫廷政治权力，温彻斯特主教与葛罗斯特公爵发生内讧；《亨利八世》通篇所写亨利八世与罗马教廷的对抗；如此等等，不一而足。考虑到莎翁历史剧取材与创作的双重历史语境，笼罩在历史之上这件神秘的"宗教外衣"就显得格外神奇。首先，从历史剧取材角度看，十一部历史剧所涉及的种种宗教问题隐喻着英国民族摆脱历史负担（如罗马教廷的控制、英法百年战争）走向独立新生的艰难历程。其次，从历史剧创作语境看，英国民族国家意识已基本形成，伴随国力不断强盛英格兰帝国姿态慢慢崛起。因此，历史剧所批评的宗教问题成为当下女王时代和詹姆斯一世统治的借镜，莎士比亚一方面自豪于今日英格兰宗教政治的开通靖明，一方面也忧心于当下隐藏的宗教政治危机。

莎士比亚对宗教政治时局的感受与判断夹杂着自豪感和焦虑感。下面，就将《约翰王》和《亨利八世》两部历史剧对举进行具体考察。

历史剧这种体裁涵盖"一整套具有纯粹政治意义的问题"[①]：包括政权问题、各等级间相互关系问题、教会在国家中的作用问题等。《约翰王》中心问题是约翰与亚瑟之间的叔侄王位之争，其间穿插法王与教皇势力的政治介入。教皇在剧中并未正面出现，而是以其特使红衣主教潘杜尔夫为喉舌传递声音。《约翰王》

---

① 阿尼克斯特：《莎士比亚的创作》，山东教育出版社，1985年，第116页。

的上演大获成功,与其说受惠于历史素材,毋宁说归功于当时的政治气候。《约翰王》完全是一部借古喻今的作品,理由有三:第一,争夺王位问题。历史与现实在《约翰王》中遇合,剧中是叔侄王位之争,现实是伊丽莎白女王与苏格兰的玛丽·斯图亚特女王的政治斗争。与此相关的还有:约翰王和伊丽莎白女王都是凭借遗嘱登基的,而他们的继承合法性遭到质疑——亚瑟是约翰的兄长之子,玛丽女王是亨利八世姐姐的女儿,这里存在着越序继承的疑问。第二,异族威胁问题。《约翰王》中法国借亚瑟为傀儡与英国刀兵相见。现实政治中,西班牙公开支持玛丽·斯图亚特。就连威胁的解除也如出一辙。约翰王授意部下处死亚瑟,伊丽莎白女王命令暗杀玛丽,同时二人都千方百计摆脱干系。第三,教皇势力的干涉。罗马教皇将约翰王和伊丽莎白女王都驱逐出天主教会。罗马教皇在剧中利用法国军队威胁约翰王,在现实中利用西班牙无敌舰队干涉英国内政。

《亨利八世》创作距离女王驾崩已十年,英国已改朝换代,也正因此亨利八世父女才有资格成为历史剧的主角。该剧总体结构比较松散,但其中的核心事件得到了充分演出。这部历史剧同样披着神秘的"宗教外衣",呈现英国在宗教上与罗马教廷的彻底决裂。"在《亨利八世》中,国王、王权和国家三位一体,战胜了一切世俗与宗教对手",① 亨利八世宗教/政治作为被明显肯定了,尤其体现在他废黜了红衣主教伍尔习,并坚决与罗马教廷决裂上。相比而言,《约翰王》对红衣主教潘杜尔夫和罗马教廷既有斗争又有妥协,莎士比亚褒贬态度不言而喻。此外,《亨利八世》在结尾处赞美亨利八世留下了光荣的后代——伊丽莎白女王,并让坎特伯雷大主教克兰默为女王预言和祈福,这种历史光荣感与自豪感也是《约翰王》所不具备的。返回当时的历史语境,《亨利八世》的创作意图一方面是为都铎王朝的辉煌历史树立丰碑,另一方面也有为詹姆斯一世提供历史借鉴的政治意味。

三、莎翁历史剧的民族性与世界性

任何一部作品能够从本土走向世界成为经典,必然同时具备民族性与世界性。早在"世界文学"概念提出之前,歌德就曾于 1795 年 5 月撰文《文学上的暴力主义》探讨文学的民族性问题,他认为优秀的民族作家应该符合以下五个条

---

① 张沛:《莎士比亚历史剧的创作意图》,载《国外文学》2011 年第 4 期,第 12—20 页。

件:"他能在自己民族的历史中看到伟大事业及其结果形成幸运而有意义的统一体;他并不感到自己同胞们的思想缺乏伟大性,情感缺乏深度,行动缺乏坚强性与一贯性;他为民族精神所渗透,通过内蕴的才赋,感到自己能够同过去和现在的事物发生共鸣;他的民族处在高度的文化水平,以致他自己的培养变得容易;他能收集到许多材料,能得到前人已完成的或未完成的试验,能看到许许多多外界的和内在的情况汇合在一起,使他不必付出昂贵的学费就能在一生中最美好的岁月预见到一项伟大的工作,加以安排,并在某种意义上予以实行。"① 具体看,歌德认为民族作家的五个标准是:第一,民族的伟大历史事件;第二,国民的思想广度、情感深度和行动力量;第三,作家的民族精神积淀;第四,民族的文化水平;第五,作家的民族生活阅历。用以上五个标准衡量莎士比亚的历史剧,结果会怎样呢?

第一,莎士比亚历史剧取材民族的伟大历史事件。都铎王朝传承到伊丽莎白女王时代,英国国力迅速增强,国际地位不断提升,王权威严趋于鼎盛。在一派繁荣景象之下,莎士比亚秉承民族尊严感与自豪感,创作了"都铎王朝神话"。其历史剧取材集中表现英国对外摆脱罗马教廷控制,对内建立英国国教,消除外战内乱的危险。

第二,莎士比亚历史剧充分展现了英国国民的思想广度、情感深度和行动力量。亨利五世是莎士比亚笔下的模范君王,他被莎士比亚塑造成"浪子回头"式的好国王。《亨利五世》开篇,国王招来坎特伯雷大主教让其解释"舍拉继承法",为即将开始的对法战争寻求了宗教合法性。在阿金库尔战役前夕,亨利五世祈求上帝护佑英格兰,并一再向上帝表白他已尽最大的努力为父亲的过错赎罪,同时祈祷理查二世的灵魂得享安息。阿金库尔一战亨利国王率军大获全胜,然而他却审时度势适时下令退军。

第三,莎士比亚本人的民族精神积淀成就了历史剧。世人公认,勇气、礼貌和担当是英国民族精神的基本内涵,莎士比亚历史剧《亨利六世》中的塔尔博父子便是最为形象的诠释。莎士比亚本人的民族精神积淀滋养了历史剧中忠君爱国的仁人志士,如《约翰王》中的庶子形象,他在剧本结尾处说道:"我们的英格兰从来不曾,也永远不会屈服在一个征服者的骄傲的足前,除非它先用自己的手把自己伤害。现在它的这些儿子们已经回到母国的怀抱里,尽管全世界都是我们

---

① 马奇主:《西方美学史资料选编》(下卷),上海人民出版社,1987年,第91—92页。

的敌人,向我们三面进攻,我们也可以击退他们。只要英格兰对它自己尽忠,天大的灾祸都不能震撼我们的心胸。"①

第四,莎士比亚能创作辉煌历史剧同样受惠于民族文化。有学者评论,英国戏剧史上克里斯托福·马洛、罗伯特·格林和莎士比亚共同创造的英国历史剧"规模之宏伟,场面之壮阔,事件之纷繁,人物之复杂,语言之奇特和寓意之深刻,令观众在欢呼哀叹之余不得不对历史进行反思,对民族进行自省,以历史的事实作为现实的借鉴"。② 马洛、格林和莎士比亚共同构成英国历史剧的先驱,但不可忽视的是,马洛、格林这批"大学才子"本身又是莎士比亚历史剧的先驱,莎士比亚的成就归功于英国文化。

最后,很难想象没有足够的民族生活阅历,莎士比亚如何能写出如此壮丽的历史剧篇章。莎士比亚22岁离乡来伦敦打拼,48岁告老还乡,一生的52年里有一半的时间生活在京都伦敦。在伦敦的生活,通过自身努力从最底层的杂役最终提升为正派绅士,又因所在剧团实际隶属于王室得以了解宫廷。可以说,三教九流、五行八业、各色人等、各类阶层,莎士比亚都有过充分的接触和了解,如此丰富的民族生活阅历成为莎翁戏剧创作的宝贵财富。

没有民族文学就没有世界文学。但只有民族性的文学还不能成为世界文学,世界文学召唤的"世界性"同样存在于莎翁经典之中。笔者认为,世界文学的"世界性"包含三层特性:即世界联系和影响、世界水平、普适性。

第一,世界联系和影响。无可否认,莎士比亚在世之日其作品并不广为外邦人所知。经历最初的诅咒、批判与思索,真正奠定莎士比亚戏剧崇高地位的是19世纪浪漫主义作家和批评家。能够被称为"世界性"的作品必然是流传甚广的作品,正是由于赫士列特、柯勒律治、海涅等浪漫派的极力推崇和传播,莎士比亚戏剧才走向世界各地。就以提出"世界文学"观念的歌德为例,莎士比亚在德国扬名歌德本人居功至伟。

第二,世界水平或称为杰作。与莎士比亚创作英国历史剧同期还有"大学才子派"等人的创作,为什么只有莎士比亚的历史剧成为经典跻身世界文学殿堂,这绝对不是历史的偶然。首先,没有哪个剧作家像莎士比亚那样,把英国民族国家形成的历史用一整套历史剧完整构建;其次,莎士比亚历史剧侧重对英国建立

---

① 莎士比亚:《莎士比亚全集》(第二卷),人民文学出版社,1994年,第526页。
② 侯维瑞:《英国文学通史》,上海外语教育出版社,1999年,第119页。

国教的自豪感,对伊丽莎白女王宗教包容政策的赞赏,对詹姆斯一世恢复宗教/政治专制的含蓄批判,如此丰富的政治社会内涵是其他历史剧所不具备的。再次,莎士比亚作为兼擅悲剧风格与喜剧风格创作的戏剧大师,其技艺之高超,才华之卓绝堪称杰出。

第三,普适性。世界文学绝不应当是各民族文学的简单总汇,而应该是各民族文学杰作的集大成者,能够在另一个或另一些国家和民族的语言中具有持久的生命力和鲜活的影响力。"因此,被称为世界文学的作品必定探讨的是各民族的人们所共同关心的具有普适意义的问题"。① 按照达姆罗什的说法,"世界文学真正的价值在于提供了一个窗口,人们可以通过这个窗口去阅读和了解世界"。② 时至今日,阅读莎士比亚历史剧仍然是不同国度读者了解欧洲封建王国王权与罗马教廷教权抗争的绝佳文本和"世界窗口"。

四、世界文学重构的使命与困惑

必须清醒地认识到,与莎士比亚同类的文学经典只是世界文学构成的一部分,探求当代尚未成为经典的作品如何成为世界文学才是亟待解决的学科难题。"从20世纪90年代中期开始,除了经典研究和杰作研究之外,人们越来越强调将世界文学看成是世界的窗口。过去,人们的关注点大多甚至全部集中在来自几个西方国家的享有特权(通常是白人男性)作家的作品。与此不同,现在许多比较研究者已经扩展了他们的关注点,他们关注着来自不同国家的许多引人注目的、富有魅力的作品。这些作品不管是否称得上是'杰作',都会被讨论和讲授。"③

面对世界文学发展新趋势,莎士比亚经典由民族文学转化为世界文学的成功经验仍然具有借鉴价值。因为,不管是昔日的经典,还是今日的杰作,抑或是根本称不上杰出的"世界窗口",它们共同构成的"世界文学",自概念诞生之日起就肩负着促进跨文化交流和相互理解的使命。既然"世界文学"肩负的文化使命如此重大,那么就并非所有民族文学都能承担。"时间本身已经对过去的文学做出了判断。成千上万的作家和作品中只有极少数属于世界文学","只有《神曲》、

---

① 王宁:《世界文学的普适性与相对性》,载《学习与探索》2011年第2期,第219—222页。
② David Damrosch:*What Is World Literature*,Princeton University Press,2003年,第281页。
③ 大卫·达姆罗什:《世界文学是跨文化理解之桥》,载《山东社会科学》2012年第3期,第34—42页。

《堂吉诃德》、《浮士德》和莎士比亚戏剧成为了世界文学经典，而马洛、柯尔律治、克洛卜施托克等人只能算作民族文学的优秀作家罢了。"① 本文谈论的莎士比亚历史剧所兼具的民族性与世界性，应该仍然是"世界文学"的当然遴选标准和世界文学重构所应坚持的方向。

达姆罗什反复强调不应把世界文学当做与民族义学相对的实体，并从三个层面界定了它的所指：其一，世界文学是一种流通模式，它是对民族文学的全面折射；其二，世界文学是从翻译中获益的作品，翻译在其中扮演重要角色；其三，世界文学史一种阅读模式，它是跨越时空与世界交流的方式。弗兰科·莫莱蒂也认为："世界文学不是一个对象，而是一个问题，一个需要新的批评方法的问题"。②

然而客观来说，并非所有已参与跨文化流通的作品都具有较高价值，更谈不上经历时间的流汰；也并非所有未参与跨文化流通的作品都不具备普适性价值，它们有的只不过没有遇到合适的流通时机罢了。因此可以说，世界文学重构所肩负的目标是明确的，但究竟路在何方却存在诸多困惑，求索的艰辛甚至会让我们成为"理想的失眠症患者"。③ 然而，莎士比亚历史剧所具有的民族性与世界性的统一，对于重新构建全球化语境下的世界文学仍然具有启示意义。

作者简介

胡程，池州学院中文系副教授，文学硕士。

---

① Mads Rosendahl Thomsen：*Mapping World Literature*，Continuum Press，2008 年，第 143—144 页。
② Franco Morretti：*Conjectures On World Literature*，New Left Review，2000 年第 1 期，第 54 页。
③ David Damrosch：*How to Read World Literature*，Wiley-Blackwell Press，2009 年，第 5 页。

朗费罗与世界文学

柳士军

一、问题的提出

　　一个作家不可能形成一个国家的民族文学，一个国家的民族文学不可能组成一个世界的文学。百年光阴流逝，世界文学从乌托邦的想象中发展繁荣起来，这种繁荣与跨国的文学翻译密切相关："第一，世界文学是一种流通模式，是对民族文学的全面折射；第二，世界文学是从翻译中获益的作品；第三，世界文学是一种阅读模式，一种跨越时空与世界交流的方式。"② 翻译对重构不同形式的世界文学意义非凡，每一个国家都在特定的时代描绘自己的世界文学构想，而最终都与该国翻译者的文学翻译实践密切联系起来。随着世界文学讨论的深入，清华大学王宁教授在 2010 年第 4 期《中国比较文学》提出了判断一部作品是否属于世界文学的五个标准：是否把握了特定的时代精神；其影响是否超越了本国/民族或本语言的界限；是否收入后来的研究者编选的文学经典选集；是否能够进入大学课堂；是否在另一语境下受到批评性的讨论和研究。中西学者已经达成共识，根据他们的观点，对美国诗人朗费罗的世界级文学大师地位可以盖棺定论：就时代而论，朗费罗在美国南北战争期间写下了《奴役篇》，为废奴斗争做出自己的贡献，推动美国社会和政治的发展，"朗费罗在他一生的诗歌创作中成功地抓住了时代的脉息并使之与自己的个性融为一体，把自己国家纯朴的殖民时期风尚与南

---

① 本文原载于《重庆文理学院学报》2012 年第 6 期。
② 李沛波．全球化语境下的"世界文学"新解——评介大卫·达姆罗什著《什么是世界文学》，载《中国比较文学》2005 年第 4 期。

欧阴暗的浪漫主义教堂和城堡写得一样完美。他既有学识又发扬民主，在 20 多年里一直是美国文学界公认的大师。"① 就诗歌受欢迎程度而论，朗费罗的诗歌不仅在美国国内妇孺皆知，即使是在遥远的东方也有很多知音：吴宓、穆旦、吴兴华、刘半农、郭沫若等都接受过他的影响。世界经典级别的文学选和诗歌选都选录了他的《人生颂》。事实上，在美国政治独立之后，以朗费罗为代表的新英格兰的文学家们都将自己与世界文学的关系视为整体和部分的关系，并认为世界性的因素是美国文学不可缺少的部分。美国文学发展是在努力地拥抱欧洲文化，体现美国文学的先进性与时代的同步性，同时作家的作品反响愈加巩固了其世界文学的地位。朗费罗作品中的世界主义为美国比较文学诞生做足了充分的准备。世界文学的时代再次来临也给我们提供了对朗费罗的世界文学地位的再思考。结合戴姆拉什的世界文学观和王宁教授的标准，我们认为朗费罗的文学创作既受益于世界文学，同时也推动了世界文学的发展。

二、世界文学与朗费罗

人类文明是每一个国家的共同财富，世界文学也是每一位作家创作学习的源泉。朗费罗是美国最早开始比较文学研究的文学家，是世界文学的血液养育了他，成就了他一生的诗歌写作。朗费罗在开创美国文学荒原时常强调美国文学要开放和多元化："正如各民族的血液与我们的身体渐渐交融一样，他们的思想感情最终也将混入我们的文学。我们将吸收德国人的温柔，西班牙人的激情，法国人的活泼，使之逐步和我们英国式的稳健头脑融合起来。如此一来，我们的文学便将具有普遍意义，而这正是我们所孜孜以求的。"② 在这种文学借鉴的思想指导下，朗费罗在欧洲文学的殿堂里获得了丰富的文学创作灵感。

德国是世界文学中影响朗费罗最重要的国家。1826 年，朗费罗在第一次欧洲之行结束的时候，他的朋友建议他留在德国，学习德国的文学与语言，仅有 19 岁的朗费罗没有接受友的建议。1834 年是朗费罗一生的一个转折点，为了获得哈佛大学现代语言学的教授，他必须去欧洲深造。当朗费罗第二次来到德国的时候，他开始学习德语和德国文学，积极阅读 19 世纪的德国诗歌、民间传奇和歌

---

① 舍温·科迪：《与朗费罗一起度过了一个夜晚》，周非译，载《世界文化》1985 年第 2 期。
② Clarence Arthur Brown. The Achievement of American Criticism[M]. New York, 1954, p.xxi.

谣。1837年春天，他开始了在哈佛大学德国文学的教学，主要讲解霍夫曼（Hoffmann）、蒂克（Tieck）、恩格尔（engel）、歌德（Goethe）、理赫特（Richter）等，获得很大的反响，同时出版了包含有德国文学的讲稿。特别指出的是朗费罗在研究歌德的同时，继承了歌德的世界文学思想，为美国文学的建立立下了汗马功劳，也成就了自己作为美国文学奠基人的美名。朗费罗既接受了歌德的古典文学是永久的标准的说法，也吸收了歌德的多元文化主义观念。

  1839年，朗费罗发表了《亥伯龙神》（Hyperion）《夜吟颂》，无论在艺术上还是情感上，这两本诗歌都受到德国文学的影响，是旅居德国的诗作。《亥伯龙神》是最具有德国背景的作品，介绍了德国25位著名的传记作家、小说家、哲学家、诗人和文学评论家。书中还有部分朗费罗翻译的德国作品。书中的座右铭是：不要悲伤地沉迷于过去，过去永远不会归来；明智地抓住现在，现在的一切属于您；去迎接憧憬的未来吧，无需害怕，携带一颗勇敢的心灵。《亥伯龙神》的箴言在《人生颂》中有相同的表达："那么，让我们起来干吧，对任何命运要敢于担待；不断地进取，不断地追求，要善于劳动，善于等待。" 1850年，朗费罗发表了《金色传奇》，其中故事的地理、文学背景就是以德国为参照物，很多原创的短诗也受到了德国文学的影响。仅以《我是逝去的青春》为例来观察朗费罗是如何自由地使用德国的文学资源，根据自己的需要创作自己的作品。"少年的愿望就是风的愿望，青春的遐想是多么悠长悠长。"这两行拉普兰的民歌是德国17世纪的作品，是朗费罗从德国赫尔德（Herder）的作品中借鉴学习过来的：原诗写的是男孩子的愿望像风一样，方向不明，难以预测。在朗费罗的笔下这两句民歌旧枝发新芽：男孩的愿望是去遥远的地方，如同风一样，四处闯荡，追求梦想。德国文学拓宽了朗费罗的文学视野，丰富了他的创作源泉，给美国人民带去了丰富的德国文学资源，激起美国人民对德国文学的兴趣。在大学讲解德国文学的同时，朗费罗把德国文学的翻译视作他的原创诗歌跳板（springboard），朗费罗在给朋友的信中说："翻译犹如在心灵的土壤上耕耘；千百个思想萌芽并由此而生长起来，并在这块土地上扎根成长起来……否则它们便会在地下埋没和腐烂。"① 也正是这块跳板，将朗费罗与意大利文学密切联系在一起。意大利文学对朗费罗的影响有很多方面，我们仅以朗费罗与但丁的关系加以阐述。自从第一次去了欧洲，朗费罗就喜欢上了但丁的作品，同时对罗马的天主教建筑、仪式、神

---

① Anna Janney Dearmond. Longfellow and Germany, Delaware notes, University of Delaware, 1926, p. 25.

话非常感兴趣。1862年,由于妻子的去世,朗费罗不能专心写作诗歌,于是开始了意大利诗歌的翻译,首选是但丁的《神曲》。但丁在一定程度上是朗费罗的精神导师,如同维吉尔在地狱引导但丁一样。1866年,朗费罗持续写了6首商籁体诗歌《咏神曲》,发表在《大西洋月刊》上。第一首写诗人像但丁一样祈祷"等候着我的是永恒,是千秋万古";第二首写《神曲》是"一部中世纪奇迹一般的乐曲";第三首描述诗人遇见神情忧郁的但丁;第四首写但丁青年时期所热爱的少女贝雅特里奇;第五首写贝雅特里奇与但丁相遇;第六首是朗费罗对《神曲》的讴歌:"你是先驱者,预告白昼的来临!……载负着意大利思想向前行进。"朗费罗的商籁体诗歌表明朗费罗已经领悟到了但丁的意图,两位伟大的诗人在时空交错中完成了一次伟大的对接,他们都要成为一个民族的也是世界的诗人。在诗歌的形式上,虽然朗费罗的诗歌创作深受18世纪英国诗影响,但是,他的商籁体诗因袭的是意大利皮特拉克诗体。朗费罗进入但丁诗歌的神殿意味着进入一个神圣的艺术领域:跨越国界的、完整的、和谐的文学领域。

斯堪的纳维亚半岛文学对朗费罗的文学创作也是功不可没。根据对原始的朗费罗的手稿如信件、杂志、笔记,及其他在朗费罗家中保存的材料,还有其他传记作家的提供的背景资料研究,瑞典,丹麦、冰岛等国家的文学也为朗费罗歌的一生增添了不少亮色。朗费罗对斯堪的纳维亚文学的兴趣始于阅读格林(Gray)和斯科特(Scott)。朗费罗后来对他与瑞典文学的关系作如此评价:"我与瑞典文学的关系与其说是一种重要的理性的兴趣,不如说是业余爱好(more as a hobby than as avital, intellectual interest)。"① 朗费罗翻译瑞典诗人泰格尔(Tegner)的诗歌,学会了使用六部格(hexameter)的写作经验,于是在创作《伊凡吉林》和《麦迪斯·斯坦迪什的求婚记》中都运用这种诗格的创作方法。泰格尔(Tegner)同时也影响了朗费罗的浪漫主义诗歌风格,在《伊凡吉林》的开篇所写的景色就是瑞典国家的风景。尽管朗费罗不喜欢丹麦语的粗喉音,但是他非常喜欢丹麦文学,结交了很多丹麦朋友。后来,朗费罗翻译了丹麦的歌谣,保存在他的《路边故事集》中,还有两首原创诗歌都是受到丹麦的启发。芬兰的文学影响主要是《卡勒瓦拉》,它成为《海华沙之歌》创作的源泉。朗费罗本人也曾声称正是由于阅读《卡勒瓦拉》激发了他的灵感,"使他产生一个想法",并最终创作了《海华

---

① Andrewhilen. Longfellow and Scandinavia: A study of the Poet's Relationship with the Northern Languages and Literature New Haven, Yale University Studiesin English, volume 107, 1947. p. vii.

沙之歌》。冰岛文学对朗费罗影响是有限的，但是印象深刻。在西方，莫林（Morin）写了一本朗费罗与法国文学的关系的著作，陶斯（Tosi）也有一本朗费罗与意大利文学关系的研究，惠特曼（Iris LWhitman）写了一本朗费罗与西班牙文学的关系的作品。

亚洲文学对朗费罗的影响既有直接的也有间接的。以中国为个案，当朗费罗研究歌德的时候，不可避免地接触到中国文学，因为歌德对中国文学的熟悉了解还是非常到位的，国内已有多位学者指出中国的小说、戏剧、诗歌潜移默化了歌德的思想和写作。另外，朗费罗的文学创作深受意大利文化的熏陶，而意大利的文化在文艺复兴时期就已经接受了中国的影响：意大利学者普契纳于《中国、意大利和文艺复兴》（1935年）一书中专门论述到：唯有中国文化艺术，才可以被视为意大利14世纪艺术的最新表现形式之源。其次，朗费罗的朋友中深受中国文化影响的也有很多，如爱默生、罗威尔等，这种"春风潜入夜，润物细无声"的影响也许比直接影响的力量更大。1864年，英国人弗开森拜访朗费罗，在《战时和战后的美国》一书中记录了他们相见时的愉快的回忆。他描述朗费罗的书房的时候写道："书桌上摆放着各国送来的语文书籍——是的，甚至有中国语文。"赵毅衡先生在《诗神远游》一书中论证了朗费罗写的有关中国题材诗歌，"语言流畅，形象强劲，无怪到20世纪，还能让美国诗人捧读甚至追摹"。由此可见朗费罗对古老的东方文化还是很有了解的。

三、朗费罗与世界文学

文学艺术是人类的共同财富。人类的文明史就是我们突破地理区域局限的交流史。接受了世界文学影响的一代天才诗人朗费罗同时也以自己的成就影响了世界文学，首先是美国国内文学。美国文学一直存在两个传统：一个是以朗费罗等为主导的浪漫主义文学传统，一个是以惠特曼等为首的自由诗歌传统。然而，朗费罗与惠特曼就像墨丘利神手杖上的两条蛇时而分离时而纠集在一起。Fletcher Angus 在评论朗费罗与惠特曼时得出一个公允的结论："他们是美国文学荒原上的两条不同的道路，最终达到一个共同的目标。"[①] 1878年夏天，朗费罗从费城过特

---

① Fletcher, Angus. Whitman and Longfellow: *Two Types of the American Poet* [J]. Raritan 10, No. 4 (Spring1991): pp. 131 – 145.

拉华河到达坎登专程拜访惠特曼，这对于当时尚无赫赫名声的惠特曼尤其重要。朗费罗对惠特曼诗歌创作的影响仅以《更高目标》一诗的命名可窥一斑。惠特曼写了一首诗歌名为《谁已经走得更远》，但四次改变主意，放弃了原名而选择《更高目标》（excelsior）作为一个永久的标题，同时，在几次的诗集编选中修改诗歌的最后几行，先后表达对朗费罗的崇拜、怀疑直到最后接受了朗费罗。《更高目标》其实就是朗费罗已经发表的一首诗歌的标题。从诗风传承的角度来看，弗罗斯特是朗费罗传统的继承者。弗罗斯特1912年举家迁往英国定居后，继续写诗，受到英国一些诗人和美国诗人埃兹拉·庞德的支持与鼓励，出版了诗集《孩子的意愿》(1913)，以它特有的朴素坦率和真实赢得了诗人们的好评。这部诗集名字正是来自朗费罗的诗集《候鸟集》中《逝去的青春》的结尾两句。弗罗斯特与朗费罗的诗歌在语言、背景、形式、创作方法和主题的升华上有很多相同之处。朗费罗的影响还间接地通过惠特曼、福克纳、弗罗斯特、庞德、海明威、薇拉·凯瑟等影响了世界文学的发展。在欧洲，朗费罗的影响也是大得惊人，像《生命颂》这首诗，在波德莱尔的十四行诗中就有其踪迹。

1837年，荷兰诗人散文家、评论家Everhardus J. Potgeiter（1808—1874）将朗费罗的诗歌介绍到本国，引起极大的轰动。他认为朗费罗在荷兰人中有如此高的欢迎是因为"朗费罗书写的诗歌正是荷兰人在1840年代所缺乏的气质，朗费罗已经开始深深地渗透到荷兰人民的血液了"。

在亚洲，19世纪下半叶，朗费罗的《人生颂》是"破天荒最早译成汉语的英语诗歌"①。在《小方壶斋舆地丛钞》初编12帙第2册第126—127页记载：1882年面世的《舟行纪略》一书里，记述英国拜伦和美国朗费罗都"以能诗名于时，难分伯仲。唯拜伦诗多靡曼之声，未得风雅之正。究不若龙飞露诗感慨激昂，雄健绝伦，淋漓尽致也。"同时指出朗费罗"气如涌泉而明白畅晓，想元、白亦视为畏友"。此书高论可谓中国最早的朗费罗研究。1913年，安徽休宁人黄寿曾（去世时年仅27岁）在他的《寄傲盦遗集》中翻译了他的《箭与歌》，题为《白羽红衣曲》②。1917年，吴宓创作了《沧桑艳传奇》，此书改写于朗费罗的浪漫爱情诗《伊凡吉林》。《伊凡吉林》也曾经由浦薛风译为文言小说《红豆怨史》，登载于民国五年的《小说月报》。最早的一本《朗费罗诗选》是上海晨光出

---

① 钱锺书：《七缀集》，北京：三联书店，2002年，第133页。
② 马祖毅：《中国翻译简史》，北京：中国对外翻译出版公司，2004年，第443页。

版公司于 1949 年出版。中国诗人郭沫若在 1936 年 9 月 4 日所写的《我的作诗的经过》一文中说他的诗歌的觉醒期所受的外国诗人的影响还应加上一位美国诗人朗费罗。他写道:"我的诗的觉醒期,我自己明确地记忆着,是在民国二年。……发现了美国的朗费罗的《箭与歌》那首两节的短诗,一个字也没有翻字典的必要便念懂了。那诗使我感觉着异常的清新,我就好像第一次才和'诗'见了面的一样。……并使我在那读得烂熟、但丝毫也没感觉受着它的美感的一部《诗经》中尤其《国风》中,才感受着了同样的清新,同样的美妙。"①朗费罗的《箭与歌》是郭沫若有生以来第一次读到的新诗,这对他以后从事新诗的写作很有关系。可以说,中国的新诗发展处处都有朗费罗的身影并引领着中国的诗歌向前发展。

四、朗费罗的文学实践模式

朗费罗是 19 世纪欧美最受欢迎的诗人也是美国本土最优秀的作家。尽管爱伦·坡无情地批判朗费罗,但是成名前的坡却在 1841 年 5 月写信给朗费罗表达他对朗费罗的崇拜:"你的天才一直激励我,毫无疑问,你是美国最好的诗人。"②朗费罗的好朋友霍尔姆斯写到:"他是我们美国人最主要的歌唱者,他能帮助我们战胜悲哀,点燃我们的激情,能够带给我们温暖,同情,愉悦,保留痛苦的泪。"③美国出版史证明美国人民接受朗费罗诗歌的速度是史无前例的,朗费罗的诗集创造了洛阳纸贵的局面,《南方文学先驱报》立即将朗费罗排列在所有美国诗人中的第一位。朗费罗的名声迅速波及欧洲,他的诗歌翻译成"意大利语、法语、德语以及其他语言"。④到了 1900 年,朗费罗的作品已翻译成 18 种语言在世界各地发行。"由于开拓了世界市场,使一切国家的生产和消费都成为世界性的了。……物质的生产是如此,精神的生产也是如此。各民族的精神产品成了公共的财产。民族的片面性和局限性日益成为不可能,于是由许多种民族的和地方的

---

① 阎焕东:《郭沫若自叙》,太原:山西教育出版社,1990 年,第 83 页。
② Meyers, Jeffrey. *Edgar Allan Poe: His Life and Legacy* [M]. New York: Cooper Square Press, 1992, p. 171.
③ Sullivan, Wilson. *New England Men of Letters* [M]. New York: The Macmillan Company, 1972, p. 177.
④ Calhoun, Charles C. *Longfellow: A Rediscovered Life* [M]. Boston: Beacon Press, 2004, p. 245.

文学形成了一种世界的文学。"①朗费罗的作品在国际的出版发行成功验证了他同时代的马克思和恩格斯在《共产党宣言》中提到的"世界文学"概念的科学性和前瞻性,同时也夯实了朗费罗在世界文学中的地位。

在 2007 年朗费罗诞辰 200 周年的时候,《时代》杂志重新审视朗费罗的作品,摒弃现代研究者对朗费罗的偏见,将"朗费罗作为一个纯粹诗人研究对象"。②具有世界主义的诗人朗费罗将文学视为超越国界的对话,文学是跨越社会、跨越语言的边界。反观朗费罗的世界文学地位首先来源于他在世界文学翻译中受益,同时推动美国文学的发展,推动世界文学的发展。朗费罗接受歌德的翻译思想:翻译者应该接受作者的写作的处境、说话的方式、作者的秉性。朗费罗在翻译中总是非常谨慎地做到两者的差距尽可能的小,接近作者的原著。在朗费罗的《欧洲诗人和诗歌》中,收录了朗费罗自己翻译的德国作品,如德国诗人古斯塔夫瑞会(Gustav Pfizer)歌谣作品《两个发卡》(*DerJunggesell*),此书还编写了 10 个不同欧洲国家的诗歌史,体现了朗费罗世界文学的视野和远见。朗费罗在翻译和改写欧洲文学的过程中开阔了自己的眼界,《伊凡吉林》受歌德的《赫尔曼与窦绿苔》的影响;《路畔施舍的故事》的体制系模仿《坎特伯雷故事集》;《西班牙学生》又受塞万提斯的《吉坦尼拉》的影响等,他因世界文学而成就一生英名,世界文学因他而更加光辉夺目!朗费罗通过学术阅读、文本翻译来学习世界文化,按照他的精神导师歌德的"宽容的对待不同文化"的思想指导,吸取精髓,弃去糟粕。由于受到儿子在日本旅游的影响,朗费罗晚年开始拓宽了他对世界文学的认识,以前以欧洲为中心的世界文学转向包括世界各地的文学如亚洲文学、非洲文学。朗费罗在 1870 年 10 月写了关于古老日本的两首诗歌《富士山》《日本岛》(*Fujiyama, the Mountain and Niphon [Nippon] the Island*),后来重新收集在他的文集中。朗费罗通过文学写作,创造一种文学新的阅读模式,那就是用最简朴的语言,也是意大利诗人但丁提倡的语言,让平民百姓都能阅读,享受阅读,而且在阅读中热爱诗歌。有人说朗费罗的诗歌最大的好处就是人人都能读懂。

现代评论家指出:"如果他(朗费罗)最大的过失是使诗歌成了似乎人人都可以写的东西的话,他最大的美德则是使诗歌成了似乎值得去读、值得去写的东

---

① 马克思、恩格斯:《马克思恩格斯选集》,北京:人民出版社,1995 年,第 276 页。

② Christoph Irmscher. *Longfellow redux*[M]. University ofIllinois Press,2006.

西。"① 建一座诗歌之塔,是诗人青年时期的意愿,也是诗人一生的梦想。站在他的肩膀上,庞德写下了《诗章》,弗罗斯特创作了《少年的心愿》……永恒的诗歌之塔终于建立在美国这片美丽的土地之上。20 世纪的人们热爱"解构",不愿意再多花费一点时间阅读 19 世纪的维多利亚题材的灵巧的诗歌,19 世纪毕竟拥有朗费罗,他真与 20 世纪毫不相干吗? 时间已经证明朗费罗的诗歌价值,朗费罗通过自己的诗歌建立美国本土文学,让世界人民了解美国,接受美国文学:如朗费罗有很多有关美国宗教信仰的诗歌,向世人说明美国是一个有信仰的国家,而这个信仰能够容纳所有不同政见、不同民族的人们来此安居乐业。"朗费罗的诗歌是数年来最广读的诗,深含着真正的基督思想和情感,他为了爱的需要,不是为了信仰的教规而讲话,他也许比 19 世纪中的任何诗人更表现了大多数的虔诚的基督教徒的理想。他的同情是深厚广大的,他对于上帝的信仰是不灭的。"② 朗费罗以诗歌为武器,热情讴歌民主,教化和帮助国人。《海华沙之歌》呼吁人类之间的和平,以至于著名德国诗人弗瑞立格拉特(Freiligrath)在他所翻译此诗篇的德译本序言中称赞朗费罗:"在诗的领域里为美国人发现了美洲……这个诗篇应该在世界文学的万神殿里占有一个卓越的地位。"③

1994 年,为了纪念朗费罗在比较文学教学方面所起到的开拓性的作用,哈佛大学建立了朗费罗学院,学院致力于历史、美学、文学重要著作方面的研究、出版,到目前为止,已经出版了 40 种语言 50 个系列的经典作品。朗费罗作为美国多元文化的先驱者、探索者而被后人所纪念。朗费罗在世界文学的位置告诉我们:世界文学是在翻译中获益的产物,是在国际间流传的作品,是民族文学走向超民族文学终极走向世界文学的精品。一个没有容纳世界文学因子的作品是不能属于世界文学的,只能是作为民族文学来对待与研究。幸运的是,美国文学发展伊始就融入了全球化语境的文化,开始了"世界文学"的翻译中介和"世界文学"的科学实践,这将会激发中国的比较文学和世界文学研究的灵感。

作者简介

柳士军,信阳师范学院大学外语部副教授,苏州大学文学院在读博士生。

---

① Nina. Baym. *Norton Anthology of American literature*, 2nd Ed[M]. Norton company. 1985, 1278.
② 华斯斯:《世界伟人的宗教信仰》,南京:青年协会书局,1936 年,第 120—123 页。
③ 朗费罗:《海华沙之歌》,王科一译,上海:上海译文出版社,1981 年,第 X 页。

从美国禅宗诗到"残缺苹果"的视觉符号[①]

——美国新文化潮流中的禅宗美学

徐 文 陈李萍

一、"残缺苹果"图像与禅宗美学

在当代科技美学与视觉图像艺术所构成的历史转型中,美国科技巨星、苹果公司总裁史蒂夫·乔布斯的遽然离世所造成的冲击异常剧烈,除去对这位杰出科技人才损失的痛悼之外,乔布斯所设计的苹果公司符号,一颗形状不无怪异之处的——残缺的苹果——作为影响最大的当代图像艺术与科技文明的代表作引发世界无限的想象;这种波诡云谲的形象学范式与高科技艺术符号,它为何如此奇形怪状?它代表了怎样的一种美学观念与想象?

其引发的必然是一种更为广阔的对当代科技文明特别是对美国新文化与当代科技文明的历史语境的反思,对于乔布斯,完全可以这样说:知我罪我,唯在这残缺的苹果!因为答案并不是在当代科技文明本身,而在于距今一千余年前的一股东方佛教思潮——中国唐代起源的禅宗思想——是它影响了当代科技巨子的思想与审美观念,也是禅宗所特有的"残缺美学",作为美国"新文化"思潮的推动力之一,在21世纪"终结"于高科技的认知理念,成为风靡全球的一种新审美观念的标志。

荷马史诗的《伊利亚特》开篇就具有西方美学的象征意义:女神厄利斯向人间掷下了金苹果,上面写有"送给最美的女神"。金苹果作为美的图像代表在西方可谓历史久远,但正是在苹果公司的图标中,金苹果变成被啃了一口的残缺苹果。学者们从禅宗心理分析给出答案。在乔布斯13岁时,他曾拿着一本《生活》

[①] 本文原载于《江南大学学报》(人文社科版) 2014年第3期。

杂志——封面上是令人震惊的比亚法拉的一对饥饿的儿童——问牧师"上帝知道这些吗？他知道这些孩子身上会发生什么事情吗？"得到肯定的回答后，"乔布斯宣布，他再也不想崇敬这样一位上帝，他也再没有去过教堂。不过，他倒是花了好几年时间研究并尝试实践佛教禅宗的教义。"① 在之后的成长中，禅宗思想对乔布斯产生了巨大的吸引力，大学时代，乔布斯就阅读了铃木俊隆（Shunryu Suzuki）的《禅者的初心》（Zen Mind, Beginner's Mind）以及帕拉宏撒·尤迦南达（Paramahansa Yogananda）的《一个瑜伽行者的自传》（Autobiography of Yogi）等书，对他的思想产生了巨大的影响，"素食主义与佛教禅宗，冥想与灵性，迷幻药与摇滚乐——那个时代寻求自我启迪的校园文化中，这几样标志性的行为，被乔布斯以一种近乎疯狂的方式集于一身"②。不仅如此，乔布斯还亲自跟随铃木俊隆及其助手乙川弘文（Kobun Chino）禅修过很长时间。

乔布斯传记中写道：乔布斯对东方精神，尤其是佛教禅宗的信奉，并不是心血来潮或者是年轻人的一时冲动。他投入他特有的那种激情，这些东西也在他的性格中根深蒂固。"史蒂夫是个十足的禅宗信徒，"③ 科特基（Daniel Kottke，乔布斯在里德学院最好的朋友，两人一起去印度朝圣，早期苹果雇员）说，"禅宗对他的影响非常深。这一点你可以从它极简主义的美学观点和执著的个性上看出来。"④

从唐王梵志、寒山等狂放狷介、举止怪异的诗僧到宋代的"狂禅"流派正是后世的披头士与"垮掉的一代"的榜样，古代社会中惊世骇俗的怪异行为不过反对宗教禁欲主义的精神表达，而在当代美国，则发展为追求个性自由、回归自然甚至保护生态的号召，这就是后来被人称为"美国新文化"的思想潮流。正是来自于禅宗的世界观与伦理观念在美国本土与战后青年一代的反对理性中心主义与反抗俗世道德伦理的思想相结合，古老的东方宗教教义与西方社会叛逆观念，共同创造了一种新的文化理念，乔布斯是这种理念在科技领域的践行者，在全球化

---

① 沃尔特·艾萨克森：《史蒂夫·乔布斯传》，管延圻等译，北京：中信出版社，2011年，第14页。

② 沃尔特·艾萨克森：《史蒂夫·乔布斯传》，管延圻等译，北京：中信出版社，2011年，第33页。

③ 沃尔特·艾萨克森：《史蒂夫·乔布斯传》，管延圻等译，北京：中信出版社，2011年，第IX页。

④ 沃尔特·艾萨克森：《史蒂夫·乔布斯传》，管延圻等译，北京：中信出版社，2011年，第32页。

时代的高科技革命中绚丽绽放。

当然禅宗思想不仅塑造了这位计算机专家的社会伦理与人生价值取向,使他不拘行止,特立独行,追求对世俗道德的超越,更为重要的是促成了他生命价值的体现形态——现代计算机技术更新——尤其是认知观念的革新。如果说我们的世界如同一个金苹果,那么在高科技的视域中,它其实并不是完美的,相反,它的实际图式应当是"残缺的"。现代科技的终极意义并不是美化这个世界,而是认识到这个世界的真像。残缺的世界并非不美,而且可能就正因为是残缺的,才可能是真实的美,这就是科学技术之美,是科学真实的力量所在。这种设计思想正是实践了禅宗美学观念。铃木大拙曾经引用了禅宗的公案:有人问唐代禅师赵州从谂:世人说你有完美的赵州石桥,而我所见的只是驼背木桥。赵州回答:你只能看到驼背木桥,你没有看到真正的石桥。对方问:什么是真正的石桥,赵州回答:骡马从上过,驴子从上过。① 这就是禅宗的说教,世上只有真实的骡马驴子践踏的桥,而没有美轮美奂的桥的想象。世界上只有被人咬得残缺的苹果才是真实的,而不存在神话的金苹果,以表现这种禅理为目标,就是乔伊斯为苹果公司所规定的宗旨,这是残缺苹果图像的价值所在,贡献在于将科技认知方式革新以具有禅宗美学图式表达出来。

这种美学观念是如此的异彩纷呈,苹果计算机那行之若水的、没有通常的设备的无形无踪的设计观念。因为计算机内部的噪音会让人无法集中精神,乔布斯认为这有悖于禅意。在终其一生的产品设计和创新中,禅宗思想都如影随形地影响着他,他对禅宗的"物我为一"的狂热以及积极的追求彻底改变了个人电脑、动画电影、音乐、移动电话、平板电脑和数字出版六大产业。深陷于乔布斯的世界里你看不到芯片、电路板,只有印度、甲壳虫、长距离慢跑和佛教,在如今高度紧张、漠不关心的世界里,这些符号是非理性的,是一种禅宗的"顿悟"。禅宗尤其是以慧能为代表的南宗禅特别讲究"明心见性"、"顿悟成佛",禅宗自诩是"不立文字,教外别传","以心传心"的"心法"。"顿悟"是其最具特色的悟道方式,佛祖拈花释迦微笑的典故,突出的也是一个"悟"字。严羽曾称赞盛唐诗歌"唯在兴趣",意境设置犹如"空中之音,相中之色,水中之月,镜中之像"。当然,最有代表性的仍然是这种残缺符号本身,这个符号本身就是一种具

---

① 铃木大拙、佛洛姆:《禅与心理分析》,孟祥森译,北京:中国民间文艺出版社,1986年,第115页。

有顿悟的符号,而且它经过当代科技的图像化,有震撼人性的视觉效果。它要求人类从理性中心的桎梏下解放出来,从直接的体悟来认识这个世界,掌握这个世界。如同美国精神分析学家佛洛姆所说:

> 禅的目的在于开悟:对真实直接而非思虑性的把握,没有烦恼与知性化作用,如实认识到自己同宇宙的关系。①

仅从这种独特东方思维方式与高科技所创造的图像的相通,其实是东西方美学的结晶,深厚的哲学与历史维度使其魅力十足,这未尝不是苹果公司与乔布斯保持创新性的主要因素,在这一层次的研究将会使我们更了解当代社会科技审美的深度要求,甚至包括全球化时代的市场价值,因为具有文化传统的美正是全球化时代的"有美同美"。

当然,禅宗美学观念对于年轻的乔布斯得以"藻雪精神",为以后的创造准备才具,其根本原因是东西方文化交流的时代的语境所形成的,特别是20世纪五六十年代的美国新文化思潮中的禅宗诗,就这种审美观念最重要的实践成果。

二、美国诗歌意象与"禅宗美学"

在美国文学史上,20世纪50年代美国文学"寂静的十年"反倒促成了"垮掉的一代"的产生和发展,"垮掉"意即社会习俗已经"垮掉了"、"陈旧了"、"过时了",杰克·凯鲁亚克早在1948年自造了"垮掉的一代"这个术语,1957年,凯鲁亚克的《在路上》问世,使他成为"垮掉的一代"的代言人,这些青年摆脱了崇高信仰,失去了生活目标,只想勉勉强强混日子,追求麻醉、安慰和娱乐,他们以放纵感官享受的方式寄托自我,一切荒唐、淫乱的行为,都被视为超凡入圣。

与这种人生态度不期而遇的是禅宗思潮,有人指出,凯鲁亚克使用"垮掉的一代"这一术语是参考了海明威的"迷惘的一代",但是他的术语意义更加积极:认为垮掉的一代是摆脱偏见束缚的"极乐"之人,而对于凯鲁亚克来说,这是极为重要的东方佛教与西方基督教哲学的巧妙结合。

---

① 弗洛姆、铃木大拙、马蒂诺:《禅宗与精神分析》,王雷泉、冯川译,贵阳:贵州人民出版社,1998年,第158页。

禅宗自中古时代从中国渡海而来，逐渐渗透到日本传统文化：美术、武士道、剑道、儒教、茶道、俳句、能剧……感知着本土文化中无所不在的禅意，铃木大拙等人较早将禅宗思想介绍到美国，铃木大拙认为，禅就是生命的本身，是诗，是哲学，是道德，是一种无限接近人之本质的思维形式……只要是有生命活动的地方，就有禅。禅主张顺其自然、一切随缘，他还将其比喻为应时的苦口良药，可化解战争所带来的恐惧感，并松懈二元对立的紧张、改变他们的念头。这给苦闷绝望中的披头士们带来了心灵的慰藉。美国现代诗的重要的人物，50年时发起"旧金山文艺复兴"，号称"垮掉一代之父"的雷克斯洛思（Kenneth Rexroth），禅宗和尚诗人惠伦（Philip Whalen），美国诗人中的狂热的禅的信徒斯特利克（Lucien Stryk）以及撑起了"中国风格"大旗的诗坛领袖之一加里·斯奈德（Gary Snyder）几乎都与禅宗思想有非同一般的联系。特别是斯奈德，"禅宗美学"这个概念其实是他提出的，他曾说过：

　　一首好诗就像一个鲜活的生命，具有最凝练的表达方式、无可比拟的整体性和完全的表现，是人类心理网络的自然交流。……各种佛教的思想与中国古代诗歌的感觉一起，形成了那种织锦一般的部分，我们可以称其为禅宗美学。①

可以说在庞德之后，斯奈德是与中国古代诗歌有关联的最杰出诗人之一。作为一个诗人，与中国禅宗美学最重要的关联当然是其创作，而这正是斯奈德引人注目之处。

斯奈德曾经在20世纪50年代末旅居日本，出家三年，回到美国后在加州北部荒僻的内华达山区隐居，身体力行地过着非文明化的生活。斯奈德的诗《砌石》发表后反响不大，1959年，斯奈德请出了他的师傅中国唐朝诗僧寒山，翻译了24首寒山的诗，合并为《砌石与寒山》（*Riprap and Cold Mountain Poems*，也译为《敲打集》）出版，反响强烈，并成为垮掉派最出色的诗集之一。寒山的诗本身就直白自然又禅意深刻，不用典故或象征，如禅宗偈语般简明，与垮掉派的开放诗主旨相近，而寒山唾弃文明社会、隐居山林，有时独言独笑，有时望空谩骂，貌似疯癫，更可成为垮掉派的代言人。斯奈德也同样用朴素的方式理解禅，

---

① Gary Snyder, "Introduction" in Kent Johnson and Graig Paulenich, eds *Beneath a Single Moon*: *Buddhism in Contemporary American Poetry*, Boston, Shambhala, 1991, p. 4.

故而斯奈德的诗也深入浅出又颇具禅意。例如《重岩我卜居》中"寄语钟鼎家，虚名定无益"，斯奈德翻译为"告诉那些家有银器和几辆汽车的人，名声大钞票多有何用处？"斯奈德的《八月中在沙斗山望哨》中写道：

　　山谷中云遮雾障

　　五日大雨三天酷热

　　树脂在松果上闪光，

　　在巨岩和草地对面

　　有成群新生的蝇。

该诗就像大自然一样质朴单纯，希望在山林旷野中找到心灵的依托，与此交相辉映的是寒山的诗《杳杳寒山道》

　　杳杳寒山道，

　　落落冷涧滨。

　　啾啾常有鸟，

　　寂寂更无人。

　　淅淅风吹面，

　　纷纷雪积身。

　　朝朝不见日，

　　岁岁不知春。①

这里具有禅诗的机趣，有对幽居于冥想的向往，但是对于这位美国当代诗人而言，创造性的是更为宏大叙事的大自然回归之美，是在一个后工业化社会的现实的自然的再现。这种自然环境中，诗人体味了个性自由与精神解放的真正价值。从这一意义上而言，斯奈德超越了曾经联系频繁的"垮掉诗派"中的部分诗作，不是以金斯堡式的《嚎叫》或是摇滚乐的喧闹取胜，而是一种寒山式的反思与嘲讽，并且将其寓于自然的无语之中。斯奈德尝言：看山就是一种艺术，其中具有"恒久不变的因素"。② 这种看法当然极易使人想起禅宗青源惟信著名的一段语录："老僧三十年前来参禅时，见山是山，见水是水，及至后来亲见知识，有

---

① 宋先伟主编：《寒山拾得诗》，北京：大众文艺出版社，2004年，第26页。

② Gary Snyder, *Earth house Hold*, New York: New Directions, 1969, p.7.

个入处,见山不是山,见水不是水,而今得个体歇处,依然见山是山,见水是水。"在这三个阶段中,禅宗所重视的是超越内心体验的"彻悟"。斯奈德也对山水进行反思,看到的却是山的恒久不变。就有如李白与敬亭山之间的"相看两不厌,唯有敬亭山"的境界了。从中恰可以看出,起于禅宗,最后走向儒释道的合一,斯奈德曾经对自己的评价,也是有根据的。

斯奈德等人对禅宗(披头士的禅称为披头禅)诗,特别是唐代禅宗诗人寒山的译介与推崇,使寒山在西方大大地火了一把,可谓寒山的异国知音,不同的是,斯奈德把禅宗思想与六七十年代兴起的环境保护主义相结合,修正了禅的出世避世态度,并与尊崇自然的道和强调入世的儒相结合,形成了三教合一的"儒佛道社会主义者"① 例如"禅式社会主义"名篇《为何运木卡车司机比修禅和尚起得早》:

> 在高高的座位上,
> 在黎明前的黑暗中,
> 擦亮的轮毂闪闪发光
> 明亮的柴油机排气管
> 热了起来,抖动
> 沿泰勒路的坡面
> 到普尔曼溪的放筏点。
> 三十英里尘土飞扬。
> 你找不到这样一种生活。
>
> (赵毅衡译)

这首诗将禅修与劳动相联系,其实正是禅宗思想的中枢,认为禅可以寓于日常生活中,所谓"一切举动施为语默啼笑,尽是佛慧"。禅宗所说的对象都是俗世众生,老妇贫僧,走卒贩夫,强调人生就是禅,世界就是禅,这样的理解当然更具有美国本土特性,符合现实语境,提供了活泼的新话话。斯奈德曾经结合自己的经历谈诗:

> 我对创作的兴趣在于20世纪的现代派诗歌与中国诗歌。起初是对自然与

---

① 赵毅衡:《诗神的远游·中国如何改变了美国现代诗》,上海:上海译文出版社,2003年,第330页。

原野的思考引导我走向道家，继后是禅宗。……我曾经在家里学习禅坐。1955年夏天我在内华达养护公路时，终于进入日臻成熟。我以劳作为写作对象，诗中用了中国古典诗的技艺来写在山中悬崖上的禅思。①

从中可以看到斯奈德的诗学观念其实相当严肃，中国禅宗诗人历来有"学诗浑似学参禅"的说法，并不只是说诗歌的艺术与禅思灵感的联系，更有诗人世界观与禅宗的相通。美国禅宗诗人则更进一步发展了这种观念，将诗歌作为禅学修炼的手段，炼出具有禅宗审美观念的诗歌话语。诗歌评论家叶维廉曾经评论过斯奈德的诗，指出其诗中的诗风、自然与禅思三者的水乳交融的关系：

山水诗中的道家美学强调重获素朴的视觉，任物自由自然的兴现活动；禅宗，在道家的影响下，教我们以或诗或悟的方式生活在自然之道中，三者都引发了史奈德和自然合一的信念。②

这可谓美国禅宗诗的极高境界了，可以用慧远的山水诗作为比较，如《游庐山诗》：

崇岩吐清气，
幽岫栖神迹。
……
有客独冥游，
径然忘所适。
……
感至理弗隔。
孰是腾九霄，
不夺冲天翮。
妙同趣自拘，
一悟超三益。

同样是一种融佛家与道家自然观于一体的观念，"幽岫栖神迹"、"流心叩玄

---

① Gary Snyder,"Introduction" in Kent Johnson and Graig Paulenich, eds. Beneath a Single Moon: Buddhism in Contemporary American Poetry, Boston, Shambhala,1991, p. 4.

② 温儒敏、李细尧：《寻求跨中西文化的共同文学规律——叶维廉比较文学论文选》，北京：北京大学出版社，1986年，第125页。

听"说明佛的"法身"不是置身于自然之外，正是在山水之间，无论是佛法的体悟还是道家"叩玄听"，都是一种与自然合一的手段。

对于美国禅宗的山水诗或是自然诗，无可回避的是生态主义的时代话语。而生态主义与现代科技关系又十分敏感。这位曾经一段时期弃世离俗诗人，从表面上看可能与高科技的奇才乔布斯形成对立，因为斯奈德深刻感受到了工业社会的弊端在他看来，"现代西方文明已经濒临崩溃的边缘，它面临的不是核毁灭，更是由于无限制地为利润而生产导致的生态毁灭，只有寻找与大自然和谐的生活方式才能挽救人类"①。

但实际上，正如禅师对于弟子的"当头棒喝"一样，只是认识方式的特性使然，要求更加注意现实与时下。禅不仅仅是个人的修行，更成为改造社会的一种工具，这与史蒂夫·乔布斯将禅意融入苹果产品似乎有着异曲同工之处，苹果广告语"那些疯狂到以为自己能够改变世界的人，才能真正改变世界"（the people who are crazy enough to think they can change the world are the ones who do）或许正是对此最通俗的注脚。

三、残缺的"美"：视觉的镜像

苹果的残缺与八大山人的山水画有共同的来源，表达一种存在的真相，现实总是残缺的，而古希腊美学中的黄金分割所代表的"美"是完美的，这与事实是不符的，于是产生了残缺的美的观念，这是一种现代性的表现，而中国禅宗的理论恰是这种残缺之美的符号体系。

如果我们将乔布斯的"残缺苹果"作为21世纪新科技的图像，那么这种残缺之美并非空前绝后，甚至欧洲艺术中就有先例，这就是古希腊雕塑弥罗岛的维纳斯（the Venus of Milo）也就是众所周知的"断臂的维纳斯"。这是古希腊古典美的象征，受到维克多·雨果、拉马丁和萨克雷等人推崇。虽然其"断臂"也曾引起不满，认为不符合古典美的规范。但仍然有艺术理论家认为，其断臂与残缺正代表了一种古朴与沧桑之美。后世的艺术家们修复断臂，创作了许多完整的雕塑，却并不受欢迎，都无法取代这个残缺雕像的作用。正像艺术评论家彼得·福勒（Peter Fuller）所指出，这种残缺美并不只是"艺术的商标"，而是一种更为

---

① 赵毅衡：《诗神的远游·中国如何改变了美国现代诗》，上海：上海译文出版社，2003年，第332页。

普遍深刻的美学观念，它可以在"铅笔、绘画、汽车、地毯、纺织物、沙龙、饭店、塔、减肥食品、美化产品甚至保险多多等的广告和推销符号"① 可以想象，正是这种残缺美的大众接受普遍性，使得断臂的维纳斯可以与残缺苹果图像成为时代文化的象征，其中有一定的美学的内在相通。

　　禅宗主张"物体的不完整形态和有残缺的状态"的理念，希望超越物体现象关注其精神，并进而发现精神世界的规律和变化，从而达到精神与想象的相互统一，因为不足，所以才有增进的空间。苹果符号的残缺形态，让观者去联想和补充这不完整的空间，同时体现出一种残缺之美，或许还会令人对之留下一丝伤感。因而这不完整形态的残缺之物，常常留有一个无限的空间和再创造的余地，让人们细细品味这种不完整的、质朴的、天然去雕琢之美的符号时，反倒觉得其更接近人性化，这残缺的符号中，似乎蕴涵"物盛则衰"、"有生有灭"的禅宗理念。中国唐代的杜甫曾经在大唐王朝由盛转衰时哀叹"国破山河在"，痛感山河虽在国家却已残缺破碎，几百年后的美国，加里·斯奈德写下了下面的文字：

　　　松树在沉睡，
　　　杉树在破裂
　　　花挤裂了路面。
　　　八大山人（一个目睹明朝覆灭的画家）住在树上：
　　　"虽然江山已亡 笔 能绘出山河。"

　　　　　　　　　　　　　　　　　（赵毅衡译）

　　斯奈德曾经说过，就是要借用杜甫诗意来表达生态主义思想，所要传达的是山河在工业化进程中被污染被破坏而面目全非，主张自己环境保护主义来"想象"美好河山的重建，这种想象有一种禅宗思想的铺垫，则更加具有重现与再生的哲理性。其中所提到的八大山人将"残缺的美"的观念在其山水画中表现得淋漓尽致。

　　八大山人原名朱耷，是明朝宗室，明亡后削发为僧，后入道教，然而他亦僧亦道的生活并非因宗教信仰，而是为了逃避清朝统治者对明朝宗室的政治迫害，借以隐蔽和保存自己，由于他特殊的身世，和所处的时代背景，使他的画作不能像其他画家那样直抒胸臆，而是通过他那晦涩难解的题画诗和那种怪怪奇奇的变

---

① Peter Fuller, *Preface*, *Art and Psychoanalysis*, Writers and Readers Publishing Cooperative, London, 1980, p. iii.

形画来表现。八大在《鱼》这幅画的题画诗说:"墨点无多泪点多,山河仍是旧山河。横流乱世杈椰树,留得文林细揣摩",表达了自己对于国破家亡、复国无望的伤感和无奈,山河仍是旧山河,然江山已亡,于是他只能用笔画出这残缺破碎的山河。

受身世境遇的影响,朱耷绘画艺术的特点大致说来是以形写情,变形取神,着墨简淡,运笔奔放,布局疏朗,意境空旷,精力充沛,气势雄壮。他的山水画多为水墨,枯索冷寂,满目凄凉,于荒寂境界中透出雄健简朴之气,反映了他孤愤的心境和坚毅的个性。画中那些山、石、树、草,以及茅亭、房舍等,逸笔草草,看似漫不经心,随手拾掇,而干湿浓淡、疏密虚实、远近高低,笔笔无出法度之外,意境全在法度之中。这种无法而法的境界,是情感与技巧的高度结合,使艺术创作进入到一个自由王国。他的形式和技法是他的真情实感的最好的一种表现。笔情恣纵,不构成法,苍劲圆秀,逸气横生,章法不求完整而得完整,这种不完整也正体现了残缺的美的概念,斯奈德说"笔,能绘出山河",山河破碎,画中山河也残缺了,禅意的作品虽然描绘的是一个极静空灵的意境,但却表现出一种超然物外的空寂,虽"身在尘世",却要寄情于内心的禅定。"跨越千年,跨越千山万水,二人在诗画中相知。

朱耷的画中颇多表现诗禅之意,诗人叶舟曾作《八大山人》诗一首,描写他晚年的生活情况,"一室瘖歌处,萧萧满席尘,蓬蒿丛户暗,诗画入禅真,遗世逃名志,残山剩水身,青门旧业在,零落种瓜人。"八大山人的际遇和画作似乎也揭示了这样一个道理:人的一生也和禅宗的"残缺美学观"相似,都是在完美与不足、满足与遗憾、成功与失败的过程中反复轮回。八大山人有过十三年的佛教生涯,这使得他的画中有意无意地便多了些禅真之趣,或许正是这些引起了斯奈德的共鸣,并在诗中将八大山人引为象征。如果从视觉艺术角度来看,这种图像符号所形成的冲击功能使作品具有崇高甚至怪异的冲击力,超越世俗的"甜俗"的美学,在中国美术史上,中国文人画就是以这种美学观念为代表的。而这种审美却正与西方艺术包括印象派画家莫奈以及达利,甚至和毕加索等人的立体主义相呼应。当然,方兴未艾的"并置主义"等亦是其中之一。

斯奈德曾经在纽约召开的"中国诗歌与美国的想象"(1977)的诗歌研讨会上有过一段话,这是在他朗诵了自己的诗之后,他说道:

中国文化中的精神遗产主要有两类:一类 是禅宗和表现在诗画中的美

学;另一类则是老子、孔子、庄子和孟子的思想在诗画中的表现形式。①

我们无意评论他关于中国诗画的美学与形式认证是否妥当,但一点很清楚,他对于所说的禅宗美学是同时表现于诗与画之中的。从这一观念而言,正所谓:诗中有画,画中有诗。这正是深受禅宗思想影响的两位大诗人王维与苏东坡的诗画论的核心。此刻完全可以看到,一种跨越文化与时空的历史链条——禅宗美学——已经将古代中国的寒山、八大山人与斯奈德、乔布斯连接在一起。

结语:未有终结的文化融新(Cyncretism)

美国新文化并不是一种声势浩大或是有完整纲领的运动,甚至有相当数量的人并不承认或并未意识到它的意义,实际上,充其量它也确实只是泛指20世纪中期以来美国文学艺术中兴起并在生态、经济科技等领域的具有创新精神同时颇具叛逆色彩的思潮,从垮掉的一代诗歌、少数族裔主义、生态保护主义、同性恋权益维护、女性主义甚至直到沸沸扬扬的"占领华尔街"等行动。虽然并无统一阵营与规划,但却是一种无可否认的重要而广泛的社会思潮。它并完全针非对某种思想体系,而只是具体以社会现象为直接目标的集中行为。在这种思潮中,文化因素所产生的效应胜过某种政治主张或是口号,它具有深度意象。它所采取的形式同时具有禅宗式的当头棒喝的效果。公元前4世纪的希腊化(Hellenism)时期,以色列文化与希腊文化相融合,《圣经》从希伯来文译成希腊文,形成了东西方文化的"融新"(Cyncretism)。中国学者指出:文化融新是全球化不同文化体系间交流创新:

> 所谓"融新"就是对文化(指外来文化)的有机融合,互补互益,所以这种"融新"并不只是传统的再现,而是革故鼎新,具有改革的性质。这种改革又绝不能脱离本土文化的传统,不是外来文化的移植,而是传统在新语境中的发展。②

不同文化体系间的交流促进世界文化的更新,不断在吸取异己文化精华,使之本土化,产生新的文化。当代西方理论界盛行所谓的"终结论",美国福山的

---

① Gary Snyder, *the Real Work*, *Interviews & Talks*, 1964 – 1979, W. Scott. Mclean, ed. New York:New Directions, 1980, p. 104.

② 方汉文:《比较文化学新编》,北京:北京师范大学出版社,2011年,第344页。

《历史的终结及最后之人》继承了黑格尔的历史终结论,以西方文化为世界文明发展的终结。近年来尼尔·弗格逊的《文明》(2011)一书再次使得这种"终结论"风行一时。我们并不认可这种文化终结论,从世界文学交流史而言,17世纪以后的西方文学固然对世界产生巨大影响,这是不可否认的。但是国际学术界"记文化账"的人们经常忘记这样的历史:同样是近代,中国文化曾要有三次大的世界潮流,自17世纪到20世纪中期世界文学史有三次大的中国潮:17—18世纪的中国戏剧《赵氏孤儿》与《图兰朵》、20世纪初中期的中国"意象诗流"与中国"禅宗"思想与寒山为代表的诗歌进入欧美,在文学翻译、文学接受与创作,甚至如本文所指出,在科技思想等多元维度与多种领域产生巨大影响,推动了美国新文化潮流的兴起。世界文化不会终结于某一种模式,而是在多种文化的交流中融新与创造。

当然,美国新文化的主流是本土化的创造,如同中国人将印度佛经禅宗化一样。这就是融新,这种融新是突破时空局限的,可能经历几百年的发酵,才会显现出来。正因为其来自于思维意识的深处,所以禅宗这样具有千年传统的观念才可能有更大的力量,在适当的时机中会创造社会时尚的新图像。异己文化的本土融新所形成的推动机缘当然也是未可预期的。或许正如那位古灵神赞禅师所说:"世界如许广阔,不肯出,钻他故纸,驴年去!"这种否定的话语所许的愿,可能恰恰会被历史给出肯定的验证。

作者简介
徐文,苏州大学文学院在读博士生。
陈李萍,北京第二外国语学院应用英语学院副教授,文学博士。

避世与担当:艾丽斯·门罗的后女性无意识叙事[①]

姜深洁　方华文

2013年诺贝尔文学奖得主艾丽斯·门罗(Alice Munro)以短篇小说见长,文章多以其自身生活的安大略省作为背景,笔触平淡而蕴含深厚力量,情节细腻生动,美国犹太裔作家辛西娅·奥兹克(Cynthia Ozick)称其为"我们这一代的契诃夫"('She is our Chekhov')[②]。门罗擅长描写平凡女性的苦痛生活,关注少女对性与爱、爱与背叛等方面的人生初体验,如选自同名小说集的短篇《少女们与妇人们的生活》(*Lives of Girls and Women*),有多处对"性"(sex)的直白描写,传递给读者最为自然纯粹的两性关系;作者将少女对"性交流"(sexual communication)的幻想与现实中粗暴的性爱场面加以对比,展现性与爱的矛盾与少女的成长,并敦促女性去实现自我尊重(self-respect)[③]。另一方面,门罗侧重于描写处于家庭生活与社会生活交叉繁琐境遇中的女性的挣扎[④],譬如《空间》(*Dimension*)、《办公室》(*The Office*),和被称为门罗封笔之作的《亲爱的生活》(*Dear Life*)[⑤],还原生活以本真面目,讲述女性在紧张的家庭关系与社会伦理约束下,如何从苦闷的徘徊中实现自我觉醒,凸显自身存在的社会价值。

艾丽斯·门罗通过幽默而略带讽刺意味的语言,在作品中展现出对女性主义的思考——区别于以往激进的、强势的女权主义,取而代之的,是一种将被边缘化的女性主义与顽固男权主义重新定位的"后女性主义"。门罗采用多重视角描

[①] 本文原载于《池州学院学报》2014年第2期。
[②] T. F. Rigelhof. *This is Our Writing*. Ontario:The Porcupine's Quill,2000,p.72,p.88.
[③] Alice Munro. *Lives of Girls and Women*. Toronto:Penguin Group(Canada),2009.
[④] Harold Bloom. *Bloom's modern critical views:Alice Munro*. New York:InfoBase Publishing,2009:pp.1-2.
[⑤] Alice Munro. Dear Life. *New Yorker*,2011,87(28):pp.40-47.

写男女对立的关系,回避"非此即彼"的选择,以转化调和的态度弱化性别冲突,强调女性自身的成长,是对性别身份肯定性(affirmative)的全新解读。而对女性自我存在价值和社会担当的追求,恰好符合无意识理论中,对个人身份认同与集体生活关系的辩证讨论。门罗在小说叙事过程中对文本的阐释,体现了对女性/个人话语与社会/集体关系的构建,以小说为叙事载体,将历史的"缺场"加以文本化,凸显了小说这种文类–叙事模式在文本阐释中的优越性,也在这种集(总)体寓言之中实现了女性有自我认同到社会认同的意识形态转变与性别自觉。

一、"避世"的后女性主义反抗

1968年出版的短篇小说集《快乐影子之舞》(Dance of the Happy Shades)是艾丽斯·门罗的成名作,而20世纪的60年代也正是美洲、欧洲第二波女性主义浪潮兴起之时,为了争取平等工作权,摆脱性别控制、家庭控制,抨击父权主义意识形态的女权运动正如火如荼地展开。这种"强调集体行为,却忽视阶级差异、肤色差异以及个性差异"的运动,在注重个人主义自由观的后女性主义理论中被解构,男女性别身份差异被弱化[①]。区别于女权主义对男女绝对公平的要求,门罗作品中的女性角色,大多是带有自传色彩的小人物,善于从残酷的日常生活中发掘生存价值,避免激进的话语对峙。以该小说集当中较具代表性的《办公室》一文为例,女主人公"我"是一名女性作家,在干家务活时突发奇想,寻觅了一间办公室来进行创作,身为房东的马雷先生认为"一个年轻女人,据说有丈夫,有孩子,可是却跑到这儿来玩打字机,真是反常"[②]。为了满足自己对这位反常的年轻女作家的好奇心理,马雷先生多次在"我"创作时叨扰,而"我"尽管有所不满,也只是锁上门装作打字的样子,委婉地回避来自男性的、他方的这种追寻。"我"与马雷先生的周旋,暗喻女性话语权尽管遭遇到明显的男性话语权的干涉,却选择尊重其话语主流地位,以避而不谈、"搁置"的策略来化解可能存在的矛盾。

"后女性主义"不是女权运动的延续,也不是反女性主义,而是从后现代主

[①] 伊丽莎白·赖特:《拉康与后女性主义》,王文华译,北京:北京大学出版社,2005年,第30—31页。

[②] 艾丽斯·芒罗:《办公室》,见吴晴编《外国现当代女作家短篇小说选》,北京:中国新闻出版社,1985年,第199—214页。

义的角度来发展女性主义,解构整体性和普遍性,追求多元化与差异性。后女性主义采取拉康的后精神分析理论来消解中心主义和二元对立,从尖锐的政治冲突中挖掘求同存异的方法。面对快节奏的现代生活与随之而来的生存压力,反女性主义希望逃脱男性霸权主义与极端女权主义的双重压制,在尊重性别差异的前提下,提倡平等对话。这里的"平等"并非指地位的绝对平等,而是倾向于话语权的相对公平,不以既定的观念来定义存在,逃离现代化、机械化生产带来的种种弊端,回归自然状态。这种自然状态,既包括小镇生活的宁静与自得,也包括了男女关系的基本状态。拉康曾经指出,从精神分析的角度来看,无论是在两性关系还是政治生活中,女性始终是作为男性的"性客体"而存在。因此,女性主义要想"超越菲勒斯(beyond the phallus)"、超越男权中心,首先要正视现有理论中的主客体差异,利用两性关系中男女的差异性以获得补充,而不是取代或消除男权中心去建立新的女性中心。

《逃离》(*Runaway*)中的女主人公卡拉作为又一位"娜拉"逃出家庭牢笼,去往屋外更广阔的天地,而出人意料的是,卡拉在去往"别处"的途中已然反悔,最终选择回到了她曾经一度认为再也忍受不了的丈夫的身边,过回习以为常的平静的生活,并且决定不再理会协助她出走的邻居西尔维娅[①]。门罗这样写的目的不是让女性安于现状,服从于家庭、社会秩序,而是从另一个角度来思考"即便身体逃出去,选择了与现有生活对立的生存方式,是否就能够摆脱意识形态上的约束"。而当女性选择离开男性,或站在了男性的对立面,消除了男权中心与性别差异,是否就能够实现女性的生存价值——在门罗这儿,答案显然是否定的。如果丈夫是比喻现有的男权社会,促使卡拉萌生出走契机的小羊弗洛拉则代表了女性内心对性别身份与生活现状的反抗。卡拉作为后女性主义的代表,一方面受到象征强势女权主义的邻居西尔维娅影响,选择构建自我生存空间;另一方面,她在建构的过程之中发觉了男女性别关系二元对立的不可行,因此,后女性主义选择放下对立的态度,反思现有男性话语社会的可行之处。她们选择回到性别差异这一理论原点,以差异性为前提,以发现问题并解决问题来代替一味的反抗现实。"逃离"并不意味着消极避世,而是从原有的状态中抽身,以他者的角度来审视社会需要与自身需求。门罗描写的不是"女性"这一群体,而是把目光转向存在着差异的女性个人,从最底层而最真实的平凡女子身上,探讨女性作为"独

---

① Alice Munro. *Runaway*: *Stories*. New York: Random House Vintage Books,2005.

立的社会个体"的生存价值。

二、"担当"的主体性与自我认同

《你以为你是谁》(*Who Do You Think You Are?*) 是艾丽斯·门罗于1978年出版的小说集,其标题几乎可以被视作来自后现代主义的对"主体性"与"自我认同"的诘问。我们仍要引用拉康对"主体性"的阐释,以便进一步分析门罗笔下的女性如何作为"想象的主体"展现其个人存在的意义。拉康认为,"主体性"是无意识的产物,它经由镜像阶段,在俄狄浦斯阶段定形,又在社会语言阶段因为语言的能指-所指的不确定性而分裂的非实体的存在,是一个被主体化的缺失,是存在于他人话语中的"想象的主体"。所以,主体要想获得身份认同,只有通过他者(Other,"A")的形象才能完成对自我的想象。这个"大写的他者"(Other,"A")即是是由语言和言说话语构成的象征性的他者,是区别于大写"Father"的、关于"父名/父权"(Name of Father)的另一种能指(signifier),"而实际看来,主体是作为现实(real)与能指的中间项(而存在)"①。由于"能指只有在与另一个能指的关系中才能发挥作用",而我们无法接近大写他者,所以拉康为我们提供了小写的他者(other,"a"),作为一个缺失的、具有不确定性的能指,介于主体与大写他者之间,从而满足自我身份认同的需要,而这正是作为他者话语的无意识。

在小说中,艾丽斯·门罗则是通过将女性角色推入复杂的家庭生活与社会伦理之中,以他人的干涉来推动她们的自我觉醒,寻求主体性与身份认同(identity)。带有明显人物自我认同色彩的小说《脸》(*Face*)选自《盛情难却》(*Too Much Happiness*),是为数不多的以男性视角来写主体性追求篇目。而通过男主人公的内聚焦,门罗把小男孩对女孩的回忆记录下来,带有随意散乱的效果。"我"作为典型的镜像理论实践对象,因为脸上的疤痕,"我"的自我认同从始至终都是不完整、有缺陷的,而"我"作为一个他者来对包括母亲、Nancy、父亲等在内的人做出主观意向性的能指:"我将父亲视作野兽,而母亲则是我的救星与守护者,我对此坚信不疑(I have made my father the beast in my account so far, and

---

① Jacques Lacan. *The Seminar of Jacques Lacan Book VII, the Ethics of Psychoanalysis* 1959 – 1960. London: Routledge, 1992, p. 103, p. 129.

my mother the rescuer and protector, and I believe this to be true)"①。从拉康的理论中我们可以推断出,由于缺失的自我是通过他者获得界定的,而"我"作为主体无法来确认自己,所以在后文中"I believe"转换成了 I seem to 或是 I'm not sure,具有非常大的不确定性,这使得叙事更加向开放性发展,而且尽管男主人公"我"与 Nancy 有过矛盾冷战,但本文在写作立场始终未将男性与女性对立起来,结尾有明知不可为却仍情不自禁地流露"希望再见 Nancy"的忧伤。

另一篇小说《空间》(*Dimension*)中的女主人公多丽则是一位由完全依靠他者的建构成长为到社会中寻求自我建构的典型女性形象②。多丽无论是在自己的丈夫劳埃德的眼中,还是在与同事玛吉夫人的交谈中,都处于一个"被定位"或被误解的状态,存在于一种想象的维度中,通过他者话语的文化无意识来建构自身形象;多丽也只凭借想象来界定和预测周围人的所作所为,穿梭于想象与被想象、构建他人与被他人构建的言语能指活动中。患有精神病的丈夫因弑子被禁闭于看守所内,在给多丽的信中提及他在劳教所中通过接触宗教而"认识自我",另一端的多丽虽摆脱了丈夫神经质的约束,却突然成为一个无依无靠的孤独存在,在看似无形的社会重围中重新认识自我,(她)"心里升起另一个念头:在这个世界上,或许此时此刻她该与之相守的正是劳埃德。如果连听他诉说都做不到,她在这个世界上还有什么用,她还来这世上干嘛"③。在这种认同危机的驱动下,小说结尾处,多丽选择停下来救治伤员不搭班车去伦敦,这说明她开始有意识地摆脱对丈夫一个人的精神依赖和能指关系,企图在自己与陌生的社会之间建立新的话语联系,从救助他人的过程中实现"自我",寻找到了社会认同感。自我认同出于他者话语的能指驱动,而当这个他者上升为社会、历史、政治层面,就成了政治/社会话语的集体无意识,文学形象则作为历史文本化与政治叙事化的一部分,通过政治无意识来调和个人与社会的能指关系。

三、无意识的后女性叙事与集体寓言

弗雷德里克·詹姆逊认为"一切文学,不管多虚弱,都必定渗透着我们称之

---

① Alice Munro. "Face," *Too Much Happiness*. New York: Random House, 2010.
② Alice Munro. Dimension. *New Yorker*, 2006(16): pp. 68–79.
③ 艾丽丝·门罗:《空间》,周洁译,载《外国文艺》2009 年第 4 期。

为的政治无意识,一切文学都可以解作对群体命运的象征性沉思"①,而个体的政治行为正是受到其思想意识中那些无意识因素所支配。艾丽丝·门罗选取小说文本作为叙事模式,塑造作为独立社会个体的女性形象,在与他者(Other)或集体的互动中实现自我认同。从门罗的小说中,我们可以看到她如何描写不同时期的女性怎样回归社会与集体,同时,门罗也提供了一种以"对位的角度"去看待身处主流话语权的男性的生存状态。在意识形态层面,后女性主义小说则通过对不同年龄段的女性特质的描写,集中呈现出女性彼此相似而又相异的群体面貌。门罗回避了对男女权力话语及其主从地位的社会价值判定,强调女性话语的独立性而非中心性或唯一性。她有意识的凸显女性的性别自觉,却没有将男性置于女性的对立面,而是采取开放式的叙事策略,以心理描写与对白交叉的方式,利用文本细节阐释女性在狭义历史维度上进行的角色转换:如何从单一的个体存在转化为集体中的独特存在,如何由简单的两性关系的书写发展为后女性主义寓言。门罗塑造小人物的过程,正是对"典型"的象征叙事的建构,把对独立个体的塑造扩大为对这一类文本形象主体性的建构,以及对这些个体生存的社会与历史的总体性建模。

正如詹姆逊所言,在马克思主义的文化阐释中,"只有一种新的、创造性的集体社会生活形式,才能克服旧的资产阶级的自治,而克服的方式,则是将个人意识作为一种'结构的效果'(拉康)来实际经历,而不是仅仅将它理论化"②。艾丽斯·门罗的短篇小说是将后女性主义与无意识理论作为"结构的效果"进行的文本创作,这种去中心的叙事模式消解了两性关系的矛盾,在尊重性别差异的前提下,借助他者话语的能指来实现自我认同,从而在后现代主义的政治无意识中,以集体寓言的方式从叙事中对社会和历史做出独特解释。集体寓言意味着一种多元化的文本,使单个主体通过想象和构思社会结构与集体逻辑,对历史的文本化进行连续的、多元的写作。个体只有在与他者建立联系的过程中,才能实现总体性(totality),门罗刻画了形形色色的女性在男女关系中的徘徊,以及在家庭

---

① 弗雷德里克·詹姆逊:《政治无意识》,王逢振、陈永国译,北京:中国社会科学出版社,1999年,第60页。

② 弗雷德里克·詹姆逊:《政治无意识》,王逢振、陈永国译,北京:中国社会科学出版社,1999年,第116页。

和社会之间的挣扎，以文化文本为女性群体的集体思考与历史建立阐释关系。①②唯有在对后现代社会集体命运的总体性思考中，女性得以在寻找到自己的定位；而门罗的后女性主义小说文本正是以阐释而非下定义的方式，来解读女性的"集体"意义。

门罗的小说中往往采用倒叙的方式回忆童年的场景，通过时空交错叙事，在过去与现在的交叉点——这个充当"过渡"的中间状态的轴点——以及封闭的人物关系中，产生反转的效果。譬如《空间》中孩子的不幸早夭，《逃离》中小羊弗洛拉的失踪，都是作为叙事策略被作家重新编码而设置的关键地方。然而无论这个契机有多么出乎意料，作家都会采取一种尼采式的"永恒的回归"——回归家庭、回归社会。门罗没有刻意将现实作为寓言的载体来赋予历史丰满的意义，而是采用绵长平淡的叙事方式，运用蒙太奇手法穿插记忆片段，还原日常生活面目，展示普通女性的生存场景，在意识形态上更趋近于女性群体的历史状态。

"非欲求的力量和无效被动的文化价值之间自相矛盾，因此必须以某种适当的叙事方式加以解决"③，以小说这种文类为载体的后女性主义书写也就具有其特定的阐释意义。从作者自身出发，为了接近缺场的历史，我们以符码转换的方式将历史文本化，将历时纳入共时的范畴，作为社会象征信息与叙事构成的综合来重新书写。另一方面，从读者的角度来看，由于在讨论"主体构成"的时候，读者无法避免的被历史化——即被纳入历时和共时交叉的历史范畴进行叙事分析④，所以我们尽量选用审美化策略，避免将主体形象与客观存在界定在某个固定的框架中。艾丽丝·门罗的小说创作中运用了大量具有电影特征的文字与叙事技巧，譬如涉及人物性格与个性的设定时，门罗的笔触会变得平淡而细腻，各类繁复细致到每一片叶子、家具的每一根木条⑤，利用跟踪特写，以多重视角来配合一组长镜头，由长焦距观察到以全景拍摄，来展现人物内心的变化。这样的叙事

---

① Alice Munro. Open Secrets. *New Yorker*,1993,68:p.90.
② Alice Munro. Fathers. *New Yorker*,2002,78.(22):p.64.
③ 王逢振：《政治无意识和文化阐释》，见刘纲纪主编：《马克思主义美学研究》（第3辑），桂林：广西师范大学出版社，2000年，第351页。
④ 弗雷德里克·詹姆逊：《政治无意识》，王逢振、陈永国译，北京：中国社会科学出版社，1999年，第143—144页。
⑤ Brad Hooper. *The Fiction of Alice Munro:An Appreciation*. Westport:Praeger Publishers,2008:1.

手段可以直观的呈现一种总体化的局面，而从作家预设的文本化的历史场域中，我们虽无法百分之百的将历史与现实复归到文本表面，却也能够在阐释的过程中，借用充足的言语，揭示作为社会象征的文化制品是如何以意识形态基质被接受和被解构的，也有助于打破晚期资本主义文化单一化、绝对化和僵滞化的格局。

作者简介

姜深洁，苏州大学文学院硕士研究生。

方华文，苏州大学外国语学院教授。